T0266954

APIA DE ROMA

VIVIANA RIVERO

APIA DE ROMA

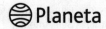 Planeta

Obra editada en colaboración con Editorial Planeta – Planeta

© 2023, Viviana Rivero
c/o Schavelzon Graham Agencia Literaria
www.schavelzongraham.com

© 2023, Grupo Editorial Planeta S.A.I.C– Buenos Aires, Argentina

Derechos reservados

© 2023, Editorial Planeta Mexicana, S.A. de C.V.
Bajo el sello editorial PLANETA M.R.
Avenida Presidente Masarik núm. 111,
Piso 2, Polanco V Sección, Miguel Hidalgo
C.P. 11560, Ciudad de México
www.planetadelibros.com.mx

Primera edición impresa en Argentina: abril de 2023
ISBN: 978-950-49-8110-7

Primera edición impresa en México: octubre de 2023
ISBN: 978-607-39-0337-0

Impreso en los talleres de Impresora Tauro, S.A. de C.V.
Av. Año de Juárez 343, Col. Granjas San Antonio,
Iztapalapa, C.P. 09070, Ciudad de México
Impreso y hecho en México – *Printed in Mexico*

Soldado romano

Carruca

Triclinium

Litera

Mujer romana

Capítulo 1

HOY

Año 35 a. C.

El cielo se desplegaba estrellado sobre la gran ciudad del mundo antiguo. Roma la bella, la que enorgullecía a sus ciudadanos, la perla de Occidente, aquella que representaba lo civilizado y organizado en contraposición a los pueblos bárbaros, esa noche mostraba su extraordinario perfil de titánicos edificios encolumnados bajo la luz de la luna. También esparcía sus aromas, pero por sobre todo hacía oír sus murmullos. Cada noche la ciudad tenía los suyos; a veces eran claros; en otras oportunidades, distantes; pero sus aires siempre musitaban algo. Sus habitantes decían que Roma hablaba y tenían razón. Tal como si fuera una mujer y sus sonidos, palabras que delataran su estado de ánimo, ella les hacía saber cómo se sentía. La urbe amada por los romanos y temida por sus enemigos, porque cada victoria se festejaba en sus calles con el paso de los derrotados atados con cadenas a los carros triunfales, esa noche se pronunciaba como lo hacía cada jornada al caer el sol.

Los murmullos en sus aceras hablaban de cambios, susurraban que un sistema político iba dando lugar a otro. Desde que Julio César había sido asesinado, la venerada República tímidamente iba extinguiéndose para dar nacimiento al Imperio, donde Octavio ordenaba, decidía y dirigía como un auténtico emperador, aunque aún no se hacía llamar así.

Claro que nadie conversaba abiertamente del cambio; decir las palabras equivocadas en voz alta creaba situaciones

9

peligrosas; incluso, hasta podía perderse la vida por ello. Pero los murmullos de la ciudad sí se animaban a expresar lo que las personas no. Los muros de Roma exhalaban transformaciones y estas se anunciaban con rumores.

La casa de Apia Pópulus no era la excepción; allí el aire también hablaba de cambios aunque no fueran por motivos políticos sino personales, más bien personalísimos.

A pesar de la hora, las luces de la lujosa vivienda fueron prendiéndose una a una; el esclavo encargado de la tarea encendió las lámparas de los salones grandes. El senador Tribunio, el vecino más cercano, seguramente vería la luz y vendría a preguntar si sucedía algo malo.

Una voz femenina se escuchó en el cuarto de Apia.

—Mi señora, despierte, ha sucedido… —dijo la muchacha suavemente a su joven ama.

Deseaba despertarla sin sobresaltarla. Llevaba un candelabro en la mano, pues lo que ocurría era demasiado importante como para perder el tiempo prendiendo las lámparas de aceite del cuarto. Antes de realizar cualquier actividad trivial debía ponerla al tanto.

Apia se movió entre las sábanas de lino claro de su cama, su larga cabellera enrulada y castaña se enredó en los flecos del cojín; la voz que la llamaba parecía provenir de otro mundo. Abrazó un almohadón de frisa color verde y trató de pensar con claridad. La noche anterior, sola, sentada en la cocina de la casa, con la intención de apagar las preocupaciones, había bebido varias copas de vino que ahora eran las culpables de que no entendiera lo que estaba sucediendo.

Confundida, se sentó en la cama, miró hacia la ventana y no halló los rayos de luz que anunciaban que el día comenzaba, sino que vio las cortinas de terciopelo que tapaban la enorme abertura de su cuarto. Parecía que aún no habían sido corridas porque el día todavía no empezaba. Miró mejor y entonces tuvo la certeza que puso en palabras:

—Es de noche…

Cada mañana, Furnilla, su esclava, la despertaba deslizando el cortinaje dejando que penetrara la cantidad exacta de luz que su señora quería a esa hora a través del *lapis specularis* transparente que hacía de vidrio. Pero esta vez parecía no haber hecho su trabajo, pues la noche de verano aún mantenía su densa oscuridad bajo el canto de los grillos.

Furnilla por un momento se preocupó. Su ama no acertaba a comprender lo que estaba sucediendo y parecía estar a punto de enojarse porque la había despertado. Era urgente que cayera en la cuenta de la situación.

—Mi señora, ha sucedido. Usted me dijo que le avisara de inmediato sin importar la hora. El amo Salvio...

Las palabras penetraron en el cerebro de Apia y creyó entender. Recordó que esperaba esa noticia desde hacía semanas.

—¿Él...?

—Sí, señora, su marido ha muerto.

Apia cerró con fuerza los ojos y lanzó un largo suspiro. A sus veinticuatro años, después de casi una década de matrimonio, su vida estaba a punto de cambiar. Aunque no sabía si para mejor o para peor.

Bajó los pies de la cama, pisó la gruesa alfombra colorida traída de Oriente y, recobrando la compostura, dio a Furnilla las órdenes pertinentes.

—Que los criados avisen de inmediato a Senecio y a las personas de las pompas fúnebres —dijo refiriéndose al hijo que tenía su marido de un anterior matrimonio del que había enviudado. Su hijastro Senecio Sextus era un hombre casado, con bastantes más años que ella, que había estado muy atento al devenir de la enfermedad de su padre. Sabía que tras la muerte de Salvio, él quedaría como el nuevo *pater familias* y, por lo tanto, con el poder total. Eso desencadenaría una serie de cambios en la existencia diaria de todos, incluida la vida económica de Apia.

—Bien, señora, mandaré a uno de los criados a la residencia de Senecio. Y quédese tranquila, que ya le pedí a Liam que vaya a la funeraria —dijo refiriéndose al liberto que trabajaba para la casa.

Apia la miró agradecida, aunque enseguida se arrepintió. Desde niña conocía la regla de oro: nunca agradecer a un esclavo, ni siquiera con la mirada. Pero Furnilla le era demasiado útil y fiel; además, la situación la había pillado dormida, por lo que no habría podido reprimir esa mirada, aunque hubiera querido.

La chica siempre parecía entender qué necesitaba antes de que se lo pidiera. Tal vez, porque tenía su misma edad o porque era de Britania. Se decía que eran los mejores y más útiles esclavos. O, simplemente, la plegaria que le formuló a la diosa Orbona el día de su matrimonio había sido atendida. Le había pedido que le enviara a alguien en quien confiar y la deidad se la había mandado. Desde que se había desatado la guerra con Senecio, un par de años atrás, su compañía le venía muy bien. Porque el hijo de su marido, al ver que ella no quedaba embarazada, había buscado por todos los medios quitarla de la casa y de la vida de su padre. Y si no lo consiguió fue gracias a Furnilla, quien se había transformado en un escudo de ojos y oídos a la hora de cuidar a su señora.

Pero el destino había actuado de forma caprichosa: ahora, el que ya no estaría en la casa sería su esposo porque después de una larga convalecencia acababa de morir.

—Prepara el vestido que usaré hoy —pidió Apia a la muchacha mientras se ponía de pie. La ropa de dormir de seda liviana, blanca y con finos breteles y tres lazos en el frente le llegaba a los pies.

—Sí, señora —respondió inclinándose Furnilla.

Apia caminó descalza hasta la puerta del cuarto y de allí salió al pequeño patio cubierto ubicado en el centro de la casa al que llamaban «atrio». A este, daban varias habitaciones de la residencia, incluida la que ella dormía. Avanzó por este hasta llegar a las cortinas del *tablinum*, la sala principal donde se recibían las visitas, las corrió y cruzó por la galería al peristilo, el gran patio verde lleno de árboles que se encontraba al final de la casa. Las paredes se hallaban pintadas de color azul muy vivo y a este daba el gran cuarto matrimonial. Ella, en otra época, había dormido allí con su marido, pero hacía tiempo que se había mudado a una de las alcobas que daban al atrio que, aunque era más pequeña, tenía una puerta que conducía al exterior de la casa. Esto le había gustado desde el principio porque le había otorgado más libertad de movimiento y podía salir a la calle sin necesidad de que todos en la casa se enteraran. Desde que había quedado postrado, instalaron a su marido en el dormitorio principal.

Apia llegó al aposento donde él había permanecido acostado desde que empezó a sentirse mal. Apoyada sobre el marco de la abertura, lo observó: el cuerpo de Salvio permanecía inerte, tapado de la cintura para abajo con una sábana color celeste. Su ubicación le permitía ver la cabeza calva por completo, pero no el rostro. «Mejor», pensó, no deseaba hacerlo.

De pie, al lado del difunto, se hallaba uno de los sirvientes que lo había cuidado durante el último mes. El muchacho la miró esperando instrucciones, pero ella no le dio ninguna. Sólo se quedó observando de lejos mientras los pensamientos le bullían. Estaba segura de que a partir de ese momento todo cambiaría para ella. No odiaba a ese hombre, pero tampoco lo quería. Simplemente había sido una compañía; por momentos hasta un maestro, pero nada más. En los peores años había llegado a pensar que lo odiaba, pero hacía mucho tiempo que había dejado atrás esa clase de sentimientos. Él ni siquiera la había convertido en madre. Si lo hubiera logrado, hoy sería una matrona romana respetada y no tendría que estar temiendo por su porvenir.

Se acercó al cuerpo y, confirmando la expiración, sus manos se movieron con rapidez y escarbaron bajo el colchón. Al fin podría concretar lo que venía planeando. Buscó y buscó hasta que halló lo que quería: sus dedos tocaron el metal frío, la llave que abría la caja de madera guardada en el cuarto de los papiros.

Apia, ya con la llave en su regazo, salió de la habitación y se volvió sobre sus pasos. De camino, se percató que las flores de los canteros del patio habían florecido y que hacían juego con el color azul brillante de las paredes. Le chocó, el conjunto le parecía demasiado alegre en contraste con el rostro de la muerte que acababa de contemplar. Pero ella había aprendido a actuar con la frialdad del metal y se concentró en las diligencias que ahora debía realizar.

Necesitaba encontrar los rollos donde se consignaban los tratos comerciales firmados por su marido; precisaba dar con el contrato de su matrimonio y examinar si había testamento. Debía moverse con rapidez, antes de la llegada de Senecio. Estaba segura de que todos esos documentos se hallaban en la caja de caudales del cuarto de los papiros.

Furnilla apareció con pasos rápidos tras ella.

—¿La ayudo, *domina*?

—Ven...

Los vestidos largos de ambas rozaron el piso durante el trayecto y enseguida estuvieron frente al arcón. Apia metió la llave en la cerradura y, al girar, comprobó que se trataba de la correcta. Con ayuda de su esclava, levantó la pesada tapa con tachas de bronce. Observó el contenido: abundaban los papiros.

Apia tomó algunos entre sus manos y los revisó con el propósito de dar con los que podían servirle. Furnilla, que adoraba a su ama, la seguía con la mirada atenta porque percibía que se avecinaban tiempos difíciles. Eso, la obligaría a estar más alerta que nunca.

Una vez que separó los rollos que le interesaban, Apia se sentó en el piso. Debía revisarlos en ese mismo momento, el tiempo corría en su contra. Aunque más tarde podría leerlos tranquila, ahora tenía que escoger con cuáles se quedaría y esconderlos antes de que llegara Senecio.

Encontró el testamento, pero no se detuvo a leerlo completo; sabía que el heredero principal sería Senecio. Lo tenía muy claro, así lo estipulaba la ley. En uno de los rollos, tal como lo esperaba, encontró las cláusulas de su matrimonio. En otros, y por sumas importantes, halló los tratos comerciales que ella recordaba haber llevado adelante junto a su marido. Por último, descubrió algunos papiros que nombraban a su padre, Tulio Pópulus. Tomó los que consideró que le servirían y pensó dónde esconderlos; debía hacerlo cuanto antes. Furnilla, que pareció adivinarle los pensamientos, le propuso:

—Escóndalos en el aparador grande del *tablinum*, donde se guarda la vajilla de la India. Esas fuentes no se tocan, salvo para una reunión grande, y por ahora no habrá ninguna.

—Tienes razón, los guardaré allí —dijo Apia y, poniéndose de pie, mientras iba de camino, agregó—: Furnilla, tú ve preparando lo que necesito para mi arreglo de hoy.

La esclava asintió y, antes de marcharse, para darle seguridad a Apia, le dijo en voz baja:

—Ese aparador es un buen lugar. Al amo Senecio jamás se le ocurriría buscar allí.

Apia asintió. Y tras ponerse de pie, no sólo escondió los rollos, sino que puso la llave con la que había abierto la caja en una vasija de cerámica color dorado que adornaba el cuarto de los papiros. A Senecio le costaría encontrarla mientras que ese tiempo a ella le serviría para leer con tranquilidad los rollos que había apartado. Porque cuando él diera con el testamento querría acelerar los trámites legales.

Minutos después Apia ingresaba al cuarto de las mujeres, la habitación de los maquillajes y peinados, ese lugar que tenían todos los hogares de clase alta y cuyo ingreso se hallaba vedado a los hombres. Furnilla, que ya la esperaba, le acomodó la *cathedra* para que pudiera sentarse en la silla más cómoda, con apoyabrazos y respaldo, donde su señora pasaba varias horas acicalándose. Apia se sentó frente al tocador repleto de peines, frascos de piedra, cuencos de plata con maquillajes y pinceles; miró su imagen en la lámina que la reflejaba. Se acercó otro poco, quería ver con más nitidez, constatar si tenía los ojos hinchados.

—Al menos mi pelo está bien —exclamó al fin.

Apia Pópulus llevaba su cabello largo y enrulado hasta la cintura. Ninguna mujer romana que se preciara de tal podía llevar su pelo corto; claro que la que no lo tenía largo por obra de la naturaleza lo podía obtener por el arte de los *tonsores* que hacían maravillosas pelucas. La mitad de las damas de la ciudad las usaban.

—¿Le pido a la *tonstrix* que venga? —preguntó refiriéndose a la peluquera.

—Sí —respondió Apia.

Ella no iba a la peluquería, sino que tenía su propia *tonstrix*. Cada mañana la mujer se encargaba de su pelo junto a dos esclavas. No era fácil recoger todo su cabello en un peinado de los que estaban de moda.

—Señora..., ¿tomará su desayuno de frutas como siempre?

—No, hoy sólo será un té negro.

Furnilla se inclinó ante Apia y salió del cuarto.

En minutos, las tres mujeres le hacían a Apia largas trenzas y comenzaba la ardua tarea de lograr un recogido con ellas.

Iban por la mitad de la faena cuando Furnilla le avisó que habían llegado los hombres de la funeraria para preparar el cuerpo.

Apia asintió y dio el permiso para que los de las pompas fúnebres empezaran y luego se concentró en sus pensamientos. Furnilla se marchó para dar las órdenes.

La *tonstrix* trabajaba en el pelo y les daba instrucciones a las otras dos esclavas sobre cómo formar las trenzas mientras pensaba que el bello rostro de la joven viuda no mostraba ni un atisbo de dolor. Los grandes ojos marrones de largas pestañas de su señora no evidenciaban que hubiera llorado.

Apia se observó en el espejo y se dio cuenta de que era el primer peinado y maquillaje de viuda. Se trataba de un cambio importante, tal como alguna vez lo fue el primero de casada. Los recuerdos sobre viejas épocas la envolvieron y, en el momento en que una de las muchachas estaba por comenzar a maquillarle los ojos, las remembranzas le jugaron una mala pasada: a su mente vinieron pensamientos que ella jamás se permitía, recuerdos que había borrado para no sufrir. Pero la muerte era así, y aunque no se la sufriese en carne propia, lograba remover las capas duras donde se escondían los sentimientos profundos.

A pesar de su fortaleza, ella no pudo escapar de las evocaciones y tuvo que cerrar fuerte los ojos para no llorar. Alzó la mano para detener el perfilador, esa pinza hecha de hueso que, teñida de negro, la esclava iba a usar para delinearle los párpados como cada mañana.

La muchacha, que entendió la seña de su ama, sin decir nada suspendió la tarea y sólo se limitó a mirar hacia abajo; su señora acababa de perder a su marido, era lógico que tuviera deseos de llorar. Pero Apia no lloraba, jamás lo hacía, sino que esa mañana el corazón se le partía en mil pedazos, aunque no por su esposo, sino por ella. Recordó el momento en el que Tulio Pópulus, su padre, decidió casarla con un hombre mucho mayor cuando ella era muy joven. Se enojó con sí misma por ese momento de debilidad, esperó unos instantes y dio la orden de que continuaran con su arreglo. A pesar de que se mantuvo quieta y sin demostrar sentimiento alguno, el relato que su padre le había dado acerca de las razones de su boda vino a su mente con claridad, como así también algunos retazos de su vida de la muchacha feliz que había sido antes de casarse.

Capítulo 2

RECUERDOS

Año 44 a. C.

A Tulio Pópulus, bajo su túnica clara con ribetes púrpuras, las piernas le temblaban. Llevaba puesta su ropa de senador, acababa de salir del recinto. Le costaba pensar con claridad a causa de los recientes sucesos del Senado.

Caminaba entre los edificios de las calles del foro de Roma y no podía creer lo ocurrido. Miraba las construcciones gubernamentales y religiosas que apabullaban a cualquiera y se daba cuenta de que habían sido irremediablemente manchadas de sangre por el asesinato que había presenciado. La escena vista apenas una hora atrás aún lo mantenía trastornado. Apuró el paso, quería llegar cuanto antes a su casa; sabía que hasta el monte Palatino, donde estaba ubicada, le esperaba una ardua subida. En las calles de Roma se percibía la muerte, casi podía jurar que el aire olía a sangre, igual a como huelen los campos de batalla después de que el tendal de los soldados fallecidos quedaba en el piso. Esta vez se trataba de la muerte de un solo hombre, pero el más importante. Julio César, el dictador, acababa de ser asesinado dentro del edificio del Senado. Los triunfos logrados por él sobre los enemigos de Roma y sobre los suyos habían concentrado en su cabeza demasiado poder para el gusto de los republicanos. Esto, más una combinación de celos y entretelones políticos, había determinado que le quitaran la vida.

Tulio Pópulus, como parte del Senado, había presenciado el asesinato con sus propios ojos desde donde estaba sentado, a pocos pasos, en su banca del Consejo.

Avanzó en su marcha y, sobrecogido, lo revivió a cada paso: podía ver a todos los senadores vestidos con sus túnicas claras cercando a Julio César para darle muerte. A su mente vino cada rostro, palabra y acto. Todo había comenzado cuando el senador Tilio Cimbro le había rogado a César que permitiese que su hermano volviera del exilio. El resto del grupo, que ya estaba complotado, se había acercado a César para reforzar el ruego con palabras y besos en la mano. Él, sorprendido ante estos gestos exagerados, había tratado de calmarlos; pero, conforme a los planes de los asesinos, el senador Cimbro le tiró la toga y le desnudó el brazo; evidentemente, esa era la señal porque de inmediato el senador Casca sacó su daga y lo apuñaló en el cuello. Y a partir de ese momento, uno por uno, los demás conjurados también comenzaron a acribillarlo. Marco Bruto, hijo de Servilia, la amante de César, le clavó el puñal en la ingle. Cayendo al piso, el dictador había dicho sus últimas palabras: «¿Tú también, hijo?». Y tapándose la cabeza se había dejado morir a los pies de la estatua de Pompeyo Magno.

Ante la terrible imagen, el silencio en el recinto había sido total, pero habían bastado unos instantes para que se transformase en un caos. Pópulus, como muchos otros, incluido Cicerón, estupefactos por lo sucedido, huyeron a la calle. Confundido, Tulio Pópulus había necesitado sentarse en la acera durante unos minutos; no sabía cuántos, pues la ejecución lo había impactado de tal manera que había perdido el sentido del tiempo. Finalmente, al recobrar la coherencia, y por miedo a lo que podía sobrevenirle, había decidido ir a su casa. Pero desde el momento en que emprendió el regreso se dio cuenta de que la ciudad entera ya sabía de la muerte de Julio César. A su lado, mientras algunos lloraban, otros habían pasado gritando «¡Asesinos!». Hasta había escuchado decir de manera alegre «¡Al fin vive la República!». Claramente había dos bandos, y eso traería consecuencias en Roma.

Tulio Pópulus caminaba y la subida al Palatino se le hacía dura; el esfuerzo físico y el temor no eran una buena combinación. Avanzaba y el corazón se le desbocaba. Sabía que él mismo podía ser asesinado en cualquier momento por haber presenciado el crimen. Los ejecutores, al saber de su amistad con la familia de Julio César, en ningún momento le habían propuesto ser cómplice, como sí lo había sido la gran mayoría de los senadores.

Siguió marchando durante unos minutos con la mente hecha un torbellino; no podía olvidar la sorpresa del rostro de César ante la primera puñalada.

Finalmente, cuando luego de varias calles llegó al pórtico de su residencia, ingresó de inmediato por el vestíbulo y de allí pasó al atrio de su hogar. Y respiró aliviado. «Ya estoy adentro», pensó y apoyó su espalda contra una de las columnas. Pero entonces escuchó la débil voz de Caelia, su esposa, que hablaba con una esclava y recordó los graves problemas familiares que estaba sufriendo en su casa, los que, sumados a lo que acababa de presenciar, le confirmaban cuán frágil era la vida. Venía sintiendo con fuerza esa sensación desde que su mujer se había enfermado y el *medicus* le había expresado sin preámbulo que ella ya no sanaría. Se daba cuenta de que esa mañana hasta él mismo podía haber muerto. Y quién sabe si no moriría pronto, porque los asesinos de César no se quedarían de brazos cruzados con aquellos que, como él, los habían visto cometer el crimen. Se hallaba inmerso en pensamientos de muerte cuando la voz de Apia, su hija adolescente, lo volvió al presente.

—Padre, ¿sucede algo?

Respiró profundo. No quería contarle a nadie que había estado en el momento del asesinato. Menos aún a su hija que vivía ajena a toda violencia. Además... ¿qué podía entender su niña? Cabizbajo, le respondió:

—No... no sucede nada.

—Entonces, padre, debes venir a ver lo que han preparado en la cocina para el festejo de mañana.

—¿Qué dices...? —respondió confundido.

Le costaba que las palabras ingresaran a su mente.

—¿Acaso te has olvidado que mañana es mi aniversario? ¡Cumplo catorce años!

Qué relevancia podía tener un cumpleaños cuando Roma ardería en cualquier momento a causa del asesinato. Con la mirada perdida, respondió a regañadientes:

—No creo que haya fiesta. Ahora, déjame solo —pronunció la última palabra y empezó a caminar rumbo a su cuarto.

La muchacha, al ver que su padre no estaba de buen humor, se marchó. Evidentemente, algo de lo vivido en esa jornada lo había trastornado al punto de que hacía peligrar su festejo.

Tulio Pópulus fue rumbo al atrio, pero antes, al pasar por el *tablinum*, la sala donde recibían las visitas, se detuvo. Allí, en un mueble, guardaba todos los documentos. Tomó unos rollos y, con estos en la mano, pasó directo al peristilo, el enorme y precioso patio con árboles que como todo hogar romano de alcurnia tenía al fondo de la casa. Necesitaba estar solo, quería leer esos contratos que hablaban de su relación con el recientemente asesinado Julio César. Precisaba meditar los pasos que debía dar. Se sentó en el banco de piedra, justo enfrente de la fuente decorada con mosaicos coloridos de donde provenía el agua que hacía sentir el murmullo de la cascada. Desde allí podía ver los canteros repletos de flores y algunos olivos que él mismo había plantado hacía poco y cuidaba con cariño. Se respiraba un ambiente tranquilo y exquisito. Observaba su entorno cuando una idea vino de manera clara a su mente: si a él le pasaba algo, esa vida contemplativa y armónica podía desmoronarse en sólo minutos. Y entonces lo pensó por primera vez: si su mujer estaba enferma e iba a morir, y a él, tal vez, lo mataran pronto, ¿qué sucedería con Apia, su única hija? El rostro se le contrajo, la preocupación se apoderó de él. Pero esta idea trajo otra de la mano: quizás iba siendo tiempo de que Apia contrajera matrimonio. La ley permitía que la mujer lo hiciera desde los doce años y al día siguiente su niña cumplía catorce, por lo que legalmente la decisión era correcta.

Escuchó los gritos que provenían de la calle. Una turba entonaba cánticos que demostraba que se trataba de un grupo que iba tras los asesinos de César; pero muy pronto oyó otra que daba ánimos a los que habían cometido el crimen llamándolos «los libertadores de la República».

Estaba seguro de que esa discrepancia traería una guerra civil. Tampoco sería extraño que en los próximos días —o aun peor, en las siguientes horas— algún grupo viniera por él; en tal caso, sabía lo que le esperaba: lo sacarían de su casa a la rastra y una pequeña multitud lo mataría en la calle, con piedras o palos. Se horrorizó. La ciudad se había desmandado, y él sólo tenía cabeza para pensar en su hogar y en su familia. Decidió dar órdenes a sus esclavos para que cerraran la puerta doble de la entrada con los seguros grandes. También pondría hombres para cuidar el ingreso principal y la puerta de servicio que daba al callejón —toda casa romana disponía de esas dos entradas como mínimo— y, lo más importante: le daría instrucciones a su esposa sobre qué debería hacer con Apia si él moría. La responsabilidad de decidir sobre los integrantes de su familia recaía sobre él y nadie más; se trataba de las normas en Roma. Si así lo quería, un *pater familias* podía dar muerte a un hijo o esposa sin demasiadas explicaciones ni mucho castigo legal, aunque sí social, porque los tiempos venían cambiando. Pero para bien o para mal, aún eran los dueños absolutos de sus hijos, nietos, cónyuge y también de los demás, incluidos los esclavos, que pertenecieran a ese linaje siempre que no estuvieran sometidos a otro *pater familias*.

Pero él no era un bárbaro sino alguien que anhelaba lo mejor para los suyos, pensó, y comenzó a leer los documentos mientras la calle se sumía en un extraño y denso silencio. El común de los vecinos empezaba a comprender, tal como lo había hecho Tulio Pópulus, que lo mejor era encerrarse en el hogar hasta ver qué ocurriría en la ciudad.

Un mes después

Roma olía a flores, el frío del invierno había terminado y sus jardines volvían a florecer. Los miedos de lo que podía acontecer en la sociedad luego del asesinato de Julio César seguía latente, pero la ciudad seguía su curso, y la vida diaria continuaba a pesar del temor de muchos. Los comerciantes seguían vendiendo en el mercado, los cambistas canjeaban sus diferentes monedas, los dioses eran venerados y los matrimonios se celebraban a diario. Claro que toda la población —los políticos, sobre todo— se movía con sigilo. No se sabía qué podía suceder si Octavio regresaba a Roma desde Apolonia, donde estaba. Se decía que el muchacho, sobrino y heredero de Julio César, elegido por este como su hijo adoptivo, vendría a cumplir algunos puntos que el dictador le había encomendado en su testamento. Y a ejecutar lo más importante: vengar su muerte.

Esa posibilidad inquietaba al pueblo, que sabía que se desataría una guerra civil. En la calle, la preocupación por la llegada de Octavio era un secreto a voces teñido de miedo, pero dentro de los hogares la normalidad continuaba, los quehaceres de la vida diaria imponían su urgencia y sometían a la rutina.

Esa mañana, en la casa de Tulio Pópulus, las cocineras horneaban un cerdo y amasaban el pan bajo las directivas del *archimagirus*, el esclavo principal de quienes dependían todos los que manipulaban alimentos en la residencia.

Su esposa Caelia, la matrona del hogar, descansaba en su aposento porque nuevamente se sentía indispuesta. La niña de la casa, ajena a pesadumbres y vaivenes políticos, tomaba sus clases en el peristilo, rodeada de flores.

Apia lanzó una carcajada y corrió de su rostro adolescente la larga trenza en la que llevaba recogido el cabello; ese peinado simple era el único permitido para alguien de su edad, al igual que vestir una túnica clara y sencilla como la que calzaba. Las niñas no podían usar vestidos coloridos y estolas. En la mano llevaba el único adorno: un anillo con la piedra de lapislázuli que sus padres le habían regalado con motivo de su reciente cumpleaños.

Los ojos de Apia relucían de picardía, su edad le permitía vivir sin preocupaciones.

Le gustaba la primavera porque su mesa de estudio se montaba en el patio. Tomar clases con el cielo por techo mientras corría una agradable brisa perfumada de rosas era una delicia.

—¡Entonces he ganado! —exclamó la muchacha.

—Sí, has ganado —reconoció su *praeceptor*.

—¿Me darás mi premio? —preguntó Apia.

—Sí, cumpliré mi promesa.

—¡Por mis *lares*! —celebró la niña.

—Deja de blasfemar. A tus dioses sólo debes nombrarlos para adorarlos o rogarles por algo —le indicó el maestro.

—Mis *lares* no se enojarán, estoy segura —dijo ella sonriendo.

La muchacha terminaba de darle el listado completo de los principales poetas griegos y latinos sin siquiera una equivocación. Por consiguiente, y según le había prometido, su maestro no podía negarse a enseñarle matemáticas, tal como ella le había pedido de premio. El trato había sido que el día que Apia supiera de memoria el nombre de una treintena de pensadores y las características de sus obras, entonces recién pasarían a estudiar aritmética durante una semana completa.

En Roma era común que las niñas de una buena familia, cuando terminaban su educación escolar primaria, continuaran sus estudios de manera privada, instruyéndose bajo la guía de un *praeceptor* que las preparaba en el conocimiento de literatura latina y griega. También en esa etapa aprendían a cantar, a danzar, a tocar la lira y a bordar; esta última actividad manual se trataba de una de las grandes pasiones de las romanas. No importaba cuánto dinero tuviera el padre o el marido, la mujer sabía bordar, y en general gustaban mucho de hacerlo en su casa. La niña Apia, además de ser una excelente bordadora, tenía gustos bastante especiales, los números constituían su debilidad. Y hoy se había ganado una panzada de operaciones matemáticas.

–Toma, resuelve estas cuentas –dijo el maestro extendiendo la tablilla de madera recubierta con cera de abeja sobre la que escribían con un punzón para estudiar.

Apia la tomó sonriendo y con avidez se enfrascó en la tarea. Amaba la aritmética, era rapidísima con las operaciones, aun las más difíciles. Su *praeceptor* lo sabía y se lo había comentado a sus padres. El maestro les daba lecciones a varias alumnas y ninguna era tan buena con las cuentas. Las otras muchachas apenas si gustaban de la literatura.

En pocos minutos Apia exclamó:

–¡Las terminé! Quiero otras y que sean más difíciles. Ya verá también cómo las resuelvo.

El hombre le extendió una segunda tablilla con algunas operaciones realmente complicadas.

Apia sonrió, quería demostrarle a su maestro cuán buena era para solucionarlas. Tomaba el desafío como un juego.

A punto de comenzar la tarea, Apia se detuvo sorprendida; su padre acababa de ingresar al peristilo. Le llamó la atención, él nunca la visitaba en ese horario. Llevaba la toga tejida con hilos de plata; seguramente venía de alguna reunión importante.

La muchacha le sonrió y, poniéndose de pie, le hizo una inclinación a modo de saludo. Él se lo devolvió apoyándole la mano sobre el hombro con una sonrisa.

Los dos hombres se saludaron mientras el padre observaba cómo Apia se aplicaba nuevamente a las cuentas de la tablilla.

–Con que estudiando muchos números... –comentó Tulio Pópulus.

–Sí, como le dije, la niña Apia es buena con las cuentas.

–Hum... creí que estaba aprendiendo acerca de los pensadores griegos –dijo frunciendo el ceño. Sabía que esos temas eran los más útiles para una mujer.

El maestro se preocupó al ver su expresión y trató de explicar:

–Pero no hemos dejado de lado las clases de literatura, ni el estudio de los pensadores. ¿Quiere que le muestre los adelantos que ella ha hecho en estas áreas?

—No, por hoy es suficiente, debo hablar con mi hija.

Al oírlo, el maestro entendió que no podría explicarle que su hija se había ganado las operaciones a cambio de conocer la obra de treinta pensadores; era momento de marcharse. Se despidió de ambos.

Por primera vez Apia abandonó su tablilla. Si su padre se presentaba en el peristilo a esa hora y suspendía la clase para hablar con ella, sin dudas, se trataba de un asunto realmente importante. Tulio Pópulus era un hombre cariñoso, pero hasta cierto punto, pues había una distancia insalvable propia de la diferencia de sexo y de la gran autoridad que emanaba de él como *pater familias*; esa calidad lo convertía en dueño absoluto del cuerpo y del alma de los que estaban a su cargo.

El padre se sentó junto a la muchacha. Y mirándola a los ojos, comenzó:

—¿Sabes que el *medicus* vino nuevamente a ver a tu madre, verdad?

—Sí. ¿Está bien ella?

Hacía unas semanas que el doctor visitaba la casa a diario. Pero a Apia no le parecía que su madre estuviera grave.

—No tan bien.

La mirada de Apia se ensombreció; hasta ese momento ella no conocía las grandes preocupaciones. Era hija única, mimada y criada con lo mejor que Roma podía ofrecer. Su madre siempre había sido delicada de salud, pero ahora estaba peor, los sangrados menstruales no paraban hacía mucho.

—¿Pero se pondrá bien? —preguntó Apia.

—No lo sabemos.

Ella frunció el ceño, no esperaba esa respuesta. Se rascó la nariz con el dedo índice como hacía cada vez que algo andaba mal. No imaginaba que su padre le había velado de manera benigna una realidad mucho más dura.

—No te preocupes, hija —insistió el hombre.

No deseaba darle a su hija tantas malas noticias juntas en una misma mañana. Decirle que el doctor suponía que la madre no mejoraría y explicarle que acababa de fijar fecha para casarla, le pareció una carga demasiado pesada para Apia. La verdadera razón por la que había adelantado un par de años la fecha de la boda era, justamente, la enfermedad de su mujer. Él no podría criar solo a una niña, su trabajo lo mantenía ausente del hogar. Además, desde la muerte del César no se sentía seguro; la perfidia teñía los movimientos de todos los que se relacionaban con el poder y él no dejaba de temer por su vida. Quería, también, proteger a su hija de la sociedad romana, que solía ser muy crítica y destructiva con una huérfana. No podía arriesgarse a que algo saliera mal y Apia quedara sola y desprotegida en este mundo.

Creía que no había gran diferencia entre casarla a los catorce años en vez de a los dieciséis o diecisiete, como había pensado en un primer momento. Porque en Roma existía una regla social infranqueable: a los veinte años toda joven ya debía tener un esposo. Él buscaba cuidarla eligiéndole un buen marido. Y Salvio Sextus era esa clase de hombre, así lo había demostrado a lo largo de todo su primer matrimonio hasta que enviudó. Tal vez estaba un poco mayor, pero una pareja con esa diferencia de edad tampoco resultaba algo raro; las había y muchas. Se decía que nada mejor que un hombre experimentado para una joven. Salvio era pacífico y, hasta donde él sabía, jamás le había pegado a la que había sido su mujer; se trataba de alguien instruido y adinerado, por lo que le daría un buen pasar a Apia. Estaba seguro, además, de que la respetaría y cuidaría. En su juventud, Salvio había tenido un hijo y una hija, quienes, al día de hoy, lo querían y honraban.

Decidió ir directo al punto:

—Apia, he pensado que lo mejor será realizar tu boda ahora que tu madre tiene salud para estar de pie.

—¿Mi boda? —preguntó sorprendida.

—Sí, tu casamiento.

—Pero… ¿no se realizaría a mis diecisiete años?

Ella siempre había creído que se concertaría a esa edad por los comentarios de sus padres.

—He decidido que la celebremos antes porque hay disponible un hombre que puede ser un buen esposo.

Apia se sorprendió. Jamás había pensado que su padre había venido para tratar ese tema. Era una chica demasiado feliz para soñar con marcharse de su casa, pero tenía claro que el matrimonio consistía en una buena institución, creada para protegerla y para ser dichosa. Llegar a ser una matrona romana era lo mejor que podía sucederle a una mujer, y ella deseaba alcanzar ese estado. Las matronas eran respetadas, gozaban de libertad para realizar salidas al teatro, para comprar cuantos vestidos quisieran e ir a las fiestas, maquillarse con los polvos traídos de Oriente y hacerse peinados primorosos. Algunas, incluso, habían comenzado a tomar vino en los banquetes y ya no sólo *mulsum*. Ellas dirigían a las esclavas que las servían y cuantos más hijos tenían, mejor se las miraba. Se movían de un lugar a otro recostadas en sus lujosas literas llevadas en andas por los esclavos de la casa.

Apia entendía que el primer paso para lograr ese estatus era el casamiento. Y como ella deseaba disfrutar de esa vida, quería casarse. Sólo que había pensado que eso ocurriría recién dentro de algunos años. Pero bien podía acomodarse a que fuese antes. Durante su niñez había jugado con sus muñecas a que era una matrona, se había preparado para serlo desde pequeña. Estas eran las mujeres privilegiadas de Roma y de todo el mundo conocido. Sin embargo, los griegos no trataban tan bien a sus mujeres; ellos no les permitían entrar a los banquetes porque consideraban que las fiestas sólo eran para los hombres. Se decía que no se les permitía opinar ni mandar dentro de su hogar, algo habitual entre las romanas casadas. Por suerte, ella había nacido en la gran Roma y estaba orgullosa de su origen. Pero aun así no podía quitarse algunos miedos. Los puso en palabras:

—¿No me ves demasiado joven, padre? ¿Crees que podré hacerlo bien?

El hombre, mirándola a los ojos, le respondió con un pensamiento que solía usarse para describir a una buena esposa:

—«*Casta fuit, domus servavit, lanam fecit.*» Es lo único que necesitas.

Apia conocía la frase: «Ella era casta, servía la casa y hacía la lana».

Resignada y al mismo tiempo emocionada por los tremendos cambios que se avecinaban, se atrevió a preguntar:

—Pero... ¿y con quién me casaré?

—Con Salvio Sextus —respondió Tulio sin dar mucha explicación.

Apia observó a su padre con curiosidad, pues no conocía a nadie con ese nombre. «No, a ninguno», concluyó. Volvió a pensar. «Salvo a...»

Su mente le puso imagen al nombre y entonces quedó perpleja.

De inmediato explotó:

—¿¡Salvio!? ¿El que ha venido a casa varias veces? ¿El que tiene mucho dinero?

—Sí, ese.

Apia no sabía si decir lo que pensaba. No es que fuese algo raro que un hombre mayor se casara con una muchacha, pero entre ellos era demasiada la diferencia de edad. Además, no había creído que ese fuera su destino. Lo meditó y al fin se animó a poner en palabras la verdad:

—Salvio es viejo.

Su padre le respondió tajante.

—¡Qué dices! El hombre está en la edad justa.

En más de una ocasión, Apia había visto pasar marchando por las calles a los soldados romanos, esos muchachos fuertes y musculosos de andar elegante. Al posar su mirada en esos cuerpos de hombre, sentía cosquillas en el bajo vientre. En sus idas al mercado, en compañía de su madre, también había descubierto la atracción que le provocaban algunos jóvenes rostros masculinos. Y cuando parecía que nadie la veía, reparaba en ellos. Había creído que eso le provocaría el que fuera su esposo, pero Salvio Sextus la incitaba a algo completamente diferente.

29

Apia entendía que la elección de su matrimonio estaba enteramente en manos de su padre. Ninguna hija elegía el marido ni la edad en que se casaba. Quiso saber más acerca de lo que le esperaba y preguntó:

—¿Cuándo será la ceremonia?

—El mes que viene.

Ella volvió a sorprenderse.

—Pero es mayo, nadie debe casarse en esa fecha —se quejó Apia.

Todo el mundo sabía que se trataba de un mes de mal agüero para celebrar una boda.

—Tienes razón, me olvidé. Veré de cambiarlo.

—Está bien.

—Ahora sigue con tus operaciones de matemáticas, que yo debo irme a atender una reunión del Senado. Habla con tu madre sobre este tema, ella sabrá guiarte. Pero no la abrumes, recuerda que se encuentra enferma.

—¿Y quién me ayudará entonces?

—Apia…, pondré diez sirvientas abocadas sólo a tu matrimonio, ayuda no te faltará.

—De acuerdo —respondió resignada. Sabía que no podía decir otra cosa.

—También separaré la misma cantidad de hombres con el fin de que ayuden con los movimientos que se harán en la casa para la gran fiesta. Ya sabes que vendrá lo más encumbrado de Roma. Tal vez, hasta Octavio sea nuestro invitado.

—¿El sobrino de Julio César?

Sabía quién era, toda Roma hablaba de ese hombre. Temían que regresara a la ciudad para vengar a su tío Julio César, quien, después de triunfar en múltiples batallas, había sido asesinado. Atia Balba, la madre de Octavio, era amiga de su familia; y de niña Apia había jugado con el muchacho y su hermana.

Su padre le respondió:

—¿Sobrino? ¡Entérate: ahora es hijo de Julio César! Su última voluntad fue adoptarlo, así lo dejó en su testamento, y Octavio lo aceptó. Pronto te convertirás en adulta y debes estar al tanto de estos datos. Son importantes. Tanto, hija, que algún día podrán salvarte la vida.

Apia no entendía por qué semejante información podría protegerla. En su cabeza no cabía nada que no fuera la noticia de su pronto matrimonio. La política se hallaba totalmente ajena al ámbito de su interés.

Ella no imaginaba que su vida se movía —y se seguiría moviendo— al compás de los cambios políticos. Tampoco podía sospechar que el hecho de que esa mañana su padre la encontrara haciendo cuentas aritméticas con avidez le cambiaría la vida. Tulio Pópulus, gracias al comentario del maestro, acababa de decidir que el matrimonio de su hija fuera *sine manu*. Como Apia había dado muestras de dominar los números, comprendió que, si a él le pasaba algo malo, entonces ella podría manejar la fortuna que le dejaría como herencia. No deseaba casarla *cum manu* y que quedara sometida a un esposo que, siendo tan mayor, podía morir y dejar a su hijo Senecio en el lugar de *pater familias*. Apia se casaría *sine manu*; de ese modo seguiría perteneciendo a la *gens* Pópulus. Pero qué podía entender su hija de todos esos detalles, si aún era una niña mimada. Ya más adelante habría tiempo para explicarle.

31

Capítulo 3

HOY

Año 35 a. C.

Esa mañana los murmullos de la ciudad de Roma se presentaban erráticos, como dichos de mujer indecisa, porque sus habitantes no terminaban de decidirse acerca de qué tema les importaba comentar en sus calles. Por momentos, los rumores se centraban en la crítica a los excesivos honores que les exigía su gobernante Octavio, como considerar sacrílego cualquier atentado contra su vida; es decir, gozar de la famosa *sacrosanctitas*. Por otros, los vecinos se olvidaban de hablar de Octavio y conversaban acerca de la muerte de uno de los más reconocidos comerciantes: Salvio Sextus. El adelantado que había traído las primeras comitivas de la India para comerciar había fallecido el día anterior. Y la comidilla consistía en que Apia, su joven esposa, no había derramado ni una lágrima por él. Claro que ellos desconocían que ella nunca lloraba.

Conforme a la costumbre, el cuerpo de Salvio Sextus, luego de ser tratado con ungüentos por el *pollinctor* y velado en el atrio de la casa, había sido llevado fuera de la ciudad e incinerado en una gran pira. Antes, el cortejo fúnebre había desfilado por el foro mostrando la magnificencia de los tocadores de trompas, flautas y tubas seguidos de los portadores de antorchas y de las *praeficae*, esas mujeres contratadas que daban largos y agudos gritos de dolor y que en los intervalos alababan al difunto. A decir verdad, los funerales en Roma eran de los eventos más ruidosos; al punto tal que se había promulgado una ley por la que se les prohibía a las mujeres, bajo pena de multarlas, el gritar hasta desgañitarse las cuerdas vocales; tampoco podían arañarse la cara hasta sangrar. De esa manera se había logrado calmar un poco los ánimos durante los sepelios, rituales durante los cuales toda romana parecía sentirse en obligación de mostrar que sufría más que las otras ante la misma situación hasta convertir las ceremonias mortuorias en una cuasicompetencia de dolor. La fría Apia no había sido el clásico caso.

Esa mañana, la primera como mujer viuda, ella se hallaba sentada sobre la cama, encerrada en su cuarto, a punto de leer los rollos que el día anterior había apartado y escondido. Por primera vez agradecía que su padre hubiera sido exigente con la educación que le había dado, pues estaba segura de que, sin las horas pasadas tomando lecciones con el *praeceptor*, no tendría ninguna posibilidad de entender los términos legales y frases difíciles que había en esos papiros dispersos sobre el lecho. Recién podía dedicarse a estudiarlos porque el día anterior había sido una verdadera parafernalia con el velatorio, el cortejo y la incineración. Tenía que reconocer que se hallaba un tanto asustada dado que no tenía certezas sobre cómo continuaría su vida ahora que se había convertido en una viuda. Pero de algo estaba convencida: ella no era la misma chiquilla de catorce años que casaron con Salvio, ahora era una mujer que pelearía para ser libre y poder seguir comerciando con las perlas, como venía haciéndolo. Había algunos pocos casos de romanas negociando y ella deseaba ser parte de ese pequeñísimo círculo de excepción.

Años atrás, sintiéndose culpable por algún acto carnal, y sabiendo que Apia deseaba comerciar, Salvio le había entregado una suma de dinero para que pudiera negociar a su antojo. Le había dicho: «Actúa como dueña y realiza las transacciones a tu gusto». Con operaciones lucrativas, ella había hecho crecer —y mucho— ese monto de dinero, por lo que consideraba que todo lo ganado le pertenecía. Pero Senecio —estaba segura— no opinaría lo mismo. Y ella quería ese dinero para continuar con las transacciones.

Asió entre sus manos la copa de latón con jugo de frutas que momentos antes le había traído Furnilla y tomó dos tragos. Luego comenzó a leer el papiro que estipulaba las cláusulas de su matrimonio. Avanzaba en la lectura y aumentaba su certeza de que ella no pertenecía a la *gens* de su marido sino a la de su padre. El hombre al que estaba sometida legalmente siempre había sido su padre y no su marido; eso, en cierta manera, ahora que ambos estaban muertos, la volvía independiente. Muerto Salvio, ella no pasaría bajo la potestad de Senecio, como hubiera correspondido si la hubieran casado *cum manu*. En verdad eran noticias alentadoras que el hijo de su marido no se convirtiera en su regidor.

Estaba por comenzar a estudiar los papiros donde figuraba su nombre unido a importantes operaciones con sumas de dinero, pero la puerta se abrió de golpe e ingresó Furnilla. A pesar de la completa confianza que tenía por su criada, no era común que entrara sin tocar.

—*Domina*, acaba de llegar el amo Senecio. Quiere verla de inmediato.

Apia quedó estupefacta. Jamás había pensado que el hijo de su difunto marido viniera tan temprano y tan pronto. No era de buenas costumbres visitar a la viuda a la mañana siguiente del sepelio. Miró los rollos e instintivamente los escondió entre las sábanas de lino. Senecio no debía enterarse de que ella había tomado el control de esa documentación; al menos, no hasta que ella se familiarizara con esos papiros y descubriera su verdadero estado legal y patrimonial.

—Ayúdame a vestirme —le pidió a su esclava.

Apia tomó la túnica que tenía a mano y Furnilla la ayudó a quitarse la ropa de cama y a colocarle la vestimenta. El pelo lo llevaría suelto, no había tiempo para que la *tonstrix* le hiciera nada. Se tranquilizó al razonar que Senecio era quien no estaba respetando la buena educación al presentarse allí, súbitamente, y no ella, por aparecer sin recogerse el cabello.

Mientras se calzaba las sandalias y anudaba las tiras alrededor de sus piernas, pudo escuchar ruidos provenientes del *tablinum*. Los sonidos le indicaban que el hombre cerraba con violencia las puertillas de los armarios buscando la llave que ella había escondido dentro del gran jarrón dorado.

Cuando Apia al fin salió de su habitación, se dirigió al cuarto de los papiros, de donde provenía la voz de Senecio. Se hallaba ensañado con el amanuense, el esclavo encargado del copiado de cartas y de documentos. Le gritaba que una de sus obligaciones consistía en saber dónde se guardaba esa llave.

Apia ingresó a la sala de los papiros y reparó en el aspecto del hombre. Sus ojos negros echaban chispas, llevaba sus pobladas cejas levantadas, vestía una túnica a rayas, mientras que el cabello largo y oscuro se encontraba despeinado. Ella le preguntó:

—¿Qué sucede? ¿Por qué tantos gritos? Me ha dicho Furnilla que deseabas verme.

Senecio se dio vuelta y exclamó:

—¡Necesito la llave del arca de los documentos! Seguramente allí está el testamento.

—Tu padre siempre la tenía consigo.

—Pero él está muerto. ¿Acaso nadie sabe dónde la guardaba?

—Búscala, tiene que estar por aquí —señaló Apia.

Ella había aprendido a decir lo que debía para sobrevivir.

Senecio miró al amanuense, que seguía examinando los estantes, y explotó:

—¡Maldición! ¡Qué inútiles son los esclavos en esta casa! Te haré azotar —dijo ensañándose nuevamente con el mismo sirviente.

—Esta es mi casa y nadie, salvo yo, hará azotar a mis esclavos.

—Pues ten en cuenta que esta propiedad, ahora que mi padre ha muerto, es mía. Igual que los esclavos.

Apia evitó responder ese punto en particular; antes necesitaba terminar de leer los papiros que habían quedado escondidos entre las sábanas de su cama. Su respuesta apuntó a las faltas que Senecio había cometido esa mañana.

—Pues me debes respeto, soy la viuda de tu padre. Ni siquiera tendrías que haber venido hoy a esta casa, ayer fue el sepelio. Merezco el descanso del duelo.

—Tarde o temprano leeremos el testamento y se hará lo que la legalidad dicte. Mejor que sea cuanto antes. Y si las llaves no aparecen, ten por seguro que me llevaré el arca para hacerla abrir.

—Sabes que no puedes llevártela. Debe ser abierta en esta casa. Allí está el testamento.

—¿Qué buscas, Apia, con tu proceder? ¿Acaso no entiendes que soy el heredero?

—No deseo nada, salvo seguir negociando margaritas con el capital que yo administraba —dijo con el nombre que se le daba en Roma a las perlas, esas joyas blancas y perfectas sacadas de los mares y que a las romanas tanto les gustaban.

Ella se dedicaba a la compra y a la venta de margaritas desde hacía años. No sólo se había abocado a ayudar a su esposo en esa labor, sino que ella misma había administrado un capital trabajando como *margaritaria*.

—¿Sólo eso quieres? —preguntó Senecio de forma sarcástica con una sonrisa burlona. Y agregó—: Pues no me parece poca cosa.

—Es lo que me corresponde.

—No lo creo. El dinero es de mi padre. Además, sería una impertinencia que tú sigas comerciando ahora que él ha muerto.

—¡¿Por qué?!

—Eres una mujer viuda, y lo único que lograrías sería avergonzar el apellido Sextus.

—No es así. Sé de mujeres que comercian.

—Pero en este caso —repuso Senecio—, el sucesor en los negocios de mi padre soy yo. Si los demás comerciantes te ven a ti negociando se menospreciaría mi imagen. El único en esta familia que debe seguir con los negocios soy yo: el nuevo *pater familias*.

—¿Solamente por tu imagen no quieres que negocie? ¡Eres muy egoísta! Te advierto que haré valer mis derechos.

—Por más que alguien te los reconozca, hay una realidad ina-movible: jamás te dejarán entrar a la cofradía de los *margaritarius*.

—¡Qué sabrás tú, que ni siquiera te dignas a ir a esas reunio-nes! —respondió rápidamente Apia.

Salvio, que pertenecía a la vieja escuela en su forma de co-merciar, solía ir personalmente a las reuniones de la cofradía porque le agradaban, pero Senecio siempre había pensado que los Sextus, por ser los comerciantes más poderosos de Roma, no tenían por qué rebajarse y concurrir en persona.

Senecio le respondió:

—No me digno a ir, ni me dignaré, porque no lo necesito. Para eso están mis escribas. Ellos van y toman nota de todo. Pero ni tú ni nadie en tu nombre podrá ingresar.

Senecio acababa de asestarle un golpe mortal al exponerle que los mercaderes de perlas no la aceptarían en sus reuniones por ser mujer.

Las palabras preocuparon a Apia. Todavía no había solucio-nado el problema de disponer del dinero que había ganado y ya se le sumaba otro: el ingreso a las reuniones de la cofradía le estaba vedado. Reconoció que no sería fácil que le permitieran entrar al pórtico donde se reunían los hombres que negociaban perlas; pero ella necesitaba ingresar allí, estar presente en esas tertulias porque en ese lugar se decidía en cuál barco llevarían la mercancía, de qué puerto zarparían y qué día. También en esas sesiones se fijaban los precios que las perlas tendrían en cada ciudad, para así poder competir con otros negociantes del lu-gar, entre muchos más datos relevantes a la actividad. Apia te-nía que estar en esas rondas o conseguir la información que allí se manejaba.

—Yo me las arreglaré —respondió Apia, aunque lo dijo más para sí misma que para el hombre.

Senecio lanzó una risita burlona y continuó su búsqueda de la llave. Ella salió de la habitación, pero se quedó cerca de la puerta escuchando cómo él refunfuñaba mientras abría muebles y cajones. Finalmente escuchó que le decía al esclavo:

—Trae un garrote. Intentaré abrir la caja.

Apia se sintió satisfecha; al menos no se llevaría el arcón como había anunciado. De haberlo hecho, la habría desafiado en su propia casa.

El esclavo regresó junto a otros dos sirvientes con un gran bastón de hierro, y todos juntos intentaron forzar el cofre. Apia, que los vigilaba por el resquicio que dejaba la puerta abierta, los vio hacer fuerza durante un rato hasta que, enojado, Senecio desistió.

—¡Maldición! —gritó y comenzó a pegarle infructuosamente con el garrote a la caja, a la mesa y a los estantes. Enceguecido, terminó asestándole un golpe al enorme jarrón dorado, que cayó al piso y se hizo añicos.

Senecio, impactado por el estallido, se detuvo. Mientras se acomodaba el cabello con la mano, dejó al descubierto la frente sudada por la faena. Atento a los trozos de jarrón esparcidos por el suelo, descubrió la llave.

—¡*Fatue!* ¡Allí estaba!

Se agachó y la tomó entre sus manos. De inmediato abrió el cofre y, sin paciencia, comenzó a husmear entre los rollos.

Apia, al ver lo sucedido, se marchó con el pretexto de dar órdenes a las esclavas para que limpien el estropicio. Pero cuando se fue, aprovechó para cerrar con llave la puerta de su habitación, pues allí habían quedado los otros papiros sobre su cama. Luego, fue al cuarto de las mujeres para que comenzaran con su arreglo diario. Que Senecio leyera los papiros del arcón no le interesaba; ella tenía bajo resguardo los que realmente le importaban. Apia pidió a la *tonstrix* un peinado rápido de pocas trenzas y con escaso recogido. Apenas se fuera el hijo de su difunto esposo quería estudiar los rollos escondidos.

Las esclavas le dieron con *kohl* negrísimo los últimos toques de maquillaje a sus ojos; luego, le colocaron un collar de perlas con un dije de rubíes. Seguía vistiendo la misma túnica celeste que se había puesto cuando se levantó. Terminado su arreglo, se presentó ante Senecio, que llevaba casi una hora en el cuarto de los papiros leyendo los documentos, y ahora se hallaba sentado en un taburete.

El hombre, poniéndose de pie, señaló:

—Me marcho. Ya sabes, Apia, allí está todo —dijo señalando los papiros que acababa de leer. Y agregó—: Mañana comenzaremos con los trámites legales, incluida la lectura formal del testamento.

—Haz como te plazca.

—No hay para qué esperar, soy el heredero de mi padre y el nuevo *pater familias* de los Sextus.

—Me alegro por ti.

—Sé que no te alegras, pero no me importa —dijo él con desdén.

—Mira, Senecio, ya sabes que lo único que deseo es seguir comerciando.

—Eso no será posible, ya te lo he dicho.

—Claro que sí. Ya verás.

Si entre ellos dos siempre habían sido malas las relaciones, ahora que Salvio ya no estaba, se habían vuelto abiertamente hostiles.

Cuando el hombre se marchó, Apia se sentó frente a la mesa de estudio que había en el cuarto de los papiros y redactó una misiva dirigida al director de los *margaritarius*. En ella se presentaba con su nueva calidad de viuda de Salvio Sextus y le expresaba su deseo de seguir negociando; por tal motivo, le pedía la fecha de la próxima reunión para poder asistir a fin de que la conocieran. La respuesta sería la prueba de que la dejarían trabajar: si ellos le decían que sí, poco le importaba lo que pensara Senecio Sextus. Ella nunca había ido a esas reuniones. Jamás había tenido la necesidad de presentarse en ese lugar para escuchar las resoluciones de los *margaritarius*, ya que de eso siempre se había encargado su esposo. Salvio traía noticias sobre cómo comerciarían y ella, luego de escucharlo, tomaba las decisiones según el capital que manejaba. Pero ahora esa posibilidad no estaba y ella debía ingresar a ese círculo.

Terminó de escribir su petición y mandó a llamar al *tabe-llaris*, el esclavo veloz y esbelto cuya única tarea en la casa consistía en repartir su correspondencia y del que había sido su marido.

Cuando el sirviente se marchó a cumplir con su mandado, Apia ingresó a su cuarto y, sacando los papiros de entre las sábanas, los metió en una enorme bolsa de lienzo.

No se quedaría a leerlos allí, necesitaba un lugar tranquilo y a salvo de Senecio, que podía regresar en cualquier momento. Lo decidió: iría a su casa paterna. Ella seguía conservando la propiedad tal como había quedado cuando su padre murió; la mantenía como un homenaje a Tulio Pópulus y a su propia *gens*. Cuatro esclavos de su padre que continuaban viviendo allí se encargaban de la tarea. Apia solía encaminarse hacia su vieja morada cuando necesitaba soledad, o a pasar las noches del *trinoctium*, pues le gustaba repetir ese ritual de dormir tres veces al año para seguir siendo de la *gens* Pópulus. Lo hacía en recuerdo a sus padres.

Apia, con la bolsa en la mano, les ordenó a los esclavos que prepararan la litera para llevarla. Minutos después ella iba arriba del vehículo formado por un armazón rectangular en cuyo piso descansaba un colchón con cojines para que el transportado, si quería, pudiese recostarse mientras era llevado en andas por cuatro o seis esclavos muy fuertes. La ventanilla iba cubierta por finas cortinas. En casa de Apia Pópulus tenían dos: una sencilla y una lujosa de color rojo adornada con perlas auténticas.

Apia, recostada en la litera, hizo el camino sumida en oración a sus dioses. Les pidió su ayuda y protección en esta nueva etapa que comenzaba. Les rogó no quedar sometida a Senecio, sombra que la acechaba porque ella, como no había tenido hijos, carecía de los muchos privilegios que gozaban las matronas romanas. Pero había una realidad: si lograba su independencia legal, necesitaría dinero para vivir, y tenía que ver cómo y dónde conseguirlo. Además, una parte importante de su vida la conformaban los negocios, disfrutaba de esa actividad, la entretenía, se sentía buena en algo. Las transacciones, única ocupación enteramente propia, le daban satisfacción.

Su vida iba a modificarse y necesitaba moverse de manera inteligente para que los cambios no la destruyeran. Meditaba en los pasos que debía seguir cuando notó que ya se hallaba frente a su casa de soltera. Se bajó y los esclavos que allí vivían le abrieron la puerta de inmediato. Los saludó e ingresó.

En pocos minutos, Apia se hallaba encerrada en el que fuera su cuarto de niña y se dedicaba a leer los papiros. Como afuera hacía calor, abrió la ventana para que entrara el fresco y se quitó las sandalias.

Sentada en el borde del lecho, primero analizó con detenimiento los rollos que contenían el nombre de su padre. Llevaba un buen rato leyendo cuando descubrió que, antes de morirse, él le había dejado propiedades. ¡Propiedades para ella! ¡Nunca nadie se lo había dicho! Se indignó, jamás Salvio le contó. Tampoco su padre; aunque era entendible, pues había muerto sorpresivamente. Ninguna persona había esperado su deceso, ni siquiera él mismo. Pero tampoco nadie se había preocupado de informarle a ella, la beneficiada.

Apia continuó estudiando los demás rollos y entonces lo que leyó fue terrible. Parte de esas posesiones habían sido vendidas; con su firma, claro —porque la miró bien y se trataba de la suya—, pero las había firmado cuando era muy joven en alguna de las muchas veces que su marido le requirió que pusiera su nombre y así lo había hecho.

Siguió con otro papiro donde encontró el monto de su dote. La suma en metálico que su padre le había entregado a su marido cuando se casaron era grande, pero con los años, y según la documentación, había menguado en gran manera.

Revisó mejor entre los rollos y no encontró nada que dijera que ella era dueña de la porción de dinero que Salvio le había dado y que, administrándola, había duplicado varias veces.

Entonces, tras lanzar todos los rollos al piso, se tendió desesperada en la cama. Necesitaba ingresos para vivir sin tener que volver a casarse y no estaba segura de poder obtenerlos. Angustiada, se tapó la cara con un almohadón de funda de seda. Quería desaparecer, deseaba llorar, pero sabía que no podía darse ese lujo; quebrarse no era una opción, ella debía dar guerra a la situación. Y para confrontar debía pensar, organizarse, entender mejor las cláusulas legales de los documentos. Se quedó inmóvil por unos minutos hasta que se puso de pie y salió al verde peristilo. Mientras caminaba descalza sobre el césped del patio, apreció qué grande estaban los olivos que alguna vez había plantado su padre y, al acariciar una hoja, decidió lo que haría: primero, llevaría todos esos documentos a un notario, ya que no podían perderse, arruinarse, ni ser robados, tampoco ponerse en tela de juicio su autenticidad; todas situaciones que temía que Senecio provocase cuando se enterara de que ella tenía en su poder esos papiros. Además, necesitaba que le confirmaran que había entendido bien el contenido de los rollos. Una vez que los documentos estuvieran a salvo, hablaría con Senecio y le diría lo que había descubierto acerca de las propiedades que su padre le había dejado en herencia y cómo se habían vendido hasta verse reducido el patrimonio. No sabía si esas ventas habían sido hechas con la venia de Senecio o no, aunque tampoco le importaba, pues ya se habían perdido. Pero de algo estaba segura: si el hijo de su marido no se las entregaba juntamente con el dinero que ella había ganado, entonces le pediría al notario denunciar ante la justicia a la *gens* Sextus por la malversación. Pensaba reclamar también lo que quedaba de su dote; según lo que había investigado, la ley romana establecía que, a la muerte del marido, la esposa podía pedir la restitución de ese monto sufragado por su padre. Ella, según especificaban los documentos, podría administrar sin mucho problema su herencia y el dinero.

Mientras caminaba por el patio y meditaba, miró el cielo azul repleto de pájaros que revoloteaban. En verdad se trataba de un hermoso día veraniego. Pensó que ojalá ella pudiera vivir tranquila y disfrutar más de momentos como ese, en medio de la naturaleza. El entorno le agradaba. Tal vez, si el testamento de su marido mandaba cederle todo a Senecio, ella pronto debería mudarse a esta casa. La idea no le desagradó.

Se quedó observando de manera hipnótica cómo caía el agua en la fuente junto a la cual se había celebrado la fiesta de su boda. Aún en medio de recuerdos dolorosos, se sintió en paz. La calma del lugar parecía abrazarla y ella se dejó abrigar por el entorno. En su vida había pocos momentos de belleza como este. Permaneció quieta, dejándose arrullar por los sonidos calmos y el ambiente sereno y familiar. Se avecinaban cambios y les daba la bienvenida. La existencia previsible, rutinaria y sin felicidad que había tenido cuando casada al fin se había terminado.

Tres horas después, Apia ya se hallaba en su casa y recibía de manos del esclavo encargado de la correspondencia un papiro con el sello del director de la cofradía de los *margaritarius*.

Estaba sorprendida, no había esperado una respuesta tan rápida. Tomó el rollo y lo abrió ansiosa. Lo leyó bajo la mirada de Furnilla, que se encontraba a su lado. Dos o tres frases de protocolo, y la parte importante apareció ante sus ojos:

[...] Lamentamos la muerte de su esposo, que ha sido uno de nuestros más reconocidos comerciantes y miembro fundador de esta sede. Agradecemos su interés en ser parte de nuestra cofradía, pero ahora que Salvio Sextus ha fallecido y ya no participará de nuestras reuniones, con mucho pesar tenemos que darle la noticia de que usted tampoco podrá concurrir porque no se permite la presencia de mujeres. Eso no quita que usted continúe negociando por su lado.

Apia terminó de leer la explicación y explotó:

—¡Maldición! ¿Cómo piensan que voy a poder negociar si no me entero de cuáles son las naves que usarán y en qué fecha saldrán? ¿O si utilizarán las rutas terrestres para enviar mercancías y a qué precios se venderán las distintas clases de perlas? ¡Y tantos datos más!

No había manera de continuar comprando y vendiendo productos y perlas si no entraba a esas reuniones; dejarla aislada y sin información significaba cortarle las manos. ¡Y se lo negaban sólo por ser mujer!

Furnilla preguntó:

—¿El amo Senecio participa?

—Jamás. Se considera el comerciante más importante de Roma y no le interesa reunirse con los demás.

—¿Y cómo hace?

—Manda a alguno de sus escribas.

—¿Usted podría enviar a Liam?

—No lo aceptarían. Es un liberto.

Liam trabajaba para Apia, pero antes había sido esclavo de la casa. Ella lo había liberado.

—¿Y si buscamos otro hombre?

—No querrán a nadie que vaya en mi nombre.

—¿Esos datos sólo se pueden averiguar en esa reunión?

—Sí, porque allí es donde se deciden esas cuestiones. Cada vez que se reúnen los miembros del consorcio comercial resuelven lo importante.

—Entonces sólo se trata de poder entrar a esas sesiones.

—Justamente, ya has escuchado que no me dejan. Jamás me lo permitirán por mi sexo.

—¿Cómo hacía antes de que su esposo muriera?

—Salvio integraba el consorcio, iba a las reuniones y participaba de las decisiones. Cuando regresaba, traía toda la información y la usábamos para su comercio y también para las operaciones que yo realizaba con mi pequeño capital.

—¿Qué día y en qué horario se juntan?

—Una vez a la semana. Comen opíparamente, beben en cantidades y proyectan las acciones del consorcio. Son cerca de treinta hombres los que cenan juntos.

—Ama, si hay comida, también hay mujeres.

—¿Qué dices?

—Me refiero a que alguien del sexo femenino les cocina y los atiende en la mesa.

—¡Por supuesto! Pero ¿qué quieres? ¿Que yo les cocine y los sirva para poder estar allí?

—A eso me refiero, ama. Usted y yo también, si quiere, podríamos entrar como sirvientes y así escuchar lo que allí se decide.

—¡Pero soy una señora!

—Entrar como sirviente es el precio que debería pagar.

Apia lo pensó. Necesitaba su libertad económica, deseaba seguir con la única actividad que le gustaba en esta vida. Pero presentarse como trabajadora era demasiado.

—Piénselo, ama. ¿Está dispuesta?

Apia lo meditó unos instantes hasta que al fin respondió:

—Sí, lo estoy. Pero... ¿y si me reconocen?

—¿Ha ido alguna vez?

—No.

—Entonces nadie la reconocerá. Además, nos presentaríamos con vestimenta de sirvientes. Usted podría trabajar en la cocina y así correría menos riesgo por si alguno la tuviera identificada.

—¿Cómo vamos a conseguir que nos contraten?

—Será sencillo, es cuestión de dinero, y yo me encargaré. Si está decidida, tenga lista para mañana una buena cantidad de metálico.

—De acuerdo, Furnilla, la tendré, sólo espero que el plan funcione. No creas que me siento muy cómoda con hacerme pasar por sirviente.

—Quédese tranquila y déjelo en mis manos. Si sale bien esta vez, lo repetiremos la semana siguiente.

—¿Cómo lo haremos?

—Iremos a la reunión, llevaremos manteles, o lavaremos platos, o haremos lo que se necesite, y volveremos con la información. Luego la vida seguirá normalmente.

–Tienes razón: sólo serán un par de horas y regresaremos a casa para continuar con la existencia de siempre –dijo Apia buscando tranquilizarse.

Furnilla asintió con la cabeza y las dos se quedaron pensativas durante algunos minutos.

Ninguna imaginaba cuánto cambiaría la vida para ambas a partir de esa decisión. El camino se bifurcaba y elegían, pero ellas no contemplaban que un cambio traería otro de la mano. Y así se multiplicarían exponencialmente hasta caer completamente en otra existencia. Porque... ¿qué era la vida sino cambios constantes?

Aunque algunos se aceptaban fácilmente, otros, no. La esencia humana se resistía.

Capítulo 4

RECUERDOS

Año 44 a. C.

Un mes después, en el *idus* de mayo, la niña Apia que, ya había cumplido los catorce años, esa noche se hallaba en el *lararium* de su casa, la habitación destinada a la adoración de los dioses. La mayoría de los hogares los tenían en el atrio en forma de un pequeño nicho y arco, semejante a una casita de muñecos, pero los Pópulus, como familia adinerada y muy religiosa, habían decidido construir un cuarto sólo para sus deidades. El lugar se hallaba iluminado por una veintena de velas que se introducían en los huecos de la pared preparados especialmente para ello.

Apia llevaba puesta su *praetexta*, esa ropa de niña que muy pronto ya no usaría más; su mano mostraba dos anillos, el de lapislázuli y otro de oro con el grabado de dos manos estrechándose, símbolo del matrimonio. Salvio se lo había traído el día anterior para celebrar los esponsales, el compromiso de la boda que se hizo de manera apurada. Había llegado por la tarde y a ella casi no le había prestado atención, sino que más bien se dedicó a conversar con sus padres. Apia, por más que trataba de ponerse contenta porque pronto se casaría, y de ver a ese hombre como marido, no lo lograba; sólo le venía a la mente un pensamiento: «Salvio es viejo».

Frente al altar, Apia respiró profundo, quería dar una última mirada a sus juguetes queridos. Momento antes, conforme a las costumbres, ella se los había entregado y consagrado a los *lares* en señal de que su niñez terminaba y comenzaba su vida de adulta, pues al día siguiente se celebraría su boda. Finalmente, su padre, que no deseaba esperar hasta junio, debido a que la salud de su esposa empeoraba día a día, había decidido que el casamiento se celebrara en mayo, aunque se tratara de un mes que, por cábala, no debían elegir los novios. Apia empezaba a darse cuenta de que su padre temía lo peor con respecto a la enfermedad de su madre. No hacía falta que se lo dijera con palabras, lo veía en cada acto que él realizaba; y la elección de la fecha formaba parte de sus decisiones.

Se quedó observando las estatuillas de bronce en el pedestal; allí, frente a ella, estaban sus dioses: los penates, esos que cuidaban que nada faltara en la despensa de la casa; el genio, que protegía a su padre como autoridad familiar. Y los *lares*, bajo los cuales se hallaban sus muñecas de trapo y algunos otros objetos queridos que pertenecían a su niñez, como la *bulla*, ese collar que se le había entregado a los ocho días de nacida. Apia guardó silencio ante los *lares*, los encargados de cuidar la salud y la prosperidad de su familia, y les hizo una reverencia.

Llevaba un rato peticionándoles cuando una duda se le clavó en el pecho: ¿por qué los *lares* habían permitido que su madre se enfermara? Su familia siempre los había venerado con actos y sacrificios. ¿Por qué no la cuidaron? Por un momento, su corazón se volvió insurrecto y ella quiso revelarse contra las deidades. Pero sus pensamientos no continuaron por ese camino, pues los años de enseñanzas de respeto a sus dioses habían hecho mella en su interior y no se lo permitieron. Además, temía enojarlos y necesitaba su bendición para lo que estaba por emprender: su vida de casada que comenzaba al día siguiente.

Se puso de pie y, lanzando un suspiro, salió del lugar rumbo a su cuarto para colocarse el vestido especial con el que debía dormir esa noche. Caminó por la casa con el alma destemplada y, al pensar en Salvio, se le destempló aún más. Siempre había imaginado que el día de su casamiento sería feliz. Toda romana soñaba con ese momento y con tener su propia casa donde mandar. Pero ella no había pensado que un hombre mayor sería su esposo, como tampoco que su boda se realizaría tan pronto y que su madre estaría enferma. Le daba vergüenza admitirlo, pero ella había abandonado los juegos de niña sólo unas semanas atrás. Nadie lo sabía, pero recién lo hizo cuando cumplió los catorce años.

Ingresó a su cuarto. Allí su madre ya la esperaba para ayudarla a vestirse. Sobre la cama se hallaba la túnica blanca ribeteada en púrpura; la última noche de soltera que viviría en su casa debía dormir con esta prenda puesta. Esa era una de las costumbres, como también llevar una redecilla color naranja en la cabeza.

Caelia la vio entrar y le sonrió suavemente. Apia podía ver cómo su madre hacía un esfuerzo físico para estar allí. En los últimos días su salud se había desmejorado notablemente.

La mujer le habló con calma:

—Quítate la *praetexta*. Mañana serás adulta y ya no la usarás más. También se la consagraremos a los *lares*, como hiciste con tus juguetes.

Apia le hizo caso y en instantes su cuerpo desnudo y adolescente quedó al descubierto. Lucía delgada y aún tenía pocas formas de mujer. Su cintura era pequeña y sus pechos, también. Como por esos tiempos la moda romana exigía tener poco busto, su madre pensó: «Mejor. A Salvio Sextus le gustará».

Caelia se quedó observándola durante unos instantes con la mente llena de pensamientos sobre la noche de boda que aguardaba a Apia. Los remató con un comentario:

—Estoy segura de que harás muy feliz a tu esposo.

—Madre, temo que me vea como una niña —dijo Apia poniendo en palabras un miedo que la perseguía. Ella realmente veía a su futuro marido como un padre y temía que él la viera como hija.

—No te preocupes, tu cuerpo despertará en Salvio su deseo de hombre. Sólo muéstrate desnuda y él sabrá lo que tiene que hacer.

—¿Qué hará?

—Lo que hacen los esposos.

—¿Qué hacen?

—Penetrará tu interior con su órgano —anunció la madre sin preámbulo.

Apia abrió grande los ojos, no podía creer que eso fuera a suceder. Algo había oído al respecto en las conversaciones que tenían las esclavas en la cocina.

—¿Estás segura de que hará eso? —preguntó la muchacha.

—Lo hará, si todo sale bien. Tú sólo tienes que asegurarte de que su órgano crezca cuando esté cerca de ti. En lo posible, debes lograrlo cada vez que esté contigo.

Apia no había entendido por completo la explicación, pero algo le quedaba claro: entre ella y Salvio habría una gran aproximación física y sería cuando estuvieran desnudos. Con sólo pensarlo le daba miedo y vergüenza.

—Recuerda, hija, a partir de la ceremonia de mañana él será el dueño de tu cuerpo.

Caelia necesitaba ser clara con su hija, Apia no podría negarse a nada con su marido. Había casos en que las hijas, asustadas después de la noche de boda, querían regresar a sus hogares paternos, desatándose así un gran jaleo con idas y venidas de una casa a la otra acompañadas de las consiguientes quejas por parte del novel esposo. De ninguna manera ella quería que eso le sucediera a Apia. Su marido, justamente, había elegido a Salvio porque era un buen hombre, no se trataba de un sádico, ni de un violento, y se lo reconocía como un ciudadano respetable, adinerado y tranquilo que ya había criado a una familia y quería formar otra porque se sentía solo. Tal vez, como lo haría su propio esposo cuando ella ya no estuviera en este mundo. Caelia espantó esos pensamientos con la idea de que todo lo que tuviera que ver con su propia vida era lo de menos, lo importante en ese momento estaba ligado al futuro de Apia. El casamiento tenía que salir bien desde el principio, pues ella ya no estaría aquí para poder ayudar a su hija ni para aconsejarla. La explicación detallada y completa de cómo se concebía el sexo en Roma Apia la tendría que descubrir por sí misma. Porque entre los romanos todavía se conservaba la admiración y el respeto por el matrimonio y su consecuente procreación de hijos. El común de la gente no criticaba demasiado si el acto se hacía entre hombres o mujeres. Lo que en verdad la sociedad amonestaba era ser la parte dominada en la relación; por ese motivo, muchas mujeres tenían sexo con sus esclavas y no con los esclavos; de esa manera evitaban la vergüenza de ser sujeto de dominación. Si a alguien le agradaba ser la parte pasiva en una relación, más le valía mantener oculto su gusto, ya que de hacerse público sería ampliamente criticado y —cuándo no— motivo de burlas y hasta de escritos en las paredes de la ciudad. La gente de buena familia se casaba y así consumaba el acto. Los demás llegaban a esta instancia sin mucho preámbulo ni compromiso.

El sexo en Roma era un asunto muy importante que disponía de un temario largo y específico, que Apia no podría conocer en un día, sino que iría aprendiéndolo con los años. «Por ahora le bastará la básica lección que acabo de darle», pensó la mujer y se tranquilizó.

Empezó a ponerle a su hija el vestido prenupcial blanco, largo y recto con el que debía dormir. Cuando terminó de calzárselo, tomó entre sus manos el velo color naranja. A punto de colocárselo en la cabeza, descubrió que Apia miraba el suelo y comenzaba a sollozar con amargura.

A su madre se le partió el corazón.

—Hija, no llores. El casamiento es un momento feliz —dijo acariciándole la cabeza suavemente.

Apia levantó el rostro y respondió:

—Lo sé, pero nunca pensé que sería así.

—No es fácil dejar de ser niña para convertirse en adulta. Pero te acostumbrarás y con el correr del tiempo te agradará.

—¿Qué será lo que me guste?

—Tener tu casa, mandar en ella, criar niños. Ser la matrona…

—Madre, ¿tú estarás cuando eso suceda?

La mujer la oyó y a ella también se le humedecieron los ojos. Le habló con la verdad:

—Todos los seres humanos alguna vez dejaremos este mundo para irnos al otro. Y allí, en ese lugar cerca del sol y la luna, nos reencontraremos. Pero mira, esto es para ti —dijo Caelia quitándose el anillo de la diosa Orbona que llevaba en su dedo y se lo colocó a su hija. Luego se sacó el cordel que le colgaba del cuello con una perla, y también se lo dio. Apia se lo puso. Su madre le estaba dando sus joyas más queridas, las que tenían un gran valor sentimental. Su hija, que entendió el mensaje velado, lejos de tranquilizarse, exclamó mientras seguía llorando:

—¡Madre, no te vayas!

Las emociones hacían tambalear el interior de Apia. Eran demasiadas noticias por asimilar: su madre ya no estaría, ella al día siguiente dejaría atrás su niñez y se iría a vivir a otra casa, Salvio la penetraría.

—Escúchame con atención, hija, y no te olvides nunca de lo que voy a decir. Memorízalo como haces con las lecciones de tu maestro. ¿Lo harás?

—Sí..., dime —dijo Apia restregándose los ojos.

—Este mundo es de los hombres y no de las mujeres. Y tú tendrás que ser fuerte y fría para subsistir. Porque nada tiene que quebrarte. Nada. Es la única manera, si eres mujer.

Apia frunció el ceño, negó con la cabeza. No terminaba de comprender.

—¿Cómo lo lograré?

—Pensarás en el hierro, que es fuerte y frío, casi imposible de quebrar.

—No entiendo.

—Apia, muchas veces en tu vida te tocará vivir situaciones que te harán sentir que vas a romperte en mil pedazos, como se quiebran las vasijas de barro que tenemos en la cocina. Cuando te conduelas de esa manera, piensa que eres de metal. En ese momento, hija, imagina un trozo de hierro y visualiza que te conviertes en él, que te transformas en metal fuerte y frío.

—¡Ay, madre!

Las explicaciones de Caelia le hacían pensar que convertirse en una matrona sería más complicado de lo que había creído.

—En más de una oportunidad, pequeña mía, descubrirás que ser mujer en esta Roma de hombres se te hará difícil. Pero tú serás de metal y nada te quebrará.

—No sé si podré.

—Tienes que lograrlo. Esta enseñanza que hoy te doy, te ayudará a seguir adelante. Porque te prometo que luego de un tiempo triste, siempre vendrá uno feliz, así como después de una tormenta sale el sol. Y para poder disfrutar de esas bondades que te dará la vida, tendrás que estar entera a pesar de haber pasado momentos adversos.

—Lo intentaré.

—Prueba ahora. Respira pensando que eres de metal. Fría y dura.

Apia se secó las lágrimas, cerró fuerte los ojos y se recostó en su cama. A medida que pensaba en lo que su madre le había dicho, el cuerpo se le fue relajando y encogió las piernas colocándose en posición fetal. Caelia insistió:

—Concéntrate: eres un trozo de metal y nada puede quebrarte.

Apia se quedó quieta hasta que luego de unos minutos su madre descubrió que la respiración de su pequeña se volvía más pesada. Aún debía ponerle la cofia color naranja en la cabeza para que durmiera vestida con su atavío de novia, tal como establecían las costumbres. Pero al ver que el sueño la había vencido, decidió dejarla reposar. Por estos días su hija se hallaba viviendo demasiadas emociones y necesitaba descansar. No la despertaría. Bien podía hacer una excepción con la costumbre de dormir con la cofia puesta; sólo se la apoyó sobre el pelo y se levantó muy despacio para no despertarla. Apagó la lámpara del cuarto que reposaba sobre la mesilla de noche, y se apuró. Aún tenía que darles varias directivas a sus esclavas para que la casa brillara al día siguiente. Y ella iba perdiendo las fuerzas a causa de la enfermedad.

A la mañana, Apia se despertó temprano y salió de su cuarto dispuesta a comer algo antes de que los preparativos de la boda ocuparan todos sus minutos. Pero caminó unos pasos y se dio cuenta de que pronto no viviría más allí. Con deseos de despedirse comenzó a deambular por los ambientes mientras los miraba con ojos melancólicos. Caminaba por la vivienda cuando se encontró con los primeros adornos de boda en las paredes y columnas. Su hogar, una típica casa romana de clase alta, hoy mostraba el corredor de ingreso, compuesto por el vestíbulo y las fauces, con una veintena de floreros rebosantes de lirios. Desde allí, una vez que los invitados llegaran a la residencia, el paso obligado sería el atrio, esa antecámara suntuosa con un trozo de techo abierto al cielo que ahora lucía cintas de colores trenzadas en las columnas y margaritas flotando en el agua de la cámara que recogía las gotas de lluvia.

Apia pasó del atrio al *tablinum*, la enorme sala donde siempre recibían a las visitas, y observó que también había sido acicalado con flores. El tabique de madera que separaba este ambiente del patio había sido quitado, lo que permitía ver el peristilo en todo su esplendor. El enorme parque verde mostraba los olivos que tanto amaba su padre y la fuente grande junto a la cual ella tomaba sus clases. Allí se había armado un *triclinium*, un comedor con sus mesillas y camastros para que los invitados se tendieran mientras comían. El clima apacible permitiría desarrollar la fiesta al aire libre.

Cada rincón de su vivienda se hallaba engalanado con alegres motivos florales. Se preguntó cuándo habían colocado tantos atavíos. Imaginó que las esclavas debían haber trabajado toda la noche, y no se equivocó. De las puertas y las columnas pendían coronas de flores, ramas de laurel y mirto entrelazadas con cintas de colores. A lo largo de la casa se había tendido una serie de alfombras en tonos naranjas que iban en degradé y hacían juego con los matices ocres de las paredes. También se habían sacado de los armarios las máscaras de cera de los antepasados y las habían colgado en los muros. Su hogar era una explosión de colores perfumado con un exquisito aroma a flores.

Emocionada, salió al patio e inspiró con fuerza el aire puro mientras miraba el cielo. A su alrededor algunos pájaros tomaban agua de la fuente pequeña y otros sobrevolaban el *triclinium* interesados en las bandejas que los esclavos comenzaban a depositar sobre las mesillas redondas. Apia pudo imaginarse a los invitados tendidos entre los finos almohadones de los camastros sirviéndose la deliciosa comida delicadamente, con la punta de los dedos, como correspondía a una gran fiesta.

El *triclinium* había sido organizado con vistas a la mejor zona del patio para poder disfrutar, mientras se comía, de la belleza del jardín, del murmullo del agua de las fuentes y del perfume de las flores.

Apia no lo sabía, pero los detalles, como la comida exótica que se serviría, la calidad de la vajilla, incluidos los recipientes de oro y plata donde se acomodarían los alimentos, habían sido cuidadosamente elegidos de entre las opciones más selectas, al igual que la cantidad de esclavos y la vestimenta que estos portarían ese día. Como en cualquier banquete, los criados más agraciados se encargarían de servir el vino y de cortar los manjares cumpliendo su oficio, usando gestos graciosos y ropas vistosas de colores vivos junto a peinados de pelo suelto. En tanto, los esclavos encargados de los oficios más groseros vestirían túnicas toscas y sus cabezas lucirían afeitadas. Ellos recogerían los restos de comida y los huesos que los comensales tirarían debajo de la mesa. En una punta del patio, alejado de la zona principal de la fiesta, habría un lugar especial para los sirvientes ajenos a la casa, ya que muchos de los invitados traerían consigo a su esclavo de confianza, el cual permanecería en continua espera de las órdenes de su amo para prestarle diversos servicios, desde los más sencillos hasta los más desagradables, como sucedía a menudo si comía demasiado.

Apia volvió a ingresar a la casa y deambulaba sobrecogida por la belleza de la decoración cuando su madre la encontró por el camino y le indicó que regresara de inmediato a su habitación, donde le servirían una colación para que tuviera algo en el estómago y luego comenzar con el atavío formal.

Ella le hizo caso sin chistar; el haber dormido bien y ver su casa repleta de flores y colores la había puesto de buen humor. Estaba contenta. Al fin y al cabo, era el día de su boda, jornada en la que se le cumpliría el sueño que anhelaba toda mujer romana soltera. Las horas de sueño la habían renovado y el pensamiento de sentirse de metal le había infundido nuevas fuerzas. Sentía que se convertiría en una matrona, que se sobrepondría a esta situación y que sería inmensamente feliz.

Optimista, sentada en la cómoda *cathedra* con respaldo que tenía frente al espejo, Apia tomó el jugo de frutas y comió el trozo de pan recién horneado que las esclavas le sirvieron.

No había alcanzado a terminarlo cuando su madre se aproximó a ella y con sumo cuidado le colocó el vestido blanco sin ribetes. Luego se lo sujetó a la cintura con un cordón de lana atado con nudo de Hércules, el que debería ser desatado por Salvio en la noche. Enseguida un séquito de seis mujeres comandadas por su madre comenzó con el arreglo de la novia. Por primera vez llevaría cintas en el cabello; se trataba de un peinado especial —el tocado típico de las vestales— que se usaba ese día y que dividía la mata de pelo en seis trenzas que se fijaban en forma de rodete.

Una de las mujeres comenzó a trabajar sobre la cabellera con la punta de lanza de hierro, ese instrumento que sólo se empleaba en esta ocasión para marcar a la perfección las rayas de las seis partes. Cuando la vieron emprender la tarea, las demás ayudantes sonrieron y felicitaron a la novia, la muchacha que se hacía adulta. Se trataba de un momento de gran algarabía, pues todas las presentes consideraban que la dicha mayor se acercaba a la novia: pronto se convertiría en matrona. Apia, al oírlas, también lo creyó: «Si todas las mujeres lo desean, debe ser algo bueno». Y concluyó que estaba muy cerca de la dicha plena. ¿Acaso algo podía salir mal?

Esa tarde, en casa de Tulio Pópulus, los invitados al casamiento llevaban varias horas disfrutando del banquete. La gente había comido opíparamente. Las carnes de cordero, cerdo y cabra habían sido troceadas y dispuestas para que, según la costumbre, pudieran tomarse con las manos. Los invitados se sirvieron las distintas clases de pescado con la pequeña cuchara llamada *cochlear* y acompañaron su plato con diferentes clases de frutas, panes y quesos. En el lugar había al menos setenta invitados. Durante la ceremonia, cada parte del rito nupcial había sido cumplido al pie de la letra y según correspondía a una familia conservadora, como eran los Pópulus.

Apia, de acuerdo al uso, había sido asistida durante el rito por una *pronuba*, una matrona que tenía el honor de realizar ese papel por haber estado casada durante toda su vida con un solo hombre.

Muy temprano se había hecho el sacrificio augural de un cordero, el cual había sido inmolado como regalo a los dioses. Al encontrar normales las entrañas del animal, se había interpretado que los novios serían felices. Apia y Salvio habían firmado en presencia de diez testigos las *tabulae* nupciales; es decir, el contrato de matrimonio con todas las cláusulas que lo regirían. Ensimismada, sumergida en las más diversas emociones, ella no había prestado atención a las palabras, pues halló las frases largas y complicadas. Luego, la *pronuba* había tomado las manos de los esposos y las había puesto una sobre otra consumando así el momento más solemne que significaba la recíproca promesa de querer vivir juntos. Por último, se había pronunciado una plegaria a los dioses pidiendo protección divina y los invitados habían gritado a viva voz:

—¡*Feliciter*! ¡*Feliciter*!

El banquete había comenzado tras darles a los dioses la primicia de los alimentos. Las esclavas de la casa, bajo la dirección de la madre de Apia, llevaban varios días elaborando toda clase de exquisiteces.

La gente disfrutaba en grande la fiesta. Tras ocho horas de celebración, la reunión estaba en su apogeo, pero a Apia la felicidad de la mañana se le había esfumado. Se hallaba cansada y la mano de Salvio sobre la suya la ponía nerviosa. Eran ásperas y apretaban demasiado. Aún no había empezado a vivir con el hombre y ya se había cansado de tenerlo cerca. No le gustaba su cabeza casi calva, ni el perfume alimonado que usaba. Tampoco le agradó Petronia, su hija, con la que apenas cruzó unas breves palabras, las suficientes para saber su disgusto por la diferencia de edad entre la flamante esposa y su padre. Petronia se hallaba casada, tenía nueve hijos; los más grandes, por poco, se veían como la novia.

A estas alturas, Apia lo único que deseaba era volver a la seguridad de su cuarto y reposar allí de esta fiesta que la tenía agotada. Pero la torturaba saber que nunca más podría descansar en ese lugar tan suyo; además, había una realidad ineludible: la residencia de Salvio la esperaba. La noche pronto caería y los dos deberían irse juntos. Sólo la consolaba la explicación que le había dado su padre: antes de que se cumpliera un año de casada ella debía volver a dormir a su casa durante tres noches seguidas para seguir siendo de la *gens* Pópulus. Le había dicho: «Es la manera en que yo puedo continuar como tu *pater familias*». Pero faltaba mucho para volver a su morada para cumplir con la obligación del *trinoctium*; y era nada comparado con el resto del año que pasaría en otra casa.

Apia, sentada junto a su marido, sobre la piel del animal que habían sacrificado, se preguntaba en qué momento representaría su *uxorem ducere*, la típica teatralización que debía hacer la novia de lanzarse a los brazos de su madre con el rostro triste simulando llorar por tener que abandonar el hogar. Toda joven esposa debía interpretarlo para que en ese momento de la fiesta el marido la quitara del abrazo materno fingiendo raptarla y así llevarla a su casa. Ese rito emulaba a Rómulo y sus compañeros, que habían arrebatado a las sabinas para convertirlas en sus esposas.

Algunos invitados comían el tradicional pastel de limón tendidos en los camastros, otros deambulaban con una última copa de vino en la mano. Las voces que se iban apagando presagiaban el final de la fiesta.

Todo el mundo se hallaba relajado cuando de repente las puertas dobles de la entrada principal ubicadas en el vestíbulo se abrieron para dar paso a una pequeña comitiva. Tulio Pópulus escuchó los ruidos, pero como no alcanzó a distinguir su origen se preguntó quién podía llegar tan tarde. Concurrir a esa hora constituía una verdadera falta de respeto. Además, por lo que recordaba, y tras descontar a los ausentes que le habían enviado con suficiente antelación una disculpa escrita excusándose por algún tema de fuerza mayor, ningún invitado había fallado a la reunión. Una duda se clavó en su interior: «¿Y si se trata de algún enemigo que aprovechando el casamiento quiere entrar para matarme?». No sería la primera vez que en Roma se utilizara la distracción de una fiesta para asesinar a un adversario. En la ciudad, los ajusticiamientos estaban a la orden del día. Se quedó expectante, cercado por sus miedos políticos, pues desde el asesinato de Julio César temía un asalto.

Los sirvientes corrieron por completo las pesadas cortinas que separaban el atrio del *tablinum* y dejaron a la vista a los recién llegados. La primera en ingresar al patio fue Atia Balba, una mujer de extraordinaria belleza, carácter fuerte y muy amiga de la madre de Apia. Por detrás, le siguió su hija Octavia, la menor; y, por último, apareció Octavio junto a sus amigos, Agripa y Mecenas. Los tres muchachos lucían sus trajes de soldados romanos. Octavio, rubio con rulos y de contextura media, contrastaba con los otros dos, morenos y gruesos. Apia los conocía a todos: a Mecenas –un hombre extremadamente bondadoso al que le gustaba el arte– de las exposiciones de pinturas y de los recitales de poesía; a Agripa, de algún evento social. Y con Octavio y su hermana había jugado varias veces de niños.

Cuando los invitados los vieron ingresar, el silencio fue sepulcral. La tensión se palpó en el ambiente. Lo último que se sabía de Octavio era que estaba en Apolonia con sus legiones, pero su presencia significaba que había vuelto para vengar a su tío, Julio César, ahora su padre adoptivo.

Tulio Pópulus y su esposa se sorprendieron, pero al mismo tiempo se pusieron contentos y sonrieron. La imagen del muchacho no era un mal presagio, sino todo lo contrario. Ellos siempre habían tenido buenas y estrechas relaciones con Julio César, con Atia Balba y con sus hijos Octavio y Octavia.

Tulio fue el primero en reaccionar, se puso de pie y se inclinó ante la comitiva. Luego exclamó:

–¡Pasad, bienvenidos a mi casa! –dijo la frase y de inmediato impartió órdenes a los esclavos para que se les diera un lugar de privilegio y comenzaran a servirlos. Enseguida, les dedicó un caluroso, público y reverencial saludo.

Atia Balba respondió:

–Perdona nuestra tardanza, no deseábamos faltarles el respeto, pero mi hijo ha llegado hace apenas unas horas y no queríamos dejar de saludar a los novios.

Algunos de los invitados se pusieron de pie –lo menos que podían hacer– pues Octavio era el sucesor de César, quien había detentado el máximo poder en Roma. No se trataba de un invitado más: se le debía un respeto reverencial.

Octavio, al darse cuenta de que se postraban ante él, extendió su brazo de manera benevolente y señaló:

–No es necesario, sigan disfrutando.

El muchacho rubio no era muy alto pero sí bien proporcionado, por lo que parecía de mayor porte. Se decía que, a pesar de su corta edad, superaba a los demás políticos en preparación, inteligencia y astucia.

Entre saludos y charlas con los recién llegados, la fiesta volvió a subir su tenor. En los rincones, algunos invitados murmuraban acerca de las razones de la presencia de Octavio en Roma; algunos afirmaban saber de buenas fuentes que, tras la muerte de César, Atia, su madre, le había enviado dos cartas arengándolo para que regresara a Roma y así tomar el lugar de mando que le correspondía. Octavio, a sus diecinueve años, ya gozaba de fama de perspicaz, sanguinario, astuto y ambicioso. Condiciones que, en un hombre con poder, se transformaban en una combinación verdaderamente peligrosa sobre todo en la etapa política que se vivía en la ciudad.

Acompañados por los padres de Apia, la pequeña comitiva se dedicó a darle sus bienaventuranzas al novel matrimonio. Octavio, según la usanza, se las ofreció primero a Salvio; luego, caminó hacia Apia.

Mientras Atia Balba saludaba al novio, Octavio, que había llegado hasta Apia, la observó de cerca con atención. Ella se quedó esperando a que él le diera los buenos augurios, pero el muchacho no abrió la boca, sólo la siguió mirando de manera insolente. Mientras se ubicaban en los banquillos y recibían las copas que les alcanzaban los esclavos, los demás se distrajeron y ambos, que permanecían de pie, comenzaron una conversación.

—¿Estás esperando mi buen augurio? —interpeló Octavio a la novia.

A Apia le extrañó la pregunta.

—Sí, se supone que es de buena educación desearme buenaventura —le respondió ella sin pelos en la lengua. Si bien había visto a Octavio en un par de oportunidades y en años pasados, la edad cercana y la amistad entre sus familias le impedía tomar perspectiva y calibrar en qué poderoso personaje se había transformado.

El muchacho esbozó una mueca que pareció una sonrisa burlona y exclamó:

—¡Pues no perderé tiempo con la falsía de augurarte un buen matrimonio! Porque, aunque tu belleza es casi tan sorprendente como la de mi madre y yo te desee lo mejor, no llegarás a hacer feliz a tu marido.

La sorpresa pintó el rostro de Apia. Parecía un cumplido pero en realidad era un mal deseo. Las palabras contenían cierta desconsideración. Ella seguía incrédula ante el atrevimiento.

—¿Entiendes lo que te digo? —preguntó él.

—No… —respondió Apia.

—Eres una niña. Lo mejor que te puede pasar es que en un tiempo encuentres un amante o te divorcies y vuelvas a casarte. Porque tú no harás feliz a Salvio, ni él a ti. Le doy poco tiempo a este matrimonio.

—No deberías decir eso, no es correcto.

—Es la verdad y no me importa si alguien me escucha, porque me tienen tanto miedo que no se atreverían a contradecirme.

Apia se indignó. A punto de responderle, notó que Salvio se ponía de pie y comenzaba a acercarse a ellos. Octavio, a pesar de que lo vio venir, se marchó sin esperarlo. Cuando el esposo alcanzó a Apia, no hizo ningún comentario sobre el desplante que acababa de sufrir sino que se dio la vuelta para observar la espalda de Octavio; luego, tomándola del brazo, pegó su cuerpo al de la novia. Apia, al sentirlo tan cerca, enseguida se olvidó del incidente; estaba demasiado preocupada por lo que le tocaría enfrentar en las próximas horas.

Transcurrido un buen rato desde la llegada del grupo, había caído la noche cuando la fiesta finalizó. Octavio y su comitiva se retiraron con la excusa del cansancio del viaje. Antes de marcharse, le había propiciado a Apia una larga e insolente mirada, y ella se la había respondido con el mismo desparpajo. Algunos invitados comenzaban a prepararse también para partir, pero antes aguardaban el broche de oro: el *uxorem ducere*.

La *pronuba* se acercó a Apia y le dijo al oído que ya era el momento. Debían simular el rapto. Al oírla, la joven se desesperó, no quería irse de su casa, no deseaba dormir en otro cuarto que no fuera el suyo, mucho menos con Salvio, quien, a estas alturas comenzaba a mirarla con ojos lujuriosos. Hasta se atrevió a tocarle el trasero en un momento en que nadie le prestaba atención. Apia no necesitaba fingir la teatralización del dolor de marcharse de su casa, ella realmente lo vivía. No quería abandonar a su madre, la salud frágil de Caelia merecía que se quedara junto a ella y así pasar próximas el más tiempo posible antes de que viniera lo peor.

Las miradas de todos los presentes se posaban sobre Apia. Pero ella seguía inerme, sentada al lado de su esposo, hasta que sus ojos se encontraron con los de su madre, que le hacía la seña convenida.

Apia entendió, se paró y fue hasta el sillón donde se hallaba su madre y, arrodillada a sus pies, lanzó un llanto feroz, incontenible. La gente sonreía asumiendo que la novia realizaba el acto maravillosamente. Pero algunos, al ver que Caelia le levantaba el rostro a la chica y ambas se miraban de manera lacrimógena, se percataron del profundo y real dramatismo de la escena. Entonces, se movieron nerviosos. Tulio Pópulus le dio un pequeño empujón a Salvio y este avanzó para realizar lo que los invitados esperaban. El esposo se agachó y tomó a Apia por la cintura para separarla de su madre. Pero la chica, ejerciendo su brío adolescente, no se lo permitió. Salvio lo intentó de nuevo pero esta vez con más energía. Su joven esposa se dio vuelta y lo empujó, y el hombre trastabilló sorprendido. Luego, abochornado, la miró fijo. Volvió a intentarlo y otra vez obtuvo la misma respuesta. Sólo que en esta oportunidad no estuvo a punto de caerse porque se había prevenido. Como la escena viró a comedia, algunos estallaron en risas. Indignado, Salvio respiró profundo y se preparó mejor. Esta vez tenía que lograrlo; si no, al día siguiente sería el hazmerreír de toda Roma. Tiró con toda su fuerza y logró separarlas.

Apia lo miró enfurecida, no quería irse, no le importaba que él fuera su esposo, o el mismísimo dios Júpiter. Ella no se iría. Además, parecía haber perdido la razón. Salvio se lo adivinó en la mirada y le dijo al oído:

–Te quedarás a mi lado... porque te juro por Minerva que si haces otro teatro te arrepentirás. Recuerda que esta noche dormirás en mi casa y no te imaginas lo malo que puedo ser.

Las palabras parecieron conseguir en Apia algo de coherencia pues abandonó la lucha.

Luego la agarró fuerte del brazo y así avanzaron hasta la puerta y, de allí, a la calle, donde el célebre cortejo nupcial formado por los invitados empezó a marchar tras ellos; algunos cargaban antorchas para iluminar la acera. La madre de Apia no los acompañó; caminar esas cuadras le hubiera sido imposible. En la fiesta había gastado hasta el último gramo de su energía.

La *pronuba* le alcanzó a la novia la rueca y el huso, símbolos ambos de las nuevas actividades que ejercería como futura madre de familia. Pero Salvio, que no deseaba otra sorpresa que lo tuviera corriendo tras su esposa, le quitó los implementos de la mano y se los entregó a una de las mujeres que los acompañaban. De esa manera podía agarrar del brazo a Apia y seguirla de cerca; y así lo hizo: apoyó su extremidad pesada en el joven hombro, aun cuando los dos niños preparados a tal efecto, y ubicados uno a cada lado, tomaron de la mano a la novia mientras un tercer pequeño iba por delante agitando una antorcha de espino blanco cuyos restos quemados se repartían entre los presentes porque eran símbolo de buena suerte y longevidad. A los invitados se les sumaron los vecinos del Palatino que aguardaban en sus puertas para sumarse al cortejo nupcial. A estas alturas, tras los novios iban unas cien personas. Caminaban y coreaban una invocación al dios protector del matrimonio:

–¡*Talassio, Talassio!*

Con satisfacción, Tulio Pópulus se tocaba el corazón al repetirla; había logrado casar a su hija y continuaba con vida, nadie lo había asesinado. Amén de que su futuro y el de su familia, ahora con Octavio en escena, seguramente mejoraría. Sólo lo entristecía la enfermedad de su esposa.

Los participantes del cortejo también cantaban cancioncillas y vociferaban frases de toda clase. Era el momento divertido y alegre de la boda en que los chistes atrevidos no estaban mal vistos y el espíritu chancero de los romanos salía a relucir sin restricción.

Apia, que seguía con un niño de cada mano, escuchaba sin oír lo que los festejantes gritaban o cantaban.

Las muchachas repetían:

—¡Felicidad a los recién casados! ¡Felicidad!

Un amigo del novio gritó:

—¡Qué duraznos recién cortados del árbol vas a comer esta noche, Salvio! Para alguien de tu edad, no está nada mal.

Una de las matronas le retrucó divertida:

—La novia esta noche espera diez libras... pero habrá que ver... ¡Tal vez sólo reciba una!

Otro hombre le añadió:

—¡No te amedrentes, Salvio! ¡Todos saben que el gallo viejo es el que mejor pisa a la gallina!

Hubo dos chistecillos más también subidos de tono y las carcajadas fueron generales. La comitiva reía, el grupo festejaba; era un momento feliz para todos, salvo para Apia, que actuaba como una marioneta del teatro de títeres que tanto le gustaba ir a ver los días de Mercurio en la plaza grande del foro. Esa noche ella se sentía como uno de esos muñecos que se activaban sólo cuando se les tiraba de los hilos; en este caso, el que movía las cuerdecillas era Salvio, porque él le decía a qué paso debía caminar y en qué esquina doblar; iba detrás de ella y, de vez en cuando, además de su mano en el hombro, pegaba su cuerpo al de Apia para que supiera que estaba controlándola.

Después de caminar unas diez calles, se hallaban a pocos pasos de la vivienda de Salvio. Ante la proximidad y conforme a la costumbre, el esposo se adelantó para esperar allí a la novia no sin antes propiciarle una mirada dura y autoritaria. Ella entendió la amenaza velada y, a pesar de que su marido ya no estaba a su lado, siguió avanzando hacia su futura morada. Para ese entonces, Apia había comprendido que ya no tenía escapatoria. Estaba lejos de su hogar, de su madre, y a su padre no lo veía por ningún lado; aunque estaba segura de que él no le prestaría ayuda.

Ante la puerta, Apia por primera vez se dio cuenta de que las paredes del frente de la residencia de Salvio estaban pintadas de color azul, exactamente en el mismo tono de la piedra lapislázuli que coronaba el anillo de su dedo. La casa azul sería su hogar. La abertura de ingreso de doble hoja, maciza y bonita, se destacaba por un tallado de círculos de distintos tamaños. Sus ojos se detenían en detalles, como hacía cada vez que buscaba huir de la realidad.

Salvio abrió el ingreso e hicieron de manera rápida la liturgia de untar la puerta con grasa de cerdo y aceite de oliva. Luego, para completar el rito, él preguntó:

—Mujer..., ¿cómo te llamas?

Y Apia, con la mente perdida, expresó la frase que había ensayado una y cien veces, aun cuando jugaba siendo niña. Aquellas palabras que soñaba decir toda mujer romana:

—*Ubi tu Gaius ego Gaia.*

Ya estaba. Lo había dicho: «Donde tú seas cayo, yo seré caya». El casamiento había quedado perfeccionado.

La repitió y de inmediato dos de los acompañantes más fuertes la levantaron en brazos y la pasaron en andas al otro lado del umbral para salvar a la novia de la posibilidad de tropezar, lo que hubiera sido de pésimo augurio. Del otro lado, Salvio y ella, ya juntos, realizaron el protocolo de la luz y el agua. Entonces, tomando de la mano a la novia, la *pronuba* la condujo por la casa hasta dar con el aposento nupcial donde se consumaría el matrimonio. De camino, Apia no prestó mucha atención al entorno, sólo alcanzó a percatarse de que la distribución de la casa era parecida a la suya, pero con los espacios más grandes. Divisó una escalera que mostraba la existencia de otro piso. Pronto descubriría que esa planta superior estaba íntegramente ocupada por los setenta esclavos que atendían los quehaceres diarios.

Ambas cruzaron toda la residencia hasta la última galería que comunicaba con el gran patio. Allí, Apia se encontró con el cuarto matrimonial desde donde verían los arbustos del peristilo. Ella desconocía que Salvio había remodelado la casa con motivo de la boda y mandado construir esa habitación con vistas al parque conforme dictaba la moda de esos años. Durante su primer matrimonio él había dormido en uno de los aposentos que daban al atrio, pero los tiempos cambiaban y se buscaba el fresco del verde y las vistas de las fuentes que dejaban oír el murmullo del agua cayendo. También había dispuesto cambiar el color de las paredes, pasando de los estridentes amarillos a los sobrios azules y celestes. En verdad, quería una vida nueva, y pintar era parte de ello. Estaba entusiasmado con empezarla.

Apia ingresó a la pieza que se hallaba iluminada con una lámpara de aceite ubicada sobre la mesilla de noche. El artefacto le llamó la atención: era de bronce y en cada una de sus tres patas había un ángel.

La mujer le señaló con las dos manos el lecho de sábanas de lino blanco. Sólo la clase alta de Roma las usaba, y esta ocasión ameritaba que fueran del color inmaculado. Le dijo:

—Niña, de ahora en adelante, esta será tu cama. Espera a tu marido y ve soltándote el cabello.

Apia, otra vez actuando como títere, se quitó las horquillas de la parte alta y las seis trenzas cayeron sobre su espalda.

—Bien hecho, niña —dijo la mujer complacida y se retiró.

Apia se sintió sola en el mundo. Nerviosa, se mordió las uñas por unos instantes. Luego se tocó el anillo de la diosa Orbona que su madre le había entregado la noche anterior y, encomendándose a la deidad, le pidió encontrar en esa casa una persona en quien confiar.

Aún se hallaba de pie mirando su entorno cuando ingresó Salvio; no hizo ruido y ella no lo oyó. Él le miró el perfil y sonrió; al fin había terminado la parafernalia de ritos. Aquí, en su casa, se sentía seguro, este era su reino. Su joven esposa ya no podría realizar ningún acto que lo avergonzara. Sabía que esos eran los riesgos de tomar por mujer a alguien de tan corta edad, pero ahora que estaba más tranquilo sentía que valdría la pena. Él se encargaría de enseñarle a Apia su papel de esposa y ella aprendería. Esperaba que así fuera por el bien de todos. No olvidaba que su hijo varón no había asistido a la boda porque no aprobaba ese matrimonio. Desde un principio manifestó su desacuerdo. Pero ¿qué podía entender Senecio a sus treinta años acerca de lo que significaba volverse viejo? Pues, nada. ¡Jamás comprendería que la ilusión que lo embargaba lo había llevado a pintar toda la casa y a comprar todo el menaje nuevo! No podía compararse la edad de su hijo con los cincuenta años que él acumulaba sobre sus espaldas. Claro que Senecio había tenido la excusa perfecta para ausentarse y no quedar mal ante la sociedad romana. Le había enviado una misiva escrita desde la ciudad de Brindisi para explicarle que su regreso a Roma se había retrasado; se hallaba allí cerrando un trato con una comitiva llegada de Oriente y las transacciones se habían demorado. Con ese pretexto no había despertado ninguna sospecha entre los invitados respecto de su desacuerdo con la boda. Pero él sabía bien, porque siempre visitaban esa ciudad y la de Pompeya dos veces al año para comerciar, que los atrasos no fueron reales, y que si permaneció en Brindisi fue, simplemente, porque quiso. Había pedido informes sobre el punto y así también se lo habían explicado. La opinión de su hija Petronia no le importaba mucho. Ella estaba casada, se había convertido en matrona y ya pertenecía al linaje de su marido, pues había cerrado su contrato matrimonial *cum manu*; es decir, con la pérdida de relación con su propia familia y ahora dependía para todos los actos legales y económicos del *pater familias* de su marido, su suegro.

Absorto, coronó sus pensamientos con la frase que dijo entre dientes:

—A un viejo sólo lo entiende otro viejo. Senecio jamás me entenderá.

Salvio se dio cuenta de que la había pronunciado en voz alta porque, al escucharlo, Apia se dio vuelta para mirarlo.

—Señor, dígame... —exclamó ella, que no había alcanzado a entender el farfullo de Salvio aunque sabía que debía practicar la amabilidad y la sumisión. Si quería ser una buena esposa, tendría que olvidarse de la ridícula rebeldía que había manifestado durante la ceremonia. La desesperación desatada por dejar su casa había sido grande y no se había podido contener.

Él sonrió, le gustó el tono y la manera en que lo había nombrado. Al fin la muchacha parecía comenzar a entender qué se esperaba de ella.

—Mira, Apia, si haces bien tu papel de esposa, los dos podremos ser felices.

Ella asintió. Pero a él le hubiera gustado que respondiera con palabras; así, estaría más seguro de que había comprendido. Buscó sonsacárselas, e insistió:

—Debes obedecerme, Apia. No puede volver a suceder algo como lo que pasó en el *uxorem ducere*. No puedes desafiarme ni negarte a cumplir mis órdenes.

Ella, de nuevo, volvió a asentir y bajó la cabeza mansamente.

«¿Acaso está avergonzada?», se preguntó Salvio, pero no tuvo la certeza. Decidió expresar una última y definitoria frase al respecto:

—Soy tu marido y, por lo tanto, dueño de tu cuerpo y alma.

«Dueño...» «Cuerpo...» En su interior, esas palabras tocaron una fibra sexual; vislumbrar el dominio completo sobre Apia y en todas las áreas le trajo un atisbo de excitación y un despertar imprevisto recorrió su cuerpo de hombre. La idea expresada le había dado un primer y pequeño envión para el acto que debía consumar esa noche. Pero él también tenía sus miedos: «¿Y si ya no puedo? ¿Y si no sale bien y paso vergüenza?». Conocía historias de hombres que, con esposas jóvenes, funcionaban perfectamente; pero otros, no, pues las consideraban apenas unas niñas.

Se acercó a Apia y comenzó a desatarle el nudo de Hércules que llevaba en la cintura, tal como debía hacerlo según la costumbre de todo recién casado. La cercanía y la respiración entrecortada de la joven —propia del miedo— generaron en él lo que debía y su cuerpo le respondió. Sintiéndose preparado, aunque con temor a perder lo que la chica había logrado en su virilidad, se apuró y se quitó la túnica. Levantó a Apia en brazos, la acostó en la cama y se trepó sobre ella. Luego, sin decirle siquiera una palabra, ni sacarle la ropa, atinó a subirle la túnica blanca hasta el ombligo y la penetró.

Apia gimió de dolor. Él arremetió otra vez y ella volvió a gemir e hizo un brusco movimiento de rechazo buscando resistirse; deseaba quitárselo de encima. Esta reacción trajo a la memoria de Salvio los empujones que recibió durante la *uxorem ducere*. Entonces, como no deseaba que decayera su enardecimiento a causa de una larga explicación, optó por darle una advertencia para que le quedara claro lo que había intentado explicarle unos momentos atrás.

—Apia, si cumples con tu rol de esposa, todo saldrá bien —le dijo al oído y otra vez arremetió de manera suave y pausada en su interior. Luego hizo un alto y señaló—: Pero si te resistes y no cumples, todo puede salir mal, ¿entiendes?

Y tratando de demostrarle de forma práctica a qué se refería, le tomó con fuerzas las trenzas y jaló de ellas hasta provocarle dolor. Sin soltárselas, preguntó:

—¿Ves?

Y así, sosteniéndola del pelo con rudeza, continuó penetrándola con violencia una, dos, tres veces, sin tener en cuenta la resistencia que la carne virgen le hacía a su miembro, sino buscando que la piel femenina se rasgara con dolor.

Apia chilló. El tirón del pelo y su interior desgarrándose se le hacía insoportable.

—Puedes elegir entre que yo sea esto… —sugirió Salvio y, soltándole las trenzas, se movió suavemente en el interior de su esposa—. O esto… —Y otra vez tiró de la melena y fue rudo en la penetración.

Salvio hizo tres movimientos brutos y, aunque su intención era continuarlos, no pudo; un ramalazo de placer lo golpeó inesperadamente y su cuerpo explotó de goce. Dio un aullido y quedó inerme, exhausto. Debajo, Apia se preguntaba si al fin todo había terminado, interrogante que confirmó segundos después al oír la respiración pesada de su marido que evidentemente comenzaba a quedarse dormido.

Permanecieron así unos minutos hasta que Salvio, cambiando de posición, se quitó de arriba de ella, apagó la lumbre de la lámpara con un soplido y se tendió a su lado.

Instantes después él dormía muy profundamente. Tendida en el lecho, a oscuras, Apia acababa de aprender la lección que su marido había intentado darle. Concluía que lo mejor sería llevarse bien con Salvio. La experiencia había sido desagradable, pero había terminado rápido. Ahora comprendía lo que su madre le había dicho acerca de que el órgano de su marido debía estar grande. Al revivirlo, tuvo la certeza de que el acto se repetiría y entonces dos lágrimas silenciosas comenzaron a correr por sus mejillas. Recordó que esa sería la manera en que ella podría convertirse en madre y, en consecuencia, ser una matrona romana. Trató de consolarse con esa idea aunque no lo logró. Si para ser matrona tenía que vivir siempre con Salvio y hacer todo lo que él quisiera, ya no le agradaba tanto convertirse en una madre de familia, noble y virtuosa. No se consolaba, las lágrimas seguían cayéndole hasta que recordó que ella, si quería, podía convertirse en metal: fría y dura, para no sentir nada. Lo intentó, lo pensó; lo volvió a intentar, al fin lo logró. Y así todo dolió menos, incluida la piel que Salvio había roto y que todavía latía en su interior con la fuerza de un martillo, tal como si estuviera viva.

Ya con la mente fría, Apia deslizó su mano hasta su bajo vientre y se tocó con cuidado. Sus dedos se humedecieron, parecía sangre, aunque no tenía la certeza con la habitación a oscuras. A punto de llorar de nuevo, otra vez se hizo de metal y logró salir de ese estado.

Recostado a su lado, Salvio roncaba con bufidos de vaca. Ella, mientras tanto, insomne pero más tranquila, reconocía que en la última semana había aprendido mucho: a ser de metal, a entender cómo crecía el órgano de un hombre y a acatar las órdenes de su esposo. Se hacía adulta, sí, pero había una realidad: ella crecía y su esposo envejecía. La idea le gustó, eso significaba que algún día desaparecería. También le agradó pensar que el conocimiento le daba poder. Apia no imaginaba todo lo que aprendería en el transcurso del año que se avecinaba.

CLEOPATRA
LA REINA DE EGIPTO

La niña Cleopatra mira con pena los pequeños caballitos de madera con los que le gusta jugar cada día, y pregunta:

—¿Estos tampoco los puedo llevar?

Desde que su padre se los regaló se han vuelto su entretenimiento preferido.

—No. Sólo hay lugar para lo imprescindible —responde Sharifa, su nana, mientras junta con rapidez lo elemental para llevar al inesperado viaje que emprenderán hacia Roma.

La pequeña, junto a su padre y un séquito de unas pocas personas en el que Sharifa está incluida, partirán a la medianoche para que nadie los vea. Deben huir con urgencia, una hora de demora les puede costar la vida. Berenice IV, la media hermana de Cleopatra, ha matado a su madre, también a su marido y le ha arrebatado el trono a su propio padre.

Él, junto a la niña Cleopatra y los sirvientes fieles se hallan escondidos desde hace dos días en una construcción en medio del desierto. En el ambiente hay apuro y órdenes. Su padre da gritos mientras organiza el traslado de lo único que considera importante: el oro y las piedras preciosas con las que pagarán a los romanos. Con esos valores debe lograr que los reciban como huéspedes honoríficos y, con suerte, conseguir un ejército que les permita regresar fortalecidos a Egipto y así recuperar el trono. Pero por más planes que hagan, hay una cruel realidad: deben despedirse de todo lo conocido con la incógnita de no saber si alguna vez volverán.

—Niña, necesita dormir un rato, el viaje será duro —le exige Sharifa a Cleopatra.

La pequeña siente deseos de llorar y, como siempre, se refugia en los brazos de su nana. La mujer la ha criado desde que era un bebé porque su madre no está desde hace muchos años; tantos, que ella no recuerda su rostro. Esta huida intempestiva es una pérdida más que se suma a las que ya ha vivido y que le muestran que debe ser dura para no sufrir. Pero su mente de niña le juega malas pasadas y no siempre su valentía está a la altura de las exigencias de lo que le toca vivir.

—Sharifa, ¿regresaremos alguna vez a Egipto? —le pregunta con la cabeza apoyada en la falda de la mujer.

—No piense en eso. Debe dormir.

—Tengo miedo, los asesinos pueden estar cerca.

La mujer observa a la pequeña, se da cuenta de su desasosiego. Hay demasiados monstruos sueltos en ese atardecer para que los enfrente alguien de tan corta edad. Y ella, que con los años ha aprendido a amarla, busca consolarla con lo que tiene a mano.

—No tema. Debe ser fuerte. ¿Ve las pirámides?

—Sí —dice Cleopatra incorporándose.

Desde la galería donde se encuentran preparando los baúles se ven perfectamente. Todos los días de su vida las ha visto.

—Piense que usted es fuerte como ellas.

—Oh, no sé si lo soy tanto.

—Cierre los ojos e imagine que usted es una pirámide más. En su interior se encuentra la fortaleza de su pueblo, tómela. Hágala suya. Las pirámides la guiarán para ser fuerte.

Cleopatra vuelve al regazo de Sharifa y lo intenta. La mujer la arrulla con la típica canción:

Duérmete, niña, duérmete ya,
que las pirámides te guiarán.
Duérmete, niña, duérmete ya,
que las pirámides te guiarán.

Transcurren unos minutos y la nana pregunta:

—¿Está mejor?

La pequeña se ha dormido. Su nana sabe que esa tarde aún hay muchas tareas pendientes —guardar ropas, utensilios, preparar los alimentos que llevarán—, pero acompañar a Cleopatra es lo más importante. Tal vez esa niña algún día sea la reina de Egipto. Ella debe ayudarla a que aprenda a enfrentar lo que le toca vivir y a que nada la quiebre. Nunca deben dominarla, ni las riquezas, ni el amor por un hombre, ni la maternidad, ni los lujos. Ella debe ser fuerte.

Sharifa se promete a sí misma encargarse de que su niña tenga la fortaleza de una pirámide.

75

Capítulo 5

HOY

Año 35 a. C.

Esa mañana, a sus veinticuatro años, Apia hacía su primera caminata de viuda por las calles romanas. Se sentía extraña y diferente, pero aun así pudo reconocer los murmullos de la ciudad. Vio plasmados en los escritos de las paredes públicas lo que se decía en la metrópoli. Roma siempre hablaba, y hoy lo hacía con una frase con letra desprolija trazada en los muros. Y decía: «¿Acaso no es demasiado el título de emperador para Octavio?».

El gobernante había empezado a exigir que se le adicionara esa palabra a su nombre cada vez que se lo mencionaba, y no todos en Roma estaban de acuerdo. Al lado del enunciado en la pared se había reforzado la idea con un dibujo que mostraba la figura de un pequeño gobernante con pelo enrulado y una corona exageradamente grande para la cabeza. Pero Apia, a pesar de lo unido que había estado su pasado a ese hombre, sólo destinó un instante de atención al muro. Estaba ensimismada en su presente. Se trataba de una jornada importante pues esa noche ella y Furnilla se vestirían con cofia y ropa de fajina e irían a la cena de la cofradía de los *margaritarius* haciéndose pasar por trabajadoras. Su esclava había organizado todo y, como bien había anticipado, resultó ser sólo una cuestión de dinero porque bastó con entregar una bolsa de metálico a alguien de arriba para que de inmediato se las contratara para llevar lienzos limpios y fregar los cacharros. A las muchas preocupaciones que

Apia tenía en la cabeza se le sumaba una más: ella nunca había lavado un utensilio de cocina, por lo que esperaba representar bien su papel.

En verdad, desde la muerte de Salvio su vida había entrado en una vorágine de grandes cambios y la acechaban todo tipo de problemas. Por ejemplo, esa mañana –y por segunda vez en la semana– había visitado la casa del notario. En la primera oportunidad el hombre le había explicado el contenido de los papiros que ella le había dado en custodia. La exposición del letrado no había resultado muy diferente de lo que Apia había interpretado cuando los leyó sentada en la cama de su casa paterna. Legalmente, tenía derechos que debían ser respetados, pero cuando Senecio Sextus fue citado por el notario sólo exclamó:

–¡Pues por mí que arrojen cada uno de esos rollos a la *cloaca maxima*! No los daré por válidos.

–Recuerde que la señora Pópulus puede reclamar –le había advertido el notario.

–Ya hablaré con ella personalmente. Dígale que el día de Mercurio pasaré por su casa –había respondido Senecio Sextus buscando ganar tiempo para analizar con sus propios consultores legales los argumentos del letrado.

En vista de esta actitud temeraria, el hombre le había expuesto a Apia que, para el caso de que Senecio decidiese no respetarle los derechos, ella debería exigirlos en los tribunales romanos. Y le advirtió que el proceso podía ser largo y penoso. Las mujeres pocas veces salían victoriosas de reclamos de esa naturaleza. A pesar de los cambios que empezaban a palparse y que venían de la mano de las leyes que Octavio dictaba, el mundo romano aún pertenecía más a los hombres que a las mujeres.

Apia apuró sus pasos, era el día de Mercurio y quería estar en la casa cuando llegara Senecio. No había pensado que los hechos se desarrollarían de esta manera, hubiera preferido que el notario se encargara de todo para no verse obligada a estar presente. ¿Pero qué podía hacer si Senecio había dicho que quería hablar personalmente con ella? Esta situación, sumada a que esa noche se metería de contrabando a la reunión de los comerciantes del Porticus Margaritaria, la tenían alterada.

Cuando llegó a la casa azul del Palatino, Furnilla la esperaba sonriente.

—Mire, ama, estos son los uniformes que me entregaron para que nos vistamos esta noche —dijo extendiendo la ropa de trabajo y luego agregó—: Estos utensilios son para que preparemos las mesas y limpiemos. —Y la mujer le mostró una pila de lienzos blancos, grandes y pequeños.

—Furnilla, no te apures que aún falta mucho para que oscurezca. Antes debo atender a Senecio Sextus.

—¿Hoy?

—Sí, en un rato, aquí, en la casa. Me lo ha informado el notario.

La esclava de inmediato retiró los utensilios de la mesa y los escondió en los canastos de la cocina.

Apia, luego de quitarse la sobreveste y tomar un vaso de agua, le dijo a Furnilla:

—Estaré en el cuarto de los papiros. Avísame apenas llegue Senecio.

Necesitaba pensar, y ese siempre había sido el mejor lugar de la casa, el que más tranquilidad le brindaba.

Se encerró y, rodeada de rollos, meditó: aún no sabía con cuánto dinero contaría porque no estaba segura de si Senecio le daría lo que su padre le había dejado como herencia, o si le entregaría el dinero que ella había ganado negociando. Tampoco tenía certidumbre acerca de qué suerte correría en su intento por ingresar a la reunión semanal del pórtico de los *margaritarius*. Tal vez fuera buen momento para vender la casa paterna. ¿Pero adónde iría ella a vivir si era verdad que la casa azul de Salvio quedaba para su hijo? Entonces de ninguna manera podía vender la paterna, pues quizá tuviera que terminar instalándose en su antigua morada.

Tomó una tablilla de cera y garabateó varias cifras y las distintas opciones que le ofrecían. Algunos montos eran altos mientras que otros, muy bajos. No tenía certezas; sólo estaba segura de que preferiría limpiar cacharros toda su vida antes de quedar bajo la tutela de Senecio. Ella había sido casada *sine manu* y defendería su derecho de rechazarlo como su *pater familias*. Se hallaba sumergida en sus pensamientos y en los números de las tablillas cuando Furnilla le avisó que el dispensador pedía verla.

Se trataba de Liam, el liberto que la auxiliaba en algunas actividades comerciales, como las relacionadas con la teneduría de libros.

Apia dio la orden de que el hombre entrara. Él, aún de pie, empezó a explicarle:

—Mi señora, no quería molestarla hasta que pasara el duelo, pero algunas decisiones no pueden esperar.

—Dime, Liam...

—Están pendientes los impuestos que debemos pagar al gobierno de Roma. Si nos demoramos un día más habrá problemas, ya sabe que...

—Paguemos.

—No hay metálico —dijo avergonzado por tener que darle semejante noticia a su señora.

Apia, apesadumbrada porque estaba acostumbrada a que nunca faltara el dinero, cayó en la cuenta de que la caja de caudales estaba muy por debajo del nivel necesario para poder afrontar los impuestos.

El hombre prosiguió:

—Además, hay que sufragar el salario de los dependientes de la tienda ubicada en Campo de Marte, y de las demás que se encuentran en la vía Sacra, donde se venden las perlas. ¿Estas cargas las pagaremos nosotros o el amo Senecio?

Cada día, tras la muerte de Salvio, se hacía más patente la división entre lo que pertenecía a los Sextus y a ella; la brecha entre los dos patrimonios se abría cada vez más. Apia fue sincera:

—Aún no sé quién de los dos pagará.

—Además, ama, necesito saber a qué barco debo llevar el cargamento de especies que tenemos en el depósito para ser vendido en las otras ciudades.

—Liam, no cuento con respuesta para esas preguntas, pero te prometo por la diosa Orbona que mañana las tendré.

—Me preocupo por el negocio, pero también por usted, ama. No quiero que tenga problemas. Por esa razón la pongo al tanto de la situación.

Liam sentía agradecimiento hacia la mujer y esa era su forma de demostrarlo.

—Ya te he dicho que no me llames «ama». Eres un liberto.

—Lo sé. Ya no la molesto más, volveré mañana cuando caiga el sol y hablaremos de nuevo para ver qué hacemos.

Apia asintió con la cabeza y lo despidió.

Comenzaba a desesperarse al descubrir que las deudas pendientes no podrían aguantar muchos días más sin convertirse en grandes problemas cuando apareció nuevamente Furnilla.

—El amo Senecio ya está aquí.

Apia, a punto de ponerse de pie para recibirlo en el *tablinum*, desistió. Le pareció mejor atenderlo allí mismo. Se sentía más fuerte e independiente entre esos rollos que mostraban que ella hacía negocios y no en el *tablinum*, donde simplemente era la viuda de Salvio recibiendo visitas.

—Lo atenderé aquí.

El cuarto de los papiros era el lugar de trabajo intelectual de la casa. Su marido —y también ella— siempre habían desarrollado sus actividades laborales en ese recinto. Mejor que Senecio la viera allí tomando posesión del sitio que le correspondía.

Luego de ingresar, y sin preámbulo ni saludo alguno, se metieron en los temas escabrosos. No habían transcurrido cinco minutos y ambos ya se hallaban enzarzados en una tensa discusión. Entre ellos no había disimulos, ni un falso buen trato.

Apia, ante la última frase de Senecio, que la acusaba de haber falseado los documentos, se defendió de manera explosiva:

—¡Claro que los papiros que te mostró el notario son auténticos! ¿Por quién me tomas? ¡Los saqué de la misma caja donde estaba el testamento!

—¿Cómo podrías, si no tenías la llave?

—Yo fui quien la puso en el jarrón dorado.

—¿Así que la colocaste allí porque querías esconderme la documentación?

—No, Senecio, sólo deseaba tiempo para consultar a un notario. Pero al fin y al cabo, esto no es lo decisivo; lo importante aquí es saber si me entregarás lo que me pertenece.

—En su testamento, mi padre te ha dejado la casa.

La frase tomó por sorpresa a Apia; aún no lo había leído. Jamás había esperado que Salvio se la dejara. No habían sido muy unidos durante la vida conyugal.

—¿Te refieres a esta propiedad? —preguntó ella para asegurarse.

—Sí, la casa azul.

Apia consideró que recibir la residencia donde vivía la ayudaría, pero eso no la distraería y reclamaría todo lo que fuera suyo.

—Pues yo quiero lo que mi propio padre me dejó en herencia. Tomaré posesión de lo que es mío. Además, Senecio, deseo el dinero de las tierras que vendió tu padre. Seguramente estás muy al tanto porque fuiste cómplice de ese fraude.

—¿Tus tierras vendidas por mi padre? ¿Cómplice yo? ¡Tú firmaste!

—¡Pero yo era una niña para ese entonces! Ni siquiera sabía que había una herencia para mí. Tu padre no me lo dijo.

—Es una explicación que debería haberte dado el tuyo.

—¡Sabes bien en qué condición murió!

—Ya no discutamos más. Te haré una propuesta, Apia: quédate con la casa, como mi padre quiso, quédate con las tierras que Pópulus te dejó, y con el dinero que ganaste, pero prométeme que nunca más comerciarás.

—Eres un idiota. No entiendo por qué quieres prohibirme hacer negocios.

—No quiero la sombra de la joven esposa de mi padre haciendo brillantes negocios cerca de mí, y hasta quitándome los clientes.

—¿Acaso me tienes miedo?

—Claro que no. Sólo que no deseo que la *gens* Sextus sea avergonzada por tu culpa.

—Mira, Senecio, te guste o no, yo seguiré negociando. Y te agrade o no, la casa es mía por voluntad escrita, igual que las tierras que quedan de mi herencia.

—Pero el dinero que ganaste no podrás reclamarlo. Ese capital está dentro del patrimonio de mi padre —le respondió Senecio con seguridad; él ya se había asesorado al respecto.

—Pues en ese caso, entonces, también exigiré la restitución de mi dote. Dame lo que es mío porque si no, te juro por Júpiter, que lo pediré en los tribunales. Y si es necesario, hasta me presentaré ante Octavio para que me haga justicia.

Apia sabía que acababa de asestarle un golpe certero al nombrar al gobernante. Senecio oyó el poderoso nombre y de inmediato la preocupación se instaló en su rostro. No había esperado semejante embestida. Se daba cuenta de que había cometido el grave error de olvidar la relación que ella tenía con el *imperator*, como ahora se hacía nombrar. No le quedaba claro qué los unía, pero estaba seguro de que si Apia le pedía su cabeza a Octavio, el hombre se la daría. Mucho más si se trataba de ayudarla en un simple resarcimiento económico. Sextus no era un apellido de la devoción de Octavio. Y Apia Pópulus, en cambio, sí lo era por muchos acontecimientos del pasado.

Senecio se acomodó a la nueva situación en la negociación que estaba llevando adelante con la viuda de su padre. Sabía que la ley le permitía a la esposa del difunto pedir la restitución de la dote que su padre había entregado al momento de la boda. Con Octavio de por medio, Senecio tenía claro que debía bajar sus pretensiones.

—Está bien, Apia, tendrás la casa y lo que te queda de tierras y dote. Pero como el dinero ganado resultó de usufructuar una parte de la fortuna de mi padre, sólo lograste ampliar la suya, pero no la tuya.

—Él me dio una pequeña suma de dinero para mí —protestó— y yo la acrecenté.

—Según la ley romana, los esposos no pueden hacerse donaciones entre sí. Así que jamás podrás alegar que él te dio ese monto de metálico. Solamente trabajabas el dinero de mi padre.

—Tú sabes cuál es la verdad... —dijo Apia.

—Lo único que cuenta es lo que dice la ley y lo que está escrito en los papiros. Así que tampoco te daré dinero por las tierras de tu padre que fueron oportunamente vendidas porque está de por medio tu firma. Tú las vendiste y no podrás reclamarlas.

—¡Ya basta, Senecio! ¡Como buen ladrón que eres, quédate con esa parte! La vida se encargará de devolverme con creces lo que es mío —respondió Apia, que se había resignado a alcanzar un solo objetivo: continuar comerciando. Estaba segura de que si lo conseguía, recuperaría muy pronto el dinero perdido.

—No es poco quedarte con la casa, las tierras que todavía están a tu nombre y lo que queda de la dote —dijo él.

—No se trata de poco o mucho, sino de lo que es «justo» —enfatizó—. Pero el significado de esa palabra a ti, Senecio Sextus, te queda demasiado grande.

—Me da igual lo que opines de mí.

—Como a mí también tu opinión sobre mi persona. Así que te advierto que seguiré comerciando. No podrás impedírmelo, las leyes de Octavio protegen a la mujer.

Otra vez aparecía en escena el gobernante y Senecio se llenaba de temor. La sola mención de su nombre hacía mella en él. En cierta manera, Apia ventilaba una verdad, y si bien aún no estaba clara la aplicación concreta en sus pretensiones comerciales, sí era cierto que la promulgación de los últimos edictos beneficiaba a las mujeres en muchos sentidos. Entonces, Senecio le dijo:

–Hazlo, mujer, comercia si puedes, claro. Ya sabes que en las cofradías sólo pueden ingresar hombres.

Senecio se puso de pie y se dirigió hacia la puerta.

Apia le respondió una última frase:

–Ese será mi problema.

Cuando el hombre se marchó, Apia percibió que las emociones la ahogaban. Se sentía sola y desamparada. Una sensación física –la de hallarse al borde de un precipicio– la perseguía desde hacía varios días y le traía un frío en la boca del estómago que la torturaba. Deseó que estuviera allí su madre o su padre. ¡Deseó tener hermanos o hijos! Pero no, ella estaba sola y únicamente disponía de Furnilla, una simple esclava en la que confiaba, sí, pero que sería de escasa ayuda si llegaba un momento realmente difícil. Tenía deseos de llorar, se dio cuenta de que iba a quebrarse, pero cerró fuerte los ojos. Y allí, sentada en el taburete del cuarto de los papiros, se pensó de metal. Dura y fría, como le había enseñado su madre, tal como ella había practicado todos estos años de casada para poder subsistir. Y entonces, concentrándose en las fuerzas que le quedaban, lo logró. Se endureció, apartó los dolores y así pudo seguir respirando. No se lo había dicho a nadie, ni a ninguna persona parecía importarle, pero era el día de su cumpleaños número veinticinco.

Se puso de pie, ya no quería pensar más en eso y se tendió en el piso extendiendo las piernas y los brazos todo lo que podía; así, solía sentirse a salvo y lograba serenarse.

Luego, sosegada y en posición fetal, se quedó dormida tal como le pasaba después de un rato de nervios.

Minutos después apareció Furnilla con una vasija en la mano trayéndole la infusión relajante que a su ama le sentaba bien después de sortear situaciones difíciles. Pero al verla descansar se marchó de puntillas; no era la primera vez que la encontraba durmiendo en el suelo. Se alegró de que su ama pudiera reposar aunque fuera de esa manera. Los últimos días venían siendo espinosos como las rosas que crecían en el peristilo.

Afuera, en la calle, una vez que Senecio se subió a la litera, meditó que no estaba conforme con el resultado obtenido en la discusión con Apia Pópulus. Lo peor no era la parte económica, sino saber que ella negociaría muy cerca.

Lo normal –y lo que pasaría en cualquier familia romana– tras la muerte de su padre, sería que él, en tanto único hijo varón, continuara con los negocios paternos. Era el sucesor de Salvio Sextus en todos los sentidos, pero esta estúpida mujer quería entrometerse en la vida pública que significaban las labores comerciales. Ya podía imaginarse los chistes que tendría que soportar, esos que tanto les gustaban hacer a los romanos. Le parecía oír a los comerciantes bromear acerca de que la mujer de su padre le sacaría los clientes. Y ni hablar si la gente se enteraba de que ella había concretado una operación brillante. En ese caso, como alguna vez ya le habían susurrado en medio de carcajadas, le dirían: «La esposa de tu padre es más lista que los dos Sextus juntos». Tener una mujer que había sido de la familia comerciando en las mismas áreas que él sería una verdadera tortura. Trató de consolarse pensando en que al menos ella no había tenido hijos, porque Apia Pópulus podía ser magnífica para obtener ganancias, pero había sido inservible para lo único con lo que debía cumplir una romana: parir hijos. Concluyó que no debía quejarse: si hubiera alumbrado una criatura, tendría que compartir la herencia con esa prole; y con el tiempo, también los negocios. Era innegable que la hechicera de Suburra había hecho su parte; se acordó de ella y decidió visitarla una vez más para asegurarse un auxilio extra en las hostilidades que –sabía– se avecinaban.

Una hora después Apia escuchó la voz de Furnilla que le llegaba entre sueños.

–Ama, despierte, debemos prepararnos.

Apia se sentó en el piso. Se había quedado profundamente dormida. Mejor, incluso, que cuando descansaba en la cama; no era la primera vez que le pasaba. Por estos tiempos, dormir por la noche se le había vuelto una responsabilidad que debía cumplir, y no siempre lo lograba. Miró por la ventana y calculó la hora.

—Aún es la tarde...

—Lo sé, pero debemos empezar a prepararnos. Como es nuestra primera vez, será necesario presentarnos en el salón cuando caiga el sol.

Apia se puso de pie. Sabía que le llevaría un buen rato parecer una auténtica sirvienta.

—Vamos al cuarto de las mujeres, que me ocuparé de su ropa para que nadie sospeche quién es usted.

—Cuantos menos esclavos sepan lo que haremos, será mejor —dijo Apia mientras se dirigían a la sala donde le realizaban el arreglo diario.

Una vez dentro, Furnilla comenzó con la transformación para darle a su ama el aspecto de mujer sencilla. Le quitó el maquillaje, le recogió el cabello y la puso al tanto:

—En la lista de los trabajadores que ingresarán al salón estarán inscritos nuestros nombres. Me he anotado como Furnilla, y a usted, como Gaya Paulina.

Se inclinó por ese nombre porque le había parecido suficientemente común.

—Gaya Paulina... —repitió Apia para sí. La nueva identidad había captado toda su atención, se le hacía extraño transformarse en otra persona.

≻✖≺

Dos horas más tarde Apia y Furnilla salían por la puerta de servicio de la casa azul, aquella abertura que las viviendas romanas tenían a un costado de la construcción y casi siempre daban a un callejón o una calle con poco movimiento.

Si alguien observaba de manera rápida a esas dos mujeres, pensaría sin dudar que se trataba de muchachas trabajadoras que iban rumbo a una labor rudimentaria. Las túnicas de ambas eran sencillas, de colores claros y de tela rústica; el pelo lo llevaban recogido y envuelto en una tela –color crema para Apia y marrón para Furnilla– que hacía de cinta y pañuelo a la vez. En las manos cargaban sendas pilas de lienzos de distintos tamaños. Claro que si se aguzaba el ojo y se prestaba atención podían descubrirse algunos gestos que delataban algo extraño en la situación: el caminar de la mujer más voluptuosa era altanero, más lento y, por momentos, casi distraído. El de la rubia y más delgada, era rápido y práctico; parecía guiar a la otra. La mirada de la morena iba concentrada en algo que no estaba en este mundo, se trataba de un sentimiento doloroso que había en su corazón y que la mantenía ensimismada. Los ojos claros de la rubia iban atentos a cada detalle que la calle presentaba. Es que Furnilla no quería que ningún imprevisto arruinara el plan, y entendía que su ama no estaba lúcida ni fuerte como siempre.

Apia sólo tenía un deseo: conseguir la información que iba a buscar y volver a su casa de manera urgente. Sentía algo de inseguridad en marchar por la calle como una simple romana, y no como la señora aristocrática que era. A ella siempre le había bastado salir y caminar dos pasos por la ciudad para ser respetada por toda persona que la mirase. La calidad de sus ropas, el lujo de su litera, su andar delicado y su manera culta de hablar y moverse, enseguida la ponían en la cima de la sociedad. Ahora, sin sus etéreas defensas se sentía desprotegida. Trataba de alejar esos pensamientos centrando su mente en un único objetivo: obtener los datos que necesitaba para poder comerciar. Porque negociar le permitiría seguir siendo quien era. Si perdía esa posibilidad, se extraviaría de manera definitiva en esa vida de joven mujer viuda sometida al mandato de los hombres. En ese mundillo, ella se quedaría sin nada, vacía, sin siquiera una existencia. Tenía temor a terminar sin saber quién era realmente, porque comerciar constituía su única razón de ser y la transformaba en la verdadera Apia Pópulus. O peor aún, verse obligada a casarse otra vez con un hombre a quien no quisiera ni la atrajera. Ella precisaba seguir adelante con sus negocios por esos dos motivos.

Habían salido de la casa azul sin que los demás sirvientes las vieran. La idea consistía en que nadie se enterara de su cometido, pero habría que ver si podrían lograrlo. Si alguien conocía el objetivo, Apia podría tener problemas; y como Senecio siempre estaba al acecho de algún error, lo mejor sería no llamar la atención.

Ese anochecer ambas caminaron las varias calles que las separaban de la vía Sacra y, cuando llegaron al pórtico de los *margaritarius*, Apia no pudo evitar mirar las tiendas que habían sido de su marido y que ella había ayudado a fundar y abierto con la idea de vender perlas para los vestidos. Si no torcía el rumbo —estaba segura—, las perdería a manos de Senecio. Avanzaron unos pasos más y allí, casi junto al pórtico de los comerciantes perleros, dieron con el salón donde se realizaban las cenas. Furnilla, que guiaba la marcha, debió tomar del brazo a su ama para cambiarle la dirección porque Apia iba directo a la puerta principal y ellas debían entrar por el portón de reja que comunicaba con el patio de atrás, único ingreso de las trabajadoras. Apia no podía dejar de mirar las tiendas que, aunque estaban cerradas por el horario, igual podía reconocer perfectamente porque le habían pertenecido.

Como siempre, la zona permanecía custodiada día y noche por una guardia compuesta por soldados romanos contratados por los mismos comerciantes; la mercancía que movían en esos negocios era demasiado costosa para arriesgarse a sufrir un robo. Esa noche, como en cada reunión, los uniformados también cuidaban la entrada al salón. El poder político integrado por los gobernantes, y el económico, por los comerciantes, se devolvían favores, y prestarles o alquilarles soldados formaba parte del acuerdo. Sobre todo, en una Roma que subsistía sin policía en sus calles porque dicho poder aún no había sido creado.

Cuando Furnilla vio la guardia, tomó del brazo a Apia con la mano que le quedaba libre y avanzaron juntas. Uno de los soldados las detuvo.

—De a una, señoras —exigió.

Furnilla miró a su ama y, cuando Apia asintió con la cabeza en señal de que estaría bien, ella recién siguió avanzando. Entraría primero y su señora, después.

La mirada de Apia seguía puesta en las tiendas.

La esclava marchó hasta llegar al siguiente soldado, apostado junto a la puerta de la cocina del salón.

—¿Qué traes allí, mujer? —le preguntó antes de franquearle el ingreso.

—Lienzos. Esta noche mi compañera y yo armaremos el *triclinium* y fregaremos —dijo dándose vuelta para señalar a Apia y agregó—: Mi nombre es Furnilla.

El hombre revisó la lista en el rollo que llevaba en sus manos y, al confirmar que figuraba el nombre, le indicó:

—Pasa, mujer.

Furnilla avanzó, pero enseguida, al darse vuelta, comprobó que su ama se detenía ante el mismo guardia.

El soldado le hizo a Apia la misma pregunta «¿Qué traes?» y obtuvo igual respuesta «Lienzos».

—¿Nombre?

Y Apia, absorta por la dolorosa observación de las tiendas y todos los recuerdos que le traían, pareció no oírlo.

—¡Nombre! —insistió el joven soldado.

Ella, que esta vez lo escuchó, respondió con rapidez.

—Apia Pópulus.

—No estás en la lista —respondió mirando el rollo y le indicó—: Debes marcharte.

Apia, con los sentimientos a flor de piel por la humillación que estaba pasando y sin recordar ni por un momento la identidad que debía adoptar ni el nombre de Gaya Paulina que Furnilla le había dado, muy campante exigió:

—¡Abrid la puerta, soldado!

Lo dijo con tal convicción y un tono tan aristocrático que hasta el hombre uniformado por un instante dudó en obedecerle y dejarla pasar.

El soldado la miró confundido, pero reaccionó y al fin le espetó en un grito:

—¡Te he dicho que te marches, mujer! ¡No estás en la lista! ¡Sólo pueden pasar las que están anotadas!

Furnilla, que se percató de lo que estaba sucediendo, vino en rescate de su ama y explicó:

—Ella es Gaya Paulina, viene conmigo. Ambas nos encargaremos esta noche de fregar.

El guardia resopló ruidosamente y muy seguro aseveró:

—No quiero problemas. Que ella se marche.

Furnilla, viendo que Apia seguía callada, miró de frente al soldado y empezó con una perorata en voz suave pero muy insistente sobre cuál era el motivo que había llevado a la confusión: su amiga Gaya ese día no se sentía bien.

El problema suscitado con las dos mujeres llamó la atención del centurión que evidentemente estaba a cargo del grupo. El hombre se acercó interesado en saber qué sucedía. Era alto, de cabello oscuro y algo enrulado, sus ojos de color verde claro llamaban la atención.

—¿Qué sucede, mujer? —le preguntó a Furnilla, a quien, por ser la que hablaba, consideró en problemas.

—Mi amiga se llama Gaya Paulina y está en la lista. Sólo que se equivocó al decir su nombre.

—Señor, le pregunté y me dijo uno que aquí no figura —explicó el soldado más joven a su superior.

Mirando a Apia, el centurión le preguntó:

—¿Cómo te llamas?

Apia, que al fin parecía haber reaccionado con lucidez, respondió:

—Gaya Paulina, y he venido a trabajar. Sólo que hoy tuve un mal día y estaba distraída.

—¿Qué te ha pasado? —preguntó el centurión tanto para saber si mentía como por curiosidad. La muchacha lucía triste.

Furnilla vino en ayuda y por las dudas agregó a tiempo:

–Mi amiga hoy fue maltratada por un hombre de su familia. No se siente bien, pero necesita trabajar.

En realidad, lo que acababa de decir no era una mentira. Esa tarde, Senecio Sextus había quebrado el interior de su ama.

–Está bien, Gaya, pasa con tu amiga y ponte a trabajar –dijo el hombre mientras sus ojos la miraron con bondad.

La chica, pensó, en verdad era hermosa, y claro, romana. Los colores de piel y ojos de las dos mujeres contrastaban y saltaba a la vista cuál era la romana y cuál no. Un romano siempre miraría a una romana antes que a cualquier otra mujer.

Minutos después, mientras acomodaban los camastros del *triclinium*, Apia y su esclava respiraban aliviadas. ¡Por poco las pillaban! Pero ya estaban dentro y ahora tenían que lograr su cometido.

Cuando los comensales llegaron, Furnilla y otras mujeres fueron las encargadas de distribuir las fuentes con los trozos de comida. En la cocina, Apia y el resto del grupo fregaban las copas y los cacharros que les traían sucios y devolvían limpios. Por momentos, cuando la faena mermaba, Apia se quedaba cerca de la puerta que daba al salón para escuchar las conversaciones que los comerciantes llevaban adelante.

La noche avanzaba, la cena también y los hombres estaban cada vez más borrachos, pero ya se habían puesto de acuerdo en las decisiones importantes, y tomado las resoluciones pertinentes: qué barco fletarían, en qué fecha saldría rumbo a Egipto para comprar, precio de venta de las perlas, ciudades donde se las comercializaría y algunos datos más. Ella había alcanzado a escuchar casi todo y si algo le faltaba –estaba segura– Furnilla lo habría oído.

Las manos de Apia limpiaban, pero su cabeza no se detenía ni por un instante. Meditaba acerca de la suma de dinero que necesitaba enviar al consorcio a fin de pagar la parte de perlas que deseaba comprar; se trataba de un monto alto y no sabía si ella llegaría a juntarlo. En la misiva, el líder del consorcio le había dado una respuesta muy clara: ella no podía entrar a las reuniones, pero sí seguir comerciando. Y ahora, con los datos que había recabado, podía dar el siguiente paso. Mientras sus manos fregaban fuentes y copas, llegaba a la conclusión de que el liberto Liam debería desempeñar un papel más importante en sus negocios. Lo nombraría como tutor y lo enviaría para que la representara en los actos y en los círculos que tenía vedados por su sexo. «¡Ojalá dejen entrar a Liam a la cofradía!», deseó, pero sabía a ciencia cierta que los *margaritarius* jamás compartirían mesa con un hombre que alguna vez había sido esclavo.

En Roma, algunas damas comerciaban, sí, pero con limitaciones. Apia no era la única, muchas en la ciudad lo hacían, pero muy pocas podían realizarlo de manera completamente independiente. Para comerciar y administrar sus herencias y capitales, las romanas necesitaban nombrar un tutor masculino de su confianza, quien firmaba los papeles correspondientes en su nombre. Como a estos hombres ellas les pagaban con dinero de su propio peculio, el sexo femenino lograba así una precaria libertad encubierta bajo la figura de un tutor que actuaba a su petición, en definitiva, un títere pago. Hecha la ley, hecha también la trampa, porque si había un impedimento, ellas buscaban la solución. Se trataba de un subterfugio sencillo para la clase alta, pero la romana humilde aún tenía mucho por qué pelear. En otros aspectos, sin embargo, las mujeres sencillas gozaban de más libertades que las aristocráticas porque, al tener que ganarse el pan fregando o cocinando, podían salir a la calle vestidas como quisieran, en el momento que lo desearan y sin damas de compañía, como se le exigía a la romana distinguida. Cada clase social contaba con ventajas y desventajas, pero la mujer siempre se las ingeniaba para lograr una pizca de libertad dentro de la legalidad inventada por el sexo masculino.

Furnilla esa noche ingresó a la cocina junto con las demás trabajadoras, y todas se dedicaron a fregar los últimos utensilios sucios que quedaban de la cena. El grupo, conformado por unas quince mujeres, hablaba de llevarse lo que había sobrado de comida. Quedaban dos lechones enteros y varios pollos.

Participarían del reparto todas las que habían trabajado, incluidas ellas dos, que cargarían algo de carne para no llamar la atención. Las mujeres estaban felices con el botín.

Las horas habían transcurrido y ya no quedaban comensales cuando las trabajadoras comenzaron a preparar los atados en los que llevarían la comida y los lienzos sucios para ser lavados. Se hallaban en plena tarea cuando la voz masculina que sonó desde la puerta llamó la atención de todas.

—Señoras…, ¿será mucho pedir que me den un poco de pollo para mis soldados que han hecho guardia hasta recién?

Se trataba del hombre alto y musculoso de ojos bondadosos.

Apia, que no se olvidaba del gesto que había tenido en la entrada, respondió de inmediato:

—Aquí hay algo para sus hombres —dijo y le extendió el atado que acababa de hacer para ella.

Furnilla la miró con desaprobación. Apia se olvidaba de algo esencial: debía pasar por pobre, por una mujer con hijos hambrientos que no cedería tan fácilmente toda su comida.

De las demás trabajadoras sólo algunas donaron una parte de sus alimentos. Furnilla ofreció una pequeña ración —no completa— porque le pareció mejor no llamar la atención.

—Muchas gracias. Que la diosa Orbona las recompense.

Apia escuchó el nombre de su deidad amada y lo tomó como una buena señal. Miró al hombre y le sonrió. Él le devolvió otra sonrisa y le preguntó:

—¿Cómo te encuentras, Gaya Paulina? ¿Mejoró tu día?

—¡Oh, sí, gracias! —dijo Apia mientras pensaba que el hombre no imaginaba por todo lo que ella había pasado durante esa jornada.

—Dadme agua, por favor —pidió él.

—¿Quiere vino? —preguntó Apia solícita y con sumo respeto.

Ella había sido educada para ser una buena anfitriona, amable y atenta, sin importar el lugar donde estuviera.

«Otra equivocación», pensó Furnilla. ¿A quién se le ocurría semejante ofrecimiento en un momento así? Sólo a su ama.

—Ya quisiera, pero no puedo —respondió el soldado—. Estoy trabajando.

—Ah, perdón... —dijo Apia avergonzada.

—No tenías por qué saberlo. Soy el centurión Manius Marcio y estoy a vuestras órdenes —se presentó haciéndoles una reverencia a ella y a Furnilla.

Ambas le respondieron con una inclinación similar.

Mientras ellos conversaban, algunas de las mujeres tomaron su atado y comenzaron a marcharse de la cocina para recibir la paga por los servicios prestados durante la velada.

A Furnilla le pareció preferible ir ella sola hasta el lateral del pórtico para buscar el cobro de ambas. Cuanto menos la vieran a Apia, mejor. Se lo dijo en voz baja y agregó:

—Usted termine de acomodar lo que llevaremos —dijo refiriéndose a la comida y a los lienzos sucios.

Apia asintió con la cabeza.

Al soldado no le llamó la atención la actitud de Furnilla, creyó que había decidido dejarlos solos porque había descubierto que a él la chica le gustaba. Había algo en esa muchacha que lo atraía, como si necesitara la protección y el cariño que él era capaz de brindarle. Puso en palabras lo que sentía:

—Mira, Gaya Paulina, te diré algo si prometes no ofenderte. ¿Puedo?

—No me ofenderé —contestó segura.

¿Cómo podía creer que se ofendería, si ella no era Gaya Paulina, ni pobre? Más bien era una impostora que había venido a conseguir por las buenas o por las malas lo que le negaban y que necesitaba para subsistir. Estaba en ese lugar luchando por su vida con una mentira por estandarte. ¡Claro que no tomaría como una ofensa lo que dijera un simple soldado! Uno que para colmo de males parecía un buen hombre. Lo miró mejor y en su mente agregó: «Y además, encantador». En ese mundo rústico, él parecía ser el único civilizado.

Al verla receptiva, le sonrió y se animó a decirle:

—Gaya Paulina, puedo acompañarte a tu casa... para que ese hombre de tu familia que te amargó el día no crea que puede volver a maltratarte.

—¡Oh, no, usted tiene sus propias obligaciones! —repuso Apia mirando la cesta repleta de comida que él debía llevarle a sus soldados. Según entendía, el centurión, además, era el encargado de cerrar con llave la entrada del patio cuando ya todos se fueran del lugar.

—Le entregaré esto a mis hombres y mi labor aquí estará terminada. Podría cerrar la puerta grande del patio e ir con ustedes —dijo incluyendo a la amiga rubia para que la muchacha no tuviese miedo de su compañía.

—No es necesario —respondió rápidamente Apia.

Eso no podía pasar bajo ningún punto de vista.

Furnilla, que acababa de entrar y alcanzó a oír algo de la conversación, agregó:

—Señor, no se haga problema, yo la acompañaré.

—Pues en tal caso, las dejo tranquilas. Ha sido un placer conocerlas —dijo mirando divertido los dos rulos de Apia que habían comenzado a escapársele del pañuelo color crema que llevaba en la cabeza.

Sonriendo, el hombre le dijo una última frase antes de marcharse:

—Gaya Paulina, apuesto a que tu bonito pelo castaño es muy largo y enrulado.

Apia no supo qué responder, pero sí, la frase logró arrancarle una sonrisa.

Una vez solas, Furnilla le señaló:

—Vámonos, ama. Ya tengo el dinero, todo salió bien.

Ambas caminaban por la calle cuando las tiendas de venta de perlas de nuevo captaron la atención de Apia y la llenaron de tristeza. Pero esta vez la imagen tuvo competencia y sus ojos se distrajeron porque la figura enorme del lindo soldado atrapó su mirada. Sin dejar de marchar, observó al hombre de reojo, no quería que se diera cuenta de que no podía dejar de mirarlo.

Algo de él le traía a la memoria su adolescencia, ciertas sensaciones perdidas volvían a ella. Recordó que por esos tiempos se deleitaba al ver a esos hombres vestidos con uniformes; los encontraba fuertes, elegantes y atractivos. Recordó, también, cómo esos cuerpos musculosos habían despertado sus primeros impulsos sexuales cuando todavía no era una mujer casada. Luego, con la boda, su sexualidad se había vuelto otra cosa muy diferente, y ella se había olvidado de esas sensaciones que ahora retornaban a su memoria.

Apia y Furnilla llegaron a la casa vistiendo una sobreveste con capucha. Las capas y las sombras las habían protegido de las miradas curiosas. Nadie las había visto irse, ni nadie las había observado llegar. Tampoco ningún vecino indiscreto parecía haber descubierto la escapada nocturna. Los esclavos de la casa ya descansaban en el piso de arriba de la vivienda.

A pesar de la hora, Apia le dijo a su esclava:

—Furnilla, vete a dormir, que yo iré a trabajar un rato al cuarto de los papiros. No quiero olvidarme de nada de lo que hoy escuché.

—Me quedaré con usted. Le prepararé una tisana.

—No es necesario.

—Sí, lo es. Ya mismo se la preparo y se la llevo.

La esclava era incondicional con Apia, que se preguntó: «¿Qué sería de mi vida sin Furnilla?». Pero no halló una respuesta. Resultaba imposible imaginar una existencia sin la enviada de Orbona.

Asomaban las primeras claridades de la madrugada cuando Apia, finalmente, salió del cuarto de los papiros y halló a Furnilla dormida en uno de los camastros del *tablinum*. Ella también se iría a descansar, necesitaba dormir, aunque fuera un poco; estaba segura de que esta vez su reposo sería pacífico porque había logrado plasmar en dos rollos todos los movimientos comerciales que realizaría para seguir adelante con la compra y la venta de productos y, sobre todo, de las perlas. Se trataba de

actos certeros que transformarían a Liam en una pieza fundamental del engranaje.

Caminó de puntillas hasta su cuarto que daba al atrio, no
quería despertar a Furnilla; si su esclava la oía, querría ayudarla
a colocarse la ropa de dormir.

Rendida, Apia ni siquiera abrió la cama y se acostó vestida.
El sueño la atrapó enseguida, pero fue agitado y poco reparador.
Esta vez no fueron las pesadillas que la persiguieron durante las
últimas noches, sino que el desasosiego tenía otro origen muy
diferente. Ella se movía inquieta entre las sábanas porque en las
imágenes que venían a su mente el soldado la tomaba en brazos
y la besaba con pasión.

Se sentó en la cama de improviso, el beso había sido tan
vívido que aún se hallaba temblando.

En el foro, en la parte trasera de uno de los edificios gubernamentales, Marcio Manius hizo lo mismo: tras despertarse,
tomó asiento en su lecho. No sabía si por culpa de lo que había
bebido esa noche o de qué, pero acababa de tener un sueño tan
real con la chica que fregó el salón, que ahora ya no volvería
a dormirse sin una mujer que lo satisficiera. Su deseo se había
vuelto tan intenso que le había quitado el sueño. Se puso de pie,
se calzó y fue hasta la puerta. La abrió listo para caminar las
calles que lo separaban de Suburra, donde siempre había alguna
mujer dispuesta a complacerlo, a veces por dinero, otras por
puro gusto. Su fama de buen amante lo precedía y le daba esos
beneficios. Vería qué había disponible esa noche. Un soldado
romano, y más si era apuesto, siempre tenía mujeres amigables
en Roma. ¿Alguna vez una le diría que no? No lo creía. Avanzó
dos calles. Ya tenía decidido a quién visitaría. A simple vista, la
metrópoli dormía, pero si se hurgaba en sus rincones había más
actividad de lo que se sospechaba.

Capítulo 6

RECUERDOS

Año 44 a. C.

La jovencísima Apia Pópulus llevaba varios meses de casada y como señora de la casa había aprendido a dominar muy bien sus obligaciones en la residencia.

Esa noche dio las órdenes a sus esclavas para que quitaran el tabique de madera que separaba la sala de visitas del patio grande de la casa. Quería armar los camastros para cenar tendidos con vista al verde. Usarían la mejor vajilla, la traída de Oriente; husmeando en los aparadores de la casa de Salvio había descubierto que estaba sin estrenar. Esa noche, una de las últimas de calor, era el momento justo para usarla, tenían un invitado especialísimo. Senecio, el hijo de su marido, los visitaría por primera vez; y ella al fin lo conocería.

El tiempo de matrimonio le había bastado para entender lo que se esperaba de ella; en su noche de bodas le había quedado claro que lo mejor que podía hacer era llevarse bien con Salvio. Pero había una realidad inquebrantable: Apia mandaba sobre todas las personas que vivían en la residencia, salvo sobre su esposo, el único que podía enseñorearse sobre ella. Los demás, en su hogar y fuera de este, la reverenciaban. Veía la pleitesía con que la saludaba su vecino, el senador Tribunio. Se había transformado en la mujer de un hombre rico y respetado, sumado a que era hija de Tulio Pópulus, político también muy importante en la sociedad romana.

Su antiguo mundo había desaparecido, y ella aprendía a sobrevivir en el nuevo con las reglas que lo regían y que descubría poco a poco. Atrás, muy lejos, había quedado su universo infantil.

Su madre había muerto en el *idus* del mes de julio, lo que significó un dolor muy grande –sobre todo, porque luego de la boda la había visto sólo en dos oportunidades–, pero había enfrentado la pérdida tal como Caelia le había enseñado: convirtiéndose en metal. Había comprendido que no importaba el padecimiento que se sintiera un día porque al siguiente la vida continuaba y había que levantarse cada mañana. Por esa razón era bueno aprender a ser fría y dura.

Caelia falleció justo cuando Octavio, buscando ganarse el favor del pueblo romano, celebró de manera grandilocuente los juegos públicos en honor a la diosa Venus Genetrix. El muchacho había incluido duelos a muerte, cacerías, banquetes y obras teatrales, lo que a la gente común le encantó. Por aquellos días en el firmamento había aparecido un gran cometa que los adivinos interpretaron como el espíritu de Julio César ascendido a los cielos y transformado en dios. Apia no opinaba igual porque el dictador había muerto hacía mucho mientras que Caelia había partido en el día y la hora en que apareció el cometa por primera vez en el cielo; por lo tanto, si se trataba de una señal, esta había provenido de su madre y no del antiguo gobernante. Claro que en Roma todos querían creer que se trataba de César y no de otra cosa, porque algunos adivinos habían comenzado a opinar que la señal en el cielo vaticinaba que el fin del mundo se acercaba; y los romanos, lejos de desaparecer de la tierra, deseaban seguir disfrutando de la vida que les brindaba su ciudad, la mejor del mundo antiguo. Realmente había sido un suceso llamativo. El astro había brillado durante siete días con una luz tan intensa que se veía a la hora undécima; es decir, en la penúltima de cada jornada de acuerdo con las horas romanas, que iban desde la *prima*, cuando salía el sol.

A los ojos de cualquiera parecía que la ciudad de Roma se hallaba tranquila, pero lo cierto es que bajo la paz aparente había comenzado a latir una fuerte lucha política entre dos marcados bandos. Uno, representado por Marco Antonio, actual cónsul romano y general respetado del ejército que había sido parte de numerosas batallas; otro, por el joven Octavio, astuto y sediento de poder.

Este último, desde que había llegado a Roma, venía cumpliendo todos los puntos del testamento de Julio César: desde aceptar convertirse en su hijo adoptivo, hasta pagar los trescientos sestercios a cada ciudadano romano, tal como el difunto había pedido que se hiciera con su dinero. Esta petición no había resultado fácil de formalizar porque la fortuna y la documentación de Julio César la tenía en su poder Marco Antonio, y este se había negado a entregársela a Octavio. Sin embargo, el muchacho, decidido a cumplir el testamento, había vendido parte de sus propios bienes y con el producido le había pagado a la plebe. Poner en manos del pueblo ese monto, sumado a los gloriosos juegos que había organizado, le había valido que en las calles se lo nombrara con cariño y comenzara a respetárselo como líder.

A pesar de ello, Octavio se daba cuenta de que el mayor obstáculo para detentar el poder total que él deseaba era, justamente, Marco Antonio. Esa razón lo había llevado a aliarse con Cicerón, orador sobresaliente, para que se encargara, en catorce discursos, de hablar mal de su contrincante. Cicerón ya había dado varios cuando Marco Antonio se enteró de la oratoria en su contra y se indignó. Por culpa de esas calumnias cada día tenía más enemigos en Roma. A esta preocupación se le añadía otra: su período como cónsul romano culminaba en breve y entonces dejaría de ser inmune porque mientras fuera magistrado nadie podía actuar legalmente contra él. Según la usanza, cuando terminara su nombramiento se le daría una región y ese sería el único territorio donde podría mantener su *imperium*. El sitio estipulado sería Macedonia.

Por estos días la política interesaba a cada ciudadano romano, incluida Apia que, desde que se había casado, prestaba atención a esos movimientos que terminaban influenciando su vida. Era *vox populi* que Octavio y Marco Antonio acrecentaban su antagonismo porque se disputaban el gobierno de Roma.

Así como contrarias eran sus formas de actuar, también lo eran sus aspectos. Porque el primero era rubio, de estampa delicada y de mente fría. El segundo, moreno, fuerte y apasionado.

Contrastes que no presagiaban un buen final.

Roma vivía bajo una falsa calma, tal como sucedía en la casa azul ubicada en el barrio del Palatino, donde la convivencia pacífica entre Apia y Salvio parecía la de una pareja feliz. Pero si se escarbaba en la superficie de las rutinas y se prestaba atención a los detalles, se podía descubrir que él controlaba en cada pormenor que Apia fuera una mujer sumisa; y que tenía escondidos bajo llave en el arcón del cuarto de los papiros los documentos del contrato matrimonial porque no quería darle explicación alguna de lo que había pautado con su padre. Consideraba que Apia era demasiado joven para entender de propiedades y herencias; entre menos datos, más sumisas eran las esposas. Si se observaba a Apia, se podía notar que ella hacía uso de algunos trucos para que el acto sexual terminara lo más pronto posible, y que varias veces en la semana decía estar enferma del estómago para luego comer sola en la cocina, o que cada noche, una vez que él se dormía, colocaba una almohada entre ambos para que sus cuerpos no se tocaran. Se valía de una simple excusa: esa siempre había sido su costumbre.

Esa tarde, Apia se miró en el espejo y sonrió satisfecha. Le gustó lo que vio cuando las esclavas acabaron de peinarla en el cuarto de las mujeres donde cada mañana la arreglaban y que siempre estaba lleno de personal femenino.

Por ser mujer casada, Apia, a pesar de tener sólo catorce años, podía usar peinados recogidos —propios de matrona— con trenzas entrelazadas y cintas; y eso a ella le encantaba, le agradaba el arreglo sofisticado del cabello. Aunque consideraba que pagaba un precio demasiado alto por los beneficios de su vida de esposa, porque los peinados estrafalarios y los esclavos a los que mandaba no le compensaban el tipo de existencia que llevaba. Se miró nuevamente y controló que los detalles de su vestimenta estuvieran en orden: calibró los extremos de la túnica en distintos matices lilas para que uno quedase más largo, ajustó la trencilla de oro en la cintura y se acomodó en el cuello el cordel con la perla que le había obsequiado su madre.

En los últimos meses su cuerpo y su rostro habían sufrido una leve alteración; no entendía qué, pero parecía mucho mayor. Embarazada no estaba, porque su menstruación se había presentado puntualmente desde el día de su casamiento. Y eso que creía estar haciendo todo lo que debía para que viniese un bebé. Le daba pena no tener a su madre para que le diera consejos sobre estos temas; los hablaba un poco con las esclavas que tenían hijos, pero comentar demasiado con ellas significaba menoscabar su autoridad. Una *domina* no podía saber menos que sus siervas, aunque se tratara de ese tema.

A los cambios físicos de Apia se les sumaban los de su personalidad. Atrás habían quedado sus modales aniñados, y cada día se sentía más segura en su nuevo papel.

Con su padre apenas si conversaban cuando se veían. La familiaridad propia de hija pequeña que alguna vez había disfrutado en su casa de soltera se había perdido. En un par de oportunidades había descubierto a Tulio observándola en silencio; y en una ocasión en que estuvieron solos —Salvio siempre estaba presente en sus encuentros— notó que él quería hacerle una pregunta. Nervioso, había comenzado a balbucear una frase, pero al aparecer nuevamente Salvio, se había callado y ella se había quedado con la duda.

Apia se colocó en el cuello el perfume de esencia de lirio que había comprado en la última incursión al mercado de fragancias; se trataba de una untuosa sustancia que se lograba, como muchos perfumes, macerando los pétalos en aceite de lino. Lo había comprado en una tienda nueva ubicada en el primer trayecto de Campo de Marte, zona donde, poco a poco, empezaban a instalarse los comercios lujosos. Al romano de dinero le gustaba salir de las calles angostas, oscuras y febriles del foro y aparecer de improviso al aire libre soleado. Y Apia, como parte de esa clase social, se sentía igualmente atraída hacia el espacio verde y los negocios ubicados en el lugar. En esa ocasión había comprado tantos frascos con distintos aromas que la litera con la que había llegado al mercado debió emplearse como transporte y ella tuvo que caminar hasta su residencia. Claro que no marchó sola, sino junto a las tres esclavas que Salvio, cada vez que ella salía, le exigía llevar tanto por seguridad como por salvaguardar el buen nombre. Nunca se sabía adónde iba una mujer que salía sola. Aun así, las sirvientas habían tenido que regresar con varios frascos en su regazo. Su marido, estricto con las normas que debían observarse cuando su esposa estaba en la calle, la retó bastante por volver a pie.

A pesar de ello, Apia sonrió al recordar el regreso con la enorme cantidad de perfumes adquiridos. Mientras se colocaba una nueva dosis de lirio aguzó el oído y pudo escuchar cómo su esposo caminaba ansioso por la casa. Senecio venía a visitarlo y él, más que el padre, parecía el hijo.

Enseguida escuchó voces provenientes de los camastros donde cenarían. Senecio había llegado; ella se apuró. Tenía curiosidad, deseaba conocer a ese hombre del que tanto hablaba su marido pero que no había estado presente en la boda.

Apia salió del cuarto de las mujeres y llegó a donde estaban los hombres.

Salvio hizo las presentaciones de rigor. Senecio la saludó con la reverencia y las palabras mínimas indispensables para que se cumpliera el protocolo de la buena educación.

Mientras Salvio le mostraba a su hijo el cambio de colores que había hecho en las paredes de la casa, Apia aprovechó y se dedicó a dar las órdenes a los esclavos. Les impartió instrucciones sobre cómo servirían la comida en las mesillas altas, esas que quedaban a la altura de la mano para que los comensales, cuando se tendían en los camastros, pudieran servirse. Al dar las directrices, Apia alcanzó a escuchar la conversación de los hombres que, muy cerca, hablaban en voz baja.

—No te entiendo, Senecio. ¿Qué sucede?

—No pensé que estaría la niña con nosotros.

—Claro que estará presente, es mi esposa.

—Quería hablar de negocios, deseaba una cena tranquila entre padre e hijo.

—¡Qué dices...! Tenías que conocerla. Luego tendremos tiempo para nosotros solos. Y no le digas «niña». Es una mujer, y te lo puedo asegurar porque duermo con ella cada noche —dijo haciendo una seña grosera.

Senecio contestó con una mueca de repulsión, no le agradaba imaginar a su padre en poses sexuales.

Apia, que había oído la conversación, actuó como si no los hubiera escuchado y, acercándose a ellos, ya con el servicio de la cena bajo control, exclamó tratando de sonar desenvuelta:

—Señores, la comida ha sido servida. Los invito al *triclinium*, nos espera el banquete con todas sus delicias.

La voz y la frase sonaron perfectas para la situación. Nadie hubiera pensado que sólo meses atrás ella jugaba saltando la cuerda trenzada tal como lo hacían los infantes. Apia observaba, aprendía y aplicaba los conocimientos que adquiría cada día.

Los dos hombres se dieron vuelta y Salvio sonrió complacido. Le agradaba que ella actuara como dueña de casa y anfitriona en esa noche calurosa. Era una forma de demostrarle a su hijo que no se había equivocado al elegirla.

Se tendieron en los catres frente a la mesa que se hallaba repleta de comestibles. Había trozos pequeños de carne de cerdo, cabrito y cordero. Uvas, duraznos, granadas, nueces y dátiles. Huevecillos, habas, garbanzos y verduras seccionadas. También ciervo y jabalí hervido en leche. Y como no podía faltar: la típica *puls*, gachas hechas con cereales remojados y hervidos, el acompañamiento de toda comida romana. Y la estrella de la mesa: una fuente enorme ribeteada en oro rebosante de cerezas. Hacía poco tiempo que esa fruta había sido introducida en Roma, y por el precio sólo estaba disponible para la clase alta.

Los sirvientes colocaron vino en las copas de oro y los tres bebieron y comieron mientras Senecio respondía escuetamente a las preguntas que le formulaba su padre. Lo interrogaba acerca de las nuevas mercancías que proponían venderles los mercaderes del Oriente; las visitas a Brindisi siempre eran muy productivas y volvía con buenas nuevas. Senecio no se explayaba; evidentemente, no estaba a gusto con la presencia de la dama. La conversación empezaba y terminaba entre los dos hombres, y Apia, que quedaba afuera por completo, se dedicaba a escuchar. Encontraba cierto alivio en que ninguno de los dos se fijara en ella, pues esto le permitía dejar que su mente, por momentos, vagara libre y a su antojo, y, por otros, sumergirse en algunas explicaciones comerciales porque las hallaba fascinantes.

Los negocios le interesaban, aunque no la vida diaria de la casa pues la encontraba aburrida. Y si había una razón —la única— por la que le prestaba algo de atención se debía a un descubrimiento vital: cuanta más información se disponía, más poder se tenía. Conocer le otorgaba la ventaja de anticiparse a ciertas acciones de su esposo.

La exquisitez de la comida ayudaba a disimular la tensión que reinaba en el ambiente. Se hallaban en pleno deguste, recostados cómodamente, cuando ingresó uno de los sirvientes y avisó que en la puerta estaba el mensajero de Octavio, que había llegado con un recado urgente.

Salvio se incorporó preocupado, los tiempos políticos que se vivían eran turbulentos como para no alterarse al recibir un mensaje de semejante personaje. Él no estaba ligado a Octavio en nada, salvo por haberse casado con una Pópulus, y la familia de su esposa mantenía lazos con la de Octavio. No sabía qué podía querer.

—Perdón, lo atenderé, debe ser importante. Enseguida vuelvo —se disculpó y, poniéndose de pie, desapareció del *triclinium* para presentarse en el ingreso.

Apia se mantuvo en silencio y sin dirigirle la mirada a Senecio. Su actitud era la correcta; no le hablaría a menos que él iniciara la conversación. Pero Senecio, desde su camastro, sí la observaba. Tendidos, sus cabezas estaban cerca, pero sus cuerpos, no.

Salvio se demoraba, los minutos pasaban, hasta que, finalmente, el hombre exclamó:

—Así que eres la famosa esposa-niña...

Apia estaba casi segura de que él no debería haberle hablado de esa manera. Le respondió mirándolo de frente:

—Sí, soy la esposa de tu padre, y ya no soy una niña. Soy una mujer casada.

—Bueno, tengo que reconocer que no te ves tan niña. Te ves... —hizo un silencio y agregó—: Te ves apetecible.

Apia esta vez no tuvo duda: Senecio no debió proferir esa frase.

El hombre prosiguió:

—¿Acaso te gustaría demostrarme cuán mujer eres? ¿Quieres que lo confirme? Acércate —dijo las palabras y tomó la mano de Apia con la suya.

Ella se la quitó de inmediato y explotó:

—No creo que a su padre le agrade saber lo que acaba de proponerme.

Una cosa era soportar a Salvio, su esposo; y otra —muy diferente—, aceptar la falta de respeto de parte de otro hombre. Le debía sumisión a su marido, pero a nadie más.

—Pues si se lo cuentas, yo lo negaría, y sería tu palabra contra la mía.

Apia se restregó la nariz, como hacía cuando estaba nerviosa. Las cosas iban mal, Senecio había traspasado los límites. Le respondió:

—Mi marido sabe la clase de mujer que soy. Compartimos el lecho —pensó mejor lo que dijo y agregó—: Me ama.

No sabía si debía seguir hablando con Senecio, pero de algo no tenía dudas: él no podía distinguir si en su matrimonio existía o no amor, ella misma lo ignoraba.

Senecio lanzó una carcajada.

—¿Que mi padre te ama? Supongamos que es verdad... Y tú, ¿lo amas?

—Sí, lo amo —mintió tratando de sonar segura.

—¿Quién te cree? Sólo hace falta verlos para darse cuenta de que no es así.

—He fundado una familia con él.

—Mira, Apia Pópulus: nunca podrán convertir este matrimonio en una familia, porque estoy seguro de que no conseguirás un hijo de mi padre. Me he encargado de visitar una *saga* de Suburra para que lo impida. Y para el caso de que ocurra lo indeseable, yo mismo lo haría desaparecer.

A Apia se le erizó la piel de los brazos. Jamás se le hubiera ocurrido que su nombre estuviera en la boca de una hechicera o, peor aún, que estuviese escrito en alguna tablilla de *defixio*. Esas hechiceras escribían los conjuros sobre láminas de plomo e invocando a alguna divinidad le echaban las más terribles maldiciones. Senecio había dado a entender que lo haría desaparecer. ¿A quién? ¿Acaso se refería a deshacerse de una criatura? ¿A una nacida de su vientre? Sintió deseos de llorar. ¿Tan grave sería que ella tuviera un hijo de Salvio? ¿Tanto la odiaba este hombre? Tardó unos instantes en recomponerse y luego respondió de la forma más fría que pudo.

—Pues en tal caso estarías matando a tu propio hermano, sangre de tu sangre, y entonces Júpiter mismo te lanzaría un rayo desde el cielo y te castigaría rayéndote de la faz de la tierra como te mereces.

Apia terminó la oración con un atisbo de incredulidad. Había lanzado una dura sentencia.

—¡Niña atrevida! Tú te crees que...

A punto de proferir en un grito el resto de la frase, oyó los pasos de su padre y se calló. Enseguida Salvio se les unió.

—Perdón por mi tardanza, pero cuando me acerqué a la litera que estaba en la puerta no me encontré con un mensajero, sino con Octavio.

Aún impactados por la conversación que acababan de mantener, Apia y Senecio no respondieron.

—¿Me han oído? Octavio ha venido en persona.

Senecio al fin reaccionó:

—¿Por qué no lo hiciste entrar?

—Me pidió preservar la confidencialidad de la visita y que nadie lo viera.

—¿Qué era tan privado que no quiso pasar?

Salvio miró de manera dubitativa a su esposa. Senecio se dio cuenta y señaló a viva voz:

—¡Te dije que tenía que ser una cena solamente de hombres!

Salvio, molesto con la recriminación que no era la primera en la noche, exclamó:

—¡Pues en esta casa puedo hablar frente a mi esposa lo que me plazca! —lanzó y empezó a explicar delante de Apia la razón de la visita.

Octavio había venido a pedirles un favor y les daba unos días para que respondieran si se lo concederían. Sabía que ellos iban periódicamente a Brindisi por negocios y quería que actuaran como sus agentes frente a los soldados que Marco Antonio tenía apostados en la ciudad portuaria. Necesitaba enviarles a esos hombres un mensaje sin que nadie se enterara y debía hacerlo con alguien de absoluta confianza. El emisario debía pasar inadvertido y al mismo tiempo dar la talla para que los soldados creyeran realmente que llegaba como enviado de Octavio. Por eso recurría a Salvio; él y su hijo eran perfectos para el encargo. El padre de Apia, sabiendo de sus continuos viajes, se lo había sugerido.

—¿Y qué quiere que le digamos a esos soldados? —preguntó Senecio, que notaba la preocupación de su padre.

—Que les propone abandonar a su jefe Marco Antonio para ser parte del ejército que Octavio está formando —respondió Salvio con la mirada puesta en Apia. No discernía si ella comprendía cabalmente de qué hablaban.

—Octavio ya lleva reclutadas varias legiones y ahora resulta que también quiere la de su enemigo Marco Antonio —señaló Senecio.

Era *vox populi* que los senadores habían hecho la vista gorda para permitirle al joven Octavio, a quien aún le faltaban años para dirigir tropas, crear su propio ejército. Su carácter irrefrenable le había servido para saltar todas las reglas.

—Es obvio que quiere más hombres.

—Los soldados de Marco Antonio jamás lo abandonarán. Lo admiran y respetan —señaló Senecio.

—Allí está lo delicado. Debemos explicarles que Octavio les propone pagarles dos mil sestercios por ingresar a sus legiones y veinte mil más al licenciarse cuando acaben sus años de carrera militar —explicó Salvio.

—Ese mensaje es peligroso. Nos transformaríamos en enemigos de Marco Antonio —Senecio razonó en voz alta.

—Pero si no le hacemos el favor que nos pide, Octavio nos tomará por sus enemigos —meditó Salvio.

—¡Minerva nos ampare! Hemos quedado atrapados en la decisión.

—Creo que Marco Antonio subestimó la habilidad del muchacho en la política, y ahora está pagando esa equivocación. Pero también nosotros. Marco Antonio puede perder su influencia en Roma y su designación en Macedonia.

—Octavio es indomable. Todo se encamina hacia una guerra civil —dijo Senecio.

—Pero antes de la guerra hay que decidir si aceptaremos ser los agentes de Octavio en esta expedición.

Padre e hijo se quedaron pensativos. Decididamente, la cena se había arruinado porque estaban ante un grave problema. Charlaron un rato más acerca de las distintas opciones que barajaban, sobre qué haría Marco Antonio si se enteraba y de cómo actuaría Octavio si se negaban a cumplir su petición. Sin escapatoria en ambos casos, probablemente recibirían la muerte. Amargados, bebieron un par de copas de vino, hasta que Senecio se puso de pie y se despidió del matrimonio. Saludó a Apia con una reverencia tan aparatosa que nada permitió sospechar que la violenta conversación había tenido lugar unos momentos atrás.

Salvio y su esposa se retiraron a descansar a sus aposentos. Los sirvientes se quedaron levantando la mesa del *triclinium*; recién cuando dejaran la casa reluciente podrían irse a dormir.

Mientras los esposos se acostaban, Salvio le preguntó a su mujer:

—¿Entiendes, Apia, que jamás debes comentar lo que se habló en la cena?

Ella asintió con la cabeza y rápidamente agregó:

—Sí, entiendo. Sé que se trata de una situación peligrosa.

—Estoy en un problema grave: no puedo viajar a Brindisi y no darles el mensaje a los hombres. Octavio se enojaría. Y si se los diera y Marco Antonio se enterara, que seguro lo hará, nos matará.

Apia lo miró y dudó en ventilar su opinión. Al fin lo hizo, no tenía mucho que perder. No imaginaba que esa apreciación sería el inicio de una nueva etapa en su matrimonio.

—No vayas a Brindisi —dijo segura.

—¿Cómo que no vaya?

—Que no viajes a comerciar... De ese modo no tendrás la obligación de ser mensajero de Octavio.

—Pero siempre vamos dos veces al año.

—Pues busca otro puerto. Pon de excusa que fuiste a una ciudad diferente porque los mercaderes de Oriente no tenían los productos que deseabas. Así Octavio no tendrá pruebas de que te negaste a ir para no cumplir con su encargo. Podrás decir que no te presentaste porque fuiste a comerciar a otro puerto más conveniente.

—Es una excusa obvia —dijo él.

—Por eso funcionará. Además, Octavio jamás creerá que no fuiste a Brindisi a propósito, estás casado con una Pópulus, amigos de su familia desde siempre.

Salvio permaneció mirándola. Tal vez su esposa era más inteligente de lo que suponía.

La idea era simple: si a su marido le iba bien, entonces a ella también. Había comprendido que su suerte estaba atada a la de Salvio. Y por más que Octavio y su familia fueran amigos, primero se hallaba Salvio y, por consiguiente, ella, que estaba a su lado. Lo importante era sobrevivir.

No podían enemistarse con Marco Antonio ni con Octavio porque aún no se sabía cuál de los dos saldría triunfador en esa lucha en la que ambos se habían embarcado a causa de su sed de poder.

Apia extendió la sábana, la dobló y la dejó en la punta del lecho como hacía cada noche calurosa antes de que ambos se acostaran; los esclavos ya habían quitado los edredones. Luego, eligiendo su voz más casual, comentó como al pasar:

—Creo que no le agrado a Senecio.

Necesitaba saber la opinión de su marido.

—¿Por qué lo dices? —preguntó él mientras dejaba la ventana entreabierta para que entrara el fresco.

Se trataba de una apacible noche para los privilegiados que vivían en la zona del Palatino. La brisa les llegaba deliciosa desde el monte.

Ella no pensaba contar lo que había pasado en el *triclinium*, por lo que sólo respondió sin dudar:

—Por intuición.

—Déjate de nimiedades. Senecio está de nuestro lado, ya aprenderá a quererte. Ahora en lo único que debemos pensar es con qué puerto o ciudad reemplazaremos a Brindisi para que sea creíble la razón de nuestro nuevo destino.

Salvio terminó la frase y apagó la lámpara de aceite como hacía cada noche; al finalizar la jornada, ya en la cama, él siempre decidía en qué momento se apagaba la luz para dormir, o si se iban a quedar despiertos para tener sexo, para conversar o simplemente para mirar el techo. Era él quien lo determinaba según las ganas que tuviera y Apia sólo se plegaba; pero ella observaba y aprendía. Había descubierto que cada situación, cada escenario y hasta cada persona tenía un punto débil y por allí era por donde ella se debía meter cuando deseaba otra cosa diferente a la que se le obligaba.

Esa noche, a pesar de su pelea con Senecio y la preocupación al comprobar el odio que le tenía, ella se durmió complacida; había sabido llevar adelante la cena y la discusión con él. Y sobre todo: estaba contenta porque Salvio había valorado su consejo. Una manera más de conseguir poder.

Llegaba a la conclusión de que los seres humanos eran todos iguales, ya sea que se tratase de personas influyentes, como Octavio; o de un padre y su hijo, como Senecio y Salvio; o una simple mujer, como ella misma. El deseo más fuerte se concentraba en conservar o en alcanzar el poder, ambición que les interesaba aún más que la *dignitas*, pese a que los romanos se llenaran la boca hablando de la importancia de ser dignos.

En la calle, en medio de la negrura de la noche, la dirección de los pies de Senecio le daba la razón a Apia. Porque a cada paso que avanzaba, la lucha que libraba en su interior entre la *dignitas* y el poder la ganaba por lejos el segundo; la dignidad había perdido la batalla.

Iba camino a la lúgubre casa de la *saga*. Estaba seguro de que, a pesar de la hora, la hechicera lo atendería porque el calor que se sufría en Suburra una noche de verano como esa no dejaba dormir a nadie. La última vez que la visitó le había entregado una buena suma de dinero. Una razón más para que le abriera la puerta.

Sabía que era peligroso andar por la ciudad sin litera y a esas altas horas de la noche, pero la necesidad de visitarla había surgido imprevistamente a causa de lo sucedido en la cena.

A medida que se alejaba del Palatino y de sus casas grandes y lujosas, las calles empezaban a mostrarse sucias, malolientes y el calor se volvía asfixiante. Las paredes de las construcciones exhibían escritos y dibujos groseros. Se trataba de una característica de la ciudad; a los romanos les gustaba plasmar sus quejas, sus chistes y sus posiciones políticas no sólo con palabras sino también con dibujos porque muchos no sabían leer ni escribir, pero querían expresarse. Senecio prestó atención a uno que representaba la figura de Marco Antonio estrangulando a Octavio; el pueblo entendía el odio que había entre los dos hombres. Lo miró, y le bastó para saber que hacía lo correcto al dirigirse a la casa de la mujer.

Necesitaba consultarle acerca del nuevo problema que se había suscitado porque tanto él como Salvio podían perder la vida a manos de Octavio o Marco Antonio. Además, después de conocer a Apia Pópulus y apreciar su belleza y carácter, temía que su padre se perdiese tras ese cuerpo joven y que llegara a amarla realmente. Si a eso le agregaba el nacimiento de un hijo, todo estaría acabado para él. Su padre podía llegar a dudar entre elegirlo a él o a ese pequeño como preferido y sucesor de los Sextus. Por esa razón nunca debería nacer un niño, nunca.

Caminó y caminó por la calle del Argiletto, la vía que llevaba desde la parte lujosa de la ciudad a la humilde. La velocidad y el enojo lo hicieron llegar más rápido pero también más cansado; se hallaba jadeante cuando ingresó a las calles del pobre caserío. El ambiente sombrío de Suburra desplegaba sus miserias: se oía la voz de un borracho que maldecía, los gatos maullaban muertos de hambre, una mujer chillaba retando a un niño que lloraba. Las casas no tenían su propio espacio como las del Palatino, sino que eran un cúmulo de viviendas apiladas unas sobre otras. No se sabía dónde empezaba la de la derecha y dónde terminaba la de la izquierda; y se levantaban de manera amorfa, con los ladrillos puestos según la necesidad y sin organización. Se veían como un mismo bloque agarrotado de escalerillas asimétricas famosas por lo peligrosas. En muchas de las moradas, en vez de puerta, había un trapo. A menudo, en un cuarto vivían varias familias; en aquellas dormideras casi no había luz ni aire, pero sí abundantes chinches y camas destartaladas. Muchos pobres diablos dormían en simples esteras. En verano la gente se asfixiaba y en invierno temblaba de frío, pero sin otra posibilidad continuaban desarrollando sus vidas en esas madrigueras a pesar de la aspereza del clima, de los incendios y de los hundimientos que se sucedían a menudo. Se decía que, por los ruidos, los peligros, el calor o el frío, en la Roma de Suburra era difícil dormir.

Así le sucedía esa noche a la hechicera y le seguiría pasando porque por más que ganara mucho dinero, y hasta lograra hacer una pequeña fortuna, ella jamás podría vivir en un barrio decente; su profesión era mal mirada en la sociedad romana, que prohibía practicar la magia de esa manera. La predicción era para los templos, las peticiones se debían hacer a los dioses y los sortilegios los manejaban los sacerdotes. El poder sobrenatural estaba monopolizado en las manos de los hombres elegidos y puestos por el Estado. Estas mujeres se hallaban condenadas a vivir en la miseria, pero, aun así, casi todos demandaban sus conocimientos. Las había verdaderamente poderosas y también charlatanas. La que él consultaba pertenecía a las primeras y bien cara que le salía.

Senecio subió con cuidado hasta un segundo piso y antes de que llamara en la casa de la puerta verde, la anciana apareció para recibirlo.

—Ya sé a qué vienes.

—¿Cómo lo sabes?

—Minerva me lo ha dicho —respondió haciendo alusión a la diosa de la sabiduría y luego, mientras se encogía de hombros, agregó—: Pero te advierto que ni Octavio, ni Marco Antonio podrán tocarlos a ti, o a tu padre.

Respiró aliviado. Que ella lo supiera antes de que él se lo contara le inspiro confianza, le brindó tranquilidad, le hizo creer la bienaventuranza que le prometía.

—¿Entonces saldrá todo bien?

—Sí —dijo la *saga* haciéndolo pasar al cuartucho donde vivía.

Senecio ingresó. Le molestaba algo más, ya se lo había anticipado, pero necesitaba volver a comentárselo.

—Además, ya sabes... No quiero que ella tenga un hijo, ni que mi padre la ame.

—Eres insaciable con tus peticiones...

—¿Cuántos sestercios más debo pagarte?

—A veces no todo es cuestión de metálico. ¿Quieres que salga bien lo de Octavio...?

—Sí, claro.

—Pues así será porque la chica estará ayudando, la necesitas. ¿Entiendes?

—Pero no quiero que conciba un hijo, no quiero que mi padre la ame.

—Te diré algo. Y entiéndelo, o sufrirás mucho: sobre el amor no puedo hacer nada, porque la rueda del destino ya se ha movido, veremos qué sucede. Sobre lo del hijo he trabajado arduamente, ¿ves? —dijo y, tomándolo de un destartalado escaparate, le mostró un frasco de cerámica lleno de agua con la figura de una mujer embarazada en su interior. Luego agregó—: Así que quédate tranquilo, que descendientes no se concebirán, salvo que...

La anciana se acercó al oído de Senecio y pronunció una frase.

—¿Qué dices, mujer...?

—No engendrará excepto que se cumpla la condición blanca. Tranquilízate, lo veo improbable.

Senecio insistió con pagar más.

—Dame otros treinta sestercios si quieres, pero el resultado será el que te he vaticinado.

Senecio sacó dinero de su bolsillo y lo puso sobre la mesa. Seguía pensando que podía ayudar a que la mujer le otorgara todo lo que le pedía. Pero sólo consiguió que la *saga* le dijera:

—Deberías estar agradecido, hoy se te ha concedido mucho. Sobre todo, si tenemos en cuenta lo que pasará en el futuro entre Marco Antonio y Octavio.

A Senecio le dieron ganas de preguntar qué sucedería, pero la mujer lo llevó del brazo hacia la salida y le ordenó:

—Ahora vete, que es tarde. No deberías estar en Suburra.

Él le hizo caso y se marchó.

Adentro, una vez que estuvo sola, la mujer tomó una tablilla de plomo y trató de escribir el nombre de Apia Pópulus, pero le costaba marcarlo, como si una fuerza ajena se lo impidiera. Al fin la abandonó en una repisa, junto con el frasco de cerámica que minutos antes le había mostrado a Senecio. Meditó que ella hacía lo que podía, lo que los dioses le permitían. Hasta allí llegaba su poder. Apia Pópulus no podía ser maldecida; le quedó claro cuando no pudo marcar su nombre en el plomo. Y embarazada quedaría sólo si se cumplía la condición blanca, como la llamaban por su conexión con la luz del sol. Porque coincidir en amar y ser amado no era tan fácil como se creía.

CLEOPATRA
LA REINA DE EGIPTO

La adolescente Cleopatra regresa a Egipto con su padre en una gran caravana que se acerca a la ciudad de Alejandría después de haber pasado varios años exiliados en Roma. En su marcha de repatriación los acompaña un gran ejército que los romanos les han prestado a cambio de beneficios económicos que ellos le otorgaron. A Tolomeo XII le han brindado hombres armados para que recupere el trono que su hija Berenice IV le arrebató.

Cleopatra mira dichosa las pirámides. ¡Al fin vuelve a verlas! Durante el tiempo vivido en Roma no ha pasado un día sin imaginarlas; tanto porque extrañaba sus figuras firmes en el horizonte como porque Sharifa, su nana, le ha repetido una y otra vez que ella debe ser fuerte como esas construcciones.

Cleopatra se ilusiona con la existencia maravillosa que llevarán en su país ahora que regresan; aunque a veces, por la cara de preocupación de su padre, teme que no sea tan feliz como sueña. Pero su candidez le permite la esperanza.

Aprovecha el instante en que ve a Tolomeo desocupado, sentado bajo la tienda que han armado en el desierto, con la mirada meditabunda, y se le acerca. Ella le pregunta:

—¿Ganaremos, padre?

Cleopatra sabe que se avecina una lucha.

—Sí, hija, tenemos suficientes soldados armados.

—¿Nunca más tendremos que abandonar Egipto?

—Para que eso no vuelva a suceder tendremos que estar siempre atentos a los enemigos. No descuidarlos jamás.

—¿Cómo lo haremos?

—Los espiaremos, estudiaremos sus movimientos y pensamientos, cortaremos sus cuellos, castigaremos duramente a quienes los apoyen. Nunca más seremos blandos. Tú tendrás que ser más dura que nadie. Porque muy pronto serás la reina de Egipto.

—No sé si podré hacerlo.

—Lo lograrás porque aprenderás. Yo me encargaré de ello. Te harás fuerte estudiando de guerra, de tácticas militares, hablarás idiomas, conocerás de economía. Y así serás invencible.

—¿No importa que sea mujer?

—No. Pero tendrás que ser más fuerte que un hombre.

—Sharifa dice que debo tener la fortaleza de una pirámide.

—Y la astucia de una serpiente.

Cleopatra asiente con la cabeza, le agrada que su padre confíe en ella. Está ansiosa por comenzar a prepararse para lo que —sabe— será su destino.

Diez días después

Cleopatra corre contenta y descalza por el palacio, va rumbo a su cuarto por los pasillos. Le gusta sentir el fresco del suelo. Los pisos fulguran reflejando la luz de tan limpios que están; cada media hora los esclavos los friegan para que brillen. Ella ha pasado toda la mañana estudiando idiomas, y a la tarde comenzará con la lectura de los papiros de economía y de tácticas militares. En este recreo, durante la siesta calurosa, Sharifa le enseñará de vestidos, y eso le agrada, le parece más divertido que los idiomas. La vida de la familia real poco a poco se reanuda como corresponde. Aunque no todo son normalidades.

Su media hermana ha sido asesinada y ella ya imagina quién ha perpetrado el crimen. Ha sido la única manera que ha tenido su padre de recuperar el trono. El hecho le ha enseñado que el reinado es lo más importante para su familia; y esto no es lo único aprendido en los últimos tiempos, también se ha agregado a su sapiencia el descubrimiento de que, si bien su reino es poderoso, el de los romanos es aún mayor. Lo que le da la certeza de que Egipto siempre debe llevarse bien con Roma. Para eso debe permanecer muy atenta, saber cómo piensan, dominar su lengua y estudiar sus movimientos y deseos.

—¿Estás lista, mi niña? —pregunta Sharifa rodeada de distintas prendas de colores y formas.

—Sí —dice contenta Cleopatra al sentarse frente al espejo—, esta clase será la mejor.

—¿Sabes por qué los vestidos y los peinados son importantes?

Cleopatra niega con la cabeza. Quiere que Sharifa le explique todo, está ávida por aprender.

—Porque ellos te pueden salvar la vida. Belleza es poder.

—¿Para dominar a los hombres?

—Sí, veo que ya entiendes. Un hombre no puede decirle que no a la petición de una mujer que él desea.

—¿Te refieres al sexo, verdad?

Su educación no ha sido mojigata, ha involucrado definiciones explícitas sobre los peligros y los beneficios del sexo en todas sus facetas.

—Sí, pero los hombres deben desearte a ti y no tú a ellos. Ellos deben enamorarse de ti, pero no tú. Esa es tu fortaleza frente al sexo masculino. Ya sabes: que nada te domine, ni el amor por un hombre, ni...

—Ya sé, ya sé: ni las riquezas, ni la maternidad, ni el poder, ni los lujos —Cleopatra recita la larga lista que Sharifa se encarga de repetirle todos los días. Agrega—: Y debo ser fuerte como las pirámides.

—Vienes aprendiendo muy bien, sabrás cumplir tu papel. El mundo entero hablará de ti. Y jamás te olvidarán.

Cleopatra se pone de pie, sonríe y hace algunas gesticulaciones graciosas teatralizando cómo los hombres se arrodillarán ante ella. Es una adolescente jugando a ser mujer.

—Ahora ven aquí, niña, y presta atención.

La chica obedece y Sharifa prosigue mientras toma dos vestidos entre sus manos:

—Mira la diferencia entre estas dos prendas. No es lo mismo mostrar un hombro, que mostrar la unión de los senos, muy cerca del pezón. Según la piel que muestres, será el mensaje que transmitas.

Sharifa empieza una larga explicación mientras le muestra distintos atavíos. Nada en la educación de la futura reina puede quedar librado al azar. Cleopatra se prueba la ropa una a una. Y en la clase que la nana le da se escuchan tres palabras clave: «seducción», «sexo» y «poder».

Llevan más de dos horas cuando Cleopatra, rendida, le pide descansar. Ha pasado toda la mañana tomando clases y en un rato comenzará con las vespertinas. Pero así transcurre su vida y así serán los próximos tiempos, muy intensos, pues hay apuro por prepararla. En el reino hay violencia continua y nunca se sabe cuándo faltará su padre Tolomeo.

—Tienes razón, mi niña, ven, acuéstate en mi regazo como a ti te agrada.

—Cántame, Sharifa —pide la jovencita con los ojos a media asta.

La mujer abre su boca y entona con voz suave la canción que le canta todos los días desde que nació:

Duérmete, niña, duérmete ya,
que las pirámides te guiarán.

Duérmete, niña, duérmete ya,
que las pirámides te guiarán.

Cleopatra sólo alcanza a escuchar la primera estrofa, porque luego se sumerge en un sueño muy vívido: está sentada en un trono de oro y en la mano lleva el cetro.

Capítulo 7

HOY

Año 35 a. C.

Roma hablaba y sus murmullos traían quejas. Sus ciudadanos pasaban hambre y el pueblo protestaba. La falta de trigo parecía ser cíclica porque cada cierta cantidad de años las espigas doradas faltaban; por diferentes razones, pero faltaban. Cuando esto sucedía el ambiente de la metrópoli se llenaba de quejas y más quejas. Y como siempre, la ciudad se desahogaba plasmando en sus muros los murmullos de sus calles, que por estas épocas se habían convertido en gritos. Porque Roma, indignada, vociferaba su hambre y lo achacaba a las constantes guerras en las que se metían sus gobernantes. Furnilla, esa tarde, luego de haber cumplido con los recados que su ama Apia recientemente viuda le había encargado, regresaba desde el foro a la casa azul del Palatino. De camino, pudo ver la frase escrita en las paredes de una esquina: «¡Que las puertas del templo de Jano se cierren y que el pan vuelva a la mesa!». Se trataba de un pensamiento que sólo entendían los que vivían en Roma. Pues el templo de Jano, el dios de los principios y de los finales felices, mantenía las puertas abiertas mientras los romanos estaban en guerra; y sólo se cerraban cuando había paz. Cosa que no sucedía hacía mucho porque Octavio, en su afán de hacerse merecedor del título de emperador que él mismo se había otorgado, buscaba la gloria militar, embarcando a los romanos en guerras. En ese momento se encontraba dirigiendo una campaña bélica en Iliria, una vasta región al otro lado del Adriático. La que en el mundo moderno se conocería como la zona que abarcaba desde Albania a Eslovenia.

Pero al pueblo, antes que la gloria, le importaba el pan. La causa de su hambre se la achacaban a las guerras que Octavio había iniciado y ahora le exigía acabarlas con frases como la que pedía cerrar las puertas del templo de Jano, algo que sólo se lograría en tiempos de paz.

Furnilla agradeció a Sirona, la diosa que adoraba su pueblo, que, a pesar de la muerte del amo Salvio, nada le faltaba. Apuró sus pasos, quería llegar cuanto antes a la casa porque era el día de Mercurio y esa noche debían asistir por tercera vez a la cena de la cofradía de los *margaritarius*. Aun con poco tiempo disponible, había salido para comprar nuevas hierbas para las tisanas y remedios que preparaba a diario. A su ama le gustaban las infusiones relajantes que le preparaba y todos en la casa solían consultarle si se enfermaban.

Caminó a paso vivo las calles que le quedaban hasta la casa. Cuando llegó, encontró que su señora se hallaba en el cuarto de las mujeres vistiéndose con la sencilla ropa de trabajadora. En las dos ocasiones anteriores, Furnilla había tenido que ayudarla, pero ahora su señora había aprendido y ya no la necesitaba. La contentaba que así fuera, aunque también le inquietaba porque había algo en la vida de los esclavos que se vivía con temor cuando el amo era querido, y consistía en la dolorosa posibilidad de que el dueño no los necesitara más.

Apia, sentada en la *cathedra*, se miró en el espejo. Otra vez iría a la cena de la cofradía y eso la ponía nerviosa. Pero más allá de la ansiedad que le provocaba semejante trance, se sentía satisfecha. Porque si bien los temores aún la acechaban, su situación iba mejorando. El notario que había consultado por los rollos le había formulado una oferta por las tierras que quedaban de la herencia que le había dejado su padre; y ella, si bien no cubría sus expectativas, se las había vendido. Como mujer casada *sine manu* había podido firmar la operación y con ese metálico en la mano enfrentar los impuestos que le tocaba pagar; también había comprado algo de mercancía aprovechando los datos conseguidos en la cena de la cofradía. Esa semana, además, sus productos habían sido cargados en el convoy organizado por los *margaritarius* que partía desde Roma hacia otras ciudades para vender las perlas y objetos adquiridos. Liam la había ayudado con el trámite pertinente y, según le había contado, el líder de la cofradía había quedado con la boca abierta al ver llegar los bienes de Apia Pópulus justo a tiempo, en el día y la hora exacta para que pudieran ser enviados con los bultos de los demás comerciantes. Ni siquiera el propio liberto entendía cómo su señora había conseguido la información para lograrlo.

A Apia sólo le faltaba que sus perlas se vendieran bien para sentirse completamente tranquila. Si ese dinero no ingresaba pronto a sus arcas o si el que entraba era insuficiente, se vería obligada a vender la casa de su padre o la que Salvio le había dejado. Si bien había iniciado el trámite de la restitución de dote en los tribunales, le explicaron que sería lento. Y otra vez se iba quedando sin metálico. En la caja de caudales del *tablinum* tenía lo justo y necesario para vivir.

Apia se terminó de vestir y pasó a envolver su largo cabello con la tela color crema. Cuando concluyó, comprendió por qué las trabajadoras lo llevaban así: era muy cómodo. Se dio una última mirada y se colocó ella misma un poco de pasta rosa en las mejillas. Siempre la habían maquillado sus esclavas, pero ellas no podían descubrirla así vestida. Esa tarde supo, también, que quería lucir bien y verse especialmente bonita. Se preguntó: «¿Por qué...?». Y se respondió con otro interrogante: «¿A quién quiero engañar?». Porque estaría el soldado. Al descubrir el motivo, se condenó a sí misma por frívola. Tantos problemas por resolver y ella pensando en verse mejor para presumir ante un uniformado. Meditó que, tal vez, para estas situaciones también podía aplicar lo que su madre le había enseñado: sería fría y dura como el metal. No podía permitirse bajar la guardia con nada, ni con nadie.

Pero las frases que había cruzado con él la última vez venían a su mente y la ablandaban, aunque no quisiera.

—Gaya Paulina, dichosos los ojos que te ven —le había expresado con voz divertida cuando la vio entrar al patio del salón por segunda vez.

Y al final de la noche, cuando entró a pedir comida para sus hombres, se animó a decirle:

—La comida que tú tocaste sólo yo la comeré, no dejaré que nadie más ponga su mano sobre ella.

Y cuando Furnilla fue por el cobro, le sucedió lo más electrizante: al saber que estaban solos, el soldado se le había acercado y, tocándole el mechón enrulado que a esas alturas de la noche siempre se le escapaba del pañuelo, le había confesado:

—Ay, mi bella Gaya Paulina…, cómo sueño con conocer tu pelo. ¿Algún día me lo mostrarás?

Ella, con una existencia ajena por completo al galanteo, nerviosa, le había respondido como creía que lo hubiera hecho alguien de su condición social de fregona:

—Fuera de mi camino, Manius Marcio, tengo demasiado por hacer.

Tenía que reconocer que el trato entre las personas de clase más baja era bastante más libertino. Una frase así, dicha a una muchacha rica, era casi una propuesta matrimonial; de lo contrario, le estaba faltando gravemente el respeto. Las conversaciones entre los soldados y las trabajadoras eran completamente informales y ella no siempre estaba segura de llevarlas adelante de forma correcta.

Él le había sonreído y le había dicho con voz segura y seductora:

—¡No me importa cuán severa seas! ¡Estoy seguro de que algún día me lo mostrarás! Te lo prometo. Está escrito: tu camino es mi camino.

Apia se había quedado pensando si se lo había dicho convencido, movido por un sentimiento sincero, o sólo con la intención de seducirla. Tenía que reconocer que no estaba al tanto de cómo se relacionaban el sexo masculino y el femenino en este tipo de aproximaciones. Como fuera, ese hombre le gustaba, lo cual resultaba peligroso porque jamás se había sentido atraída por nadie. Claro que había vivido la última década encerrada en la casa azul con su esposo, quien le llevaba treinta y cinco años. Para Apia, el casamiento había sido una mala experiencia, pero se consolaba sabiendo que no era la única en Roma, donde había muchos matrimonios como el suyo, arreglados por los padres, y con grandísimas diferencias de edad entre los cónyuges. Eran pocas o casi inexistentes las privilegiadas que se casaban por amor o, al menos, atracción y con hombres de edades próximas.

Esa tarde el sol ya había caído cuando Apia y Furnilla salieron rumbo al pórtico de los *margaritarius* por la pequeña puerta del costado que daba al callejón y con total discreción, tal como lo hicieron las veces anteriores. A pesar del clima templado, las mujeres llevaban puestos sus sobrevestes con capucha. Caminaban apuradas, y la pendiente natural desde el Palatino al foro las ayudaba a bajar rápido.

Cuando llegaron a la entrada del salón, los soldados ya se hallaban controlando el ingreso. Manius Marcio las reconoció de lejos y las saludó con voz fuerte:

—¡Dichosos los ojos que las ven! Buenas noches, señoras.

Apia escuchó con atención cómo el centurión repitió el saludo, sólo que en esta oportunidad la incluyó a Furnilla. Entonces pensó que probablemente se había imaginado que ese hombre se hallaba interesado en ella cuando, en realidad, no lo estaba.

Manius se acercó a Apia y le dijo en voz baja:

—Gaya Paulina, qué hermosa estás hoy.

Apia lo ignoró.

Furnilla, que comprendió lo que estaba pasando, hubiera querido advertirle, pero ella era sólo su esclava personal. Jamás se atrevería a cuestionar a su *domina*. No podía ni debía abrir su boca, aunque la viera ir directo a un precipicio griego. Ojalá su señora se diera cuenta a tiempo de que en este momento de su vida no había lugar para los romances.

Ingresaron al salón y ellas, junto a las demás mujeres, comenzaron el trabajo. Apia, que a estas alturas había perdido el miedo a ser reconocida, en una oportunidad apareció en el *triclinium* para encargarse de recoger las sobras. A nadie se le ocurriría pensar que esa trabajadora podía ser la bella, altanera y elegante Apia Pópulus. Ni siquiera el director de la cofradía que en una oportunidad había compartido una cena con ella, Salvio y varios otros matrimonios.

Esa noche sólo se veían mujeres de cabelleras envueltas y vestidos rústicos que olían a comida. Ella y Furnilla empezaban tímidamente a relacionarse con las demás mujeres de manera más cordial que al principio. Como compañeras de trabajo, una ayuda o una palabra amable siempre serían bienvenidas.

Para Apia, meterse en la piel de Gaya Paulina significaba disfrutar el encanto de la libertad. Se sentía liviana en ese papel, la vida de Gaya era sencilla, no sufría grandes preocupaciones y sus pensamientos apenas si rozaban lo simple. Esa trabajadora no necesitaba regirse por protocolos en su manera de hablar ni de moverse. Ser Gaya Paulina por unas horas empezaba a ser una bocanada de aire fresco para la vida que llevaba. Por momentos, la muchacha en la cual se convertía sonreía, y Apia Pópulus jamás se lo permitía.

La tercera velada fue muy parecida a las anteriores. Sirvieron la comida, se rieron de algunos chistes, limpiaron y ellas no dejaron de prestar atención a los temas que los hombres trataron.

La jornada iba terminando y Apia ya tenía los datos que necesitaba, aunque esta semana no habían sido determinantes como en las otras ocasiones, pero siempre servían para saber qué harían los comerciantes que transaban los mismos productos que ella.

La cocina quedó limpia. Apia recogió los lienzos sucios que debían llevarse y Furnilla junto a las demás mujeres fueron por la paga. A los soldados les habían apartado algo de lo que había sobrado; las trabajadoras ya no se negaban a compartir, habían comprendido que formaba parte del trato.

Apia comenzó a caminar con el atado de lienzos sucios en los brazos. Iba rumbo a la salida cuando a mitad de camino, en el patio, se topó con Manius.

—Sobre la mesa de la cocina quedó la comida para tus hombres —le aclaró Apia pese a que estaba segura de que alguna de las mujeres ya le había avisado.

—Gracias... ¿Ya te marchas?

—Sí.

—¿Por qué no te quedas? —preguntó él con doble intención.

—El trabajo ya terminó.

—Podríamos pasear por Roma.

—¿A esta ahora?

—Es la mejor. Estoy seguro de que te gustaría. Te podría mostrar sitios que sólo los soldados conocemos.

—Es tarde, debo irme.

—¿Dónde vives, Gaya Paulina?

A Apia se le hizo un nudo en el estómago, no podía decirle que vivía en el Palatino. Solamente los ricos tenían sus enormes y lujosas casas en la ladera del monte. Dejó el atado sobre el piso para quitarse peso. La pregunta merecía que se tomara tiempo para responderle. Con ese movimiento obtuvo unos segundos para pensar. Al fin le dijo:

—¿Y para qué quieres saber eso? ¿Acaso vas a pasar a visitarme? —preguntó y lanzó una carcajada tal como lo hubiera hecho alguien como Gaya.

—Te lo pregunto por si no has reparado en que estoy interesado en ti. Deseo conocerte más.

—Esto es todo lo que soy... —dijo Apia extendiendo los brazos a cada costado de su cuerpo.

A Apia estos roces románticos no se le daban bien. No sabía qué debía decir. Y cualquier información que diera podía meterla en problemas.

—Pues yo quiero eso... –dijo él y luego agregó–: Quiero saber qué te pone triste, qué te alegra, con quién vives.

Caminó unos pasos y quedó muy cerca de Apia. La mano de Manius le tocó el escaso cabello que escapaba del pañuelo. Se acercó aún más buscando besarla. Y ella, a punto de permitírselo, le corrió el rostro. Su cuerpo le imploraba esa boca, pero su mente no le otorgó el permiso.

Manius se quedó petrificado, las mujeres no acostumbraban a rechazarlo. Su sonrisa blanca y pareja era una de sus mejores armas con las damas. Igual que sus ojos claros y bondadosos.

Decidió ser directo:

—¿Vives con un hombre?

—No.

—Pero cuando te conocí dijiste que uno de la familia te maltrataba.

—Sí –expresó Apia tratando de no contradecir el cuento que había inventado Furnilla la primera vez, y agregó–: Por suerte, lo veo muy pocas veces.

—¿Tienes hijos? –preguntó tratando de adivinar la situación de Gaya.

—No.

—Entonces –razonó–, ese hombre que te da mala vida es tu amante.

Apia sonrió.

—Cuéntame... –propuso impaciente. Este juego de preguntas y escasa respuestas no le agradaba.

—No tengo amante. Sólo se trata de una mala persona que es pariente lejano.

—Pues me alegra saber que no tienes hombres en tu vida.

Apia, sin saber qué responder, señaló:

—Allí viene Furnilla, debo irme. Adiós.

Su esclava se acercó y se marcharon juntas. El camino de regreso fue en silencio, cada una se hallaba atrapada en sus propios pensamientos.

Furnilla, que había visto a su ama muy cerca del soldado y al abrigo de las sombras del patio, se hallaba preocupada.

Apia no podía creer las sensaciones que su cuerpo había sentido, parecía que su piel, dormida por años, ahora había despertado. El corazón todavía le latía con fuerza a causa de la cercanía mantenida con Manius.

Cuando llegaron a la casa pasaron directo a los aposentos. Apia necesitaba descansar. Las emociones vividas durante esa jornada habían sido muchas. Después de los años de casada carentes por completo de emoción, su nueva vida era un auténtico remolino. Lanzarse a comerciar sola, tener deuda de impuestos y saber que debía pagarla con el dinero que ojalá ganara le hacía sentir que trepaba por las peligrosas escaleras de Suburra. Ser Gaya Paulina una vez a la semana, convertirse en esa cuasiespía, la mantenía en un estado de alerta tal que muchas veces le provocaba palpitaciones extras a su corazón. Y ahora, que tenía la certeza de que un hombre joven, apuesto y que le gustaba se interesaba en ella, la dejaba en un estado de exaltación y de otros sentimientos que ni siquiera podía identificar con nombre. Se acostó, cerró los ojos y se durmió exhausta.

Ese día, bien temprano, Senecio desayunaba en el *tablinum* de su residencia. Le gustaba comer los huevos y las frutas de la mañana de manera pausada antes de que se levantara el montón de niños que había en su casa. Sabía que su esposa los despertaría en unos minutos y se apuró.

Durante la jornada tenía reuniones y quería marcharse con suficiente antelación. Ya casi terminaba, pero el dispensador lo distrajo cuando le entregó los papiros de la casa azul, documentos donde constaba que la residencia de su padre había sido traspasada a Apia Pópulus. Los tomó entre sus manos y constató que estuvieran bien redactados. Había esperado varios días por ellos, deseaba llevárselos a Apia, no porque quisiera dárselos personalmente, sino porque le otorgaba la excusa de verla y así averiguar cómo se las había arreglado para acertar con todos los movimientos comerciales a pesar de que no le permitían estar presente en los cenáculos de la cofradía. A él no le agradaban esas reuniones, las encontraba algo rústicas. Además, no necesitaba presentarse, para eso estaban sus escribas; uno de ellos asistía en su nombre y le proveía los datos necesarios. Pero pensaba que, si Apia quería concurrir y no la dejaban entrar por ser mujer, tal vez, en alguna oportunidad, aunque sea por molestarla, él podía llegar a participar.

Vio aparecer a los niños en el *tablinum* dispuestos a beber la leche de cabra que su esposa les hacía servir cada mañana, y miró a su mujer con mala cara. Hacía una semana que no se hablaban; tenían un desacuerdo grave y no le hallaban solución; comenzaba a pensar que quizá fuera tiempo de tomar el toro por las astas y pedir el divorcio. El bochinche que los niños desplegaron a su alrededor hizo que él se acomodara su capa y partiera raudamente. El ruido de cinco pequeños en edad escolar era demasiado para él.

Salió a la calle con los papiros en la mano. Muy cerca de su casa estaba la hermosa residencia que había pertenecido a su padre. Lo decidió: iría en ese mismo momento a entregarle los rollos a Apia.

En la morada azul del Palatino la *domina* acababa de terminar el arreglo de su pelo. Por primera vez en mucho tiempo Apia le había vuelto a pedir a su *tonstrix* un peinado elaborado; y la mujer al fin lo había concluido. Las trenzas, el recogido, los rulos sueltos conformaban un conjunto perfecto que resaltaba el rostro de Apia. Lo acompañaba de largos pendientes de oro y una túnica de seda azul. Había decidido que esa mañana visitaría las tiendas que ahora administraba Senecio y que alguna vez dirigieron ella y Salvio; quería ver cómo estaban, pero en realidad deseaba saber algo más, algo que ni siquiera se lo reconocía a sí misma: anhelaba comprobar si había sitio para abrir otra que sólo le perteneciera a ella. Quería comprar una.

Se puso de pie dispuesta a dar las órdenes a los esclavos para que prepararan la litera a fin de que la llevaran al foro, pero la aparición de Furnilla la tomó por sorpresa.

—El amo Senecio está aquí.

—¡Por los truenos de Júpiter! ¡Es que este hombre no entiende que no puede venir a esta casa cuando le place!

—Tiene razón, dígaselo —dijo enojada Furnilla.

—Así lo haré y tendrá que entenderlo por las buenas o por las malas.

Apia se presentó en el *tablinum* con gesto duro.

Él, al verla, exclamó:

—Sólo he venido para traerte los papeles de esta casa. Ya es tuya...

—Pues no era necesario que vinieras personalmente.

No la engañaba. Él nunca tenía buenas intenciones cuando trataba asuntos de la viuda de su padre.

—He tenido la deferencia de traértelos...

—Mira, Senecio, esta propiedad ahora es mía, así que respeta las reglas con las que aquí vivimos. No recibo visitas por la mañana.

Apia no exigía nada nuevo ni extraordinario, toda romana seguía esa regla. Sus arreglos personales requerían tanto tiempo que recién se hallaban listas para que las vieran al mediodía. Cualquier mujer que se preciara de tal no aparecería ante nadie sin maquillaje, peinado y ropa cuidadosamente elegida. Muchas ni siquiera se dejaban ver por su marido antes del mediodía.

—Está bien, me retiro —aceptó y apoyó los papiros sobre la mesa grande del *tablinum*.

—Adiós —lo despidió Apia secamente.

Rumbo a la salida, unos pasos antes de alcanzar el atrio, la curiosidad fue más fuerte y puso en una pregunta la verdadera razón que lo había conducido a esa casa.

—Sé que has estado negociando. Y que has logrado llevar en tiempo y forma las mercancías que fueron enviadas a las demás ciudades. También que los precios fueron los correctos.

—Así es.

—¿Cómo lo lograste?

—¿Por qué quieres saberlo todo? He tenido suerte.

Senecio la miró con detenimiento, estaba seguro de que ella no le decía la verdad. Le estudió el rostro buscando el gesto que le permitiera descifrar el acertijo. Pero no lo halló, sólo llegó a la conclusión de que Apia estaba distinta. Había algo nuevo en ella. Esa actitud junto al hecho de que de alguna manera conseguía los datos de la cofradía se unieron en su cabeza y entonces se le ocurrió que Apia podía tener por amante a alguno de los hombres que participaba de las reuniones, y que, por ende, le pasaba la información. Se la veía bien: más atrayente que nunca, segura como siempre.

—Dime cómo lo has logrado...

—Vete, Senecio, y no le busques explicación a lo que no lo tiene. Te repito: he tenido suerte.

Apia pensó: «No miento, hasta ahora la buena fortuna es la que me ha permitido ingresar a ese lugar sin problema y conseguir los datos».

Senecio, por su parte, meditó: «Claro que todo tiene una explicación, sólo es cuestión de hallarla». Entonces, mientras salía a la calle decidió que apostaría a un par de hombres en la esquina de la casa para que la vigilaran. Aún gozaban del privilegio de tener guardias gracias a las condescendencias que su padre había tenido con Octavio, esas que habían llegado tan lejos que incluyeron exigencias a la propia Apia.

Si ordenaba espiar la vivienda —razonó—, descubriría si realmente existía un amante y, en consecuencia, si en este hombre se personificaba la confidencia de los datos comerciales. Tal vez, hasta podría probar que mantenía la relación desde antes de la muerte de su padre. Un desliz de esa naturaleza para Apia significaría un gran revés legal en la restitución de la dote. De probarlo, ella quedaría en sus manos porque sin la dote y acusada de adulterio la tendría a sus pies, pidiéndole ayuda. En tal caso, podría, quizá, someterla bajo su tutela con todas sus implicancias.

Del comercio que ella llevaba adelante y lo que ganaba, Senecio no debía preocuparse porque con una acusación de esa clase esos negocios caerían estrepitosamente tal como cayeron los galos ante los romanos en la estremecedora batalla de Alessia. La idea de que ella comiera de su mano le gustó tanto que hasta pensó en darle forma de matrimonio. ¿Por qué no? Se trataba de la máxima sujeción y dominio que podía tener sobre esa mujer. Ahora que ya no estaba su padre, no sería mala idea divorciarse y tomar a Apia por esposa. Al fin y al cabo, qué era una mujer, sino una mercancía que bien podía usarse como trofeo. Y Apia, por sus condiciones, cumplía muy bien con los requisitos para serlo. Siempre se había sentido atraído por ella de un modo morboso. Le provocaba odio, pero teñido de atracción y admiración por las cosas que ella hacía y lograba. Tenerla bajo su dominio en todos los aspectos, incluida su cama, sería muy placentero. Lo transformaría en el gran ganador de esta guerra que ambos llevaban adelante desde hacía años.

Capítulo 8

RECUERDOS

Año 43 a. C.

Salvio y su hijo Senecio se despidieron sonrientes en la puerta del principal local de joyas ubicado en la zona elegante de la vía Sacra. Acababan de tener una importante y fructífera reunión de negocios en la trastienda. A causa de la peligrosa petición que les había formulado Octavio, habían decidido buscar una nueva ciudad, otra que no fuera Brindisi, y que les permitiera negociar. Y no se podían quejar: un año atrás, desde que habían elegido Petra, un negocio había llevado a otro y ahora estaban comercializando perlas. Ahora ambos formaban parte del mundo de los *margaritarius*, como se denominaba a los comerciantes relacionados a las margaritas, las perlas.

Petra, ciudad limítrofe conquistada y anexada a Roma, paso obligado de las perlas que venían de la India y de otros lugares, tenía una intensa actividad mercantil. Después de conquistarla, el gobierno romano le había dado a la ciudad cierta autonomía a cambio de que cobrara importantes impuestos destinados a engrosar las arcas del imperio. Senecio lo sabía bien, era el encargado de cerrar allí los tratos. Justamente de esa metrópoli había nacido el contacto con la persona que los había invitado al cónclave celebrado en Roma. Sólo unos minutos atrás, entre todos los comerciantes reunidos en el local habían decidido crear un consorcio mercantil que viajaría a la India para comprar perlas. El grupo invertiría la importante suma de dos millones de sestercios. Era mucho, pero de esta manera ya no

135

tendrían que pagarles a los intermediarios, quienes exageraban las dificultades del viaje para cobrar precios escandalosos. Ahora el consorcio compraría las perlas directamente en la India, para luego venderlas en Roma. Y los Sextus serían parte de ese grupo al que llamarían «la cofradía de los *margaritarius*».

También él y su hijo habían cerrado la compra de cuatro locales en Porticus Margaritum, una zona de la ciudad donde habían comenzado a instalarse los negocios especializados en perlas y joyas. Salvio deseaba exhibir las perlas que compraban y se habían sentido seguros de invertir allí porque entre todos los propietarios contratarían guardias para que estuvieran apostados día y noche con el propósito de custodiar las costosas mercancías en una Roma un tanto convulsionada. La ciudad crecía y sus aceras se volvían peligrosas tanto por los robos como por los asesinatos políticos.

Al amanecer, era común ver casas asaltadas por rufianes luego de que al dueño se le hubiera dado muerte por sus ideas. Los bandos políticos que dividían a la sociedad romana se distanciaban a pesar de que el gobierno de Roma se hacía fuerte y se extendía sobre tierras extranjeras, y prosperaban los negocios de los romanos.

La mayor tensión había comenzado a principio de ese año cuando a los nuevos cónsules, Hircio y Pansa, se les había unido Octavio de manera ilegal. El Senado se lo había permitido y, además, lo autorizó a marchar con sus tropas para pelear contra Marco Antonio, quien, con sus legiones, asediaba a Décimo Bruto en Mutina.

Salvio había visto con sus propios ojos la partida de Octavio y su imponente ejército desde vía Emilia. El muchacho por primera vez iba al mando de manera oficial. Llevaba elefantes preparados para guerra, escoltas formadas por veteranos de élite y muchísimos hombres entre los cuales estaban los que había logrado quitarle a Marco Antonio en Brindisi. Porque si bien ni Salvio ni su hijo se habían atrevido a llevarle la propuesta a esos soldados, Octavio había conseguido un emisario dispuesto a convencer con dinero y, en su nombre, a los hombres de su enemigo, que aceptaron unirse a su escuadra.

Finalmente, Marco Antonio y Octavio se encontraron y se trabaron en pequeñas diferentes luchas y escaramuzas, de las que resultó vencedor Octavio. Ante la noticia del triunfo, el Senado le otorgó al pueblo cincuenta días de gracia para honrar a los dioses a modo de festejo. Y a Marco Antonio se lo declaró enemigo público. Claro que luego el Senado le ordenó a Octavio que entregara el ejército, pero ante la negativa, la relación se tensó; y él comenzó a pensar que lo mejor sería reconciliarse con Marco Antonio para hacerle frente a la vetusta clase política.

Cicerón, por un lado, fingía amistad con Octavio, pero por otro había logrado que el Senado apartara al muchacho de la comisión que cedía los terrenos a los soldados que se retiraban; y ahora, al quedar excluido de esa tarea benefactora, resultaría que los hombres ya no le responderían porque esos legionarios quedaban unidos de por vida al general que les otorgaba las tierras, razón por la que podían ser llamados en cualquier momento a batallar, favor que ya no dispondría Octavio.

Pero Cicerón había cometido el error de bajar a la mitad los veinte mil sestercios que Octavio había prometido a sus hombres; y como el dinero les interesaba, otra vez estaban del lado del muchacho.

Salvio nunca había querido comprometerse demasiado con ningún bando, pero como su suegro sí lo estaba —y mucho— con el de Octavio, y como miembro de la familia por haber desposado a Apia, también había quedado inmiscuido en este juego de poder.

Salvio caminó las calles que lo separaban del local de la reunión hasta la taberna donde habían quedado de verse con el padre de Apia. Su suegro necesitaba hablar con él.

Cuando llegó, se sentó y pidió una copa de vino. Mientras el tabernero se lo servía, llegó Tulio Pópulus y se saludaron.

La primera pregunta incluyó a su hija:

—¿Cómo se encuentra Apia?

Su preocupación por la joven nunca terminaba. El embarazo se hacía esperar.

—Está muy bien.

—Mi hija me pidió que la visite —se sinceró Pópulus.

—Ah… —dijo Salvio sorprendido por el pedido.

—¿No hay niño en puerta? ¿No está embarazada?

—No.

—Lo lamento —dijo Tulio, que se sentía culpable por lo frustrante de la situación. Sabía que Salvio había contraído matrimonio con Apia porque anhelaba más hijos.

—Ya llegarán —respondió Salvio, que vio la pesadumbre en la cara de Tulio. No los unía una amistad, pero se conocían desde hacía muchos años.

—Esperemos que así sea. Pero hoy quería hablarte acerca de otra cosa —dijo Pópulus.

—Dime…

—Quiero que extremes los cuidados, pues he recibido una amenaza de muerte.

—¿¡Quién te ha amenazado!? ¿¡Quién ha sido!?

—No lo sé. Salía del Senado y me metí por las calles chicas como suelo hacerlo para regresar a casa más rápido y alguien colocó en mi espalda un puñal de metal.

—¡Qué!

—¡Tal cual te lo cuento! Me exigió que no apoye a Cicerón; de lo contrario me matarán a mí y a mi familia. Ya sabes que la única persona que tengo es a mi hija Apia. Por eso te pido que veles por la seguridad de tu casa.

—¡Pero si tú no lo apoyas, siempre estás del lado de Octavio! ¿Viste el rostro de quien te amenazó?

—No. Cuando terminó de hablar, el maldito me lanzó al suelo y salió corriendo.

—¡Por Júpiter! Debe haber sido algún enemigo de Cicerón. Sus adversarios quieren que se quede solo.

—A veces pienso que ha sido el mismo Cicerón quien mandó a amenazarme.

—¿Por qué lo haría?

—Para no levantar sospechas de que está actuando en contra de Octavio —explicó Pópulus.

—Hasta no hace tanto Cicerón estaba dando discursos contra Marco Antonio, pero últimamente he oído que ha apartado a Octavio de la comisión que concede las tierras a los legionarios que se retiran.

Roma era un nido de víboras donde las traiciones estaban a la orden del día. Hoy se estaba en un bando y mañana en otro, según la conveniencia.

—¡Cicerón quiere el poder para él! —exclamó Pópulus.

—Y el pobre Octavio está demasiado lejos para defenderse.

—Tiene las tropas de su lado.

—No le alcanzarán. Necesita un aliado político fuerte —señaló Salvio.

—Te digo que lo tiene —dijo Tulio y se acercó para hablarle al oído a Salvio—: Está escribiéndose con Marco Antonio para hacer con él una alianza.

—¿Qué? ¡Si acaban de batallar! Además, Marco Antonio tiene ahora las legiones de Lépido, que lo vuelven indestructible. No aceptará unirse con nadie.

—Octavio será cónsul y así logrará la alianza.

—No será fácil que consiga ese nombramiento.

—No te creas —dijo Tulio Pópulus, que sabía que en apenas horas ingresarían a Roma cuatrocientos hombres enviados por Octavio para exigirle al Senado que lo nombren cónsul, pero prefirió no contárselo.

—Habrá que ver…

—Como sea, Salvio, te pido que tengas especial cuidado. Tu vida, la de mi hija, así como la mía, pueden estar en peligro.

—Lo haré. Pondré más esclavos en los ingresos de la casa.

Los dos charlaron un rato más y se despidieron. Tulio le pidió que le avisara a Apia que iría a verla en cuanto pudiera. Sabía que estaría ocupadísimo con la llegada de los hombres de Octavio al Senado.

Cuando ambos salieron de la taberna, Salvio decidió comprar algunos esclavos fornidos con el fin de aumentar la seguridad de su casa; además, tenía pendiente adquirir uno que fuera especialista en contabilidad para usar en sus negocios.

Caminó entusiasmado el trecho que lo distanciaba del foro; en medio de las instituciones de gobierno y las religiosas había un importante mercado de esclavos. Se los podía comprar allí o en las lujosas tiendas nuevas. Pero a él le gustaba cómo lo atendían en el viejo lugar del foro. Para hacer esta diligencia podría haber enviado a uno de sus criados, pero la necesidad de un contable que lo ayudara en el trabajo de las perlas lo obligó a ocuparse personalmente de la elección. Estaba seguro de que allí encontraría el adecuado.

En Roma los esclavos abundaban. A los nacidos como tal por ser hijos de criadas, se les sumaban los libres que, por alguna razón, terminaban como siervos; tal el caso de los prisioneros de guerra que pasaban a ser del Estado, que, en subastas públicas, los vendían a los particulares. También estaban los niños robados por los piratas, al igual que los comercializados por sus propios padres, algo permitido. Por último, los condenados a una pena que importase la pérdida de libertad pasaban a ser propiedad del acreedor por no haber pagado la deuda. Todos venían a engrosar la mercancía humana que se trapicheaba en el foro.

Salvio tenía claro que necesitaba uno inteligente y preparado. Para conseguirlo, estaba dispuesto a pagar lo que fuese. Le habían anticipado que esa mañana había llegado una camada nueva de hombres. Aspiraba encontrar un griego que, por sus dotes naturales, le viniera de maravillas. Se encomendó a Minerva para que le concediera el favor, miró el cielo y le ofreció un sacrificio en su templo.

Cuando llegó al mercado, los hombres y mujeres a la venta se exhibían sobre un tablado giratorio. A los recién llegados de ultramar se los podía identificar porque llevaban un pie blanqueado con yeso. Los había de todas las edades y de todas las nacionalidades.

Vio que diez muchachillos graciosos, de iguales y agradables proporciones, acababan de ser adquiridos en serie por el senador Tribunio, su vecino del Palatino, para ser usados como coperos. Otro comprador buscaba uno que le sirviera de cocinero. A su lado, un interesado pedía por un arquitecto; comentó que lo precisaba con urgencia para comenzar una obra. Había esclavos entendidos en diferentes tareas: coperos, músicos, camareros; también enanos, bailarines y doctos. Algunos, doctísimos.

Salvio recordaba que un amigo había pagado por uno cuatrocientos mil sestercios, monto que significaba un auténtico patrimonio. El hombre lo había desembolsado gustoso, pues afirmó que lo usaría toda la vida porque lo había adquirido para que les enseñara filosofía a sus hijos. Salvio había comprobado cómo lo cuidaban y le daban de comer mejor incluso que a los integrantes de la familia, pues una indigestión u otra enfermedad podía acabar con ese cuerpo que tan caro les había salido.

Salvio, de pie frente al tablado giratorio, observó la mercancía humana y se aplicó a la búsqueda del esclavo instruido que requería. Rogó a los dioses que le fuera bien. Caminó alrededor para examinarlos. Los hombres y las mujeres que estaban a la venta tenían colgado al cuello un cartel que informaba su nacionalidad, virtudes y defectos. Las cualidades que más los encarecían eran —en ese orden— la inteligencia, la preparación y la belleza.

Se acercó a un hombre de aspecto delicado y vestido con una buena túnica. Su cartel especificaba que era judío y bueno para las matemáticas; su nombre era Liam. El *venaliciarius* dejó de promover a los gritos la venta de otros para explicarle que el hombre que le interesaba había sido dueño de un negocio importante y que por las deudas contraídas en operaciones mercantiles había terminado en el tablón. A Salvio le pareció perfecto; habló un poco más con el *venaliciarius* y cerró trato. Luego encontró la oferta de una decena de hombres fuertes de piel oscura provenientes de Egipto. Contento, concretó la operación. Le servirían para cuidar la casa o para trasladar la litera cuando él o Apia tuvieran que desplazarse por la ciudad.

Le agradeció mentalmente a Minerva por haber encontrado lo que buscaba y decidió que ese mismo día cumpliría con el sacrificio que le había ofrecido. Reconoció que tenía mucho por agradecer: sus negocios prosperaban y su matrimonio había sido una buena decisión. Estaba seguro de que el hijo que deseaban, vendría; sin embargo, si nunca llegaba, debía reconocer que su mujer había resultado ser una buena compañera. Ella había sido quien, mediante su consejo de no comerciar en la ciudad de Brindisi, los había empujado a realizar operaciones con perlas, transacciones que ahora sextuplicaban las ganancias con respecto a sus anteriores productos.

Salvio pagó su compra y avanzó hacia la salida con Liam y los demás hombres recientemente adquiridos. De camino, una mujer que estaba a la venta llamó su atención. Tenía el cabello rubio, casi blanco de tan claro; su mirada era del color del cielo; sus formas, de mujer redondeadas, aunque tal vez demasiado delgadas. Evidentemente era celta. Le pareció bonita y deseó comprársela para gozarla él. Pero luego recapacitó; aunque estaba en su derecho, no se hallaba dispuesto a perder la paz y la armonía que disfrutaba dentro de su matrimonio. Además, su esposa —una romana con todas las letras— le gustaba mucho. No necesitaba más mujeres. Varios de los regalos que el cielo le había enviado en los últimos tiempos habían llegado de la mano de Apia. Lleno de agradecimiento, consideró que la muchacha rubia sería un buen regalo para su mujer. Se lo merecía; era una buena esposa.

Se le acercó y la miró con detenimiento; barata no le saldría. De sus ojos claros le caían lágrimas; a Salvio no le gustó que llorara. Tal vez la tristeza la malograra. Algunos esclavos, ya sea por melancolía o por rebeldía, terminaban siendo una mala inversión.

Se acercó. No iba desnuda como otras. Leyó el cartel que le colgaba del cuello: «DE ORIGEN CELTA. BUENA CRIADA. HERMOSA, SANA Y EDUCADA A LOS PIES DE DUNIO».

—¿Dunio, el maestro? —preguntó al vendedor en alusión a Dunio, el gran pensador, reconocido por su dedicación a las ciencias naturales y por sus libros escritos sobre plantas y medicina.

—Sí.

—¿Por qué la quiso vender?

El *venaliciarius* se encogió de hombros y respondió:

—Supongo que le sobraban esclavos que lo ayudaran en su arte —dijo levantándole el vestido para que apreciara cuán fuertes eran sus piernas.

Salvio hizo una seña y el mercader —que la entendió— se acercó más a la muchacha y de un tirón le bajó la parte superior de la túnica para que su cliente pudiera comprobar que sus pechos estaban sanos. A veces las esclavas venían mutiladas por sus antiguos dueños.

El hombre se dio vuelta y se entretuvo con otra venta.

En forma clara, Salvio le habló a la chica en latín:

—¿Quieres servir a mi esposa?

No era común que alguien le hablase de forma civilizada a un esclavo. Ella se sorprendió, pero no se percató de que él sólo intentaba saber qué idioma hablaba.

—Sí… —dijo desconcertada.

—¿Estás preparada para servir a una dama romana?

—Sí, señor, lo haré muy bien.

—¿Cómo te llamas?

—Furnilla.

Salvio, contento al ver que entendía su idioma, atrajo la atención del *venaliciarius* y empezó a negociar. No era fácil conseguir una mujer con esos colores y que hablara el latín. Los celtas de Britania —opinión compartida en Roma— se destacaban por tres atributos: serviciales, sobrios e inteligentes.

Cruzó un par de frases con el vendedor y confirmó lo que suponía: debido a la belleza y sus aptitudes —sabía leer y escribir— le había fijado un precio alto, pero aun así era mucho menor al que había pagado por el hombre que acababa de comprar. Sacó las monedas de la bolsa y las entregó sin pensarlo mucho. A veces, en su interior había algo que le generaba remordimientos y le provocaba cierta debilidad por Apia. Ella era buena esposa, pero también muy joven. Tal vez, si se hubiese casado con un muchacho de su edad hubiera sido más feliz. Desechó estos pensamientos cuando vio la cantidad de monedas que entregaba por la esclava. No cualquier marido hacía semejante regalo. Él no tenía juventud, pero le sobraba riqueza.

Se marchó del mercado con sus adquisiciones, que caminaban detrás, a modo de séquito, junto con un acompañante puesto por el *venaliciarius*. El precio lo incluía. Ni él, ni el vendedor querían que se malograra la operación por el escape estúpido de alguno de los recién adquiridos.

Apia Pópulus acababa de ser vestida y peinada por sus esclavas en el cuarto de las mujeres de su residencia. La decoración en tonos celestes claros y los cortinados en distintos azules simulando las olas del mar le agradaban en gran manera, la transportaban a la playa en la que había estado cuando niña. Estrenaba sus quince años y, como siempre lo hacía cada dos días, también un vestido. Llevaba puesta una túnica larga de color blanca con ribetes de oro y un grueso cinturón del mismo metal marcaba su cintura pequeña. El vestido le llegaba al piso y dejaba al descubierto uno de sus hombros. En el cabello llevaba incrustadas pequeñas flores amarillas. En la mitad superior, el pelo iba trenzado como un rodete; en tanto que el resto, en la mitad inferior, le caía suelto sobre la espalda. Sus rizos oscuros, al igual que su piel morena, contrastaban con el blanco de la tela.

Se dio una última y rápida mirada en el espejo. El reloj de sol ubicado en el atrio marcaba que en breve llegaría su *praeceptor*, el mismo hombre que le había impartido clases cuando aún era soltera.

Porque a Apia, a pesar de los peinados aparatosos y de los atavíos complicados, a pesar de las órdenes que les daba a los esclavos —exigiéndoles limpiezas exhaustivas— y de todos los bordados que realizaba por las tardes, le sobraba el tiempo. Su padre casi no venía visitarla; para él, como para los demás hombres, incluido su esposo, la posibilidad de andar libremente en las calles y dedicarse a las actividades políticas o al comercio constituía una vida demasiado atractiva y apasionante como para cambiarla por cualquier otra. Por todas estas razones, Apia le había pedido a Salvio que le permitiese continuar con sus clases. Al principio se había negado, pero luego, viéndola caminar aburrida por la casa, terminó aceptando.

Las lecciones eran puras matemáticas porque ahora nadie se interponía en sus gustos, ni nadie le daba órdenes al maestro sobre qué materia debía enseñarle. A Salvio no le interesaba en lo más mínimo saber qué estudiaba.

Apia sentía que su vida había llegado al punto que toda mujer romana aspiraba: se había casado y ya no necesitaba instruirse para convertirse en la mejor candidata. Lo había logrado: tenía marido; claro que lo más importante no llegaba. Apia, cada veintiocho días, miraba con tristeza la sangre roja que bajaba de su interior mostrándole una vez más que no sería madre, tal como había sucedido esta mañana antes de levantarse. Ella cumplía con su parte, y Salvio también, pero el niño no venía.

Su esposo no se quejaba, salvo cuando ella se negaba a mantener relaciones sexuales porque estaba con la regla.

—¡Otra vez sangre! —exclamaba Salvio—. ¿Y el niño, Apia? ¿Cuándo vendrá?

La recriminación se había repetido un par de veces, lo que incrementaba la culpa de Apia, dolida por no poder cumplir con lo que se esperaba de ella. Quería un hijo con todas sus fuerzas. Más aún desde que había descubierto que Senecio temía su maternidad porque, de engendrar una criatura, ella contaría con mayor poder en detrimento del suyo. Pero en el fondo de su corazón deseaba un niño por otra razón: quería tener a alguien a quien verdaderamente amar y por quien vivir. A Salvio no la unía ningún sentimiento, no lo quería. Físicamente no se sentía atraída por él, sino más bien lo contrario. Claro que jamás le negaba su cuerpo; no se le ocurría hacerle semejante desplante porque desconocía qué podía llegar a pasarle en tal caso. Ella no lo buscaba, aunque él sí, y juntos hacían la tarea de encargar un niño.

En el cuarto de los papiros, Apia meditaba en estas cosas mientras acomodaba las tablillas sobre la mesa para tomar sus clases. La habitación era grande, y con salida al atrio, de donde recibía luz natural; tenía una mesa que hacía de escritorio y dos grandes sillones. Sus paredes, recubiertas de estantes, albergaban gran cantidad de rollos; los muros de los dos laterales contenían los papiros pertenecientes a pensadores griegos y romanos; y las paredes del frente y del fondo guardaban los rollos que pertenecían a los negocios de su marido. También en esa habitación había una enorme caja de caudales cerrada con llave en la que se archivaba la documentación más importante de la casa. Era pesada, adornada con tachones y relieves de bronce. Al día siguiente de su boda —lo había visto por casualidad—, su contrato matrimonial había sido depositado en ese cofre. Apia se preguntaba dónde guardaría la llave su esposo.

En el *tablinum* había otro arcón idéntico que se usaba para guardar el metálico que ella disponía para los pagos diarios de la casa porque su marido le había dado la llave.

Pensaba en estos detalles cuando llegó el maestro. Se saludaron.

El hombre le hizo un par de preguntas de cortesía y de inmediato empezaron con las lecciones. Le entregó a la alumna una tablilla repleta de cuentas, tal como ella le había pedido practicar.

Apia llevaba minutos enfrascada en resolver operaciones en las que se mezclaban la matemática y la física cuando oyó que Salvio ingresaba en la casa. Había regresado temprano.

Su marido entró al cuarto de los papiros y, sin saludar, exclamó desde la puerta:

—¡Apia, tienes que venir a ver lo que te he traído!

146

Ella y el *praeceptor* levantaron la cabeza. El maestro saludó con un «Buenas tardes» al que Salvio respondió de igual forma, para luego insistir:

—Tienes que venir, Apia, necesito que le des órdenes.

—¿A quién?

—Ven, te digo.

—Querido esposo…, ¿me permitirías terminar la clase?

Salvio la miró un tanto molesto. Le traía semejante regalo y no le prestaba atención.

—Como quieras —respondió él secamente y se marchó.

Apia continuó con su lección.

Salvio dejó al hombre con el encargado de los esclavos varones; en ese ínterin supo que se llamaba Liam. Luego condujo a Furnilla ante las esclavas que trabajaban en la cocina y les pidió que se encargaran de ella.

—¿La lavamos, señor? —preguntó una de las tres mujeres que estaba allí.

—Sí, por completo y meticulosamente.

Era sabido que las esclavas recién llegadas traían piojos o parásitos peores.

Antes de comenzar la faena, Salvio la detuvo.

—Espera, desvístela. Quiero constatar que esté todo en orden.

¿A quién quería engañar? La chica lo atraía, quería verla desnuda.

La esclava mayor suspiró satisfecha y de inmediato le quitó la ropa de un tirón. Existía cierto placer en un esclavo cuando sentía superioridad sobre otro. Acababa de llegar este momento: la vieja esclava conocía todos los movimientos de la casa mientras que la recién llegada no sabía nada, ni siquiera los nombres de sus nuevos amos.

Furnilla, al verse desnuda, avergonzada, miró el suelo. Salvio la observó y sus senos pequeños le agradaron. Luego bajó los ojos y descubrió el pubis de vellos rubios y se excitó. Nunca había visto uno así de claro; pensó en cómo le gustaría enredar sus dedos en esa mata suave y blonda.

La miró con lascivia y pronunció su nombre.

—Furnilla…

La chica levantó la vista y descubrió que los ojos de su amo iban cargados de lujuria; ya la había visto en otros hombres. Volvió a bajar la vista; sabía lo que podía venir tras esa mirada. Tal vez se había equivocado al demostrar que sabía hablar en latín para que la trajeran a esta casa.

No tuvo tiempo de pensar en nada más porque Salvio maldijo al ver las cicatrices que tenía en la espalda. Se la habían vendido como perfecta. La contrariedad le hizo olvidar sus pensamientos carnales. Alejándose rumbo a la puerta de la cocina, ordenó:

—Lávenla. Y cuando esté limpia, déjenla en el atrio junto a la fuente. Ya vendrá su ama a decidir qué hará con ella.

Furnilla suspiró aliviada. La vieja esclava la tomó del brazo y se la llevó. Las otras dos se quedaron cuchicheando.

Una hora después el *praeceptor* se hubo marchado y Apia se presentó ante su esposo, que estaba en la parte reservada del *tablinum*. Él levantó la vista, se puso de pie y, tomándola de la mano, la llevó a la cocina. Allí Salvio le presentó su regalo. Furnilla ya estaba aseada y con ropa limpia.

—Es para ti. Para que tengas una esclava personal. Se trata de una mujer preparada.

Apia le dio un vistazo rápido y señaló:

—Por el color de su pelo es celta…

—Dicen que son muy inteligentes y leales. Por eso la he comprado.

—Tiene buenas proporciones y es joven —añadió Apia.

Hablaban de ella como si se tratara de un animalillo recién cazado.

Apia le dio la vuelta para observarla por completo y calculó que debía tener su misma edad. La chica no levantaba la vista.

—Mírame —ordenó Apia.

La esclava obedeció y a su ama le gustaron sus ojos.

—¡Qué ojos tan claros tienes! ¿Cuál es tu nombre?

—Furnilla, *domina* —dijo llamándola como debía.

—¿Has visto que sabe nuestro idioma? —señaló él orgulloso. En verdad, había conseguido un ejemplar muy bueno.

—Sí, me agrada. Gracias, Salvio —dijo Apia haciendo una inclinación ante su esposo.

Él sonrió complacido.

—Eres una buena esposa. Te mereces el regalo.

A Apia le gustó lo que oyó. Era importante llevarse bien con Salvio, sabía que estaba en sus manos. Le dio órdenes a la esclava nueva:

—Ve a que las mujeres te den ropa de cama para armar tu aposento. Dormirás en el cuarto junto al mío.

Salvio la miró sorprendido. La chica era especial, pero darle tanto privilegio a una recién llegada no le pareció adecuado. Era común que junto a los amos descansaran uno o dos esclavos de mayor confianza; sobre todo, aquellos que podían ayudar en lo más íntimo. Apia le adivinó los pensamientos y le dijo:

—¿Puedo hacer con ella lo que me plazca? ¿O debo hacer lo que tú quieres?

Se lo preguntó con absoluta sinceridad; no se trataba de una recriminación. Necesitaba saber si contaba con su autorización para decidir.

Salvio fue benevolente.

—Es toda tuya. Haz lo que te plazca.

Apia esta vez le señaló la cocina y Furnilla, que comprendió, se marchó en busca de la mujer mayor que parecía estar al mando de las esclavas. Su nueva ama le caía bien. Deseó con todo su corazón comenzar una vida mejor, alejada de los últimos tormentos que había vivido en su casa anterior.

Apia no tuvo ningún deseo en su corazón, se había acostumbrado a vivir sin ellos. Lo mejor era ser de metal; fría y dura. Había descubierto que en su triste existencia no podía elegir nada fuera de sus vestidos y peinados. A veces, creía que hasta la política, influenciando su vida, terminaba decidiendo más que ella sobre su propia existencia.

149

Sin saberlo, estaba en lo cierto, porque cuatrocientos centuriones encabezados por Cornelio habían sido enviados por Octavio y acababan de llegar al Senado para manifestar su pretensión: que Octavio, su general, fuera nombrado cónsul. Los senadores se habían negado aduciendo que el muchacho no tenía suficiente edad para asumir el cargo. Ante la desaprobación, Cornelio se corrió el manto para dejar al descubierto su espada amenazante y les dijo:

—Si ustedes no lo nombran cónsul, lo hará mi espada.

Al recibir un trato irreverente, los senadores despidieron de mala manera a los uniformados, quienes, al llegar a la Galia Cisalpina, donde los esperaba Octavio, enojados por la contrariedad, le pidieron: «¡Marchemos contra Roma!». Y su general, haciéndoles creer que esa idea había nacido de ellos, enseguida les concedió la petición. De inmediato escribió una carta para su madre y su hermana Octavia en la que les recomendó que, a causa de la disputa que se avecinaba, se refugiaran en el templo de las Vestales, ubicado en pleno foro. Allí estarían seguras porque sus enemigos no se atreverían a ingresar para cometer atrocidades. El plan que Octavio había concebido fríamente venía saliendo a la perfección. No existía político, ni soldado, ni un simple mortal que pudiera oponerse a sus aspiraciones. A pesar de tener sólo veinte años, el muchacho se había convertido en un gran manipulador. Y Apia no quedaba fuera de sus maniobras, pues ella estaba en la mente de Octavio, que comenzaba a idear planes que la involucraban.

CLEOPATRA
LA REINA DE EGIPTO

En el salón principal del palacio egipcio retumban los gritos. Allí, Cleopatra y su hermano Tolomeo XIII llevan adelante una violenta discusión. Una más de las tantas que mantienen a diario. A su alrededor, los sirvientes los escuchan y continúan realizando sus tareas con normalidad, pues ya no les prestan atención cuando pelean. Se han acostumbrado al griterío constante entre los hermanos. Además, nadie puede evitar la hostilidad manifiesta, ambos son irrefrenables y amos absolutos.

Su padre ha muerto unos meses atrás y desde ese momento ellos gobiernan Egipto sin ponerse de acuerdo en nada. Pero, ¿cómo lograr consenso? Se trata de hacer coincidir las opiniones de una madura muchacha de dieciocho años y un nervioso jovenzuelo de doce. Los dos han quedado como los reyes de Egipto, y ya no sólo son hermanos, sino que también esposos. Porque esa fue la condición que les impuso su padre: ambos gobernarían Egipto siempre y cuando lo hicieran juntos como marido y mujer. La relación es ridícula por donde se la vea. Aunque por ahora sólo se trata de una unión ritual, habrá que ver con los años qué sucede dentro del dormitorio y a puertas cerradas.

Para peor, Cleopatra y Tolomeo XIII nunca se llevaron bien, pero ahora exacerbaron su antagonismo.

Esa tarde, el muchacho grita e insiste en la tesitura que los ha llevado a pelear desde temprano:

—¡Pues está decidido: haré construir un nuevo palacio!

—No es una sabia decisión gastar tanto dinero en un edificio lujoso que no necesitamos. El pueblo pide pan —señala paciente su hermana.

—Te advierto que lo construiré, digas lo que digas. Ya no quiero vivir en el mismo palacio que tú.

—Hermano, estamos gobernando juntos a Egipto y no se vería bien que habitemos en diferentes palacios —le ruega Cleopatra que ya no sabe cómo hacerlo entrar en razón.

Todos los días el chico se empecina en una nueva tontera con la testarudez propia de su edad.

—Haré lo que me plazca, para eso soy el rey —sentencia y le hace una seña burlona acorde al niño que es.

Cleopatra explota:

—¡Yo también soy la soberana! ¡Pero intento ser coherente! Eres un mocoso malcriado. Por tu culpa los súbditos nunca nos respetarán.

El muchacho le tira con el cetro y ella lo esquiva. Tolomeo se marcha al son del grito:

—¡Por Osiris que lo construiré!

Cleopatra, frustrada, despide a los esclavos que la rodean; y sabiéndose sola se lanza al camastro y comienza a llorar.

Lleva unos minutos de desconsuelo cuando aparece Sharifa. Alguien le ha avisado del altercado y viene a calmar los ánimos. Teme que las peleas constantes no terminen bien.

—Mi niña, ¿qué ha pasado? ¿Por qué llora?

Cleopatra no abre su boca, los motivos de sus lágrimas son muchos y van más allá de esta última pelea. No quiere hablar, ni siquiera su nana la entendería. Le duele que su padre, luego de prepararla durante años para ser reina, a último momento haya decidido que su hermano también gobierne. De esa manera la ha convertido en un personaje secundario para el que no estaba preparada. Le duelen las horas que ha pasado estudiando economía para que ahora Tolomeo XIII no respete ni una decisión de las que ella toma basándose en los aprendizajes adquiridos durante su formación. Teme que el desacato del chiquillo lleve el reino directo al fracaso. Le lastima estar casada con su propio hermano. Nunca soñó con un casamiento por amor, pero al menos esperaba compartir su cama con un hombre que satisfaga esas ansias a las que su cuerpo algunas noches la somete.

—No se haga problema, niña mía, tarde o temprano su hermano madurará.

—Mientras tanto, arruinará el reino y todo por lo que tanto ha peleado nuestra familia —protesta Cleopatra entre sollozos, y luego añade—: ¡No entiendo por qué mi padre me hizo esto!

—Lo decidió así porque si usted gobernaba en soledad, pronto su hermano la hubiera destruido para quitarle el cetro.

—Pues me destruirá de todas formas.

—Eso no sucederá si usted resiste y es fuerte. Ya no llore.

Esta vez no es necesario que la nana le hable acerca de la fortaleza de las pirámides. La mente de la joven va directamente hacia ese pensamiento. Tanto le ha insistido Sharifa sobre la fortaleza que debe absorber de esas construcciones, que Cleopatra lo imagina y lo logra. Siente que ella y las pirámides comparten la misma esencia, la fuerza de los faraones antiguos está allí, también la de la diosa Isis, de quien Cleopatra —está convencida— cree ser su reencarnación.

«Paciencia» y «fortaleza» se han vuelto sus palabras favoritas. Y de ellas se aferra para soportar lo que está viviendo.

CAPÍTULO 9

HOY

Año 35 a. C.

En Roma, las primeras claridades del amanecer auspiciaban calor, y la metrópoli, como siempre, comenzaba el día hablando a través de los murmullos que se escuchaban en sus calles; sólo que esta vez los cuchicheos se volvían ecos ensordecedores dentro de las edificaciones gubernamentales. Porque no había allí una sola persona que no comentara los sucesos más importantes: que el incipiente imperio romano se hallaba dando batalla mientras sus valientes soldados entregaban la vida en combate para extender aún más los límites del gran gobierno del mundo antiguo.

Manius Marcio, por su alto cargo, dormía solo en el cuartucho del edificio de gobierno donde vivía. Esa mañana, mientras se vestía para empezar el día vio cómo se abría la puerta y aparecía su amigo y colega, Décimo Ovidio. Sin ingresar, apoyado contra el marco, el hombre le dijo:

—La batalla ha comenzado. Es sabido que los nuestros dejarán hasta su última gota de sangre para ganarla.

Manius, con la mitad del uniforme puesto, le respondió:

—Y yo aquí, en la ciudad, perdiendo el tiempo en ridículas guardias en vez de estar en lo recio de la pelea.

—Quédate tranquilo, que ya volverás. Por ahora disfruta que estás vivo. —Luego, haciendo un alto, regresó a lo trivial de la jornada, y agregó—: Te espero en el comedor para desayunar.

Manius Marcio asintió y Décimo Ovidio se marchó.

De nuevo solo, buscó las prendas que debía colocarse mientras pensaba que él amaba a Roma. Por esa ciudad que tanto significaba para él, estaba dispuesto a dar la vida. Porque su amor abarcaba el orgullo y la jactancia de pertenecer al más grande imperio jamás conocido, pero también incluía el sentimiento simple, puro y amoroso que lo unía a la tierra que lo había visto nacer.

Sentándose en el borde del lecho se colocó lo que le faltaba para lucir el uniforme completo de soldado romano: las grebas que le protegían las piernas, y las *caligae*, las sandalias militares con tachas en la suela. Luego, poniéndose nuevamente de pie, se calzó la *lorica* segmentada, la armadura que le protegía el pecho. Y por último el *paludamentum*, esa capa color escarlata que llevaban sujeta desde el hombro los soldados que, como él, ostentaban el rango de centurión. Sólo le faltaba ponerse el casco y estaría listo.

Se observó en el espejo con detenimiento para comprobar que cada prenda estuviera en su sitio. Tenía que reconocer que era muy puntilloso con su arreglo personal. Así lo había aprendido de sus superiores a poco de ingresar al ejército, hasta entonces, había sido un desprolijo muchacho de diecisiete años. Él se enroló buscando una manera digna de ganarse el pan cuando sus padres y su hermano, como tantas otras personas por esos años, habían muerto a causa de la peste. Desde esa época, se le habían grabado a fuego los cuidados que debía tener para verse como el honorable soldado que era.

Igual esmero dedicaba a sus armas, pues sabía que podían salvarle la vida. Por norma, cada soldado era el único responsable de mantenerlas en perfecto estado. Y con el mismo celo cuidaba su físico porque debía estar preparado para enfrentar cualquier lance que se le presentara. Cada amanecer, antes de la primera luz, él ya se hallaba realizando sus flexiones de brazos, sus abdominales y demás ejercicios.

Esa mañana, estando ya uniformado, se sintió listo para ir por su desayuno. Acostumbraba a tomar uno bien sustancioso y a no comer más nada hasta la cena. Así lo había hecho durante los dieciséis años que había vivido en campamentos militares.

Esa y otras rutinas se le habían metido en cada rincón de su ser y ya no creía que jamás pudiera cambiarlas. La razón de alimentarse únicamente con dos comidas al día se sustentaba en que los hombres del ejército, tras el desayuno, solían caminar más de veinticinco mil millas romanas —unos treinta y cinco mil kilómetros—. Por lo cual necesitaban estar livianos. Luego, cuando detenían su marcha, venía el final del día, que traía de la mano el premio que significaba la cena.

A él siempre le había gustado la vida de soldado: levantarse temprano, hacer largas marchas diarias y pelear en las sangrientas batallas, como las que había compartido junto a Marco Antonio, su querido general.

Si ahora se hallaba en Roma era, justamente, porque había cedido al requerimiento de su superior, que le había pedido que lo acompañara a la ciudad. Pero el destino le había jugado una mala pasada: su general se había marchado con apuro porque lo necesitaban en la guerra, y él había quedado atrapado en la ciudad, cumpliendo guardias y tareas menores que nada tenían que ver con su capacidad y natural inclinación militar. Marco Antonio, antes de marcharse, le había dicho: «Lo mejor es que te quedes y ayudes a Octavio, que desea armar una guardia de élite. Le he sugerido tu nombre, pues no hay nadie mejor que tú para esa tarea». Pero los meses pasaban y Octavio no tenía tiempo para ello, ocupado con la campaña que llevaba a cabo en Iliria. El plan se concretaría —la ciudad necesitaba esa guardia—, pero quién sabe cuándo la conformarían.

A veces, sin darse cuenta, se quedaba cabizbajo recordando los buenos momentos vividos con sus tropas. ¿Qué podía haber mejor que la vida de campamento? Nada. Allí los días eran duros pero emocionantes y llenos de verdadera camaradería. Acampaban en grandes extensiones de tierra a la que convertían en una especie de ciudad donde se montaban termas para que a los soldados no les faltaran los baños calientes y un hospital con excelente servicio médico –mejor del que podía gozar un civil– para que fueran atendidos cuando estaban heridos o caían enfermos. En el lugar también había cocineros, que preparaban la esperada cena; y carniceros, que trozaban las grandes piezas que traían los cazadores del campamento de sus incursiones al campo. Y, por supuesto, no faltaban los prostíbulos con mujeres alegres que los recibían para divertirse; muchachas que muchas veces terminaban transformándose en la mujer formal de algunos de los hombres con los que llegaban a tener hijos, pero nunca a ser su esposa porque los soldados, mientras duraba su servicio, no podían contraer matrimonio. Manius lo sabía muy bien. Cuando se enroló, a causa de esta regla, tuvo que dejar a la única muchacha que realmente le había interesado en su vida. Una chica de su pueblo que no había vuelto a ver de nombre Elia.

La vida de soldado era agradable, pero había que aprender a convivir con la exigencia de ser fuerte y estoico. Había que soportar los fríos, los calores, el peso de las cotas metálicas que vestían y de las maquinarias de guerra que movían de un lugar a otro, aguantar las largas marchas diarias y los dolores físicos y espirituales que quedaban en el cuerpo después de una batalla cuando se tenía la suerte de haber salido airoso.

Pero estar en el campamento significaba despertarse y de inmediato sentir la bocanada de aire fresco que ofrecía la intemperie en la que habitaban, lo cual hallaba maravilloso. Un placer que en Roma no tenía durmiendo por las noches en el edificio de gobierno.

Manius Marcio comprendió desde un principio que ser disciplinado y acatar las órdenes resultaba primordial; incluso, podía llegar a salvarle la vida en una situación de peligro. Las exigencias diarias del ejército no le costaban, formaban parte natural de su personalidad. Claro que en los últimos años no sólo recibía órdenes, sino que también las daba, pues tenía a su cargo un grupo de hombres. Era verdad que encontraba cierto placer en guiar a su escuadrón durante las tareas que le encomendaban en Roma, pero ninguna le provocaba la emoción de estar en batalla.

Aunque tenía que reconocer que en el último tiempo la guardia que hacía en el pórtico de los comerciantes perleros se le había vuelto interesante gracias a la muchacha del pañuelo color crema. Había un enigma en ese rostro dulce y femenino que lo llamaba a resolverlo, al igual que su cuerpo le pedía tener un revolcón con esa mujer. La idea le gustaba, pero empezaba a pensar que era demasiado seria para un encuentro de esa naturaleza. Como fuera, le gustaba flirtear con ella, era como perseguir una presa. Esa noche la vería de nuevo, tal vez con suerte le robaría un beso; la última vez había estado a punto de lograrlo. Y si lo conseguía, acortaría el trecho para acostarse con ella.

Pensó en la chica y sonrió. En verdad, Gaya Paulina era un atado de contradicciones; por momentos, de carácter alegre; por otros, triste. Insegura cuando llegaba y temeraria cuando se iba. Simple y altanera. ¡Pero qué belleza tenía!

Manius se colocó el casco, lo único que le faltaba para completar el atuendo. El estómago le hacía ruido exigiéndole el desayuno, y su amigo ya lo esperaba en el comedor de los soldados.

En el Palatino, dentro de la casa de paredes de color azul, Furnilla quitó el seguro de la ventanilla pequeña que tenía la enorme puerta principal en una de sus dos hojas, y la abrió. Quería espiar hacia afuera; para eso estaba esa estrecha abertura.

Ella curioseó durante unos segundos. Miró para un lado de la calle y después para el otro; luego, cerrándola de golpe, exclamó:

—¡Por las pulgas de Suburra! ¡Allí están! Evidentemente se han pasado la noche vigilando, porque acaban de hacer un cambio de hombres. Se han ido dos y han llegado otros dos.

Apia, que estaba cerca, poniendo velas en el atrio, le respondió inmutable sin abandonar la tarea:

—Te he dicho, Furnilla, que dejes de controlarlos. Lo único que lograrás será preocuparte.

—Han estado en la esquina toda la semana.

—Y se quedarán mucho más si son los hombres enviados por Senecio, como creo —indicó Apia.

—Me inquietan, esta noche debemos ir a la cofradía.

—Saldremos de a una, como hablamos. Primero tú y luego yo, para no llamar la atención. Creerán que somos simples transeúntes —expresó Apia de manera tranquila.

—No esperan que nadie salga por la puerta de servicio —señaló Furnilla.

—Porque están empeñados en vigilar la entrada principal. Piensan que recibiremos a vaya a saber quién. El regreso lo haremos igual, de a una —dijo Apia encendiendo la última vela.

En esa iba el deseo de que esa noche todo saliera bien. Se lo pedía a su madre.

Furnilla, que seguía preocupada, exclamó:

—¿Y en las próximas veladas, ama, ¿cómo haremos? Tendremos que pensar en algo, sino terminarán dándose cuenta.

—No pienso ir toda mi vida a esas reuniones. Necesito contar con esa información sólo por un tiempo más, hasta fortalecerme económicamente.

Una vez que comprara la tienda y su actuar mercantil se volviera público, Apia los intimaría para que, al menos, le enviaran la información que se manejaba en las reuniones. Además, al ver los volúmenes de dinero que ella comenzaba a mover, los *margaritarius* le tendrían que dar alguna salida al problema. En cierta manera, todos se beneficiaban con su participación, pues con el incremento de miembros, el consorcio comerciaba más volumen de mercadería y se volvía más fuerte.

Apia ya les había demostrado que podía negociar y cumplir los compromisos asumidos.

—¿Ama, cuánto tiempo más piensa que iremos a la cena de la cofradía?

—No lo sé. Y deja de preocuparte.

Furnilla notaba que su ama poco a poco iba ganando nuevamente confianza. Frente a su reciente viudez, había tenido que ayudarle; de hecho, ella le había sugerido que se presentara en la cofradía porque por esos días Apia parecía aletargada y llena de miedos. Ahora, al comprobar que sus transacciones funcionaban, su señora volvía a ser la misma mujer capaz de tomar las riendas del negocio, como había ocurrido cuando el amo Salvio había caído enfermo. A veces Furnilla se preguntaba de dónde sacaba la fortaleza, porque notaba en ella un nuevo renacer; ante tanta adversidad, otra mujer se habría deshecho. Algún día, si se atrevía, se lo preguntaría. Como fuera, se sentía feliz de haber podido ayudar a su *domina* en los días difíciles.

La voz de Apia vino a sacarla de esos pensamientos que, en cierta manera, le otorgaban paz. Porque saber que Apia Pópulus otra vez controlaba su vida le quitaba la preocupación más grande que podía tener su existencia. La escuchó decir:

—Furnilla, estate tranquila, los *lares* nos ayudarán.

La esclava la miró y sonrió con adoración.

Muy cerca de la casa azul, Senecio recibió en su residencia a los hombres contratados para vigilar la morada de Apia durante las noches. Los hizo pasar al cuarto de los papiros. Allí, a puertas cerradas, podrían hablar tranquilos.

—No hubo ningún movimiento —informó el romano de barba larga.

—¿Están seguros? —preguntó Senecio mientras les daba la paga pactada.

—Completamente —respondió el otro mirando complacido la bolsa con el metálico.

—Cinco días y nada… —repasó Senecio. Suponía que, tal vez, se había equivocado con Apia.

—Démosle más tiempo, señor —dijo el más joven, que deseaba seguir realizando la tarea.

El pueblo de Roma pasaba hambre y un trabajo era una bendición que se debía cuidar. En este caso, además, le pagaban bien y sólo debía quedarse sentado en una esquina controlando quién entraba por la puerta de la casa de Apia Pópulus.

—Tienes razón: la controlaremos algunas semanas más —respondió Senecio mientras los acompañaba hasta la salida.

Una vez que estuvo solo, el hijo de Sextus meditó acerca de la conveniencia de presentarse en la reunión de la cofradía que se celebraría al caer el sol. No tenía ganas, pero alguna vez debía cenar con los hombres del gremio. Ya vería qué hacer...

La noche caía sobre Roma cuando Apia y su esclava, con sus prendas de trabajadoras, se hallaban junto a la puerta de servicio de la casa azul, listas para salir a la calle. No llevaban largos sobrevestes con capucha, sólo sus sencillos vestidos. Las jornadas calurosas habían comenzado y ya no sería conveniente usar ese abrigo porque llamarían la atención.

—Primero irás tú, Furnilla, ya que, si por alguna razón los vigilantes te detienen, te encargarás de entretenerlos. Luego saldré yo.

—De acuerdo —dijo decidida Furnilla, y abrió la puerta pequeña.

Minutos después ambas se encontraron a pocas calles de allí y, al saberse a salvo, sonrieron. Los hombres no las habían reconocido, jamás hubieran imaginado que Apia Pópulus caminaría por las calles del Palatino vestida de lienzo rústico y con un pañuelo en la cabeza; los vigilantes tampoco habían tenido en cuenta que las trabajadoras habían salido del callejón de al lado. Ellos sólo tenían ojos para la puerta grande. Creían que en algún momento entraría un hombre, el amante de la dueña de casa, según les había anticipado Senecio Sextus.

Cuando llegaron al salón, las mujeres comenzaron de inmediato con la faena. Apia Pópulus se transformó en Gaya Paulina y Manius Marcio revoloteó tras ella. Primero la saludó con una mezcla de reverencia y seducción, más tarde apareció por la puerta del patio con la excusa de pedir agua para sus hombres, luego les preguntó si necesitaban ayuda. En las idas y venidas, Manius se dedicaba a propiciarle halagos y palabras lisonjeras, pero esa noche Apia le prestaba poca atención. Concentrada en lo importante, escuchaba que los *margaritarius* hablaban de una compra grande. En pocos días, un barco zarparía rumbo a Egipto en busca de mercadería. Además, había logrado escuchar un dato importante: retocarían el precio de las perlas a raíz de una significativa suba de su valor.

Para Apia, la velada avanzó entre el lavado de platos y el fregado de la cocina mientras sus oídos se dedicaban a escuchar con atención las conversaciones hasta que la jornada llegó a su fin.

Manius, como siempre, pasó a buscar comida para sus hombres y se llevó un lirón relleno que había quedado entero y sin tocar.

—Debe estar delicioso, creo que esta vez comeré con mis soldados —había comentado antes de partir.

Furnilla se acercó a su ama para decirle:

—Pasaré a buscar el cobro y luego me marcharé. Espere usted un rato aquí y luego salga para la casa. La veré allí.

—Tienes que entrar por la puerta de servicio. No lo olvides.

Furnilla asintió con la cabeza y dijo:

—Todo saldrá bien. Adiós.

Algunas trabajadoras se marcharon junto a Furnilla, otras se quedaron preparando la comida y los lienzos que se llevarían. Tras acabar con el lavado, Apia permaneció apoyada en el piletón sopesando si participaría de esa compra grande y cuánto retocaría los precios de las perlas. Además, lo más urgente: debía volver sobre sus pasos sin ser vista por los vigilantes que Senecio había apostado en las proximidades de su casa. Si esos hombres descubrían que ella había regresado tan tarde la noche de Mercurio, Senecio sospecharía que había estado en la cena. Pero si además le contaban cómo iba vestida entonces el problema podría ser mayor, pues si los *margaritarius* se enteraban de que había estado allí desafiando su advertencia, entonces se pondrían aún más en su contra. Con el agregado de lo vergonzoso que sería para su estatus enfrentar que había estado fregando durante varias cenas en el lugar. Percibiendo el peligro de sus movimientos, nuevamente se encomendó a sus *lares*.

—Es hora de salir de aquí —dijo una voz masculina en la cocina.

Las palabras sacaron a Apia de su ensimismamiento. Miró a su alrededor, ya no quedaba nadie y el que hablaba era Manius Marcio.

Sin permiso, el soldado la tomó de la mano y la llevó hacia el patio iluminado por una luna enorme.

—Vamos a ver la hermosa noche que hace. Ven…

Ella se dejó arrastrar hacia afuera, no podía hacer otra cosa, su cuerpo y su mente se hallaban exhaustos.

Apia, ya en el exterior, sintió cómo el aire fresco le avivaba el rostro. Estaba delicioso.

—Qué brisa tan agradable —reconoció ella.

—La cocina estaba muy calurosa —dijo él sonriendo.

—No me daba cuenta.

—Me imaginé que estarías allí encerrada esperando a tu amiga.

—Ella ya se marchó —explicó Apia.

—Entonces, si Furnilla se fue, estoy dispuesto a perderme de comer el lirón relleno por pasar contigo un rato a solas. Mis hombres se están marchando con el botín en las manos, pero yo me quedaré.

Ella levantó la vista. Era verdad: el grupo ya se iba. Los soldados charlaban relajadamente mientras salían por la puerta grande del patio rumbo al edificio de gobierno donde vivían.

Apia, cansada por el ajetreo de la velada, no sabía bien qué debía hacer, ni qué decir. Aún no podía irse. Tenía que esperar a que Furnilla entrara a la casa sin problemas para luego, a su turno, echarse a andar por las calles.

—Ven, nos sentaremos aquí… —propuso Manius señalando uno de los olivos del patio.

163

Apia lo siguió. Él se quitó la capa y la depositó en el suelo.

—Manius Marcio, no deberías hacer eso.

—Una dama es prioridad.

—Tú eres un soldado.

—Con más razón. Primero Roma y segundo las damas. Luego viene lo demás. Ese es mi orden de prioridades.

Él no la engañaba. Apia no lo sabía, pero Manius Marcio jamás mentía. Podía tener muchos defectos, pero no ese. Él siempre iba hasta las últimas consecuencias, pero con la verdad de la mano.

Apia lo escuchó, lo vio acomodar mejor la capa en el piso y pensó que tenía que reconocer que era encantador. Un hombre diferente y completamente libre, prescindente de las formas que usaban los que ella conocía.

Ambos se sentaron sobre la capa.

—Por lo que veo, hoy no piensas regresar a tu casa —dijo él al comprobar que se sentaba plácidamente a su lado. Por primera vez ella aceptaba una de las tantas invitaciones que le había hecho.

—Prefiero no hablar de ese asunto —pidió Apia.

—¿Y de qué quieres hablar, entonces? —dijo Manius y, al ver que ella seguía sumida en el silencio, le propuso—: Cuéntame de tu familia.

Apia tampoco deseaba conversar sobre esa cuestión; no podía. Respondió escuetamente:

—Soy viuda.

Manius se sorprendió; no había esperado semejante declaración.

—Lo lamento —dijo con pesar, pero pronto recordó que ella le había comentado que no tenía hijos. Evidentemente, razonó, el hombre se había muerto joven. Le observó el rostro con pena. Y al mirarla bajo la luz de la luna descubrió el cordel con la perla que le colgaba del cuello. La tocó con la punta de su dedo índice, la admiró por un instante y luego preguntó incrédulo—: ¿Es verdadera?

—Sí, fue un regalo.

Manius no se atrevió a preguntar quién se lo había dado; tal vez el marido, pero no quiso traerlo de nuevo a la conversación.

—Me gustan las perlas —reconoció obviando el tema del autor del regalo.

—A mí, también —respondió Apia mientras se le iluminaba el rostro.

Ella las amaba. Vivía de las perlas, esas margaritas le daban libertad. Si no hubiera sido por ellas, habría enloquecido durante su matrimonio; ellas la habían mantenido coherente y entretenida. Y hoy si no fuera por el comercio de las perlas, quizá, ya estaría planeando contraer un nuevo matrimonio sin amor sólo para que la mantuviera un marido acaudalado.

—¿Sabes dónde se forman las margaritas como la que tienes colgando en el cuello? —preguntó él con la idea de darle una explicación capaz de impresionarla.

Pero esto no sería posible porque si alguien en Roma sabía del tema, esa era Apia.

—Claro que lo sé… —respondió sonriente y comenzó una larga exposición que le permitió olvidarse del cansancio y de las preocupaciones. Hablar de lo que le gustaba siempre le sentaba bien.

Él la escuchaba interesado y sorprendido. Jamás había oído los detalles que ella le contaba. Sabía de dónde venían las perlas según las formas, quién las sacaba del mar y cómo se comercializaban en Roma y en otras ciudades. Sin embargo, no se explicaba cómo Gaya Paulina conocía tanto al respecto. Le hacía preguntas del tema y ella no titubeaba al ofrecerle las respuestas. Su relato era muy interesante.

Apia, después de un rato de charla, intuyó que debía callarse la boca; ya podía imaginar la cara de reprobación que le pondría Furnilla si la estuviera oyendo. Pero, aunque quisiera, no podría haber hablado menos, pues las perlas despertaban su pasión más profunda.

—¿Cómo sabes tanto?

—Me interesa el tema —dijo ella.

—Yo no sé de perlas, pero conozco de mar, que es donde crecen, porque no sólo he sido parte de la infantería sino también de la flota romana —relató Manius.

—Cuéntame, así aprendo —pidió ella prometiéndose a sí misma no abrir más la boca. Si seguía hablando, cometería una equivocación insalvable.

—He peleado en tierra y mar, pero no te hablaré de esas luchas sino de otras cosas interesantes que guarda el océano.

Y durante un largo rato, Manius Marcio se dedicó a contarle algunas experiencias vividas en la costa itálica, donde habían montado un campamento para librar una batalla. Le explicaba sobre cómo se embravecían las aguas, y el miedo que despertaban las olas entre los que no sabían nadar. Manius logró sacarle una risa gentil cuando le contó que, ante la inmensidad del mar, varios hombres que sólo conocían los baños públicos y las termas, corrieron hacia el agua para beberla... ¡hasta que descubrieron que era salada! Su relato luego viró hacia los peces tan enormes como hombres que había visto durante una larga temporada que pasó arriba de un barco. Al principio le contó momentos graciosos, luego, poco a poco, le habló de algunos acontecimientos tristes, como el padecimiento de los soldados que combatieron en la fiera batalla de la costa y de los queridos camaradas enterrados en esas playas.

Llevaban más de una hora conversando —¿acaso dos?—, cuando Apia se dio cuenta del tiempo que había transcurrido. Se puso de pie.

—Debo irme. La hora ha pasado.

Él también estaba sorprendido por cómo se había esfumado el tiempo. Jamás hablaba tanto con una mujer. Cuando una le interesaba, en menos de una hora estaba en la cama con ella. Así eran las cosas en Roma, y más para un soldado. Como mucho, él podía destinar un día para conquistarla, pero para la noche ya estaba dándose un revolcón con la que tanto trabajo le había demandado. Conseguir romances se le daba bien, pero esta conversación le llamaba poderosamente la atención; él no acostumbraba a ponerse nostálgico, ni a abrir su corazón contando las tristezas de las batallas. Casi se sentía avergonzado. Se lo dijo:

—Lamento si te he hablado de pesadumbres, no sé qué me ha pasado. No suelo hacerlo.

—Lo que me has contado no me ha parecido triste sino más bien emocionante. Además, los dolores son parte de la vida. Lo sé muy bien.

Él entendió que se refería a los de su propia existencia. Le sonrió agradecido de que hablaran de esa manera tan franca. Se miraron a los ojos hasta que al fin Manius le respondió:

—Pues yo he disfrutado mucho la gran lección que me has dado sobre perlas.

Ella rio de manera abierta.

—Vamos, te acompañaré hasta tu casa —dijo él buscando la enorme llave con la que cerraba cada noche el portón de hierro del patio anexo al salón de la cofradía.

—¡No es necesario!

—Insisto, no puedes irte sola.

—No.

En silencio, él la miró con detenimiento durante unos instantes. Ella estaba contrariada pero también muy atemorizada. Decidió respetar su decisión. Gaya debía tener sus razones.

—Está bien. Como quieras. Pero ten presente que es tarde y las calles son peligrosas.

—Son pocas y las conozco muy bien.

—Vete ya.

Él jamás asediaba a nadie. Si una persona no aceptaba una propuesta o algo que él quería darle, jamás la perseguiría o le insistiría para convencerla. Manius Marcio era un amante de su libertad y no se le ocurriría quitarle ni un ápice a Gaya Paulina, ni a nadie.

Apia entendió que él no se empeñaría en acompañarla y se tranquilizó.

—Gracias —le dijo—, ha sido bonito conversar contigo. Yo tampoco suelo hablar mucho. En verdad, lo he disfrutado.

A él le gustaron sus palabras.

—Adiós... —se despidió ella acompañando el saludo con una inclinación elegante.

Manius la miró. Observó cómo su cuerpo se movía con gracia, se trataba de un vaivén refinado. A pesar de ser una muchacha sencilla, tenía hermosos modales. Le gustó su actitud; en verdad, toda ella le gustaba. Pensó en cuánto deseaba besarla y comprendió que esta, tal vez, sería su única oportunidad y que debía aprovecharla. No había nadie cerca. Furnilla, la amiga celta, no estaba. Gaya se hallaba receptiva y blanda, como el *puls* que él desayunaba cada mañana en el cuartel. Estaba seguro de que no lo rechazaría, él conocía de mujeres.

Mientras ella se incorporaba de la inclinación que había realizado, él, de manera imprevista, la tomó en sus brazos, la sujetó con fuerza contra su cuerpo de hombre y la besó. Apia le respondió, sus labios deseaban esa boca y su mente no había tenido tiempo de objetárselo.

Se besaron con pasión bajo el olivo y durante unos instantes fueron piel, saliva, labios y un respirar entrecortado que los narcotizaba con los aromas que cada uno descubría del otro. Después de un rato de frenesí, Manius comenzó a besarle el cuello con ardor y ella lo dejó bajar por el escote, cerca de sus senos. Jamás podría parar esto, jamás. Sólo le importaba ese momento que estaba viviendo. Nunca había sentido una pasión semejante.

Manius Marcio apoyó su mano sobre el trasero de Apia, y ella también se lo permitió. Él no sólo la besaba, él quería devorarla. Y a ella le gustaba estar en esos brazos fuertes y dejarse llevar por la correntada que invadía todo su cuerpo.

Llevaban unos minutos sumidos en una torrencial pasión cuando él hizo un movimiento que petrificó a Apia: quitó la mano del trasero y la elevó hasta apoyarla sobre su cabeza para intentar sacarle el pañuelo. La tela prácticamente cedió y apareció parte del cabello recogido. Apia pudo imaginar su pelo y esta visión le sirvió para detenerse; esa tela color crema era el último bastión que ocultaba quién era ella realmente. Porque sin el pañuelo se convertiría en Apia Pópulus. Y la viuda de Salvio Sextus no podía estar en ese patio besándose ardientemente con un soldado, un hombre de quien conocía muy poco. Y peor aún: que desconocía quién era ella. La situación podía traer graves complicaciones para su vida; muchas más de las que ya tenía. Se detuvo en seco y se separó de ese cuerpo enardecido que le rogaba que hiciera lo contrario.

—No, Manius Marcio.

Él abrió los ojos despacio, su mirada era la de un niño al que le acababan de quitar su golosina.

—¿Por qué no? —preguntó suavemente sin querer cortar el hechizo.

—Debo irme, es tarde.

Ella se separó por completo de él y comenzó a acomodar la tela color crema de su cabeza para cubrir nuevamente su cabello. Luego le dio a Manius una larga mirada y le dijo:

—Lo siento. Te veré en la próxima cena. Adiós.

Enseguida empezó a caminar rumbo al portón. Al llegar a la salida, giró sobre sus pasos y se dio con una imagen que la quebró.

El centurión romano la estaba mirando con desconsuelo, sobrecogido por la pérdida, como lo hacen las personas ante un abandono imprevisto, o un arrebato impensado, como ella misma lo había hecho cuando se despidió de su madre el día de su casamiento. Apia dudó. ¿Y si volvía junto a él? Estaba por regresar para decirle algunas palabras y borrar el desconsuelo que veía en su rostro, pero supo que, si volvía, su encuentro no se quedaría únicamente en palabras. Entonces pensó en ella y sólo en ella, y decidió hacerse fuerte y fría como el metal. Y lo logró porque dando la media vuelta siguió avanzando hasta salir del patio, cruzar la puerta grande de rejas y caminar apurada las calles que tenía hasta su casa, en el Palatino.

A punto de llegar, respiró aliviada pensando «logré irme», pero recién allí recordó que debía ser cuidadosa. Dos hombres vigilaban su casa. Podía imaginar la preocupación de Furnilla esperándola junto a la puerta; había tardado demasiado. Pero si los hombres la detenían para preguntarle algo, estaba segura de que su esclava saldría para distraerlos. Al aproximarse a ellos, cerca de la callecilla angosta donde daba la abertura de servicio, bajó la vista. ¡Cuánto deseaba tener puesto una sobreveste, una con capucha que la salvara de la mirada inquisitoria! A pesar del calor, la hubiera llevado con gusto.

Mientras bordeaba el empedrado, vio cómo la observaba uno de los hombres, pero a punto de hablarle, algo lo distrajo. Se trataba de otros dos individuos que caminaban hacia ella. Apia se preocupó. ¿Y si esos venían a hacerle daño? ¿Y si los vigilantes la rodeaban para defenderla y terminaban descubriendo quién era? Su mente discurría en cómo actuar cuando, al ver que los que llegaban saludaban a los que vigilaban, se tranquilizó. La guardia nueva venía en reemplazo de la que ya había cumplido su turno. Se serenó aún más al ver que los cuatro hombres hablaban y se reían. Evidentemente, se estaban pasando la posta. Ella apuró sus pasos y les pidió a sus *lares* ser invisible. Su deseo fue concedido porque ninguno la miró. ¿Para qué hacerlo? Se trataba de una pobre muchacha que regresaba de quién sabe qué horrible trabajo. Tal vez en otra situación le hubieran lanzado algún improperio de índole sexual, pero estaban demasiado entretenidos entre ellos y controlando la puerta grande de la casa de Apia Pópulus, la que no se había abierto en ningún momento.

Ella entró a la calle pequeña y, de allí, a su casa por la puerta de servicio.

Puso un pie adentro y escuchó:

—¡Por Júpiter, ama! Pensé que le había pasado algo. Estaba a punto de salir a buscarla.

—Menos mal que no lo hiciste. Hubiéramos llamado la atención de esos horribles hombres.

—Pero es que la demora fue… ¿Pasó algo malo?

—No. Vamos a la cama, que es tarde —respondió a su esclava.

Ella no le contaría a Furnilla que por unos besos había puesto en juego el plan de su vida entera.

Pero Furnilla, que la conocía lo suficiente, no necesitó explicación. Estaba casi segura de que el centurión alto y musculoso era el responsable del atraso de su ama. ¡Ridículo arriesgar todo por un hombre! ¡A ella jamás le pasaría algo así! ¡Y por muchas razones!

Apia, ya en su cuarto, meditó que lo sucedido esa noche no debía volver a repetirse. En su mente, trató de rechazarlo, pero la imagen no tomó forma. ¿Sería ella lo suficientemente fuerte para detener esa avalancha que sentía cuando estaba cerca del soldado? Esa fuerza poderosa era como los truenos y relámpagos del dios Júpiter.

CAPÍTULO 10

RECUERDOS

Año 43 a. C.

Ese día el amanecer se presentaba tan claro y luminoso que cualquier habitante romano que estuviera en el foro, si alzaba la mirada hacia el monte Palatino, podía observar en detalle la belleza de sus soberbias edificaciones repletas de arcos y columnas.

Allí, en una de esas preciosas construcciones, dentro de la casa pintada de azul, la adolescente señora de Salvio Sextus se acicalaba con esmero. Porque en su vivienda, Apia había comenzado temprano con sus arreglos personales. Aún el sol no se veía por la ventana y ella, en el cuarto de las mujeres, ya se hallaba sentada frente al espejo mientras sus esclavas le arreglaban el cabello; vestía la túnica blanca que usaba para dormir prendida con los tres lazos en la parte delantera.

Además, tenía que reconocer que haber ido a su casa paterna para cumplir con el *trinoctium* la había puesto de buen humor. A pesar de que cada día se había cruzado con su padre sólo unos pocos minutos, la felicidad de deambular por los ambientes familiares y de dormir en el que fuera su cuarto aún le duraba. Sólo lamentaba no haber podido compartir en familia un poco más de tiempo. Su padre parecía estar más atrapado que nunca por la política.

Desde que había vuelto del *trinoctium*, Apia venía levantándose antes de lo habitual para terminar pronto con su peinado y así poder desayunar con su marido, un pequeño gesto en agradecimiento al regalo especial que le había dado. Cuando Apia

172

se casó y se fue a vivir con Salvio, todas las esclavas de la casa ya vivían allí, por lo que eran propiedad de su esposo. Lo descubría en cómo le respondían al amo con devoción y miedo, y en cada uno de los movimientos. Furnilla era la primera esclava realmente de su propiedad; además, se la había regalado sólo para uso personal, lo que significaba que la chica no haría nada, salvo vivir y respirar para hacer más agradable la vida de Apia; esa era la finalidad de este tipo de esclavos.

En general, Apia empezaba el día bastante después que su marido. Algo común entre las romanas, pues el peinarse y vestirse cada mañana les demandaba bastante tiempo. Una vez hecha la elección de la vestimenta eran ayudadas por las sirvientas especialmente entrenadas para la difícil tarea de vestirlas con las varias capas de telas, las que incluían: la *fascia pectoralis*, para sostener el busto; la túnica, que se disponía sobre la piel; la *stola*, el vestido propiamente dicho, que descendía largo hasta los pies y se ceñía a la cintura con un cordón; y, por último, los mantos femeninos como la *rica* —velo cuadrado que cubría la espalda y la cabeza— y la *palla*, vestido más ancho que iba como sobreveste. Completaban la vestimenta los cintillos, anillos, pulseras, collares, aros y demás accesorios de moda. Para los pies se usaban *solae*, *socci* y *calcei*; es decir, sandalias, suecos y zapatos. Estos últimos, atados con cuatro tiras de cuero y cerrados por una lengüeta de piel adornada por una hebilla de marfil.

Esa mañana, como cada día, las esclavas se dedicaron en cuerpo y alma a vestir y arreglar a su señora. Cuando estuvo lista, Apia fue hasta el comedor pequeño en busca de su marido; allí no había camastros como en el *triclinium*, sino una mesa con banquillos. Pero estaban vacíos, su esposo no se hallaba en el lugar. Furnilla apareció de inmediato y le explicó:

—Su esposo se levantó cuando aún estaba de noche. Desayunó aquí con jugos, fruta y pan. Terminó y se encerró en el cuarto de los papiros. Desde entonces, realiza tareas con los rollos.

Apia asintió con la cabeza, le agradó la información certera de su nueva esclava que parecía adivinarle los pensamientos.

173

—Y dispuse que le prepararan lo que usted toma cada mañana —dijo la chica y con una seña le indicó a otra esclava que acercase la bandeja de la cocina. Furnilla había averiguado con las demás sirvientas qué consumía su ama en las primeras horas del día. Era lo menos que podía hacer una esclava personal como, según le habían aclarado, ella lo sería.

Apia meditó sobre la adquisición de su marido y concluyó que había sido muy buena.

Se sentó a la mesa y tomó su jugo de frutas. Mordisqueó un poco el pan y el huevo no lo probó. Comió rápido y poco. Quería llegar a tiempo para saludar a Salvio antes de que se marchara.

Se levantó y fue hacia el lugar donde Furnilla le había dicho que se hallaba trabajando. Ingresó y lo saludó con los buenos días y una reverencia. Él le devolvió el saludo un tanto sorprendido.

Apia le comunicó:

—La esclava nueva me ha comentado que desayunaste muy temprano.

—Así es, tengo mucho por resolver. Pronto zarpará a la India el barco que pertenece al grupo de comerciantes del cual soy parte y aún debo ultimar detalles.

—¿Y qué debes hacer? —preguntó Apia tratando de interesarse en el trabajo de su marido.

—Tener listos los detalles de la partida, los cálculos económicos, la organización de los pagos...

—¿Y por qué no esperan un tiempo más para salir?

—No podemos, la navegación depende de los vientos. La nave debe partir del mar Rojo cuanto antes. El mes *quinctilis* es ideal, nos da tiempo de llegar, adquirir las perlas y emprender el regreso a principio de *november* valiéndonos de los monzones del sureste que empiezan a soplar por esas fechas.

—¿Y no puedes traer perlas de otro lado?

—Quiero las de India, son las más grandes, blancas y perfectas.

—He visto unas rojizas y pequeñas... dicen que son del Bósforo. Y otras oscuras con tonalidades áureas que vienen de Britania.

—Sabes bastante... aunque no creo que conozcas su origen —dijo divertido buscando probar los conocimientos de Apia. Contaba con mucha información pese a ser una joven.

—Sé que salen de las ostras. El molusco lastimado por la arena construye la perla.

—¿Y quién hace el trabajo de extraerlo del mar? —preguntó entretenido.

—No lo sé. Supongo que hombres a quienes se les paga muy bien. Por eso son costosas.

Salvio rio, hallaba gusto en saber más que ella.

—Se les paga muy poco. La mayoría son criminales condenados, obligados a realizar la tarea en las peores condiciones. Se lanzan desnudos, abrazados a una piedra para descender rápido y con una pinza de hueso en la nariz para contener la respiración, pero muchas veces se les perforan los tímpanos porque bajan cuarenta veces por día.

—No sabía...

—El mundo es grande, Apia, y tienes mucho por aprender.

Ella se quedó estupefacta. Tenía razón: había mucho por aprender, pero algo sabía...

—Es verdad que no conozco de los buscadores de perlas, pero soy muy buena con las aritméticas. Puedo ayudarte con tus cuentas.

Salvio lanzó una carcajada y preguntó risueño:

—¿Y qué operaciones haces?

—Todas. Soy rapidísima, siempre me han gustado.

—Ay, Apia, pero si eres una niña.

—Siempre quieres aclararle a todo el mundo que soy una mujer y ahora me dices que soy una niña.

A Salvio la respuesta le molestó. Las palabras de Apia contenían una cuota de rebeldía.

—Sí, eres una mujer. Y justamente por eso no me ayudarás en los negocios a mí, que soy un hombre.

—Soy buena de verdad con los números —insistió ella.

—Si realmente quieres ayudarme, tráeme algo de comer. Desayuné hace mucho y ya tengo hambre.

Apia lo observó y, sin contestarle, se marchó molesta por los comentarios de Salvio. Pero como aún le quedaba el buen sabor del regalo que le había hecho, decidió no decir nada y prepararle un plato con queso para traérselo personalmente.

Cuando tuvo lista la bandeja, ingresó al cuarto de los papiros y lo puso sobre el escritorio.

Salvio le agradeció sin levantar la vista de sus rollos. Apia estaba por marcharse cuando observó que él luchaba contra un mar de números.

—¿Esa es la cantidad de perlas que comprarás?

—Sí, pero es más complicado que eso —dijo Salvio y, hablando más para sí que para su esposa, agregó mientras se rascaba la calva y miraba los rollos—: Debo organizar cuánto dinero quedará para cada socio y cuáles serán los gastos que tendremos que afrontar. Además, para poder competir con los egipcios, debo comparar el precio que ellos fijan y ver a cuánto nos conviene venderlas en las tiendas que he comprado y cuánto al mayoreo en las principales ciudades.

—Yo puedo ayudarte —dijo Apia sentándose en el taburete que estaba a su lado. La tentaba lidiar con esos números.

Salvio se puso de pie de inmediato, tal como si su cercanía lo quemara y exclamó:

—¿Es que no entiendes que te dije que esta tarea no es para ti?

—Pero estás atrasado…

—Me he atrasado porque el esclavo que compré para esta tarea no resultó bueno como creía.

—¿Él la podía hacer y a mí no me dejas?

—Eres mujer y mi esposa. Vete a comprar perfumes, que para eso eres buena. Ve a gastar el dinero que yo gano.

Apia lo miró dolida. Le encantaba gastar, le gustaba ser la mujer de la casa y dedicarse a mandar a los esclavos; ella jamás había pensado en hacer el trabajo de su marido. Sólo le había pedido que la dejara hacer las cuentas, ayudarlo, disfrutar de los números y demostrarle que era inteligente y capaz.

—Como digas… —respondió y de inmediato se retiró.

Mientras caminaba rumbo a su cuarto, los ojos se le llenaron de lágrimas. Salvio la había herido. Estaba a punto de encerrarse a llorar cuando recordó el consejo de su madre. Apoyó su espalda contra una de las columnas del atrio, cerró los ojos y se pensó de bronce, como los cascos que protegían a los soldados romanos. Dura y fría. Irrompible, de metal. Estuvo unos minutos así hasta que lo logró.

Ya más repuesta, abrió los ojos y cambió de idea. Iría de compras, pero no a las tiendas de fragancias, sino a las joyerías. Ya vería Salvio qué bien sabía gastar si se esmeraba.

Se calzó una capa azul larga arriba de la túnica lila y dio la orden de que dispusieran la litera más lujosa; los ocho esclavos que la sostenían se alistaron enseguida, al igual que las esclavas de compañía con las que debía salir a la calle. Apia ignoró a las mujeres, iría sola; no quería a nadie cerca. Sabía que eso le traería problemas con Salvio, pero enojada como estaba no le importó.

Una hora después, Apia se hallaba pagando en las tiendas finas de la ciudad. Acababa de adquirir dos brazaletes de oro macizo haciendo juego con los pendientes, también un collar con brillantes y, además, una caja de madera repleta de cientos de perlas para hacerlas bordar en uno de sus vestidos. Había comprado el lote de margaritas —las rojizas de Britania— en la competencia de su marido porque, justamente, Salvio no tenía de esa clase. El vendedor se asombró por el monto que acababa de gastar la esposa de Sextus, pero más aún porque, siendo una mujer de linaje, se había rebajado a negociar directamente con él, sin usar a sus esclavas, según la costumbre. Ninguna romana que cuidara su buen nombre debía entrar en una tienda y realizar sola la transacción. Para regatear y pagar estaban sus sirvientes; y para salir a la calle, también.

Tulio Pópulus se colocó la toga de color blanco con ribetes púrpuras propia de su cargo de senador. Se apuró, no había tiempo para demoras, lo esperaban con urgencia en el Senado. Últimamente pasaba más tiempo en los edificios gubernamentales que en su casa. Pero, ¿qué podía hacer? Acababan de avisarle que Octavio y su ejército estaban llegando a la ciudad y no se sabía si la atacaría. Semanas atrás, cuando el Senado despidió intempestivamente a los soldados enviados por Octavio para que lo nombraran cónsul, los senadores —por miedo a un ataque— habían llamado para que se presenten en Roma las tres legiones apostadas en África a fin de sumarse a la urbana, que siempre protegía la metrópoli.

Pópulus salió de su casa y caminó a paso vivo las calles que lo separaban del Senado. En su marcha se dedicó a leer las paredes de la vía pública que solían expresar lo que los romanos callaban ya sea porque no querían hablar o no podían. Algunas inscripciones trataban situaciones personales como: «Edelia practicó *fellatio* con cien soldados», «Cayo no paga sus deudas». Otras hablaban claramente de lo que a él esa mañana le preocupaba: el caos político que exigía mano dura para el poder. Estas rezaban: «El Senado corrupto debe irse», «Que Plutón condene a los senadores asesinos de César». Los mensajes, con palabras o dibujos, eran la voz del pueblo que Pópulus, al interpretar, lo preocuparon.

Cuando él llegó al recinto el ambiente ya se hallaba bullicioso y los asambleístas discutían acaloradamente. Una noticia los había espoleado: Octavio se había adelantado sin que nadie lo supiera y acababa de pisar Roma; había querido usar el factor sorpresa. Una vez instalado, les había enviado su emisario personal con una carta en la que les exigía que lo nombraran cónsul en la asamblea del pueblo; les aclaraba, además, que desde ese momento tenían veinticuatro horas para cumplir su petición. Como los senadores no habían atendido el requerimiento realizado por los soldados que había enviado, ahora se las tendrían que ver con él.

En minutos comenzó la sesión y, a su turno, cada senador expresó su postura. Cuando le llegó el momento a Tulio Pópulus, como era habitual, apoyó a Octavio con sus palabras:

—Démosle al muchacho lo que pide, será un buen líder. Ha vencido al personaje nefasto de Marco Antonio, que no es poca cosa. A Roma le conviene un cónsul que llegue hasta las últimas consecuencias.

Pópulus habló tranquilo, sin preocuparse de la crítica que había formulado contra Marco Antonio. Al fin y al cabo, Octavio había llegado solo a Roma. El muchacho era fuerte; por esa razón siempre le agradaba respaldarlo. Además, sabía que nada le impediría lograr lo que se propusiera, fuese un cargo político, tierras, poder o gloria militar.

El padre de Apia no podía imaginar que con sus palabras acababa de marcar el destino de Roma y también el suyo propio, junto al de su *gens*. Uno de los presentes, tras oír el discurso, había concluido que Tulio Pópulus no sólo apoyaba a Octavio, sino que también era enemigo de Marco Antonio. En consecuencia, había decidido comunicárselo cuanto antes; ya sabría Marco Antonio qué hacer con este sujeto.

Pópulus dijo dos o tres frases más y fue vitoreado por unos y abucheado por otros. Los bandos estaban parejos. La balanza no se inclinaba de forma clara. El interior del Senado era un caos y afuera algunos ciudadanos empezaban a enterarse de la llegada de Octavio a la ciudad.

El reloj de sol ubicado en el atrio marcó el mediodía cuando Apia volvió de hacer sus costosas compras e ingresó a la casa. Llegó y se encerró en el cuarto de las mujeres. Ese lugar le gustaba por muchas razones; sobre todo, porque allí disfrutaba de la privacidad que no hallaba en ningún otro rincón de la casa. Se tendió en el lecho dispuesto en el sitio para tomar una siesta; cerró los ojos, estaba cansada. Había pasado nervios negociando las joyas que había comprado.

Salvio, al oír los movimientos, salió de su encierro de trabajo. Seguramente se trataba de su esposa, que había vuelto del mercado de fragancias.

Miró a los esclavos que habían cargado la litera, estaban sudados. Buscó a las esclavas de compañía para salir a la calle y no las halló. Furnilla advirtió los movimientos del amo. Ella acababa de regresar de la puerta de calle donde, como cada día, había entregado las bolsas de comida a las tres extrañas personas que conocía muy bien y que le pedían misericordia en nombre del secreto compartido, pues su vida pasada estaba unida a esos miserables seres que no podía dejar de ayudar.

Salvio Sextus llamó a su esposa en voz alta:

—¡Apia...!

Como no se presentó, lanzó la pregunta al aire para que le respondiera cualquiera de los sirvientes que rondaban por la casa.

—¿Dónde está la señora? ¿Dónde está mi esposa?

Apia, que había escuchado que su marido la llamaba, acababa de salir del cuarto de las mujeres cuando por el camino se cruzó con Furnilla. Los ojos y la mano de su esclava le dijeron que se detuviera. Y Apia, haciéndole caso, permaneció apoyada contra una de las columnas del comedor.

Furnilla caminó unos pasos y frente a Salvio le respondió:

—El ama está descansando en el cuarto de las mujeres.

—¿Salió con la litera?

—Sí.

—¿Sola o con las sirvientas?

Era importante la respuesta, Apia tenía órdenes de no salir sola.

—Con las sirvientas de compañía y conmigo.

Salvio la miró durante unos instantes sopesando la respuesta, tuvo dudas. Pero enseguida las desechó, jamás una esclava recién llegada se atrevería a mentirle, aunque se tratara de una sirvienta personal. Además, él tenía sus propios y verdaderos problemas con el barco que partía a la India como para inmiscuirse en los detalles de la salida de Apia.

—Me marcho. Encárgate de avisarle a mi esposa.

Apia, que estaba a sólo unos pasos, oyó las últimas palabras y, temiendo que la descubriera, desapareció rumbo al cuarto de las mujeres nuevamente; llegó y se metió de prisa. Con su respuesta, la esclava se había arriesgado demasiado, pero parecía que su treta había salido bien.

—Sí, señor, le avisaré —dijo Furnilla respirando aliviada.

Apia meditaba encerrada en el cuarto. ¿Su marido se daría cuenta de que había ido al mercado sin acompañante? ¿Se enojaría? ¿Le impondría un castigo? ¿Cuál? Si descubría que Furnilla le había mentido, ¿qué le haría a la chica? Sus interrogantes eran muchos, pero entre tantas dudas surgía una certeza: Furnilla era su aliada, se lo había demostrado. Al fin tenía en la casa alguien en quien confiar. Orbona la había oído. Ojalá pronto cumpliera con su otra importante petición: que le enviara un hijo.

Un rato después, en la cocina, Apia se encontraba con Furnilla y ninguna de las dos hablaba de lo sucedido. Ambas tenían claro su papel en la casa: una era la esclava y a su ama le debía obediencia y fidelidad incondicional. La otra era la señora, dueña absoluta de su sirvienta y estaba en su derecho ordenar y esperar completa sumisión. Cada una sabía bien qué le tocaba realizar. Pero con su actitud, Furnilla le había querido demostrar cuánto podía confiar en ella.

Por la tarde, Apia les enseñaba a bordar a Furnilla y a las tres esclavas más jóvenes. Toda mujer romana practicaba esta manualidad y se la transmitía a sus sirvientas más hábiles y menos embrutecidas por los trabajos duros de la casa. Afuera, la calle se hallaba convulsionada por la noticia de que Octavio había llegado a Roma con sus hombres y exigía el cargo político de cónsul. Pero para Apia el tiempo pasaba lento; como esposa de un importante comerciante, señora de una gran casa donde las labores las realizaban los esclavos, el bordado venía a convertirse en una escapatoria del aburrimiento. Existía la costumbre de que una vez al año los esclavos llevaran al mercado todas las obras bordadas en la casa para que fueran exhibidas y vendidas. Se competía para ver qué familia juntaba más dinero en esa jornada. A más ganancia –se suponía–, mejores eran las obras. Pero esta práctica se había ido desvirtuando. Si bien había nacido con la idea de vender únicamente los bordados de la señora de la casa, con los años se agregaron las obras de las esclavas que las ayudaban. Además, las amas se habían vuelto más holgazanas, y los señores, más tramposos, porque algunos iban al mercado a comprar los bordados de sus propias mujeres a precios altísimos para demostrar que en su hogar tenían la mejor bordadora. Desde que había llegado a la residencia, Apia venía juntando sus propias telas bordadas, las que guardaba en un aparador del *tablinum*, para presentarlas en el mercado, el día de *december*.

Apia, que estaba por despedir a las muchachas dando por finalizada la tarea de esa tarde, escuchó la voz de su esposo. Aguzó el oído.

Salvio ingresó a la casa con ánimos destemplados, sus pisadas presagiaban mal humor. Apia había aprendido a distinguir el ruido de sus sandalias.

Ella no sabía que a su marido le había costado llegar a su hogar a causa de los tumultos provocados en la calle por la llegada de Octavio, y que los minutos de retraso lo habían enojado más aún de lo que ya estaba porque le habían servido para pensar en lo sucedido unas horas antes. Lo meditaba y más seguro estaba: a su esposa no debía dejarle pasar ese tipo de actitudes, que no eran otra cosa que una absurda rebeldía y falta de sumisión.

Esa tarde se había reunido con los hombres que invertirían en el barco destinado a la India. El encuentro se había llevado a cabo con éxito, salvo por lo sucedido al final. El comentario de uno de los inversores lo había dejado desencajado. Podía recordar las palabras exactas −cómo no−, si habían sido asestadas como un puñal.

−Hoy he visto a tu hija. Vino a comprar joyas a mi tienda. La atendió uno de mis mejores vendedores. Gracias por permitirle comprar en mi negocio, eso habla de tu confianza. Pero, por favor, conversa con ella, vino sola y eso no es bueno. Tú sabes, la gente murmura…

−¿Mi hija?

−Supongo que se trata de la que aún vive en tu casa, la más joven, porque vino con tu litera. Me refiero a la bonita de cabellos largos…

Salvio entendió que hablaba de Apia, pero no se detuvo a explicar que se trataba de su esposa. Ya era bastante bochornoso el hecho de que anduviera sola en la calle y que así se hubiera presentado en la tienda, como para también reconocer que se refería a su mujer.

Simplemente le había respondido que pondría las cosas en orden al llegar a su residencia. Y eso haría sin demora.

Puso un pie en el vestíbulo y gritó:

−¡¡¡Apia!!!

Supuso que estaría en el cuarto de las mujeres, pues últimamente acostumbraba a encerrarse allí porque sabía que, por decoro, él no entraba. Pero eso iba a cambiar. Se dirigió a la habitación mientras mascullaba:

−¡Qué *stultus* soy! Muy *stultus*…

No podía dejar de decirse cuán estúpido había sido cuando abrió la puerta del cuarto y vio a su esposa y a las esclavas dispuestas a salir de la habitación con los utensilios de bordado en las manos.

Extendió su brazo hacia las muchachas y exclamó a viva voz:

—¡Ustedes, fuera de aquí! ¡Pero tú, Apia, y ella se quedan! —ordenó señalando a Furnilla. Como le parecía que las jóvenes sirvientes caminaban lento, agregó—: ¡Fuera ya mismo, dije!

Las esclavas se apuraron. Una equivocación en medio de una situación confusa podía llevarlas a ser duramente castigadas con latigazos, encierro o falta de comida. Aun peor: podían perder la vida.

Salvio se dirigió a su mujer:

—Apia, piensa bien lo que voy a preguntarte y respóndeme: ¿hoy fuiste a comprar joyas?

Ella tuvo la certeza de que había sido descubierta, y respondió con la voz en un hilo:

—Sí...

—¿Fuiste sola?

—Sí...

Sabía que con su respuesta había dejado al descubierto a su esclava. Pero era evidente que ya la había atrapado en falta.

—¿Tú le pediste a Furnilla que me mienta?

Apia lo pensó y decidió resguardar a la chica. Si no la protegía, Salvio podía llegar a matarla. Respondió segura:

—Sí, yo se lo pedí.

—¡No, señor! —gritó Furnilla con la intención de defender a su ama.

—¡Cállate! —chilló Salvio y le dio una bofetada tan fuerte, que la muchacha cayó al suelo.

—Esposo, yo le rogué que te diera esa explicación porque temía que me pegaras.

—¡Como si alguna vez te hubiera levantado la mano! ¡Te he tratado como a la reina de Egipto! ¿Y así me pagas?

Salvio, indignado, las escrutó con la mirada y, al saberlas defendiéndose entre sí, su enojo aumentó. En ese momento, realmente, deseaba matarlas por haberse atrevido a engañarlo; sabía que, si quería, podía hacerlo. Pero él no tomaría semejante decisión. Quién sabe cómo sería vivir con una muerte en la conciencia. Y finiquitar a la celta sería perder el monto exorbitante que había pagado por ella. Pero las dos le habían mentido, tenía que darles un castigo, un buen escarmiento. No podía dejar pasar la falta cometida por las dos mujeres.

Tomó a Apia del cuello y, mirándola a los ojos mientras se lo apretaba con las manos, le dijo:

—¡Nunca vuelvas a mentirme! Porque te juro por Júpiter que si me engañas otra vez... ¡te mataré!

Ella tosió y, asfixiada, trató de quitarse de encima las manos de su esposo.

—Me haces daño... —alcanzó a decir con voz ahogada.

—¡Te mereces esto y más! ¿Acaso quieres convertirme en el hazmerreír de Roma? ¡¿Eso quieres?!

—No...

—¡Los miembros de la cofradía me avisaron que llegaste sola a la ciudad! ¡Fuiste sin compañía y a comprar joyas al negocio del hombre que me hace competencia! ¡Mi competidor! ¡No se puede creer! —exclamó. Y, al soltarla con tal violencia, la tiró al suelo junto a Furnilla, que no se había atrevido a ponerse de pie.

—Perdóname, esposo —pidió clemencia desde el piso.

—¡Cállate, Apia!

—¡Y tú, Furnilla, serás azotada con veinte latigazos! ¡Hasta que tu espalda sangre!

Apia se tomó de los pies de su marido y le rogó:

—No, por favor, perdónala.

Sabía qué duro podía ser el castigo del látigo, lo había visto en varias oportunidades. Las laceraciones, a veces, desgarraban los músculos y llegaban al hueso. Luego, tardaban meses en sanar, cuando no se infectaban y terminaban matando al esclavo.

—Claro que la haré azotar —insistió Salvio mientras agarraba a Furnilla de un brazo y la levantaba del piso dispuesto a llevársela fuera del cuarto.

Apia, que aún se hallaba tendida en el suelo, se tomó de las piernas de su marido y apoyó su frente en los pies a modo de ruego. Salvio, a punto de trastabillar, soltó con rabia a la esclava, que cayó nuevamente al piso.

—¡Maldición! —exclamó. Y al verlas tendidas, explotó—: ¡Resulta que son cómplices! ¡Mienten juntas y se defienden!

A estas alturas, ambas llorisqueaban, no sabían bien cómo terminaría la violenta situación. El cabello de Apia se había soltado, sus ropas se habían arrugado y corrido de su sitio. Furnilla, con la túnica desgarbada, temblaba como una hoja. De repente, las dos parecían lo que eran: dos muchachas de casi dieciséis años asustadas porque horas atrás habían actuado sin pensar y ahora corrían peligro.

Salvio se agachó, tomó a Apia de un pie y empezó a arrastrarla por el piso hacia la puerta mientras ella gritaba:

—¡No, no...! ¡No!

Pensaba encerrarla en el cuarto matrimonial y tenerla a pan y agua por varios días. Pero Apia se aferró a los vestidos de Furnilla y las telas se desgarraron, lo que entorpeció la maniobra de Salvio.

—¡*Merda!* ¡Terminaré lastimándome por su culpa! ¡Y las mataré sin piedad! —gritó sin soltarle el pie, pero ya estaba cansado del jaleo y de malgastar su fuerza física.

Las observó llorosas, tiradas en el suelo y sus ojos tuvieron otra visión. Vio otra imagen: dos muchachas —una morena y otra rubia— quebradas, con miedo, desvestidas. Su esposa había perdido por completo la compostura y la elegancia que siempre la acompañaba. Apia iba con uno de sus pechos al descubierto, las piernas de Furnilla estaban a la intemperie. De una rodilla le brotaba sangre. Salvio, ante el líquido rojo que manaba de la lastimadura, subió la vista hasta dar con la entrepierna y vislumbró algo de ese vello rubio que ya lo había provocado. Esa pelusa clara que sus dedos no habían probado para evitar posibles enojos con su mujer.

—¡*Stultus!* —se dijo nuevamente a sí mismo. Así le había pagado Apia.

—Por favor, esposo, perdóname —pidió ella.

—Piedad, amo, ella no tiene la culpa... —insistió Furnilla.

Las escuchó juntas y más se enojó, parecían ponerse de acuerdo para pedirle perdón. Las miró de nuevo mientras una idea lujuriosa tomó fuerza en su interior de hombre. Y por más que quiso, ya no pudo abandonar el pensamiento que se convirtió en decisión: «¡Si las dos quieren estar juntas, lo estarán! ¡Ya verán cómo!».

Ambas eran de su propiedad, las dos le habían desobedecido. Y si les perdonaba la vida, sería por bondadoso, porque podía hacer con ellas lo que quisiera. Se merecían lo peor.

Salvio, buscando concretar su pensamiento libidinoso, se dio vuelta y, con un movimiento rápido, cerró la puerta. Luego, con Apia en andas, de un manotazo terminó de arrancarle la parte de arriba de la *stola*. Le gustaba ver los pechos perfectos de su mujer, que siempre lograban el cometido de excitarlo. La empujó sobre el camastro, la puso boca abajo y de inmediato, extendiéndole los brazos, le ató las manos al respaldo de bronce con el cordel de la túnica.

Cuando su trasero quedó al descubierto, Apia entendió que tendría sexo con ella, pero cuando vio que también alzaba a Furnilla, la colocaba en la misma posición y le ataba las manos igual, sintió que moriría. Como esposa, no podía ser sometida a semejante vergüenza; la chica era una esclava y ella, su cónyuge, mujer romana de linaje puro. Estar con ambas al mismo tiempo constituía una cruel humillación, un vejamen. Que hiciera con Furnilla lo que se le antojara, pero no con las dos juntas. Era una deshonra.

—¿Así que comparten secretos? Pues también van a compartir otra cosa. Ya verán qué bonito será…

Le arrancó la túnica a Furnilla y por unos instantes se quedó mirando la espalda de la chica. Antes no se había detenido demasiado en esas cicatrices; eran unas marcas extrañas, circulares, no las provocadas por los latigazos de un recio castigo. Excitado, Salvio abandonó cualquier otra idea y se centró en su firme cometido sexual.

Apia notó que su esposo se quitaba la túnica y, al girar su cabeza, vio cómo se tocaba el órgano y se preparaba para penetrarlas. Entonces lo hizo. Primero a Furnilla y durante un rato; luego, a ella. Para Apia fue aún peor, pues la piel de su marido se había contaminado con los fluidos de una esclava para luego, ensuciándola, meterse en su interior sin respetar su estatus de esposa romana. Apia lo pensó e hizo una arcada.

Imaginaba que no podía haber nada peor, pero al sentir que su marido se apoyaba en sus nalgas y empujaba, comprendió que sí. Se asustó, algo no estaba bien. Lo que su marido quería hacer era diferente a lo que conocía, iba en contra de la naturaleza.

—Esposo...

Salvio vociferó jadeante:

—¡Yo, que te he tratado como la niña que eres, así me pagas! ¡Ahora sabrás lo que es ser mujer!

Apia chilló de dolor, tomaba conocimiento de algo nuevo y doloroso. Dos o tres movimientos, y Salvio, insatisfecho, volvió a Furnilla con furia; pero a la celta sólo le provocó dolor, porque nuevo no era. Las esclavas rara vez se salvaban de este ramalazo.

Apia cerró fuerte los ojos para convertirse en metal, mientras su voz inaudible repetía: «Fuerte y fría. Fuerte y fría» y su pensamiento concebía por primera vez la palabra «divorcio».

En el Senado los hombres mandaron a llamar a Octavio. La decisión estaba tomada: se le otorgaría el cargo de cónsul que había solicitado y al día siguiente la Asamblea lo proclamaría junto a su pariente Quinto Pedio. La resolución la habían dado como consecuencia de la intimidante noticia que crecía en la ciudad: las legiones de Octavio estaban apostadas en el Campo de Marte a la vista de todos junto a las tres que el Senado había mandado a llamar de África, que se habían unido a las tropas del joven. El espectáculo que conformaban amedrentaba a cualquiera.

El mundo de los hombres era grande, amplio; sus importantes decisiones cambiaban el destino de las naciones. Ellos se movían con total libertad y ocupaban grandes espacios. El universo de las mujeres era pequeño; ellas no tenían decisión ni siquiera sobre sus propios cuerpos. Bastaba quedar encerrada dentro de una habitación de cuatro por cuatro de la casa, durante una hora, y a merced de un hombre, para permanecer anclada en el rencor toda una vida.

CLEOPATRA
LA REINA DE EGIPTO

Dos esclavas especializadas le dan los toques finales al arreglo de Cleopatra. La reina se encuentra sentada frente al espejo y Sharifa, nerviosa, supervisa cada movimiento. La mujer ha ordenado usar en la reina todo el arsenal de maquillajes y ungüentos disponible. Ha autorizado a que se le coloquen los aceites perfumados en el pelo y en el cuerpo entero. Ha elegido el vestido blanco, el más sensual, el pegado al cuerpo y que deja traslucir la silueta de sus caderas y la punta empinada de sus pezones. Largos pendientes con forma de círculos de oro entrelazados cuelgan de sus orejas. Hoy necesitan sacarle todo el rédito a su belleza. Cleopatra debe valerse de su encanto de mujer para salvar su vida y su reino. Ella deberá aplicar todas las enseñanzas que se le dieron sobre el deseo de los hombres y de cómo conseguir de ellos lo que necesita.

La reina se pone de pie, su nana la mira extasiada. La encuentra bellísima por donde se la mire, y por primera vez parece una mujer con todas las letras y ya no una jovencita. Está segura de que el general romano Julio César, a sus cincuenta y tantos años, quedará prendado de la muchacha y la ayudará. Porque ella necesita de su socorro para que le devuelvan su trono y hoy se lo pedirá, aunque esta será la primera vez que se verán cara a cara.

Sharifa y las mujeres preparan los últimos detalles para poder introducir a la reina Cleopatra en presencia del general romano, es una maniobra peligrosa, debe ingresar a escondidas de su hermano

Tolomeo XIII. Porque Cleopatra, luego de un año de ocupar el trono junto al chico, finalmente se rebeló contra él. Pero como no logró destituirlo, debió huir a Siria, donde ha reunido un contingente de mercenarios para volver al ataque contra Tolomeo. Antes de trabarse en lucha con su hermano, un hecho inesperado le cambió los planes: el general romano Julio César llegó a Egipto persiguiendo a su enemigo Pompeyo, a quien Tolomeo le había dado refugio. Los acontecimientos han ayudado a Cleopatra porque su hermano, al saber de las numerosas tropas que ha traído Julio César, se ha asustado y, para ganarse el afecto del romano, lo ha esperado con la cabeza de Pompeyo en una bandeja. Aunque a Julio César le disgustó el gesto del muchacho, decidió permanecer en Egipto unos días para evaluar la situación política y económica de esa región. A causa de la pelea entre los hermanos, tal vez, obtenga beneficios para Roma.

Cleopatra ha tomado el riesgo de regresar a Egipto sin que Tolomeo lo sepa porque quiere convencer al general romano para que la ayude a recuperar el trono. Ella tiene veintiún años y su hermano, quince.

—¿Está lista, mi niña? —pregunta ansiosa Sharifa, que siempre será su incondicional nana.

—Sí —responde Cleopatra mientras se acuesta en el suelo sobre una gran alfombra que las mujeres comienzan a enrollar alrededor de su cuerpo.

Envuelven a la reina hasta que queda escondida por completo dentro del rollo de la dura tela. Sharifa da la última orden a los dos eunucos que acaban de llegar a la habitación.

—Llévenla inmediatamente al palacio y métanla en el cuarto de Julio César. Sólo cuando la hayan puesto frente a él, desenrollarán la alfombra. ¿Está comprendido? —pregunta por enésima vez. Desde la mañana repite la misma explicación.

—Perfectamente —responde uno de los eunucos.

191

Sharifa los conmina con la última frase:

—Que en el camino nada los detenga. Y si es necesario, den la vida para que nuestra reina llegue sana y salva. Porque si eso no ocurre, yo misma se las quitaré a su regreso.

Sharifa hace una seña y los hombres levantan en andas la alfombra que oculta a Cleopatra.

Minutos después, el general Julio César, sorprendido y deslumbrado, sentado en el borde de la cama, conversa con esa hermosa mujer que se ha atrevido a entrar a su cuarto de una manera tan arriesgada. Descubre su juventud, pero la encuentra mucho más coherente e inteligente que a su hermano Tolomeo.

Ella conversa y él no puede dejar de oír lo que tiene para contarle. Su voz es melodiosa; su charla, interesante; habla el idioma romano a la perfección. Y, sobre todo, no puede dejar de mirar sus movimientos femeninos, tan terriblemente felinos y sensuales, que le cuesta pensar en otra cosa que no sea meterla en su lecho. Pero no por una noche, sino por mil veladas; cree que hay mucho por descubrir en esa mujer. Es una reina poderosa e inteligente, y lo ha elegido a él. ¿O acaso eso quiere hacerle creer? No tiene la respuesta; tampoco le importa. Él sólo quiere estar allí con ella, escuchándola, admirándola.

Esa noche, Cleopatra habla, piensa, dirige, planea. Pero ya no llora; ella se ha prometido no hacerlo nunca más. No necesita quebrarse; en su interior lleva la dureza y la fortaleza de las pirámides. Luchará hasta conseguir lo que quiere y jamás se esclavizará ante nada ni nadie. Porque ella es de piedra, y eso nunca cambiará.

CAPÍTULO 11

HOY

Año 35 a. C.

Roma hablaba y sus murmullos nunca callaban, se podía escuchar a los romanos en las calles preguntarse: ¿acaso Octavio había muerto en batalla?, ¿Iliria llegaría alguna vez a ser una provincia romana?, ¿cuántos hombres llevaba perdidos Roma a causa de la guerra en aquellas tierras lejanas? Esos eran los interrogantes existenciales que los cuchicheos de la ciudad exponían junto a los de índole doméstica, que expresaban ciertas incógnitas como ¿por qué había aumentado tanto el precio de los esclavos?, ¿podía perdonarse la ostentación de Flavia Pelia, que había aparecido en el teatro vestida de oro tejido? Y también se oían los murmullos de los supersticiosos que hablaban de las situaciones sobrenaturales y misteriosas: ¿era verdad que dos hombres lobo se estaban comiendo las ovejas de las fincas del sur, o que las estatuas del foro habían sudado sangre el día de la gran batalla en Iliria?

A Manius Marcio los únicos interrogantes que le quitaban el sueño eran los de carácter trascendental. Porque su corazón estaba en la guerra que Roma peleaba en el sureste. A tal punto esto era así que esa mañana se presentó ante su superior para pedirle que lo envíe al campo de acción.

—No será posible, centurión Manius Marcio. Usted está aquí por orden del general Marco Antonio, para que, según las instrucciones del emperador Augusto, forme la guardia de élite

—dijo refiriéndose a Octavio con los apelativos que él mismo había pedido se usaran al nombrarlo.

—El emperador Octavio aún no me ha dado las órdenes para que fundemos la guardia. El tiempo pasa, y yo sigo aquí... —eligió las palabras con sumo cuidado.

—Ya las dará. Quédese tranquilo, usted está en el lugar correcto, y cumpliendo su deber.

Manius Marcio parecía adivinar lo que sucedería y no estaba dispuesto a esperar tanto tiempo. Porque Octavio, al fin, formaría esa famosa guardia, pero para ello tendrían que pasar años. Fundaría los escuadrones que se encargarían de cuidar la ciudad con atributos de poder de policía, una novedad para Roma. Si se sufría un robo o se padecía otro delito, el damnificado debía reclamar en los tribunales, y existían escasas posibilidades de recuperar lo robado o de recibir la correspondiente compensación. Más tarde, con los años, también constituiría un grupo de élite llamado «guardia pretoriana», destinada a cuidar al emperador y los demás gobernantes.

Manius se puso de pie; no perdería su tiempo insistiendo en Roma. Se fue directo a su cuarto, tomó un rollo y empezó a escribir. En la misiva dirigida a su general Marco Antonio le solicitaba que le concediera la posibilidad de acompañarlo en su campaña. Le explicaba que deseaba estar en la guerra y no en la ciudad, cumpliendo guardias insignificantes. La terminó, la firmó y fue a ver al vigía que se encargaba de la correspondencia del ejército.

Esa mañana, en la casa del notario, Apia también firmaba un papiro, pero de otra índole: la adquisición de una tienda. Nunca olvidaría ese día de Marte en el que realizó el acto más arriesgado de su vida de viuda. Había comprado un local gastándose toda la ganancia de los últimos tiempos; además, pese a contar con la información recabada en la cena, esta vez no participaría en la compra grande que los perleros planeaban realizar enviando un barco a Egipto. Aún le quedaba algo de mercadería e intentaría venderla a buen precio en la tienda que había adquirido en el foro, junto al Porticus Margaritum. Mejor ubicación no podía haber conseguido. Su comercio, ahora tan público, seguramente causaría algún efecto en los miembros de la cofradía; deseaba recibir muestras de apoyo, y no de rechazo y celos con la consiguiente persistencia de no permitirle participar.

Esa noche, más atentas que nunca, Apia y su esclava trabajaban en la cena de la cofradía dispuestas a escuchar lo que se dijera sobre las tiendas. Ahora que Apia se había convertido en dueña, quería saber qué acciones llevaban a cabo los perleros para sacarle la máxima ganancia a esos negocios. Sin embargo, debido a la importancia de la compra, los hombres estaban concentrados en los detalles del barco que fletarían a Egipto. Apia, durante las conversaciones, pudo oír un dato que le interesó: los impuestos, en lugar de pagarlos completos en la oficina de gobierno, se los abonaban a un cobrador que pasaba por los locales. Mientras el hombre se quedaba con una porción mínima del tributo, los perleros recibían un buen descuento. La maniobra formaba parte de la enorme corrupción que reinaba en Roma. El Estado era rico, el imperio se extendía cada año, los negocios prosperaban, pero faltaba el trigo y los pobres pasaban hambre porque se gastaba mucho y se robaba aún más.

Esa noche, con pretextos reales y otros inventados, Manius Marcio había pasado muchas veces por la cocina y le había lanzado varias miradas profundas a Apia, las que ella respondió de igual manera. Los besos bajo el olivo los unían. Manius aprovechó el momento en que las demás mujeres no estaban cerca de Apia y se acercó para hablarle.

—Hoy, cuando terminemos el trabajo, te propongo llevarte a un lugar de Roma que sólo conocemos los soldados. ¿Aceptarás?

No nos tomará mucho tiempo —dijo la última frase con la certeza de que faltaba a la verdad. Quería pasar con ella toda la noche.

Apia le había respondido sólo con un gesto amable y una media sonrisa, pero a él le habían bastado para saber que tenía chance. No podía creer la paciencia que estaba teniendo con esta mujercita. Manius no solía actuar de esa manera. Si una mujer le gustaba, le proponía tener algo; y si no aceptaba, se marchaba de inmediato y no pensaba más en ella; claro que casi siempre accedían, aunque él no se relacionaba precisamente con las muchachas casaderas de Roma. ¿Para qué? Los soldados no se podían casar. Tampoco creía que estuviera cercano el día en que tomaría semejante decisión. Formar una familia no estaba dentro de sus prioridades; su vida de soldado, sí.

Próximas a finalizar el trabajo, Furnilla le avisó que se marchaba primero. Apia, que ya se sentía a gusto en el lugar y había perdido los temores a ser reconocida, se preparó para pasar a cobrar. Antes le advirtió a su esclava:

—A la casa azul iré más tarde, así que no te preocupes por la hora.

Si los vigilantes llegaban a descubrirla —meditó Apia—, daba igual volver tarde o temprano. «La hora no importa», se justificó en sus pensamientos.

Y si acababa de ofrecerle una explicación a Furnilla era, simplemente, porque se trataba de una buena esclava, capaz de dar su vida por ella. Aunque, como ama, no necesitaba dar cuentas a nadie.

Furnilla, que tenía claro su papel, sólo le dijo:

—Está bien, ama. Llevaré los lienzos.

Pero luego, bajando la cabeza, sin poder contenerse, agregó con voz apenas perceptible:

—Por favor, ama, no haga nada peligroso. Yo la esperaré despierta.

Apia la miró de manera fulminante. Se hallaba molesta, Furnilla no podía hablarle de esa manera. Pero se calló y se marchó en busca de su cobro. Cuando se lo entregaron, comprobó que se trataba de un triste puñado de monedas que apenas si alcanzaba para una comida sencilla.

Cada sestercio equivalía a un cuarto de denario, y un soldado ganaba mil sestercios al año. Se preguntaba entonces cómo hacían las mujeres que trabajaban con ella para vivir con tan poco dinero. Empezaba a entender por qué al final de la jornada se desesperaban por llevarse lo que quedaba de comida; a los soldados les daban lo mínimo y gracias a que llegaba el centurión Manius Marcio a buscar «el botín», como él lo llamaba.

Aun así, mientras contaba el metálico recibido, Apia se sintió orgullosa de haberse ganado el pan con el trabajo de esa velada. Comenzaba a sentirse cómoda siendo Gaya Paulina. Esa trabajadora le hacía ver la vida desde otra perspectiva. Pensaba que Gaya, en cierta manera, era independiente. Sus movimientos estaban teñidos de la libertad que gozan los que no poseen nada; porque al carecer de fortuna económica tampoco tenía miedo de perderla. La ausencia de grandes éxitos laborales también la volvían libre. Todas situaciones muy diferentes a las que vivía como Apia Pópulus.

Cuando salió con el dinero escondido entre sus ropas, descubrió que Manius Marcio ya la aguardaba y le sonreía de manera seductora. En el momento en que la última trabajadora traspasaba el portón de hierro, le preguntó:

—¿Estás lista, mujer? ¿Irás conmigo?

Apia lo pensó durante unos instantes y más rápido de lo que creyó tuvo la decisión tomada.

—Sí —dijo sin dudar.

Esa noche, más que nunca, se sentía Gaya Paulina, y siendo esa mujer se percibía libre por completo.

Ella no conocía la ciudad de Roma, salvo por las pequeñas incursiones que realizaba cuando visitaba el teatro y el mercado, o participaba de algún evento social como invitada. Pero jamás había estado por sus calles a tan altas horas. ¿Acaso la ciudad se mantenía despierta de noche y no dormía, como le habían enseñado? ¿Quizá tampoco fuera tan peligrosa como siempre había creído? Manius Marcio, que pareció adivinarle los pensamientos, le señaló:

—Nada puede pasarte. Estás con un soldado romano.

Cierto: si en Roma había personas respetadas, y también temidas, eran los soldados; tanto por su pertenencia al poderoso ejército como por su fama de hombres sanguinarios.

Manius cerró el portón y la tomó de la mano. Apia se dejó guiar. En las calles había poca gente; pero, aunque hubiera mucha, jamás hubiese tenido miedo a ser reconocida. Con semejante aspecto, si alguien que conocía a Apia Pópulus la cruzaba, nunca se hubiera dado cuenta de quién se escondía detrás de Gaya Paulina. Meditaba cuán extraño resultaba que los romanos no vieran lo importante en las personas, sino que se dejaban guiar por los detalles externos, como vestidos, joyas y pañuelos en la cabeza en vez de detenerse en las miradas, los gestos o las voces. El mundo, frívolo y fútil, carecía por completo de la habilidad para ver lo importante, de vislumbrar la esencia de los individuos. Así, tras este momento de reflexión, Apia supo que su transformación en Gaya Paulina le había dejado múltiples enseñanzas.

Manius se metió por algunas calles que ella jamás había recorrido. Luego tomó la vía del Argiletto y se encaminó hacia Suburra. Ella lo miró con el rostro interrogante. ¿Acaso iban a ese barrio bajo y alicaído?

—Sí, Gaya, vamos a Suburra, pero no es tan malo como crees. Es el único lugar donde hay diversión a toda hora —explicó sonriente Manius.

Continuaron marchando, la zona era pintoresca y no tan pobre; enseguida ingresaron por una calzada pequeña en la que podía oírse música. Caminaron hasta acercarse al sitio de donde provenía el sonido y dieron con una taberna. En la puerta había hombres, pero también mujeres. Apia se fijó y pronto supo que no se trataba de prostitutas, sino de sencillas trabajadoras, fregonas que no tenían miedo de que alguien hablara mal de ellas por andar en la calle tan tarde, mujeres que habían trabajado todo el día y sólo buscaban un pequeño momento de diversión antes de regresar a sus casas.

Junto al pórtico, el grupo reía a carcajadas; algún chascarrillo había provocado la explosión de risas. Apia se encontraba impactada por ese mundo completamente diferente al que ella conocía.

Manius abrió la puerta e ingresaron; él volvió a tomarla de la mano.

El bullicio del saloncito era insoportable; el ambiente, casi caótico, rebosaba de soldados. En una esquina, algunos hombres tocaban instrumentos y entonaban alegres canciones. Había una lira, dos cítaras y varios panderos; una muchacha soplaba la tibia, esa flauta doble que los romanos habían heredado de los griegos y que tanto les gustaba. A Apia, la escena le resultó inaudita. Según le habían enseñado, las mujeres no podían estar en un lugar como ese, así que mucho menos podría estar esa chica allí, tocando un instrumento a esa hora de la noche. Sentía que un universo nuevo se abría ante ella.

El tabernero saludó de manera cercana a Manius. Evidentemente iba seguido porque también otros parroquianos le dieron la bienvenida. Pese al calor, la fiesta que se vivía invitaba a quedarse. Se sentaron en un rincón, en una mesa que tuvieron que compartir con otros clientes que no conocían: dos hombres de túnicas claras y una mujer de pelo recogido en una coleta baja; no había otro sitio libre. Manius se puso de pie y trajo a la mesa dos copas de latón muy grandes y llenas de vino. Una se la entregó a Apia en la mano y, acercando la suya, las hizo chocar al son de una frase propia para la ocasión:

—¡Por los dioses!

—¡Por los dioses! —repitió ella.

Se trataba del brindis más común. Apia tomó un trago y tosió. Era una bebida más fuerte y más rústica que la que se servía en su casa, pero también más dulce, por lo que pasó de manera agradable por su garganta. Mientras bebía, observó a su alrededor: los presentes acompañaban con sus voces y palmas la cancioncilla que tocaban los músicos. Manius la entonó y ella, algo incómoda porque no la conocía, sólo realizó algunas tímidas palmas. Jamás había hecho semejante cosa; nunca había oído música de esa clase, tan elemental y diferente a la que se ejecutaba en el teatro. Además, nadie del grupo tocaba una lira. Por lo poco que podía entender, los versos contaban la graciosa historia de amor de una lavandera.

Llevaban unos minutos cuando el tabernero se acercó con una jarra de vino y un plato con pescado frito para acompañar la bebida. Cuando lo tuvo ante sí, Apia se dio cuenta de su hambre. Había trabajado muchas horas sin probar bocado. Comió con ganas y también volvió a beber vino. Manius la observaba con detenimiento y sonreía encantado. A Apia la música comenzaba a gustarle, era pegadiza.

Había pasado más de media hora cuando los músicos eligieron una canción aún más vibrante que hablaba sobre los barcos en el mar, y la gente la festejó entre aplausos y risas. Algunos fueron poniéndose de pie y comenzaron a danzar imitando las olas del mar. Apia, ajena a las reuniones de esta clase de las que no tenía noticias, no daba crédito a lo que veía. Pero el ambiente era alegre y contagiaba un júbilo genuino y desmedido. Se divertían sanamente y nadie se fijaba cómo iba vestido el otro o si estaba cumpliendo con las formas de protocolo para moverse en un acontecimiento social.

Manius la tomó de la mano y la llevó a donde se hallaba el fragor de la noche y de la música. Le hizo señas para que ella danzara.

—Oh, no, no… —dijo Apia.

Ella no sabía hacer los movimientos, pero no pudo evitar que el soldado la arrastrara muy cerca de los músicos.

De repente y sin pensarlo, los pies de Apia se movieron al compás de esos estribillos sencillos pero muy alegres y contagiosos. Esa noche el vino hacía su parte y la libertad que ella sentía por primera vez en su vida, también. Entonces ella bailó unos pasos mientras Manius batía palmas y ambos se contagiaban la risa.

Luego de unos minutos de movimientos, se apoyaron contra el mostrador de la taberna para descansar. Ella volvió a beber; esta vez, por sed. Y él, también, pero antes chocaron nuevamente las copas. Manius tomó dos tragos y, mirándola en medio del bullicio, tal como si no existiera nada alrededor que no fuera más que ellos dos, le dijo:

—Gaya Paulina..., qué bella eres.

Terminó la frase y, acercándose a la joven, la besó en la boca con un beso largo. Todos los presentes se hallaban demasiado entretenidos divirtiéndose con las melodías y a ninguno pareció importarle que la pareja se besara. En el mundo de Apia, las demostraciones de cariño pertenecían a la esfera privada; y un beso como ese, al dormitorio. Pero allí, evidentemente, no.

A ella tampoco le preocuparon las posibles miradas; en la taberna, todo lo que le habían enseñado carecía de valor. Esa noche se sentía libre de toda regla, miedo, enseñanza y preocupación. Todo era posible.

Se besaban con pasión cuando él tomó distancia y, mirándola a los ojos, le pidió:

—Salgamos, *parvus*, aquí hace calor.

Apia asintió, le gustó cómo la había llamado. Nadie le decía «pequeña» desde que habían muerto sus padres.

Manius Marcio le pagó al tabernero, la tomó nuevamente de la mano y se marcharon.

—Qué lugar... jamás hubiera pensado que existía algo así y que estuviera abierto a esta hora —concluyó Apia ya en la calle.

—Te dije que conocerías algo diferente. ¿Te agradó?

—Sí.

Se sintió satisfecho con la respuesta. Gaya Paulina era dura y severa pero también se trataba de una mujer con un dejo de tristeza y preocupación. La había llevado allí justamente con la esperanza de que pasara un buen momento y se olvidara de sus cuitas.

Avanzaban por las calles cuando Apia, que intuía que era hora de regresar, vio que se encaminaban hacia el Palatino. Se tensó y se detuvo.

—¿Qué sucede? —preguntó él.

—¿Vamos al Palatino?

—¿Por qué te preocupas? ¿Acaso vives allí? —preguntó divertido.

—Sí —respondió Apia instintivamente. Las copas de vino le habían quitado las inhibiciones. No lo había querido decir, pero lo había terminado diciendo.

—¿Vives en la misma casa en la que trabajas? —razonó ante la única explicación posible. Una trabajadora como Gaya no tendría una casa en el Palatino.

La pregunta de Manius le dio el pretexto perfecto para responder que sí, aunque evitó mirarlo a la cara.

—No te preocupes, estamos yendo a otra colina que es más alta que el Palatino.

Apia se tranquilizó y volvió a olvidarse de la hora.

Roma estaba fundada sobre siete colinas principales: Palatino, Aventino, Capitolino, Celio, Esquilino, Viminal y la del Quirinal. La pareja se dirigía a una menos conocida, más tranquila y alta: la del Janículo.

Caminaron durante varios minutos cobijados por una noche veraniega que se presentaba apacible. Ya había refrescado y ambos disfrutaban del paseo. A ella le agradaba la mano de él sobre la suya. Una vez en su vida —recordaba— la habían tomado de esa forma. Sólo que en aquella oportunidad, con miedo, temblando y sin saber qué acto cruel le esperaba, había caminado con el hombre más poderoso de la gran Roma. La imagen vino clara a su mente y necesitó espantarla para no arruinar la noche. Esas remembranzas tenían gusto a esclavitud y lo que ahora estaba viviendo tenía sabor a libertad. Respiró profundo buscando olvidar; los aromas de la naturaleza al anochecer se le metieron en la nariz. Pudo distinguir el perfume de las damas de noche que crecían a la orilla del camino, también el frescor de las plantas salvajes y las fragancias persistentes de algún pino cercano. Una luna pequeña en forma de queso los alumbraba. Caminaban y a cada paso se elevaban otro metro sobre la ciudad. Roma quedaba abajo y ellos subían para verla mejor.

—Te prometo que valdrá la pena. Ya casi llegamos.

Ella asintió con la cabeza.

Los desvelos y los desasosiegos de Apia Pópulus esa noche parecían haber desaparecido; allí sólo se encontraba Gaya Paulina, quien despreocupadamente serpenteaba el camino, casi feliz. Avanzaban y las casas se iban espaciando, comenzaban a observar más verde y algunos árboles añosos; por momentos aparecía la silueta de la ciudad entre las plantas, pero se volvía a ocultar.

A su lado, Manius Marcio se olvidaba de las tretas que solía utilizar cuando quería tener sexo con una mujer. En ese momento, sólo deseaba hacer sentir bien a la muchacha que tenía a su lado, quería que ella descubriera la vista de la ciudad que él amaba ver desde la colina del Janículo. Deseaba que se olvidara de sus dolores y preocupaciones, quería ver feliz a Gaya.

—Hemos llegado —avisó Manius.

Se detuvieron, se acercaron a la orilla del camino y, desde un borde alto, Apia admiró la vista.

—Es precioso…

—Roma es bella, pero desde aquí se ve más linda aún.

La ciudad no gozaba de alumbrado público y, a veces, mientras se transitaba por sus calles, la noche parecía más oscura, pero desde el filo del Janículo cambiaba la visión. Cada pequeña luz que había prendida en los hogares, cada lámpara encendida en los templos o en la puerta de los edificios de gobierno ubicados en el foro conformaban una escena sublime. Incluso podían distinguir algunas de las grandes edificaciones del foro gracias a la luz de la luna.

—Ven —propuso él y, como en la otra oportunidad, extendió la capa sobre el pasto.

—Terminaremos arruinándola.

—Claro que no —dijo risueño.

Ella nunca se relajaba del todo, pero él lo lograría, estaba seguro.

Manius se quitó la *lorica* que protegía su pecho y la colocó en el piso, al lado de la capa. Luego se sentaron y allí se quedaron mirando la ciudad tan amada como admirada por ambos. Roma era sinónimo de civilización; en el medio de tantos pueblos bárbaros, sus leyes emitían luz y sus bellos edificios, modernidad.

Tras unos minutos de observación, Apia comentó:

—Está fresco aquí...

La altura enfriaba el aire.

—La *lorica* de metal no te servirá para cubrirte —dijo él sonriendo y le pasó el brazo por detrás de la espalda.

Y permanecieron así, abrazados, hasta que Manius buscó la mirada de Apia y la encontró. Ella también buscaba los ojos verdes. Sintiéndola cerca, él ya no pudo contenerse y, tomándole el rostro con las manos, empezó a besarla. Apia le respondió con avidez, había esperado que lo hiciera. Y esta vez, la catarata de deseo entre ellos fue incontenible.

Llevaban un rato de besos ardientes cuando Manius tiró del cordel que tenía el vestido de Apia en el escote y derribó el bastión que lo separaba de sus senos. Desarmó el nudo con impaciencia y entonces los pechos pequeños quedaron casi por completo ante su vista; y si algún detalle no pudo ver, él lo adivinó con sus dedos, porque la tocó con suavidad mientras ella suspiraba de placer.

Manius puso una mano en la espalda de Apia y con cuidado la tendió por completo sobre la capa. La siguió besando hasta que se trepó sobre ese cuerpo que lo narcotizaba, porque sentía sus aromas y se volvía loco. Al mirarla, en medio del enardecimiento, descubrió en ella un rictus de tristeza y su mente repitió sólo para él: «Gaya, quítate la tristeza, quítatela. Hoy es noche de fiesta, mi bella muchacha».

Y esas palabras, aunque no salieron de su boca y sólo existieron como pensamientos, fueron premonitorias porque, olvidándose de todo, ella se sumergió por completo en ese río de placer que la arrastraba.

Bajo el peso del cuerpo de Manius, Gaya Paulina gimió. Apia Pópulus, que no estaba allí, sino muy lejos, jamás hubiera podido bajar la guardia como acababa de hacerlo. El soldado quería más y ella se lo daba. Le entregaba todo. ¿Qué otra cosa podía hacer, si jamás había conocido un ardor como ese?

Apia se subió con prisas el vestido de tela rústica para dejar su pubis al descubierto. Lo quería adentro suyo ya mismo. Manius hizo dos maniobras certeras y se quitó lo que le quedaba de la parte baja del uniforme. Ajustó su cuerpo de hombre al de Apia y arremetió con desesperación en el interior húmedo que lo cobijaba. Sus pieles se encontraron, se conocieron. «Está sucediendo», pensó Apia en el preciso instante en que Manius comenzó a realizar un movimiento acompasado que la transportó, una cadencia perfecta que iba y venía, mientras se miraban a los ojos bajo la luz de la luna y de las estrellas. Varios minutos así y el gemido de Apia explotó en un grito. Se sentía desbordada, el placer le llenaba cada poro. Acababa de ser arrasada por el goce, y por primera vez conocía la sensación de esa explosión inaudita. Sobre Gaya, Manius la acompañó hasta llegar al clímax con ella. No podía creer cuánto se había contenido buscando que Gaya alcanzara la explosión. Se sorprendía ante su propia generosidad, que lo había llevado a priorizar el goce de ese cuerpo femenino antes que el propio. Por un momento temió que se desbordaría, que no podría esperarla, pero se había contenido pese a lo mucho que le gustaba. Se sintió feliz, satisfecho, pleno y una idea vino a su mente: Gaya Paulina sacaba lo mejor de él.

Exhausta, anclada en los latidos que no cesaban en su bajo vientre, ella carecía de pensamiento.

Un rato después, cuando la coherencia volvió, mientras él le acariciaba los rulos del cabello que se le habían escapado del pañuelo color crema, ella se preguntó cómo podía ser que después de tantos años de casada y de «otras experiencias», no hubiera conocido esto antes.

Sólo habían pasado unos minutos cuando él le propuso:

—Gaya, vayamos a una pensión.

—¿Ahora…?

—No tengo mucho tiempo, debo estar en el cuartel antes del amanecer, pero al menos podremos estar juntos unas horas.

—Yo también tengo que irme. Debo dormir en la casa.

—¿Estás segura de que no puedes ir a la pensión?

Manius Marcio empezaba a desearla otra vez. No quería dejar que se marchara.

—No puedo…

—Pues entonces serás mía de nuevo aquí…

Apia hubiera querido decirle que no. Pero fue imposible. Esa boca de sonrisa dulce se había vuelto dueña de cada poro de su piel.

Y otra vez las perfumadas damas de noche oyeron los jadeos y la cadencia de sus cuerpos; y de nuevo la luna mostraba la plenitud de los rostros de ambos. Porque la magia estaba allí, se revelaba en la mirada de Manius, que se metía en la de Apia en el momento justo en que los cuerpos se encontraban.

En Roma, el sexo no exigía demasiados preámbulos y esa noche ellos eran parte de esas costumbres. Distinto constituía el caso de las vírgenes recién casadas, situación que se hallaba muy lejos de Apia. Pero ambos se habían regocijado enormemente durante su encuentro, al punto tal de que esa noche se sentían únicos y especiales. Coincidir no resultaba tan fácil, y los dos lo habían hecho, sus pieles eran una. Entre Apia y Manius nacía un lazo fuerte, algo hasta ese momento desconocido por ellos.

A la madrugada, ambos caminaban rumbo al Palatino. Él había insistido tanto en acompañarla, que ella terminó aceptando. Pero marchaban por calles que no eran precisamente las que llevaban a la casa azul, sino a la paterna. Al saberse próxima, Apia le pidió:

—Hasta aquí está bien que me acompañes. No puedo llegar contigo a donde vivo.

—Entiendo, pero… ¿cuándo nos veremos de nuevo?

—Como siempre, el día de Mercurio, durante la cena de la cofradía. Luego, si quieres, iremos a un hospedaje –dijo Apia.

—Te esperaré fantaseando con nuestro encuentro, pero sufriré porque faltan muchos días.

A modo de despedida, la besó en la boca y otra vez la pasión se adueñó de él. Quería volver a tener sexo con ella allí mismo.

—¡Detente, Manius Marcio! –le exigió Apia. Desde que había pisado la zona del Palatino, ya no estaba tranquila.

Apia Pópulus volvía a tomar el control de la situación y relegaba de manera definitiva a Gaya Paulina.

Se despidieron a duras penas. No resultaba fácil aceptar que les quedaba mucho tiempo por delante hasta el próximo encuentro.

Una vez sola, Apia tuvo que decidir entre volver a su casa o quedarse a dormir en su hogar paterno. Se inclinó por lo primero; clareaba y las muchachas empezaban a deambular por la ciudad camino a sus trabajos. Ella no llamaría la atención.

Y así fue. Cuando pasó muy cerca de los hombres que vigilaban su propiedad, otros sirvientes especializados –que se agregaban a los esclavos de las casas del Palatino– ya caminaban por las calles. Se apuró. Quería entrar a la casa antes de que sus criados iniciaran el día. Y lo logró, porque en minutos estaba dentro de la casa azul y los primeros movimientos de la planta alta recién se empezaban a oír.

Furnilla, que no había pegado un ojo en toda la noche, sino que se había dedicado a escuchar cualquier ruido que proviniera de la puerta, cuando oyó que su ama ingresaba, se presentó en el *tablinum*. La vio y se arrodilló ante ella, llorando.

—Ama, pensé que le había pasado algo.

—Furnilla, estoy bien. Ponte de pie. Ve a descansar un último rato antes de empezar el día –dijo con pena.

La esclava se levantó y, recomponiéndose un poco, le dijo:

—Desayunaré una fruta. ¿Le preparo algo hasta que aparezcan los cocineros?

—No, creo que descansaré —contestó Apia.

Mientras iba a su cuarto, reconoció que Furnilla era mucho más que una esclava: la chica era su familia. La única que tenía.

Con esa idea en mente, Apia acababa de dejar atrás una parte importante de la educación recibida, abandonaba las enseñanzas que le habían llegado de tiempos remotos, siglos, pasando de generación en generación. A pasos de su habitación, se prometió a sí misma que, así como podía contar con su esclava de manera incondicional, entonces ella estaría disponible para Furnilla si alguna vez la necesitaba. Formuló la promesa ingenuamente, sin saber que con esos dos pensamientos acababa de marcar su destino. Porque en su futuro cercano debería cumplir ese juramento que provocaría un vuelco irreversible en su vida.

CAPÍTULO 12

RECUERDOS

Final del año 43 a. C. y principio del 42 a. C.

El tiempo de casados que llevaban Apia y Salvio transcurría cimentado sobre el nuevo acuerdo celebrado entre ellos. Apia no había vuelto a mentir a su marido, y él se lo agradecía con buen trato.

Salvio, en la misma semana de la mentira y del castigo acaecido, la había autorizado por primera vez a ayudarlo con las cuentas de sus negocios. Ella no sabía cuál había sido la causa de semejante galardón, pero inmediatamente de ocurrida la escena sexual vivida por los tres, con Furnilla incluida, le había propuesto integrarla. Además, había optado por no cumplir sus amenazas: ni encerró a su esposa ni mandó a azotar a Furnilla, a quienes apenas castigó con dos días a pan y agua. Pasado ese tiempo, Salvio pidió que la esclava se reincorporara a sus tareas y que su esposa volviera a la vida diaria.

Apia había sido llamada por Salvio al cuarto de los papiros, donde se hallaba trabajando. Ella apareció con miedo, pero Salvio, tal como si el altercado no hubiera existido, le había mostrado las cuentas importantes y le había solicitado que lo ayudara. Las resolvió de forma expedita; tanto, que le valió las felicitaciones de Salvio y la propuesta de cenar juntos en el comedor para cortar el ayuno. Apia no comprendía qué había hecho para ganarse ese favor; pero claro, no estaba al tanto de que, al día siguiente del incidente, como ella sólo comía pan, Salvio había visitado a su hija Petronia, que lo agasajó con una cena familiar.

Allí, durante la sobremesa, viendo a sus dos nietas de doce años juguetear tendidas en el piso, se había dado cuenta de que las chicas se parecían demasiado en edad y aspecto a su esposa y a Furnilla. La imagen de las niñas jugando despreocupadamente sobre la alfombra, riendo y gritando, le había traído a la memoria el cuadro que Apia y la esclava conformaron *ese día*, cuando gritaban en el suelo. Entonces, un tanto avergonzado, había vuelto a su casa y les había retirado el castigo y otorgado algunas concesiones. Así lo había decidido para poder vivir tranquilo y en paz. La situación vivida, un toma y da, representaba el precio pagado por ambas mujeres para gozar de las libertades ahora concedidas: Apia había logrado efectuar las famosas cuentas que tanto deseaba hacer y Furnilla tenía la autorización para moverse a su antojo por la casa y realizar únicamente las tareas que le indicase su señora.

A partir de la decisión de su marido, una o dos veces por semana, Apia participaba en la contabilidad. Con el paso de los meses, Salvio empezaba a sentir cierto alivio al delegar en su esposa la parte pesada de los números. Liam, el esclavo, no había resultado bueno para esa tarea y sólo se encargaba de visitar y controlar las tiendas; más no se le podía pedir, pues parecía que nunca comprendía las instrucciones. Salvio concluyó que su hijo tenía razón: los esclavos no eran completamente humanos, sus mentes no funcionaban como las de las personas. Senecio no era muy amigo de poner esclavos en puestos importantes, como hacían otros comerciantes; a su hijo le gustaba encargarse personalmente de los viajes y de las compras de las mercancías costosas; también de las ventas que se hacían en otras ciudades donde comerciaban las perlas al mayoreo. Salvio veía poco a su hijo porque, entre los viajes y el rechazo que sentía por Apia, no iba a su casa. Aun así, lo consideraba su sucesor; sobre todo, porque su joven esposa no le daba nuevos hijos.

Pero tenía que reconocer que Apia le brindaba una útil ayuda; en especial, en estas épocas en las que debía destinar mucho de su tiempo a las relaciones sociales. Salvio solía comentar que para cerrar un trato comercial importante se perdían más horas tras la venia del poder político, que acordando números. Muchas veces el éxito mercantil dependía más bien del apoyo gubernamental recibido en un banquete. No era extraño que, tras una espléndida cena o una noche de teatro compartida, al día siguiente saliera una ley que le permitía comerciar más favorablemente. Porque así se manejaban las cosas en la Roma ahora gobernada por el Triunvirato conformado por Octavio, Marco Antonio y Lépido.

Por esas razones, Salvio se había abierto a recibir la ayuda de su esposa y nuevos formatos de trabajo se habían vuelto rutina. Ya no veía necesario pedirle que se presentara en el cuarto de los papiros, pues Apia lo hacía *motu proprio* apenas él comenzaba la jornada. Ella llegaba y comenzaba su tarea de cálculos en las tablillas; luego, trascribía los resultados obtenidos en los rollos de papiro. Para Apia se trataba de un momento doblemente placentero, ya que sentía que valoraban sus habilidades y, además, le gustaba realizar esa tarea. Apreciaba la instancia porque casi no tenía momentos para disfrutar. Había dejado de tomar clases y el bebé que quería tener no llegaba. Aunque ya no la entristecía tanto su esterilidad porque, a veces, pensaba que no quería unir su sangre con la de Salvio. Por ese motivo, tal vez, los dioses le impedían ser fecunda. Planeaba hablar esa tarde con su padre sobre la posibilidad de divorciarse. No sería la primera ni la única mujer romana en hacer uso de esa institución. Si su padre la apoyaba —estaba segura—, no habría obstáculo.

Con Furnilla, le había enviado un mensaje para ir juntos al festival público que se celebraría en el teatro de mármol; y Tulio Pópulus había aceptado. En ese horario, su marido tenía reuniones mercantiles. Y su padre, miembro del círculo de Octavio, tenía la obligación de presenciar la función porque el muchacho asistiría con su grupo. Apia no pensaba desaprovechar la oportunidad de hablar con Tulio, ya que en el último tiempo se le hacía imposible reunirse con él en un lugar tranquilo, pues su tarea en el Senado lo mantenía absorto y casi no la visitaba. Y en los horarios en que ella contaba con permiso para salir de la casa, él no estaba en su hogar. Si le contaba cuán infeliz se sentía, él la entendería; y con su apoyo, nadie en Roma, ni siquiera Salvio, se atrevería a negarle el divorcio. Ambos estaban unidos a Octavio, a quien todo el mundo temía y respetaba. El muchacho gobernaba con mano de hierro y había ordenado que la muerte de César se declarase asesinato, por lo que los conspiradores habían pasado a considerarse criminales.

Octavio, a pesar de la falta de dinero público, había decidido cuidar a sus soldados y les había pagado los diez mil sestercios prometidos; además, como le convenía priorizar la relación con el pueblo, había costeado la suma estipulada por Julio César como regalo para los ciudadanos. Para cumplir con el deseo de su padre adoptivo, Octavio había creado numerosos impuestos porque a la hora de gobernar todo el dinero público resultaba escaso. Entre las medidas políticas tomadas decidió revocar el decreto que nombraba enemigos públicos a Lépido y Marco Antonio. Reunidos fuera de Roma durante dos días completos, y en medio de opíparas comidas, Octavio y Marco Antonio habían llegado a un acuerdo de alianza. No eran amigos, pero tenían claro que se necesitaban. Octavio lo precisaba para luchar contra los vetustos senadores que le retaceaban el poder y contra los hombres de Bruto y Casio, señalados como autores del homicidio de Julio César. Marco Antonio, por su parte, necesitaba a Octavio por una razón más elemental: sus hombres no lucharían contra Octavio, heredero de Julio César, ese militar respetado y admirado. Si Julio César había elegido a Octavio como su sucesor, ellos respetarían esa decisión a rajatabla.

De la larga reunión entre Marco Antonio y Octavio había nacido el Segundo Triunvirato de Roma, compuesto por ellos dos y Lépido. El trío se había autoasignado el poder por cinco años y repartido las provincias y las legiones de Occidente; las de Oriente se las dividirían cuando las recuperaran de las manos de Casio y Bruto.

Octavio, Lépido y Marco Antonio se hacían llamar a sí mismos como *tresviri rei publice constituendae*; es decir, tres varones para restaurar la República. Aunque, justamente ellos, al conformar ese Triunvirato acababan de asestarle un golpe definitivo a la República, que llegaba a su fin.

A la decisión le dieron forma de ley, pero lo cierto era que su poder político estaba basado en la fuerza militar y el miedo.

Algunos sostenían que Roma protestaba de forma sobrenatural contra el ataque que sufría la República y por esos días había descendido una negrura extraña sobre los principales edificios gubernamentales, y los monumentos habían amanecido teñidos de sangre, incluso, habían caído rayos y centellas sobre varios templos. Nadie podía explicar si esos sucesos realmente habían acaecido, pero el romano, siempre dado a creer en ese tipo de señales, atemorizado, se encomendaba a sus dioses.

Apia, con la tranquilidad propia de los que saben que no pueden decidir ni cambiar los destinos de las naciones, pasaba sus tardes en la casa de manera pacífica; lo único que le quedaba por hacer en este mundo de hombres era tratar de estar en el bando correcto para sobrevivir, y ella sabía que lo estaba: su familia se hallaba estrechamente unida a Octavio y, por lo tanto, a salvo de los numerosos asesinatos ordenados por el Triunvirato bajo un dudoso manto de legalidad, como también de los que ejecutaban los enemigos del trío.

En el cuarto de los papiros, rodeada de rollos, mientras trabajaba con Salvio, Apia suspiró largo y miró a lo lejos, centrando la vista en el verde peristilo. Cuando se corrían las pesadas cortinas, podía observar los olivos y los pájaros revoloteando alrededor.

Luego de unos instantes de contemplación, se dedicó a terminar el contralor de las ganancias que debía recibir cada socio; sólo le restaba anotar los números finales. Cuando extendió uno de los rollos, leyó algo que le interesó: el dinero se dividiría con una persona nueva.

—¿Se ha agregado un *negotiator*, verdad? —le preguntó a su esposo.

—Ah, sí... —respondió él sin pensar mucho. Se hallaba ensimismado repasando la lista que le había enviado su hijo con el detalle de las ciudades donde vendían las perlas. Junto al nombre, además, había escrito el precio que se pagaba en cada una; la diferencia era abismal: en unas, muy bajo; en otras, lo contrario.

—¡Es una mujer! —dijo Apia sorprendida al descubrirla.

—Se llama Hortensia —señaló Salvio.

—Ese nombre... —deslizó ella fijando la vista en el rollo donde se la nombraba. Recordaba lo que su padre había contado acerca de Hortensia. Agregó—: ¿Es la misma que habló en el foro?

—Sí... —minimizó Salvio, que no quería explayarse sobre el éxito obtenido por una mujer.

La exposición a viva voz de Hortensia se había suscitado a causa de un impuesto implementado por Octavio, y que recaía únicamente sobre las mil cuatrocientas mujeres más ricas de Roma. El gravamen había sido un golpe certero a las pocas romanas libres porque hombres ricos había muchos y a ellos no se les aplicaba.

Por esa razón, un grupo femenino liderado por Hortensia se había presentado en el foro para quejarse. El acontecimiento había llamado poderosamente la atención porque, si bien las mujeres tenían derecho a la propiedad privada, sus protestas públicas eran infrecuentes. Frente a los hombres, Hortensia había reclamado: «El impuesto es abusivo, va en contra de nuestras tierras, fincas, dotes y casas. Si nos cobran ese tributo, será imposible vivir como las mujeres libres que somos». Octavio ordenó que desalojaran el foro por la fuerza, pero la cabecilla y sus acompañantes resistieron con el apoyo de la multitud, que vociferaba a su favor, y debieron dejarlas. Al día siguiente el gobierno redujo a cuatrocientos el número de mujeres sobre las que aplicaría el impuesto.

Apia, que recordaba perfectamente la proeza de Hortensia, le preguntó a su esposo:

—¿Pero es ella la que comercia y toma las decisiones?

—Sí —dijo Salvio levantando los hombros.

—¿Elige dónde vender sus perlas, como ustedes?

—Sí, pero sólo por única vez le hemos permitido entrar en nuestra sociedad comercial. Luego —aclaró Salvio—, ya no podrá hacerlo de nuevo.

—¿Por qué?

—¿Qué clase de pregunta es esa? ¡Porque es mujer! Ella no puede estar con nosotros comerciando. *¡Merda!* ¡Cómo puede haber tanta diferencia de precio! —exclamó Salvio, que seguía absorto con los importes tan disímiles que recibían por sus perlas.

Apia se quedó pensando unos instantes en Hortensia; luego, ante la preocupación de su marido, lanzó una idea:

—Esposo, ¿por qué no se unen todos los vendedores y fijan precios? De esta manera, no quedaría en manos de los compradores —dijo envalentonada tras descubrir que Hortensia comerciaba. Apia asumió que ella también podía ofrecer buenas ideas para el consorcio.

—Aunque fijemos precios oficiales nadie nos haría caso.

—Reúnanse, establezcan los precios y pídanle a Octavio que dictamine ese derecho a través de una ley. Ya verás cómo todos obedecerán.

Salvio levantó la vista, la idea no era mala. Aunque no le respondió, decidió que esa misma noche, cuando se reuniera con los hombres de la cofradía en la cena semanal, se los propondría.

Apia volvió a centrar la vista en los rollos y comenzó a leer los datos, pero sus ojos se desviaron nuevamente hacia el nombre de Hortensia. Esa mujer despertaba su imaginación, le permitía creer que los límites se podían romper. ¡Había matronas que comerciaban! ¡Había mujeres que ejercían en calidad de *negotiatrix*! Tenía un referente a quien mirar. ¡Esa mujer lo había logrado! Desde su sitio, sentada, observó un pedazo del cielo azul del peristilo y soñó por primera vez en años. Tal vez ella podría comerciar. Tal vez...

Sobre ese mismo cielo azul, a menos de una legua de la casa del matrimonio de Apia y Salvio, tres hombres celebraban una reunión. También soñaban, pero sus sueños de poder traían consigo muerte.

Marco Antonio, Octavio y Lépido ponían manos a la obra para hacer realidad una vez más la *lex* Titia, aprobada recientemente de manera irregular. Conocida como «la ley de las proscripciones», consistía en que los supuestos enemigos de esa República que ellos decían proteger podían ser ejecutados por cualquier ciudadano, en cualquier lugar y sin juicio previo. Claro que más bien se trataba de los enemigos personales que los tres habían ido acumulando y no los de la República romana.

Según la ley, todos los ciudadanos que trajeran la cabeza de cualquiera de los nombres que figurara en la lista negra recibirían una importante recompensa en dinero: los hombres libres, cien mil sestercios; y los esclavos, cuarenta mil, más la libertad y la ansiada ciudadanía romana. Una vez entregado el cráneo del proscripto, se lo clavaba en la *rostra*, una tribuna del foro llamada así por los espolones de las naves de guerra enemigas que allí se exhibían como trofeos.

El día en que la ley se aprobó, se expusieron en el foro dos tablones con la lista de los condenados a muerte –denominados «proscriptos»–, a los que cualquier ciudadano podía quitarles la vida. En el Senado nadie se había atrevido a oponerse a esa ley, ni siquiera los tribunos de la plebe. Y así fue como la ciudad se llenó de espanto y muerte. Porque esas primeras listas habían dado lugar a otra, y los muertos continuaban. Ni siquiera Cicerón, que había intentado huir, se había salvado de ser uno de los primeros decapitados.

Esa tarde, las voces de los triunviros, nuevamente reunidos frente a una mesa llena de papiros y tinta, se escuchaban en el recinto donde se desarrollaba la tertulia en la que se decidía la publicación de una tercera lista de proscriptos.

—Señores, votemos. ¿Quién está por el sí? —preguntó Octavio levantando la mano derecha.

Los otros dos hombres también alzaron la suya.

—Está decidido: habrá una tercera proscripción —señaló satisfecho Octavio; luego, agregó—: Sólo te pido una cosa, Marco Antonio, no actúes como salvaje, no te ensañes con los cuerpos de las personas que elijas para matar.

—¿Qué...? —preguntó Marco Antonio.

—Sí, te lo pido a ti y a tu esposa Fulvia.

—¿Te refieres a lo sucedido con Cicerón? Pues no me arrepiento de nada. Se lo merecía por los discursos que dio en mi contra —respondió Marco Antonio sin hacer alusión que sospechaba, y con justa razón, que los había encargado Octavio.

Toda Roma había comentado el suceso: una vez entregada a Marco Antonio la cabeza calva del ilustre senador Cicerón, él le dedicó media hora de groseros insultos. Terminada su declamación de odio, le pasó el cráneo a su esposa, quien, después de arrancarle la lengua con un filo, le taladró varias veces los ojos con los alfileres que la dama llevaba en su peinado. Finalmente, la cabeza de Cicerón y su mano derecha fueron a parar a la *rostra*.

Octavio, fiel a su frialdad, señaló de manera altiva:

—Lo importante es que nuestros enemigos mueran. No importa si sufren, no debemos perder tiempo en ellos.

—Nunca lo pierdo, mira... —dijo Antonio colocando sobre la mesa un rollo de papiro.

—Veo que ya tienes tu lista de proscriptos. Pues bien, observa... —indicó Octavio e hizo aparecer otro pequeño papiro de entre sus ropas. Se trataba de la suya.

Los dos hombres intercambiaron los rollos.

—Parece que el único que no vino preparado soy yo —dijo Lépido, que siempre hablaba poco, pero en la repartición de tierras se había quedado con la Galia Narbonense e Hispania, dos de las mejores provincias.

—No te preocupes, Lépido, ya encontrarás los nombres de los hombres que quieras hacer desaparecer. Ten por seguro que hay muchos que te odian.

—Tienes razón —concedió Lépido, que tomó la pluma y empezó a anotar algo en un rollo limpio.

Era *vox populi* que en las listas anteriores los tres habían elegido a sus enemigos tras un macabro intercambio: cada uno había estado dispuesto a sacrificar a sus propios seguidores y familiares, con tal de que les dejaran matar a sus adversarios personales.

Octavio leyó los nombres propuestos por Marco Antonio para que fueran eliminados y señaló uno con el dedo mientras le dijo:

—Este no lo acepto —censuró terminante refiriéndose a Tulio Pópulus.

—Pues a mí no me agrada este tuyo. Mamercus es de mi absoluta confianza —respondió Marco Antonio de forma concluyente.

Ambos, sin decir una palabra, se midieron con las miradas. Por el momento y por conveniencia mutua, los antiguos rencores habían sido dejados de lado, pero podían aparecer de repente. El silencio duró dos minutos hasta que Lépido, temiendo un nuevo enojo entre los dos hombres, exclamó:

—¡Está bien…! O matan a sus dos enemigos, o a ninguno. Yo propongo que los intercambien —dijo Lépido poniendo en palabras lo que ninguno, por indigno, quería reconocer que ya había hecho.

Octavio y Marco Antonio tenían carácter difícil, cada uno a su manera. El primero, astuto y calculador, siempre chocaba con el segundo, sanguinario y arrebatado.

—¿Perdonamos a los dos? —preguntó molesto Octavio. El asunto lo aburría.

—Nunca. Tulio Pópulus debe morir, ha hablado mal de mí durante un discurso que dio en el Senado.

—Que los dos sean eliminados —sentenció Lépido.

—Que así sea —acordó Octavio inmutable.

No deseaba que Pópulus muriera, pero tampoco le importaba una muerte más. Él no sólo anhelaba el poder, sino que quería ser recordado como el gran benefactor de Roma, y haría lo que fuera para quedar en la historia. Tulio Pópulus no sería el primero de su bando que entregaría a manos de Marco Antonio a cambio de un enemigo.

—Aquí están los míos —dijo Lépido con su lista en la mano y agregó—: Iré afuera y los anunciaré ahora.

—No, por favor, prefiero que sea mañana. Esta noche hay función en el teatro grande. Y no quiero llantos ni súplicas —señaló Octavio.

Imaginaba que allí podría toparse con alguno de los condenados a muerte o con sus parientes.

—Como quieras —dijo Lépido.

—Entonces anunciaremos los nombres mañana bien temprano —propuso Marco Antonio.

Octavio asintió y se puso de pie. Debía prepararse para asistir al teatro. Se trataba de una función especial a la que llegaría con algunos de sus seguidores más importantes.

Por la tarde, Tulio Pópulus llegó en su litera para buscar a Apia y casi no la reconoció.

Los esclavos detuvieron la marcha frente a la casa azul, y él espió por la ventanilla del vehículo. Cuando la puerta de doble hoja tallada con círculos en distintos tamaños se abrió y vio aparecer a su hija vestida con una túnica color sangre que mostraba sus curvas de mujer, en el punto justo para enseñar lo necesario, pero guardando el decoro, se sorprendió. En los pies calzaba unas sandalias de cuero sujetadas por una tirita que pasaba de dedo a dedo y subía entrelazada hasta la rodilla, detalle que sólo se apreciaba cuando daba el paso. En la parte superior de la cabeza, la mitad de su pelo iba recogido en trenzas, a modo de corona, mientras que el resto iba suelto y enrulado y le caía sobre la espalda hasta debajo de la cintura. El gran toque lo aportaban las perlas rojizas compradas en la joyería que la *tonstrix*, cuando la peinó, había incrustado en toda la cabellera y que le daban un aspecto majestuoso, pues un halo de brillo la envolvía.

Tulio Pópulus la miró orgulloso. Su hija era una auténtica belleza romana. Se preguntó: «¿Cuándo mi niña se transformó en esta mujer?». Recordó su casamiento; le parecía que había sido ayer. En breve tendría que hablar con ella acerca de lo que significaba seguir siendo parte de la *gens* Pópulus y le explicaría por qué había pedido que su matrimonio se celebrara bajo la modalidad *sine manu*. Por aquellos días la notaba excesivamente agobiada con el comienzo de la vida matrimonial para abordarla con temas preocupantes, como el patrimonio que le dejaba y cómo debería administrarlo. Pero ahora, que vislumbraba su madurez, trataría el tema de la herencia. Tristemente tenía que reconocer que no pasaba mucho tiempo con ella, le resultaba imposible hallar horas de ocio en medio de los ajetreados momentos políticos que se vivían en Roma tras la asunción del Triunvirato. Lo pensó y se sintió culpable, le remordió la conciencia. Al mismo tiempo, su encuentro con Apia le trajo alegría y decidió disfrutar de su compañía. Tenía una hija y hoy iría con ella al teatro. Se trataba de una velada especial, alumbrada con antorchas, porque la función estaría a cargo de actores y tendría lugar por la noche, algo poco habitual en Roma, donde los espectáculos se daban a plena luz del día.

Tulio se apeó del vehículo para ayudarla a subir. Apia ingresó y lo saludó con un beso. En la litera, grande y cómoda, cabían dos personas. Los hombres que la llevaban en andas —uno de los trabajos más duros— eran fornidos y sus rostros oscuros lucían sudados, pues el sol todavía estaba fuerte y hacía calor.

De camino al teatro, el padre habló sobre el parecido que Apia mantenía con su difunta madre. Toda una mujer, su hija se asemejaba a la joven Caelia. Luego conversaron acerca de las múltiples tareas que en los últimos meses mantenían ocupado a Pópulus, cruzaron dos comentarios sobre el gran poder acumulado por Octavio y de las paces acordadas con Marco Antonio a pura conveniencia.

—Me da felicidad verte bien, hija —dijo el padre.

Apia lo miró y decidió que el momento de hablar había llegado. No sabía si se le presentaría otra oportunidad. Su padre no parecía disponer de tiempo para ella y sus problemas.

—Padre…, no estoy bien.

El comentario tomó por sorpresa a Tulio Pópulus.

—¿Qué sucede? —preguntó preocupado y, ante el indicio de que la aquejara una enfermedad, como le había sucedido a su esposa, agregó—: ¿Te refieres a tu salud?

—No, padre, es mi matrimonio, que no funciona.

El padre frunció las cejas.

—¿A causa de que no quedas embarazada?

—No, ese no es el problema.

—¿Acaso Salvio no es hombre?

—Tampoco se trata de eso.

—¿Te golpea? ¿Es violento?

—No…

—Entonces, tiene solución. No te preocupes, todos los matrimonios sufren sus desavenencias.

—Padre, yo no soy feliz.

—La felicidad es efímera, inalcanzable… —dijo mirando el vacío. Tampoco él era feliz.

Apia tenía pudor, no se sentía preparada para contarle detalles. Pero si no los expresaba, carecía de posibilidad de recibir su ayuda. No sabía cómo afrontar la conversación; se desesperó. Estaba entre la espada y la pared. Tenía que ir directo a su objetivo como lo hacían las flechas romanas en medio de la batalla.

—Padre, deseo divorciarme.

—¡Qué dices!

—Sí, quiero divorciarme. Estoy segura.

—Creo que debes pensar mejor semejante decisión. ¿Qué dice Salvio?

—No lo sé.

—Entonces...

—¡Padre, por favor, te lo ruego, tienes que ayudarme! ¡Estoy atrapada en este matrimonio! —exclamó Apia mirándolo a los ojos. Y con sus dos manos, apretó con fuerza uno de los brazos de su padre. Necesitaba que la entendiera. Insistió—: ¡Ayúdame, por favor, eres el único que puede hacerlo!

Tulio Pópulus vio la desesperación enraizada en la mirada de su hija. Se preocupó. Era verdad: si ella necesitaba ayuda en la relación con Salvio, sólo él podía dársela. Entonces por primera vez reconoció que, tal vez, se había equivocado al arreglar un matrimonio con tanta diferencia de edad; además, el hijo esperado no llegaba. Se ablandó:

—Está bien: lo hablaremos. Si es lo que tú quieres, se hará.

—¿De veras?

—Sí, te lo prometo —respondió con sinceridad.

—Gracias —dijo ella conteniendo los deseos de llorar. No quería hacer una escena, no podía. Cerró con fuerza los ojos.

—Mañana hablaremos tranquilos del tema. Ahora, hija, trata de disfrutar del espectáculo.

—Sí, padre —dijo fría y dura como el metal.

Se sentía aliviada. Había dado el primer paso.

—Hemos llegado —anunció Tulio Pópulus al arribar a Campo de Marte, donde estaba ubicado el teatro.

Cuando bajaron de la litera, acorde a su cargo de senador, Pópulus fue recibido con pompa y en instantes ambos ingresaron al gran teatro de mármol por la escalerilla de los privilegiados. Al principio, en honor a quien lo había mandado construir, se lo llamaba «el teatro de Pompeyo Magno», pero tras ser asesinado por considerárselo enemigo de Julio César, ya nadie quería invocar su nombre, pues temían sufrir represalias. Así, poco a poco, la espléndida construcción de piedra con un aforo para más de diez mil espectadores comenzó a ser llamada «el teatro de mármol». A diferencia de los pequeños, construidos en madera y para una ocasión determinada, este recinto se destacaba por poseer un gran peristilo rectangular –cuyos pórticos estaban custodiados por unas preciosas estatuas– y un templo dedicado a Venus Victrix, la diosa personal de Pompeyo Magno. Todo el pueblo era admitido en el teatro público, pero había sitios reservados y otros de honor.

Apia y su padre fueron ubicados en las primeras filas, destinadas para los senadores; en las siguientes –*prima cavea*–, se podía ver a los caballeros, únicos con derecho a ese sitio, según lo establecido por la *lex roscia theatralis*, aunque en ciertas ocasiones, estos lugares eran cedidos a cambio de un pago. La plebe iba libre en la parte media; y al final, pese a que estaba prohibido, en la *summa cavea* se ubicaban algunos esclavos. Siempre había un amo agradecido que quería favorecer a un buen sirviente.

La tarde se presentaba soleada y sin viento, por lo que se habían extendido los grandes toldos sostenidos por gruesos postes que se fijaban entre anillas de hierro. Para refrescar el ambiente, el empedrado había sido regado con agua mezclada con esencia de azahar. A pesar de que todo el mundo chistaba pidiendo silencio, los murmullos no cesaban y el bullicio era infernal aunque ese día el teatro tenía el aforo cubierto por la mitad. Las primeras gradas se mostraban impactantes, ofrecían una imagen espléndida repleta de bellas y morenas romanas que, vestidas elegantemente, brillaban con sus joyas de oro mientras sonreían llenas de alegría por el buen momento que presenciaban. Había una realidad: al teatro se iba a ver, pero también a que se las viera.

A varios pasos de su ubicación, Apia descubrió la cabeza rubia de Octavio.

Luego de unos minutos, vio que Octavio se ponía de pie y levantaba la mano. El público calló ante el ademán y así se logró el silencio que todos pedían para que el espectáculo comenzara: mujeres y hombres danzando al son de un gran coro dispuesto a un costado del escenario. Las voces inundaban el lugar y las siluetas se movían al compás. En los momentos dramáticos, el coro cantaba lleno de sentimiento y los bailarines simulaban una muerte; en las situaciones felices, las voces armonizaban música alegre y los danzarines se movían briosos y graciosos. Cuando la pareja principal representada por los actores era separada, el coro simulaba llantos. El hombre y la mujer se reencontraban y el sonido de las voces se alegraba. Entre músicos y danzantes, unas setenta personas ofrecían el bello espectáculo que los romanos gozaban a pleno.

Apia lo disfrutaba, pero sólo por momentos, porque su cabeza se perdía irremediablemente en la conversación que había tenido con su padre unos minutos atrás. ¿Realmente le permitirían divorciarse? ¿Qué diría Salvio cuando se enterara de su intención? ¿Qué sería de ella luego del divorcio? Miró a su padre y descubrió que estaba más atento al movimiento de los demás senadores que a los bailarines y la música del coro. Pensó que la política era un monstruo que se devoraba a los hombres que se interesaban en ella. Un ser pavoroso como la Lamia, esa mujer con la que asustaban a los niños y que, según los romanos, siempre rondaba amenazante buscando criaturas para comérselas vivas. Sólo que en su paralelismo se devoraba a los hombres interesados en la política. Le dio pena imaginar todo lo que su padre se había perdido –y se perdía– en esta vida por saciar su ambición de poder.

Durante el intermedio de la obra, en el que todos aprovecharon para descansar, Octavio se dedicó a conversar con los senadores más próximos.

De repente sucedió algo extraño, fuera de lo normal y que captó la atención de casi todos los presentes: cuatro hombres fuertes depositaron un cofre ante el gobernante, que se puso de pie, sorprendido. Algunos creían que se trataba de un acto preparado, pero el rostro del muchacho les dio a Apia y a su padre la certeza de que no era así. Junto al cofre se colocó una joven mujer, finamente vestida, que se acercó a Octavio y de inmediato se hincó a sus pies. Por sus gestos, le rogaba, le imploraba.

La romana estaba en el medio de su clamor cuando del interior del arcón salió un hombre. Al verlo aparecer, Tulio Pópulus, que creyó que se trataba de un atentado contra Octavio, intentó cubrir la vista de Apia. Y la muchedumbre exclamó al unísono:

—¡¡Oooh!!

Por un instante, la reacción general llenó el aire del teatro, pero de inmediato el silencio fue sepulcral. Y entonces, quienes estaban alrededor pudieron oír lo que la mujer decía:

—Soy Tanusia, esposa de este hombre. Te ruego, señor, tengas piedad de mi marido.

Octavio, sabiendo que la muchedumbre lo observaba, cuidó sus modales.

—¿De qué se lo acusa? —preguntó con interés—. ¿Qué maldad ha cometido?

—Ninguna, señor, lo juro. Él ama a Roma… y también a ti —se apresuró a terminar la frase. Luego agregó—: Mi esposo está en la lista de los proscriptos. ¡Clemencia, por favor!

Pronunció la última frase con pavor, pues sabía que podía ser ejecutada en ese mismo instante por encubrir a un condenado.

El hombre se arrodilló y con la cabeza pegada al suelo también chilló:

—¡Clemencia!

Ella, al ver a su marido tendido en el piso, lo imitó. Tanusia y el hombre lloraban.

Desde las gradas bajaba el clamor de la gente que, conmovida por el amor de la pareja, repetía:

—¡Clemencia! ¡Clemencia! ¡Clemencia…!

De repente, el teatro entero decía la palabra. La emoción inundó el recinto y a cada espectador. Todos miraban a Octavio a la espera de su perdón a Tanusia y su marido. Transcurridos unos minutos de agitación y algarabía, al fin el gobernante pidió silencio y habló:

—Levántense, están perdonados.

Los primeros en oírlo fueron los ubicados en las filas de adelante, quienes festejaron el gesto magnánimo e hicieron correr la voz: la pareja acababa de ser indultada. El público aplaudía a rabiar. El nombre de Tanusia sería recordado en los libros de historia y siempre se hablaría de su valentía y amor a su marido.

El pueblo le retribuía a su gobernante con vítores:

—¡Viva Octavio! ¡Viva Octavio!

—¡Que viva!

La decisión tomada había sido la correcta, aunque no había actuado movido por el corazón, sino porque sabía que así se ganaba el cariño de la plebe.

Tras el intermedio, la función comenzó nuevamente. Apia miraba la obra llena de optimismo. Si Tanusia y su marido habían logrado salir airosos del trance —razonaba—, con la ayuda de su padre ella también tendría posibilidades de terminar triunfante en su propósito: divorciarse. Y recordó el presagio vertido por Octavio el día de su casamiento. En aquella oportunidad sonó desafortunado, pero hoy lo encontraba certero. Y su accionar, magnánimo. Tal vez hasta podía intervenir en su favor.

Terminada la función, cuando Tulio Pópulus y su hija se dirigían a la salida, se cruzaron con Octavio. La cantidad de gente era infernal, pero el muchacho no aceptó retirarse por otra salida que no fuera la del pueblo, pues quería estar allí, entre la plebe. Al notar que Tulio Pópulus se acercaba, decidió ignorarlo. El tumulto le permitiría pasar desapercibido. No quería charlar con él porque recordaba perfectamente que más temprano, durante la reunión de los triunviros, había firmado su sentencia de muerte. Pero Pópulus lo tocó de atrás para saludarlo y no tuvo escapatoria. Se dieron un abrazo. Conversaron dos palabras y Octavio se fijó en Apia.

—¿Te acuerdas de mi hija?

—Claro que sí… —confirmó Octavio y, en medio del gentío, giró para conversar con ella. Prefería hablar con Apia antes que hacerlo con el padre.

Tulio Pópulus comprendió las intenciones de Octavio, les dejó lugar y siguió caminando despacio varios pasos más adelante. Pero pronto quedó atrapado por la charla de otro senador y terminó adelantándose bastante.

Apia puso en palabras su admiración por Octavio:

—Señor, su magnanimidad no tiene par.

—¿Por qué lo dices? —preguntó él.

Aunque sabía bien la respuesta, quería escuchar la explicación de boca de la chica.

—Perdonar a ese hombre por el amor de su mujer ha sido un acto muy noble.

—No todos los actos tienen los móviles que aparentan.

—Si el acto es bueno en sí mismo, no importan las razones. Sigo creyendo que es usted muy benevolente.

—No soy tan bueno como crees —dijo subiendo la voz. Los murmullos del ambiente les impedían entenderse con facilidad.

Apia no respondió, apenas sonrió.

—¿Me has oído? —le preguntó.

Octavio quería escuchar la respuesta para estudiarle los pensamientos, como le gustaba hacer con todos sus interlocutores.

Ella, entonces, reafirmó su parecer.

—Señor, ¿acaso hay algo más grandioso por hacer hoy que lo que ya hizo? No lo creo.

Octavio miró el delicado rostro femenino con detenimiento. Esa muchacha de casi su edad siempre le había gustado. La encontraba hermosa y estaba seguro de que también era inteligente, cualidad que admiraba en una mujer. Sus respuestas, además, habían sido acertadas. Y su desenvoltura para hablarle parecía un acto de arrojo. Por esos días, un paso en falso o una frase equivocada podían significar la desaparición del atrevido que osara dirigirle la palabra. Quizá la chica no lo sabía, como tampoco conocía que él había firmado la sentencia de muerte de su padre. «¿Qué opinaría de mí —se preguntó Octavio— si se enterara de que lo hice para darle el gusto a Marco Antonio y así mantener el poder que ostentamos juntos?» Si bien Apia era

227

una mujer casada, tras la muerte de su padre perdería la protección política, y ella y su esposo quedarían a la deriva, sujetos a cualquier mano que los quisiera destruir. Aunque el destino de ese tal Salvio Sextus no le interesaba en lo más mínimo.

—Sí, podría hacer algo… —dijo Octavio.

Apia, sin comprender a qué se refería, lo miró interrogante. Desde que habían iniciado la conversación, él parecía jugar con las palabras.

—Podría y debería casarme contigo —insinuó más para sí mismo que para Apia.

—¡Señor! Soy una mujer casada —protestó ella pensando que Octavio se había olvidado. ¿O tal vez le estaba gastando una *iocus*? Los romanos siempre gustaban de bromear.

—Sé que estás casada y no sería un problema. En el mismo día llegarían a tu casa dos cartas con mi sello de triunviro. En una estaría tu divorcio, y en la otra, mi petición formal de boda con la fecha estipulada.

—Señor…

—Hablo en serio.

—¡¿Por qué usted me pide esto a mí?! —preguntó Apia, que entendía que había muchas otras muchachas solteras deseosas de un enlace semejante. Se sentía halagada pero bastantes problemas tenía ella con su propio matrimonio como para aceptar pasar de un hombre a otro.

—Porque necesito una esposa, ya es hora, y tú me gustas.

—No soy libre —respondió con decoro, pero sin dejar de meditar que se encontraba ante la posibilidad de contarle que quería el divorcio. La dicotomía arrasaba en su interior cuando escuchó a Octavio decir una última frase:

—Te arrepentirás, porque necesitarás protección.

—¿Por qué dice eso? Yo creo…

Apia intentó argumentar, pero Octavio, que había iniciado la marcha, se adelantó unos pasos y ya no la oyó. Ella trató de seguirlo, pero iba demasiado apresurado. Más adelante, dos senadores lo retuvieron para conversar. Atrapada en medio de la multitud, Apia alcanzó a ver que su padre saludaba a Octavio con una inclinación, y que el muchacho le devolvía una igual, para luego seguir hablando con sus dos interlocutores.

Cuando alcanzó a su padre y se subieron a la litera, Apia sopesó cuán veloz había pasado el encuentro con Octavio. Pero así era él: expeditivo, implacable, orgulloso, frío.

La voz de Tulio Pópulus la volvió a la realidad:

—Visítame mañana por la tarde. Te esperaré en casa para que me cuentes sobre tu matrimonio.

—¿Me ayudarás?

—Ya he dicho que sí. Un divorcio tampoco es la muerte, hija. Quizá nos cueste encontrar otro marido porque no quedas embarazada, pero todos pensarán que la culpa la tiene la edad de Salvio.

—Tampoco descarto que ese sea el verdadero motivo —razonó Apia, que empezaba a vislumbrar una nueva vida.

Aún no se hallaba preparada para pensar en un segundo matrimonio, pero Octavio le agradaba. Además, se había mostrado interesado en ella. Una vez más se arrepintió de no haberle hablado de su deseo de divorciarse. ¡Pero él había ido demasiado rápido y ella, como mujer romana, debía cuidar la dignidad y el decoro!

—Hija, antes de tomar una decisión definitiva necesito hablar contigo. Quiero que entiendas la seriedad que entraña este asunto —señaló su padre.

A punto de contarle acerca de la conversación que había tenido con Octavio, Apia pensó que lo mejor sería decírselo al día siguiente, en la tranquilidad de la casa paterna. Faltaba muy poco. Ahora ya era de noche y ambos sentían el cansancio de la jornada. Se despidió de su padre y se bajó de la litera. Desde la calle, vio prendidas las lámparas de su casa y se imaginó que Salvio la esperaba para tener sexo.

Ingresó a la residencia, pero por suerte sólo halló a Furnilla. Su marido aún no había regresado de la cena de la cofradía. No entendía por qué le agradaba pasar la velada con los *margaritarius*, pues algunos comerciantes tenían fama de ser verdaderos bárbaros. Por algo Senecio rechazaba esa compañía. Apia no estaba de humor para atender el requerimiento de su esposo, que quería intimar cuando volvía de las reuniones atiborrado de vino, así que le ordenó a Furnilla que apagara las lámparas de los aposentos. Pero su esclava ya había comenzado antes de que se lo solicitara porque comprendió que se acostaría de inmediato para no toparse con Salvio.

Ya entre las sábanas, con la vista posada en el techo, a Apia se le pasó la hora recordando la conversación con Octavio e imaginando que, tal vez, pronto se iría de esa casa. Aún no había apagado la lámpara del cuarto cuando Furnilla ingresó sin pedir permiso y le dijo en voz baja:

—Ama, apague la luz. El amo está bajando de la litera.

Con un ademán rápido, Apia apagó la luz y se acomodó en el lecho para parecer dormida. Furnilla, una vez más, la había salvado.

En otra casa, más cerca del foro, a pesar de las altas horas de la noche, las luces, en vez de apagarse, se prendían. Octavio y Marco Antonio encendían las lámparas de aceite con sus propias manos.

Cuando su madre murió, Octavio adquirió esa propiedad que había pertenecido al orador Licino Calvo y se había instalado allí, considerando que se trataba de algo momentáneo; al menos, hasta que se mudara de manera definitiva a la zona del Palatino, donde había nacido. Por ahora, no disponía de tiempo para las normalidades de la vida; trabajar hasta la madrugada, como en esa velada, formaba parte de sus rutinas. Antes de que la luz del alba entrara en Roma, los hombres necesitaban dar a conocer la lista de proscriptos.

—¿Por qué no llamaste a Lépido? —cuestionó Octavio.

—Deseaba hablar a solas contigo —respondió Marco Antonio.

—Dime de una vez...

—¿Quieres forjar una verdadera alianza conmigo? —preguntó Marco Antonio.

—Ya sabes que sí —aseguró Octavio.

—Entonces, te ofrezco a Claudia, la hija de mi mujer, para que te cases.

Fulvia, la actual esposa de Marco Antonio, tenía una niña fruto de su anterior matrimonio, y ahora se la ofrecían a Octavio.

—Pero es demasiado pequeña —alegó encogido de hombros.

—¡Qué importa! Cásate y luego, cuando se pueda, consumas el matrimonio. O consúmalo igual.

—Me parece bien celebrar una boda. No te preocupes por la consumación, pues sobran las mujeres para el sexo. Pero esposas adecuadas, no. Hagámoslo.

—¿Quieres que llame al escribiente y firmemos el trato? Pongamos fecha para los esponsales y la boda —propuso Marco Antonio, que deseaba asegurarse el pacto.

—Sí, llámalo, y hagámoslo público. Será bueno que toda Roma se entere de que hemos sellado nuestra alianza con una boda —dijo Octavio.

—De acuerdo —respondió contento y, poniéndose de pie, le extendió la mano. Octavio se la estrechó y luego se abrazaron y se palmearon la espalda de manera fuerte y ruidosa.

Los dos adolecían del mismo miedo: que el otro se enojara y ya no apoyara la relación que habían forjado. Si eso sucedía, ambos perderían el poder que se potenciaba bajo la unidad. Muchos opinaban que la amistad que cultivaban cortaba como un arma de doble filo. Los dos eran líderes natos, y difícilmente se amoldarían por mucho tiempo a los designios del otro.

—¿Por qué quieres colgar la lista de los proscriptos ahora? —preguntó sorprendido Marco Antonio, pues más temprano habían acordado publicarla al día siguiente.

—En el teatro me enteré de buena fuente que Mamercus está al tanto de que será proscripto, y piensa huir —expuso Octavio, que se reservó la verdadera razón de su prisa: creía que el propio Marco Antonio le había avisado del peligro.

—Entonces colguémoslas ya mismo en el foro —propuso Antonio para quitarse de encima cualquier sospecha.

—De acuerdo: manda a los soldados de confianza. Y nosotros nos pondremos a trabajar sobre cómo atacaremos a Casio y a Bruto —dijo extendiendo un gran mapa sobre la mesa.

Octavio se sumergió en los dibujos del plano y durante unos minutos observó con detenimiento los límites de las tierras, el alcance del mar, el mojón de las montañas. Y su mente se llenó de sed de guerra, de hambre de poder, de cálculos y de movimientos políticos. Con su cabeza compenetrada en la estrategia, se había olvidado por completo de la sentencia de muerte que pesaba sobre Tulio Pópulus, tampoco se acordaba de su bella hija, ni de ninguna otra mujer. Esposa, acababa de conseguir. Y con el enlace mataba dos pájaros de un tiro: unido a Claudia, su relación con Marco Antonio sería aún más fuerte.

Dos soldados retiraron la lista de los proscriptos. A pesar de la hora, la colgarían en el foro, según la orden de sus generales.

En la madrugada, Tulio Pópulus se despertó sobresaltado. Desde su cama había creído escuchar un ruido extraño en el *tablinum*, pero cuando se levantó, y no halló a nadie, se dio cuenta de que sólo se trataba de su atribulada cabeza que le había jugado una mala pasada. La preocupación por la ayuda que le había pedido su hija lo tenía alterado y por más que se acostó de nuevo ya no pudo dormirse. Después de unos minutos de moverse inquieto entre las sábanas, decidió salir al peristilo, tal vez el aire fresco y el rumor del agua de la fuente lograran calmarlo. Pronto se haría de día, quedaba una hora antes de que aclarara.

Sentado en el banco del patio, bajo el estrellado cielo romano pensó en cómo encararía la charla con Salvio. Necesitaba encontrar la mejor forma para afrontarlo. Meditaba cómo le diría la primera frase cuando observó que el olivo recientemente plantado estaba sin riego; le dio pena que el pequeño árbol estuviera a punto de secarse. Se puso de pie y con agua de la fuente llenó una de las vasijas de barro que adornaban el patio. Se acercó a la planta y, a punto de regarla, sintió tras él una proximidad humana. Su mente le trajo el nefasto recuerdo de la ocasión en que una persona se había acercado por la espalda y lo había amenazado. Ya no tenía dudas: enfrentaba otro atentado similar; alguien acababa de tomarle el cuello de la misma manera y le había apoyado en la parte de atrás de su cintura un cuchillo afilado. Se quedó quieto, esperando a que la voz del atacante lanzara la amenaza, como en la ocasión anterior. Pero no llegó; nadie habló. Para su horror, en el silencio de la *prima* hora, sintió cómo el arma blanca se hundía en la carne de su espalda una vez, dos, tres, cuatro. El dolor lo congeló, no pudo tenerse en pie y desmoronándose lentamente cayó al piso.

Se preguntó espantado quién lo había atacado. Y tristemente se respondió que nunca lo sabría; el agresor no mostraba la cara y él estaba malherido. ¿Acaso había llegado el día de su muerte? Tendido en el piso quiso llamar a sus sirvientes, pero las fuerzas le fallaron y de su boca no salió voz alguna; vio los pies de su atacante, el hombre no se marchaba, sino que se quedaba a su lado. ¿Por qué? Calzaba sandalias de buena calidad, un ladrón no era. Sus ojos se posaron sobre la mustia planta cuando esta vez sintió el filo helado del arma sobre su garganta, y entonces tuvo la certeza de que nadie regaría el olivo porque él iba a morir. Fueron sólo instantes, pero alcanzaron para que las responsabilidades y los deseos danzaran uno a uno ante él: ya no podría hablar con su hija acerca del fallido casamiento, ni del legado patrimonial, ni de ningún otro asunto; ya no podría conversar con ella nunca más. Ninguna persona podría ayudarla, quedaría atrapada en ese triste enlace y sin las explicaciones sobre la herencia que le dejaba.

Jamás disfrutaría de tener en brazos a un nieto. Ni su esclavo personal, que tan bien se había portado durante toda su vida, llegaría a ser un hombre libre. Él ya no estaría en este mundo para darle la libertad.

Quería llorar, pero su cuerpo no respondía ni a esa simple función. Sólo su mente seguía activa y le recriminaba por qué no había regado antes el olivo. Si hubiera disfrutado más de su patio, hubiera descubierto su sequedad. ¿Por qué no había pasado más tiempo con su amada y única hija? Ella le hubiera contado que no era feliz y podría haberla ayudado antes. ¿Por qué no le preguntó a Apia cómo se sentía? Tal vez con un hombre más joven hubiera concebido su linaje, y él habría llegado a conocer a sus nietos. ¿Por qué mierda no había firmado antes los rollos para liberar a su esclavo? Ahora jamás sería un liberto.

Con la sabiduría propia de los que están por partir, halló la respuesta a sus porqués: la culpa la tenían la política romana y su amor al poder que le habían hecho tomar las decisiones equivocadas. El verdugo apretó el arma contra la vena del cuello y Tulio Pópulus lanzó un último y lacerante aullido. Su asesino creyó que había sido a causa del corte que sangraba profusamente, pero no: el grito provenía del dolor del alma. Tulio Pópulus ya no podría hacer lo que debería haber hecho.

El cuerpo estaba sin vida cuando apareció en escena una filosa espada de gran tamaño.

—Toma, vamos, córtale la cabeza de una vez. Debemos colgarla en la *rostra* para cobrar nuestra recompensa —dijo el hombre que dirigía el ataque.

El otro acometió su trabajo y la vida de Tulio Pópulus se apagó por completo.

La existencia era así: había oportunidades para emprender cambios hasta que la muerte golpeaba la puerta. Cuando esta llegaba, ya no había ninguna posibilidad de acción.

❧

A la mañana siguiente, luego de la velada en el teatro, Apia se despertó de buen humor. Su esposo ya no estaba en la cama y ella se encaminó al cuarto de las mujeres para que la *tonstrix* se encargara de su pelo y las esclavas, de su arreglo. Pero Furnilla, en vez de acercarle la bandeja con las frutas, el huevo y el pan que consumía cada mañana, le dijo:

—Ama, creo que esto es urgente.

La esclava le extendió un almohadón de terciopelo azul sobre el que descansaban dos rollos. Uno era grande y llevaba el sello del Triunvirato junto al lacrado personal de Octavio. El otro papiro, el pequeño, tenía el color de los que usaban en la casa de su padre. Supuso que le indicaba el horario de la cita de esa tarde. Le interesó abrir primero el de Octavio.

Rompió el lastre de seguridad y quedó estupefacta ante la invitación a la boda de Octavio y Claudia. Pero si en el teatro, pocas horas atrás, él le había propuesto...

Aún confundida, abandonó ese rollo y abrió el otro. Lo leyó y su mundo se hizo añicos. El esclavo escribiente de la casa de Tulio Pópulus le notificaba que su padre había sido asesinado y requería su presencia para tomar decisiones.

No podía ser. Tenía que haber una equivocación.

Corrió descalza y desesperada por la casa en busca de Salvio, pero no lo halló. Necesitaba su ayuda; debía ir a ver qué había sucedido. Cuando al fin encontró a su marido en el peristilo, sentado en un banco, leyendo, se sintió aliviada. Entonces comprendió que, si realmente su padre había muerto, lo único que tenía en este mundo era ese marido al que no amaba y que le llevaba cerca de cuarenta años. Deshecha, queriendo llorar, se tendió en el piso de tierra del peristilo. Salvio la miraba atónito, no entendía qué sucedía. Apia cerraba fuerte los ojos y repetía: «Fuerte y fría». Pero esta vez no lo lograba, esta vez estaba a punto de romperse en mil pedazos. Necesitó concentrarse en el consejo de su madre: «Tienes que mantenerte entera porque los momentos felices volverán». Pero no le alcanzaba la fuerza para volver a creerlo. Su existencia, si es que alguna le quedaba, se volvería oscura.

Sus esperanzas de una nueva vida, sus recuerdos de la niña feliz que había sido, se morían para siempre con Tulio Pópulus.

Furnilla vino a salvarla. La levantó del piso y se la llevó del brazo casi de manera inconsciente para meterla en la tina llena de agua tibia y de hierbas tranquilizantes que le había preparado cuando llegaron los rollos y el mensajero le anticipó el contenido del pequeño. Salvio iba detrás de las mujeres preguntando qué había sucedido, pero recién se enteró de boca de Furnilla una vez que Apia estuvo sumergida en la tina.

CLEOPATRA
LA REINA DE EGIPTO

Cleopatra camina complacida por los jardines de su palacio, es un bonito día y se siente contenta. Ha tenido que pasar momentos lúgubres, pero al fin la vida parece sonreírle. Logró recuperar su trono, y en su cuarto hoy tiene una cunita armada junto a la cama grande que comparte con Julio César, donde se encuentra Cesarión, su hijo, el niño que ha concebido junto al romano.

No es que el general, bastante mayor que ella, sea el gran amor de su vida, pero él le ha servido para recuperar el trono y vivir en paz. Se siente conforme por no amarlo, pues cree que los sentimientos vuelven esclavas a las personas y ella no quiere ser dominada por nada. Ni siquiera se da el permiso de pasar demasiado tiempo con su hijo, no quiere volverse dependiente de su cariño. Su única y gran obligación como madre —piensa— es legarle el trono y un reinado seguro; con eso, habrá cumplido y demostrado cuánto lo ama. Nadie mejor que ella para saber qué difíciles pueden tornarse las relaciones en una familia cuando el poder las corroe.

Su hermano Tolomeo sucumbió en batalla. Si bien Julio César intercedió de forma pacífica para que los hijos de Tolomeo XII llegaran a un acuerdo y dividieran el reino, ante la discordia creciente eligió defender a Cleopatra y batallar contra el muchacho.

En un primer momento, la muerte de su hermano Tolomeo —que se ahogó tratando de huir del campo de batalla— fue dolorosa, pero luego entrevió la conveniencia, porque desde entonces regía como la reina absoluta de Egipto.

Cleopatra manda y sabe hacerlo. Vigila que la avasallante Roma, que busca dominar todo territorio, no invada su reino. Cuida que los romanos no conviertan a Egipto en una provincia, como ocurre con todas las tierras que los rodean. Busca con numerosos actos restablecer el viejo esplendor de su reino. Para eso estudió los ocho idiomas que domina a la perfección. Para algo fue la primera de su dinastía en aprender a hablar en egipcio, la lengua de los súbditos. «Es útil entender lo que el pueblo dice», piensa. Para gobernar mejor, se adiestró sobre tácticas militares, manejo de flotas y diplomacia. Para hacer próspero a su país, estudió los negocios económicos más ventajosos. Para su entera preparación, ha pasado horas sumergida en los libros que colman la biblioteca de Alejandría y que ella ama.

En esa preciosa tarde sólo una cosa le preocupa: Julio César insiste con llevarla a pasar una temporada en Roma. No teme, sabe que él la cuidará, pero no le gusta la idea de alejarse de su amado reino.

Camina entre las flores dispuestas a la vera de los senderos del jardín cuando descubre la figura delgada y morena de Sharifa, que viene a su encuentro.

La mujer se inclina ante ella. A pesar de que la ha criado como si fuera su propia hija y hay mucha confianza, sólo la trata con familiaridad cuando están solas; en público, guarda las formas. Es Cleopatra, la niñita miedosa que lloraba sin consuelo, pero también hoy su poderosa reina, aliada de Julio César, a quien le ha dado un hijo. No son esposos, pero, a juzgar por el trato que se dispensan, tampoco amantes. Los une algo más profundo, algo que a Sharifa le permite entrever que ambos se defenderán pase lo que pase.

—Mi señora, el gobernador egipcio la espera en el salón grande —le comunica su vieja nana, quien sigue siendo la persona de mayor confianza en el reino.

—Hacia allí voy —dice Cleopatra, que ha pasado una hora meditando qué le responderá a Julio César, pero ahora debe hablar de economía con su ministro.

Ambas caminan juntas e ingresan al palacio.

En minutos, la reina está frente al gobernador de hacienda, ese cargo que ella misma le ha concedido. El hombre que aguarda instrucciones le pregunta:

—¿Cuáles son las ventas que haremos?

—Julio César me ha confirmado que los romanos están sin trigo. Acércales una propuesta para que compren. Necesitan el cereal, véndeselos caro.

—Así se hará.

—Una importante flota de barcos usará nuestro puerto, punto de unión entre los mercaderes romanos y los vendedores de Oriente. A ambos les cobraremos un impuesto de atraque portuario.

El economista formula preguntas sobre posibles y jugosos negocios, pero ella sólo responde:

—No tengo la información que me pides. Pero en breve viajaré a Roma y allí averiguaré esos datos.

Cleopatra piensa ocupar la temporada que pasará en la península con su hombre y su hijo para mejorar el comercio entre Roma y Egipto.

A pesar de que Cleopatra no desea viajar a Roma, sabe que es inevitable. Julio César se lo ha pedido y ella debe concederle su deseo para resguardar la relación con el hombre más poderoso del momento, el militar triunfador amado por el pueblo. No puede haber elegido a alguien mejor para concertar su alianza. Él la cuida y ella hace lo mismo con Egipto.

Poco a poco, su reino progresa y también su posición. Está convencida de que se debe a la dureza que ha adquirido, a nunca doblegarse ante nada, a jamás dejarse dominar por los sentimientos. A ser fría, dura y no tener miedo.

Si su entorno cambia, pues, que cambie. Pero ella no negociará su actitud. Jamás abandonará su insensibilidad, la que le brinda seguridad. Se ha apropiado de la dureza de las pirámides.

CAPÍTULO 13

HOY

Año 35 a. C.

«Horror, sangre y miedo», decían los murmullos de Roma. Porque había bastado que el pregonero de la esquina del foro hubiera gritado a viva voz la noticia de una revuelta de esclavos para que la ciudad entera lo comentara atemorizada en todas sus calles. Un grupo de siervos se había sublevado en el sur, cerca de Capua, donde tiempo atrás había tenido lugar la famosa revuelta de Espartaco, esa que sucedió por el año 70 antes de Cristo donde un grupo de más de cincuenta hombres sin libertad y algunos gladiadores se habían escapado y lograron que se les unieran más prófugos, hasta alcanzar las ciento veinte mil personas sublevadas. Por su ferocidad, se habían convertido en el terror de Campania, una zona vacacional donde los poderosos de Roma tenían sus fincas de descanso. El ejército, dada la gravedad, había decidido intervenir y, después de mucho trabajo, alcanzó su objetivo y sofocó la revuelta.

Ahora, una vez más, se hablaba de una insurrección de esclavos en esa zona y, aunque de menor relevancia que el levantamiento de años atrás, el pueblo temeroso pedía a gritos la intervención del gobierno. Y así se haría: un grupo de soldados marcharía al sur para contenerla.

Manius Marcio, anoticiado de que estaría al mando de una de las tropas, esa semana partiría a Capua.

La misión encomendada despertó su preocupación al punto que decidió prender una vela ante el pequeño altar que había

241

improvisado sobre una mesilla, en una de las esquinas de su cuarto. Con la lámpara de aceite encendió el cebo y, una vez que la vela tuvo lumbre, la depositó junto a la amada pintura, que apenas si cabía en la palma de su mano y mostraba el rostro de sus padres. Con el paso de los años la imagen se había desgastado, pero para Manius continuaba teniendo un enorme valor. Había objetos y sentimientos que serían sagrados por siempre. Así era él, sencillo; por momentos, incluso, elemental, pero gran defensor de sus valores, pues consideraba que lo más importante en la vida no tenía un coste pecuniario. Valoraba muchísimo a los pocos seres queridos que aún le quedaban. Tenía amigos por los que sería capaz de dar la vida, como el apreciado Décimo Ovidio, al que quería como hermano. Y por su carrera en el ejército y su tarea de soldado estaba dispuesto a realizar grandes sacrificios. No se trataba sólo de lo muy emocionante que la encontraba, sino que además consideraba que prestaba un servicio al pueblo romano, una asistencia a los seres humanos. La experiencia le había demostrado que los mortales se necesitaban unos a otros, y brindarse resultaba bueno no sólo para el que lo recibía sino también para el que lo daba.

Se arrodilló frente al altar y pidió a sus padres, que ya habitaban con los dioses, que lo ayudaran en la lucha que enfrentaría en breve con los esclavos. Desconocía qué le depararía esa tierra. Terminó con su ritual y decidió ponerse a disposición de su superior.

Una vez ante el hombre, conoció detalles de la expedición.

—Manius Marcio, usted y sus soldados saldrán en breve. Este es el listado de quienes lo acompañarán —dijo extendiéndole un papiro pequeño.

—¿Hay alguna finca tomada? —preguntó a su superior.

Esa información era determinante. Si los esclavos habían logrado instalarse en un lugar físico, la lucha sería más cruel.

—Creemos que dos, aunque no estamos seguros. Tribunio acaba de llegar de la zona, tiene información. El senador viajó con más hombres para reforzar la seguridad de su finca. Ya sabe, Marcio, qué celosos son los dueños de las casas. Por eso ha redactado un informe para nosotros.

—¿Usted me lo entregará?

—No lo tengo aún en mi poder. Pero si quiere ganar tiempo y conocer la ubicación y cantidad de sublevados, diríjase a la casa de Tribunio y recójalo en persona.

A Manius Marcio le pareció buena idea: si el hombre acababa de llegar de viaje, no lo traería muy pronto y él próximamente saldría para Capua. Cuanto antes contara con la información, podría diseñar un plan de acción.

—Dígame dónde lo busco.

—Tribunio vive en el Palatino. Cerca de la fuente grande, sobre la calle de las casas azules.

A pesar de la cantidad de viviendas, en Roma no se las individualizaba con números, ni las calles tenían nombres. Para un visitante primerizo, resultaba complejo desplazarse por la ciudad; en cambio, a un romano le bastaban unos pocos datos para identificar un sitio. A tal punto, que los amos que temían la fuga de sus esclavos les soldaban al cuello un collar de hierro con inscripciones del tipo: «DETÉNGAME, ME HE ESCAPADO. LLÉVEME AL TEMPLO DE JÚPITER, EN LA CALLE DE LAS GALLINAS» O «DEVUÉLVANME A JULIO CAYO. VIVE EN EL AVENTINO, CERCA DE LA CALLE DE LOS BARBEROS».

Manius ubicaba muy bien la fuente grande y no le costaría encontrar la vivienda. Buscaría el informe en ese mismo momento. Así se lo comunicó a su superior, lo saludó y se marchó a la calle, rumbo al Palatino, mientras pensaba que desde el momento en que Gaya Paulina le había dicho que vivía allí le parecía que todos nombraban la zona.

Apia Pópulus prendió una vela en el altar del atrio de su casa y se la dedicó a su padre, fallecido ocho años atrás. Permaneció en silencio e introspección durante unos minutos. Luego se preparó para empezar el día. Muy cerca, Furnilla alistaba la ropa que su señora usaría esa mañana. Muy temprano le había pedido:

—Tráeme la mejor túnica. Quiero causar una muy buena impresión cuando vaya a la tienda. Sólo han visto a Liam y ya es tiempo de que conozca a mis dependientes.

El local que había adquirido se hallaba en funcionamiento desde hacía días, pero ella aún no se había presentado personalmente. El gran momento sería esa mañana. Apia había dado órdenes sobre cómo lo quería adornado, qué lujos debía tener y qué servicios brindaría. Deseaba que toda matrona sintiera que la tienda le otorgaba las mismas —o más— comodidades que disfrutaban las romanas de clase alta en sus casas. Había dispuesto de buenos y amplios sillones para que las damas se sentaran cómodamente durante la elección de un collar o unos pendientes mientras bebían una infusión acompañada por alguna *spira*, dulce de queso y miel. Incluso, había logrado conseguir un espejo traído de China que mostraba las figuras con gran nitidez, un detalle distintivo que ni siquiera ella tenía en su casa.

El tocado que lucía esa mañana le había demandado mucho tiempo a la *tonstrix*. El pedido especial consistía en un peinado con varias trenzas, una sobre la otra, con recogidos altos y rulos sueltos en las sienes y en la nuca. Estaba muy maquillada, al estilo de la reina del Nilo, como llamaban a las líneas negras sobre los párpados que se habían vuelto populares gracias a Cleopatra. Finalmente, se colocó unos pendientes largos. Furnilla le ayudó a ponerse la túnica blanca bordada con hilos de plata.

—Ama, falta el collar —le recordó su esclava y le alcanzó una ristra de perlas que había elegido momentos antes.

Después de rodear su cuello con la alhaja, la apretó a su piel a modo de gargantilla.

Se sentía satisfecha, se trataba de un día de victoria para Apia Pópulus. La compra del local donde vendía perlas significaba un gran comienzo. Gozaba de ser la única dama de Roma que las comerciaba. Tímidamente había aparecido alguna *negotiatrix*, pero todavía ninguna había ido tan lejos ni abierto una tienda de perlas.

Se dirigió a la puerta. Allí la esperaba la litera roja, la más grande y lujosa, la de telas de seda con auténticas perlas de adorno. Los esclavos bajaron el vehículo al suelo y ella comenzó a subirse.

Manius Marcio, que venía por la calle de las casas azules, calculó que ya debía estar a pocos pasos del domicilio de Tribunio. Observó a su alrededor las lujosas residencias de la zona y meditó divertido «¡Cuánto dinero tienen los políticos y los comerciantes! ¡Creo que erré de trabajo!». Ya más serio, le agregó otra idea: «Pero mi labor me gusta tanto, que jamás la cambiaría».

Ante su conclusión, Manius Marcio lanzó un silbido de satisfacción justo cuando una gran y ostentosa litera roja estaba siendo levantada en andas por los esclavos en la puerta de una casa. En su interior —había alcanzado a distinguir la figura cuando se subía—, iba una mujer adinerada de las que vivían en el Palatino.

Cuando Manius aún observaba la lenta marcha de la litera, los ojos marrones de una bella mujer muy maquillada lo miraron por la ventanilla. Por un momento, al soldado le pareció que la conocía de algún lado. Pero la dama, que seguramente buscaba privacidad, cerró las cortinas de golpe. Él continuó con la mirada puesta en el vehículo mientras los esclavos seguían avanzando. A través de la tela de la cortina apenas pudo distinguir, y sólo por unos instantes, un perfil desdibujado de un peinado alto de trenzas.

La litera se alejó y Manius se olvidó de esos ojos que le habían recordado a alguien. Como no conocía a ninguna romana rica, dio por descontado que jamás había visto antes a esa mujer. Se concentró en lo que venía a buscar, y lo halló: la casa del senador Tribunio estaba ante sus propias narices. Las paredes pintadas de color celeste claro se lo confirmaban.

Tocó a la puerta y se presentó como centurión romano en cuanto el sirviente abrió. Enseguida se hallaba frente al senador.

Le recibió el papiro y una breve explicación del contenido, un croquis y la ubicación exacta de las dos fincas tomadas por los esclavos. Cumplido su cometido, Manius Marcio le agradeció y se retiró. Pero volvió sobre sus pasos para saciar su inquietud.

—Senador, sólo por curiosidad… ¿A quién pertenece la residencia azul, la que está enfrente?

Tribunio le respondió:

—Es la casa de Apia Pópulus.

—Ah… —dijo Manius algo decepcionado. Decididamente, él no conocía a nadie de esa casa. Ese nombre le era completamente extraño.

Manius se despidió del senador Tribunio y, a modo de saludo, le hizo una última reverencia. Se marchó caminando tal como había llegado, porque él litera no tenía, tampoco disponía de una casa, mucho menos como las del Palatino. Sólo era dueño de una propiedad en el mundo, de un lote campestre en las afueras de Roma; y porque Marco Antonio se lo había entregado como premio a su gran labor en las dos batallas que habían peleado juntos.

Manius comenzó el descenso rumbo al foro. Quería leer tranquilo y cuanto antes el papiro que llevaba en las manos.

Unas calles más adelante, adentro de la litera roja, la mujer se apantalló con el abanico de plumas; le faltaba el aire. En el momento en que Apia había visto la imponente e inconfundible figura de Manius Marcio casi pierde el sentido. El corazón se le había ido al galope, pero no por miedo, ni por vergüenza, sino porque por un instante sus dos mundos se habían unido y ella había confundido su identidad. No sabía si era Apia Pópulus o Gaya Paulina.

Si bien Manius la había mirado, no había logrado registrarla. Estaba segura, simplemente, porque el centurión habría gritado su nombre para detener la litera. Incluso, habría montado un gran escándalo. Lo pensó y entonces se dio cuenta de que eso sucedería cuando Manius se enterara quién era ella en verdad. La idea le provocó tanto dolor, que no pudo enfrentarla. No podía solucionar al mismo tiempo todos los problemas que la aquejaban. Ya vería más adelante qué haría. Trató de alejarse de esos pensamientos y centrarse en la importante tarea que tenía por delante: por primera vez visitaría la tienda que había comprado.

Media hora después ella caminaba en su local y admiraba los detalles: las alfombras y cortinas en colores naranjas, las elegantes *cathedrae* con respaldo de hierro, los arcones de reluciente bronce donde se guardaba la mercadería, el espejo y la vajilla traída de China. El saloncito había quedado tal como ella lo imaginó. Le tenía que ir bien con las ventas, no podía ser de otra manera. No debía.

La voz de Liam la sacó de su observación.

—Señora, le presento a los dependientes.

Dos jóvenes romanos se inclinaron ante Apia, que los saludó con un pensamiento en la mente: «De la tarea de ambos depende mi futuro».

Esa noche Apia se preparaba para ir a fregar a la cena de la cofradía. Llevaba un largo rato soltándose las muchas trenzas que le habían realizado para su peinado de la mañana. Cuando terminó, comprobó ante el espejo que su largo cabello había quedado ondeado y le agradó. Sería la primera vez que Manius la vería sin el pañuelo en la cabeza. Pasarían la noche juntos en el hospedaje y eso la alteraba; sobre todo, después del extraño encuentro vivido por ambos durante esa jornada en el Palatino. Se puso el vestido sencillo de siempre y le pidió a Furnilla que le alcanzara un frasco de perfume de la caja donde guardaba las fragancias.

—Aquí tiene, ama —dijo Furnilla mientras se lo entregaba.

Apia lo tomó entre sus manos y lo colocó bajo su nariz. El aroma a nardo se adueñó de su olfato y dio vuelta la cara con asco. Odiaba ese perfume, lo identificaba con los malos recuerdos que conformaban los secretos carnales de su pasado, donde el gobernante de Roma era el principal personaje.

—Tráeme otro. No quiero este.

La muchacha rubia rebuscó en la caja y le alcanzó uno diferente. Apia acercó su nariz al frasquito de piedra e inspiró para cerciorarse si era de su gusto.

—Me quedo con este de jazmín —dijo y lo escondió en los ruedos del vestido.

La esclava, que observaba los movimientos de Apia, llegó a la conclusión de que tanto arreglo y perfume sólo podían significar la compañía de un hombre: Manius Marcio, el centurión. Entonces tuvo la certeza de lo que acontecería más tarde. Claro que ella desconocía que la intimidad ya había sucedido en la colina del Janículo.

Una hora después, Furnilla fue la primera en irse de la casa rumbo a la cena de la cofradía. Pasó junto a los hombres apostados en la esquina, que la observaron, pero ella continuó tranquila porque no había manera de que supieran que acababa de salir por la puerta de servicio, dado que la abertura no quedaba a la vista de los vigilantes de Senecio.

Al cabo de unos minutos, Apia hizo lo mismo. Pero al pasar cerca de los centinelas, cuando ya llevaba varios pasos dados, oyó una voz en su espalda:

—¡Ey, tú, mujer…!

Ella no se dio por aludida y se apuró.

La voz insistió con un grito:

—¡Mujer…! ¡¿Eres sirviente de la casa de Salvio Sextus?!

Apia continuó su marcha de manera imperturbable, como si no hubiera escuchado la pregunta. Le pareció lo mejor.

Como los hombres no consiguieron que la mujer les respondiera, asumieron que no los había escuchado, pero la conversación entre ellos derivó en una suposición y por primera vez barajaron que podía tratarse de una criada que había utilizado la puerta de servicio de la casa que vigilaban. Deberían informar ese movimiento que, hasta el momento, no habían detectado.

Cuando Apia llegó al salón de los *margaritarius*, Furnilla se interesó por saber cómo había salido de la casa.

—Los hombres me vieron y me llamaron, pero los ignoré.

—Ya lo imaginaba. A mí me miraron demasiado. Tendremos que ser cuidadosas a nuestro regreso. Nos detendrán para interrogarnos.

—Esta noche, quizá, deba quedarme a dormir en la residencia que fue de mi padre —dijo Apia, que durante el camino había analizado que sería imprudente volver a la casa azul.

Había encontrado la excusa perfecta para justificar la noche que pasaría en el hospedaje junto al soldado. No podía olvidarse del plan ni por un segundo. Minutos antes, cuando ingresó por el patio, habían cruzado un saludo de miradas inquietantes. Se sentía terriblemente atraída por Manius, y estaba segura de que él la correspondía, lo que volvía la sensación doblemente placentera. Ese hombre le gustaba mucho. Por primera vez en su vida sentía una atracción de esa naturaleza.

Apia no sabía que Manius se hallaba en el mismo estado que ella. El soldado deseaba que terminara cuanto antes el trabajo para marcharse con Gaya a vivir una noche apasionada.

Durante esa velada ninguno de los dos prestaría atención a sus labores. Si al predio ingresaban ladrones, a Manius le costaría verlos. Si los *margaritarius* tomaban una decisión extrema, Apia no los oiría. De hecho, esa noche ella casi no escuchaba las charlas de los comerciantes, su mente se hallaba muy lejos, sumergida en un mundo de escenas eróticas. Por suerte, en su vida estaba Furnilla, quien jamás bajaba la guardia. En esa velada, además, la celta era todo oídos y ojos a los fines de recolectar información vital para su ama.

La hora transcurría y los *margaritarius* disfrutaban su banquete; la noche avanzaba conforme al cumplimiento de las tareas. Apia y Manius, que ya habían realizado gran parte de las suyas, empezaban a vislumbrar el final de sus obligaciones. Aun así, con pretextos, él seguía ingresando a la cocina sólo para contemplar el rostro de Gaya durante unos instantes. Ninguno de los dos podía evitar propiciarse miradas que lo decían todo, mientras que a Furnilla le preocupaban en gran manera. Una palabra aparecía con fuerza en la mente de Apia: «peligro», «peligro», «peligro». Porque ella no respondía de sí. Se daba cuenta de que enamorarse ponía en juego los planes que tan cuidadosamente había trazado. Se excusaba a sí misma diciéndose que se trataba de un juego que pronto acabaría. Pero le bastaba ver el rostro de Manius y descubrir todo lo que provocaba en ella para desdecirse.

Las mujeres recogieron los lienzos sucios, Furnilla hizo lo mismo y se marchó. Esta vez, aunque le hubiera gustado, se cuidó de darle cualquier advertencia a su ama. Sólo había pronunciado en voz baja para que nadie la oyera:

—La veré mañana.

Apia le había respondido:

—Llegaré a primera hora en la litera de mi padre.

En el instante en que la última trabajadora se retiraba, Manius apareció por la puerta de la cocina diciendo:

—He venido por ti. Eres mía hasta que salga la primera luz de la mañana.

Ella sonrió.

Salieron de la mano y Manius Marcio cerró el portón. Luego comenzaron la caminata de unas pocas calles hasta el hospedaje que él había elegido. Se trataba de una *caupona* sencilla, pero limpia y discreta. Esos lugares destinados a albergar personas que necesitaban pasar una o dos noches, a veces, podían ser verdaderas covachas, aunque también había algunas muy lujosas.

Aún seguían de la mano cuando ingresaron a la pensión. En pocos minutos, Manius cerró trato con el *caupo* y le pagó. Subieron una empinada escalerilla y arriba se dieron con la puerta del cuarto contratado; la abrieron. Apia temblaba ante lo que estaba por acontecer.

Al ingresar, descubrieron que las paredes de la habitación estaban pintadas de amarillo, lo que hacía resplandecer mejor la luz que emitía la única lámpara ubicada sobre una mesilla tallada en forma de estrella, igual que el taburete dispuesto a su lado. El lecho, sencillo pero limpio, tenía dos cojines. En el techo había una ventana muy pequeña que, a pesar de su estrechez, mostraba algunas estrellas de la noche romana.

Después de repasar cada rincón, Apia volvió a mirar buscando un sitio donde pudiera prepararse con la devoción que el momento merecía; pero no había ninguno. Como en toda *caupona* sencilla, el baño compartido entre las habitaciones estaba sobre el corredor. Ella, que solía arreglarse con esmero para cada ocasión, cuánto más deseaba hacerlo en esta especial oportunidad.

Manius, ajeno a esas elucubraciones, la miraba lleno de deseo.

—¿Qué sucede? —le preguntó.

—Deseo prepararme para ti. Hasta traje un perfume —dijo sacando de entre sus ropas el frasco.

—Hazlo, arréglate para mí...

A todo lo que ella quisiese le diría que sí.

—Pero ¿dónde? —preguntó Apia.

Allí no había cuarto de las mujeres donde peinarse, ni terma donde llenar piletas para quedar perfumada y reluciente como moneda de un denario.

Manius, fiel a su estilo directo y simple, le propuso sonriendo:

—Aquí, arréglate delante de mí.

En su mundo no existían las complicaciones; y si las había, él no les prestaba atención. Consideraba que la vida era sencilla y disfrutable en cada detalle. Lo que se tenía, bienvenido era; y lo que faltaba, había que aprender a aceptarlo y aun ser feliz.

Ella sonrió ante la simpleza de la respuesta. No había muchas más opciones que desvestirse allí mismo, peinarse y ponerse el perfume frente a Manius.

Sentada en el lecho, se sacó las sandalias; luego, poniéndose de pie, se quitó la túnica; y, por último, la *fascia*. Entonces, su cuerpo quedó desnudo por completo y la luz reflejada sobre las paredes amarillas lo volvió dorado.

Manius la vio e inspiró con fuerza una bocanada de aire. Luego, sentándose en el borde del lecho, comenzó la carrera frenética para poder quitarse de encima las distintas partes de su aparatoso uniforme. Aún peleaba con las grebas de sus piernas cuando se dio vuelta y entonces la visión que tuvo ante sí lo dejó sin aliento. Ella acababa de quitarse el pañuelo de la cabeza y sobre sus hombros le caía la larga y brillante cabellera castaña, que, por la espalda, le llegaba hasta el trasero. Lo llevaba ondeado y con la marca de las trenzas que había lucido en la mañana.

Apia tomó el frasco de perfume bajo la mirada hipnotizada de Manius y, volcando el contenido en sus manos, comenzó a pasárselo por el cuerpo de una manera tan sensual que él jamás había visto en su vida. Primero, por el cuello; luego, por los senos; y, por último, levantando un pie que lo apoyó en el pequeño taburete con forma de estrella, también se untó las piernas. El contenido aceitoso del frasco parecía haberse acabado cuando él creyó volverse loco.

Al principio, había soñado con conocer el pelo de Gaya Paulina, pero tras acariciar su piel en la colina del Janículo, ya no le importó. Desde ese momento sólo ambicionaba volver a entrar en su interior y reencontrarse con su suavidad. Pero esta cabellera inesperada era maravillosa. Y esos movimientos que hacía... No podía dejar de mirarla.

—Gaya Paulina... —suspiró y fue lo único que pudo decir cuando la vio culminar.

—Manius Marcio —le respondió ella y lo llamó con la mirada.

Él no lo dudó. Y fue a su encuentro sin importarle que aún tenía las sandalias puestas.

Se abrazaron desnudos y se miraron a los ojos. Él descubrió en la mirada femenina que quedaba muy poco de la eterna tristeza. Ella exploró en los ojos verdes de Manius y encontró que podía verle el alma con total transparencia. En las pupilas de Manius Marcio no había ni una pizca de ocultamiento de ninguna clase.

Él la tomó en brazos y la llevó a la cama en andas. La depositó sobre el sencillo edredón, y a partir de ese momento sólo fueron un hombre y una mujer. Porque ni Apia ni Gaya se hallaban presentes, ambas habían desaparecido, y su lugar era ocupado por una muchacha enamorada. Sí, ella estaba enamorada.

Lo sabía porque ese cuerpo de hombre que tanto placer le daba, no le bastaba; ansiaba tener también su corazón.

El aguerrido centurión romano tampoco se hallaba allí porque Manius Marcio estaba a punto de hacer lo que, como soldado –y mientras lo fuera–, siempre se había prometido que no haría: hablarle de amor a una mujer. Su interior se debatía en abrir o no su boca para decir lo que le estallaba en el pecho.

Manius la penetró y, al sentirse dentro de ella, su lado racional perdió definitivamente la pulseada contra sus sentimientos. Porque antes de comenzar con los movimientos acompasados que su cuerpo de hombre le exigía, y los que ella esperaba impaciente, le dijo:

–Gaya Paulina, tienes mi corazón en tus manos. Te lo entrego en este momento.

Apia suspiró. Era lo que ella deseaba escuchar esa noche. Le respondió con la verdad:

–Tú ya tienes el mío.

Había sido sincera, pero aún quedaba mucho por resolver. Y lo sabía.

El momento fue único, sublime, y ambos se quedaron durante un instante simplemente sintiéndose, sin hacer movimiento alguno, con cada molécula de su ser explotando de deseo.

La quietud duró hasta que Apia, ardiente, abrazó la musculosa espalda con sus brazos y jaló con fuerza el cuerpo de hombre empujándolo más adentro suyo, lo que fue suficiente para desatar la locura en esa noche que duraría muchas horas, muchas, en la que ellos darían todo. Todo.

El sentimiento que nacía en ambos durante esa velada marcaba sus existencias. Se producía un intercambio entre sus almas, fluidos y cuerpos que daba nacimiento a algo nuevo que tenía la fuerza de la tempestad. Sólo habría que esperar que no se volviera demasiado incontrolable y trajera consigo destrucción.

CLEOPATRA
LA REINA DE EGIPTO

Sentada en la tranquilidad del jardín del palacete romano, Cleopatra lee un papiro que sus hombres le hicieron llegar. El escrito habla acerca de una decisión que pesa sobre ella vinculada con la venta de muchas toneladas de trigo.

Por segunda vez se encuentra hospedada en la espléndida villa que Julio César posee en Roma, en el barrio de Trastévere, al otro lado del río Tíber. El lugar, bellísimo, lleno de pájaros, fuentes de agua y árboles frutales, le permite sentirse cómoda. Durante su primera estancia, había temido aburrirse. O extrañar demasiado su tierra. O peor: a causa de la distancia, faltar a su deber de soberana. Pero no ha sido así, sino todo lo contrario. Su presencia en el mundo romano la ha ayudado a lograr beneficios para su país; y exhibirse en las recepciones a las que asiste con el hijo concebido con el César la ha ubicado en una posición de respeto. Sin embargo, sabe que el pueblo romano no la quiere porque no deja de sospechar sus oscuras maquinaciones. No le importa, está muy bien custodiada por su general como para preocuparse por un ataque. Además, hay una realidad: los romanos aman al César y le perdonan y aceptan todo.

A unos pasos de donde está sentada, el pequeño Cesarión, de casi tres años, juega a las espadas con dos palos en las manos. El niño golpea los olivos y, cuando por efecto de los porrazos que les asesta, las aceitunas caen, dice que son los hombres que él mata. «Guerrea, como su padre y su madre», dice condescendiente Cleopatra.

Ella, que aún no termina de decidirse sobre el documento que está leyendo hace una hora, levanta la cabeza ante el ruido que la sorprende. Una de las esclavas egipcias que ha traído de su país para que la asista en esta casa ingresa corriendo y de improviso se arrodilla con el rostro lloroso.

—¡Mi reina, el amo Julio César ha muerto! ¡Todos vamos a morir! —exclama al borde de un ataque de nervios.

—¿Qué dices?

—Lo han asesinado en el Senado. Oí que lo comentaban los soldados que custodian la entrada de la casa.

Cleopatra se pone de pie de manera intempestiva para enfrentar lo que parece ser verdad. Aunque esa mañana su hombre le avisó que se marchaba al Senado y que no se sentía tranquilo porque había rumores de un ataque, ella no puede fiarse de los dichos de una niña. Necesita la confirmación de Sharifa o de los soldados de confianza de Julio César.

Cleopatra toma de la mano a Cesarión e ingresa a la casona. Enseguida aparece Sharifa en el salón. Viene con el decurión que comanda al grupo de soldados que custodia la residencia. Cleopatra los mira con un interrogante en los ojos.

—El César ha sido asesinado —informa el hombre que tiene los ojos llenos de lágrimas.

Cleopatra lo escucha y, al confirmar finalmente que la noticia es verdad, entra en pánico. Su mundo de perfección y seguridad acaba de romperse en mil pedazos. Alcanza a balbucear:

—Poderosa Isis, guíame. Protege a mi hijo.

«Si han asesinado al padre —piensa—, ahora vendrán por el hijo.» Así se espera que ocurra en el mundo sucesorio de Roma y de Egipto. No cree equivocarse en su predicción.

—Debemos irnos ya mismo. Aquí corremos peligro —dice Sharifa, que por primera vez abre la boca. Ella también está conmocionada.

El grupo ingresa a los aposentos y empaca lo imprescindible. Todos saben que cada minuto cuenta, si se trata de salvar sus vidas. Tienen experiencia al respecto.

Dos horas después, una caravana camuflada avanza camino a Egipto. Se ha decidido que nadie sepa quiénes son ellos. Cleopatra dirige la retirada, da las órdenes de manera perspicaz. Ha recobrado la compostura y vuelto a ser la mujer dura e insensible nuevamente. La coraza emocional que se ha fabricado va delante de ella, abriéndole paso. Lo importante es subsistir y por ello se paga cualquier precio.

Sólo por momentos se ablanda con Cesarión, que está asustado y entonces le canta:

Duérmete, niño, duérmete ya,
que las pirámides te guiarán.
Duérmete, niño, duérmete ya,
que las pirámides te guiarán.

Claro que por momentos parece que también lo canta para sí misma.

CAPÍTULO 14

RECUERDOS

Año 41 a. C.

Habían transcurrido varios meses desde la muerte del padre de Apia. Pese a sus diecisiete años, ella sentía que ese acontecimiento había marcado en su vida un antes y un después por muchas razones, pero sobre todo porque había decidido que nunca más confiaría en un hombre. Recordaba lo ocurrido en el teatro y más se convencía de su decisión. Octavio, pocas horas después de su acto benevolente hacia Tanusia y de estrechar a su padre con un abrazo, había colocado el nombre de Tulio Pópulus en la lista de proscriptos y, así, firmado su sentencia de muerte. Esa misma noche, además, había tenido el descaro de proponerle matrimonio, pero al día siguiente le había enviado la notificación de su enlace con Claudia, otra mujer, más bien una niña, lo cual le parecía peor. A veces, hasta le costaba creer en su propio padre porque ¿cómo podía haber estado tan seguro de ser parte del clan de Octavio y luego haber recibido semejante traición? ¡No podía ser que no hubiera sospechado nada! Tal vez lo sabía y –para protegerla, quizá– no se lo había revelado. Apia desconfiaba de todos y de esa manera vivía ahora.

Cuando su padre murió, pretendió acercarse al lugar donde habían colgado su cabeza, pero Salvio se lo impidió. Consideraba que bastante había permitido con dejarla oír el relato sobre cómo había muerto. Los detalles se los había dado el esclavo personal de su padre. Le había contado que, en la madrugada del fatídico día, insomne, Tulio había salido a regar un olivo recién

257

plantado y que un vecino había ingresado en el peristilo acompañado por un esclavo. Los sirvientes de la casa no desconfiaron porque se trataba de alguien conocido, y recién notaron que algo andaba mal cuando vieron que ejercía violencia. Salieron corriendo al peristilo pero ya era tarde; el esclavo del vecino había ejecutado el terrible acto con la espada grande. La recompensa de los cien mil sestercios –Apia lo supo más tarde– se la habían dividido entre los dos atacantes.

Ella, como el resto de los romanos, tenía claro que no podía quejarse de esta muerte. El Triunvirato gobernaba y le daba legalidad a sus movimientos, aunque se tratara de asesinatos. Pero Apia se cuestionaba en forma recurrente: «¿Por qué Octavio mató a mi padre, si siempre lo había apoyado?». Alguna vez, cuando la vida le diera la oportunidad, le haría esa pregunta al gobernante. Necesitaba saber la respuesta. Tal vez, cuando Octavio ya no estuviera en el poder, se animaría a formulársela; por ahora debería esperar porque el régimen político seguía en manos de los tres hombres.

Durante un tiempo, por temor a ser los próximos proscriptos, Salvio y su esposa se recluyeron en la casa. Pero con el correr de las semanas, al ver que se los ignoraba y que las listas negras habían llegado a su fin, decidieron reaparecer en la sociedad romana y en los negocios.

Por esos días, Apia resolvió vender gran parte de los esclavos de su padre. Unos pocos quedaron al cuidado de la vivienda paterna mientras que cuatro fornidos y jóvenes fueron trasladados a la de Salvio para que cargaran las literas. Apia, además, aceptó llevar a la casa azul a una muchacha de tez morena y largos cabellos oscuros de nombre Kira, que le había rogado que no la vendiera. Esa decisión fue un acierto porque ayudaba a Furnilla en múltiples tareas. Al verla moverse por la casa con diligencia, Apia se había preguntado acerca de qué triste historia había detrás de la muchacha.

Poco a poco, con la normalidad del regreso, habían concluido que el Triunvirato no tenía nada contra los Sextus. Después del baño de sangre, los ánimos en Roma se habían calmado. Las proscripciones habían arrasado con los enemigos de Octavio, Marco Antonio y Lépido; y si alguno había quedado con vida, se cuidaba muy bien de ocultar su odio contra los triunviros.

A Lépido, además, se le había agregado el cargo de cónsul. Y con motivo de haberse promulgado la divinidad de Julio César, su hijo adoptivo Octavio aprovechó la oportunidad para hacerse llamar divino *filius*, que no era otra cosa que «hijo de dios», nombre que a ningún ciudadano le llamaba demasiado la atención porque en el mundo romano las deidades y los humanos se entrelazaban en muchos puntos.

Ese título con rasgo de divinidad le venía muy bien ahora que había salido a batallar junto a Marco Antonio. Los dos aliados se encontraban fuera de Roma con sus legiones esperando el momento oportuno para vencer a los asesinos de Julio César, Casio y Bruto, que se habían quedado con parte del ejército romano y con los tributos que algunas provincias debían pagar a Roma.

La política y la guerra influenciaban los negocios, incluido el perlero. Por esa razón, unos minutos atrás Salvio y su hijo habían comentado el tema. Reunidos en el cuarto de los papiros, habían trabajado juntos porque Senecio, a raíz de unos fuertes dolores de cabeza, no había viajado a Petra.

Apia los acompañaba por pedido especial de Salvio, aunque su presencia no era del agrado de Senecio. Sin embargo, se había visto obligado a aceptarla porque ella, más que su padre, podía darle precisión acerca de los números referidos a las ganancias y a los gastos de los últimos tiempos. Esa información brindada por Apia les había servido para descubrir que los cuatro locales ubicados en pleno centro de Roma les generaban más dinero que los productos que comerciaban en otras ciudades. La decisión de abrir más tiendas, en consecuencia, les daba vueltas en la cabeza.

Después de haber recibido los rollos de manos de Apia, Senecio la ignoró durante el resto de la jornada y sólo le dirigió la palabra a su padre. Un comentario de Sextus acerca de que esa semana Petronia vendría a visitarlos lo había trastornado. No le agradaba pensar en la posibilidad de que su hermana aceptara a Apia. Por ello, con el correr de los minutos, la rabia crecía y más la ignoraba.

Pero Apia, acomodándose a la situación de ser invisible, no abría la boca. Luego de superar los nervios que suponía la presencia de Petronia se había centrado en lo que oía acerca del comercio de las perlas. Mientras tanto, comenzaba a comprender cuán necesaria se había vuelto para padre e hijo, pues en ningún momento la habían despachado; más aún: durante la mañana, Salvio la había consultado en un par de oportunidades. Furnilla había aparecido varias veces para ver si su ama necesitaba ayuda, pero Apia la había despedido con una simple seña hecha con la mano.

«La reunión se desarrolla sin problemas», pensó la esclava y aprovechó para preparar con tranquilidad las bolsas de comida que les entregaba a las tres personas que cada día golpeaban su puerta. Sabía que esa dádiva podía traerle problemas; su antiguo amo, el maestro Dunio, conservaba suficiente influencia como para acusarla ante Salvio o Apia. Pero ella jamás podría negarse a darles alimentos porque con esa gente mantenía una complicidad que nadie entendería. Su antigua vida aún la unía a ellos, ese pasado de horror que, aunque obviara nombrarlo por vergonzoso y cruel, no podía olvidar.

Cuando Furnilla tuvo los alimentos listos, salió a la puerta y en la acera se los entregó a los tres, que le agradecieron con una sonrisa pintada en sus rostros deformes. Antes de marcharse, la mujer ciega y los hombres cojos la saludaron por su nombre: Kayley. Y no Furnilla.

Apia, Senecio y Salvio todavía se encontraban reunidos, trabajando en el cuarto de los papiros, cuando llegó el mediodía y el hambre les dio la excusa para un descanso. Los sirvientes les trajeron dos bandejas con comestibles junto con una jarra de vino y otra de agua. Ellos abandonaron los rollos repletos de números y se dispusieron a probar los panecillos y el contenido de una gran cazuela que, a pedido de Apia, habían llenado con el *gustum de praecoquis* recién hecho en la cocina. Las esclavas realizaban este aperitivo —el preferido de los romanos—, según la receta que Caelia le había transmitido a su hija: hervían los damascos a los que luego agregaban menta, pimienta, salsa de pescado, vino, vinagre y aceite de oliva. Cuando el líquido se espesaba y tomaba la consistencia de salsa, Apia le añadía una pimienta muy costosa traída especialmente de la India, y entonces recién lo servía.

Mientras degustaban la comida untada sobre los panecillos, la conversación seguía girando sobre los negocios.

—Si vamos a abrir más locales de perlas —propuso Senecio mientras llenaba las copas de vino—, deberíamos abandonar el comercio de productos de lujo.

—¿Dices que no compremos ni vendamos más incienso, sedas y especies?

—Así es, me parece lo mejor. O, al menos, deberíamos vender cantidades más pequeñas.

—Mira que esos productos dan buenas ganancias —objetó Salvio mientras engullía un bocado de *gustum de praecoquis*.

—Las perlas dan mucho más, conviene especializarnos en ese mercado. El golfo Pérsico se ha convertido en el mayor productor de perlas y es allí donde tenemos mejores relaciones comerciales. Debemos aprovechar esa situación.

Los dos hombres hablaban, Apia los oía y, a pesar de su deseo de participar en la conversación, no se atrevía a dar sus opiniones. Las ideas le bullían en la cabeza. Si debía ser sincera, coincidía con Senecio: había que olvidarse del resto de productos. Al margen de eso, creía que las perlas provenientes de otros lugares diferentes al Índico no debían ser despreciadas; al contrario, sus precios, algo inferiores, las volvían muy buen negocio. Estaba convencida de que debían abrir el comercio con China, ya que en esas tierras lejanas tenían perlas de agua dulce, un producto diferente por el que los romanos pagaban muy bien debido a su originalidad. La mente de Apia no se detenía: necesitaban pedir apoyo al gobierno para que realizara el mantenimiento de los caminos terrestres, tanto por los peligros que se presentaban como por el mal estado, que demoraba las caravanas mercantiles. Las rutas marinas debían ser unidas con las fluviales y terrestres, así los mercaderes llegarían antes.

El monólogo mental se volvía interminable. Al frente de cada tienda del centro debían poner un esclavo liberto; esos hombres, además de ser los más fieles, gozaban de la reputación de ser honestos, cualidad esencial para ese puesto. De ese modo, ni Salvio ni Senecio tendrían que visitarlas a diario para controlar las ventas. Pero ¿cómo convencer al padre y al hijo de que liberar esclavos y ponerlos a realizar esas tareas les haría ganar dinero?

Apia los oía y sólo observaba. Hablar podía ser contraproducente. Tal vez, Salvio lo considerara una impertinencia y hasta le quitaran la posibilidad de continuar haciendo la contabilidad que tanto le gustaba. Lo mejor sería callarse. Le dio vuelta al asunto hasta que se animó a decir algo simple, una opinión propia de una joven mujer.

—Esposo, creo que deberíamos tener en cuenta que se ha impuesto el uso de llevar cientos de perlas cosidas a los vestidos. Por lo que sería buena idea tener una tienda que venda sólo perlas para ese destino.

—Son demasiado pequeñas y nuestros proveedores no las tienen —respondió Sextus.

Apia agregó sin pensar:

—Las más bellas y diminutas provienen de Mauritania. Allí tienen muchas para ofrecernos. Tal vez se podría formar un consorcio mercantil para fletar un barco y así comprarlas sin intermediarios.

Apia terminó la frase y se arrepintió. Había demostrado demasiado conocimiento y se había prometido llamarse a silencio. Expresar la necesidad de crear un consorcio para viajar a

Mauritania, una provincia romana situada en el extremo occidental de la costa africana del Mediterráneo, no había sido una buena decisión. El mero hecho de que supiera de la existencia de ese lugar ya era una bofetada para la inteligencia de los hombres. Ella lo había aprendido en las clases con su *praeceptor*; y ahora que día a día conocía de perlas y ventas, sus conocimientos se habían unido para alumbrar esa idea.

Senecio le quitó importancia a lo expuesto por Apia y le comentó a su padre:

—Obtenemos más ganancias de las perlas del Índico que las del resto del mundo. El problema radica en los impuestos.

Apia estaba segura de que superarían las ganancias si abrían tiendas especializadas dedicadas a la venta de perlas diminutas para ornamentar los vestidos, pero esta vez sí se calló.

Salvio agregó:

—Si queremos que el comercio de las perlas siga creciendo, necesitamos leyes que nos protejan. La actividad debe estar regida por la legalidad.

—¿Y cómo lo lograremos? —preguntó su hijo.

—Pidamos una reunión con el Triunvirato para plantear nuestros problemas y demandar soluciones.

Senecio lanzó una carcajada.

—¡Ajá! ¿Con Marco Antonio…? —preguntó jocoso. Les había llegado el comentario que el responsable de la muerte de Tulio Pópulus había sido ese triunviro.

—No, con Octavio. Él nos conoce bien, nos atenderá —supuso Salvio mirando a su esposa. Aunque siempre hacía lo que quería, en este caso le importaba su opinión.

Apia escuchó el nombre de Octavio y el rostro se le contrajo, pero lo pensó, y fríamente respondió:

—Opino igual, esposo.

Ella misma, antes de lo sucedido con su padre, había promovido que celebraran una reunión con Octavio para pedirle ayuda. Ese hombre detentaba el poder necesario para mover cielo y tierra, y atender sus ruegos.

—Ha pasado suficiente tiempo de la muerte de tu padre y ya no habrá represalias contra nosotros —dijo Salvio con la vista en su esposa.

—Octavio no está en Roma —señaló Senecio.

—Pero volverá... —expresó Salvio.

«O quizá muera en la batalla», pensó Apia mordiéndose el labio hasta sangrar. Ese era su más íntimo deseo.

—Escuché que Casio y Bruto han atravesado el estrecho que nos separa de Asia, y que vienen dispuestos a atacar Roma —contó Senecio sirviéndose vino en la copa.

Esos dos hombres, principales asesinos de Julio César, habían sido señalados por Octavio como criminales.

—La gente inventa, no creo que ataquen a Roma —respondió su padre.

—La información es segura. Lo oí de boca del pregonero de la vía Sacra, estaba leyendo el acta urbana.

Años atrás, para mantener informado al pueblo acerca de los grandes acontecimientos políticos, Julio César había creado boletines que se difundían en distintos lugares públicos de la ciudad; con el tiempo, ya no sólo se inscribían en tablas de maderas pintadas con cal, sino que las noticias eran leídas por un pregonero. Se las llamaba «actas urbanas» porque informaban sucesos de toda clase, desde los más importantes, como acciones de guerra, hasta hechos particulares que interesaban a la chusma: crímenes pasionales, casamientos, escapes de esclavos, entre otros.

Por esos días, los romanos estaban más atentos que nunca a la lectura de las actas, pues aguardaban el desenlace de la gran batalla que se avecinaba entre Octavio y Marco Antonio contra los antiguos enemigos de César: Casio y Bruto.

—No te preocupes, que el Triunvirato llevará la guerra a Grecia para que no se pelee aquí, en Roma —aseveró Salvio.

—No estoy tan seguro de que lo logren. Dicen que Octavio está enfermo y que el único que ha seguido adelante es Marco Antonio —dijo Senecio.

—Octavio es demasiado cabeza dura, y quiere la gloria para él. Por eso no permitirá que Marco Antonio combata solo.

Al oírlos conversar sobre la guerra que se avecinaba, Apia se retiró a la cocina. Haría servir más *gustum de praecoquis* a los hombres. Furnilla, siempre atenta, ya la esperaba allí, pues su ama podía necesitarla. Además, a pesar de la gran cantidad de cocineras que servían en la casa, ella se ocupaba especialmente de los detalles.

Transcurridos unos pocos minutos, mientras Apia le daba el toque final a la comida con la pimienta de la India, Senecio apareció en medio de las mujeres de la cocina. En las manos traía la jarra, venía en busca de vino. Pero al ver a Apia y, tal como si acabara de ocurrírsele una idea, se le aproximó buscando quedar muy cerca. Quería que lo escuchara bien. La presencia de las esclavas que amasaban pan a su alrededor no le importó; ni siquiera las consideraba personas. Por más que Senecio amenazara de muerte a Apia, esas mujeres, incluida Furnilla, jamás se atreverían a abrir la boca en contra de ningún amo. Las reglas eran esas, y todos en la casa las conocían.

Aun así, tuvo cuidado. Le habló al oído:

—Quiero que sepas que la visita de mi hermana Petronia a esta casa no implica que te aceptemos en la familia.

—No me interesa que nadie me acepte —respondió Apia dejando sus quehaceres y dándose vuelta para mirarlo de frente.

—Me doy cuenta de lo que haces —dijo él.

—¿Y qué crees que hago yo?

—Quieres dominar a mi padre, mandar sobre sus negocios. Pero ya verás…

—No es así —respondió Apia sin dejarlo continuar.

Había perdido la paciencia. Su vida ya era demasiado amarga como para tener que soportar amenazas en su propia casa. Pasaban los años y ya no era la inexperta de antes; no permitiría que nadie le hablara como a una niña, porque no lo era.

Senecio prosiguió:

265

—A mí no me engañas. Como no lograste poder dándole un hijo, ahora tratas de alcanzarlo metiéndote en sus negocios.

—Sólo lo ayudo —dijo Apia con el último atisbo de buen trato que le quedaba.

Furnilla buscó sacar a Senecio de la cocina y puso a su disposición la jarra llena de vino que había venido a buscar. Pero él ni la miró; ensañado con la pelea, deseaba dejarle claro su posición a Apia:

—Sí, claro, y le das consejos, y te entrometes en todos los números para hacerte imprescindible. Si pudieras, te quedarías con todo.

Apia lo pensó por primera vez. Harta y enojada, le respondió:

—¿Por qué no? Me has dado la idea.

—No podrías porque eres mujer.

—En Roma hay mujeres que comercian y son ricas. Ahora déjame tranquila. Vete de mi cocina.

—Claro que me iré. No trato aquí los asuntos que tienen que ver contigo, los trato en la casa de la *saga*. La visito una vez al mes.

Al escuchar la mención de la hechicera, a Apia se le erizó la piel. Como buena romana, era temerosa y respetuosa de las artes malignas.

—Eso no te llevará a ninguna parte.

—¿Eso piensas…? Pues, mira: desde que puse tu vientre en el agua, te has vuelto estéril.

Mortificada por no poder quedar embarazada, el corazón le dio un vuelco. Roma era implacable con este tema. Si la *gens* romana seguía adelante, se debía a las matronas que ponían el cuerpo y daban a luz nuevos ciudadanos, acontecimiento considerado valiosísimo. Ella lo había intentado sin éxito y había buscado explicaciones sin dar con la correcta. Pero ahora Senecio se presentaba en su casa para decirle que su infertilidad era fruto de sus brujerías. Sintió miedo pero también rabia. ¿Acaso ella no quedaba embarazada porque una estatuilla con su nombre estaba en la casa de la mujer? Intentó sobreponerse al golpe bajo que acababa de recibir, le quitó importancia y sólo respondió:

—El que siembra maldad, recoge maldad. Ya sabes lo que cosecharás.

Senecio le contestó rápidamente:

—No es maldad, es justicia. Te metiste en nuestra familia, te entrometiste.

—Tu padre me eligió. No yo a él.

—Pero sigues aquí, molestando en esta casa, en nuestros negocios, en nuestra vida. Así que como metí tu vientre en el agua, ahora también meteré tu cabeza. La *saga* sabrá cómo anularte. Ahogó tu matriz, y así lo hará con tus *brillantes* pensamientos.

Esta vez Apia lo miró con odio. Senecio había sobrepasado los límites. Explotó:

—¿Sabes qué, Senecio…? —dijo llamándolo por primera vez por su nombre—. Si la *saga* es tan buena como dices, entonces yo también iré a verla para que te sumerja en una vasija de agua.

—La mujer jamás te recibirá.

—Pues entonces iré a la que atiende en la vía Argiletto, la más poderosa de Roma.

Senecio se quedó mudo. A veces se olvidaba de que Apia ya no era la misma niña insegura que años atrás había llegado a la casa de su padre. Furnilla, muy cerca de ambos, escuchó con satisfacción la respuesta. Ella misma le había contado a su ama de la existencia y las virtudes de esa *saga*. Era tan buena hechicera que algunos esclavos gastaban en una consulta lo que habían ahorrado en su vida entera.

Apia agregó:

—¿Crees que porque soy joven no sé adónde debo ir a ahogar a mis enemigos? Con todo lo que hoy me has dicho, definitivamente tú eres uno de ellos. Y así te trataré. No pararé hasta ahogarte.

—No serías capaz… —dijo él sonriendo.

—Tal vez ya lo he sido. ¿Por qué crees que tienes dolores de cabeza? ¿Por qué crees que no has podido viajar? —sugirió Apia, que le había asestado un golpe mortal. Jamás había visitado una *saga*, pero Senecio no tenía cómo saberlo y su jaqueca era tan real como persistente.

Senecio la miró durante unos segundos sopesando la frase; luego, tomando la jarra de vino, dijo:

—Ya veremos quién gana esta lucha.

—Tú lo has dicho: ya veremos.

Con sus palabras, ambos acababan de declararse abiertamente la guerra. Senecio se marchó y los dos tuvieron claro que la situación había cambiado: ya no se trataba de un hombre atacando y una mujer soportando los embates, sino que ahora los dos se darían batalla.

Furnilla vio que a Apia le temblaban las manos.

—Ama, siéntese aquí —dijo señalando el único y pequeño taburete que había en la cocina. No se colocaban más para evitar que las esclavas holgazanearan con la excusa de tomarse un respiro.

Apia le hizo caso y se sentó.

—Descanse, yo le pondré la pimienta a la comida —propuso Furnilla. Cuando tuvo lista la fuente de *gustum de praecoquis*, vio que Apia aún seguía descompuesta, así que sacó del aparador un lienzo limpio, lo mojó con agua fresca de las vasijas y se lo extendió—. Tome, ama, para el rostro, le hará bien.

Apia lo recibió y se lo colocó en la cara. Furnilla esperó unos instantes y lo volvió a mojar; esta vez, ella misma se lo pasó por la frente a su ama.

Apia, recompuesta, le hizo una seña para indicarle que ya estaba bien y, tomando la fuente, se presentó en el cuarto de los papiros tal como si no hubiera ocurrido nada. Su rostro no sonreía, pero tampoco demostraba enojo o preocupación. Senecio, sí, un rictus de disgusto se le había instalado en el entrecejo. Ella iba dura y fría, convertida en metal.

Dos horas después, Senecio se marchaba y Salvio se retiraba al cuarto matrimonial para descansar un rato. Furnilla, al ver sola a su ama, se acercó y le dijo:

–Señora, si alguna vez desea visitar a la *saga* que conozco, sólo tiene que decirme y yo la llevaré.

Apia percibió el cariño y un auténtico interés en la voz de su esclava. Y recordó que hacía mucho tiempo que nadie la trataba de esa manera. Se había olvidado cómo sabía esa clase de trato. Se sintió bien. Pero le respondió sin dudar:

–No es necesario, por ahora prefiero refugiarme en mis *lares* –dijo su decisión en voz alta más para ella misma que para su esclava.

Terminó la frase y se fue directo al *atrium*. Una vez allí, se inclinó ante las imágenes de sus dioses, les rindió honra durante unos minutos y luego les expuso sus deseos. Eran tres. Como se trataba de un sacrificio especial, les entregó el anillo de Orbona que su madre le había dado la última noche de soltera. Sus peticiones eran demasiado importantes, en ellas se jugaba la vida misma.

Su tiempo de rezo y de prender velas fue largo. Cuando abandonó el altar del atrio, el sol ya caía y Furnilla la esperaba con cinco sirvientes para ayudarla con el baño. Su esclava solía organizar ese momento de la misma manera. Apia no le daba importancia al número de criados; para ella lo fundamental se resumía en un asunto: que el agua estuviera en el punto exacto. Y si no lo hubiera estado, hubiese sido capaz de hacer azotar al responsable, algo que a nadie le habría llamado la atención, pues así actuaban los romanos ante las negligencias de sus criados.

Hasta los dueños de las casas más modestas tomaban su baño con la ayuda de al menos tres sirvientes que debían cumplir muy bien su tarea. Se trataba de un momento importante, un disfrute que en Roma no se le negaba ni a los más pobres, ni siquiera a los esclavos, quienes, junto a los más humildes, por unos pocos céntimos, podían ir a las grandes termas construidas por el Estado para la plebe. Las *thermae* eran verdaderos negocios cuyas ganancias se dividían entre el gobierno y los que tomaban a su cargo la explotación del complejo. Bañarse, para un romano, no se trataba sólo de limpieza, sino de mantener la buena salud a través de unos estrictos pasos en los que alternaban agua fría y caliente. Primero, debían entrar en calor, ya sea por una gimnasia enérgica o por una larga permanencia en el sauna, para luego bañarse con agua bien fría. Y, si así se lo deseaba, se podía regresar a la pileta de agua caliente para, por último, darse el obligado masaje.

Los ricos que visitaban los baños públicos lo hacían acompañados de varios sirvientes. Uno lo asistía durante el baño, otro se encargaba del masaje, un tercero lo depilaba, un cuarto tenía la tarea de llevar la ropa blanca y cuidar los vestidos, mientras un quinto, finalmente, vestía al amo.

En la casa de Salvio, como en la de mucha gente de dinero, una parte de la edificación estaba destinada a las habitaciones del baño, con ingreso por el peristilo, junto al dormitorio principal. Esos cuartos reproducían en pequeño la estructura de las *thermae* ubicadas en el centro.

Para Apia, el ritual de la pileta repleta de hierbas sedantes se había vuelto uno de sus momentos favoritos. Aunque no sabía bien qué plantas ponía su esclava en el agua, lograban el cometido de liberarla de las tensiones; sobre todo, cuando vivía situaciones difíciles, como el altercado durante la visita de Senecio.

Apia, seguida de las cinco mujeres, ingresó a la pequeña *thermae* de la casa, un recinto con paredes de mármol, carente de ventanas pero iluminado por cientos de velas desparramadas estratégicamente en el piso. Ella se desnudó y dejó la túnica sobre los bancos de piedra negra. Descalza y sin ropa, caminó rumbo al *caldarium*, donde la esperaba la gran bañera llena con agua caliente. Así, le agradaba comenzar su sesión.

Ante la pileta de mármol que se hallaba al ras del piso, observó la transparencia del agua; bajó los dos escalones y se sumergió por completo en el líquido templado en el punto justo.

Por un momento, en ese espacio donde lograba aislarse de sus preocupaciones, Apia se olvidó de todos sus males.

Bajo la supervisión de Furnilla, durante unos minutos las muchachas se dedicaron a agregar agua caliente. Con suavidad, para mantener la temperatura, vertían el contenido de unas vasijas. Cada tanto, la sirvienta personal controlaba con el dorso de su mano que el agua estuviera en los grados exactos. Cuando vio que el rostro de Apia se relajaba y goteaba sudor, satisfecha, comprobó que su ama se había dormido; entonces, se sentó para descansar en el banco de piedra negra.

Apia llevaba allí más de media hora cuando volvió en sí y decidió salir de la bañera; chorreaba agua y Furnilla, levantándose de inmediato, le colocó un lienzo blanco sobre la espalda. Instruidas por ella, las muchachas tendieron otros lienzos en el suelo para proteger los pies de Apia, que avanzaba rumbo a la otra salita, donde la esperaba la tina con agua helada. Frente a la piletilla, Apia metió primero los pies y luego el cuerpo entero apenas por unos instantes, los suficientes para sentir cómo la sangre se le aceleraba en su torrente. Salió apurada. Se percibió energizada, invencible; incluso, se sintió capaz de discutir de nuevo con Senecio.

Por último, regresó a la bañera, pero esta vez la aguardaba el agua algo más tibia y llena de hierbas perfumadas. Algunas, como el azahar y la menta, pudo reconocerlas por el aroma, pero otras seguían siendo un misterio. Se sumergió y sintió cómo el líquido la abrazaba. Furnilla vio el rostro complacido de su ama y renovó su dicha; sabía que había tenido un día difícil. Apia, con los ojos cerrados y la mente despierta, se quedó repasando las frases que había intercambiado con Senecio mientras pergeñaba un plan para enfrentar a ese horrible hombre al que ya no le tenía miedo. Furnilla fue apagando las velas para que la penumbra le permitiera descansar a Apia como le gustaba, y sólo dejó las necesarias para moverse sin tropezarse.

Apia se quedó casi una hora bajo la placidez de la tibieza líquida y a media luz, hasta que decidió salir. Las muchachas estaban a punto de alcanzarle los lienzos para que la *domina* se secara cuando Furnilla las detuvo con una seña. La tarea de cubrirla le correspondía ejercerla a ella; como su esclava personal, nadie le sacaría el privilegio de brindarle esas atenciones. Tapó a su ama con una dos, tres y cuatro telas. Una en la cabeza y las demás en el cuerpo. Apia, que había visto cómo detuvo a las demás sirvientas, la miró satisfecha. Por primera vez, le propinaba algún tipo de agradecimiento y, aunque no hubiera habido una manifestación audible, Furnilla lo percibió. Casi podía jurar que su ama había esbozado una sonrisa. La observó retirarse con la poca luz que reinaba en el lugar y pensó que su señora no sólo era hermosa sino también muy buena. Por ella estaba dispuesta a realizar cualquier cosa; lo que necesitara, lo haría; y no por obligación sino por cariño. Nunca la había azotado, siempre le dispensaba buenos tratos, le proveía los mejores vestidos, la dejaba descansar todo lo que el cuerpo le pedía y le permitía comer en la cocina la misma comida que Apia consumía en el *triclinium*. En verdad, era una esclava privilegiada.

Furnilla comenzó a recoger los lienzos y los frascos mientras ordenaba a las demás sirvientas que limpiasen. De lejos, le pareció escuchar que Apia conversaba con el amo, pero no alcanzó a oír qué decían; su cabeza seguía ensimismada en el amor y admiración que sentía por su ama al tiempo que se prometía a sí misma que, llegado el momento, si fuera necesario, daría su vida por esa mujer.

En Roma, en una de las casonas grandes y lujosas del Palatino, una joven y rubia esclava se prometía defender y servir a su ama hasta con su último suspiro. Pero como cada persona entregaba su existencia según su creencia, en Filipos, los soldados de Octavio y Marco Antonio habían dado la vida por ellos ayudándoles a cumplir su cometido: vencer a sus enemigos. Después de un mes de idas y venidas, lo habían logrado: Casio y Bruto habían muerto. Al fin, con la ayuda de Marco Antonio, el asesinato de Julio César había sido vengado por Octavio, su hijo adoptivo.

Casio había fallecido de una triste manera: su amigo Bruto, al principio, había vencido a Octavio, por lo que de inmediato le envió soldados para socorrerlo en la batalla que mantenía contra Marco Antonio. Casio, que de lejos vio que llegaban legionarios, creyó que, en vez de refuerzos, lo asediaban enemigos. También malinterpretó el abrazo de sus hombres con el enviado de Bruto y asumió que se estaban apuñalando. Ante este panorama, como no quería ser tomado prisionero, Casio decidió suicidarse con la ayuda de un esclavo. Su errónea percepción se había llevado su vida; y esa equivocación había resultado un golpe de suerte para Octavio y Marco Antonio, que siguieron peleando contra Bruto, quien, al saberse derrotado, también se suicidó con la asistencia de su esclavo, que lo atravesó con su propia espada.

Con Casio y Bruto muertos, el Triunvirato ya no tenía enemigos. Victoriosos, Octavio y Marco Antonio emprendieron el regreso a Roma para gobernar con mano de hierro. En ese momento no imaginaban el espantoso enemigo en que se transformaría el uno para el otro.

En la habitación matrimonial, Apia esperaba a su esposo sin sospechar el papel que ella desempeñaría en medio de la lucha entre los dos hombres. Después de su relajado paso por la terma, Apia se había cruzado en el *tablinum* con Salvio, que le pidió que lo esperara, que no se durmiera, que él se daría un baño rápido. Apia sabía lo que eso significaba: la quería despierta para tener sexo. Por suerte, la intimidad con su marido se había transformado en un acto rápido y mecánico. Ya no lo consideraba vejamen, sino más bien un trámite que no traía consecuencia alguna, porque pasaban los años y ella no quedaba embarazada.

Una hora después, Salvio apareció en el cuarto. Su mujer estaba adormecida.

—Despierta, Apia, tengo una noticia —dijo Salvio con voz agitada.

—¿Qué sucede…?

—Octavio y Marco Antonio han triunfado en Filipos. Octavio regresa a Roma, y Marco Antonio se queda en Oriente para renovar las alianzas con el reino de Egipto.

Apia permaneció mirándolo por unos instantes hasta que se encogió de hombros. Al fin y al cabo, qué podía importarle a ella la vida de esos dos asesinos.

Su marido, que no le prestó atención a su gesto, continuó hablando del tema durante unos minutos más. Los detalles de las batallas y de las muertes eran demasiado atrayentes como para pasarlos por alto. Pero ella, despreocupada de la guerra y de los suicidios que Salvio le relataba, preparándose para el acto que la esperaba, comenzó a quitarse la ropa. Por más que Octavio regresara a Roma, ella lo había erradicado de sus pensamientos. Después de lo sucedido con su padre estaba segura de que ya no se relacionaría con él. Vengarse, no podía; Octavio era el gobernante de Roma, pero no pensaba verlo nunca más.

Apia no vislumbraba ni por un momento cuán ligada estaría su vida a la de Octavio, ese hombre que sería el futuro y primer gran emperador de Roma; y también a la de Marco Antonio, que permanecía en Oriente.

En pocos días, durante ese año 41 antes de Cristo, Octavio ingresaría a Roma de manera triunfal, trayendo cambios para todos los romanos. En ese mismo año, la existencia de Marco Antonio sería marcada a fuego por la belleza y la inteligencia de la reina Cleopatra.

CLEOPATRA
LA REINA DE EGIPTO

Marco Antonio espera a Cleopatra en la ciudad de Tarso. Se encuentra ansioso, al fin va a conocerla. Si bien fantasea con tener alguna noche de pasión con la reina de Egipto, jamás pasa por su cabeza que juntos vivirán una gran historia de amor. Él acaba de vencer en la batalla de Filipos y no ha quedado muy conforme con el comportamiento de Cleopatra, a la que le achaca que no ha actuado como aliada fiel. Espera unas disculpas; para eso la ha llamado.

Cleopatra va de camino. El convite de Marco Antonio le ha venido de maravillas porque se presentará ante él, pero con un fin muy diferente al de unas disculpas: buscará conquistarlo. No le importa que esté casado con su esposa romana Fulvia, lo que le interesa es que lo considera el sucesor natural de Julio César y ella busca un líder romano que la proteja; sin uno a su lado, enseguida Roma buscará convertir a Egipto en una provincia y ella se quedará sin reino y sin poder.

Piensa hacer uso nuevamente de sus encantos personales, pero esta vez también exhibirá la magia de sus dominios. Porque ese mediodía, cuando llega ante la presencia de Marco Antonio remontando el río Cydno, muestra su barco con la popa de oro, velas púrpuras y remos de plata. También la pulcritud de sus esclavos, que no dejan de abanicarla ni siquiera cuando desciende de la nave. A cada paso suyo, el vaho de perfume a sándalo deja una estela.

Y otra vez, sus movimientos sensuales, su charla ingeniosa, su rostro maquillado y exótico le granjean lo que busca, porque Antonio no quiere ni puede resistírsele.

Cuatro días con sus noches la ven actuar con encanto, sagacidad y fortaleza. Ella no sólo despliega sensualidad, sexo y seducción, sino mucho más. Hace soñar a Marco Antonio con un nuevo mundo hasta ahora desconocido para él, donde se unen el lujo, el poder y la inmortalidad. Porque durante esos días, Cleopatra le ofrece un universo divino donde ella ocupa el trono como la nueva Isis y él, como Osiris, para juntos conformar una pareja real capaz de hacer renacer el esplendor de Egipto. Claro que Marco Antonio no es Julio César, y su inteligencia no se equipara, aunque su pasión y su fortaleza son mayores. Esos atributos le bastan a Cleopatra para considerarlo el complemento ideal para llevar a cabo sus planes.

Finalmente, luego de cuatro veladas, ella le exige una respuesta. Debe marcharse de Tarso y quiere saber qué hará él. La charla se desarrolla en la intimidad de la alcoba.

—¿Tienes una decisión? —le pregunta con voz suave y melodiosa mientras le sirve vino y le entrega la copa.

—No es fácil lo que me pides —dice Marco Antonio mientras le acepta la bebida.

—El resultado de los retos difíciles es lo que más se disfruta —sentencia ella acercándosele y pegando su cuerpo.

Él se narcotiza con el perfume y las curvas que presiente bajo la delgada túnica que ella lleva esa tarde. Bebe muy despacio un trago de vino y finalmente responde:

—Está bien, iré contigo.

Unas horas más tarde, en la noche, un Marco Antonio prendado de Cleopatra se lanza al mar. La acompaña en su barco de oro de

276

regreso a Egipto. Está decidido: se instalará con ella en el palacio de Alejandría. Y de allí ejecutará sus movimientos para seguir peleando batallas en defensa de su amada Roma.

Mientras la nave avanza bajo la luna, él mira pensativo el precioso Mediterráneo plateado y sereno. Cleopatra se le acerca, lo abraza por detrás. Sabe que al aceptar su propuesta, Marco Antonio ha tomado una decisión difícil porque en Roma dejará de ser un héroe y empezarán a mirarlo con malos ojos. Ese gesto le despierta un auténtico cariño; más aún: él le genera una verdadera debilidad como la que nunca ha sentido por un hombre.

Le toca el pelo, le habla al oído y le dice:

—No te arrepentirás, Marco Antonio, conmigo tendrás todo.

—Lo sé —dice él casi a modo de vaticinio.

Porque es verdad, a la relación que inician no le faltará absolutamente nada: habrá amor apasionado, lujuria, hijos, poder, triunfos, fracasos, pero también muerte y destrucción. Porque ambos darán todo el uno por el otro. Todo.

Capítulo 15

HOY

Año 35 a. C.

Roma hablaba, jamás callaba. Pero había murmullos que la ciudad enaltecía, como sucedía con los dichos y exigencias de los hombres; y otros, que la ciudad buscaba callar, como los dichos y ya no exigencias, sino míseras súplicas de las mujeres. Por esa razón, y para no morir, esos murmullos se habían convertido en simples y suaves susurros. Las peticiones de las mujeres habitaban en una nebulosa subterránea, muy lejos de la superficie donde se escuchaban a viva voz las pretensiones masculinas. Roma aún era de los hombres. Pero las romanas no se daban por vencidas; y si se prestaba atención, en cada suave murmullo podía descubrirse cómo se concebían planes o se lanzaban ideas para traspasar los límites que el patriarcado romano les había impuesto. Las damas no podían ocupar cargos públicos, pero habían surgido abogadas tan buenas como Caya Afrania, al punto de que los hombres, asustados, habían prohibido al sexo femenino dedicarse a esa profesión. Les habían vedado usar sus joyas, pero ellas se habían quejado en movilizaciones públicas hasta conseguir que acabaran con las limitaciones a los lujos formulando dos preguntas como estandarte: «¿Por qué siempre nos limitan a nosotras? ¿Y a vosotros, los hombres, no?». En un momento quisieron imponer tributos a las mujeres ricas pero no a los hombres, y Hortensia, presentándose a hablar en el foro, había logrado que no se los aplicaran. No las dejaban participar de la banca ni en las actividades cambiarias, pero las romanas, sin que hubiera hombres de por medio, se hacían préstamos de dinero con una mínima garantía.

Y allí estaba Apia como parte de ese último susurro. Porque esa mañana se hallaba a punto de hablar con Placidia –conocida como «la Estoica»–, una de esas mujeres que prestaba dinero a las romanas.

La tienda de Apia aún no vendía en la cantidad que se esperaba; era nueva y había que darle tiempo. Mientras tanto, se necesitaba metálico para pagar impuestos y salarios, y seguir comprando mercaderías. Había desistido de participar en la operación grande que realizaría la cofradía en Egipto; por consiguiente, no gastaría una suma cuantiosa; la mala noticia consistía en que, a su regreso, se vería obligada a adquirir las perlas a quienes habían fletado el barco a Oriente.

Placidia, la prestamista, vivía en una casa ubicada en el foro, donde Apia se había presentado para informarse de las condiciones. Le habían hablado bien pues realizaba préstamos a las mujeres impulsada por el deseo de ayudarlas. Mientras aguardaba, sentada en unos de los taburetes ubicados en el *tablinum* de la residencia, Apia posó la vista en los detalles de ese hogar y concluyó que no debía tratarse de una mujer excesivamente rica.

Observaba un tapiz de la sala cuando escuchó pasos y se dio vuelta. Como intuyó que la mujer que se aproximaba era la que esperaba, se puso de pie y le hizo una reverencia. Placidia le retribuyó el mismo saludo. Vestía una túnica de buena calidad, pero no ostentosa; su peinado era sobrio y con algunas trenzas.

Hablaron unas pocas palabras sobre temas triviales y luego fueron directo al grano.

–¿Quién le ha recomendado que venga a verme?

–Liam, el hombre que me ayuda en mis negocios.

–¿Lo tiene contratado como su tutor? –preguntó Placidia hablando abiertamente del tema.

–Sí –contestó Apia sin dar muchas más explicaciones.

No hacían falta. Ambas sabían bien de lo que hablaban.

Las romanas, cuando no podían manejar sus bienes por impedimentos legales —por ser mujer, como sucedía en la gran mayoría de los casos—, necesitaban un tutor masculino para firmar movimientos económicos. Muchas buscaban un hombre de su confianza para que actuara por orden y en representación de la interesada. A cambio, él ganaba una buena suma de metálico.

—Conozco al liberto Liam. En cierta oportunidad me trajo una mujer sencilla que necesitaba un préstamo muy pequeño. Ella lo devolvió rigurosamente, lo que habla muy bien de él.

—Es una buena persona y confío plenamente en Liam.

—Me alegro. Pero por experiencia le sugiero que no confíe tan ciegamente en los hombres que nos tienen en sus manos. Para ellos, es muy tentador dejarnos para siempre en ese sitio.

Apia suspiró y respondió:

—Eso intento.

—¿Y qué suma necesita usted? Perdón... ¿Y para qué es? Debo conocer qué destino le dará para evaluar cuántas posibilidades tendré de recuperar el préstamo.

—Comprendo —dijo Apia y se explayó sobre el tema.

La mujer la escuchó durante unos minutos hasta que dijo:

—Ojalá pudiera ayudarla con semejante cifra y para tan buenos planes. Me da la sensación de que usted sabe lo que hace, pero no dispongo de tanto metálico.

El interior de Apia se tambaleó, aunque se cuidó de demostrarlo. Para ocultar su desasosiego, preguntó en un tono sereno:

—¿Conoce a quién podría recurrir?

La desazón no pasó inadvertida para Placidia; la reconoció de inmediato: era la misma que sufrían todas las mujeres que venían a verla. Como le dio pena, mientras se pasaba el dedo índice por la ceja pensó en una solución. Al fin dijo:

—Se me ocurre que podría darle la mitad de lo que necesita y buscar lo que falta en otra mujer, alguien que yo conozco.

—Sería muy importante para mí. ¿Y qué garantías me exigirían?

—Eso es lo de menos; lo veríamos después. En ciertas ocasiones, he prestado sumas como la suya y me han dejado de garantía dos pares de pendientes. Esta actividad nació con otra intención.

Apia, sin entender, la miró interrogante.

—Hace mucho —prosiguió la mujer—, cuando lo necesité, una dama romana me hizo un préstamo. Como mujeres, estamos fuera del sistema cambiario formal. ¿Pero podemos usar el informal, verdad? —dijo con mirada pícara mientras su frase se transformaba en uno de los susurros de Roma, esos que se oían en la nebulosa subterránea y no en la superficie.

—Me maravilla que esto haya nacido...

—Surgió para poder ayudar a mujeres que están atrapadas en situaciones fácilmente solucionables con un monto pequeño. Somos varias las que prestamos dinero, y sólo pedimos mínimas y simbólicas garantías.

La mujer le explicó algunos detalles más de lo que con los siglos se estudiaría como el germen del primer banco fundado por y para el sexo femenino. Los primeros microcréditos destinados para las romanas organizados por ellas mismas.

—Tiene mi palabra de que devolveré lo que me presten. Si es necesario, venderé una propiedad —dijo Apia emocionada.

—La única verdadera condición es que, cuando haya solucionado sus problemas, también pueda prestar a otras que lo necesiten.

—¿Facilitar dinero yo?

—Sería para ayudar y no tanto para ganar. Aunque algún dinerillo se puede sacar, siempre está presente el riesgo de que la dama que recibe el dinero tenga un traspié y no pueda devolverlo.

—Entiendo. Esperan que la beneficiaria actúe con honorabilidad.

—Así es. Contamos con la honorabilidad de todas.

—Cuando termine con mis problemas, quiero formar parte de este grupo de mujeres —señaló Apia.

Placidia, satisfecha, le respondió:

—Pase mañana, señora Pópulus, su metálico estará listo a esta misma hora.

Luego se puso de pie. Apia imitó el movimiento y le agradeció. Hablaron dos palabras, se despidieron y ella se marchó.

Apia, ya en la calle, suspiró aliviada. Ahora dispondría hasta el final del verano para esperar a que la tienda funcionara como quería. Si eso sucedía, podría volver a meterse en las grandes compras de la cofradía.

Se subió a la litera que la esperaba en la puerta para regresar a su casa. No se olvidaba de que esa noche volvería a ver a Manius Marcio.

Desde la vez que durmieron en la *caupona* y él le contó que se marcharía a sofocar la revuelta de esclavos desatada en el sur, habían vuelto a estar juntos en el mismo hospedaje un par de veces. Se sentía descorazonada al pensar que podía pasarle algo grave a Manius. Volverían a la posada por última vez porque al día siguiente él se marchaba. Ya no necesitaban ir a la cena de la cofradía para verse, sino que se encontraban en la puerta del hospedaje, como lo harían nuevamente esa noche.

Senecio Sextus recibió en el *tablinum* de su residencia a los hombres que vigilaban la casa de Apia Pópulus. Una vez sentados ante sí, extendió los brazos y expresó:

—Los escucho…

—Tenemos noticias.

—¡Por Minerva, al fin sirven para algo! ¡Quiero que ya mismo me cuenten!

—En la casa hay movimientos extraños.

—¿Qué clase de movimientos?

—Las sirvientas salen de noche y por la puerta de servicio.

—¿Los esclavos? ¿Están seguros?

—Son dos mujeres. Quisimos detenerlas para preguntarles, pero evitaron hablarnos.

—¿Cuándo salen y a qué hora regresan?

—Se van de noche y a veces vuelven de madrugada.

—¿Qué días han salido?

—No tenemos certeza —dijo el de barba rascándose la cabeza.

—Pues les pago para que presten atención. ¿Acaso se les olvida?

—No, señor.

Senecio se quedó pensando en que había algo extraño en el relato. Tomó una decisión.

—Cuando vuelvan a verlas, sólo síganlas con discreción. ¡Quiero saber adónde van y qué hacen!

Los hombres asintieron y se marcharon felices con el pago tintineando en una bolsa de tela. Claro que las seguirían; si era necesario hasta el fin del mundo. Valía la pena, Senecio Sextus les había pagado muy bien.

Esa tarde, Apia se colocaba las ropas sencillas; se vestía de trabajadora más temprano de lo que solía hacerlo. No había cena en la cofradía, pero ya no necesitaba asistir al pórtico para ver a su soldado, aunque sí su disfraz de romana humilde. En breve saldría a la calle para encontrarse con Manius Marcio en la *caupona* por tercera vez. Habían acordado verse a la caída del sol porque al día siguiente él partiría hacia el sur. Un sentimiento profundo la unía a ese hombre; tanto, que se asustaba. Quizá fuera hora de decirle la verdad sobre quién era ella. «¿Y si se lo cuento esta misma noche?» La respuesta fue terminante: «No puedo. Quién sabe cómo lo tomará. Viaja al día siguiente y sería peligroso que se marche en ese estado de desasosiego».

Se atormentaba suponiendo que podía ocurrirle una desgracia en la arriesgada misión que estaba por emprender. Los esclavos prófugos podían ser sanguinarios; conocía casos de familias enteras que habían sido acribilladas a manos de sus propios sirvientes porque deseaban escapar. No quiso seguir cavilando y salió a la calle media hora antes de lo previsto. Necesitaba ver a Manius, pensaba en él y sentía que nada podía detenerla hasta sus brazos. La sensación le recordaba la actitud que tenían esos hombres que en Roma llamaban «*methýsos*», los que vivían esclavos de una sustancia que, en forma de polvos o plantas, lograban olvidar los males que los aquejaban y los transportaban al inframundo de los dioses. Ella nunca había probado el opio o el *cannabis*, pero creía que la sensación de no poder vivir sin esos néctares debía ser muy parecida a lo que ella sentía por Manius porque necesitaba llegar hasta él, tal como el cauce del río Po buscaba llegar hasta el Adriático sin que nada pudiera detenerlo. Como fuera, pero llegar a él.

Caminaba cuando se dio cuenta de que ni siquiera le había avisado a Furnilla que se marchaba. No se preocupó. Su esclava siempre se las arreglaba para estar al tanto de todo lo que sucedía en su vida. Tampoco se inquietó cuando pasó junto a los vigilantes; ellos ya no les prestaban atención. En las últimas salidas, Apia había pasado a su lado y, como en esta ocasión, ni siquiera la habían mirado. Pero, absorta en sus propios pensamientos, no reparó en que los dos hombres simularon no verla. Para no levantar sospechas, la dejaron avanzar bastante y recién entonces el de barba comenzó a seguirla sigilosamente.

Apia no se percató de su perseguidor. En su mente no había espacio para nada que no fuera su soldado.

Como llegó con antelación a la puerta del hostal, asumió que debería esperar a Manius. Pero al cabo de unos instantes, movido por la ansiedad, él también se presentó temprano a la cita. Se vieron, se estrecharon con fuerza y, por cómo la tomó en sus brazos, Apia estuvo segura de que él era un *methýso* igual que ella. Ambos lo eran el uno del otro.

Cuando lograron separarse, abrieron la puerta del hospedaje y, luego de pagar, subieron las escalerillas que ya conocían muy bien. Sonreían felices, estaban juntos.

Afuera, el barbado que había seguido a Apia comenzaba la marcha de regreso a su puesto. Se hallaba estupefacto. Jamás había esperado ver semejante escena. La muchacha que se había encontrado con un centurión del ejército romano no podía ser una esclava de la casa Pópulus. Un soldado nunca tendría un amorío con una esclava. Y si era una sirvienta −de las pocas que por esos días contrataban las familias−, tampoco podía abandonar sus labores en ese horario. Salvo −razonó−, que le dieran un permiso especial, lo cual no parecía muy factible. Sólo había dos posibilidades: o se trataba de una sirvienta o de la dueña de la casa. Pero descartó la última opción, simplemente, por las ropas sencillas que lucía la mujer.

Realmente estaba frente a un dilema. Avanzó hacia la casa azul intentando dilucidarlo porque Senecio Sextus les había prometido una paga muy alta.

Adentro del cuarto de la *caupona*, Apia y Manius se desvestían con apuro y hacían el amor con premura y desesperación.

Manius pensaba que Gaya lo sacaba de sus cabales, le quitaba el raciocinio y lo sumergía en sentimientos desconocidos, lo metía por laberintos de donde no podía salir aunque tampoco deseaba hacerlo. Él ya no estaba convencido de viajar donde se hallaba Marco Antonio y esperaba que su carta, en la que le pedía que lo mandara llamar, hubiera caído en saco roto porque ahora el general se encontraba en el lejano Egipto. Marcharse al sur para combatir la revuelta de esclavos se había transformado en una tortura, separarse de Gaya le dolía.

Apia, por su parte, reconocía que las perlas y sus negocios habían perdido una cuota de emoción; su mente, su corazón y su cuerpo estaban en otra parte. Pero ella no se soltaba tan fácil de la razón, no, señor; Apia se adentraba en la dureza que había practicado por una década. «Fría y dura como el metal» era la frase que siempre había venido a salvarla y esta no era la excepción. Pero no podía negar que se sentía atraída por ser Gaya todos los días de su vida y quedarse en ese papel junto a Manius por siempre. Porque después del enardecimiento que habían vivido en la camita de la habitación amarilla volvía la calma y se quedaban abrazados, disfrutando el uno del aroma del otro.

Gozando de la simplicidad de oír el sonido del corazón ajeno y de contarse algunas nimiedades. Placeres sencillos y únicos que ella no estaba dispuesta a abandonar al menos por ahora.

Había sido duro despedirse, y mucho más porque Manius había insistido para que le explicara dónde quedaba la casa del Palatino en la que ella vivía y trabajaba. Con excusas, Apia evadió la consulta y Manius, con la cabeza puesta en el viaje, dejó de preguntar. Pero ella sabía que cuando volvieran a encontrarse ya no podría negarse a darle precisiones. La relación tomaba un matiz cada vez más profundo y serio. Un mundo nuevo se abría para ambos.

CAPÍTULO 16

RECUERDOS

Año 41 a. C.

Salvio apuró sus pasos, temía llegar demorado a su cita con Octavio. El gobernante lo esperaba.

La noche anterior se había acostado tarde y las rutinas matinales lo habían retrasado. La segunda visita de su hija Petronia, incluida la cena, había resultado un éxito. La primera vez que su hija visitó la casa, en cambio, había sido un momento de mucha tensión, pero poco a poco las relaciones entre Petronia y Apia iban mejorando, no así con el terco de Senecio. Aunque debía reconocer que su hija tenía un carácter tan especial que le permitía socializar hasta con las piedras.

Si a Senecio no le agradaba su joven esposa, él, como *pater familias* que gobernaba a todos y a cada uno de los que componían su *gens*, no podía hacer otra cosa que seguir adelante con su vida y con los negocios. Por tal razón, se había atrevido a pedir audiencia con Octavio. Lamentaba —claro, por culpa del vino de la velada familiar— la tardanza, un feo que el gobernante podía interpretar como un acto de descortesía —cuando no, de insolencia— que entrañaba un peligro para su vida.

Pero no toda la culpa de la demora era suya. Le costaba caminar rápido porque las calles de la ciudad estaban atestadas con manifestaciones de toda clase de personas. Los jóvenes se quejaban del hambre causado por la falta de trigo, las mujeres con niños en brazos y ancianos porque a muchos les habían expropiados sus tierras.

Roma ardía en queja, las multitudes protestaban contra las decisiones de su gobernante. Octavio había concedido a los veteranos de su ejército parcelas de tierra ubicadas en terrenos que él mismo había expropiado en las dieciocho ciudades que brindaron apoyo a sus enemigos Casio y Bruto cuando estaban vivos. Ese había sido el castigo que les había impuesto a los habitantes de lugares como Regio o Capua. Pero la adjudicación de tierras no contaba con la aceptación de los dueños de los terrenos que, una vez despojados, se trasladaban a Roma para quejarse en movilizaciones. A esto se sumaba que los beneficiados tampoco estaban satisfechos y no aceptaban fácilmente la porción que les tocaba porque la consideraban desventajosa en comparación a otras que les adjudicaban a sus colegas; en consecuencia, tomaban por la fuerza una parcela que les gustaba más.

Salvio, al ver esa mañana que su marcha no avanzaba, decidió salir de la vía Sacra y meterse en las callejuelas secundarias que lo conducían hasta el foro; caminar por las arterias principales atestadas de mujeres con niños en el regazo se hacía imposible. Lloraban porque habían sido despojadas de sus casas; Salvio también vio hombres vestidos de *cilicium* pidiendo que les devuelvan sus tierras, porque las plantaciones arraigadas en esas parcelas constituían su único medio de vida. Los miles de manifestantes llevaban varios días instalados en la vía pública, abarrotando los templos del foro y hasta los edificios gubernamentales. Algunas de esas personas que habían llegado a Roma para quejarse, ahora empezaban a instalarse de manera definitiva a vivir en la calle y pedían que el Estado les diera lo necesario para subsistir. Bajo una ola de descontento general, nadie parecía estar satisfecho. Octavio se hallaba en una encrucijada, pues gobernar la península itálica y la gran Roma no resultaba nada fácil. Claro que su decisión era cantada porque jamás se pondría de parte de los despojados, quienes habían apoyado a sus enemigos. En tanto, con los veteranos —sus viejos soldados—

debía llegar a un acuerdo, porque si necesitaba alistarlos para pelear, según las reglas del ejército, podría recurrir a ellos aunque se hubieran jubilado.

Cuando Salvio al fin llegó al foro atestado de gente, creyó que no podría ingresar al edificio público ubicado junto a la curia donde se reuniría con Octavio. Le costó sortear la gran cantidad de personas y acercarse al ingreso, pero lo consiguió. Se hizo anunciar en la entrada y un soldado lo acompañó hasta el interior. Enseguida lo hicieron pasar a una gran sala, y allí encontró a Octavio de pie, observando por la ventana abierta de par en par el caos reinante en el exterior. Mientras lo saludaba, al apreciarlo de espaldas, Salvio reparó en sus rizos rubios; parecían aún más claros.

Octavio le devolvió el saludo sin dejar de acechar por la abertura a la multitud que se quejaba por haber sido desposeída de las tierras, y le comentó:

—En verdad tengo un grave problema... ¿Crees que tiene arreglo?

Terminó la frase y recién se dio vuelta para quedar frente a frente con su visitante.

Salvio, un tanto perplejo por el recibimiento, pensó rápidamente cuál sería la respuesta correcta, y dijo:

—Señor, encontrar la solución es sólo cuestión de tiempo. Usted es un hombre inteligente y podrá resolverlo.

—¿Cuál crees que es la mejor decisión?

—No tengo dudas de que será la que usted tome.

Octavio insistió:

—¿Debo ponerme del bando de los veteranos o de los dueños de las tierras que han sido expropiados?

—Señor, mi saber no llega a tanto. Si le respondo, podría errar. Su entendimiento es mayor, sabrá por quién inclinarse.

—¡Te estoy pidiendo que te inclines por uno de los reclamos! Deja ya de adularme, no es necesario. Porque si lo que vas a pedirme me conviene dártelo, lo tendrás, pero si no me rinde beneficio, por más que me lisonjees, jamás será tuyo.

A Salvio le costaba llevar adelante la conversación. Octavio carecía de sutileza y él se sentía perdido en ese mar de verdades. Temía equivocarse en las palabras que decía, y que por un error en su hablar lo mandara a matar. Su fama lo precedía: en un arranque de furia, cualquier desliz podía costarle la vida.

—Entregue a sus soldados lo que piden. Ellos pelean por usted.

—Bien dicho. Ahora dime por qué solicitaste hablar conmigo.

Salvio había dicho lo que Octavio quería oír. Y ahora, sin preámbulo, expuso lo que tanto había ensayado:

—Preciso de su favor, mi señor. Los mercaderes de perlas necesitan de su ayuda para comerciar mejor lo que se les compra a los reinos de Oriente.

—¿Los mercaderes o tú?

—Yo… y también los demás, porque los cambios beneficia-rían a todos los perleros.

—¿Y qué quieres?

Salvio vio la oportunidad y fue directo al grano:

—Rutas mejores, los caminos están deshechos y, además, son peligrosos por los asaltos que se suscitan.

Octavio no lo dudó un instante:

—Te haré caminos nuevos. Y habrá más controles para evitar robos. Seremos duros con los ladrones. ¿Qué más quieres?

—Se necesita unir las rutas marítimas con las fluviales y las terrestres para hacer más rápido el recorrido hasta los reinos a donde vamos a buscar las mercaderías.

Octavio lo observó a los ojos por unos instantes y le dijo:

—También te ayudaré. El Estado los apoyará con barcos que podrán alquilar para realizar las travesías. ¿Necesitas algo más?

—Leyes. El comercio debe regirse por normas pero de una manera beneficiosa, que no entorpezcan o traben las opera-ciones.

—Justamente hemos empezado a trabajar en ello con mis juristas. Sé que la economía romana lo está necesitando. Pronto estarán disponibles.

Salvio no podía creer el ritmo vertiginoso que había tomado la conversación.

Octavio era famoso por ser un hombre muy activo al que no le gustaba perder ni un minuto. Se decía que, aun cuando le cortaban el pelo o lo afeitaban, dictaba a su escribiente ideas, estatutos o contratos. En ese momento de su vida se hallaba creando las leyes de comercio que impulsarían la economía romana y que luego, con el pasar de los años, serían recogidas en el famoso *Corpus iuris civilis* del emperador Justiniano.

—¿Quieres agregar otra petición? —preguntó tal como si fuera un ultimátum.

—Creo que no... —respondió Salvio tratando de pensar con prisa si había algo más que le fuera útil. Jamás previó que obtendría tan fácilmente sus solicitudes. La reunión llegaba su fin y debería marcharse sin más.

—Entonces ahora pediré yo... —dijo Octavio para sorpresa de Salvio. Y el gobernante, haciendo una inspiración ruidosa, añadió—: Quiero que traigas a Roma por lo menos diez delegaciones de la India. Estarán compuestas por los comerciantes más importantes de esas tierras y por sus gobernantes. Deseo que vengan a conocerme.

—¿Embajadas diplomáticas y comerciales?

—Sí, quiero que ellos sepan quién será el benefactor de un comercio más intenso con Roma. Además, harás que me traigan ofrendas y dádivas. Deseo que todo el mundo se entere; sobre todo, mis enemigos.

Salvio observaba con atención a Octavio. El muchacho, como el visionario que era, parecía estar viendo su petición tal como si la escena con los embajadores indios estuviera ocurriendo en ese preciso instante. Se hizo un silencio incómodo hasta que el gobernante agregó:

—¿Lo conseguirás?

—Sí —respondió rápidamente Salvio convencido de que no sería algo difícil. Los mercaderes de Oriente morían por conocer a Octavio; todos hablaban de su poderío. Cualquier comerciante de otro reino querría darle un regalo y así congraciarse con el gran Octavio, quien les haría mejorar sus ventas a través de rutas más seguras.

—También quiero que me apoyes en el tema que hoy ocupa las calles con manifestantes. Yo favoreceré a mis soldados y no a los campesinos. Los ciudadanos que estén ajenos al problema, como tú, deben respaldarme a mí.

—¿Y qué debo hacer? —preguntó Salvio un tanto preocupado porque no encontraba el modo de participar en esa disputa.

—Ha llegado a mis oídos que alguien, con este pleito como excusa, está organizando gente para socavar mi poder. No tienes que escucharla, sino que debes rechazarla y pedir lo mismo a los demás mercaderes que beneficiaré.

—¿«Escucharla»? ¿Se trata de una mujer?

—Sí, una matrona. Sé de buenas fuentes que te visitará, tal como lo está haciendo con cada ciudadano destacado para conseguir su apoyo. No la recibas, ni la escuches. Que le quede claro que estás de mi parte.

Salvio todavía se hallaba preguntándose quién sería la romana que se arriesgaba a pergeñar semejante traición. Quería conocer su nombre. Le pediría a Octavio que se lo revelara, pero una frase del muchacho lo tomó desprevenido.

—Y por último, Salvio Sextus, quiero que tu esposa me visite.

Esta vez el pedido realmente lo sorprendió.

—¿Apia…? —alcanzó a balbucear. Y pensó: «¿Acaso quiere matarla, como hizo con su padre?».

—Ella misma. Quiero verla.

Salvio no entendía muy bien qué implicaba esta petición, pero no podía negarse a nada. Octavio se lo hizo saber.

—¿Entiendes que debes acatar mis requerimientos… y que puedo pedirte lo que quiera?

—Lo sé, señor.

—Entonces, obedéceme. Yo, por mi parte, cumpliré con lo que tú me has pedido. —Luego, esbozando una media sonrisa, preguntó—: ¿Quieres una copa de vino para que brindemos?

—No, bueno, sí… Si usted…

Estaba a punto de aceptar por obligación cuando golpearon a la puerta. Octavio levantó la mano en alto, detuvo la frase de Salvio, y le dijo:

—Discúlpame.

Caminó hasta la puerta y atendió a uno de sus soldados. Octavio y el hombre hablaron en voz baja. Pero Salvio, que quería escuchar, se movió disimuladamente dos pasos y aguzó el oído. Y entonces logró oír algunas palabras del diálogo.

—Ella está aquí —dijo el soldado.

A lo que Octavio le respondió:

—Que me espere en el salón de Júpiter, la veré allí apenas termine mi reunión. —Bajando la voz más aún, agregó—: Hablaré con ella y luego la harán pasar a los aposentos del ala izquierda, así me dará tiempo de trabajar un poco más en el problema del trigo.

Salvio, que había alcanzado a escuchar que hablaban de una mujer, estaba seguro de que se trataba de una de las múltiples amantes de Octavio. Por la discreción con que se manejaron, supuso que debía ser una romana casada. Para Octavio —se murmuraba— no existían mujeres prohibidas y toda la ciudad sabía que le encantaba acostarse con las esposas de los políticos porque, además de la diversión, les sonsacaba información.

El soldado se marchó y Octavio caminó hasta donde se hallaba Salvio, que ya había regresado a su sitio, y se disculpó:

—Lo lamento, no podré tomar la copa de vino, tengo visitas.

Salvio se puso de pie y le hizo una reverencia para saludarlo y marcharse. Octavio le dijo:

—Recuerda que quiero que me envíes a Apia Pópulus.

En el cerebro de Salvio se unieron el nombre de su esposa con la conversación que acababa de escuchar y, como dos más dos son cuatro, temió lo que deseaba Octavio con Apia. Necesitaba saber qué tramaba, pero no podía inquirir de manera directa al poderoso Octavio. Al fin sólo se animó a preguntar:

—¿Mi esposa debe venir en un día estipulado?

—Será bienvenida en cualquier jornada.

—¿Tiene que presentarse en algún horario?

—¿Por qué lo preguntas? ¿Acaso hay algún horario en que tú negarías su visita?

Salvio se sintió descubierto y meditó si la última pregunta contenía un doble mensaje. Debía ser cuidadoso con la respuesta.

—No se trata de eso... —dijo nervioso e hizo silencio.

—Si te pidiera que se presente aquí, a medianoche, ¿se lo permitirías?

Salvio tragó saliva y respondió con un hilo de voz:

—Sí.

No podía decir otra cosa.

Octavio fue más allá en su juego de palabras.

—¿Y si le pidiera que venga con ropa de color rojo? ¿O con ropa blanca?

Como en muchos sitios, la expresión «ropa blanca» se utilizaba para designar un vestido de color claro; en Roma, además, se usaba para hablar de la vestimenta de dormir. Su significado, entonces, dependía de la intención del hablante. Y en este caso, resultaba confuso.

—Señor, yo... no sé a qué usted se refiere, pero puede pedir el color que quiera —dijo Salvio.

—No me refería a nada en particular. Simplemente es una manera de decir que debe estar dispuesta a acatar mis intenciones. Pero esto se lo debes explicar tú, que eres el esposo, no yo, que sólo soy el que gobierna Roma.

—Entiendo... —dijo Salvio que, a estas alturas, creía haber entendido de qué iba la propuesta. Tenía que reconocer que Octavio era tan terrible como afirmaban en los cenáculos: frío, sagaz, excelente estratega y hábil orador.

—Ahora, Salvio Sextus, vete, pero recuerda que estás en mis manos, al igual que tu hijo y tu mujer. Te daré la ayuda que me pides, pero tú también complácime con lo que te he demandado.

—Traeré las comitivas de la India cuanto antes.

–También rechaza a la matrona que está organizando un levantamiento contra mí. Y claro, trae a tu esposa. Al fin de cuentas, ella y yo nos conocemos desde niños. Su padre era muy cercano a mí.

Salvio no daba crédito a sus oídos: Octavio acababa de nombrar a Tulio Pópulus. Durante la entrevista, como marido de Apia, él había tenido la deferencia de no mencionarlo porque ambos tenían claro que Octavio lo había hecho matar. Sentía que caminaba por territorio peligroso, y decidió que era momento de partir.

–Así lo haré, divino *filius* –dijo Salvio nombrándolo por el apelativo más sagrado que hasta ese momento tenía Octavio, ese que él mismo se había autoimpuesto.

Los hombres se saludaron con una inclinación y se despidieron.

Salvio, que caminaba por el largo pasillo rumbo a la salida escoltado por un soldado, al pasar por el salón de Júpiter, no pudo evitar echar un vistazo. La puerta entornada le permitió apreciar a una mujer primorosamente vestida que bajaba la mirada al verlo pasar. La reconoció: se trataba de la bella esposa del senador Paulio.

Siguió caminando y pudo sentir que el perfume a nardos de la matrona lo acompañaba hasta la salida del edificio. Era evidente que ella no iba allí para tratar con Octavio asuntos legales. Le quedó clavada una duda: ¿la dama en cuestión se hallaba en el lugar por decisión propia o por obligación? Pensó en Apia, en la insinuación de Octavio y su interior se perturbó. No era justo, ni agradable. Le dio rabia y se sintió impotente. La política, los negocios y el poder asestaban sus ramalazos y él acababa de recibir uno. Se consoló con un pensamiento: «De aquí podría haber salido con la pena de muerte pendiendo sobre las cabezas de Senecio o de Apia... o la mía».

En la residencia azul del Palatino, Apia, la señora de la casa, se hallaba encerrada en el cuarto de los papiros con una visitante tan inesperada como importante; y en la cocina, su esclava Furnilla preparaba para los pobres muertos de hambre veinte bolsas con comida y no las tres de siempre.

Porque al trío de seres deformes y fantasmagóricos que cada día tocaba la puerta rogando por alimentos, ahora se les habían sumado varias mujeres con niños y algunos mendigos. En Roma, el trigo escaseaba y el pueblo sufría. Los hambrientos se contaban por miles y el auxilio del gobierno no alcanzaba. Por eso, para paliar la situación, las casas ricas como la de Salvio Sextus entregaban dádivas.

El sistema tenía dos problemas: el primero, la cantidad de gente que el Estado debía alimentar. Porque a los trescientos mil *proletarii* que el gobierno les vendía el trigo barato —romanos con ingresos tan bajos cuya única contribución al Estado era su prole—, venían a sumársele las personas que habían llegado a reclamar la reparadora expropiación de tierras. Y el segundo: el trigo no entraba a la ciudad. Roma, que siempre le había comprado el cereal a Cerdeña, Sicilia, África y Egipto para luego almacenarlo en graneros del Estado con el propósito de que no faltara, ahora tenía que lidiar con Sexto Pompeyo —enemigo de Octavio e hijo del Pompeyo asesinado—, quien había ordenado a sus barcos asaltar las naves mercantes y quitarles el trigo.

Furnilla salió a la calle y realizó su acto de caridad entregando las bolsas de tela que había llenado con pan, queso y frutas. Siempre contaba con el apoyo generoso del *archimagirus*, el esclavo que se encargaba de la compra de alimentos y comandaba a los cocineros y ayudantes, y, en este caso, quien tenía la última palabra sobre la cantidad de comida que se regalaba en la casa del amo Salvio. Aunque Furnilla sabía bien que ella podía hacer y exigir lo que quisiera, pues, además de que su escalafón de esclava personal era uno de los más altos, contaba con el apoyo incondicional de su *domina*.

Furnilla casi terminaba la tarea de distribución de las bolsas con un vitoreo incesante de agradecimiento de los pobres, cuando vio que la litera del amo Salvio llegaba a la casa y se apresuró a salir a su encuentro; quería advertirle que Apia estaba con visitas y había pedido que nadie la molestara.

Aunque durante la mañana se había topado con la turba en la calle, al ver la cantidad de mendigos que pedían en la puerta de su residencia, Salvio se sorprendió. Allí tenía la prueba de que Roma vivía un tiempo de carestía. Él, acostumbrado a la opulencia, ni siquiera se había percatado de que no estaba siendo fácil conseguir trigo; sus sirvientes iban al mercado y lo pagaban a precio de oro, pero para su bolsillo daba igual. En Roma, un rico y un pobre tenían una vida tan distinta que parecían habitar dos ciudades diferentes: la de las casillas altas y apiladas de la peligrosa Suburra, y la de las mansiones espaciosas con parques verdes del Palatino en las que vivían los políticos y los poderosos comerciantes. A Salvio, por un momento, lo hincó la culpa, pero se calmó cuando llegó a la conclusión de que no importaba lo que él hiciera, ni a cuánto pagara el pan, el mundo seguiría igual de injusto.

Ingresó a la casa dispuesto a hablar claramente con Apia sobre la exigencia de Octavio. No sería fácil explicarle que había pedido que ella lo visitara; mucho menos, los mensajes velados que creyó descubrir en las palabras de Octavio. Necesitaba conversar con ella en tranquilidad.

Caminó rumbo al cuarto de las mujeres en busca de su esposa, pero al oír detrás suyo los pasos de Furnilla, decidió preguntarle a la esclava. Ella sabría indicarle en qué lugar de la casa se hallaba Apia.

—Amo, la señora está con visitas en el cuarto de los papiros. Pidió no ser molestada.

A Salvio le llamó la atención, las visitas siempre se recibían en el *tablinum*. Apia no tenía amigas personales. El casamiento celebrado a tan corta edad, siendo ella una joven, la había terminado aislando. Debido a la diferencia de edad, ellos dos tampoco congeniaban fácilmente con otros matrimonios. La vida social de Apia se reducía a banquetes a los que él también asistía, o a funciones de teatro. «¿Será alguna de esas mujeres con las que Apia conversaba durante una velada?», se preguntó. En un par de ocasiones había recibido a una de ellas.

—¿Quién vino? —preguntó con curiosidad.

—Una mujer muy bonita y arreglada que nunca visitó la casa. Creo que dijo llamarse Fulvia.

Salvio se refregó la mano por su cabeza calva. No conocía a nadie con ese nombre, por lo que decidió tomarse un respiro hasta que Apia se desocupara y le pidió a Furnilla que le hiciera servir una tisana en el peristilo; le vendría bien beberla en la paz de su patio después de la sombría reunión.

Se hallaba disfrutando de la infusión mientras pensaba en la conversación con Octavio y en la visita de Apia, cuando el nombre le trajo a su mente una inquietante idea. Sólo conocía a una Fulvia: la esposa de Marco Antonio. Pese a su juventud, la mujer ejercía gran influencia en la política y en la sociedad romana. Tal vez se trataba de la visita que le advirtió Octavio sobre la matrona. Porque si alguien había en Roma que deseaba un levantamiento contra él, esa era la esposa de Marco Antonio. El poder de Octavio crecía a costa de la debacle de Marco Antonio. Lejos, como estaba, no podía hacer nada.

Si había acertado, Apia los estaba metiendo en un acuciante problema. Se puso de pie, indeciso. Debía sacar rápidamente a su esposa de esa reunión, y nadie tenía que saber que la habían recibido en su casa. Pero si él ingresaba y saludaba a Fulvia, la habría visto y recibido. Consideró que sería mejor no verla. Caminó nervioso por el peristilo durante minutos hasta que, aliviado, escuchó la voz de su mujer, que se despedía de la visita. Al fin Fulvia se marchaba.

De inmediato Apia se presentó ante Salvio.

—¿Cómo te fue en la reunión con Octavio? Me dijo Furnilla que regresaste hace unos minutos.

—¿Que cómo me fue? Lo importante es que me cuentes con quién estabas.

—¿Qué dices…?

—¿Quién era la mujer que te visitó?

—Fulvia, la esposa de Marco Antonio —respondió Apia sin entender qué estaba sucediendo.

—¡*Merda*! Estamos en un verdadero lío. Cuéntame todo.

—¿Por qué te pones de esa forma por tan poco?

—Apia, escucha: en la reunión que mantuve esta mañana, Octavio me pidió que no recibiera la visita de una matrona romana que busca levantar al pueblo contra él.

—Pues demasiado tarde, Fulvia vino a eso.

—Ya sabía que te meterías en problemas...

—No me reprendas, no tenía cómo saber que Octavio no quería que la tengamos en casa.

Apia comenzó un largo relato para ventilar detalles de la conversación con Fulvia. La mujer le había contado en qué situación se encontraba Marco Antonio, quien, a pedido de Octavio, permanecía en Oriente para conseguir alianzas con los reinos de la zona. Desde entonces, como no había regresado a Roma, su esposo perdía centralidad y poder, pues todas las decisiones quedaban en manos de Octavio, que se aprovechaba de su posición dominante. También le contó que el divino *filius* se estaba divorciando de Claudia, su hija, con la que se había casado cuando era una niña. Por tal razón, Fulvia y Lucio Antonio, el hermano de su esposo, habían decidido tomar a su cargo la causa de los campesinos itálicos expropiados de tierras. «Esa será —le adelantó a Apia— nuestra bandera para ir contra Octavio.» La mujer, gracias a su poderío económico, tenía contactos importantes y había logrado el apoyo de muchos ciudadanos romanos destacados. Su idea era perpetrar un golpe de Estado para quitarle el poder a Octavio. Obviamente, Fulvia mencionó la trágica muerte de Pópulus tras las proscripciones, y señaló como culpable a Octavio y liberó de responsabilidad a su marido.

—¿Fulvia te ha dicho los nombres de quienes la apoyan? —preguntó Salvio.

Apia le nombró dos.

—¡Son senadores notables! ¿Cómo *merda* ha conseguido su apoyo?

—Ha usado las relaciones que le quedaron de sus anteriores matrimonios.

—Aun así, le será imposible derrocar a Octavio... ¡Él cuenta con tropas y otra clase de fortalezas! —exclamó Salvio que tenía bien presente las aptitudes de Octavio; acababa de estrellarse contra su inteligencia y su oratoria apenas una hora atrás.

—Fulvia me contó que el hermano de Marco Antonio está reclutando soldados para atacar militarmente a Roma. Me dijo que ya ha conseguido ocho legiones.

—¿Qué te propuso concretamente?

—Que la apoyemos con más gente y que hagamos público que visitó nuestra casa. Le dije que lo hablaría contigo.

—*¡Stultus!* Tendrías que haberte negado a todo lo que ella proponía.

—Pensé que querías sumarte al grupo sedicioso. Son muchos los hombres poderosos que avalan la decisión. Y recuerda, esposo, que el hermano de Marco Antonio este año es cónsul de Roma.

—¡Maldición, Apia, no entiendes! Fulvia puede salir a decir que en esta casa se la recibió y se la escuchó. No tendrías que haberla hecho entrar.

Apia explotó:

—¡¿Cómo quieres que adivine quiénes son los enemigos de Octavio?! ¿Cómo podría anticiparme a los cambios de bando! ¡Además, él ya me declaró la guerra cuando mató a mi padre!

Salvio se sorprendió, no era común que Apia se saliera de sí, no era su estilo. Si discutían, ella era fría y pergeñaba muy bien sus certeras palabras.

—Cierra la boca, Apia, nosotros somos aliados de Octavio, él me ha dicho que nos ayudará con el comercio de las perlas.

—¡Dime de una vez qué te dijo!

—Aceptó todas mis peticiones, pero a cambio me pidió que no escucháramos a Fulvia cuando viniera a convencernos de apoyar a los campesinos.

—Ser la abanderada de los campesinos desposeídos es una excusa para levantarse contra Octavio —señaló Apia.

—Eso mismo me dijo Octavio hoy. ¡Apia, Apia, Apia! ¡En qué problema nos has metido! Podemos perder la vida si nos convertimos en enemigos del divino *filius*.

—Mi padre era su aliado e igual lo hizo matar. Entonces, para el caso da lo mismo. Ve a hablar con Octavio, explícale y listo —propuso Apia.

—No tienes idea de lo engorroso que es conversar con él. No puedes hablar de nada, salvo de lo que él quiere. Y si lo contradices, tiene la facultad de matarte en ese mismo instante.

—Entonces no hagas nada y quédate de brazos cruzados.

Furnilla, que oyó silencio después de la última frase, vino en auxilio de su ama y logró sacarla del patio exigiéndole ayuda con un problema suscitado entre dos esclavas.

Salvio permaneció analizando la situación: al día siguiente, a primera hora, se presentaría en el despacho de Octavio para explicarle lo sucedido. Por lo pronto, esa misma tarde Apia debía mandarle un mensaje a Fulvia; en síntesis, que no volviera a la casa porque no sería bien recibida. La misiva sería enviada con un esclavo culto que supiera leer, uno que llegado el momento sirviera de testigo ante Octavio. Esa nota podía salvarles la vida.

Se instaló en el atrio e hizo llamar a su amanuense, el esclavo de la casa que se encargaba de escribir la correspondencia. Decidió que le dictaría la misiva y que se la haría llegar a Fulvia de la mano de ese mismo hombre y no con el *tabellaris*, el rápido caminante que tenían en la residencia encargado de trajinar por Roma llevando las cartas de la familia.

Mientras aguardaba que el amanuense se presentara con los papiros, sentado frente a la mesa de trabajo, Salvio cerró los ojos y pensó cómo le diría a Fulvia que nunca más acuda a su domicilio porque no querían nada con ella. Se dedicó a elegir las palabras exactas, los rechazos más firmes y las negativas más rotundas y, sumergido en la dialéctica por más de una hora, se le olvidó que debía tener una charla con Apia para contarle que

Octavio la había pedido. Ese tema podía esperar, antes debía enviarle la carta a Fulvia y visitar nuevamente a Octavio para explicarle lo sucedido.

Esa noche Salvio durmió mal. La carta para Fulvia firmada por él y por Apia había sido enviada y recibida. El amanuense le había contado que la mujer la abrió en su presencia descontando que merecería una pronta respuesta, pero que al leer el contenido había escupido sobre el papiro y echado una típica maldición romana al matrimonio firmante: «¡Que los dioses del infierno les quiebren los huesos, les trituren el alma y enmudezcan sus lenguas!». Luego, blandiendo el papiro en una mano, se había encerrado en un cuarto. Este detalle preocupó a Salvio, que entrevió un horrible acto de brujería con el escrito. «¡Quién sabe qué conjuro nos echará!», temió para sus adentros.

A pesar de las pocas horas dormidas, muy temprano por la mañana, Salvio Sextus se había presentado en la curia pidiendo una cita urgente con Octavio. Pero había recibido una lacerante respuesta: antes de la medianoche el gobernante había partido al sur. Octavio había salido de manera intempestiva para solucionar él mismo una de las expropiaciones de tierra que le estaba trayendo demasiados problemas.

Salvio, después de oír la noticia de la ausencia del triunviro, regresó abatido a su casa. Esa mañana se encerró en el cuarto de los papiros dispuesto a trabajar para distraerse de los reveses sufridos en los últimos días, pero el cansancio lo doblegó y terminó quedándose dormido, sentado en una de las cómodas *cathedrae*.

Llevaba dormido un buen rato cuando Apia ingresó agitada al cuarto de los papiros dispuesta a darle la electrizante noticia que Furnilla acababa de traer de la calle.

—¡Esposo, despierta!

—¿Qué sucede, mujer? —preguntó asustado.

—Te dije que deberíamos habernos aliado con Fulvia. El hermano de Marco Antonio acaba de entrar a Roma para tomar la ciudad. Dicen que aprovechó la ausencia de Octavio.

—¿Y las legiones de Lépido? —consultó Salvio Sextus, quien, como todos en Roma, sabía que Octavio había dejado al otro triunviro y sus soldados a cargo de la protección de la ciudad.

—Lépido tuvo miedo y huyó con sus hombres. Dicen que fue a reunirse con Octavio. Roma está en manos de Fulvia y su cuñado —respondió Apia.

—Entonces en cualquier momento llegará Marco Antonio y tal vez sus seguidores vengan por nosotros... —razonó Salvio en voz alta y comenzó a levantarse de la silla donde se había quedado dormido. Debía reunirse con sus amigos comerciantes para ver cómo enfrentarían las nuevas noticias. En un rapto de lucidez alcanzó a decirle a su esposa:

—Encárgate de organizar la casa, pueden presentarse tiempos peligrosos y también de necesidad. Tal vez tengamos que encerrarnos por semanas.

Ella lo oyó y partió de inmediato a cumplir con el recado. Como primera medida, amplió la guardia y apostó más esclavos en la puerta principal como en la de servicio. Por seguridad, en vez de tres, habría cinco hombres. Claro que si los soldados de Marco Antonio se presentaban en la casa azul, no habría fuerza que detuviera el asalto. Se encomendó a sus *lares* con el pensamiento.

Salvio, mientras se vestía con ropa limpia, ponderaba la capacidad de Apia, que sabía leer entre líneas los movimientos de la política. Aceptó que ella era inteligente y procuró hacerle más caso. Tal vez los dioses se la habían mandado para salvarlo y él no la había escuchado al rechazar la unión con Fulvia; tal vez había sido enviada desde el principio para ayudarlo en todas las áreas de su vida, como solía intentarlo con sus negocios. Decidió que, cuando la situación del gobierno se aplacara, si aún estaban con vida, la dejaría participar en sus negocios; él sabía que Apia deseaba intervenir en más asuntos que la contabilidad. Ella nunca se lo había comunicado, pero él se daba cuenta.

Lleno de temor frente a los futuros cambios que se avecinaban con el gobierno, fue más allá y, arrodillándose en su cuarto, le prometió a la diosa Minerva que, si salía vivo de este entuerto, se volvería mejor persona y le permitiría a Apia comerciar con el dinero de la dote que Tulio Pópulus le había dado. Bueno, no con la suma completa, pero al menos le cedería una parte.

Claro que él no imaginaba el rumbo que tomarían los acontecimientos y cómo cambiaría, una y otra vez, respecto a la idea de integrar a su mujer en los negocios.

Apia, ubicada en la cocina, mandó a llamar al *archimagirus*. Estaba segura de que ese esclavo tendría un papel muy importante en los tiempos que se avecinaban. Como había anticipado Salvio, pues ya lo había vivido en otras oportunidades, los enfrentamientos entre los miembros del gobierno traerían escasez de alimentos. El mercado cerraría por semanas, y se incrementaría la hambruna generalizada de la gente pobre. Debía hablar con el *archimagirus* sobre la organización de las provisiones de la casa. Como encargado de los cocineros y de abastecer la despensa, el hombre tendría que controlar e inventariar las alacenas y organizar menús más acotados para no tirar a la basura tanta comida, algo que solía suceder en las épocas normales.

Furnilla buscó al sirviente y lo trajo de inmediato frente a su ama, que lo esperaba sentada en una de las dos sillas que había hecho traer a la cocina. Llegó acompañado por las tres mujeres encargadas de los fogones.

Con una seña, Apia le indicó al hombre que se sentara y, estando frente a frente, en pocas palabras le explicó lo que sucedía. Sin demora, entre los dos comenzaron a tomar medidas mientras, a su alrededor, Furnilla y las demás sirvientas escuchaban.

Apia propuso:

—Realizarás ya mismo una última compra, tal vez aún encontremos abiertos algunos puestos.

La gente había abandonado las calles y se encerraba en sus casas por temor a los incidentes que podrían desatarse en las próximas horas.

—Sí, señora. Pero sólo de verduras, porque harina, té y ese tipo de alimentos… tenemos mucho —dijo el hombre que deseaba ayudarla. Su ama nunca lo azotaba y hasta le había dado una silla para que se sentara en su presencia.

—¿Cuánto tiempo nos durarían esos víveres?

—Por lo menos, un mes. Las alacenas de la casa están llenas.

—De todas maneras, si en el mercado encuentras los puestos abiertos, compra más de estos productos.

Apia, al pensar que Roma seguiría sin trigo y sin alimentos en los mercados, se preocupaba porque no comprendía cómo harían para alimentar a los setenta esclavos que servían en su casa. Eran muchos, aunque había hogares —sobre todo, donde abundaban los niños— que contaban con más de un centenar.

Como previó que la situación se complicaría, decidió tomar una decisión drástica y se la comunicó:

—Por un tiempo, en esta casa no se hará más caridad con los extraños. No importa cuánto golpeen a la puerta. No se abrirán para dar comida. Primero debo pensar en ustedes.

—Es una buena decisión, señora —dijo el *archimagirus*.

Apia le sostuvo la mirada a Furnilla y le aclaró:

—Ni siquiera con los tuyos.

Ella había visto cómo su esclava, desde que había llegado a la casa, entregaba comida a los tres pobres infelices llenos de cicatrices y deformidades. No sólo eran cojos, sino que les faltaba la nariz; incluso, uno carecía de orejas.

—Ama, no podemos dejarlos sin comida —deslizó Furnilla con lamento en la voz, y añadió—: ¿Puedo darles de mi porción?

Apia la observó por unos instantes y, a punto de negarle el permiso, le otorgó lo que pedía porque notó la congoja en su rostro.

—Como quieras.

—Gracias, *domina* —dijo ella haciendo una inclinación frente a Apia.

El *archimagirus* se retiró con sus ayudantes y se dirigió rumbo a la calle para procurarse los últimos víveres disponibles en el mercado.

Apia, a solas en la cocina con Furnilla, le preguntó:

—¿Se puede saber por qué estás dispuesta a darle tu comida a esa gente?

—Porque estoy unida a ellos.

—¿Son de tu sangre? —preguntó Apia, aunque la idea parecía inverosímil, pues su esclava era clara como el sol y quienes recibían su caridad, morenos.

—No, ama. Ellos vivían conmigo en la residencia del maestro Dunio.

Apia recordó levemente el comentario que había hecho Salvio cuando la trajo. Furnilla servía en la casa de un pensador que escribía libros sobre salud. Pero la explicación que su esclava acababa de brindarle no le alcanzaba para entender el porqué de tanto desvelo por alimentarlos.

—¿Quieres decirme algo más? —preguntó Apia.

Furnilla entendió la frase de su *domina* como una invitación a la confesión; quería una explicación, si no, no la hubiera dicho. Entonces ella decidió abrir su boca; primero, con aprehensión y sin ganas; luego, como si se tratara de un veneno que debía ser expulsado, sus palabras salieron a borbotones en una catarata de dolor.

—Dunio hacía experimentos corporales con nosotros.

—¿Experimentos médicos?

—Sí, por largas temporadas no nos daba de comer, quería saber cómo reaccionaba nuestro cuerpo. Nos volvíamos locos del hambre. Robábamos alimentos y nos castigaba.

—Qué maldad… —dijo Apia, que sabía que algunos seguidores del antiguo Hipócrates, el griego, se dedicaban a las ciencias corporales, pero nunca había sospechado que practicaban esos experimentos.

—Por esa razón les doy comida a los tres que vienen y me conocen. A veces, la consumen; a veces, la guardan para soportar los momentos en que se les quita el alimento.

—Me llama la atención que no estén más delgados.

—A veces, no les quita la comida, durante algunas temporadas hace al revés. Recuerdo que nos daba mucha hasta que vomitábamos... Nos ataba a una silla y nos la metía en la boca con una cuchara especial para que pasara directo a la garganta y no pudiéramos escupirla.

—¡Ay, qué horror! —exclamó Apia, que nunca había pasado hambre, salvo en aquella oportunidad en que su marido la había sometido a soportar dos días a pan y agua. Aunque alguna vez había comido de más, esa situación le pareció espantosa.

—Son temporadas de experimentos con comidas. También hay épocas de ensayos peores.

Apia se detuvo a mirarla. El relato de la chica contenía una crueldad inusual. ¿Qué más podía hacerles Dunio?

Furnilla no vio la mirada inquisitoria de su ama, sino que con los ojos fijos en el piso continuó hablando. Esta vez, sólo para sí misma.

—Mi espalda tiene cicatrices porque Dunio me la laceró con un instrumento especial. Quería saber si cortando la piel en lonchas circulares se cicatrizaría mejor. Tardé mucho tiempo en recuperarme... yo era sólo una niña. Él me compró cuando tenía catorce años porque llevaba colgado al cuello un cartel que decía que era conocedora de ungüentos y hierbas.

Apia recordó que a esa misma edad, ella había contraído matrimonio.

Furnilla llevaba la mirada perdida. Había abierto una compuerta sellada y ahora no podía cerrarla. Estaba por continuar, cuando su ama le preguntó:

—¿Por qué tenías ese cartel?

—Mi madre me lo había colgado pensando que los conocimientos que me había transmitido me ayudarían a tener una vida mejor. Ella era una sanadora y también fue vendida.

La chica le relató que su esclavitud era fruto de una de las invasiones romanas a Britania. Tras las batallas, el ejército había tomado esclavos a muchos celtas que luego trasladó a Roma.

También le contó algunas peripecias de su larga travesía y sobre por qué Dunio se había interesado en sus conocimientos, pero enseguida empezó con las laceraciones: veía una gran oportunidad en realizar pruebas en una piel tan clara.

Apia trajo a su mente el día en que ambas fueron violadas por Salvio. La espalda de la chica tenía marcas extrañas. Recordaba muy bien aquel cuerpo desnudo con cicatrices, pero no dijo nada. Para Apia seguía siendo un momento vergonzoso.

Furnilla continuaba sumergida en su mundo de dolor y recuerdos:

—Yo fui vendida y terminé en esta casa, pero los tres que vienen a buscar comida permanecen en la casa de Dunio.

—Al menos tú estás aquí —dijo Apia, que a estas alturas se preguntaba cómo se había salvado.

Pero Furnilla no la oyó y continuó:

—Dunio intentaba hacer injertos de pieles entre personas de distinto color. Como ellos son morenos y yo, de piel clara, solía cortarnos trozos y coserlos en otro cuerpo. Y ha seguido cortándoles partes del rostro para ver cómo se vive sin nariz, sin ojos o sin orejas. También nos ha hecho vejaciones peores para ver si...

—¡Por Júpiter, calla ya, Furnilla! Y no vuelvas a contarme nada de esto.

—Me siento una bendecida por haber llegado a su casa, ama. Usted es bondadosa conmigo.

—Sólo intento ser una buena romana —dijo y algo en su interior se movilizó: asumió que, tal vez, podría ser mejor ama, mejor persona. Pero ella sabía que debía alejar de su vida todo lo que la volviera más sensible, por lo que olvidó esos pensamientos y se centró en la realidad. Agregó—: ¿Pero cómo fue que Dunio aceptó deshacerse de ti...?

Furnilla ignoró la pregunta, se lanzó al suelo y le besó los pies. Llorando, le dijo:

—Yo siempre le estaré agradecida. Y si es necesario, daré mi vida por usted. Sé que no tengo derecho a decírselo, pero quería que lo supiera.

—Furnilla, ya basta...

La esclava, que seguía hincada en el piso, la escuchó y, aún sensible y quebrada por su propio relato, respiró aliviada al ver que su ama no insistía en preguntar cómo había logrado ser vendida por Dunio. Ese era su secreto y mejor que nadie lo conociera.

Apia se puso de pie y se apartó de Furnilla.

—Vamos, levántate, que la vida sigue, tenemos mucho por hacer...

A Apia no le agradaban los sentimentalismos de ninguna clase. Si había logrado subsistir en esta vida era porque había aprendido a ser fuerte. Ella también tenía sus propios dolores, pero sólo les daba rienda suelta cuando iba a la casa paterna y se quedaba a pasar el *trinoctium*. Mantenía la residencia tal cual su padre la había dejado, y si no la vendía era porque hallaba cierto placer en llenarse de melancolía y recuerdos cuando la visitaba.

Así transcurría la vida en Roma: todos tenían sus dolores, incluida ella. Como fuera, no pudo evitar llenarse de pena por su esclava. Los padecimientos de los sirvientes no se podían comparar con los suyos. Furnilla se puso de pie y Apia volvió a sus quehaceres para sumergirse en la rutina diaria. La lástima no era un buen sentimiento, ni para compadecerse por uno mismo ni por otros. Pensó que la frialdad y la fortaleza eran la mejor compañía para una mujer romana.

Por suerte, su existencia —con Salvio como esposo y a sus casi dieciocho años— había comenzado a transcurrir tal como los caminos que conducían a Roma: rectos, con pocos serpenteos, aburridos, feos y elementales, pero siempre previsibles.

Claro que no todo resultaba inamovible porque los movimientos políticos que se sucedían día a día no sólo cambiaban de manos el poder, sino que también transformaban la vida cotidiana de los ciudadanos comunes que, como Apia, se enteraban de las grandes decisiones una vez que ya habían sido tomadas.

Porque Lépido, que había huido de Roma por miedo a la llegada del hermano de Marco Antonio, fue a donde Octavio, y ahora empezaba el regreso junto al divino *filius* y los miles de soldados que ambos tenían bajo su mando. Querían darle su merecido al traidor de Lucio Antonio quien, cuando se enterara de que Lépido y Octavio emprendían su ataque respaldados por un multitudinario ejército, huiría a Perugia.

Octavio también marcharía a esa ciudad y la sitiaría para que Lucio Antonio se entregara, algo que recién haría cuando los habitantes de Perugia, muertos de hambre, le exigieran que capitulase. La ayuda que Lucio Antonio había esperado de su hermano Marco Antonio nunca llegaría.

Finalmente, Octavio terminaría perdonando a Lucio Antonio, pero no a los habitantes de Perugia que le dieron refugio a ese enemigo. Su venganza quedaría en los anales como la famosa matanza de cientos de nobles y de políticos peruvianos.

Fulvia, que había convencido a su marido Marco Antonio para que regresara a Roma y defendiera su lugar, terminaría exiliada en Sición, Grecia, antes de que él volviera. Octavio había decidido perdonarle la vida a la mujer, pero más tarde ella moriría en el Peloponeso en circunstancias poco claras.

Sólo quedaba por ver cuál sería el resultado del gran encuentro que celebrarían en la ciudad de Brindisi Octavio y Marco Antonio, ahora devenidos en archienemigos por el levantamiento promovido por Fulvia y Lucio Antonio.

Los dos líderes se encaminaban hacia esa metrópoli para batallar, y el que resultara victorioso se transformaría en el poseedor de Roma, en el dueño absoluto de la península itálica –con cada uno de sus anexos– a la que llamarían «imperio»; se convertiría en el gobernante de todos los habitantes de esas tierras, y el amo y señor de la voluntad de Apia. Porque el hombre que gobernara Roma sería, también, quien la poseería a ella.

CLEOPATRA
LA REINA DE EGIPTO

Cleopatra y Marco Antonio terminan de hacer el amor en el lecho del palacio de Alejandría. Él se queda tumbado entre los cojines mirando el techo, dormitando, mientras un esclavo le pasa un lienzo húmedo por el cuerpo para limpiarlo y refrescarlo. Se ha acostumbrado a las excentricidades del lujo, como disfrutar de esos paños frescos o que, para paliar el calor, cuatro esclavos los apantallen mientras mantienen las relaciones sexuales. Cada vez que vuelve a Roma le cuesta vivir sin esos detalles que sólo Cleopatra sabe manejar. Ella manipula el lujo como nadie. Se ha criado de esa manera y le ha enseñado a disfrutarlo. Las uvas se las sirven peladas y sin semillas, reciben largos masajes cada día, las telas de la ropa sólo son suaves sedas especiales que las fabrican para ellos y que, además, ya vienen perfumadas porque los hilos los producen impregnados con los aromas elegidos por ambos... Y tantos otros detalles que en Roma, por más adinerado que se llegue a ser, no se consiguen.

Cleopatra observa a su hombre, que duerme junto a ella. Se encuentra inquieta porque él quiere volver a Roma. Fulvia, su esposa, lo reclama, lo satura con cartas que lo preocupan, le avisa que allá Octavio cada día se vuelve más fuerte y él, por vivir en Egipto, más débil.

Fulvia y Lucio Antonio, el hermano de Marco Antonio, han usado como excusa el problema político de la expropiación de la tierra que Octavio efectuó a los campesinos, y los dos le han hecho frente nombrándose abanderados de los rurales desposeídos; aunque su verdadero fin es derrocar al divino *filius*.

A Egipto las noticias sobre la disputa por el poder llegan confundidas y nadie está seguro de qué es lo que realmente está pasando en la metrópoli.

Cleopatra ve que Marco Antonio abre los ojos y aprovecha la oportunidad:

—No quiero que vayas a Roma.

—Debo ir, mi nombre está en juego. Tampoco te sirvo aquí encerrado sin poderío. Tengo que presentarme en el Senado, hacerme ver, hablar y recobrar el apoyo que siempre tuve.

—Es importante que no olvides que tu mujer soy yo, y no Fulvia. En mi vientre llevo tus hijos.

—¿Por qué dices «hijos»? —pregunta él, que desde hace semanas está al tanto de que Cleopatra espera un niño.

—La partera que trajo Sharifa dice que son dos.

—¿Mellizos?

—Sí.

—Ay, Cleopatra... —suspira entre contento y preocupado.

No pensaba formar una familia con la reina egipcia pero una cosa ha llevado a la otra, y ahora no sabe bien qué hacer con Fulvia, que, según entiende, se encuentra en Roma peleando fielmente por él. A veces quisiera olvidarse de que existe el mundo romano y dedicarse sólo a disfrutar para siempre junto a esta mujer que —siente— es única, tanto en la intimidad como en todo lo demás. Pero hay una realidad: el día que el nombre Marco Antonio deje de sonar poderoso en Roma, ella perderá interés en él. Así que ambas vidas, tanto la que él tiene en Roma como la que vive en Egipto, deben seguir paralelas; ninguna debe malograrse ni interrumpirse.

Cleopatra tiene unos pocos meses de embarazo que su armónico cuerpo aún no muestra. Pero el hijo que quería con Marco Antonio y que tanto buscó eligiendo los momentos para el sexo, según la luna y sus ciclos menstruales, al fin crece en su vientre, y son dos. Esa descendencia es su manera de asegurarse de que él nunca la traicionará por Roma. Sabe que no ama a Fulvia, comprende que sexualmente es casi su esclavo. Ella se le acerca y él se enciende. ¿Cómo no? Si lo ha complacido en todo. Y ambos lo han disfrutado en grande. Marco Antonio es hombre fogoso, fuerte y, por momentos, un niño lleno de ternuras hacia ella. Actitudes que lo vuelven muy querible, pero ella busca no ablandarse demasiado, no quiere depender de nadie. Tiene que poder vivir con y sin él.

A pesar de hallarse descansando, la mente de Marco Antonio no deja de maquinar ideas: partirá la semana que viene y antes de llegar a Roma se detendrá en Brindisi, donde celebrará la reunión con Octavio. Mecenas, amigo del divino *filius*, le ha enviado un papiro ofreciéndose a mediar entre ambos. Asume que a Octavio no se le puede declarar la guerra así, sin más. Es demasiado poderoso, y antes ambos deberían escucharse; aunque si sale mal el encuentro, a él no le temblará la mano para firmar la orden para que sus hombres lo enfrenten.

A simple vista, en la cama sólo hay una mujer y un hombre, pero si los pensamientos pudieran verse, en el ambiente se descubrirían maquinaciones, traumas emocionales, miedos, sospechas, corazas de carácter, pero y sobre todo, resoluciones, determinaciones, decisiones que traerán consecuencias sobre miles y miles de seres humanos.

Capítulo 17

HOY

Año 35 a. C.

—¡Romanos, alégrense! ¡La rebelión de esclavos en las fincas del sur finalmente ha sido sofocada! ¡Nuestros valientes soldados lo han logrado! —gritó de forma aparatosa el pregonero de la esquina del foro que iba vestido de túnica gris. Una vez al día daba las noticias más importantes del imperio con gesticulaciones propias de un actor.

Las personas que pasaban por allí, al escucharlo, de inmediato comenzaron a desplegar murmullos en la ciudad acerca del sofoco de la rebelión. La ciudad hablaba y en sus calles se murmuraba que luego de una ardua lucha la solución había llegado de manos del ejército.

Apia, muy cerca del foro, fue alcanzada por los rumores y pensó en Manius, que había estado prestando servicio allí, y su corazón dio un brinco. Vio cómo un muchacho dibujaba en las paredes públicas la figura de un soldado cortándole la cabeza a un esclavo y entonces tuvo la certeza de que los cuchicheos de Roma decían la verdad. La noticia estaba siendo confirmada de manera oral y gráfica. Los murmullos, fruto de los dichos del pregonero que se esparcían y las figuras en la vía pública, lo certificaban. Si Manius estaba vivo, regresaría pronto.

«¡Al fin! Para bien o para mal, ¡acabó!», pensó entre aliviada y preocupada. Manius se había marchado hacía mucho y ella, deshecha y sin noticias, había llegado a creer lo peor. Durante esos días sólo había encontrado fuerzas para dedicarse a sus negocios. Acababa de volver satisfecha de su tienda: los dependientes le habían contado que las ventas de las margaritas iban bien. Todos aceptaban la idea de que las romanas elegían comprar sus perlas allí porque les atraía la decoración del sitio y los servicios que se brindaban. El informe le había dado aliento y la certeza de que debería comprarles a los *margaritarius* de la cofradía la mercadería que traerían de Egipto, pues no podían faltarle perlas en el local del foro. Pero, tras haber escuchado los murmullos de Roma, nada de esto le importaba; ahora tenía otra prioridad. Dobló en la esquina, donde la esperaban sus esclavos con la litera y se subió al vehículo. Con la revuelta terminada, necesitaba averiguar sobre el destino de Manius. Pero antes tenía que pasar por su casa porque la encargada de conseguirlas sería Gaya Paulina.

Dos horas después, Apia se dirigía a pie al cuartel donde había vivido Manius Marcio antes de su partida. En su casa, se había quitado el peinado alto deshaciendo las trenzas y se había puesto el vestido de trabajadora; así pensaba presentarse para preguntar por él en el edificio de gobierno. Después de veinte días sin noticias, y finalizado el problema, algo tendrían para decirle sobre el centurión.

Mientras se aproximaba a la fachada, vio salir por la puerta principal a dos soldados. Luego apareció otro, al que encontró parecido a Manius pero más delgado. Miró mejor, realmente se trataba de alguien casi idéntico… ¡Era Manius! No lo podía creer. ¿Qué hacía allí? ¿Cuándo había llegado?

—¡Manius Marcio! —exclamó con voz fuerte desde la acera de enfrente.

Gaya Paulina podía gritar en la calle; Apia Pópulus, jamás. A ella y a los demás les hubiera sonado inapropiado.

Él se dio vuelta y, al reconocerla, cruzó apurado entre dos carros a la otra calzada.

—Gaya Paulina... —dijo mostrándole su bella sonrisa y la estrechó con fuerzas entre sus brazos.

Se besaron.

Hasta que Apia, separándose, le expresó su temor:

—Pensé que los esclavos te habían dado muerte...

—Aquí estoy, vivo...

—Estás muy delgado. No sabía que habías llegado...

—¿Y cómo ibas a saberlo, si no puedo avisarte porque aún no sé dónde vives?

Las palabras se clavaron en el corazón de Apia. El engaño cada vez le pesaba más. Tenía que solucionarlo.

—¿Cuándo han arribado?

—Hace apenas unas horas. Sólo he tenido tiempo de asearme y de cambiarme de uniforme.

—¿Fue muy difícil sofocar la rebelión?

—Te puedo asegurar que no querrás saber los detalles —enunció él poniéndose muy serio.

—Ay, no... —dijo ella, que podía imaginar los peligros que habría pasado, y luego, con agradecimiento, porque había vuelto sano y salvo, agregó—: En verdad, celebro que estés aquí —expresó de manera tierna mirándolo a los ojos.

—Escúcheme, mi señora, tengo algo importante para decirle —dijo Manius sonriendo.

A Apia le resultó extraño que la llamara de esa forma —él la usaba de manera cariñosa—; sin embargo, ese era el trato que por respeto le dispensaban a diario en su casa y en cada sitio donde la conocían.

—¿Qué vas a contarme? —preguntó intrigada. Debía ser algo bueno, el rostro de Manius exudaba felicidad.

—Me he ganado una semana de franco y me gustaría pasar contigo uno o dos días. ¿Existe la posibilidad? ¿Podrás...?

¡Claro que existía! Ella era dueña de hacer lo que deseara con sus días, aunque él no lo sabía.

—Pero... ¿adónde iríamos?

—A la posada de siempre o a otra más bonita.

Manius Marcio tenía tiempo y dinero en el bolsillo; las misiones peligrosas —como la que había llevado a cabo— dejaban una recompensa extra, además del sueldo normal.

—Habla con los dueños de la casa donde trabajas, ¡explícales! Diles la verdad: que tu soldado ha vuelto de sofocar la rebelión. Los legionarios siempre somos respetados. ¿Quieres que te acompañe y hable por ti?

—No será necesario.

A Apia le dolió el engaño.

—Te veré en dos horas en la puerta de la posada. Ojalá logres arreglarlo, así podremos estar juntos —dijo él y, al ver que un soldado se les acercaba, le pidió—: Espera, Gaya, no te marches. Te presentaré a mi compañero.

El soldado, de la misma edad que Manius, se acercó sonriendo. Era alto, delgado y moreno.

—Gaya Paulina, te presento a Décimo Ovidio. Este hombre es como un hermano para mí.

El uniformado sonrió ante las palabras de su amigo y, mirando a Apia, le hizo una reverencia con todo el cuerpo.

Apia inclinó la cabeza como correspondía.

—Mi amigo, el centurión Manius Marcio, me ha hablado de ti. Me alegra conocerte.

—Él también te ha nombrado —dijo Apia de manera educada.

—Pues será que ambos somos importantes en su vida. Y hablando de seguir con vida, ¿festejaremos tomando una copa de vino?

—Quedará para mi regreso. Si todo sale bien, nos tomaremos un día o dos con Gaya Paulina.

—Perdón, pensé que ella trabajaba.

—Irá a hablar con sus señores.

—¿Dónde trabajas? —preguntó el amigo de Manius.

—En el Palatino.

Décimo Ovidio lanzó un silbido haciendo referencia al prestigio del barrio y comentó:

—Debe ser un buen trabajo, acorde a la zona…

Apia lo oyó y otra vez la asedió el fantasma del engaño. Se sentía culpable, quería marcharse y librarse de seguir mintiendo. Les propuso:

—Manius, creo que tienes tiempo de tomar una copa de vino con tu amigo, ve con él. Te veré en tres horas en la puerta de la *caupona*.

—Tienes razón.

Ella se despidió con un saludo respetuoso acompañado de una reverencia. Luego se marchó.

Mientras caminaban rumbo a la taberna, los hombres comentaron:

—Ya veo que le has dado por completo a Gaya Paulina el timón de tu existencia —señaló Décimo riendo ruidosamente.

—Así es. Creo que estoy enamorado y quiero casarme con ella.

Manius Marcio no andaba con rodeos.

—¡Qué dices, si no puedes! ¡Eres soldado!

—Lo sé —dijo él, que recordaba perfectamente que había conocido a Gaya cuando bullía su deseo de volver a la batalla y le había escrito a Marco Antonio para que lo llevara al frente. En ese momento, estaba entusiasmado con acompañarlo, ahora ya no. Se hallaba demasiado enamorado.

—Pues si tanto la quieres y dispones de una semana libre, tendrías que habértela llevado contigo a la playa.

—No es mala idea, pero ya sabes: ella trabaja.

Apia, en su casa, dentro del cuarto de las mujeres, preparaba con la ayuda de Furnilla una bolsa de tela con algo de ropa. Cargó un vestido común de los que usaba para el trabajo y agregó una túnica de seda color celeste, de las más sencillas que tenía, que dejaba al descubierto su hombro; también, dos perfumes y otros pañuelos para la cabeza. Miró su tocador con pena; allí, arriba de la mesilla, había maquillajes, peines, lazos, collares y toda clase de elementos de belleza. No podía llevar nada; sin embargo, como no pudo escapar de la tentación, cargó unos pendientes de perlas y un polvo carmín para embellecer su rostro.

—Ama, tenga cuidado —le pidió Furnilla, que entendía los efectos que provocaba el regreso del soldado: su *domina* otra vez había perdido la coherencia.

—Lo tendré.

—Lo mejor sería hablar con el soldado y decirle la verdad.

—Lo haré.

—Y no olvide que debe regresar pronto por la tienda. Liam la necesitará.

—Quédate tranquila, sé lo que hago, la tienda y mis negocios están bajo control —le respondió con serenidad. Estaba demasiado contenta para enojarse con Furnilla por su actitud paternalista. La muchacha, en el afán de protegerla y ayudarla, a veces se olvidaba que era la esclava y ella, la *domina*.

—Cuídese también de los vigilantes del amo Senecio, continúan apostados en la esquina.

—No te preocupes. A ellos ya no les interesamos —expresó convencida Apia.

—No estaría tan segura. Si fuera así, no seguirían en la esquina.

—Ya basta, Furnilla. Hoy es un día feliz, Manius Marcio está vivo y pasaré con él cuatro días.

Apia no imaginaba que sus movimientos, así como los de los sirvientes de su casa, eran controlados por dos hombres que Senecio había sumado a la custodia apostada en la esquina. Había tomado esta decisión luego de fascinarse con los impensados descubrimientos realizados: una de las sirvientas —sospechaba que se trataba de Apia disfrazada—, mantenía un romance con un soldado; además, ella y Furnilla se presentaban vestidas de trabajadoras en la cena de la cofradía. Esos hechos hundirían a Apia en el más absoluto precipicio porque ambas situaciones tendrían una condena social y legal. Y allí estaría él para ofrecerle una salida airosa proponiéndole matrimonio. En tanto, ya había empezado el divorcio con su mujer, con quien había acordado los términos de la separación.

Apia salió a la calle con la bolsa en las manos y en poco rato estuvo en la puerta del hospedaje con Manius Marcio.

—¿Te han permitido tomarte el día?

—Sí, soy dueña de cuatro jornadas.

—¡Cuatro! —exclamó sonriendo y preguntó—: ¿Y cómo fue que te permitieron tanto tiempo? Cuéntame.

—Me fue bien. En estos días estaremos tranquilos y conversaremos de todo.

—Entonces nos iremos a la playa.

Ella abrió grande los ojos y asintió. La idea le había agradado. Sólo había estado en la playa cuando niña, poco antes de casarse. Además, cualquier lugar sería más discreto que Roma. Aunque nunca nadie la había reconocido y no creía que fuera a suceder, no estaba de más ser cuidadosa, pues cuatro días era mucho tiempo.

En minutos se hallaban arriba de una carruca, un cómodo vehículo de cuatro ruedas tirado por dos mulas en el que se podía dormir acostado.

Irían a una playita muy pequeña, cerca del puerto de Ostia, a unas veinte mil millas romanas. Allí los ciudadanos más sencillos tomaban vacaciones alquilando una pieza grande que hacía de casa.

Apenas llevaban diez minutos de recorrido y Manius, dentro de la carruca, ya le había sacado la ropa a Gaya para amarla con desesperación.

Los movimientos acompasados de los dos cuerpos que se reencontraban sedientos el uno del otro se confundían con el traqueteo de las ruedas; el sonido de las herraduras de los animales contra los adoquines escondía los gemidos de Apia que, aunque intentaba acallarlos por pudor a ser escuchada por el conductor, no lo lograba del todo. Él se enloquecía con esos sonidos y con el aroma del pelo de Gaya, pues amaba verla con el cabello suelto que, como siempre, iba marcado con la forma de las trenzas; esta vez, por las que se había desatado en la mañana.

Llegarían al lugar ya de noche. Recorrerían el camino adoquinado que cada diez mil pasos romanos disponía de una *mutatio*, que consistía en un parador donde se podían cambiar las bestias, arreglar una rueda y hasta tomar un refrigerio.

El viaje avanzaba, la distancia a la playa se acortaba, y el recorrido para ambos era una delicia, el reencuentro, el paisaje, la libertad de saber que nadie esperaba nada de ellos al otro día, sino que disponían de cuatro jornadas. Y eso aumentaba su felicidad.

Llegaron a Ostia con la oscuridad densa de la noche y el mismo conductor los llevó hasta la casa del hombre que administraba las pequeñas posadas. Manius regateó el precio bajo las directivas de Apia, que sacó las cuentas de manera exacta. El hombre les entregó la llave, una hogaza de pan con un trozo de queso, dos naranjas y, arriba de la carruca, fueron a la casita que estaba pegada al mar.

Ya solos en el lugar, prendieron la lámpara de aceite que se hallaba sobre la mesa. La luz les mostró con claridad el sitio: una sola pieza grande hacía de *tablinum*, cocina y cuarto para dormir; junto a la puerta disponía de una ventana; sólo el pequeño baño se encontraba separado. El ambiente estaba pintado de blanco y los pocos muebles, como la mesa y los taburetes, de azul. Algunas ollas y sartenes de bronce colgaban de la pared junto al brasero; además, en otro mueble había provisiones elementales no perecederas. En los estantes de una repisa que en la parte superior tenía un rústico espejo de poca nitidez había varias canastas de distintos tamaños repletas de caracolas y estrellas de mar. Dos cañas de pescar llamaron la atención de Manius. A pesar de que el lugar no tenía lujos, a Apia le gustó. Era sencillo pero encantador. Y lo más importante: después de sufrir veinte días sin noticias de Manius, ahora lo tenía sólo para ella, estaban juntos. Se durmieron abrazados escuchando el ruido del mar.

Por la mañana, tras despertar, desayunaron frugalmente. Apia enseguida quiso ir a ver el mar. Cuando abrieron la puerta, encontraron un pequeño tesoro: el posadero les había dejado una vasija con leche y otra hogaza de pan. Dieron unos pasos más y en la parte trasera de la construcción descubrieron un pequeño huerto.

Salieron y caminaron descalzos por la playa. El día estaba templado y se mojaron los pies en el agua. Eran felices. Apia, cada vez que miraba a Manius, no dejaba de sorprenderse de que vistiera ropa común y no llevara puesto el uniforme de soldado, ni portara espada. Aunque siempre llevaba consigo a todas partes su pequeño y muy afilado cuchillo con mango de piedra color negro.

Caminaban, se reían, charlaban, jugaban a salpicarse. Manius insistía con usar las cañas que había visto en la casa. Quería pescar con las dos varas flexibles provistas de hilo hecho de crines de caballo y, en la punta, de un anzuelo lastrado con un peso de plomo. Fue a buscarlas y probaron. Apia no tuvo suerte; no entendía cómo funcionaban y tampoco le interesaban, pero Manius, que tenía experiencia, enseguida logró su cometido y para el mediodía dos pescados frescos estaban a su disposición.

—Será nuestro almuerzo. Ahora vamos a casa, que ya te estoy extrañando —dijo él. La había amado por última vez en la carruca, durante el viaje.

De regreso, Apia cortó dos tomates del huerto, que, junto con la pesca del día, sería su almuerzo.

Volvieron a la casa al mediodía. Cuando ella se disponía a cortar los tomates, Manius, que tenía otros planes, vino de atrás, la tomó de la cintura y, hablándole bajito al oído, le pidió:

—Vamos a la cama —dijo y empezó a besarle la nuca.

Terminaron haciendo el amor de pie. Ella, con la mirada puesta en la ventana, pero sin ver, sólo sintiendo, explotando de placer; él, besándole la espalda desnuda porque en segundos ella había perdido la túnica. Las manos grandes de Manius se la habían quitado presurosas. Y la cocinita del lugar conocía los gemidos de Apia y la pasión tenaz de Manius porque, aunque ella intentó seguir cocinando, él la convenció de continuar el juego con caricias certeras y besos en la nuca.

Cuando terminaron de amarse, Apia le dijo:

—Ahora sí, vamos a la cama.

Hacer el amor y la larga caminata en la playa la habían cansado. Pero Manius, acostumbrado a la actividad física, exigió:

—¡Pero si ahora le toca el turno al pescado!

—Tendrás que cocinarlo tú, yo no sé hacerlo —dijo ella muy tranquila yendo rumbo al lecho.

Manius lanzó una carcajada ante la duda. ¿Le hablaba de verdad o sólo se trataba de una broma? Pero Apia no sabía que a él le encantaba cocinar, un placer que muy pocas veces podía darse porque su trabajo no se lo permitía. Manius se puso de pie y comenzó a pensar qué podía inventar con los pescados y los tomates. Salió al huerto, encontró una cebolla y volvió feliz. Tomó el sartén y comenzó la tarea que tanto le gustaba.

Un rato después ambos comían la deliciosa comida, disfrutaban de la compañía, conversaban de menudencias, cosas de la niñez. Apia contaba la verdad, pero como si hubiera sido una niña pobre y no adinerada.

Durmieron la siesta que otra vez terminó en amor. Y allí, tendidos en el lecho, conversaron tranquilos de cosas importantes.

—Gaya, ¿sabes que esto que hacemos puede traer un bebe…?

—Lo sé.

—¿Sabes también que los soldados no podemos casarnos…?

Apia asintió con la cabeza.

—Pero lo que no sabes, y por eso quiero decírtelo, es que si llegaras a embarazarte, yo me haría cargo. Aunque no pueda darte una boda, sí ayudaría con la crianza. Me gustan los niños.

—No creo que eso pase —vaticinó con cierta pena en la voz.

—¿Por qué dices eso?

Entonces, Apia le contó una parte de su historia, una que nunca le había contado: casada con un hombre mayor a los catorce años, había enviudado poco tiempo atrás luego de permanecer diez a su lado y jamás había logrado embarazarse.

—Tal vez la razón fue la edad de tu esposo.

—Quizá —respondió ella sin mencionar su otra experiencia, la vivida con Octavio.

Manius le preguntaba detalles de su vida de casada, y ella se los daba, pero se cuidaba de contar que Salvio Sextus había sido uno de los más importantes comerciantes de Roma, y que siempre había vivido en el Palatino, tanto de casada como de soltera.

Él también le contaba pormenores acerca de la única relación importante que había tenido, le hablaba de la muchacha de la que había estado enamorado en su pueblo. Apia no decía nada, pero le molestaba. Se preguntaba: «¿Acaso estoy celosa?». Se trataba de un sentimiento nuevo que acababa de descubrir.

Una de las tardes, al regresar de la playa, Apia traía sus manos llenas de pequeños caracoles que había juntado en la orilla del mar. Se quejó:

—Me gustan, me los quiero llevar, pero no sé dónde los pondré.

—Necesitas un recipiente adecuado. Yo me encargaré —dijo él.

Al día siguiente, ella lo vio luchar durante varias horas con su cuchillo en las manos y un tronco de árbol caído que había junto al huerto. Luego de mucho trabajo había logrado confeccionar una cajita.

Cuando se la entregó, Apia se emocionó. Nunca le habían dado ese tipo de regalos. Nadie se había tomado el tiempo y el esfuerzo de crear con las manos algo para ella. La guardó en la bolsa donde había traído sus ropas. Al hacerlo, supo que siempre sería su tesoro. Cuando llegara a su casa, en su interior colocaría las caracolas recogidas en Ostia.

Los días que Apia y Manius disfrutaban junto al mar transcurrían bajo el manto de una dulce tranquilidad donde las caminatas en la playa, los almuerzos y cenas frugales preparados por ellos, sumados al amor en la cama, le daban sentido a su diario y sereno vivir. Apia se quejaba entre risas de que no alcanzaba a vestirse que Manius ya volvía a quitarle la ropa.

Manius se preguntaba qué más se podía pedir en esta vida. Playa, tranquilidad, la compañía querida y, claro, las delicias que cocinaba con los pescados y la carne de cordero que les vendía el posadero.

Una de las tardes, mientras él se hallaba pescando, ella buscó en la bolsa donde había traído su ropa y encontró la única túnica de seda que había elegido. Como había salido apurada de su casa, sólo había cargado de entre todas sus prendas lo más sencillo que tenía para representar a Gaya Paulina y esa, de color celeste, era la mejor vestimenta de su mínimo vestuario. Acostumbrada a las muchas horas de arreglo y a verse siempre impecable, ahora que estaba con el hombre que por primera vez en su vida quería, deseaba gustarle, verse bien. Decidió arreglarse de forma especial con lo poco que disponía para darle la sorpresa cuando llegara. Se hizo una media cola y el poco cabello que quedó recogido en la coleta lo peinó en trenzas altas; el resto de su pelo lo dejó suelto, cayéndole hasta la cintura, consciente de que a ella le hubiera sido imposible peinarlo como hacía su *tonstrix*. Se arregló como pudo. En el cuarto sólo contaba con el espejo del mueble, que apenas si reflejaba la figura porque era de metal. Se colocó la *fascia*, luego la túnica celeste que mostraba su hombro y ató el cordel trenzado a la cintura. Se perfumó y, por último, se colocó los largos y sofisticados pendientes de perlas, la única joya que había cargado. Se aplicó un poco del polvo rosa en las mejillas y también iluminó sus ojos y sus labios. «¡Tantos maquillajes que tengo en el cuarto de las mujeres! ¡Y aquí, que quiero estar más bella, debo contentarme con este único lustre carmín!», protestó.

Aunque no percibía el cambio, con los arreglos había logrado una gran diferencia en la apariencia de Gaya Paulina. Emperifollada se parecía mucho más a Apia Pópulus. Pero concentrada sólo en verse bella no se percató de lo sucedido.

Se dio una última mirada en el espejuelo que encontró ridículo porque no pudo observar los detalles; frustrada, comenzó a encender las velas. La tarde iba dando paso al anochecer. Las prendió una a una, como hacía cada noche, y descubrió que algunas se iban acabando, como el tiempo compartido en ese lugar. Luego, sin saber qué más hacer, se dedicó a ordenar el cuarto y a poner la mesa para cenar. Actividades impensadas para su vida en el Palatino, pero aquí parecían las más normales del mundo. Comerían el pescado que traería Manius acompañado de pimientos de la huerta recién horneados.

Media hora después, Manius abrió la puerta mostrando su encantadora sonrisa. Ingresó y, sin mirar nada, exclamó:

—¡Felicítame, me fue bien! Tenemos la cena —dijo cerrando la puerta con una mano porque en la otra llevaba el pescado colgando de un hilo.

Se dio vuelta y, al repasar con la mirada el interior del cuarto, recién la vio. Se quedó mudo.

—¿Le agrada, mi señor? —dijo ella haciéndole una reverencia y luego agregó—: Me he vestido para usted.

Pero Manius Marcio estaba demasiado impresionado para responder. Esa bella y sobre todo fina mujer que tenía enfrente no parecía ser su Gaya Paulina. Al fin pudo articular:

—Estás muy hermosa. ¿Cómo hiciste ese cambio?

Para su elemental mente de soldado la transformación no tenía explicación alguna.

—Traje algunos enseres... —dijo Apia sonriendo de manera pícara.

Él la miraba embelesado, pero también impresionado. No le decía nada.

—¿No te agrada? —le preguntó.

—Sí, estás muy elegante. Pero te ves como otra persona. Pareces... pareces una dama romana rica.

Se quedaron observándose durante unos segundos.

Apia pensó que había llegado el momento de hablar con la verdad. Desde que habían arribado, cada vez que lo intentó, terminó cerrando la boca por miedo a arruinar los buenos momentos. Se había prometido revelarle su identidad antes del final de la estadía, y esta tarde ya casi lo era. Inspiró con fuerza, tomó la resolución y armándose de valentía dijo:

—¿Parezco una señora rica? Pues lo soy, Manius Marcio. Vivo en el Palatino, allí tengo una casa.

Él, con el pescado todavía en la mano, la miraba atónito.
Ella prosiguió:

—Mi nombre es Apia Pópulus y no Gaya Paulina.

Al descubrirse, Apia supo que estaba a punto de quebrarse emocionalmente. Su cuerpo comenzó a inclinarse hacia adelante. Deseaba arrodillarse, pedirle perdón. Pero Manius, repuesto de su hipnotismo, lanzó una carcajada y exclamó:

—Por poco me convences, mi bella Gaya. Deberías haber trabajado en el teatro y no fregando.

—Manius, yo...

Ella aún no se convencía de callar.

—¡Vamos a cocinar este pescado que debe estar delicioso! Porque de lo contrario terminaré haciéndote el amor. Estás muy bella.

A Apia el hilo de voluntad se le iba extinguiendo como la lumbre del pabilo de las velas que minutos antes había prendido. Su decisión de hablar apenas subsistía, pero la frase de Manius terminó de apagar por completo su valentía porque él exclamó:

—¡Gracias a Júpiter que eres Gaya, porque en verdad sería un gran problema que fueras una matrona rica del Palatino! —dijo y volvió a reír estrepitosamente mientras buscaba el sartén de bronce para freír su pescado.

Un rato después ambos comían a la luz de unas pocas velas. Tal como lo había anticipado Apia, algunas se habían consumido por completo, al igual que su voluntad de contarle esa noche quién era realmente. Porque la cena, las palabras que ellos se decían y las caricias que se prodigaban como antesala de la pasión que se desataría eran perfectas. Todo lo era. ¿Para qué arruinarlo? Ya habría tiempo de sentarse a hablar y explicar que el nombre Apia Pópulus no era inventado, sino que existía desde que ella había nacido.

Muy lejos de allí, en la casa azul del Palatino, Furnilla escuchó que llamaban a la puerta de calle. Abrió y se dio con Senecio Sextus. Él había querido cerciorarse con sus propios ojos de la información brindada por sus hombres acerca de la muchacha que salía de la casa vestida de trabajadora sobre la que recaía la sospecha de que se trataba de la mismísima Apia Pópulus. La joven había partido en una carruca con un soldado un par de días atrás y, por lo que sabían, no había regresado a la casa. Además, a Senecio le habían asegurado que en la residencia se encontraba Furnilla, su sirvienta personal, la mujer de cabello y ojos claros.

Senecio ingresó y exclamó:

—Mira, Furnilla, no te entretendré con nimiedades. Necesito ver a Apia.

—Ella no se encuentra en la casa.

—Pues entonces dime a qué hora la encontraré.

—No lo sé.

—¿Pero es que acaso no regresará a dormir a su hogar?

—Sí, lo hará más tarde. ¿Desea que le sirva un vaso de agua? ¿O una copa de vino?

—No. Sólo quiero hablar con Apia. Regresaré a la tarde —anunció Senecio y se marchó.

Furnilla se quedó preocupada. Si el amo Senecio cumplía sus palabras, habría graves problemas. Tenía que idear un plan.

Unas horas más tarde, en la playa, ajena a todos los problemas, Apia se sentía feliz.

En la oscuridad del cuarto, mirando las estrellas por la ventana, se había dado cuenta de que no vivía días tan felices desde que era una niña. A su lado, Manius Marcio roncaba; sí, roncaba, y a ella le daba gracia. Ambos estaban exhaustos después de hacer el amor por horas. Acarició el cabello de hombre cortado a lo soldado y así, con el pelo castaño entre sus dedos, se quedó dormida.

Era la hora duodécima, la noche caía en Roma y allí estaba otra vez Senecio golpeando la puerta de la casa azul.

Y de nuevo fue Furnilla quien lo atendió.

—El ama Apia está durmiendo.

—Es demasiado temprano —protestó él, que justamente había ido en ese horario y no más tarde para que no le dieran ese pretexto.

—Despiértala —se atrevió a ordenar tratando de llegar hasta las últimas consecuencias.

—No puedo. Pidió especialmente que no la llamara por ningún motivo.

—¡Maldita sea! ¿Te crees, Furnilla, que no sé que me engañas?

Hizo la pregunta y se arrepintió. Lo mejor era demostrar que le creía. Así le resultaría más sencillo tenderle una trampa. Cambió el tono y le dijo a la esclava:

—Está bien, entiendo, sólo que me has hecho enojar, déjala descansar. Dile que la veré mañana —señaló y se marchó sin más.

En la playa, al día siguiente, Apia abrió los ojos y observó cómo la primera claridad de la mañana aparecía por la ventana. Miró a su alrededor y descubrió la mesita y los dos taburetes azules, los platos y las copas de latón, el sartén donde preparaban los pescados y la repisa con las caracolas y la enorme estrella de mar. Había aprendido a querer ese lugarcito pequeño donde había sido tan feliz. En pocas horas emprenderían el regreso, pero todavía era temprano para salir. La culpa que experimentaba por no haber hablado el tema urticante no le permitió volver a conciliar el sueño. Miró a Manius, que dormía a su lado plácidamente, y decidió salir a dar una última caminata por la playa antes de comer algo y partir rumbo a Roma.

Apia se sentó en la cama y Manius Marcio se movió un poco, luego tocó el brazo femenino y dijo entre sueños:

—Gaya Paulina, te amo…

—Yo también te amo —le respondió ella al oído.

Él siguió durmiendo, pero ella meditó que, durante los días pasados allí, había sido Gaya y ni por un sólo momento se había sentido Apia. Ni siquiera cuando hizo el intento de contarle la verdad.

Se puso de pie y, sin hacer ruido, salió descalza fuera de la casa. Comenzó a caminar por la playa contemplando el mar mientras un pensamiento la acechaba: «¿Quién soy realmente?». Porque Gaya no era; pero Apia, tampoco. Su soldado no conocía a esa romana sofisticada, adinerada y triste que vivía en la casa azul.

Entonces concluyó que el precio que ella pagaba por mentir la privaba de una existencia real. El costo de la mentira se hallaba en que no existía ninguna de las dos mujeres. Y así supo que el mentiroso se quedaba sin una vida concreta, que allí radicaba la verdadera maldad de no decir la verdad. Porque en su caso, la existencia completa construida con pasado, presente y sueños de futuro no le pertenecía ni a Gaya, ni a Apia. Cada una gozaba sólo de una parte de la otra. Pero el temor a perder esos trozos de dos existencias era tan grande que no se atrevía a hablar con Manius. Sabía que corría riesgos y aun así, cada vez que estaba por decirle la verdad, su boca enmudecía.

En ese momento se sentía completamente Gaya, pero cuando llegara a Roma sabía que sería diferente. Apia tenía sueños muy distintos a los de esa muchacha trabajadora.

Esa noche Apia entró a su casa y se sintió extraña. Acababa de llegar del viaje y ese mundo que le resultaba familiar, lo percibió ajeno. Con Manius habían acordado dormir juntos al día siguiente. Él la había acompañado hasta la esquina de su residencia, y ella no había podido negarse. Si bien Manius no había visto a cuál de las cuatro casas de color azul había ingresado porque la carruca se había marchado antes de que ella se acercara a la puerta, había una realidad: ahora él sabía exactamente en qué esquina vivía Gaya. Y si un día se acercaba a preguntar, descubriría de inmediato quién era ella. La verdad cada vez cercaba más a Apia.

Caminaba rumbo a su cuarto cuando vio aparecer a Furnilla. Al tenerla de frente, la chica exclamó:

—¡Alabada sea Sirona! ¡Ha regresado sana y salva!

Hizo el ademán de arrodillarse ante su ama. Pero Apia se lo prohibió:

—Furnilla, ya te he dicho que no hagas eso. Cuéntame qué ha sucedido aquí.

Su esclava le contó sobre la visita de Senecio. Ella la oyó atentamente hasta que al fin dijo:

—No me preocupa. Esta semana hablaré con el soldado. No tengo por qué ocultarme. Sólo debo juntar coraje para contarle porque seguramente se molestará mucho cuando se entere... Aún le quedan tres días de franco y los aprovecharé para decirle quién soy.

—Ama, hoy es la cena de la cofradía. ¿Iremos?

Apia lo había olvidado por completo. Estaba cansada de esa actividad y harta de mentir. Y del largo viaje. Además, Manius no iría porque gozaba de su licencia. Se tomó unos instantes para pensarlo, luego miró a Furnilla y dijo:

—Está bien, iremos.

—Recuerde que estamos muy vigiladas. Esta semana no debería salir de noche.

—Estás en lo cierto. No debería ver a Manius Marcio —respondió Apia, que se hallaba agotada.

En ese momento le parecía una buena decisión, pero después pasaría a ser un imposible de cumplir. Así que agregó:

—Tráeme un papiro. Le escribiré una nota diciéndole que no dormiremos juntos pero que intentaremos vernos en otros horarios. Se lo llevarás hoy mismo.

—Pero, ama, si ahora vamos a la cofradía... —le recordó su esclava.

Extenuada por las circunstancias, a Apia se le escapaban los detalles.

—Tienes razón, se lo dejarás antes de entrar a trabajar al salón.

Le escribió una misiva a Manius explicándole en pocas palabras que en los próximos días no podrían verse durante la noche. Le decía que, tal vez, podrían reunirse alguna mañana o alguna tarde. Le contó que estaba cansada y que había olvidado que esa noche le tocaba trabajar en la cofradía. Lo firmó y puso «APIA».

Furnilla, que lo vio, exclamó:

—¡Ama, el nombre!

Apia le pasó el dedo índice a la palabra y así desparramó el tinte oscuro y logró borrarlo. Luego, arriba y de manera prolija, escribió «GAYA PAULINA». No daba más de cansancio y de mentiras.

Unos minutos después ambas marchaban rumbo a la cofradía.

La única razón por la que Apia iba una vez más al salón era porque necesitaba escuchar nuevas noticias sobre la compra grande, precisaba adquirir parte de esa mercancía para vender en su tienda.

Mientras avanzaba, Apia no sabía que un tercer hombre las venía siguiendo, porque los dos de siempre, apostados en la esquina, actuaban como si ellas no les interesaran. Los vigilantes no terminaban de descifrar la identidad de las dos muchachas, aunque a Senecio no le quedaban dudas y deseaba actuar cuanto antes. Y si aún no lo había hecho era porque en su plan haría participar al ejército, lo cual no resultaría fácil de lograr al estar de por medio un centurión. Pero como a él le gustaba decir: «Todo es cuestión de dinero. Sólo hay que dar con las personas adecuadas».

Apia llegó al salón e ingresó, pero Furnilla siguió de largo hacia el cuartel para entregar el rollo al centurión Manius Marcio. Una vez en el edificio, se lo dio a uno de los jóvenes soldados que custodiaban la puerta y se marchó. No quería llegar tarde a la cena de la cofradía, no le gustaba dejar sola a su *domina*.

El guardia ingresó al edificio y puso el papiro en las manos del comandante Manius Marcio que, cansado y contento del viaje, había aceptado beber una copa con su amigo Décimo Ovidio en el comedor. Ambos estaban de franco.

Manius lo abrió extrañado.

—Es de Gaya Paulina —aclaró.

—¡Júpiter te ha salvado en la rebelión de esclavos, pero Cupido te ha herido en la playa! Recién llegas y ya te manda cartas… —dijo su amigo riendo.

—Me avisa que durante los próximos días no podremos vernos de noche.

—¿Y cuándo se verán? ¿Acaso ella no trabaja de día?

—Sí. Por eso no entiendo el mensaje.

Sus patrones le habían concedido cuatro días y ahora pretendía verlo en el horario de la mañana. No la entendía.

Décimo Ovidio tomó el papiro entre sus manos y, mirándolo, concluyó:

—Tiene buena caligrafía. Salvo que se equivocó al escribir su propio nombre.

Manius Marcio se dedicó a mirar con detenimiento la «g» de «GAYA» donde parecía haber una «a».

Algunos pensamientos extraños vinieron a su mente. Pero los abandonó, así como también dejó el papiro sobre la mesilla. Estaba loco si le hacía caso a las ideas que querían direccionarlo hacia un engaño. Gaya Paulina era una trabajadora; y en ese mismo momento, según le explicaba, se encontraba trabajando en el salón de la cofradía. Asido a esa idea, buscó olvidar las otras, pero la frase de su amigo le explotó en la cabeza:

—Has tenido suerte. Gaya Paulina es una chica sencilla, pero parece y se mueve como una aristocrática.

Su amigo Décimo Ovidio le señalaba lo mismo que él había percibido en la casita junto al mar. Manius, que ya no podía olvidar esos raros pensamientos que comenzaban a transformarse en dolorosos, fue más allá:

—¿Por qué lo dices, Décimo Ovidio?

—Sabe leer y escribir muy bien. Tiene modales educados. ¿Has visto cómo hace la reverencia? La verdad no me extrañaría que supiera de matemáticas, filosofía y otros temas.

Manius se acordó de la lección sobre perlas que ella le había dado cuando la conoció, y de cuán rápida fue para sacar las cuentas de lo que debían pagar por la carruca y el alquiler de la habitación en la playa.

Aun así, su corazón enamorado se negó a aceptar lo que su razón le dictaba.

Vino a su mente la imagen de Gaya Paulina vestida elegantemente con la túnica de seda y los pendientes caros. Recordó que en aquel momento le dijo que era una mujer rica, y luego había mencionado un nombre. ¿Cuál era? ¿Cuál...? Sí, Apia. Con «a», como la letra que se veía borroneada bajo la «g».

Su razón le ganó la pulseada a los sentimientos porque de manera imprevista vinieron a su mente más y más detalles. Logró recordar el nombre completo que ella había dicho y estuvo casi seguro de que se trataba del mismo que había repetido el senador Tribunio el día que le preguntó quién vivía en la casa de enfrente. Rememoró la imagen de la mujer dentro de la litera roja cuyos ojos le habían parecido conocidos... Pudo retener el reciente instante en que Gaya Paulina se había bajado en esa esquina rodeada de casas azules.

«¡No puede ser! ¡No, no y no!», gritó su interior y se tomó la cabeza con las manos.

—¿Qué sucede? ¿Hay gato encerrado? —preguntó Décimo Ovidio al ver los movimientos de su amigo.

—Creo que sí. Y si estoy en lo cierto, he sido muy estúpido —dijo y tomó un trago del vino de su copa, que le supo amargo.

Él no acertaba a saber la magnitud del engaño pero intuía que había uno, lo había. ¿Quién era Gaya en realidad? Si era rica, ¿por qué trabajaba? ¿Por qué le había mentido? ¿Tenía una doble vida? ¿Qué incluía esa otra existencia? ¿Acaso un hombre? ¿Y si su viudez era un engaño? Le había mentido en muchos asuntos, bien podía haberlo hecho en ese también.

—Ay, Manius, qué mala cosa que haya habido una trampa, porque te veo muy enamorado. ¿Quieres que hablemos? Te escucho.

Manius comenzó un relato que, a medida que avanzaba, le servía para terminar de armar el rompecabezas. Las piezas encajaban perfectamente, lo que provocaba que aumentara su enojo y se alterara más ante cada detalle. Él siempre había odiado la mentira y el engaño; las cosas eran blancas o negras, no había necesidad de ocultamientos. Nada más hermoso que la transparencia. No podía ser verdad lo que estaba viviendo. Para alguien como él, este oscuro asunto era una verdadera pesadilla. En la simplicidad de su mente no entraban la existencia traumática de Apia, los padecimientos de su adolescencia, sus tretas para quitar el dolor y poder subsistir. El costo de su fortaleza era alto, muy alto. Un cúmulo de vivencias la había obligado a ser dura como el metal. Pero él no podía ni siquiera imaginar un interior tan intrincado como el de esa mujer que había amado en Ostia. Pensó: «¡Mentiras, engaños para hacerse pasar por otra persona! ¿Y quién sabe cuánto más hay?». Pero ¿por qué lo había hecho? No le importó; lo había hecho y punto.

Indignado, quería ir ya mismo a hablar con Gaya. La paciencia no le iba a alcanzar para esperar al día siguiente. Lo que había por aclarar era demasiado importante.

Se puso de pie de improviso y con tal violencia, que las copas de latón tintinearon sobre la mesa.

—¿Y ahora qué pasa? —preguntó Décimo Ovidio.

—Iré a hablar ya mismo con Gaya.

—Te podría sugerir que esperes a mañana, pero no perderé el tiempo proponiéndotelo porque sé que no me harás caso.

—Tienes razón. Y ya no me hables. ¡De nada!

—Como estás muy enojado, creo que me iré a dormir. Mañana me contarás cómo te fue con Gaya —dijo Décimo Ovidio y, poniéndose de pie, se marchó. Él conocía la ira de su amigo y lo mejor era alejarse cuando ese torbellino se adueñaba de su persona.

Manius Marcio, una vez solo, pegó un golpe con el puño en la mesa y exclamó:

—¡Maldición! ¡Por los monstruos del Averno!

Luego, en ese terrible estado, se dirigió a la puerta. Cada músculo de su cuerpo se había tensionado y transformado en piedra como sólo le sucedía antes de comenzar una batalla.

Capítulo 18

RECUERDOS

Año 40 a. C.

Ese mediodía, Salvio, su esposa Apia y Senecio observaban la alegre algarabía que se vivía en las calles de Roma. «Este tipo de homenaje se ve muy rara vez», pensó Apia al recordar que, en sus cuatro años de casada, nunca había participado en una celebración de semejante magnitud. El pueblo se había volcado a las calles para festejar y el foro estaba repleto. Los ciudadanos ricos vestían su mejor gala buscando ser admirados mientras que los pobres se conformaban con solamente mirar. La clase alta llevaba flores y cintas de colores recién compradas a los vendedores ambulantes para lanzarlas al aire, las personas de posición baja se sentían satisfechas con tener en la mano una vasija con dos tragos de vino. Pero aquí estaban todos los romanos juntos para celebrar.

Los peinados de las matronas eran dignos de admirar. Con largas trenzas enrolladas en la parte superior de la cabeza, las más adineradas le agregaban incrustaciones de perlas y piedras preciosas, según la moda. Claro que estaban las damas con cabelleras naturales y las otras, con pelucas; pero cada una, ya sea que hubiera gastado mucho o poco, quería lucirse. Se trataba de un día para exhibirse y ser admirada.

El ruido del ambiente era infernal, se mezclaban las voces, las bocinas, el traqueteo de carros y los sonidos de algunos animales. La ciudad festejaba, pero cómo no hacerlo, si por poco —aunque no por primera vez— se habían salvado de una guerra

337

civil. Sus siempre antagónicos gobernantes, Marco Antonio y Octavio, encontrándose frente a frente en la ciudad de Brindisi, a punto de batirse de manera sangrienta con sus respectivas legiones, no habían batallado. Los soldados de ambos bandos, viejos camaradas que habían compartido hermandad en otras guerras, no habían aceptado pelear entre sí, y les habían exigido una reconciliación. El acercamiento se había principiado en una reunión donde, por el lado de Octavio, se había presentado su amigo Mecenas y, por el de Marco Antonio, su general de confianza, Asinio Polión. El acuerdo había tardado pero cuando finalmente llegó, dio nacimiento al histórico pacto de Brindisi, que derivó en un nuevo reparto de tierras: las provincias de Occidente para Octavio y las de Oriente para Marco Antonio. Este último, además, se comprometía a luchar contra los partos, quienes molestaban continuamente en las fronteras orientales. Como fuera, la paz entre ellos había llegado y toda Roma la celebraba esperando vitorear a sus líderes que, al fin, arribaban unidos a la ciudad.

El sol radiante del mediodía alumbró con toda su fuerza las calles del foro, y en ese momento dos carros de metal bañados en oro resplandeciente ingresaron por la calle principal regada de flores. Ningún detalle había sido dejado al azar. Octavio y Marco Antonio daban el espectáculo planeado: una entrada triunfal subidos a sus centelleantes vehículos tirados por caballos blancos y ataviados por sus impecables uniformes de generales romanos.

La gente, al verlos avanzar, se volvió loca, y los vítores fueron ensordecedores. Los dos líderes de la política romana ingresaban por la vía Sacra.

Al paso de los carros, el pueblo les lanzaba flores y cintas multicolores. Salvio y su hijo, como muchos otros, llevaban en sus manos coloridas dádivas, pero sólo por compromiso, no había emoción en sus rostros ni gritos de júbilo en sus labios. Apia ni siquiera se había molestado en conseguir un par de rosas de las que vendían en las esquinas; tenía las manos vacías. Ella formaba parte del festejo, aunque sin festejar.

Ambos carros avanzaron muy lentamente. Octavio y Marco Antonio, a sólo unos pasos de distancia, sin soltar las riendas se dieron una rápida mirada y sonrieron cómplices; todo venía saliendo conforme lo planearon después de abandonar su enemistad en Brindisi. La unión entre ambos se había reforzado por un suceso imprevisto, pero muy conveniente: Fulvia, la esposa de Marco Antonio, había muerto durante su exilio en Grecia de manera repentina y en condiciones poco claras. Ante la viudez de Marco Antonio, Octavio le ofreció por esposa a su hermana Octavia. Ese enlace y el de Octavio con la noble romana de nombre Escribonia se celebraría en pocos días. Después de divorciarse de la pequeña e inútil Claudia, el divino *filius* no podía seguir sin esposa y ninguna de sus amantes servía para darle la seriedad que requería su papel de gobernante. Bastante tenía que lidiar con su aspecto frágil y su edad de muchacho, debilidades que compensaba muy bien con sus jugadas astutas. Por ejemplo, haber provocado el divorcio de Escribonia con su primer marido para poder casarse con ella, ya que se trataba de la mujer perfecta para el momento político que se vivía en Roma.

Como fuera y contra todos, Octavio otra vez volvía a ser la autoridad suprema en Roma, en la península itálica y en extensiones territoriales. Acababa de demostrar que nadie podía quitarlo de ese sitio. Y por más que Marco Antonio regresara a la ciudad, lo hacía de su mano.

Desde su lugar de mando y con benevolencia, Octavio compartía algo de su poderío a Marco Antonio. De esa manera priorizaba la paz romana, era la explicación que daba y que mejor lo hacía quedar ante los ojos del pueblo.

—¡Ahí vienen, ahí vienen!

Escuchó Apia que decía emocionada la mujer que se hallaba de pie junto a ella al ver que se acercaban los carros bruñidos.

—Actúan como hermanos y todos sabemos que hace apenas unos días casi se asesinan —comentó Senecio Sextus a su padre.

—Son buenos actores… —le respondió Salvio en voz baja.

–No creas. Mira a Marco Antonio: no logra disimular su alegría a pesar de que debería demostrar un poco de tristeza por su esposa Fulvia, que acaba de morir.

Los dos generales avanzaban en sus carruajes bajo el griterío. Cada tanto, al ver una cara conocida, a modo de saludo ambos hacían una levísima inclinación de cabeza unida a una caída de ojos. Salvio, al observar que se acercaban, esperó el saludo que le correspondía de parte de Octavio, pero grande fue su decepción y disgusto cuando lo vio pasar sin que siquiera lo mirara. Octavio sólo le había propiciado una mirada larga e incomprensible a Apia.

Fastidiado, tiró por detrás de su hombro las flores que aún tenía en la mano y, buscando salir del acto, comenzó a abrirse paso entre la gente; deseaba marcharse de inmediato de la entrada triunfal de Octavio. Para él, el acto había perdido la gracia. Su hijo y Apia lo siguieron por detrás.

–¿Acaso Octavio está enojado contigo? –preguntó Senecio Sextus mientras avanzaban entre el gentío. Se había dado cuenta del desplante y trataba de hallar la razón.

Senecio, que seguía visitando a la *saga* y le pagaba para que mantuviera el útero de Apia en el vaso de agua, en la última oportunidad le había duplicado la suma de dinero para que realizara un sortilegio con la intención de que la relación entre los Sextus y Octavio floreciera. Por eso el desplante lo había sorprendido.

Su padre le respondió:

–No creo que esté molesto, nosotros jamás apoyamos a Fulvia. Y con respecto a la petición de las comitivas, si todavía no la he cumplido, hijo, es porque no sabíamos si Octavio seguía con vida. Recién llega a la ciudad… –deslizó y obvió comentar el pedido recibido acerca de que Apia visite al gobernante. Aún no se lo había contado a nadie.

–Pues más vale que nos empecemos a organizar. Octavio ya está aquí, y has visto de qué manera –dijo Senecio refiriéndose al poderío que había demostrado en el desfile.

—Este mes viajaré hasta la frontera y desde allí negociaré para que vengan tres comitivas de la India, tal como me lo pidió.

—¿Quieres que yo realice el viaje?

—No, esas tratativas me corresponden a mí.

Él había hablado con Octavio, y ahora le tocaba cumplir.

—Como quieras, padre —dijo Senecio y se despidieron.

Salvio y Apia debían doblar en una esquina y Senecio, en otra; sus casas se encontraban en los lados opuestos del Palatino.

Apia, que hasta el momento había permanecido callada, al hallarse sola con su marido, se atrevió a preguntar:

—¿Por cuánto tiempo te irás, esposo?

—Muchas semanas, muchas…

Cuando Apia estaba a punto de preguntarle si ella debía acompañarlo en el viaje, la multitud explotó en aplausos y gritos. Ambos se dieron vuelta y de lejos observaron que Octavio y Marco Antonio habían llegado al final del recorrido y se hallaban frente al palco desde donde se exhibirían juntos de manera grandilocuente.

Los dos gobernantes se subieron a las gradas hasta llegar a la parte más alta y allí levantaron sus manos a modo de saludo. Mientras sus brazos continuaban alzados, Octavio entrelazó su mano derecha con la izquierda de Marco Antonio y el pueblo enloqueció. Esa era la señal de victoria y alianza. Con ellos unidos, Roma y la península itálica serían indestructibles.

En el palco, detrás de los dos hombres, se hallaban Octavia y Escribonia acicaladas de manera rimbombante; lucían joyas costosas, vestidos finísimos, peinados complicadísimos y maquillajes pesados. Ante la señal, ambas mujeres adelantaron unos pasos y se ubicaron muy cerca del hombre que le correspondía a cada una y que muy pronto se convertiría en su esposo.

Los romanos presentes gritaron a los cuatro vientos frases con felicitaciones y buenos deseos y también, como buenos bromistas, con groserías, tal como acostumbraban hacerlo en este tipo de festividades. Por eso, a nadie le pareció mal que alguien, en medio de las loas, lanzara socarronamente la locución: «¡Viva

Octavia, que tiene mejores pechos que Escribonia!». Y que otro, risueño, exclamara: «¡Una noche de bodas de cuatro no sería mala idea... así ellas decidirían qué hombre es el más fuerte!». Las risas fueron la respuesta.

Alguien cerca de Salvio se atrevió a decir con la voz temblando por la emoción del momento:

—¡Vivan Octavio y Marco Antonio, dioses y no hombres! ¡Viva Roma, que los vio nacer!

Salvio acercó su cabeza al oído de su esposa y le dijo:

—Esto es demasiado para mí. Vámonos a casa.

Cuando Apia y su marido llegaron a la residencia azul, Furnilla ya le tenía preparado a su ama el agua para el baño diario. Pero ante la propuesta de su esclava, ella movió la cabeza en señal de negación; la pileta con agua caliente y hierbas sedantes debía esperar.

Apia necesitaba hablar en tranquilidad con Salvio acerca del viaje. Para ello, se encargó de servirlo según su entero gusto y ordenó preparar los camastros en el *triclinium* para que comiera recostado cómodamente sacando con la mano la comida de la mesilla alta.

Una vez que Salvio se ubicó, ella misma le llenó de vino la copa de oro con sus iniciales, esa que —sabía— era su preferida; luego le hizo traer a las esclavas un plato con una hogaza de pan recién horneada y otro con trozos de lirón relleno, la carne que más le gustaba.

Él, contento, le agradeció y se consagró a la comida. Apia, al fin, le preguntó:

—Esposo, ¿te acompañaré en el viaje?

Ella deseaba visitar los lugares donde se comerciaba, conocer a la gente a quienes les compraban las perlas pues le hacía ilusión conocer el mundo, le parecía emocionante.

—Es un viaje demasiado largo. Pasaré gran parte del recorrido arriba de un barco.

—No sería un problema para mí.

—Para mí, sí, porque podría resultar peligroso para una mujer. Tú eres mi esposa y tendría que destinar tiempo extra para cuidarte en vez de usarlo para negociar.

—Pero me cuidarían los guardias...

Ella sabía bien que cuando Senecio viajaba —y en este caso sería igual—, la caravana iba protegida por una gran cantidad de hombres.

Apia agregó:

—A mí me agradaría ir porque...

Pero no terminó la frase porque Salvio la interrumpió:

—Apia, deja de inmiscuirte en asuntos que son de mi responsabilidad. Mejor encárgate de los que te corresponden a ti.

Ella, molesta, le respondió:

—Creo que me ocupo muy bien de lo que toca en esta casa.

—No me refería sólo a nuestro hogar. Hay algo que debes hacer —dijo y luego de unos instantes de silencio, agregó—: Me lo ha pedido Octavio.

El nombre la sorprendió, pero de inmediato inquirió:

—¿Qué quiere ese asesino?

—No hables así, él es nuestro benefactor, y quiere que lo visites.

—¿Visitarlo, yo?

—Sí, me lo pidió aquel día que me entrevisté con él para hablar asuntos de la cofradía. No te lo había dicho porque parecía que Marco Antonio le daría muerte. Pero como no fue así, y continúa con vida, creo que debes verlo cuanto antes.

—¿Qué quiere de mí?

—No lo sé.

—¿Pero no te lo dijo cuando te lo pidió?

—No, sólo me dejó claro que no podías negarte a visitarlo y que no estábamos en condiciones de rechazar ninguna de sus peticiones.

—¿A qué te refieres? —preguntó. La palabra «ninguna» era un vocablo con significado amplio.

—En realidad, lo que nos demande, tanto a ti como a mí, incluso a mi hijo, debemos concedérselo. Me pidió que, como tu esposo, te avisara que no podías negarte.

—¿A visitarlo?

—Sí —insistió Salvio tratando de hablar con claridad para transmitir el mensaje tal cual lo había recibido. Luego agregó—: Ve a verlo esta misma semana.

Las palabras que pronunció le dejaron un gusto amargo en la boca. A él tampoco le agradaba la situación; si Octavio quería un encuentro sexual con Apia, significaba que lo menospreciaba como hombre. Pero... ¿qué hacer? Acataba la orden o se arriesgaba a perder la vida. Por mucho menos el gran Octavio había dictaminado sentencias de muerte.

Apia, a pesar de que aún seguía con dudas acerca de lo que se esperaba de ella, no volvió a formular ninguna otra pregunta, sino que se retiró a sus aposentos para cambiarse y tomar el baño que le había preparado Furnilla. Ahora, sí: necesitaba relajarse. El pedido de Salvio la había dejado enormemente preocupada.

Caía la primera oscuridad de la noche cuando Senecio decidió marchar a la casa de la hechicera. Iría a pie; usar la litera le quitaba discreción. Se apresuró, deseaba estar en su hogar a tiempo para la cena.

Tras varios minutos de paso rápido, el mal olor le anunció que estaba en Suburra, muy cerca de la casa de la mujer.

Subía apurado las precarias escaleras que lo llevaban a la puerta que buscaba, cuando la voz que salió de la penumbra lo asustó.

—¡Senecio Sextus, aquí de nuevo! Pero si ya has venido este mes...

—¡Ay, por Juno! ¡Casi me matas del susto, mujer!

Ella lanzó una carcajada fantasmal. Y él prosiguió:

—He venido porque la situación de mi padre con Octavio no mejora.

—No te preocupes, esa relación florecerá.

—¿Estás segura?

—Sí, porque, como te dije, *ella* está de por medio.

Senecio entendió que la mujer hablaba de Apia. Hubiera querido saber más detalles, pero estaba seguro de que no se los brindaría. Se quedó pensativo.

La voz de la hechicera lo sacó de su ensimismamiento.

—¿Por qué te quedas ahí parado? ¿Qué más quieres que los dioses te concedan?

—Ya sabes... —dijo casi con vergüenza de insistir sobre lo mismo—. Ella no debe quedar embarazada.

—Su útero sigue en el vaso de agua. ¿Quieres verlo? Pasa...

Senecio ingresó a la sala pequeña y tétrica. El aire olía agrio.

—Aquí esta —dijo tomando de la repisa el recipiente colmado de agua con la figura de una mujer embarazada. —Luego agregó—: Es ella, ¿la ves? Tal como me dijiste: morena y de pelo largo.

Observó la muñequilla con detenimiento, bien podía ser Apia, o su propia esposa o cualquier romana.

—¿Esto es suficiente para que no se embarace?

—¿Cuántas veces vas a preguntarme lo mismo? Sí, es suficiente, pero ya te dije: alcanza mientras no se dé la condición blanca.

—¡Mujer, entonces anula el poder de esa circunstancia!

—No puedo, tiene la fuerza del sol.

—Y entonces... ¿qué debo hacer?

—Ruega a tus dioses para que la condición blanca nunca se cumpla entre ella y tu padre.

Senecio se sintió culpable; hacía mucho que no recurría a los dioses. Se conformaba con visitar a la *saga*, le parecía más sencillo y accesible. ¿Quién sabe si los dioses lo escuchaban? Tenía demasiadas cosas de qué avergonzarse ante sus *lares*. No estaba seguro de si le brindarían su apoyo.

—¿Y de mi propia vida qué puedes decirme? —preguntó Senecio.

—Pues que estoy segura de que la condición blanca a ti no se te ha dado. Búscala, y conseguirás todo lo que te falta. Porque dinero y poderío tienes, y veo que estás a punto de conseguir más aún.

Cuando la visitaba, Senecio deseaba obtener muchas respuestas y mejores favores, pero había un momento en que la mujer le ponía punto final a la reunión. Y ese instante había llegado. Lo comprendió porque ella lo ignoraba y se dedicaba a mirar otros frascos y tablillas de cobre.

—Está bien, ya me voy. Toma... —dijo sacando una bolsa de tela con una buena cantidad de metálico en su interior.

La mujer lo aceptó y lo acompañó hasta la puerta.

Mientras regresaba a su casa, Senecio meditó que su vida y la de su padre estaban en manos del destino. La condición blanca se daba cuando a los dioses se les antojaba.

A la mañana siguiente, cuando aún no había salido el sol, Apia ya se hallaba encerrada en el cuarto de las mujeres, sentada frente al espejo en manos de las sirvientas que cada día se encargaban de su arreglo. La *tonstrix* y tres esclavas trabajaban con ahínco en su cabello esculpiendo trenzas que, una vez formadas, las entremezclaban con pequeñísimas hebillas de oro; cuando estuvieran terminadas, las agruparían en un recogido. Realizaban la tarea bajo las directivas de Furnilla porque Apia, preocupada y ansiosa, no podía darle órdenes a nadie.

La más joven de las mujeres le aplicó una línea negra en los ojos para resaltar el color marrón claro de sus pupilas, luego matizó sus pómulos perfectos y, por último, colocó carmín fuerte en sus labios carnosos. Terminado el arreglo del rostro, entre todas la ayudaron a vestirse con la túnica azul de ribetes de oro. No pensaba presentarse a su cita enfundada en colores alegres, pues entrañaba un momento desdichado. No tenía deseos de relacionarse con el hombre que había alentado el asesinato de su padre.

Como Salvio le aclaró que Octavio había estipulado que podía presentarse en cualquier momento del día, a ella le pareció mejor hacerlo temprano porque seguramente lo encontraría ocupado con asuntos de Estado. Tras su regreso triunfal, llevaba dos semanas en Roma y se encontraba trabajando de lleno en su tarea de gobernante, detalle que Apia tomó como buena señal, pues descontó que se habría olvidado que ella existía. Por esos días, además, Octavio había contraído matrimonio con Escribonia. La boda —según un secreto que corría a voces por la ciudad— estaba cimentada sólo en intereses políticos. La mujer tenía diez años más que Octavio, y era famosa por su mal carácter.

Los primeros rayos de sol de esa mañana hicieron su aparición y a Apia la encontraron dirigiéndose en litera al edificio de gobierno ubicado en la punta del foro para ver a Octavio. Salvio la había acompañado hasta la puerta de la casa y la había ayudado a subirse al vehículo. La actitud le resultó extraña, dado que su marido no solía levantarse tan temprano, y mucho menos tomarse la molestia de salir a despedirla. Le pareció demasiado llamativo. ¿Acaso Salvio sabía que Octavio quería matarla? ¿O tenía certeza de que deseaba un encuentro sexual? Pensar en cualquiera de las dos posibilidades le erizó la piel.

Cuando llegó y bajó en la puerta del edificio, los esclavos que llevaban en andas la litera se acomodaron cerca de la esquina para esperar su regreso. Un soldado la anotó en una lista y de inmediato le permitieron el paso.

Ella prefirió no hacerse anunciar de manera especial, le pareció menos peligroso ingresar así, pues lo mejor era ir con el común de la gente que se presentaba para resolver distintos asuntos en la sede.

Una vez adentro asumió que no se había equivocado porque en pocos minutos fue conducida hacia una sala grande donde, como ella, más de quince personas aguardaban ser recibidas por el gobernante. Desde su sitio, y a través de una gran abertura, Apia pudo ver en el salón contiguo de forma oval el delicado perfil de Octavio, que atendía sus audiencias públicas, y, apostados a los costados del recinto, a varios soldados que integraban su guardia personal. Un hombre iba y venía alrededor de Octavio; se fijó mejor y descubrió que se trataba de su amigo Mecenas, el mismo con el que había llegado a su boda, el que solía encontrarse en los recitales de poetas y en las galerías de arte. Lo reconoció enseguida: su figura alta y corpulenta, su rostro poco agraciado y bondadoso eran muy particulares. Se sentó dispuesta a aguardar con paciencia. No le molestaba la espera, sino, por el contrario, se sentía segura al estar rodeada de otras personas. La gran mayoría de los presentes querían que Octavio arbitrara justicia ante una desavenencia concreta. Entre ellos, había varios hombres y sólo dos mujeres, pero ninguna iba vestida ni arreglada como Apia Pópulus, que resaltaba por muchas razones; sobre todo, porque los demás parecían pertenecer a otra clase social. Únicamente dos de los presentes vestían túnicas finas con cintillo de oro; uno peinaba canas, el otro, no; quizá fueran mercaderes interesados en resolver un pleito. Ensimismada, el grito de Octavio seguido de los alaridos de un hombre la sobresaltaron. Cuando levantó la vista, advirtió que dos soldados llevaban a la rastra al individuo que momentos atrás había visto comparecer ante Octavio. Pasó frente a ella vociferando:

—¡No quiero morir! ¡Es injusto, no tuve la culpa! ¡Nooo, suéltenme!

Pero pasado el susto inicial, ni a Apia, ni a nadie, le llamó más la atención lo sucedido; esas escenas formaban parte de las audiencias. Enseguida ingresaron los hombres de túnica con oro y en sólo cinco minutos salió el de canas tomado del brazo de los soldados; este había perdido la compostura y lloraba pidiendo clemencia. Apia pensó que por suerte ella no estaba allí acusada por nadie, pero aun así tuvo temor.

A continuación ingresaron dos judíos de barba larga y oscura pidiendo justicia. Desde su asiento, Apia los veía gesticular y dar explicaciones; aunque no lograba escuchar, tampoco le importaba, pues sus propios miedos la mantenían ocupada.

Mecenas, que daba vueltas como león enjaulado alrededor de Octavio y cada tanto le hablaba al oído, de repente divisó la figura de una hermosa mujer con túnica auriazul. Miró mejor... ¡Era Apia Pópulus! De inmediato cruzó de un salón al otro y se acercó para saludarla.

—¡Apia Pópulus!

—Mecenas...

Ella se puso de pie ante este buen muchacho que siempre ayudaba a poetas y pintores. Ambos se saludaron con una reverencia.

—¿Qué haces en este salón? ¿Tienes una audiencia?

—Octavio me mandó a llamar.

—Pero no deberías ingresar por aquí ni aguardar en esta sala de espera. Deberías dirigirte a la otra entrada y esperar en el salón de Júpiter. Si en el ingreso hubieras mencionado que Octavio te esperaba, no tendrías que...

—Preferí hacerlo de esta forma, creí que sería mejor.

—Te advierto que hoy no es el mejor día. Octavio está contrariado.

—No tenía cómo saberlo —dijo Apia con sinceridad.

Las explosiones de furia de Octavio eran famosas al igual que su terrible mal humor y falta de paciencia con los torpes y lentos.

—Si quieres, puedo avisarle que estás aquí —dijo Mecenas mientras miraba cómo los dos israelitas salían del recinto sujetados del brazo por los soldados. ¡Ambos también habían sido condenados a muerte!

—Espera, Apia, debo ir adentro —dijo mirando la sala donde se hallaba Octavio. Luego añadió más para sí mismo que para su interlocutora—: ¡Esto no puede seguir adelante! ¡Es una masacre!

Mecenas la abandonó e ingresó rápidamente al salón. Ya frente a Octavio se dio cuenta de que, aunque eran muy amigos, no podía decirle delante de todos que debía parar con las sentencias de muerte. Ni su enojo ni su descontrol justificaban su decisión.

Entonces, mirando el suelo, Mecenas alzó una de las tablillas que se usaban para tomar nota y allí escribió una frase que haría pasar esa escena a la historia: «¡Levántate ahora mismo, verdugo, o matarás a media Roma!». Luego, indignado, se la entregó al gobernante.

Octavio leyó el mensaje y, poniéndose de pie, tiró la tablilla al piso y exclamó:

—¡Por hoy he concluido! ¡Despidan a todos para que vuelvan a sus casas y regresen mañana!

Caminó unos pasos y de inmediato pasó a la sala de espera. Marchaba rumbo a la salida que daba a la calle cuando notó la presencia de Apia. Fue inevitable: ella resaltaba. Sin detenerse, pero clavándole la vista mientras avanzaba muy cerca de ella, le gritó:

—¡Apia Pópulus, no deberías haber venido hoy! ¡Es una jornada demasiado negra! Yo te avisaré el día y la hora en que debas regresar.

Apia hubiera querido decirle que había venido para cumplir, según la indicación dada a Salvio, pero Octavio caminó rápido hacia la puerta y desapareció. En instantes, al aire libre, inspiraba fuerte y repetía el alfabeto.

Ella lo vio abandonar el recinto y pensó: «Mejor, que se marche». No imaginó que acababa de presenciar el hecho que el historiador Dion Casio inmortalizaría en sus escritos para mostrar a la posteridad la agresiva personalidad de Octavio.

La historia lo juzgaría como un muchacho malhumorado, sin escrúpulos, ni remordimientos, pese a que su maestro Atenodoro le había aconsejado que frente a sus recurrentes ataques de ira y antes de actuar precipitadamente dijera para sus adentros el alfabeto completo. Si no se controlaba, podía tomar medidas graves, actos de los cuales luego se arrepentiría. Ese día, la intervención de Mecenas fue decisiva para salvar la vida de varios, incluida la de Apia. Pero el bondadoso muchacho no estaría allí para siempre.

Meses después

Esa mañana, Apia se levantó contenta de la cama; se quitó la ropa blanca prendida con tres lazos en la delantera que usaba para dormir y se colocó una túnica rosada íntegramente bordada con florecillas blancas. Le pidió a la *tonstrix* que le hiciera un peinado sencillo, quería estar lista cuanto antes para empezar el día. Desde hacía un largo tiempo –más precisamente desde que su esposo no se encontraba en el hogar a causa del viaje que lo había llevado a Oriente para organizar las comitivas de comerciantes que presentaría ante Octavio–, ella había cambiado sus rutinas por completo. La casa se había vuelto realmente suya, igual que la habitación y el lecho donde dormía; nadie controlaba sus actividades, ni le imponía exigencias. Por primera vez en su vida se sentía dueña de su propia existencia. ¿Acaso esto sería lo que había oído hablar a los hombres y llamarlo «libertad»? Ella nunca había podido disfrutar de una autonomía de esa naturaleza –salvo en esta oportunidad–, y en verdad le agradaba.

Salvio había partido hacia Egipto por la ruta marítima con un plan en mente: una vez que llegara a destino, según lo había comunicado de antemano por medio de mensajeros, las comitivas de las Indias estarían esperándolo; esa gente, después de un largo viaje por el mar Rojo y el Nilo, lo aguardaba en el puerto de Alejandría para que él la condujera hasta la misma presencia de Octavio, en Roma. Cada uno de estos grupos estaría compuesto por personas de los reinos de Oriente, algunos gobernantes y otros importantes comerciantes. Los enviados integrarían las primeras embajadas políticas en realizar intercambios pacíficos de reino a reino. Junto con la invitación,

351

Salvio Sextus les había enviado instrucciones y una lista con los regalos sugeridos para Octavio.

Por su parte, Apia tenía claro que, si bien había pasado bastante tiempo desde que su esposo se había marchado, aún faltaba otro tanto para que volviera a Roma; y la lejanía de su regreso le permitía vivir cada día organizando la rutina a su antojo. Sólo una jornada en la semana se le tornaba nefasta, el día de Júpiter. Porque los jueves Senecio se presentaba en la casa para buscar los papiros con todos los movimientos económicos semanales. Cada mañana, ella iba recabando los datos de los rollos que les traían el dispensador, el esclavo encargado de la teneduría de libros, y el *arcarius*, el esclavo tesorero. Así había estipulado su marido que se hiciera cuando él no estuviera, y ella obedecía.

Apia disponía de libertad durante las demás jornadas y sus momentos preferidos eran las horas que pasaba estudiando la contabilidad así como las tardes en que reunía a las esclavas para ponerlas a bordar. Ella misma las acompañaba con sus agujas y les enseñaba las técnicas que, como buena romana, había aprendido de niña.

Entre todas, habían terminado un gran mural bordado con hilos de seda multicolores traídos de la India; el tapiz mostraba un barco romano en medio de un mar bravío. La tarde en que le dieron la última puntada, de inmediato Apia lo hizo colgar en el *tablinum*, la sala principal. Debido a su tamaño —cubría casi por completo uno de los muros— resultaba realmente imponente verlo al ingresar a la vivienda.

Le agradaba el mar. Recordaba con felicidad la única vez que había ido siendo una niña. Se preguntaba: «¿Alguna vez regresaré?». Si le hubieran dicho que en el futuro pasaría allí cuatro días maravillosos con un hombre, jamás lo hubiera creído.

Al observar los distintos tonos de azul brillante que tenía el océano del tapiz, Apia no podía dejar de pensar en la cantidad de horas que habían invertido las mujeres de la casa para confeccionarlo. Ella y sus esclavas ahora se encontraban embarcadas en la ejecución de otro paño similar, sólo que esta vez bordaban la figura de los dioses de cada día de la semana. Con hilos de oro y plata, representaban el día de la luna por el astro blanco; el de Marte, por el mismísimo dios de la guerra; el día de Mercurio, por la deidad de los viajeros; y también los de Júpiter y Venus, por el padre de los dioses y la diosa del amor, respectivamente. Días que con los años pasarían a ser los usados por el calendario occidental como lunes, martes, miércoles, jueves, viernes.

En el bordado habían incluido piedras preciosas y perlas. ¿Se había gastado mucho? «Sí, pero los dioses se merecían una ofrenda de esta magnitud», se justificaba Apia cuando temía la objeción de su marido. De todas maneras, pensaba defenderse con un sólido argumento: una vez terminado será una obra de gran valor económico.

Por esos tiempos de libertad, un genio creativo parecía haberse apoderado de Apia, lo que se dejaba traslucir tanto en ese tipo de obras artísticas como en las numéricas, porque había ideado un nuevo sistema para controlar mejor los ingresos de los locales comerciales que vendían las perlas. Ella misma, sin que Senecio se enterara, había comenzado a visitar los locales y había constatado que el método funcionaba muy bien.

Cada vez que se encontraban, Apia y Senecio no se dirigían la palabra. El silencio sobrevino tras una de las primeras reuniones en la que, como solía ocurrir, la había agredido y menoscabado sus aptitudes. Apia se defendió con una amenaza: «Si vuelves a tratarme de esa manera, no me responsabilizaré más de entregarte las cuentas semanales y tendrás que realizarlas tú mismo». A partir de ese momento no se hablaron más.

Momentos antes, Senecio la había ofendido con palabras que aún resonaban en la cabeza de Apia. Todo había comenzado cuando ella le entregó los papiros con las cuentas y le dio una instrucción con respecto a un dato que él no había notado. Contrariado, Senecio le respondió de inmediato:

—¿Te sientes superior por hacer bien unos números de *merda*? Pues no seas tan petulante, porque en verdad eres una pobre infeliz. Lo único que verdaderamente te hará valiosa es ser una matrona respetable. Y eso nunca lo serás.

Enojada, le había dicho:

—Cállate, Senecio, o la lengua se te hará piedra.

—¡Tú no me harás callar! ¿Nunca has pensado que tal vez no tienes hijos porque no te los mereces?

Le había soltado la frase con una saña tal, que Apia no entendía de dónde provenía. Pero había sido suficiente para que explotara como nunca.

—Maldito gusano, si me vuelves a ofender te juro por Júpiter que nunca volveré a hacer las cuentas, ni tampoco recogeré los datos del dispensador y el *arcarius*. Tú solo deberás realizar todo el trabajo. Y claro, también explicarle a tu padre por qué dejé de realizarlo.

Dando un portazo, Senecio Sextus se había marchado sin responderle. Apia no lloró —jamás lo hacía—, pero se encerró en su aposento y no salió de allí por muchas horas, ni siquiera para comer. La afrenta de que nunca sería una matrona le dolía más que cualquier otro insulto.

Furnilla, al ver que su ama no se recomponía, se había acercado al cuarto con un plato de frutas y le había ofrecido visitar a la *saga* de Suburra, junto con una propuesta peor aún: hacer desaparecer a Senecio ellas mismas. «Señora, puedo hacerlo sin levantar sospechas usando veneno», le había dicho en voz baja. Pero su ama, negando con la cabeza, le había dado a entender que se rehusaba a la propuesta y que seguiría confiando en sus *lares*.

Apia no entendía de dónde nacía el odio de Senecio. ¿Por qué nunca venía de visita con su esposa e hijos? ¿Por qué a su hermana le hablaba mal de ella? No llegaba a comprender cómo podía ser verdad que Senecio amara a su padre y no aceptara la vida que él había elegido. Al final, concluyó que algunos nacían llenos de amor y eso daban, mientras que otros nacían repletos de odio y eso destilaban.

Pero así como la relación con Senecio empeoraba —porque Apia también le había declarado la guerra—, la que tenía con Petronia avanzaba lentamente, pero avanzaba. En la semana, Petronia le había enviado un papiro con una invitación a un recital de poesía que se realizaría esa misma tarde. A la hija de Salvio le agradaba escuchar «pensamientos bellos», como llamaba a las declamaciones que los intelectuales ofrecían en el teatro o en salones.

La jornada se presentaba soleada cuando Apia, después de realizar sus tareas mercantiles, decidió preparar los hilos de oro con los que bordarían las mujeres de la casa que se presentarían en unos minutos. Furnilla, a quien le agradaban esas actividades manuales que compartía con su ama, fue la primera en llegar y se sentó al lado de Apia.

—Sólo bordaremos un par de horas. Porque hoy, antes de que termine el día, las mujeres deben limpiar el tizne de los muros, y yo debo prepararme para asistir al teatro de recitados.

El aseo de las muchas lámparas que se usaban diariamente en una casa y de los techos que el humo ennegrecía era una tarea ardua que ocupaba varias horas a los esclavos de una familia.

—Sí, señora, tendré el agua lista para su baño antes de la caída del sol.

Le pareció bien. Sus planes de ese día involucraban una salida que no pensaba desperdiciar. Como mujer, y con su marido ausente en la ciudad, no tenía muchas salidas permitidas.

—A la hora undécima estará bien —respondió Apia meditando «¿Qué sería de mí sin este baño repleto de hojitas verdes?». Si bien no sabía a qué planta pertenecían, evidentemente su efecto era muy potente porque a veces se quedaba dormida más de una hora. Ingresaba al agua y de inmediato se relajaba.

—Furnilla, hoy no le agregues nada que me dé sueño, debo ir al teatro.

—Entonces, sólo le pondré algunas hierbas específicas para que su rostro luzca especialmente bello y descansado.

—¿Realmente existen plantas así?

—Por supuesto que sí, tengo muchas hierbas diferentes y cada una sirve para algo distinto.

355

Apia tuvo curiosidad sobre las plantas que usaba su esclava, más allá de las pocas que identificaba bien, como la lavanda y la menta, que reconocía por su aroma cuando se metía en la pileta. Pero Furnilla utilizaba muchas otras.

—¿De dónde las obtienes?

—Algunas las recojo de la parte de atrás del jardín del peristilo y otras las compro en la *aphoteka* —nombró la palabra griega con la cual se referían al almacén de medicinas y agregó—: La naturaleza tiene todo para curar y transformar el cuerpo y la mente de los hombres.

—Pues entonces deberías conseguir una que vuelva bondadoso a Senecio. O, al menos, para que deje de odiarme.

—Creo que podríamos probar con algo...

—¿De veras me lo dices?

—Sí. Aunque le advierto, ama, que no es tan fácil cambiar un carácter. Pero como ya le dije, podemos provocar la desaparición definitiva de Senecio...

—Furnilla, me asustas... ¿Qué poderes tienes?

—No son míos, son de las plantas. Mi madre me enseñó a utilizar algunas, pero también aprendí observando al maestro Dunio.

Por primera vez, Apia miró a su esclava como a una muchacha de su edad, alguien que alguna vez había gozado de una vida diferente a la que tenía ahora. En un tiempo pasado que en este instante parecía remoto, Furnilla había sido hija como ella misma lo fue, y una madre le había enseñado igual que lo hizo la suya. Al recordar el relato acerca de Dunio, cambió de tema. No deseaba saber más detalles de esa horrible casa. Sólo añadió:

—Ya hablaremos más adelante sobre probar una hierba para que Senecio se vuelva más bondadoso —dijo y comenzó a enhebrar la aguja con un hilo de oro.

—Sí, ama, como guste —respondió Furnilla mientras las demás mujeres llegaban a la sala para comenzar con el bordado.

Furnilla se sintió frustrada; hubiera querido explicarle con detalle todo lo que se podía lograr con las hierbas para, así, ayudarla con los asuntos que la aquejaban, pero entendió que no debía hablar de este tema con apuro y adelante de las otras esclavas. Aunque su ama parecía confiar sólo en sus *lares*, estaba segura de que aceptaría su auxilio cuando le contara las posibilidades que brindaban las plantas. Furnilla sólo deseaba aliviar a su *domina*, la quería, la admiraba. Apia, su ama, era todo lo que la vida no le había permitido ser a ella.

Ajena a las complicadas y enfermas elucubraciones de su esclava, Apia tomó la aguja con el hilo dorado. Quería bordar ella misma la figura del dios Mercurio. El día de Mercurio era su preferido; amaba los miércoles porque en esa jornada les permitía a sus esclavos concurrir a los baños públicos. Y eso la liberaba de darles órdenes al tiempo que le permitía volverse dueña de sus horas porque nadie esperaba nada de ella.

Así de diferentes eran las vidas de las dos mujeres. Apia daba las órdenes, pero hubiera preferido ser libre de esa obligación. Furnilla las recibía y, si provenían de su ama, no le molestaban. Entonces, una pregunta de fuego quedaba flotando: ¿Furnilla soñaba alguna vez con ser libre?

Unas horas más tarde, Apia, vestida de rojo, ingresaba al salón donde tendrían lugar las declamaciones que serían de carácter cómico; a veces, recitaban poesías dramáticas y profundas; en otras ocasiones, como en esa noche, se trataba de monólogos graciosos. Si bien algunos palcos ya estaban ocupados, el público, de pie, se agolpaba en la planta baja a la espera de la aparición de los poetas que recitarían en el escenario. Como los romanos gustaban de realizar las obligadas charlas sociales antes de la función, la gran mayoría prefería quedarse allí abajo, cerca del escenario. Este tipo de declamación era corta y muchos ni siquiera se sentaban. Petronia ya le había anticipado, además, que serían actuaciones simples en un ambiente distendido.

Apia ingresó y por un momento se sintió insegura al ver los arreglos estrafalarios de las mujeres presentes. No había previsto que asistirían tan ataviadas. Por lo tanto, esa noche ella no se había maquillado. Demorada a causa del bordado, había obviado los arreglos haciéndole caso a Furnilla, quien había insistido con que no los necesitaba. Realmente, y tal como su esclava le había advertido, las hierbas habían realizado una tarea maravillosa en su rostro y ahora se veía resplandeciente. Pero a causa del baño demasiado largo tampoco había tenido tiempo de que le realizaran un peinado elaborado, pues los minutos no alcanzaron para trenzarlo, y llevaba el cabello casi suelto por completo. Sobre la espalda le caían sus largos bucles castaños sólo recogidos por una diadema de brillantes en su coronilla. Había preferido llegar a tiempo antes que peinarse.

Ingresó, y a lo lejos descubrió la figura de Petronia, que iba vestida de impecable túnica verde y muy maquillada, con un peinado de trenzas altísimo. Como se encontraba en el otro extremo de la sala, con una seña le indicó a Apia que se acercara. De inmediato, cruzó entre la gente para llegar hasta Petronia, tarea que le insumió varios minutos. Ambas se saludaron e hicieron algunos comentarios acerca de la actividad que estaba por comenzar. Apia no podía evitar ponerse nerviosa por la presencia de la hija de Salvio, mujer que integraba la familia de su marido y que hasta no hacía tanto la odiaba. Pero Petronia solía estar de buen humor y esa velada parecía contenta por haber podido dejar en su casa a su numerosa prole, compañía permanente durante sus quehaceres diarios. Además, si Petronia estaba autorizada a presentarse sola, había una razón: su encuentro con Apia. Por consiguiente, a ambas les convenía estar juntas, pues de otra manera ninguna de las dos podría haber disfrutado de esa función un día en que no contaban con la compañía de los maridos.

La locuaz conversación que le había brindado Petronia acerca de las personas que la rodeaban para Apia significó una diversión extra. La mujer sabía vida y obra de todos en Roma.

Por momentos, la miraba y en su rostro podía imaginarse a la primera esposa de Salvio. No era bonita, ni tampoco muy preparada, aunque sí lo suficientemente inteligente para saber sobrevivir dentro del universo romano donde los hombres decidían. Petronia parecía dedicarse a recolectar datos sobre las demás personas para sacarlos a relucir cuando fuera necesario.

Ellas aún conversaban cuando dos bufones vestidos con ropa graciosa y colorida comenzaron a sofocar la luz de algunas de las lámparas. La claridad de la sala menguó drásticamente y se oyó un clamor entusiasta de los presentes. Todos parecían estar contentos de que el primer poeta hubiera subido al escenario para presentar su cómico monólogo. Todos menos uno, porque desde el palco principal Octavio, que estaba sentado junto a su esposa Escribonia, exclamó:

—¡*Merda!* ¡Son unos *stultus*! ¿Por qué apagan tan pronto las luces?

—¿Qué pretendes, si la obra está por empezar? —dijo su esposa.

Él no le respondió, no podía contarle que no quería dejar de observar la figura que había captado su atención desde que había arribado al recinto. Esa mujer de rojo con el pelo suelto que lo había hipnotizado no era otra que Apia Pópulus. Y ahora que la luz menguaba ya no podía ver los detalles que lo habían cautivado: el resplandeciente rostro sin maquillaje, la grácil figura femenina marcándose a través de su túnica, el caminar seguro, la cabellera suelta. Oh, ese pelo…

—¿Qué sucede, marido? Cuéntame… —insistió Escribonia, que lo veía contrariado.

—No me sucede nada.

—Cuéntame, que para algo soy tu esposa.

—He dicho que nada, mujer.

—Pero tú me has dicho que…

Octavio adelantó su cabeza simulando querer escuchar al poeta que estaba a punto de comenzar, pero lo que en realidad buscaba era dejar de oír la voz de su mujer. Estaba harto de ella, de su continuo parloteo sin sentido, de su forma elemental de ver la vida, de su conversación insípida y hasta de su belleza fabricada a base de maquillaje, ropaje multicolor y peinados cargados, cuando no ridículos. Esa misma noche Escribonia llevaba sobre su cabeza un peinado de casi veinte pulgadas de alto —unos cincuenta centímetros—, que habían tardado cuatro horas en hacerle y ahora apenas si le permitía sostenerse en pie. Su mujer, que se destacaba por su mal genio, ni siquiera lo consentía en la cama brindándole las excentricidades por las que él era famoso en Roma. Octavio se las pedía y ella se le reía sin darle con el gusto porque encontraba ridículo que le exigiera hacer el amor sobre la mesa llena de comida y que se untara el cuerpo con las salsas. Como lo consideraba un jovenzuelo loco, ella, que le llevaba diez años, no le seguiría el juego. Bastante que se había tenido que divorciar de su anterior esposo para casarse con él porque así se lo había exigido el divino *filius*.

Cuando los ojos de Octavio se acostumbraron a la media luz, la tenue claridad le permitió seguir viendo desde arriba a Apia Pópulus, aunque ya no con la misma nitidez.

Esa chica le atraía, siempre le había gustado, desde que eran niños. Y ahora, al apreciarla sin arreglos, la encontraba interesante, diferente al resto de las mujeres. Pudo imaginársela con el cabello suelto y salvaje en la intimidad de una cama, y una excitación lo recorrió entero. Maldijo el día en que la ira lo dominó cuando ella se presentó en el edificio gubernamental y la despidió. Ya se las arreglaría para exigirle que regresara.

Llevaba poco tiempo casado con Escribonia y ya había vuelto a tener amantes. ¿Cómo no buscarlas, si ya estaba pensando en divorciarse? Pero tres, cuatro o cinco mujeres no le bastaban porque ninguna lo conformaba. Soñaba con una mujer hermosa e inteligente con la cual conversar acerca de los problemas intrínsecos de su trabajo como gobernante, una que pudiera controlar todos los aspectos de su terrible genio, aun el sexual. Agregar a Apia en la lista de damas que entraban a sus aposentos no le pareció mala idea. Tendría que apurarse porque todo indicaba que pronto habría batallas y él debería salir de Roma.

De lejos alcanzó a ver que Apia hacía un ademán con la mano para echarse el cabello hacia atrás. Entonces, mordiéndose el nudillo de su dedo índice, Octavio se prometió a sí mismo tener muy pronto a esa mujer en su lecho, quería verla hacer ese movimiento cuando la tuviera desnuda y a su merced. Lo reconoció sin pudor, ni cargo de culpa: deseaba en su cama a la esposa de Salvio Sextus, ese hombre que había desaparecido de la escena romana para cumplir con su exigencia de traer las comitivas extranjeras; la hija de Tulio Pópulus, el hombre a quien él había sentenciado a muerte por la única razón de congraciarse con Marco Antonio y así salvaguardar el poder que ambos ostentaban cuando estaban juntos.

CLEOPATRA
LA REINA DE EGIPTO

Ese mediodía, Cleopatra se halla sentada en su trono, con Sharifa de pie, a su lado. Ambas mantienen absoluto silencio. La vestimenta de la reina es soberbia, lleva puesta una túnica de oro que, aunque suelta, casi deja al descubierto sus senos por completo, porque por el escote asoma el borde oscuro de sus pezones y, a los costados, los tajos muestran sus piernas perfectas. En la cabeza, sobre su cabello negro, lacio, largo y brillante lleva su mejor corona. Su rostro maquilladísimo se muestra inmutable mientras espera la llegada de Marco Antonio. Sabe que en pocos minutos ingresará al salón y se verán después de mucho tiempo. Toda ella parece libre de sentimientos, pero la verdad es que en los últimos minutos se ha mordido el labio hasta hacerlo sangrar.

¿Cómo no estar nerviosa, si pronto hará un año que no se ven? Durante su ausencia, ella ha parido los mellizos de Marco Antonio, a quienes les ha puesto por nombre Cleopatra Selena y Alejandro Helio. Pero ese evento no es nada comparado con las noticias que le han ido llegando acerca de lo sucedido en Roma. El hermano de Antonio, vencido por Octavio, se rindió luego de que lo sitiara en la ciudad de Perugia hasta que sus habitantes murieron de hambre, y los pocos que quedaron vivos fueron masacrados por el ejército. Fulvia ha fallecido en circunstancias extrañas luego de que Octavio la confinara en Grecia. Y la peor noticia: Marco Antonio, una vez viudo, se ha vuelto a casar; su nueva consorte es Octavia, la hermana de Octavio. Porque los dos líderes han firmado un acuerdo en Brindisi y entre lo pactado —además de repartirse las provincias— han incluido ese matrimonio. También firmaron que Marco Antonio se hará cargo de luchar contra los partos, la gran pesadilla que sufren los romanos en sus fronteras orientales.

Cuando ella se enteró de la noticia de la boda, le costó digerirla, pero ahora que sabe que él regresa se siente un poco más tranquila. Lo perdonará, pero antes lo obligará a rogar. La verdad es que no le importa la aparición de una mujer más en la vida de su general, pero sí teme que deje de apoyarla. Él es su representante en Roma, el que defiende sus intereses en la península itálica. Si ella dejara de interesarle, tal vez él abandonaría su defensa ante los romanos.

Una comitiva de hombres se acerca al trono, se escuchan sus pasos firmes. Son soldados. De lejos ve los uniformes. Han llegado, traen objetos en sus regazos. El más fuerte y alto se adelanta, lo reconoce, es Marco Antonio...

En instantes, él está frente a Cleopatra y se arrodilla a sus pies mientras le dice:

—Mi magnífica reina...

Ella, imperturbable, no lo mira. Él se yergue y agrega:

—Estos son los obsequios que traigo para ti.

Los soldados que lo acompañan empiezan a bajar de sus brazos los presentes: enormes vasijas multicolores, dos collares haciendo juego con los aretes y varios brazaletes. Son alhajas muy finas y caras. En el piso depositan perfumes, un espejo de mano con mango bruñido y otras cosillas.

Ella al fin se digna a mirar los objetos y piensa: «¿A mí qué pueden interesarme estos obsequios? Lo tengo todo y más. Lo único que me importa es tu corazón, Marco Antonio. Necesito saber si aún me responde, si todavía va a ser fiel a nuestros planes, los que incluyen ayudar a mi reino».

Una vez que terminan de entregar los regalos, el general les pide a sus hombres que se retiren. Ellos se marchan rápidamente.

—Ahora yo te mostraré mis presentes —dice la reina y le hace una seña con la mano a Sharifa, que, a su lado, sigue inconmovible.

La mujer se va y enseguida regresa con otra sirvienta; cada una trae un bebé desnudo y envuelto con tela blanca en sus brazos.

—Son tus hijos.

Marco Antonio los observa. Primero se detiene en uno; luego, en otro. Al fin exclama:

—¡Por mis *lares*! ¡Son niño y niña!

Entonces, el romano lanza una carcajada larga y ruidosa que, para tranquilidad de Cleopatra —que lo conoce bien—, descubre que es de felicidad. Luego, dirigiéndole la mirada a su mujer, le declara:

—Eres perfecta, siempre me deslumbras. Te has dado tiempo para brindarme dos hijos mientras reinas, y has logrado que sea uno de cada sexo.

Cleopatra mira a las dos sirvientas, que de inmediato entienden que deben marcharse. Al fin, cuando están solos, lo interroga:

—¿Así que te has casado con Octavia?

—Sólo ha sido un movimiento político.

—¿Con que un movimiento político, eh? —repite y, bajando del trono, le grita—: ¡Eres un maldito gusano! ¡Me dijiste que yo era tu mujer y buscaste una nueva cuando murió la otra estúpida romana!

—He pensado en ti todo este tiempo. Si no fuera así, no me habría acordado de traer estos presentes —dice señalando la montaña que ha crecido en el piso.

—¿Sabes qué haré con tus regalos? ¡Esto...! —vocifera Cleopatra y comienza a hacer volar por el aire los objetos.

Las vasijas caen estruendosamente contra el piso, haciéndose añicos, y los pedazos esparcidos por el suelo se confunden con las alhajas. Algunos frascos de perfume se han roto y el aroma asfixiante se esparce por todas partes.

—¡Ey, ey, detente! Te lastimarás —advierte Marco Antonio tomándole con fuerza las muñecas.

Ella busca soltarse y él no se lo permite. Forcejean con ímpetu. Cleopatra es una mujer aguerrida; pero él, uno de los hombres más fuertes de su época. Sus cuerpos se restriegan con una violencia semicontenida. Para Marco Antonio, el enojo se torna un juego de poder físico que los lleva a ambos a sumergirse en un cierto ardor sexual porque la aprieta contra sí y empieza a besarla. Ella se le resiste, pero los dos se acarician y se maltratan al mismo tiempo.

—Ven aquí, que te haré otro hijo —ordena Antonio con brío mientras le levanta el vestido y descubre que ella está desnuda. Ronco por el deseo, añade—: Quiero tener muchos niños más contigo.

—¿Y con Octavia, también? —le pregunta irónica.

—No, sólo con la reina de Egipto —le dice mientras apoya su pecho en la espalda de ella y la penetra.

Cleopatra lo deja hacer. Le entrega su cuerpo por completo, pero no así su corazón, que se lo da en cuentagotas, le otorga el mínimo indispensable para que la relación sea real y no una farsa. No le prodiga ni un ápice de más. Cleopatra sólo se fía de sí misma, pero no sufre, casi no siente, ni lo bueno ni lo malo. Ella misma se ha insensibilizado.

Capítulo 19

HOY

Año 35 a. C.

Esa noche los murmullos de Roma hablaban sobre bendición y buena venturanza. Los romanos confiados aguardaban la prosperidad que les correspondía después de haber cumplido ese día con la *souvetaurilia*, ceremonia pública que realizaban cada cinco años en la que les ofrecían a sus dioses el sacrificio de tres animales: un cerdo, un cordero y un toro. Los ciudadanos tenían la conciencia en paz, se notaba en los suaves murmullos de esperanza que recorrían la ciudad.

Roma, bajo las estrellas, se percibía serena, así como bajo el sol había estado bulliciosa esa mañana cuando se trasladaron los animales de un lugar a otro.

Sólo parecían desentonar con la paz nocturna los pasos recios y destemplados de Manius Marcio, quien se dirigía a la cena de la cofradía en un estado de indignación tal que era de temer. Décimo Ovidio, que lo conocía bien, había preferido desaparecer cuando terminó de tomar la copa con él.

En el salón de la cofradía la velada se desarrollaba con la normalidad típica, sólo que para Apia cada actividad se tornaba complicada debido a su cansancio después de viajar todo el día de regreso desde la playa. La noche se auspiciaba como una más, pero un evento desafortunado y de índole escatológica trajo cambios imprevistos.

Los *margaritarius* iban entrando al salón. De repente, mientras las trabajadoras se afanaban por poner la comida en la mesa y otras comenzaban a limpiar los primeros cacharros sucios, una voz femenina, chillona y desconocida irrumpió en la cocina:

—¡Por los benditos truenos de Júpiter! ¡Por la sangre que sudan las estatuas! ¡Que Minerva castigue a los sucios campesinos que traen a la ciudad sus asquerosos animales! ¡Bríndenme ayuda...!

Ninguna de las trabajadoras terminaba de entender a qué se debía la intromisión de esta desconocida que gritaba incongruencias. Apia la observó y de inmediato se dio cuenta de que esa mujer de unos cincuenta años pertenecía a la clase alta. Traía puesta una túnica de seda y llevaba un peinado alto de trenzas. No tuvo dudas.

—¿Es que no me vais a ayudar? —insistió la voz estridente.

La mujer, al no obtener respuesta, se vio en la obligación de explicar:

—Soy Mansala de los Junos, esposa de Tito Mancio, dueño de tres tiendas de joyas y perlas —dijo de manera aparatosa y luego comenzó su relato—: Veníamos con mi marido en la misma litera, él se quedaría aquí y yo continuaría viaje, pero tuve la tonta idea de bajarme y en la puerta del salón de la cofradía he pisado las heces de ternero, de toro... ¡o de quién sabe de qué bestia salvaje! Voy a la fiesta de mi hermana y necesito llegar limpia. ¡Ayúdenme ya mismo!

Todos los ojos se posaron en los pies de la señora. Algunas lanzaron una exclamación de asco. La mujer llevaba las típicas sandalias romanas y la suela se hallaba llena de estiércol; hasta se podía ver la podredumbre rebalsar entre los dedos de los pies. Hasta el borde de la túnica de seda se había manchado. Se trataba de una escena deplorable que hubiera inspirado pena, pero ella era demasiado arrogante y todas hicieron caso omiso y bajaron la vista.

Los ojos de la matrona buscaron encontrarse con la mirada de alguna de las presentes, pero las mujeres parecían más entretenidas que nunca con sus labores. Ninguna tenía deseos de ayudar en la limpieza del repugnante calzado, y mucho menos de lavarle los pies.

Claro que Mansala de los Junos elegiría para que la auxilie a quien ella quisiera y la electa no tendría la opción de negarse. Las mujeres estaban allí contratadas por los *margaritarius*, y Tito Mancio era uno de ellos. Si se negaban, podrían perder el trabajo y ninguna quería que eso sucediera. Una vez más, las reglas de Roma: los pobres servían a los ricos en las tareas que ellos no deseaban realizar.

Apia, que observaba la escena con pena, pues intuía cuán desagradable podía ser la situación para la señora, en ningún momento bajó la vista. Era la única que la miraba y jamás había imaginado que podría tocarle limpiar semejante inmundicia, pues para esas tareas estaban los esclavos y los sirvientes. Pero había olvidado que allí ella era una criada más.

La mujer miró con detenimiento a su alrededor y su elección cayó sobre Apia. Su mano se dirigió hacia ella. Cuando Furnilla comprendió lo que estaba por acontecer quiso interponerse, pero la matrona ya no quería que la limpiara otra que no fuera la chica del pañuelo color crema. Por algo la había mirado. En un instante, los pies rebalsados de bosta se hallaban junto a Apia.

—Límpiame…

Apia la miró incrédula. Por supuesto que ella no haría ese trabajo inmundo.

—Creo que hay una equivocación… —empezó a decir Apia.

—No hay ninguna —señaló molesta la mujer.

—Yo lo haré —volvió a interponerse Furnilla; esta vez, con voz fuerte.

—¡Ella se encargará! —gritó Mansala de los Junos señalando a Apia.

—Yo no limpiaré las sandalias. Estoy aquí para lavar cacharros —insistió.

—¡Claro que te encargarás de mi calzado y de mis pies! ¿Eres mujer libre? Porque si no lo eres, te advierto, te haré azotar.

Apia escuchó esas palabras y se horrorizó. ¿Cómo podía suponer que ella era esclava? Si así pensaba la mujer, entonces cada vez que se presentaba en la cofradía se exponía a una situación peligrosa.

—Soy ciudadana romana —señaló Apia de forma altanera.

Se moría por decir sus títulos y apellidos. Su padre había sido un senador de Roma; su difunto marido, el más importante comerciante de la ciudad... ¡Y ella era la primera mujer que comerciaba perlas!

Las trabajadoras presentes seguían atentamente lo que estaba sucediendo, les interesaba el desenlace que tendría.

Furnilla se acercó a su ama y le habló al oído:

—Hágalo, o tendrá graves problemas.

Apia, sin dejar de mirar con rabia a la matrona, se tomó unos instantes y luego, arrebatando de un tirón uno de los trapos de la cocina, se agachó y comenzó lentamente a quitar los trozos de estiércol de entre los dedos de los pies.

Llevaba un buen rato en la tarea, y ya iba por la suela de las sandalias, cuando un pensamiento le trajo luz sobre lo que estaba sucediendo: ella recibía todo lo bueno que la vida le daba a Gaya Paulina: la sencillez de una existencia simple, la libertad en el trato y la ausencia de protocolos. Pero podía llegar el momento en que la obligaran a recibir también lo malo. Porque no podía liberarse de situaciones como esa y aún podían presentarse otras mucho peores. En algún momento debería elegir y sabía muy bien que optaría por ser Apia Pópulus. Se preguntó entonces: «¿Qué pasará con mis negocios si no vengo más? ¿Podré seguir adelante? ¿Cómo lo tomará Manius Marcio cuando sepa quién soy realmente?».

Ella no sabía que tendría que responderse a esos interrogantes mucho antes de lo que suponía; más precisamente, durante esa noche.

Manius Marcio, que había llegado un rato antes de que las trabajadoras se retirasen, vio salir a Gaya y a su amiga, pero no se les acercó, sino que se quedó observándolas al abrigo de la oscuridad bajo un pino frente al portón del patio. ¿Sería posible que ella no fuera quien decía ser? Al verla caminar cansada —seguramente el trabajo de esa velada había sido duro—, por un momento desechó toda especulación de engaño. Cuando ellas enfilaron rumbo a la calle de las casas azules, estuvo a punto de salir de su escondite e ir corriendo a abrazarla, pero un detalle lo hizo dudar. Furnilla, con un ademán servil, le quitó a Gaya el peso de los lienzos sucios y los cargó en sus brazos. Luego, le permitió pasar adelante. Manius reconoció que en otras ocasiones había visto actitudes que demostraban que el trato que ambas se dispensaban no era igualitario. ¿Y si Furnilla, en vez de amiga de Gaya, era su sirviente? Y otra vez la duda y el dolor de haber sido engañado lo punzaron. Caminaba por la cornisa de sus cavilaciones; vacilante, por un momento se inclinaba a pensar bien de ella; por otro, mal, muy mal. Se encontraba con la bondad de Gaya, pero también iba hacia el lado opuesto y daba con la maldad.

Las mujeres marcharon apuradas, las dejó adelantarse varios pasos y fue tras ellas. Quería observarlas sin que lo descubrieran. Las siguió como un poseso hasta que las vio acercarse a la casa azul donde el senador Tribunio le había dicho que vivía Apia Pópulus. Entonces decidió someter a una prueba de fuego la situación y, mientras Furnilla abría la puerta, gritó:

—¡¡Apia Pópulus!! ¡¡Apia Pópulus!!

Y él vio lo que hubiera deseado no ver. Porque Gaya Paulina, su Gaya, al oír ese nombre, se dio vuelta. Había respondido al llamado.

Apia, al caer en la cuenta de que la voz que la había nombrado era la de Manius Marcio, recibió un golpe brutal. Si de esa boca que amaba salía su verdadero nombre sólo podía significar una cosa: había sido descubierta. Y lo peor: ella no le había desnudado la verdad, sino que él mismo —u otra persona— la había encontrado por sus propios medios. Mientras lo miraba avanzar hacia ella, cada terminación nerviosa de su cuerpo se crispó.

La enorme figura de Manius Marcio vestido de soldado se le acercaba dando largos y violentos pasos. Cuando la tuvo enfrente le gritó:

—¡Tú no eres Gaya Paulina! Dime que me equivoco, por favor...

La última frase sonó a ruego. A pesar de lo obvio, conservaba una débil esperanza.

El gesto de Manius le rompió el corazón. Ella se quedó en silencio, percibiendo el desencanto pintado en el rostro. Su mudez le concedió la razón, pero él insistió:

—Dímelo. Atrévete a reconocerlo.

Ella, esta vez mirándolo de frente, le señaló:

—Estás en lo cierto. Soy Apia Pópulus.

El engaño llegaba a su fin.

—¡Mentirosa! —gritó él. A partir de ese momento, la situación se desmadró y un griterío se desató en la esquina de las casas azules—. ¡Me engañaste!

—¡Tenía mis razones!

—Pasamos cuatro días juntos y estuviste mintiendo todo el tiempo.

—Intenté decírtelo.

—¡Cómo te habrás reído del pobre soldado!

—No es así, tú eres importante para mí.

—¿Por qué habría de creerte? Si hasta ahora sólo me has mentido. ¿También fue un engaño tu historia de muchacha viuda casada con un hombre mayor?

—¡No, esa es mi vida de verdad! Ser Apia Pópulus es más complicado de lo que tú crees.

—Ya lo creo, porque no hay explicación posible que justifique tu trabajo en la cofradía... ¡Salvo que buscaras engañarme! ¡Y quién sabe por qué!

—¡No es así, necesitaba trabajar allí para poder negociar!

—Pero ¿qué dices?

Apia intentaba decir una frase coherente, una explicación racional acerca de por qué trabajaba en el salón, pero el relato se le hacía largo y Manius, enojado y fuera de sí, no escuchaba ni entendía.

La discusión iba para largo y Furnilla, que había reaparecido en la puerta, preocupada, sólo miraba a los vigilantes de la esquina, a quienes se les había sumado otro hombre que —ella no lo sabía— las había seguido durante toda la velada.

Como los guardias de Senecio se habían percatado de que algo iba mal entre el soldado y las mujeres, creyeron oportuno acercarse para preguntar si necesitaban ayuda y así apreciar de cerca el rostro de cada una.

—Ama, debemos entrar —dijo al fin Furnilla sin quitarles la vista a los vigilantes.

—¿Ama? ¿Es tu esclava? ¡Por Júpiter! ¿Cómo has podido mentirme de esa manera? ¡Y yo, oh, qué tonto fui por haber caído en tus engaños!

—No entiendes...

—Sólo sé que en mi mundo las cosas son lo que parecen. Pero en el tuyo, no... Y eso hace imposible que estemos juntos.

Los vigilantes comenzaron a acercarse al portal donde tenía lugar la discusión.

—Manius, creo que lo mejor es que hablemos tranquilos. ¿Quieres pasar a mi casa?

—Resulta que de repente eres dueña de una mansión y yo, muy tranquilo, tengo que entrar y hablar contigo sentado en un lujoso *tablinum* para escucharte. No, Gaya, gracias. Lo mejor es que me marche.

Manius, que iniciaba su retirada, caminaba por la bajada que llevaba al foro.

—¡Manius, detente! —lo llamó ella.

Él no hizo caso.

Furnilla, al ver que los vigilantes y el tercer hombre casi llegaban hasta ellas, tomó del brazo a su ama y la arrastró hacia adentro. Cerró la puerta con fuerza.

Manius Marcio llegó al cuartel y pasó directo a su pieza. Buscando descansar se acostó, pero por más que quiso dormir no pudo. Se revolcó en el camastro por horas repasando en la oscuridad lo que se habían dicho con Apia Pópulus, el verdadero nombre de Gaya. Lo recordaba y otra vez se llenaba de ira. Pero cuando caía en la cuenta de que esto significaba el fin del romance, y de que en la otra cara de su enojo aparecía su decisión de no verla nunca más, lo cual le costaría muchísimo, entonces concluyó que tendría que haber oído la explicación que ella había querido darle, y él no le había permitido ni siquiera esbozar. La primera claridad asomaba por la ventana cuando notó que había pasado la noche en vela. Se sentó en el borde de la cama; al fin se acababan esas horribles horas.

En su casa, a Apia le había pasado algo semejante a lo experimentado por Manius Marcio. A pesar del cansancio sólo había dormido un breve lapso. Y ahora, de madrugada, ya se hallaba despierta pensando en las frases hirientes que él le había proferido. ¡Es que ni siquiera había oído lo que tenía para decirle! Ella merecía que él la escuchara. Si después de explicarle sus motivos, no quería nada con ella, pues lo entendería. Pero antes tendría que oírla.

Se puso de pie y se dirigió al cuarto de las mujeres, se colocó la primera túnica sencilla que encontró y se peinó ella misma en escasos minutos con una coleta simple y algunos bucles sueltos. Luego fue de manera sigilosa hasta la puerta y salió a la calle. No había querido que Furnilla o los demás la vieran. Se iría en ese mismo momento a hablar con Manius.

Ella caminaba por la calle y su aspecto podía ser tanto de Gaya como de Apia. Su exterior, por primera vez, era una mezcla de las dos. De habérsela cruzado, cualquiera que conociera a ambas la hubiera saludado tanto como si se tratara de Apia como de Gaya. Pero Apia Pópulus, absorta como iba, no tenía en cuenta nada que no fuera el encuentro hacia el que se dirigía.

Llegó al edificio gubernamental con la primera claridad del día; de inmediato se hizo anunciar y pidió hablar con urgencia con el centurión Manius Marcio.

En menos de cinco minutos él estaba frente a ella. Los dos, de pie y en el empedrado del ingreso del cuartel, se miraban con el cielo de testigo. Sus semblantes reflejaban la mala noche que habían pasado y el dolor que sentían. Era difícil aceptar que habían terminado así después de los maravillosos días que habían pasado juntos en la playa. Pero Apia no se desmoronaba sino que sus gestos mantenían algo de la dureza y hasta de la altivez que la caracterizaban. El rostro de Manius era una máscara sin sentimientos, sólo sus ojos verdes traslucían el verdadero estado de abatimiento que arrasaba su interior.

—Vine porque necesito darte una explicación.

—Te escucharé, pero eso no quiere decir que acepto lo que has hecho.

—No digo que esté bien lo que hice, pero tuve mis razones y quiero que las escuches.

—No hay en este mundo suficientes razones para engañar. Tuviste muchas oportunidades para decirme la verdad y no lo hiciste.

—Quise contarte, pero…

De nuevo empezaban a discutir. Pero esta vez ambos se dieron cuenta y se detuvieron a tiempo. Se produjo un largo silencio mientras no dejaban de mirarse.

—Ven a mi casa, Manius Marcio, allí hablaremos tranquilos —propuso Apia.

Pero ante su invitación él estalló:

—¡Por Júpiter, no insistas! —exclamó levantando sus brazos en alto y, dando un paso hacia atrás, agregó—: No iré a la residencia de Apia Pópulus y charlaré con ella amigablemente para que me explique frente a sus esclavos cómo fue que me engañó.

Esos sirvientes sabían muy bien lo que hacías conmigo –dijo refiriéndose específicamente a Furnilla.

Apia lo entendió. En cierta manera, Manius Marcio tenía razón. Pero no había muchas alternativas. Él casa no tenía. Ella explotó:

–¿Y qué quieres que hagamos? ¿Ir a la plaza? ¿A la fuente? ¿Y sentarnos allí para hablar profundo en medio de los carros y los vendedores?

Era sabido que en el horario comercial Roma se volvía un caos.

–Pues iremos al hospedaje –propuso Manius–. Si ha servido para los momentos felices, servirá para que podamos mantener una conversación necesaria.

–Me parece bien –aceptó Apia.

Ambos sabían que el futuro dependía de esa conversación. Aunque dudaban acerca de si habría uno que los encontrara juntos.

Las pocas calles que tenían hasta el hospedaje las recorrieron en un silencio absoluto. Cuando llegaron y se encerraron en el cuarto les resultó extraño no besarse, ni disfrutar de la intimidad que ese lugar siempre les había brindado. Se hallaban solos y ahí estaban, estudiándose con recelo.

Manius pensaba que todo lo bueno que había entre ellos se había acabado cuando Apia se sentó en el borde de la cama y empezó a hablar:

–Manius, cuando estuvimos en la playa sólo te conté lo imprescindible para que comprendieras que tenía una vida. Pero mi pasado es escabroso, y también la causa que me llevó a usar el ardid de presentarme como trabajadora a la cena de la cofradía.

Se le hacía difícil poner en palabras lo sucedido en los muchos años de casada, contarle las penurias desatadas desde el día de su boda. Explicarle cómo había tenido que volverse de metal para sobrevivir al temprano matrimonio, para soportar la muerte de su madre y el asesinato de su padre; cómo actuar, al saberse sola, en un mundo en el que había estado a merced de ese marido cruel, de un hijo que la odiaba y hasta del mismísimo poderoso Octavio. Relatarle los detalles sería la única manera en que Manius entendería por qué para ella los negocios constituían una pieza importante de su vida, así como el motivo por el que se había aferrado a las perlas. Él tenía que comprender que se trataba de lo único propio que le daba sentido a su triste existencia, y lo que más le agradaba realizar en la vida. Los hombres de la cofradía se lo habían querido cercenar negándole formar parte de las reuniones sólo por ser mujer, razón que la llevó a buscar una manera de entrar a esas cenas como fuera. No sabía si Manius la entendería, pero al menos iba a intentarlo. Tampoco estaba segura de si se animaría a poner en palabras los hechos crueles e íntimos vividos con el gobernante del momento: Octavio.

—¿Estás dispuesto a escuchar una larga historia?

—Para eso he venido.

Apia asintió y puso su mejor buena voluntad e intentó contarle desde el principio:

—El día que me casaron yo ni siquiera sabía qué me esperaba en mi noche de boda. Mucho menos lo que significaba ser una mujer casada...

Apia avanzó en el relato y Manius se sentó en el taburete con forma de estrella.

Tendida en la cama, llevaba casi una hora hablando muy concentrada; pronunciaba las frases de su relato mirando el techo como si estuviera viendo en ese cielo raso las escenas que describía. Manius, nervioso, se había tenido que levantar en varias oportunidades para caminar por el cuarto. Por momentos, los dichos de Apia se le volvían una tortura, sentía que lo asfixiaban y, buscando aire, se había quitado la parte rígida de su uniforme.

Él era duro con los hombres y juguetón con el sexo femenino. Siempre había actuado así y no entendía a esos romanos que gustaban de lastimar o golpear a las mujeres que ni siquiera podían levantar una espada para defenderse. Podían machacarle ser un mujeriego, cosa que se había terminado desde que había conocido a la mujer que tenía enfrente. Pero maltratar o torturar a una dama, jamás.

Apia llegó a la parte cúlmine de su narración: la de Octavio. Él, entonces, después de escuchar un rato, ya no pudo soportar más, y exclamó:

—¡Ya basta, Apia Pópulus! He entendido —dijo Manius mientras la miraba. No podía creer que ella no hubiera llorado en ningún momento.

Fue hasta la cama, se tendió junto a ella y, quedándose en silencio, se dedicó a tocarle el cabello. Apia había enmudecido; él, también. Así, muy quietos, estuvieron durante largo rato hasta que ella se inclinó hacia él y, estando de perfil, metió su cabeza en el espacio que quedaba entre el musculoso hombro y el cuello de Manius, luego encogió las piernas y se hizo un bollito como los que amasaba la cocinera de la casa azul. Él la sintió relajarse por completo; se había dormido. El precio pagado por el despliegue de las emociones narradas por Apia durante las últimas dos horas había sido alto; se había quedado sin energía. Apia Pópulus no tenía muchas maneras de enfrentar sus dolores, salvo con su dureza; y ahora, después de haber gastado toda la que poseía, el cansancio la había vencido. Se sentía a salvo con el rostro metido en el cuello de Manius Marcio.

Para él no fue difícil entender lo que estaba sucediendo y descubrir, al menos en parte, cómo funcionaba la mente de la mujer que dormía a su lado. Se quedó velando el sueño de Apia hasta que el cansancio de la mala noche también lo venció.

Llevaban varias horas durmiendo cuando ambos se despertaron casi al mismo tiempo. La luz de la ventanita del techo mostraba que ya era más del mediodía, pero a ellos no les importó. Manius seguía de franco y Apia sentía que durante esa jornada bien podía no hacer más nada, porque se había animado a realizar lo más importante: contarle la verdad a Manius. Si no lo hubiera hecho, seguiría viviendo con cargo de culpa.

—¿Continúas enojado?

—No.

—¿Has entendido mis razones?

—Creo que sí, pero aún sigo creyendo que deberías haberme contado antes la verdad. —Apia asintió con la cabeza y él agregó—: Y tienes que dejar de ir a la cofradía. Si te descubren, tendrás grandes problemas con esos viejos carcamanes.

—Sólo iré hasta el final del verano, y para eso no queda tanto. Luego mi tienda ya estará dando suficiente dinero.

—Acorta ese tiempo —le aconsejó y, por unos minutos, pareció sumergirse en sus cavilaciones.

Apia respetó su introspección; ella también se hallaba sumergida en la suya: no se resignaba a quedarse solamente con la tienda y que la dejaran fuera de los negocios grandes. Finalmente, Manius dijo:

—Nunca vuelvas a mentirme, porque si eso sucede, ya no me quedaré contigo.

—No lo haré.

—¿Entiendes que nos será difícil seguir adelante? Eres otra persona distinta de la que yo creía. Costará encastrar nuestras vidas —dijo él.

—Pondré lo mejor de mí. Lucharé para unir mi mundo al tuyo.

—Lo intentaré, pero tengo que ver cuán cómodo me sentiré con Apia Pópulus.

—Seremos felices, te lo prometo —aseguró ella con la firme creencia de que así sería.

Apia le contagiaba la esperanza a Manius. Porque en esta dupla, él se mostraba más temeroso respecto de lo nuevo que se avecinaba.

Ella, con su boca, buscó la de Manius, y la de él respondió intensamente.

Se besaron, hicieron un pacto tácito, mudo; y, mirándose, renovaron sus intenciones de continuar juntos.

Manius seguía acostado cuando Apia se subió sobre él y, quitándose la túnica y la *fascia*, su piel dorada quedó a la vista.

Al verla, se enardeció. Ella buscó acomodar su sexo al suyo, y lo logró. Al sentirlo dentro, dio un largo suspiro de placer. Y allí empezaron la primera de las danzas cadenciosas que daban juntos como personas auténticas porque ya no había engaño. Se querían, no había mentiras entre ellos, deseaban lo mejor el uno para el otro.

Apia se movía sobre Manius de manera suave y acompasada. Ambos llevaban los ojos cerrados cuando se produjo la conjunción perfecta, el enlace sublime: placer, unión del corazón, buenas intenciones, planes de futuro.

Y la vida les sonrió, abrió su mano y repartió dulces y premios. A Apia le tocó lo que había pedido, lo que de tanto anhelarlo se le había olvidado, el sueño de su vida. Porque en ese vaivén se cumplía la condición blanca que la *saga* había nombrado por primera vez hacía muchos años. Porque cuando Manius y Apia culminaron el ritual de amarse, en el interior femenino se produjo un pequeño terremoto, uno capaz de dar vida. Una nueva y tierna existencia luchaba por abrirse paso en este mundo.

Manius y Apia exhalaron al unísono un último gemido. Y en Suburra, en la casilla lúgubre de puerta color verde, la *saga* sintió un ruido estrepitoso que la obligó a girar sobre sí misma y lanzar un grito:

—¡Por los dioses!

La vasija donde se hallaba sumergida en agua la figura de Apia Pópulus desde hacía años se cayó del estante. ¿Acaso la había tocado ella con el codo sin querer? ¿O tal vez había ocurrido algún pequeño temblor de esos que solía sacudir a Roma? Pero no había escuchado ninguno y tampoco era tan torpe como para haber derribado el recipiente sin haberse dado cuenta. Además, era la única vasija que se había caído al suelo. Miró en el piso cómo los trozos de cerámica rota se hallaban junto a la figurita de piedra con forma de mujer embarazada y se preguntó:

—¿O se habrá cumplido la condición blanca...?

Mientras juntaba los pedazos del suelo miró la muñequita de mujer con una gran panza. Y meditó: «¡Cómo se pondrá Senecio Sextus!». Le dio pena; su viejo cliente pagaba bien. Pero había una verdad irrefutable: contra la voluntad de los dioses no se podía hacer nada. Con seguridad, en nueve meses verían a esa mujercilla con un niño en brazos.

CAPÍTULO 20

RECUERDOS

Año 39 a. C.

Salvio Sextus sonrió complacido, estaba de vuelta en Roma, su viaje a tierras lejanas al fin había terminado. Se subió a su litera y exhaló un largo y ruidoso suspiro que condensaba su cansancio, los dolores de piernas y de las articulaciones, propios de la larga travesía que acababa de terminar, algo que, para su edad, no era poco. Pero su respiración también contenía una enorme satisfacción y orgullo por haber logrado un cometido que —descontaba— con el pasar de los años se estudiaría en los papiros de historia. Porque por primera vez las comitivas de la India habían llegado con éxito ante el gobernante del Imperio romano; y esto había sucedido gracias a sus arduas y hábiles gestiones.

Acababa de salir del recinto gubernamental donde había pasado gran parte de la mañana en una reunión de bienvenida a los extranjeros, y recién ahora podía regresar a su casa, sitio que aún ni siquiera había pisado porque esa madrugada, cuando llegó a Roma, guio a las embajadas directamente ante Octavio. El gobernante, que ya los esperaba, había salido a recibirlos con bombas y platillos. El momento había sido por demás emocionante; sobre todo, cuando se vieron por primera vez y al anfitrión se le hizo entrega de los cuantiosos regalos que incluían piedras preciosas, lozas exóticas, objetos de vidrios de distintos colores, textiles de seda, perfumes únicos, hierbas nunca vistas y piezas de arte caras y novedosas.

Octavio les había agradecido los obsequios ofreciéndoles su hospitalidad. Había mantenido con ellos pequeñas conversaciones comunicándose a través de los traductores mientras probaban las comidas con verduras que habían elaborado los cocineros romanos teniendo en cuenta lo que sabían acerca de las preferencias de esos pueblos; en las copas se les sirvió agua porque vino no aceptaron. Finalmente, el gobernante los había instado para que se hospedaran en el ala este del edificio, sector que Octavio había hecho acondicionar especialmente para los visitantes. Quería que pasaran allí una temporada; la reunión que acababan de terminar sería la primera de las muchas previstas por Octavio. Por primera vez se concretaban acercamientos políticos y se iniciaba una línea diplomática entre Roma y la India, relación que traería grandes beneficios económicos para ambas partes.

En verdad, la idea de Octavio había sido un éxito, y nadie dejaba de felicitarlo, al igual que a Salvio Sextus, porque él había logrado hacerla realidad. Hasta el mismo Octavio, que lo había convocado para el día siguiente, le había ofrecido una larguísima y sentida reverencia al momento de despedirse.

Salvio miró la ciudad por la ventana de su litera. Las calles de Roma no habían cambiado mucho en sus ocho meses de ausencia. Observaba las esquinas del Palatino que encontraba familiares cuando finalmente divisó, a pocos pasos, la fachada azul de su casa. Entonces, se emocionó: había vuelto sano y salvo de los lugares lejanos que visitó durante su larga expedición. Los esclavos detuvieron la marcha y él comenzó a descender de la litera. Apia, seguramente, lo estaría esperando porque, tras poner un pie en la ciudad, había mandado un mensajero para avisarle de su regreso. Tenía ganas de verla aunque no la hubiera extrañado, pues allá había estado demasiado ocupado, y mujeres no le habían faltado dado que la compañía femenina había sido una de las tantas atenciones que le habían brindado en el extranjero como agradecimiento a la oportunidad de presentarse ante el gran Octavio. Pero ahora que estaba en su tierra, Salvio deseaba reencontrarse con su esposa romana.

En el interior de la casa azul del Palatino la actividad era frenética. Desde que habían recibido el mensaje que anunciaba el regreso del amo, nadie podía estar quieto y un ejército de esclavos limpiaba lo que relucía y acomodaba lo que se hallaba ordenado. La dueña de casa se movía entre los sirvientes con aplomo; nadie, salvo Furnilla, percibía que las emociones de Apia se tambaleaban. Ella se preguntaba cómo haría para sobrellevar su vida de casada ahora que había descubierto lo que era la libertad; porque conociendo la independencia le sería difícil volver al yugo marital, ese que la controlaba y mandaba en cada acto. Además, ya no era la misma desde la partida de su esposo; algo había cambiado en su interior.

Se miró en el espejo para controlar la prolijidad de su atuendo, alisó con las manos la falda de la túnica celeste que ese día estrenaba. Llevaba el pelo completamente recogido en un peinado de intricadas trenzas metidas en un voluminoso rodete alto; sólo le caía un largo rulo a cada costado de la sien. Observó su entorno y comprobó que la casa estaba impecable. Aun así, decidió dar un último control para cerciorarse de que no hubiera polvo en los muebles. Mientras pasaba el dedo por los armarios de cedro que se encontraban pegados a la pared sintió que la puerta principal se abría. Se detuvo en seco, quería oír mejor. Sí, eran pisadas, las reconoció de inmediato. Salvio estaba en la casa. El corazón comenzó a latirle con violencia.

Por la tarde, Apia y su esposo se hallaban solos en el dormitorio. Salvio, al fin, con alegría había saboreado la típica comida romana que tanto había extrañado: lirón relleno, otras carnes y *puls*. Luego había tomado un largo baño y se había quedado dormido durante varias horas.

Una esclava les acababa de alcanzar dos vasijas de té preparado con una hierba traída del viaje. Salvio decía que esa infusión le sentaba de maravilla y quería que Apia la probara; era afrodisíaca, pero no se lo dijo. Ella olió el vaso humeante y retiró el rostro con rechazo; el olor fuerte no le había gustado. Salvio bebió el suyo sentado en el borde del lecho mientras miraba a Apia, que hacía el esfuerzo de tomar unos tragos para complacerlo.

Cuando él terminó su bebida, abandonó la vasija sobre la mesa de noche de bronce con los ángeles por patas y le pidió a Apia:

—Ven, esposa.

Ella se puso de pie y caminó hasta su marido.

—Te he extrañado —mintió él.

—Yo, también —mintió ella.

Ambos faltaban a la verdad.

Salvio, asimismo, reconocía que le agradaba estar otra vez en su hogar y en compañía de Apia. Pensó que su esposa lo había esperado todos esos meses, y que también había cuidado la casa con esmero, entonces una gran ternura lo invadió.

—Ven, siéntate, te soltaré el pelo —le propuso Salvio.

—¡Oh, no, es mucho trabajo! Si lo deseas, le pediré a la *tonstrix* que lo haga —respondió ella sabiendo que esa tarea podía llevar al menos una hora; las trenzas eran muchas e intrincadas.

—No te preocupes, lo haré yo —dijo Salvio mansamente. Y sus manos, que se movían con delicadeza y paciencia, comenzaron a desarmarlas. Le gustaba el pelo de su esposa. Se había olvidado de la suavidad, del perfume, de lo agradable que le resultaba acariciarlo con sus dedos, y agradeció estar en su casa.

Llevaba más de media hora en la tarea cuando Salvio al fin dijo:

—Listo, he terminado... —Y mirándola de frente, con el cabello suelto, agregó—: Estás muy bella.

El pelo le caía largo. Le cubría la espalda y los pechos, que se marcaban bajo la túnica celeste.

Apia sonrió, no había esperado semejante terneza por parte de su esposo. La actitud la había tomado por sorpresa.

—¿Has estado bien durante el tiempo que permanecí fuera de la casa?

—Sí, muy bien. Me he reunido en un par de ocasiones con tu hija Petronia.

—Me alegra saber que te relacionas con ella. Pero, ¿con los demás no has tenido problemas?

—No.

—Mejor. Pero si algo está mal, ya estoy aquí para ocuparme de que funcione en forma correcta —dijo mientras corría las sábanas y los edredones de la cama para que pudieran acostarse.

Por primera vez él realizaba esta tarea. Antes del viaje siempre le había tocado a Apia.

—¿Aún no te has visto con Senecio? —preguntó Apia, que no podía olvidar el fantasma que ese hombre significaba para ella.

—Todavía no.

Salvio la observó y vio la preocupación en el rostro de su mujer.

—¿Has tenido problemas con él, verdad?

—Hum…

—¿Ha recibido cada semana los datos que tú debías darle? —preguntó. Abrigaba ciertas sospechas sobre la posibilidad de que ocurriera algún incidente al respecto.

Apia pensó durante unos instantes. Entonces, sabiendo que tal vez nunca volvería a presentársele un momento tan propicio como ese para contarle lo que sucedía con Senecio, decidió hablar. Estaba segura de que tendrían sexo, y que, como Salvio querría que ella estuviera lo más cooperativa posible durante el acto físico, le daría la razón en lo que fuera que le dijera antes. Además, veía en Salvio una ternura desconocida que le daba confianza. Sólo tenía que elegir muy bien las palabras y no ser demasiado explícita. Si su esposo sentía que ella acusaba a su hijo, podía causar el efecto contrario.

—Senecio recibía los rollos de papiro cada semana —respondió Apia suavemente.

—¿Te ha respetado? —preguntó el marido preocupado.

—¿Sabes, Salvio…? Él no me quiere.

—No digas eso.

—Me agrede diciéndome que no puedo tener hijos. Yo quiero concebirlos, pero tú sabes… no llegan.

—Si a mí no me importa, ¿por qué debería importarle a Senecio? ¿Qué te dice?

—Cosas horribles.

—Hablaré con él para que no vuelva a suceder, te lo prometo —dijo Salvio y empezó a bajarle el hombro de la túnica para dejar al descubierto sus senos.

Apia cerró los ojos y se entregó al toque de su esposo.

Esa tarde ella puso su mejor buena voluntad; aun así, no alcanzó para que explotara de placer. Al menos —se contentó cuando terminaron—, no había sentido rechazo como solía sucederle. Pero para ella seguían siendo desconocidas las sensaciones sobre las que oía que hablaban las esclavas; se trataba de un mundo de extremo disfrute al cual nunca había ingresado.

Temprano por la mañana, luego de vestirse, Salvio ya estaba dispuesto para acudir a la cita con Octavio. Necesitaba constatar que todo seguía en orden con las visitas de la India. Al mediodía se reuniría con Senecio en la casa, pues tenía mucho de qué hablar con su hijo.

Salió apurado y a pie. Estaba harto de tanto viaje y le pareció una buena idea ir al edificio de gobierno caminando a marcha rápida.

Cuando llegó, no fue necesario anunciarse. Lo reconocieron de inmediato y le habilitaron la entrada al edificio, que se hallaba revolucionado con los nuevos huéspedes. Allí todos sabían que Salvio Sextus había sido el artífice del logro.

Una vez adentro, el edecán lo condujo hasta el despacho privado, donde se estrechó en un abrazo con Octavio. Se sentaron y enseguida comenzaron a hablar de cómo aprovecharían la nueva experiencia.

El gobernante habló primero:

—Ellos me han asegurado que en la India hay un grupo de comerciantes dispuestos a traer las mercaderías hasta Roma. Si cumplen, sería muy bueno para nuestra economía —comentó Octavio.

—Claro que lo harán. Uno de nuestros visitantes es el ministro más poderoso de ese reino.

Octavio movió la cabeza afirmativamente; ya había hablado con ese extranjero. Le pareció que era momento de agradecerle a Salvio la labor realizada.

—Mira, Sextus, la misión que tan bien has cumplido es y será importante para Roma. A cambio tendrás todo lo que te prometí alguna vez y mucho más. Pídeme el apoyo de los hombres que quieras, el dinero que necesites para invertir en tus negocios. Lo que te sirva para comerciar mejor, lo tendrás. También te daré tierras y hasta una guardia personal de soldados para ti y tu clan.

—Gracias, mi señor —dijo Salvio emocionado mientras se inclinaba rindiéndole una aparatosa reverencia.

—Te lo has ganado —señaló el gobernante.

Salvio no cabía dentro de sí. En verdad lo que acababa de oír lo convertiría en un hombre rico, probablemente el más rico de Roma; el poder que ostentaría a partir de ese momento sería muy grande. Su realidad —y la de sus descendientes— estaba a punto de cambiar para siempre.

Se lo agradeció nuevamente. Luego hablaron unos minutos más acerca de cómo harían realidad las ventajas que le acababa de prometer, hasta que poniéndose de pie, Salvio explicó:

—Creo que, si no tengo más que hacer por las visitas de la India, me retiraré. Hace mucho que falto de Roma y tengo mis labores atrasadas, además de ausentarme en mi casa.

Se saludaron con cortesía. Pero cuando Salvio enfilaba hacia la puerta, escuchó la voz de Octavio:

—Ah, espera, Sextus, tengo que darte algo —dijo Octavio y, tomando dos rollos muy pequeños, se los extendió.

—¿Qué son?

—Uno es el salvoconducto que Apia debe presentar para que ingrese rápida y discretamente la noche que venga.

Salvio quedó petrificado. Las palabras «discretamente» y «noche» acababan de darle la certeza de lo que siempre había sospechado con respecto a los deseos de Octavio. Sólo minutos atrás le había entregado tierras, soldados y dinero... ¡Y ahora le salía con esto!

Octavio continuó:

—El otro rollo fija el día y la hora en que la espero. También explica un par de detalles sobre cómo debe presentarse.

Salvio quedó mudo durante unos instantes que le parecieron eternos. No sabía qué decir. No se atrevía a pronunciar lo que hubiera querido. Al fin se atrevió a deslizar:

—¿Realmente es necesario? —preguntó tranquilo, sin pasión ni enojo. A estas alturas, dijera lo que dijera, no creía que Octavio lo hiciera matar.

El muchacho respondió:

—Claro que sí. Así lo habíamos acordado. Y recuerda que he dejado pasar lo de Fulvia.

—Pero eso sucedió porque la mujer de Marco Antonio... —intentó explicar Salvio revolviendo en su memoria. Ya ni recordaba los detalles del suceso.

—Lo de Fulvia no quedó claro —reconoció Octavio—, pero ya lo olvidé. Ahora, no temas, te beneficiaré en gran manera y seré cuidadoso para que no hablen de tu mujer, ni de ti.

—Sigo sin estar de acuerdo...

—Cuidado, Salvio Sextus, hay palabras que no puedes decir, no te olvides que soy el divino *filius*. Vete ahora y disfruta de tu éxito en el comercio. Serás el hombre más rico de Roma. ¿Qué digo? ¡De la península!

—Recuerda que ella es mi esposa.

—¡Jamás lo olvidaría! Justamente porque sé que es tu mujer, la cuidaré. Y porque la conozco desde niños.

Salvio pensó que Octavio sólo entendía lo que deseaba entender, se sintió derrotado antes de empezar la pelea. No tenía sentido realizar ningún movimiento defensivo.

Octavio consideró que la reunión había terminado y se adelantó. Le abrió la puerta a Salvio, que, estupefacto, siguió su instinto y la atravesó. Cuando estuvo en la calle, caminó apesadumbrado rumbo a su casa. Los pies le pesaban como si llevara en su regazo cientos de proyectiles de plomo de los que usaban los soldados romanos para atacar con las hondas a sus enemigos. Más pensaba en lo sucedido y más denigrado se sentía, porque a pesar de lo valiosa que había resultado su misión para Roma y Octavio, el muchacho había tenido el descaro de pedirle a su esposa. ¿Cómo se lo diría a Apia? No lo sabía. Una pena que esta situación se presentara en este momento, justo cuando había tenido la sensación de que Apia lo había recibido con agrado al reencontrarse.

Caminó dos calles y el desaliento lo hizo maldecirse por no haberse trasladado en la litera. Necesitaba descansar. Se detuvo en la fuente de la calle de las Lapis, y allí se sentó en el borde del abrevadero. Por suerte, era el mediodía y ya no había gente. Tentado por saber qué decían los papiros entregados por Octavio, abrió el primero y lo leyó. Iba dirigido al oficial que por las noches custodiaba la parte trasera del pequeño edificio gubernamental, ubicado en el extremo del foro. Le indicaba que, por orden de Octavio, la portadora debía ingresar inmediatamente a la sala oficial, donde se trataban cuestiones de Estado. Agregaba que, en este caso, por tratarse de un tema de vida o muerte, la mujer que portaba la carta debía entrar sin necesidad de presentar ninguna documentación, ni revelar su nombre. Salvio, deshecho, se tomó la cabeza entre las manos. Que Octavio cuidara la identidad de Apia no lo consolaba; lo que iba a suceder era demasiado grave para su hombría. Nada lo apaciguaba.

Abrió el segundo papiro. Dirigido a Apia, decía que la esperaba el próximo día de Venus a las nueve de la noche, y ofrecía precisiones: debajo de la sobreveste, con capucha, debía ir vestida de rojo, con el pelo suelto y perfumada de nardo puro. Quedaría libre a las siete de la mañana.

«Octavio no ha dejado nada librado al azar», pensó Salvio. Y rumió que así como planeaba hasta el mínimo detalle en cuestiones de Estado, o de batallas, también lo hacía ante un encuentro sexual. La idea de que el hombre premeditara este tipo de cosas con su esposa lo demolió y lo atacaron las náuseas. Sin poder contenerse hizo una arcada, dos, tres. Luego se quedó quieto durante unos minutos hasta que una mujer llegó a la fuente a buscar agua. Entonces recordó que la situación se reducía a algo simple: acatar el contenido de esos papiros, o perder la vida. Lo pensó y lo decidió: aceptaría. Se puso de pie, la vida continuaba. Los negocios lo compensarían. Se trataba de una afrenta y nada más. Muchos hombres soportaban una ofensa como esa sin que se les pagara nada a cambio. Con suerte, y si actuaban con cuidado, nadie se enteraría.

Respiró. Pero lo asaltó una duda: ¿sería una sola vez, o la intimidad que exigía se prolongaría por un tiempo? No creía que a Octavio le durara el interés en Apia, pues en Roma se lo conocía por gustarle el cambio en materia de mujeres. Además, como su esposa era estéril, no tendría que preocuparse por el peligro de un posible embarazo de Octavio. Tras la reflexión, una nueva duda se clavó en su interior: ¿y si el estéril era él? ¿Y si Apia quedaba embarazada de Octavio? Sin dudas, como esposo, él corría el riesgo de ser eliminado o, en el mejor de los casos, tendría que terminar criando en su casa un hijo del divino *filius*. Al imaginarlo, se horrorizó, y ya no quiso seguir pensando. Ya verían más adelante qué le depararía el futuro.

Era mediodía cuando en la casa azul del Palatino el esclavo que hacía de portero hizo abrir la gran puerta de entrada y Apia se dio con que Senecio había llegado. Arribaba a la hora pactada con su padre. Pero Salvio estaba demorado. Ella no imaginaba las razones que mantenían a su marido sentado en el borde de la fuente pública. Apia recibió a Senecio en el *tablinum* y enseguida el primer comentario del hombre la fastidió.

—Te advierto, Apia Pópulus, que deseo hablar a solas con mi padre, así que, por favor, retírate en cuanto llegue.

Apia, que se sentía segura por lo que Salvio le había prometido hacía sólo unas horas, no se amedrentó. Salvio la defendería de Senecio, se lo había dicho claramente.

—Pues eso lo decidirá tu padre y no tú. Recuerda que me necesitan para que les entregue los últimos datos y las cuentas.

—No precisamos que estés presente cuando nos reunamos. Haz las cuentas, que es para lo único que sirves, y entrégalas de una vez.

—No me hables así. Eres un maldito *bustirapuss*.

—¡Y tú, una sórdida *misera mulier*!

Cuando Salvio llegó a su casa y abrió la puerta, escuchó la voz de Senecio. Pero también oyó la de su esposa. Ambos discutían y él no estaba de humor para soportarlos. Apenas hacía media hora que Octavio le había dado una estocada mortal a su honor y amor propio. Una vez en el *tablinum*, preguntó por compromiso más que por deseo de conocer el motivo de la disputa:

—¿Qué está sucediendo aquí?

Al oírlo, ambos se dieron vuelta.

—Padre… ¡has regresado sano y salvo!

—Sí, aquí estoy. Y ya deja de mortificar a mi mujer. Bastante tiene y tendrá que soportar.

A Apia le llamó la atención la frase. Pero se concentró en un detalle importante: Salvio acababa de defenderla, tal como le había pedido.

—Padre, ¿qué sucede...? –preguntó Senecio, que le pareció extraño el trato que le dispensó Salvio. No era normal que se pusiera del lado de su joven mujer.

—Nada, pero necesito que me dejen solo durante un rato –dijo enfilando hacia el cuarto de los papiros.

Como hombre, no le resultaba fácil contarle a su hijo que un poderoso le exigía acostarse con su mujer, aunque el demandante fuera el mismísimo divino *filius*.

Senecio no le hizo caso y fue tras él.

—¿Algo salió mal, padre? –le preguntó cuando estuvieron solos.

—No, por el contrario, todo ha ido muy bien. Sólo quedan algunos problemas por resolver.

—Tienes que sacar a Apia de nuestro comercio –exigió Senecio.

—Cállate, Senecio Sextus. Ahora debes respetarla más que nunca porque Octavio la acaba de *pedir*.

—¿Pedir?

—Sí.

—¿Pedir para...?

—Sí, pedir es *pedir* –remarcó la palabra que se usaba para encubrir el real y carnal propósito de los poderosos.

Senecio hizo un silencio largo. Él no la quería a Apia, pero esta exigencia de Octavio representaba una afrenta tanto para su padre como para toda la familia. Al fin exclamó:

—*¡Merda!* Lo siento.

—¿Te das cuenta? Ahora estamos en manos de ella. ¿Entiendes de lo que hablo, verdad? –inquirió Salvio.

—Sí.

Senecio sabía perfectamente que si ella se negaba a complacer a Octavio, los tres podían morir. Incluso los demás integrantes de la familia. Si a Octavio no le importó firmar la proscripción del padre de Apia, muchos menos reparos tendría en eliminar la *gens* Sextus.

—Y como siempre –añadió Senecio–, estamos en manos de Octavio.

–Al menos no en lo económico. Nos ha brindado todos los beneficios que te puedas imaginar. Tierras, dinero, soldados para una guardia personal...

Ante la gran noticia, Senecio lanzó un silbido y, a punto de exclamar una frase victoriosa, se contuvo por respeto a su padre. Salvio, con la vista fija en el suelo, no hizo ni un solo gesto ni emitió palabra.

Esa noche, ya vestidos con sus túnicas de cama, los esposos se encontraban en el cuarto matrimonial dispuestos para dormir. Apia se hallaba exultante después de haber visto con sus propios ojos cómo su marido la había defendido ante Senecio. El monstruo parecía tener los días contados.

Ella corrió las sábanas y destendió el lecho para que pudieran acostarse.

–Apia, necesito decirte algo –anunció Salvio mientras iba hasta el mueble y tomaba los dos papiros que Octavio le había entregado.

–Sí, dime... –dijo ella dándose vuelta para ver qué traía. La frase de su esposo la había sorprendido.

–Hoy, cuando estuve con Octavio, me dio esto para ti –informó y le entregó la correspondencia.

Ella tomó los dos papiros en sus manos, se sentó en el borde de la cama y los desenrolló de forma intempestiva. Esa correspondencia no le daba buena espina. Leyó ambos y se quedó inmóvil posando sus ojos sobre las palabras que no lograba digerir. Salvio vio cómo un rictus de amargura se instaló en el hermoso y joven rostro de su mujer. Ella levantó la vista y preguntó con la voz quebrada:

–¿Esto quiere decir que...?

Salvio esperó un instante y le respondió con voz casi inaudible:

–Sí, él te *ha pedido*.

A Apia, la palabra «pedido» le provocó dolor. Sin perder el último hilo de esperanza que le quedaba, cuestionó:

—¿Podemos negarnos?

Salvio le respondió con un gesto de impotencia. Ella lo entendió, pero aun así insistió:

—¿No hay algo que podamos hacer?

Salvio fue crudo:

—No, salvo que quieras que nos mate... a ti y a mí.

Apia se quitó las sandalias y se acostó. Se quedó mirando el techo durante unos minutos. Llevaba la cabeza puesta sobre la almohada y las manos entrelazadas sobre el pecho. Salvio se tendió a su lado, y la escuchó decir:

—Hay una mancha de tizne en el techo, mañana debemos pedirles a las sirvientas que la limpien.

—¿Qué...?

—Lo que oíste, hay que ordenarles que la limpien.

La mente de Apia buscaba entretenerse en detalles triviales como lo hacía siempre que no podía enfrentar una situación difícil. Ella se había concentrado en el techo y desde allí había volado lejos, muy lejos.

Esa noche, Senecio Sextus salió de su casa, necesitaba aire fresco. El parloteo constante de su esposa y los gritos de los chiquillos de la casa que se negaban a acostarse, no ayudaban para que él pensara tranquilo.

Durante la mañana, cuando su padre le contó la exigencia de Octavio, él sólo se preocupó por el deshonor que significaría para el apellido Sextus. Sin embargo, ahora que lo pensaba mejor, su preocupación era mayor: porque si Apia había sido pedida por Octavio, ella y el gobernante podrían engendrar un hijo, algo que no debía suceder bajo ningún punto de vista. Si su padre reconocía a esa criatura creyendo que se trataba de un Sextus, entonces él perdería su sitio en la *gens* familiar; en tanto, si Octavio reconocía a ese hijo como legítimo, seguramente haría borrar de la faz de la tierra el apellido Sextus. Primero a Salvio y luego a él. Octavio no lo dejaría con vida por la sencilla razón de que Senecio, como hijo, debería vengar la muerte del padre.

Si el embarazo se concretaba, probablemente varias vidas se perderían y, por supuesto, los negocios y riquezas se hundirían para siempre porque Octavio jamás dejaría a ningún descendiente Sextus con patrimonio económico. Los apellidos poderosos eran quienes escribían la historia a su antojo, y el divino *filius* no permitiría que quedara para la posteridad otro relato diferente al que deseaba plasmar si engendraba un hijo con Apia.

Senecio caminaba por la noche romana. Pensaba y más inquieto se sentía. Tanto, que en la esquina dobló para el Argiletto y no para la calle de la fuente que lo llevaba a su casa. A pesar de los peligros por lo tarde de la hora, había decidido visitar nuevamente a la hechicera, la urgencia de la situación lo ameritaba. Además, las sombras de la noche le daban anonimato. No era bueno que lo vieran en el barrio pobre, podía malograr su reputación. Descubría cuán dependiente se había hecho de las predicciones de la mujer, aun cuando él mismo se daba cuenta de que el poder de la *saga* estaba limitado. Había una realidad: los dioses siempre tenían la última palabra.

Tras algunos minutos de paso rápido, el mal olor le anunció que estaba en Suburra, muy cerca de la casa de la mujer.

CAPÍTULO 21

HOY

Año 35 a. C.

Roma esa noche hablaba y en sus murmullos contaba historias de horror y fuego. Nadie en la ciudad dejaba de comentar el incendio que se había desatado en Suburra. El fuego había comenzado esa mañana y, aunque ya no con la misma magnitud, continuaba. Las precarias casillas habían ardido como si fueran simples papiros. Los incendios eran comunes en la ciudad, pero este había sido el más cruel en bastante tiempo. Las llamas no habían respetado la palabra «ARSEVERSE» escrita en la puerta de los hogares como conjuro contra los incendios. Algunos romanos lloraban tras culminar la jornada con toda clase de pérdidas. Si bien este tipo de desgracia se paliaba con la labor de los esclavos destinados a apagar el fuego, no todos los tenían. La ciudad reclamaba que se formara una institución encargada de sofocar incendios, y Octavio empezaba a delinearla inspirado en el cuerpo de bomberos de Egipto y que con los años se llamaría «*vigiles*».

En el salón de Júpiter del edificio de gobierno, Senecio y el *legatus pro praetore* del ejército, ambos de pie, frente a frente, no escaparon de ser parte del murmullo reinante porque ellos también hablaban acerca de las llamas que azotaban a Roma.

—Es una pena tanta pérdida —expresó Senecio.

—El gobierno ha resuelto darle dinero a los pobres infelices que perdieron todo. Con eso el pueblo levantará de nuevo sus casas.

—El metálico siempre sirve, ¿verdad? —dijo Senecio.

—Sí, es poco lo que no se puede arreglar con dinero.

—Me alegra que piense como yo porque tengo mucho para darle a quien me ayude con un asunto relacionado con un centurión —se animó a decir Senecio.

Sabía que su interlocutor estaba alertado del tema que había venido a tratar. Antes de presentarse allí había tenido que sortear dos oficinas militares más. No se llegaba así, sin más, ante uno tan poderoso como el que tenía en frente, y para presentarle semejante petición como la que traía ese día.

El hombre le respondió:

—Supongo que algo podremos hacer por usted, Senecio Sextus. Sé que es uno de los comerciantes más respetados, o el más, de nuestra ciudad. Cuénteme con confianza lo que necesita.

En pocas palabras, Sextus le explicó qué quería.

El *legatus pro praetore* le respondió:

—No es tan difícil. Dígame el nombre de ese centurión.

—Manius Marcio.

—Le advierto que le saldrá caro. El hombre es un militar muy respetado.

—Pero ¿es posible?

—Todo se puede.

Senecio sonrió. Había dado con el hombre indicado.

Esa noche, Apia Pópulus y Manius Marcio, sentados en el *tablinum* de la casa azul también comentaban acerca de las terribles consecuencias del incendio. Él había sido convocado para prestar su colaboración y, en medio del caos desatado durante un par de horas, había visto escenas acuciantes.

Manius le había hecho una visita corta a Apia y sólo para avisarle que se encontraba bien. En breve se apostaría en la guardia del salón de la cofradía y allí se verían de nuevo. Hablaron sólo un rato y lo acompañó hasta la puerta.

Lo despidió e ingresó dispuesta a cambiarse de ropa. Partiría a la cena de los *margaritarius* una última vez. Aunque los datos que recababa todavía le reportaban beneficios, había decidido abandonar el papel de trabajadora. Manius tenía razón: se arriesgaba demasiado. Además, ella no quería reabrir una discusión por este tema; ambos venían poniendo su mejor buena voluntad para sacar adelante la relación y el esfuerzo estaba dando sus frutos. Desde la conversación profunda que mantuvieron en el hospedaje, él había comenzado a visitar la casa azul; se había quedado un par de veces a cenar y, una noche que tuvo franco, a dormir con ella, gesto que Apia consideraba un gran adelanto. La primera vez que él entró a la casa ambos se sintieron extraños, hasta los mismos sirvientes −incluida Furnilla− se movieron incómodos por los ambientes, pero ya no. Poco a poco sus actos como pareja tomaban un tinte de normalidad.

Afuera, en la calle, mientras se marchaba, Manius pensaba que cuando estuvieran tranquilos le contaría acerca del papiro de Marco Antonio que le había llegado esa mañana. En el rollo, el general le hacía entrega de un salvoconducto para viajar de inmediato a Egipto, donde se encontraba junto a Cleopatra. Si Manius decidía viajar −explicaba el triunviro−, ningún superior podría oponerse. El escrito que le mandaba tenía su sello y así lo especificaba. No importaba que le pidieran que permaneciera en Roma para formar la guardia pretoriana o lo que fuera, con esa autorización podía irse. Le decía, además, que con gusto lo esperaría para seguir peleando juntos ahora que se avecinaban batallas contra los partos...

Un tiempo atrás −claro− esa respuesta lo hubiera llenado de felicidad, pero ahora alguien de nombre Apia Pópulus había atado su corazón a Roma. Aun así, debía hablarlo con ella, quería contarle y escuchar su opinión. Tal vez fuera un buen pretexto para efectuar una revisión de cómo iba la relación. Pese a lo sucedido, él se sentía a gusto y percibía que marchaba bien. En un primer momento había creído que no superaría el engaño, la treta bajo el disfraz de Gaya Paulina; sin embargo, las semanas pasaban y el vínculo se había encaminado... Pero la carta que acababa de recibir podía ser un tropiezo para el futuro de ambos. Estaba casi seguro de que no usaría el salvoconducto; no tenía deseos de pelearse con sus superiores para emprender un viaje que ya no le apetecía.

Una hora después Apia se hallaba en la cocina del salón de la cofradía fregando los cacharros que Furnilla le iba dejando a un costado de la pileta donde se lavaban; eran muchos y recién se los traía. Pero su ama no se amedrentó, sino que empezó a limpiarlos con la destreza que había adquirido, mientras meditaba que en esta reunión los *margaritarius* no habían tomado decisiones, sino que más bien se habían dedicado a hablar tonteras, lo que le parecía raro. Una pena porque se trataba de la última vez que se presentaría en la cofradía y eso significaba que se iría sin nuevos datos.

Absorta en sus pensamientos, alcanzó a ver de refilón que la mujer que tenía cerca y Furnilla se dieron vuelta de golpe. Al parecer, algo les había llamado poderosamente la atención. Una voz de hombre extraño sonó en el recinto:

—Señoras...

Apia también giró. Entonces, lo que oyó le hizo erizar la piel:

—Con que es verdad, aquí la tenemos. Se trata de Apia Pópulus en persona.

Ella reparó en el hombre que vestía túnica fina de color claro, tenía el pelo cano por completo y lo llevaba peinado con flequillo sobre la frente. Lo observó unos instantes y no tuvo duda de que se trataba del director de la cofradía. Lo secundaban otros dos miembros del consorcio. Los hombres habían invadido la cocina.

—Señora mía, jamás pensé que viviría para verla mezclada en estos quehaceres, ni vestida de esta forma —dijo el director en tono burlesco.

El hombre la había visto alguna vez en un banquete al que habían asistido las esposas, cuando Salvio vivía.

Apia se estremeció nuevamente pero su boca seguía muda. No había esperado esta situación el último día; no estaba preparada. Furnilla, a su lado, también se hallaba estupefacta. Las demás trabajadoras miraban la escena sin entender.

–Señora Apia Pópulus, voy a pedirle que se retire de este lugar –continuó el director.

Apia empezó a secarse las manos con uno de los lienzos limpios, buscando alistarse para partir.

–Oh, no, señora Pópulus, pero no se marche aún. Tengo entendido que su hora de trabajo no terminó. Así que siga lavando cacharros, que para eso está usted aquí, y luego, cuando termine, recién váyase y no vuelva nunca más.

Otro de los hombres agregó:

–Las demás, retírense al patio. Incluida usted –dijo señalando a Furnilla.

Era evidente que estaban al tanto de que la esclava siempre la había acompañado.

El director agregó:

–Apia Pópulus, esta noche fregará sola toda la cocina.

Las trabajadoras obedecieron, salieron y enseguida respiraban el aire limpio del patio. En tanto, Furnilla caminaba en dirección del centurión Manius Marcio para avisarle la novedad.

Apia avanzó dos pasos hacia la puerta y el director, interponiéndose, insistió:

–He dicho que no se vaya aún. Le he pedido que termine su tarea.

Habló con autoridad y sin reparos. Este era su reino, él mandaba allí y esa mujer había estado metiéndose sin permiso en su mundo, oyendo sus conversaciones sin autorización. No la dejaría marcharse tan fácilmente. Merecía una cuota de humillación.

–Me iré... –dijo Apia decidida, pero con la voz en un hilo.

—¡Tendrá que hacerlo sobre mi cadáver! Pues no es lo que corresponde —dijo interponiendo su fuerte figura ante el avance intempestivo de la intrusa.

Por un momento, a Apia le vinieron a la cabeza los recuerdos de viejas épocas, cuando otros hombres la habían doblegado usando esas formas, y entonces algo en su interior se sublevó. Pero aun así, las fuerzas le fallaron para actuar de manera contundente frente a este nuevo revés. Se pensó de metal, se sintió fría y dura, y así logró decir:

—Pues si hablamos de lo que corresponde, ustedes están más en deuda que yo.

—Nosotros no le debemos nada a nadie —afirmó el hombre cano de flequillo.

—Usted me tendría que haber brindado la información que he venido a buscar disfrazada de trabajadora. Yo soy tan *margaritaria* como cualquiera de ustedes.

—Lo será, lo será, ya lo creo… pero este es un lugar de hombres y no de mujeres. Así que dedíquese a lavar los cacharros que hemos usado.

—No lavaré. Y le advierto que algún día tendrán que cambiar, porque hoy estoy yo aquí, pero con el tiempo vendrán más mujeres detrás de mí.

—No nos importa su opinión. Usted no pertenece a este lugar.

—¡Claro que sí! Les hago ganar dinero, los ayudo a ser más fuertes y no me quieren en sus filas sólo por ser mujer.

Ella sabía bien que cada vez que vendía algo, una pequeñísima parte iba al fondo de la cofradía. Era como estar colegiada, pero sin gozar de los beneficios de estarlo.

—Así son las reglas en Roma y nosotros no vamos a cambiarlas.

—Pues yo sí lo intentaré… Y ahora, ¡ábrame paso! —dijo Apia y al terminar la frase se quitó el pañuelo color crema de la cabeza.

Cuando lo hizo, el largo cabello enrulado y castaño cayó sobre su espalda y hombros. Al ver el cambio, el hombre quedó impactado. Con ese pelo y esa altanería esta sí era la verdadera Pópulus. Aun así, no se dio por vencido y, resuelto a que se cumpliera lo que había ordenado, se puso firme delante de ella mientras los otros dos, rodeándola, lo respaldaron. Los rostros del director y de Apia quedaron muy próximos. Ella pudo sentir el olor a vino que emanaba después de la copiosa ingesta porque, como era habitual, en la cena se habían bebido muchas jarras.

Ambos se hallaban enzarzados en una lucha de poder. Cuando Apia empezaba a pensar «¿Qué me harán si continúo negándome a obedecer?», la voz de Manius Marcio se escuchó en el recinto:

—¡Señores, qué es esto! ¿Qué sucede?

Todos se dieron vuelta para verlo. Su figura y su voz siempre resultaban imponentes.

—Centurión, la dama no quiere cumplir con su obligación de limpiar.

—Pues que se vaya... No le daremos su paga.

El director explotó:

—¿Qué dice? ¡Queremos que limpie este lío ella sola!

—Por el bien de todos, señores, lo mejor será que no haya tumulto.

—¿De qué lado está usted, centurión? ¿Acaso es su cómplice y ella ingresaba aquí gracias a usted?

Ya bastante tenía que luchar con la mujer para que viniera el uniformado a contradecirlo.

Manius Marcio se defendió:

—Estoy aquí sólo para mantener el orden, para eso me pagan.

Apia decidió aprovechar el descuido y, con un movimiento rápido, esquivó a los *margaritarius* y se dirigió a la puerta que conducía al patio. A punto de salir, desde allí exclamó:

—¡Nadie puede obligarme a nada! ¡Soy ciudadana romana libre, hija de Tulio Pópulus y viuda de Salvio Sextus!

—Su parentela no me impresiona. Le ordeno que vuelva a lavar.

—Ustedes, viejos carcamanes, no me tendrán aquí limpiando en la cena de su decadente cofradía. Si vine a fregar es porque así lo quise. Pero nadie decide por mí. Salvo yo.

—Decididamente el pobre Salvio se estará revolviendo en el Averno por su comportamiento —dijo otro perlero.

—¡Pues que se revuelva! —respondió ella y se marchó irritada.

Afuera, cuando Furnilla la vio aparecer, la tomó del brazo y juntas salieron del predio. Adentro, Manius era reprendido por los *margaritarius*. En lugar de colaborar, el soldado había entorpecido el escarmiento que deseaban aplicarle a la viuda de Sextus. Pero el centurión, que era de pocas pulgas, exclamó:

—¡Ustedes quieren mucho y pagan poco estas ridículas guardias! Porque pedirle a un soldado pelear contra una mujer es demasiado —dijo la última palabra y se marchó rumbo al patio sin esperar respuesta.

A estas alturas, varios perleros habían ingresado a la cocina y el bullicio era total. Todos opinaban y censuraban el descaro de esta mujer porque no atinaban a comprender cómo se había atrevido a presentarse disfrazada en la cofradía.

Si el centurión Manius Marcio se hubiera quedado, los hubiera escuchado discutir y luego criticar a Apia Pópulus, la mujer que amaba, por lo cual era una suerte que se hubiera marchado. No hubiera soportado la cantidad de improperios dirigidos a Apia y quién sabe cómo habría terminado la noche. Pero de haberse quedado, también hubiera oído hablar acerca del buen actuar de Senecio Sextus, gracias al cual se habían enterado de las andanzas de Apia y su esclava. Él, que jamás asistía a esas reuniones, los había alertado con el envío de una nota.

En su residencia, Senecio hablaba con los hombres contratados para la pesquisa. Pergeñaba la segunda parte del plan para sacar definitivamente a Apia de los negocios y dejarla a su merced para luego someterla a un matrimonio con él.

Apia, después de la confrontación ocurrida en la cofradía, llegó a su casa en un estado de angustia y al mismo tiempo de liberación. A partir de lo sucedido, todo estaba claro en su vida. No se presentaría más en el salón perlero, por lo que ya vería cómo se las arreglaría con su mercadeo. Había tomado una decisión: no sólo seguiría adelante con la tienda, sino que continuaría con los negocios grandes. No los abandonaría, mucho menos ahora que se había desatado una guerra abierta y fría entre ella y los *margaritarius*.

Furnilla le preparó una tisana relajante y le propuso llenarle la *therma* con agua tibia, pero ella no aceptó; estaba segura de que en breve llegaría Manius Marcio.

Y así fue porque una hora después él se presentó en la casa. Aún tenía el ánimo destemplado por lo sucedido. Sus ojos verdes echaban chispas cuando ella lo hizo pasar al peristilo con el propósito de que se calmara. La noche estaba agradable y se sentarían al fresco del patio.

—¡Por Júpiter, Apia, te dije que sucedería! ¡Tarde o temprano iban a descubrirlo!

—Pues ya sucedió.

—Pero podrían haberte lastimado.

—No lo creo. Sólo querían asustarme y humillarme. Y tú no deberías haberte presentado en la cocina, te arriesgaste demasiado.

—Cómo no iba a hacerlo, si Furnilla me dijo que te tenían atrapada y que te hostigaban. Ya sabes que si alguien intenta hacerte daño... lo mataré —dijo tocando su espada.

—No será necesario. Creo que al fin esta pesadilla terminó y ya no soy más Gaya Paulina para nadie. No hay secretos ni engaños con ninguna persona.

Él la observó. Tenía razón, se relajó.

—Ven aquí, muchacha mía —dijo él y la abrazó.

Se quedaron sentados, disfrutando del aire fresco que soplaba en el peristilo. Furnilla les alcanzó una jarra con vino y otra con agua. También Kira les trajo pan y queso, por si querían comer.

Apia y Manius hablaban de lo sucedido en la cofradía y se preguntaban cómo habrían descubierto que Gaya Paulina era Apia Pópulus. Intercambiaron diferentes hipótesis al respecto, pero, ajenos a la maniobra de Senecio, ninguna se aproximaba a la real.

Luego de una hora, al fin ella le propuso:

—Quédate a dormir. Estamos muy cansados.

—No debería, mañana temprano tengo guardia.

—Quédate... —insistió ella, que empezaba a sentirse libre de la carga moral que había sufrido en los últimos tiempos a causa de la vida que llevaba. De ahora en más, disfrutaría de su existencia de otra manera.

—Está bien, pero me iré de madrugada —le advirtió.

El incendio y los altercados de la velada lo habían agotado. Aquí o en el cuartel necesitaba descansar.

La casa estaba en paz, los esclavos ya dormían en el piso de arriba y hasta Furnilla se había recluido en sus aposentos cuando ellos ingresaron a la casa dispuestos a dormir.

Apia se calzó su camisón de tres lazos y él se acostó vestido. Les resultó difícil conciliar el sueño. Esa noche no hubo amor en la cama. Las emociones fuertes aún los mantenían con la mente puesta en cada detalle vivido en la cofradía. Al fin, cuando lograron dormir, ya era mucho más de la medianoche. El canto de los grillos proveniente del peristilo entraba por la ventana, al igual que la luz de la luna.

Unas horas después, la noche de verano comenzaba a dar paso a la madrugada cuando Manius abrió los ojos de golpe no sólo porque sabía que debía levantarse con la primera claridad que empezaba a mostrarse, sino también porque le pareció oír pasos y voces. Su mente de soldado siempre estaba en alerta.

Las voces se acercaron. De un salto se puso de pie y tomó la espada justo al mismo tiempo en que la puerta del cuarto se abría violentamente. Apia se sentó en la cama. ¿Qué estaba pasando?

Con la poca claridad, Manius pudo ver cuatro hombres. ¡Por Júpiter! ¿Acaso se trataba de un ataque? Con un movimiento rápido y certero, le colocó la espada sobre el cuello al hombre que tenía a mano.

Y entonces se escuchó decir en la habitación:

—No le conviene herirme a mí ni a nadie, centurión Manius Marcio. Estoy aquí con el heraldo del ejército y un soldado. Sabíamos que es usted peligroso y vinimos preparados.

Apia no podía creer lo que estaba pasando. «¿Es la voz de Senecio?», se preguntó.

El supuesto heraldo habló:

—Está acusado de haber mal usado su investidura de soldado romano para ayudar a la señora Apia Pópulus a perpetrar el engaño contra la cofradía de los perleros.

La claridad que entraba por la ventana iba en aumento, a Apia le confirmó la presencia de Senecio. La figura grande y desprolija estaba dentro de su cuarto.

—Nos tendrá que acompañar, centurión. Está incriminado en un delito —notificó el heraldo.

Apia salió de la cama de un salto y gritó:

—¿Qué dice? ¡Es una locura! ¡Él no tuvo nada que ver! Yo conocí al centurión allí, en el salón, cuando fui por primera vez como trabajadora.

—¡Cállate, Apia Pópulus! Porque no lo conociste allí, sino que juntos vienen tramando el engaño desde antes —dijo Senecio.

—¡No es verdad! —exclamó ella.

—¡Claro que lo es! ¡Y prepárate para lo que a ti se te viene! Probaré que tú ya tenías sexo con este hombre cuando mi padre agonizaba, así que te acusaré de adulterio en los tribunales.

En el ambiente reinaba la confusión; sobre todo, para la pareja, que se había despertado con toda esa gente en el cuarto. Apia se preguntaba cómo habían entrado. Ella desconocía que el esclavo vigía, al escuchar la voz de Senecio, había abierto el ingreso asumiendo que se trataba de alguna urgencia. Al fin y al cabo, el amo Senecio era de la familia y había crecido en esa casa.

El soldado y el heraldo tomaron del brazo a Manius Marcio, quien no se resistió y decidió tranquilizarse porque estaba de por medio el ejército. No daría pelea, pues sería una herejía levantar su espada romana contra otra igual. Confiaba que todo se aclararía y el embrollo pronto se acabaría.

Senecio le gritaba a Apia sus argumentos y ella le respondía de igual forma cuando Furnilla, que había escuchado el desmadre, ingresó al cuarto.

La esclava se abalanzó sobre Senecio, que le espetó:

—¿Qué crees que haces, maldita mujer? ¿Cómo te atreves a atacarme?

—No lo ataco, señor, sólo quiero que me escuche —pidió Furnilla que necesitaba captar la atención de Senecio. Y cuando lo tuvo enfrente, continuó hablando—: Yo planeé todo. Mi ama ni siquiera entendía qué íbamos a hacer en la cofradía.

—Deja de mentir y aléjate de mí, Furnilla.

Pero la esclava siguió:

—Fui yo quien le abrió la puerta de la casa a este hombre —dijo señalando a Manius, y añadió—: Jamás recibí esa orden de mi ama. Si este soldado está en su cama, tal vez sea porque ha intentado atacarla.

Furnilla se enredaba en las palabras y a cualquier costo trataba de liberar a su ama de las acusaciones. Si lograba que quedara fuera de las imputaciones y conseguía que la culpa recayera sobre sí misma, todo se solucionaría porque luego su *domina* se encargaría de liberarla a ella de los cargos que le endosaran.

Sus palabras no tenían mucho asidero, pero lo intentaba. Senecio, al ver la desesperación de Furnilla, tuvo una cruel idea. Sabía que la esclava era muy importante para Apia y, seguramente, hasta debía abrigar la ridícula idea de que formaba parte de su familia. Por eso exclamó con malicia:

—Pues si tú, Furnilla, tienes la culpa de todo, entonces tendré que pedir que te lleven a ti al calabozo.

—¡Que me lleven! —dijo decidida.

El heraldo y el soldado miraron a Senecio esperando instrucciones. Ese era el trato: se llevarían a quien Sextus les señalara.

La perversidad de Senecio dio otro paso más y, mirando a Apia, le preguntó:

—¿A quién debo llevar preso? ¿A tu soldado? ¿O a tu esclava? Decide. Ya sabes que los calabozos son malos para los militares porque pueden ser ejecutados... Y también para los esclavos porque allí los someten a todo tipo de vejámenes.

Senecio sabía que el dolor de enfrentarse a la dura decisión de elegir entre esas dos personas quebrantaría a Apia. Conocía muy bien su carácter y daba por descontado que cualquier resolución que él tomara la pondría a luchar, la volvería más fuerte. Pero si ella debía decidir, su voluntad se le volvería una tortura. Apia se estaba acostando con ese hombre y habían descubierto que se había ido a la playa con él, lo que significaba que seguramente estaba enamorada; por otro lado, Furnilla era la mano de Apia, o más aún, un brazo, una extensión de su cuerpo.

—Yo soy la única culpable. Ninguno de ellos merece castigo alguno —exclamó Apia.

—A ti ya te llegará tu merecido, pero ahora me llevaré a uno de estos dos. ¿Cuál? Elige...

Manius Marcio miraba la escena con absoluta incredulidad. Furnilla se lanzó a los pies de Senecio.

—Piedad, amo.

—Hazte a un lado, Furnilla, no pierdas tiempo.

—¡Elige, Apia! Si no haces caso, me los llevaré a ambos —dijo Senecio disfrutando enormemente de cada palabra.

Apia lo observó y comprendió la espantosa realidad: él hablaba en serio. Los ojos de todos recaían sobre ella.

—Como no te decides... —dijo y con una seña le indicó al soldado que también apresara a la esclava.

Apia comprendió que no podía demorarse y señaló:

—¡No! ¡Aguarden!

Entonces, ella hizo lo único que sabía hacer ante el dolor, lo que practicaba desde que era una niña y le daba resultado. Mirando a Senecio pero sin mirar, se pensó de metal, se volvió fría y dura. Luego, observó por unos instantes a Manius y a su esclava. Muchos recuerdos acumulados durante los últimos diez años se agolparon en su mente. Furnilla era la única persona que siempre había estado para ella, la única que la había defendido y apoyado, la única persona que la había ayudado a sobrevivir. Ella se había prometido a sí misma estar para la chica si alguna vez la necesitaba. Pensó que Manius era fuerte y que de alguna manera saldría de esta situación, pero su esclava, no. Si se la llevaban, si salía de su casa, jamás podría recuperarla. Amaba a Manius y también quería a esa muchacha. Pero a Furnilla le debía fidelidad.

Entonces dijo tan fría como un címbalo inerte que sólo entregaba su sonido:

—Furnilla se queda.

No se atrevió a decir que se lleven a Manius Marcio, pero Senecio, sí.

—¿Lo llevo a él, entonces? ¿Me entregas a este hombre? ¿Te decides por tu esclava?

—Sí... —dijo con la frialdad de la nieve.

Manius la miraba sin comprender, los sentimientos lo arrebataban. El enojo comenzaba a adueñarse del soldado. ¿Así le pagaba ella todo el amor que él le había brindado? Hizo uso de su fortaleza y asumió que pronto arreglaría este entuerto, a diferencia de la esclava, que no podría zafarse. Más allá de eso, le dolía que Apia no lo hubiese elegido y se hubiera inclinado por una simple sirvienta. Estaba claro qué lugar ocupaba en su vida. Pero él tenía su dignidad y se llamó al silencio.

Los hombres se dirigieron hacia la salida y las dos mujeres miraron su partida. Finalmente oyeron cómo la puerta principal se abría. Y Apia, al escuchar el sonido, se derrumbó de rodillas en el piso.

—Ama... —dijo la chica y se acercó. Entendía muy bien qué había pasado.

—Vete, Furnilla, déjame sola.

La esclava se retiró.

Apia se quedó con su dolor. Seguía en el piso cuando, junto a sus manos, vio una pluma. Y, como siempre le sucedía cuando no soportaba la realidad, se concentró en el detalle. Era blanca y pequeña. ¿Cómo había llegado hasta allí, si los pájaros no entraban al cuarto?

Afuera, en la puerta de la casa, Manius Marcio se quitó el polvo de sus sandalias mientras lanzaba una última mirada a las paredes azules de la residencia. Lo hizo como un rito, no quería que le quedara ni una partícula de ese lugar en sus pies. Se prometió a sí mismo que si los dioses le daban vida nunca más volvería allí. Comenzaba a pensar que su situación podía complicarse más de lo que había creído; evidentemente, había sido vendido por dinero en el despacho de algún superior. Las sospechas crecían al ritmo que repasaba cómo habían sucedido los hechos.

Adentro, Apia se tendió por completo en el suelo, estiró los brazos y las piernas, mientras pensaba en las distintas formas en que esa pluma podía haber llegado a su cuarto. Cerró los ojos y se quedó en un estado semiinconsciente, pues su cuerpo estaba allí; su mente, no. Ella era de metal y nada podía quebrarla.

CAPÍTULO 22

RECUERDOS

Año 39 a. C.

Apia se bajó de la litera y la negrura de la noche romana la atrapó de inmediato; sólo la luna que entraba y salía por detrás de las nubes tormentosas por momentos alumbraba la calle. Salvio la había traído a la hora señalada por Octavio. En la penumbra, Apia se encontró parada justo en la parte trasera del inmueble gubernamental de piedra gris ubicado en el extremo del foro, sitio en el que nunca había estado, pues los ciudadanos comunes no lo visitaban y sólo accedían los senadores, gobernantes y altos mandos del ejército. Se decía que en los salones de esa peculiar construcción se reunían los dirigentes cuando no querían hacer público su cónclave.

Tanto en el frente de la edificación como en la parte trasera, las puertas eran pequeñas y fuertes, así las habían diseñado por si Roma sufría un ataque; en tal caso, los gobernantes podían encerrarse allí para tomar decisiones y permanecer a salvo de la embestida. Apia, además, había escuchado que en el interior del edificio había pasadizos secretos que comunicaban con lugares recónditos de la ciudad.

Una vez que ubicó dónde estaba el guardia, caminó hacia él mientras a cada paso desperdigaba aroma a nardos. Cuando se encontró frente al soldado, sin mirarlo a los ojos, aún escondida entre la tela de la capucha de su sobreveste, le entregó el papiro que Octavio había redactado específicamente para ese momento.

411

El hombre lo leyó y de inmediato, con gesto muy serio, le hizo una seña para que lo siguiera. Había entendido –tal como Octavio quería– que se trataba de una situación de vida o muerte. Apia lo siguió, pero se dio vuelta y le procuró un último vistazo a la litera, más precisamente a la ventanilla, donde se dio con el rostro de su marido, que también la observaba. Sus miradas se encontraron y los ojos se dijeron lo que las palabras no pronunciaron: «Lo siento, esposa, pero así salvarás nuestras vidas», «Tú tienes la culpa, no me has protegido».

Ella, adrede, había reparado en su marido porque no quería que se olvidara de este momento; si estaba allí era porque Salvio lo había consentido. Aunque no se lo hubiera dicho, consideraba que, como esposo, no la había defendido lo suficiente. Tal vez, si se hubiera puesto firme; tal vez, si le hubiera dicho a Octavio que no lo permitiría; tal vez… Supuestos y omisiones por los cuales esa noche ella se encontraba allí, a punto de tener intimidad con el asesino de su padre.

Salvio había querido acompañarla. Él mismo, antes de salir, la había abrigado colocándole la larga capa marrón con capucha sobre el vestido rojo y el pelo suelto. Mientras lo hacía, le había prometido que la litera permanecería en la puerta del edificio toda la noche por si ella deseaba marcharse antes de la mañana, hora estipulada en el papiro para pasar a recogerla. El vehículo llevaría a Salvio de regreso a su casa, pero volvería vacío para quedar aparcado allí, con los esclavos, por si Apia lo necesitaba. Pero ¿a quién querían engañar? Si Octavio había establecido que la recogieran a las siete, a esa hora sería su salida.

Luego de la punzante mirada que se propiciaron los esposos, ella se concentró en las pisadas que daría sobre los adoquines. Temía tropezar; el chaparrón caído en la última hora de la tarde había dejado charcos en el piso. A pesar de los recaudos, no pudo evitar que la punta de su larga capa se mojara con el agua sucia. Pero no se detuvo, sino que siguió con paso firme hasta que estuvo adentro del edificio.

El soldado la condujo directamente hacia el salón oficial. Una vez sola, Apia suspiró. Las manos le temblaban y, a pesar del frío, le sudaban. Se sentó en uno de los varios sillones de cuero. La habitación estaba bien iluminada con lámparas de aceite, pero se hallaba helada. Sin calefacción, el ambiente resultaba muy frío.

Sólo habían pasado unos minutos y ya temblaba entera cuando por la puerta apareció la figura de un hombre que enseguida descubrió que era Octavio. El cabello rubio con rulos grandes representaba una de sus particularidades. Su estampa bien proporcionada y delgada, también. Vestía una túnica de lana clara con bordes de oro y, sobre los hombros, una gruesa y caliente capa de iguales colores. Se rumoreaba que siempre iba muy abrigado debido a la fragilidad de su salud.

Ella, al verlo, de inmediato se puso de pie y le hizo la solemne reverencia a la que estaba obligada dada le investidura de Octavio. Pero ese fue su único saludo porque de su boca no logró que saliera ni una palabra.

–Bienvenida, Apia Pópulus. Advierto que me has hecho caso, el salón huele a nardos. Perdón por los minutos de espera, sé que esta sala es fría, pero sígueme, iremos a un lugar más confortable –propuso y tomó una de las lámparas para alumbrar el camino.

Ella obedeció. Pasaron por varias puertas hasta que Octavio abrió la última, la que daba a unas escaleras que descendían. Bajaron los escalones y, a partir de ese momento, la lumbre fue imprescindible para avanzar por intrincados y oscuros pasadizos subterráneos, los famosos pasillos secretos bajo tierra de Roma. Continuaron hasta que, a mitad de camino, él la tomó de la cintura y la apoyó contra la pared, le olió el cuello y se lo besó, y le acarició los senos. Apia, al sentir la cercanía de ese hombre ajeno, se tensó y cerró con fuerza los ojos. Sabía que debía aguantar, pero ¿hasta cuándo debería soportar que extraños se enseñorearan de su cuerpo? Primero, su marido, que la poseyó apenas siendo una niña; ahora, el divino *filius*, que obraba a su antojo. ¿En Roma siempre sería así? ¿Una mujer nunca podía decir que no? ¿Acaso ella jamás podría elegir —así fuera no estar con nadie–, pero elegir?

En pocos minutos ingresaron a una enorme habitación iluminada por cientos de velas colocadas en candelabros ubicados de manera estratégica en los huecos de las paredes. En el centro había una cama muy grande cubierta de extrañas sábanas confeccionadas en seda con arabescos multicolores; Apia jamás había visto unas como esas, pues las únicas que se usaban en Roma eran de lino claro. En el extremo de la pieza, un hogar gigante quemaba leños que ardían incesantemente. El lugar bellamente decorado con muebles de cedro, cortinas pesadas y alfombras mullidas en tonos verdes. En una mesa descansaba una bandeja con frutas y queso, y dos jarras, una con agua y otra con una bebida dulce que no era vino. Aún no lo sabía, pero en algún momento de esa noche Apia necesitaría beber ambas.

—Hemos llegado. ¿Te agrada el lugar?

Apia asintió con la cabeza.

Él se le acercó y, sin dejar de mirarla a los ojos, le quitó la capucha. Entonces, la mata del largo cabello enrulado y castaño calló suelta sobre los hombros femeninos. Octavio sonrió y comenzó a desprenderle con suavidad el lazo del abrigo. Cuando lo consiguió, terminó de quitarle la prenda con arrebato y de un tirón. Usó igual violencia sobre la túnica roja que, al tratarse de una tela liviana, con el fuerte empellón logró que se rajara de punta a punta dejando al descubierto la piel de Apia.

—Quítatela.

Ella terminó de sacársela y la dejó en el piso. Se hallaba completamente desnuda y, sin saber qué hacer, miraba al suelo.

—Deja de temblar. Aquí no hace frío. ¿No ves el hogar ardiendo?

Apia, metida en su propio mundo de temor y precauciones, no lo escuchaba.

—¿Te agradan las velas? —preguntó en voz más alta. No podía ocultar su fastidio; ella parecía estar en otro sitio.

414

Apia, que en esta oportunidad lo escuchó, afirmó con la cabeza.

Él insistió:

—No te he traído aquí para que estés muda o ausente. Tendrás que participar.

—Sí, me agradan las velas —respondió con voz débil.

—Pues entonces las usaremos. Piensa en esta noche como una velada de juegos, como cuando éramos niños.

—Sólo que jugaremos juegos de adultos —repuso Apia, que a estas alturas había descubierto que lo mejor sería hablar; su silencio lo irritaba.

—Muy bien, estás entendiendo y vas soltándote —respondió lanzando una carcajada, y luego ordenó—: Acuéstate.

Ella se tendió en la cama y él le tapó los ojos con un pañuelo de seda amarilla, uno de los tantos regalos que la comitiva de la India había traído para Octavio bajo la supervisión de su propio esposo, quien había consentido la elección. Luego, con otro igual de color naranja, le ató fuerte las muñecas, inmovilizándole las manos. Él observó el contraste del cuerpo femenino con la estridencia de las sábanas, del suelo y de las alfombras.

Apia, sin ver, e inmovilizada, recordó que la última vez que un hombre la había atado las cosas se habían salido de control. No se olvidaba de lo sucedido con ella y Furnilla aquel día que hicieron enojar a Salvio.

—Puedes quedarte quieta o no. Pero te advierto que, si te mueves porque no lo soportas, tendré que atarte también los pies —advirtió Octavio mientras tomaba entre sus manos una vela de la pared.

—Lo soportaré, no necesitas seguir atándome.

Apia permaneció con el cuerpo tenso y expectante, no sabía qué debía esperar. Ya no tenía frío, pero seguía temblando. Sintió que Octavio se sentaba en la cama, a su lado.

—Necesitas calor —dijo él. E inclinando la vela, dejó caer el sebo sobre el ombligo de Apia, que pegó un salto en la cama y emitió un sonido de dolor—. Tranquila, nada saldrá mal, estás

415

en mis manos –anticipó con la boca llena de saliva por el placer que le producía ejercer el dominio.

Volvió a dejar caer otra gota de sebo hirviente en los senos y ella volvió a saltar de susto y dolor. Por último, derramó una sobre el pubis de Apia y sonrió al imaginar el próximo paso mientras le abría las piernas con las manos y acercaba más la vela a sus partes íntimas. Aún no se decidía por hacerlo o no, porque lo excitaba el miedo de ella y no la acción propiamente dicha.

Apia apretaba los ojos y se imaginaba de metal. De esa forma, no sólo dejaba de sentir dolor, sino también se liberaba del miedo.

En la casa azul del Palatino, Salvio se revolcaba entre las sábanas de su cama. No tenía sentido haberse acostado, sabía que no pegaría un ojo en toda la noche. A su cabeza venían imágenes de lo que podía estar sucediendo en ese momento en el edificio de las puertas chicas, y los más variados sentimientos arreciaban en su interior: sentía odio por Octavio, enojo consigo mismo, amargura, celos y deseo por su mujer, pero la peor de todas las emociones era la vergüenza por no haber actuado, por no haberse opuesto, ese sentimiento venía a él y lo dejaba desarmado. No lo soportaba. ¿Y si Octavio había esperado a que él lo frenara? ¿Y si le había pedido a su mujer para probarlo? Él no había objetado su petición y tal vez ahora Octavio se llenaría la boca diciendo a los cuatro vientos que Salvio Sextus era un cobarde.

Dos horas después, en el subsuelo de las calles de Roma, en la habitación iluminada por velas, Octavio le explicaba a Apia que ahora empezaba la segunda parte de los juegos. Ante el anuncio, ella no pudo disimular su terror. Sexualmente, se trataba de un hombre insaciable, ya se lo había demostrado, pero al recibir las explicaciones del gobernante, respiraba aliviada. Octavio le entregaba los pañuelos y otros utensilios perversos que había hecho aparecer en escena y le pedía que ella dirigiera los juegos, que ella mandara... que lo dominara. Que hiciera con él lo que quisiera.

La noche avanzaba y Apia iba descubriendo que el mayor placer de Octavio radicaba en el poder, que necesitaba experimentarlo en todas sus formas. Tanto era así, que no sólo se conformaba con dominar, sino que también precisaba ser dominado, algo mal visto en Roma, y mucho más en un viril gobernante. Pero Octavio no estaba dispuesto a renunciar a esas sensaciones, pues el dominio en sus múltiples prácticas constituía su fuente de placer y excitación sexual. Incluso, de algo más profundo aún: él necesitaba estar cerca del poder en cualquiera de sus facetas porque allí residía el germen de su bienestar y aliento de su existencia. Gobernar Roma, enseñorearse sobre el cuerpo de una mujer, y que ella domine el suyo formaba parte del poder.

A las siete en punto de la mañana, con los restos de oscuridad, Apia salió del edificio de las puertas chicas con la certeza de que deseaba hacer desaparecer al asesino de su padre, pero ya no sólo por ese crimen sino por mucho más.

En la calle la esperaba su litera; y adentro, su esposo. Descubrió su presencia cuando comenzó a subirse al vehículo y se sorprendió. No se imaginó que se tomaría la molestia de buscarla; supuso que enviaría a los esclavos. Una vez que estuvo arriba, Salvio preguntó:

—¿Te encuentras bien?

—Sí —respondió ella secamente.

Esas cuatro palabras que se dijeron fue lo único que hablaron en todo el trayecto de regreso a la casa y durante el día entero.

Salvio moría por saber qué había pasado, pero al mismo tiempo temía saberlo. No tenía claro cómo podía llegar a reaccionar si se enteraba de ciertos detalles, razón por la cual no había formulado más preguntas. Ella, por su parte, se había llamado a silencio y no había dado explicaciones sobre la denigrante situación.

Cuando llegaron a la casa, Apia tomó un largo baño cargado de las hojitas verdes que la relajaban. A Furnilla le había bastado verle los movimientos para tener la certeza de lo que había ocurrido: su ama había pasado la noche afuera con la venia del marido. Con seguridad, algún hombre se la *había pedido* y él la había entregado.

Habían transcurrido dos horas desde que Apia se había sumergido en la pileta, cuando salió y Furnilla la ayudó a cubrirse con los enormes lienzos blancos para que se secara antes de vestirse. En ese momento, la esclava pudo verle en el cuerpo las marcas rojas.

—Ay, ama, le podría hacer una compresa con hierbas calmantes. ¿La aceptaría?

—Sí, hazla.

—Profundas no son, pero sí muchas —señaló Furnilla fijando la vista en dos que tenía en la espalda.

—Estas son las que se ven... hay otras en mi cuerpo, pero están ocultas —dijo Apia con la mirada perdida recordando lo que no quería recordar. Ella había comprobado que los rumores que había en Roma sobre la sexualidad cruel y aberrante de Octavio eran verdad; tenía el deseo de que él desapareciera para siempre.

Furnilla, acongojada por los padecimientos que debió haber sufrido su ama, se apartó unos instantes con el pretexto de acomodar la pila de lienzos limpios sobre los estantes y, allí, sin que nadie la viera, derramó lágrimas por esa mujer que ahora sentía como de su familia.

Apia, por primera vez en su vida de casada, ese día no atendería al *dispensator* y al *arcarius*, tal como hacía cada jornada para recibir los datos comerciales con los que trabajaba; tampoco dormiría con su marido, pues se sentía incómoda después de

418

lo vivido. Para ello, se había hecho armar una cama en el cuarto de las mujeres. El lugar era ideal como habitación, tanto por lo enorme como por la decoración, que le brindaba calma. Las paredes claras y los cortinados azules que se mecían simulando el movimiento de las olas del mar, la transportaban a momentos felices de su niñez. Además, al fin y al cabo, ella necesitaría un sitio privado y tranquilo donde dormir luego de *esas noches*. Porque sabía bien que se repetirían. Antes de que se marchara, Octavio le había entregado un rollo de papiro. Allí estipulaba que la siguiente visita sería el próximo día de Venus.

Salvio había aceptado sin chistar la decisión de su mujer de dormir sola tras pasar la noche con Octavio. En realidad, después del baño, Apia se había instalado en el cuarto de las mujeres y no había salido de allí en todo el día, tampoco había recibido a nadie y apenas si había probado un poco de comida. Una vez aplicada la cataplasma en la piel y luego de beber la infusión, también preparada por Furnilla con tila y otras hierbas sedantes, se había dedicado a dormir gran parte del día. Sólo por la tarde había comido un pedazo de queso y nada más.

Cuando Apia se despertó en una habitación diferente a la que compartía con Salvio, recién en ese momento se dio cuenta de que el día anterior no había atendido sus obligaciones comerciales. Se levantó de inmediato y se instaló en el cuarto de los papiros para realizar sus tareas con los datos que el *dispensator* y el *arcarius* le habían dejado. Mientras luchaba con los números, le pidió a Furnilla que le trajera pan y leche.

Salvio, que desayunaba cuando oyó ruidos, imaginó que se trataba de Apia y fue a verla. Quería comentarle un asunto que le había estado dando vueltas en la cabeza durante el día anterior. La culpa que cargaba a raíz del *pedido* de Octavio aún lo torturaba y creía que se sentiría mejor cuando le propusiera a Apia su idea.

Ingresó al cuarto de los papiros y la saludó de manera cariñosa. Ella respondió de igual manera, como si el encuentro con otro hombre hubiera sido sólo un mal sueño. Salvio eligió las palabras para no ser tan directo y evidente.

—Apia, he estado pensando... que necesitaré que me ayudes más en los negocios.

Sin levantar la vista de las cuentas, le respondió:

—Dime qué precisas.

—Quiero que me ayudes a dirigir las operaciones.

Apia se sorprendió. Y esta vez abandonó los papiros que tenía en la mano. Era lo que ella siempre había querido. Los dos lo sabían. Lo observó con detenimiento e indagó:

—¿Te refieres a que yo pueda tomar decisiones?

—Sí, lo haremos entre los dos.

—Explícame mejor —pidió ella. Necesitaba asegurarse de estar entendiendo bien.

—Te daré una porción bastante considerable de capital. Será completamente tuya y podrás decidir lo que quieras. La administrarás como mejor te parezca. Respecto del trabajo que vienes realizando, las tareas seguirán iguales. ¿Qué opinas?

Ella, exultante, tardó sólo unos instantes en responder:

—Me parece bien, estoy de acuerdo.

¿Qué otra cosa podía decir? Jamás había esperado tanta generosidad de parte de Salvio. El ofrecimiento no sólo involucraba beneficio económico, sino también cierto margen de libertad. Conocía a varias mujeres en Roma que comerciaban, pero nunca había pensado que su marido se lo permitiría.

—¿Cuándo deseas comenzar con la labor nueva? —preguntó Salvio.

A Apia los ojos se le iluminaron como hacía mucho no sucedía y respondió:

—Cuanto antes... ¡ahora!

—Como quieras —dijo Salvio y se sentó a su lado.

Hablaron, acordaron y luego asentaron en un papiro lo que de allí en adelante administraría Apia.

Una hora después, Salvio se alistó para marcharse, pues debía realizar algunas transacciones, y le avisó que regresaría tarde porque comería con Petronia. Apia continuó en el *tablinum* por un largo rato más organizando un plan de acción para su capital. Salió recién al mediodía, pero sólo para comer un tentempié que no le demandara demasiado tiempo.

Entró a la cocina y, de parada, picó algunos bocadillos de tenca, el pescado dulzón y delicado que le gustaba desde pequeña. Le llamó la atención que no apareciera Furnilla para servirla. Le preguntó a la cocinera:

—¿Dónde se encuentra Furnilla?

—Está dándole de comer a los *deformitos*.

—¡¿A quién?!

—Perdón, ama, pero así le hemos puesto de nombre a sus amigos, esos que vienen seguido.

—No deben burlarse de esa pobre gente con apodos —la reprendió Apia.

La sirvienta bajó la vista compungida.

—Eso mismo les dije —señaló Kira.

Apia comió el último bocado de tenca y luego fue hasta la entrada principal de la casa. Frente a la puerta de dos hojas de madera maciza abrió la diminuta mirilla que le permitía espiar a la calle. Entonces, por el minúsculo espacio pudo ver a Furnilla conversando con sus tres amigos. Al despedirse, llamaron a su esclava por el nombre Kayley. Sorprendida, Apia se preguntó qué vida oculta tenía Furnilla. ¿Acaso había algo más además de lo que le había contado?

Los ojos de Apia observaron al grupo sin ser descubierta. Centró la vista en los rostros dañados de esas personas y, al recordar el relato de su esclava, se llenó de compasión por todos ellos. Trajo a su memoria las palabras de Furnilla sobre su conocimiento acerca de plantas y ungüentos, y sus ofrecimientos. Entonces, en ese instante, una idea terrible vino a su mente. Estaba segura de que Furnilla podía ayudarla a llevarla a cabo. El pensamiento la persiguió hasta que ocupó por completo su mente y le envió un cimbronazo a todo su ser. Ella nunca había actuado de la manera que comenzaba a planear. Sus padres la habían educado en la bondad, pero necesitaba salir como fuera del infierno que estaba padeciendo, aun a costa de una muerte. Para la mayoría de las mujeres, vivir en Roma era peor que estar atrapada en un bosque celta, y ella, que así se sentía, quería sobrevivir.

Encendida a causa de sus pensamientos, cerró la mirilla con tal violencia que los tres mendigos y su esclava miraron en dirección a la puerta. Pero Apia ni siquiera se enteró. Se encaminaba de nuevo hacia el *tablinum*.

Minutos después, Furnilla y su ama mantenían una conversación a solas. Apia la había citado en el peristilo y ahora se hallaban sentadas en el banco grande ubicado en el centro del patio, bajo el cielo azul. Las palabras duras que pronunciaban parecían no concordar con el bello entorno que las rodeaba. Los pájaros cantaban, las flores perfumaban el aire y el agua de la fuente caía mansamente mientras ellas hablaban de dolores y de drásticas soluciones. También contrastaba la imagen que componían ambas figuras. Apia, de abundante cabello castaño, largo y enrulado, lo llevaba hasta más abajo de la cintura. Su esclava, rubia, de escasa cabellera, y clarísima como el sol, lo usaba recogido. El ama tenía un cuerpo serpenteado de curvas; y la esclava, uno muy delgado. Una era romana pura; la otra, de estirpe celta. Los ojos de una, marrones oscuros y penetrantes; los otros, claros y transparentes como el agua. La ropa de Apia se destacaba por el bordado de perlas; Furnilla apenas vestía una sencilla túnica de lanilla. Pero allí estaban ambas, ayudándose y tratando de subsistir en ese mundo de hombres. Porque sus palabras las unían y lograban opacar todos los contrastes y diferencias evidentes. Los vocablos que pronunciaban las sacaban a flote. La primera frase de la conversación la había lanzado Apia:

—Furnilla, una vez me ofreciste hacer desaparecer a Senecio. ¿Recuerdas?

—Sí, ama.

—Ahora quiero hacer desaparecer a un ser mucho más poderoso.

Furnilla tragó saliva, pero lejos de amedrentarse le preguntó:

—¿De quién se trata?

—De la persona que gobierna Roma. Del asesino de mi padre.

—¿El hombre que la *ha pedido*?

A Apia no le gustó que indagara. Furnilla era la sirvienta y ella, la señora y su dueña. No debería haber profundizado. Le respondió sólo con un movimiento afirmativo y fue directo al grano.

—¿Puedes fabricar un brebaje con ese propósito?

—Sí, puede ser uno de actuar rápido que le quite la vida en el mismo momento que lo ingiera o puede ser uno lento que tarde meses.

Apia se tomó un tiempo para responder y durante unos minutos miró los pájaros que bebían agua de la fuente. Hasta que dijo:

—Prefiero rápido.

—No será fácil conseguirlo, pero lo tendré. Necesito un par de semanas.

—¿Funcionará? ¿Estás segura?

—Sí.

En Roma no faltaban los venenos, ni quienes los vendían; las pócimas eran muy usadas y pedidas. Aunque no todas daban buenos resultados, las requerían igual. En una sociedad inflamada de perfidias, engaños, traiciones y muertes extrañas, que muchas veces iban acompañadas de depravaciones sexuales y mentiras, cada cual buscaba la solución a su problema y trataba de sobrevivir como podía.

Apia sopesó la respuesta, la halló correcta y le dijo:

—Está bien. Pero deberás ser discreta.

—Lo seré, lo juro por Sirona —exclamó con vehemencia Furnilla mientras doblaba su dedo meñique y lo besaba para luego apoyárselo en la frente.

Apia la miró intrigada. No sabía quién era la Sirona que acababa de nombrar, pero intuyó que se trataba de un dios celta. Tampoco conocía el gesto de besarse el meñique y apoyarlo en la frente. En realidad, sabía muy poco de esa chica que, como ella, también tenía veinte años. Al pensar que casi no la conocía y que Furnilla, en cambio, sí estaba al tanto de todos los detalles de su vida, Apia se topó con la cruda y milenaria realidad: los sirvientes siempre conocerían las risas, las lágrimas y las discusiones de sus señores, hasta sus suspiros y deseos ocultos. Para los patrones, sin embargo, el mundo privado de sus sirvientes siempre quedaría vedado, en un cono de sombras. Jamás ellos sabrían qué había en sus corazones, no se enterarían de sus discusiones, ni de sus conversaciones.

Apia se sintió insegura. Al principio, el plan le había parecido sencillo, pero era realmente peligroso. Y su ejecución dependía de una muchacha de la que no conocía nada. Se lo hizo saber:

—Furnilla, entiendes que sé muy poco de ti y en cierta manera me pondré en tus manos. Necesito que me cuentes qué hubo en tu pasado… ¿Por qué te vendió el maestro Dunio?

Los ojos claros observaron con detenimiento a Apia. Hablar de lo que alguna vez había hecho la volvía vulnerable. Se había prometido callar, silenciar su pasado, pero su ama era su debilidad. La consideraba una buena mujer, estaba segura de que no lo usaría en su contra. Decidió confiar.

—Es una larga historia…

—Cuéntamela.

—El maestro Dunio… —dijo Furnilla y otra vez hizo silencio. Le costaba nombrarlo y recordar.

—¿Qué pasó con él? —La ayudó Apia.

—Yo conocía de remedios y ciencias corporales casi tanto como él. Sabía lo que mi madre me había enseñado y lo que aprendí de Dunio. Aun así, mi vida en esa casa era un infierno. Entonces hice lo que tenía que hacer para salvarme.

–¿Qué hiciste? –Apia la empujaba con sus palabras cuando la chica se quedaba con la mirada perdida.

–Desde que llegué a la residencia de Dunio, vivía temiendo que realizara experimentos con mi cuerpo. Mientras lo asistí, estuve al margen, pero al poco tiempo decidió probar sobre mi espalda. Después de varios cortes, cuando me estaba sanando, un día oí que le contaba a su esposa que injertaría piel negra en mi rostro blanco.

Apia hizo un gesto de repulsión y Furnilla agregó llanamente:

–Entonces le di un brebaje...

–¿Intentaste matarlo? –preguntó Apia con curiosidad. Por lo que sabía, el hombre aún estaba vivo y muchas personas lo consultaban cuando se enfermaban.

–Yo sabía elaborar una pócima a base de hongos que le haría perder la memoria y todos sus conocimientos. Atacaría sus recuerdos y así esfumaría sus estudios, las disciplinas aprendidas y sus malas artes para que no continuara con su trabajo. Pero algo salió mal.

Furnilla suspendió el relato. Apia respetó su silencio. Cuando la chica lo retomó, entonces se dedicó a contarle con lujo de detalles cómo le había suministrado el brebaje con las comidas. Dunio lo había ingerido desde el día de la Luna hasta el día de Venus. Como la pócima no causaba el efecto esperado, aumentó la dosis. Hasta que finalmente una mañana, cuando Furnilla creía que había fallado, Dunio se levantó tan trastornado que, sin reconocer a las personas, quiso practicar sus experimentos con su esposa. Ató a la pobre mujer en la silla donde hacía sus ensayos y, mientras ella gritaba, enceguecido, él había seguido adelante cortándole los dedos de la mano. Esclavos y vecinos tuvieron que actuar para salvar a la mujer. Luego del incidente, Dunio se fue recuperando poco a poco de la enajenación, pero perdió los recuerdos, incluidos sus conocimientos. Por esos días, la vida en la casa se había vuelto una locura de gritos y golpes para todos. La frustración de Dunio, que notaba mermada su inteligencia, recaía tanto sobre los sirvientes como sobre su familia que él, como *pater familias*, gobernaba a su antojo. Finalmente, una mañana, Furnilla mantuvo una conversación con la esposa y le contó que podía preparar un antídoto, un té que ayudaría a su marido a recuperar paulatinamente sus cabales y hasta, tal vez, sus recuerdos. Se lo prepararía a cambio de su libertad. Desesperada, la mujer aceptó. Pero al comprobar la mejoría del marido, se arrepintió. Sospechando de la responsabilidad de la esclava en la enajenación de Dunio y llena de miedo, optó por venderla. No había querido arriesgarse a seguir teniéndola en la casa como tampoco a tomar represalias por temor a sus poderes.

El relato de Furnilla acabó con un largo silencio.

Apia lo interrumpió con una pregunta:

–¿Cuál es tu verdadero nombre? ¿Furnilla no lo es, verdad?

–Antes era Kayley, ahora soy Furnilla y estoy feliz de serlo. En esta casa, sirviéndola, he encontrado la paz. Y por usted daré la vida si es necesario –dijo las últimas palabras con los ojos llenos de lágrimas.

Apia la miró con cariño. Pero no dijo nada, así como estaba sucediendo, así tenía que ser. Todos los esclavos les debían devoción a sus amos; sobre todo, si eran bondadosos. De todas formas, aunque Apia no abrió la boca, su interior agradeció a sus *lares* por Furnilla, y nuevamente se prometió a sí misma estar para ella si alguna vez la muchacha la necesitaba. Furnilla sería su prioridad sobre cualquier otra persona.

El tiempo transcurrió y nuevamente el día de Venus llegó. En el primer encuentro con Octavio, Apia había estado muy nerviosa, pero esa noche no lo estaba tanto. Cuando se presentó en el edificio de las puertas chicas ya sabía qué le esperaba. En esta ocasión, Salvio no la había acompañado, pero, por lo demás, la concatenación de los sucesos había transcurrido de forma similar: la carta entregada al guardia, el gesto serio del hombre, la espera en el salón oficial, la llegada del divino *filius*, el recorrido de ambos por los pasadizos subterráneos, el cuarto decorado y ardiente, y los extravagantes encuentros sexuales teñidos de dominación mutua: Octavio sobre ella; luego, Apia sobre él. Sólo una cosa había sido diferente: al final del juego, Octavio había querido conversar y ella lo había escuchado un largo rato quejándose de su esposa. Tildó a Escribonia de «mujer horrible y elemental» con la que no podía compartir nada, pues sólo hablaba de peinados y vestidos. También le detalló algunos problemas de su gobierno. A menos que Octavio le pidiese opinión, Apia casi no intervenía, sólo escuchaba, y así se enteraba de que gobernar Roma no resultaba nada sencillo. La ciudad parecía ser un nido de víboras y todos los poderosos debían cuidar que sus pasos fueran los adecuados.

La charla terminó cuando Octavio se quedó dormido. Apia intentó descansar las horas que restaban hasta las siete de la mañana, hora de su partida, pero el sueño de Octavio había sido tan inquieto, que le resultó imposible. Él se movía violentamente en la cama y hablaba palabras ininteligibles, aunque ella estaba segura de que sus pesadillas versaban sobre los muchos problemas relatados momentos atrás: necesitaba remediar la escasez de agua potable en la ciudad, solucionar la falta de trabajo para el común del pueblo, debía frenar las insubordinaciones de los soldados en algunas regiones de la península. Precisaba llevar adelante la reconstrucción de la *cloaca maxima* creada seis siglos atrás por el rey Tarquino y ahora desbordada por la cantidad de habitantes. Todo eso y más, mientras luchaba contra sus enemigos políticos que fingían ser sus amigos. Roma era una gran metrópoli que crecía a diario junto con sus problemas.

Esa madrugada, en medio de sus malos sueños, Octavio se había sentado en la cama dos veces y había necesitado beber unos tragos de *mulsum*, la bebida dulce que siempre había disponible en una jarra sobre la mesa. Octavio jamás tomaba alcohol, al menos cuando estaba con ella. Le gustaba estar completamente lúcido y concentrado para practicar las exigentes actividades sexuales.

Cuando se hizo la mañana y Apia se marchó, otra vez se encontró con Salvio, que la esperaba dentro de la litera para llevarla a la casa. Sólo se saludaron y entraron en un mutismo total, como la primera vez. Apia se retiró al cuarto de las mujeres, pero no durmió todo el día y para la tarde ya se hallaba trabajando en el cuarto de los papiros. Los planes que abrigaba para el capital que había empezado a administrar le daban ánimos para continuar viviendo.

Cuando llegó el siguiente día de Venus, Apia repitió la rutina. Una vez que el guardia la condujo al salón oficial, ocupó el sillón de cuero y, mientras aguardaba a que se abriera la puerta, se reconoció bastante tranquila. En la noche apacible y no tan fría de Roma, ella soñaba con el brebaje que Furnilla haría preparar; su esclava le había anticipado que muy pronto contaría con los ingredientes necesarios.

Esperó unos minutos sentada en la sala hasta que Octavio se presentó. La saludó y le explicó:

—Apia Pópulus, hoy no tendré el honor de compartir contigo la noche. Es una jornada demasiado trascendental para mí: acaba de nacer mi primogénita.

La primera y única hija que él tendría había nacido.

—Felicitaciones, mi señor... —dijo Apia con una voz neutra que no demostraba ningún buen sentimiento, pero tampoco malo. Se puso de pie y le rindió una reverencia.

—Se llamará Julia, así lo he decidido.

—Bello nombre, divino *filius*, supongo que es en honor a su *gens*.

—Sí.

Ella dejó pasar un tiempo prudencial y formuló la pregunta tratando de disimular la alegría que le producía saber que Octavio prescindiría de sus servicios:

—¿Puedo retirarme?

—Sí, vete. Yo debo hablar con Escribonia acerca de los términos de nuestro divorcio. El nacimiento ya se produjo así que no hay razón para seguir casado con ella. Como te conté, no la soporto más.

Apia no respondió y caminó rumbo a la puerta. A punto de traspasarla, Octavio avanzó dos pasos para acercarse a ella. Quería decirle algo y tenía que hacerlo mirándola a los ojos. La tomó del brazo, la obligó a darse vuelta y le habló:

—Te lo he insinuado anteriormente, pero esta vez se trata de una propuesta formal: cásate conmigo.

La frase sorprendió a Apia. ¿Octavio había enloquecido? Por supuesto que no quería casarse con el asesino de su padre, con el hombre que la vejaba cada noche. Meditó unos instantes. Debía ser cuidadosa con la respuesta, debía sonar lejana, abstracta, para que no le trajera problemas. Pero la intimidad física que habían mantenido le jugó una mala pasada; la cercanía sexual había derribado ciertas barreras levantadas entre ambos y, aunque le pesara, una confianza extraña los unía. Y salió a la luz.

—Señor, le repito las mismas palabras que vertí en el teatro: soy una mujer casada, pese a que usted no lo reconoce.

Octavio no se dio por enterado de que la respuesta de Apia contenía una buena dosis de doble intención.

—Esas son menudencias. Sabes bien que si quisieras, podría enviarte en el mismo día dos cartas con mis sellos: tu divorcio y la invitación a nuestro casamiento —repitió las mismas frases que dijo en la víspera del asesinato de Tulio Pópulus.

—Usted sabe que no puedo aceptar —repuso Apia mientras interiormente agradecía que hubiera empleado «si quisieras». Estas dos palabras eran sinónimo de elección. Aún la conservaba pese a que el divino *filius* podía actuar a su entera voluntad.

—No vuelvas a negarte por tu condición de mujer casada.

—Pues entonces le diré la verdad, señor. No puedo aceptar su propuesta porque usted es el asesino de mi padre.

Las palabras de Apia salieron de su boca sin su permiso, pero al escucharse no tuvo miedo, sino que la recorrió una ola de placer. Le había espetado eso que le oprimía el pecho.

—¡Mira que eres valiente, Apia Pópulus! Porque atreverse a acusar al supremo gobernante de Roma, al divino *filius*...

—Es la verdad.

—¿Pero no entiendes que la muerte de tu padre fue inevitable, que sucedió porque la situación lo ameritaba? Si te tranquiliza y sirve para que me aceptes como esposo, te diré que no fui yo quien lo proscribió.

—¿Ah, sí...? ¿Y quién lo hizo, entonces?

—Marco Antonio me obligó a aceptar su decisión. Tal vez, tendría que haberme puesto firme, pero él consintió que matara a su ayudante más cercano. Fue un trueque.

Apia no le bajaba la mirada, lo observaba de manera penetrante e insolente.

—Créeme, es la verdad.

¡Claro que le creía! Justamente por eso no quería nada con él. El rechazo se producía por esa manera de ser —implacable, fría y mecánica— que le impedía comprender lo pavoroso de su actuar. Nunca aceptaría ser su esposa, aunque la mano se la pidiera el poderosísimo divino *filius*. Apia lo imaginó junto a Marco Antonio, los dos sentados cómodamente, sentenciando a muerte a unos pobres hombres sin importarles si se trataba de inocentes o de sus propios partidarios. Tulio Pópulus siempre había estado de su lado, pero Octavio no lo había defendido. Sumergida en sus pensamientos, la voz del gobernante le llegó lejana.

—Vamos, Apia, regresa a la apacible vida que tienes en tu hogar, ya volveremos a conversar del tema más adelante, que hoy tengo mucho que hacer. Te veré el próximo día de Venus. Y piensa en mi propuesta.

Tras despedirse, Apia salió con la capucha puesta, tal como había llegado, para evitar que la descubrieran. Por suerte, la litera que se había marchado para llevar a Salvio de regreso a su casa estaba a su disposición frente al edificio.

Se subió al vehículo. Se sentía conforme, liviana. Al fin había podido expresarle que él era un asesino. Agradecía que no le hubiera exigido ceder ante la propuesta de casamiento, aunque una idea la seguía ensombreciendo: Escribonia había sido obligada a divorciarse para contraer un nuevo matrimonio. Apia sabía que para Octavio nada era imposible, pues lo que se proponía, lo conseguía: una mujer, una alianza o modernizar la gran ciudad, como lo estaba haciendo. Como gobernante de Roma le resultaría muy sencillo tomarla como esposa.

CLEOPATRA
LA REINA DE EGIPTO

Marco Antonio camina nervioso por el salón principal del palacio egipcio de Alejandría. Acaba de ingresar y lleva puesto el uniforme romano. Ha estado ausente por algunas semanas y ahora espera a la reina con la que no ha tenido contacto durante ese tiempo.

En los últimos días él ha estado instalado en el campamento junto a sus hombres, llevando adelante reuniones con los principales soldados a fin de iniciar la campaña contra los partos. Veintido, su mejor teniente, insiste con atacar la región de Partia.

Cleopatra, su mujer, lo apoya con hombres, dinero y con palabras de aliento, porque ella siempre está a su lado. Marco Antonio, sin embargo, no se engaña: entiende que no sólo lo hace por amor, si su ejército gana en las batallas, el beneficio será mutuo. Es clave que logre un triunfo rotundo, debe recuperar la gloria militar que siempre lo ha acompañado. De ese modo, acabará con la idea que recorre toda Roma, donde se lo acusa de haber dejado de ser un soldado para convertirse en esclavo amante de una reina extranjera. La mala fama por su larga estancia en Egipto lo persigue como una sombra negra.

Escucha movimientos, se da vuelta y el gran cortinado de terciopelo rojo de la sala se abre de golpe para dar paso a una comitiva. El aroma a sándalo inunda la habitación y él ya no tiene dudas: es Cleopatra, que llega junto a sus sirvientes más cercanos. Desde que ha nacido Tolomeo, el nuevo hijo que han concebido tras los mellizos, ella necesita más asistencia que nunca. No ha dejado de lado sus deberes de monarca y se mueve con sus ayudantes a todos lados. Una de las muchachas trae en brazos a la criatura de apenas unos meses.

—Mi reina... —dice Marco Antonio y se inclina ante ella.

Después de una temporada de ausencia, estos fastuosos ingresos lo vuelven a impactar. Pero en la vida diaria, la convivencia le quita a la soberana el halo de magnificencia, y sólo son un hombre y una mujer. El carácter dominante y testarudo de Cleopatra aflora, pero se compensa con la fortaleza de Marco Antonio, que jamás le deja ganar una discusión o tomar una decisión si no está de acuerdo. En peleas, en la guerra y en la cama son igual de apasionados.

—¿Cómo te ha ido? —pregunta ella muy interesada en la contienda que se avecina.

—Los preparativos están en marcha. Partiremos en unos días, mis hombres están listos para la batalla —informa Marco Antonio mientras se acerca al envoltorio blanco que sostiene la sirvienta del que sale una vocecita que gorgojea. Corre el lienzo con sus manos y, al ver al pequeño, exclama—: ¡Qué grande está!

—Y los mellizos, también... Ya verás... —comenta ella.

—¿Se encuentran bien los niños?

—Sí, perfectos —asegura Cleopatra.

Ella cree que no es fácil dirigir un país, mantener a su romano enamorado y criar a cuatro hijos —el primero que tuvo con Julio César y los tres de Marco Antonio—, pero se esfuerza para que ninguna obligación se resienta y todo funcione como se espera. Esa familia es una forma más de retener a su hombre. Por cuestiones de poder ella necesita a Marco Antonio, pero sabe que él también la precisa. Sumado a que ninguno deja de navegar sobre el fuerte sentimiento que los une.

Él la observa y pensamientos muy diferentes lo invaden. Considera que ella siempre está magnífica: ni los niños, ni las batallas, ni las muchas horas que como reina pasa con su grupo de gobernadores parecen quitarle el tiempo y las ganas de estar impecable; y eso le agrada. Compara esta situación con Octavia, su esposa romana, y la diferencia salta ante sus ojos: la dama es frágil y, además, los detalles de la guerra no le interesan, jamás podría hablar con ella de estrategias, ejércitos, dominios... Ese año la mujer también ha dado a luz a la segunda hija del matrimonio: Antonia, la menor, y se ha sumergido por completo en la maternidad.

Marco Antonio nunca conversa con Cleopatra sobre su vida en Roma; a veces se pregunta si sabrá acerca de las dos niñas.

—Vamos, que el almuerzo está listo. Cesarión y nuestros tres hijos estarán en la mesa con nosotros —le indica ella con precisión.

Ninguna palabra sale de su boca de Cleopatra sin un fin. En esta ocasión, desea hacerle sentir que su familia se encuentra en Egipto, y que con ella tiene tres hijos, y no dos, como con la romana... ¡que para colmo son mujeres! Ella no las nombra, jamás pregunta ni se interesa por esas niñas, pero está muy al tanto de lo que sucede en Roma porque mes a mes recibe noticias de la gran metrópoli. Sus espías e informantes, a quienes les paga en oro, toman nota de las actividades que realiza Marco Antonio durante sus visitas a la ciudad. Cleopatra tiene un lema: es mejor prevenir que curar. Y con esos informes se previene, aunque necesite ser dura como las pirámides para escuchar que su marido ha dormido una semana seguida con Octavia en su casa de Roma.

Ese mediodía ambos caminan juntos por los pasillos del palacio sin decir palabra, se sienten plenos por el reencuentro. Algo invisible pero terriblemente poderoso los une.

Una mezcla de amor, admiración y propósitos comunes los tiñe del mismo color.

Capítulo 23

HOY

Año 35 a. C.

Esa tarde la ciudad de Roma hablaba y sus murmullos se dividían por zona. Los que vivían en Suburra se dedicaban a criticar al gobierno por no cumplir con la entrega de dinero que había prometido para la reconstrucción después del último incendio. Pero la gente del Palatino, indolentes a esos temas, comentaban la comidilla que se había ido extendiendo en los últimos días. La viuda de Salvio Sextus había sido hallada con un soldado en la cama. Además, se había presentado durante un largo tiempo en la cena de la cofradía disfrazada de trabajadora para engañar a los *margaritarius*. Aunque comerciaba, los perleros no la dejaban ingresar a las reuniones por su condición de mujer. En este punto las opiniones se dividían. Los hombres la criticaban, pero algunas mujeres la defendían: Apia Pópulus no merecía afrontar ninguno de los juicios que –se comentaba– le iniciarían. Las romanas empezaban a descubrir la necesidad de igualdad ante algunas situaciones, comenzaban a soñar con la posibilidad de otro estatus. Y el caso de Apia Pópulus resultaba propicio para cambiarlo. Claro que las únicas que podían soñar con mejoras eran las matronas, las damas respetadas a las que les precedía un buen nombre, tanto porque portaban un apellido ilustre como también porque no recaía sobre ellas ninguna mancha ni dedo acusador. Las demás ni siquiera podían figurarse mejora alguna; mucho menos las pobres, humildes y trabajadoras.

En los calabozos militares de Roma los murmullos eran otros. Se trataba de cuchicheos atemporales, ajenos a lo que sucedía afuera.

Manius Marcio, encerrado en su celda, recibió la ración diaria de alimento consistente en un plato con *puls*. Lo tomó por debajo de la puerta y, cuando estuvo seguro de que el soldado que se lo había traído se retiró, metió las manos entre las gachas de trigo y sacó lo que esperaba: la llave de su celda. Su amigo Décimo Ovidio, junto a otros camaradas que lo apreciaban y respetaban, habían ideado un plan para que huyera esa misma noche al amparo de la oscuridad. Manius había decidido escapar, no se quedaría allí esperando una sentencia que –ya sabía– estaba comprada. Después de lo sucedido en la casa azul nada lo ataba a Roma. El enojo había cedido, pero tenía bien claro qué lugar ocupaba en la vida de Apia: estaba detrás de la servidumbre. Se marcharía a donde pudiera, a donde se lo permitieran las múltiples guardias que custodiaban toda Roma. No sabía hasta qué punto los soldados lo ayudarían. Pero se iría lo más lejos que pudiera. Para su propósito se serviría del salvoconducto firmado por Marco Antonio.

A la mañana siguiente los murmullos seguían siendo los mismos. Algunos, los más tenaces, duraban semanas enteras y mantenían a los romanos susurrando día y noche.

Ese día, Apia se levantó de la cama y sintió que las piernas le pesaban y las fuerzas le fallaban. Desde que se habían llevado a Manius, cada mañana le sucedía lo mismo; no se trataba solamente de un estado interior, sino también físico. Se levantaba agotada, se mareaba. Pero aun con sus severos malestares a cuestas, se preparó para la rutina diaria.

Primero pasaría por el cuartel para averiguar sobre el centurión y luego iría a la tienda. Cada jornada se presentaba en el edificio de gobierno preguntando si había novedad sobre el caso del centurión Manius Marcio y recibía la misma respuesta: «No, aún». Pedía permiso para verlo, pero jamás se lo concedían. ¿Restricción militar o decisión del propio Manius? Si insinuaba la pregunta, nadie se lo explicaba. Pero intuía que estaba enojado y con razón. Había pensado en hablar con su amigo Décimo Ovidio, pero a último momento desistía. Le parecía imprudente visitarlo después de haberse inclinado por Furnilla; no tendría el valor para mirarlo de frente. Aun así, ella sentía que había hecho lo correcto, lo que debía hacer. Sin embargo, la relación con su esclava se hallaba distante. La propia chica sabía bien qué significaba la elección de su ama y se llenaba de pena al ver cómo sufría por su culpa. Apia se encerraba en su dolor y nadie podía entrar allí.

—Ama, tengo listas las frutas, el pan y la leche. ¿Las tomará en el *tablinum* o desea que se las sirva aquí, en el cuarto? —preguntó Furnilla, que la veía luchar para empezar el día.

—Lo tomaré aquí —dijo Apia.

La esclava levantó las cejas. Era muy raro que, pese a las muchas veces que se lo había propuesto, Apia tomara la primera comida del día en la cama. Su esclava estaba preocupada. Se lo hizo saber:

—*Domina*, ¿no debería llamar al *medicus* para que la vea?

—Suficiente, Furnilla, yo sé lo que debo hacer.

Apia había perdido el amor de su vida por salvar a Furnilla, pero la diferencia entre ellas estaba allí, haciéndose presente. El ama la apreciaba, agradecía su dedicación y fidelidad, pero ellas no eran iguales.

Furnilla desapareció del cuarto y de inmediato volvió con una mesilla y con Kira. Y entre ambas prepararon los alimentos.

Una hora después, Apia se dirigía al cuartel. Momentos antes había pasado por la tienda y controlado que las actividades se hubieran realizado según sus órdenes. Estaba conforme. Jamás dejaba de recibir clientes; especialmente mujeres que elegían su local para comprar sus joyas. Les gustaba sentarse y beber tranquilas una infusión, saborear una masa dulce, mientras decidían qué alhajas llevar. En tanto, aún debía estudiar cómo prepararse para realizar las grandes adquisiciones de mercadería; y si no había podido avanzar al respecto, una razón la aquejaba: su salud no la acompañaba. Rogaba a sus *lares* que Senecio acabara de una vez por todas con los ataques porque ella no quería juicios de ninguna índole. Todavía se encontraba pendiente de resolución el que había iniciado para peticionar la restitución de su dote.

Cuando los esclavos detuvieron la marcha, Apia miró por la ventanilla de su litera roja: se encontraba frente al edificio de gobierno. Descendió y en minutos repitió ante el soldado la misma pregunta de cada día:

—¿Tiene noticias del caso del centurión Manius Marcio?

El hombre se le quedó mirando.

—¿Sabe algo de él? ¿Me permitirán pasar a verlo? —insistió.

—Aguárdeme.

El soldado desapareció unos minutos. A Apia el tiempo se le hizo eterno. Nunca le habían pedido que esperara. Por respuesta habitualmente recibía un lacónico «No». Se puso ansiosa; tal vez, en esta oportunidad le permitirían entrar, visitar a Manius, conversar y explicarle las razones de su actuar. Incluso, fue más allá: idearían juntos un plan para que lo liberaran. ¡Lo que fuera! Debía estar con él unos instantes y asegurarse de que estaba bien.

El hombre volvió e interrumpió sus devaneos.

—Señora...

—Dígame, por favor —le imploró Apia.

—Hay noticias, pero no son buenas. Creí que usted estaba al tanto...

—¿Qué ha pasado?

—Anoche el centurión Manius Marcio escapó de su celda.

—¡Por Júpiter! —exclamó con una mezcla de excitación y preocupación.

—Se fugó en un caballo robado, pero finalmente a la madrugada fue interceptado en las afueras de Roma por una guardia de varios hombres.

—¿Y ahora dónde está?

–El centurión se resistió, peleó con su espada cuando lo quisieron capturar –informó el joven e hizo silencio.

–Dígame de una vez lo que sucedió.

–Él ha muerto.

Apia lo miró interrogante, le costaba entender el significado de la última palabra.

–Sí, él ha muerto.

–Tiene que haber un error.

–No lo hay, mi señora. Fue herido a filo de espada y...

–Pero... ¿dónde está? –insistió ella, que no se resignaba. Algo de Manius debía estar en alguna parte.

–¿El cuerpo...? Quedó donde lo atraparon, a varias millas de aquí. Probablemente en este momento lo estén incinerando –dijo fríamente.

Apia sintió que el mundo a su alrededor se derrumbaba. No podía ser verdad, tenía que haber una equivocación. Si Manius había muerto, entonces ella tenía la culpa. ¿Por qué había sido tan tonto como para intentar un escape? ¿Por qué se arriesgó tanto?

–No, Manius, tú no puedes estar muerto. No, no, no –dijo en voz alta y, dando dos pasos hacia atrás, cayó al piso.

Cuando abrió los ojos, el soldado sostenía un vaso de *mulsum* en la mano. Se lo ofreció y ella bebió un trago mientras recordaba los detalles de la narración. Tal vez era una pesadilla. ¿Y si se trataba de un mal sueño? Pero el muchacho le dijo:

–Lo siento mucho, señora. ¿Es usted su... mujer? –preguntó. El joven sabía que su esposa no era porque los soldados no se casaban, pero había relaciones largas y serias como auténticos matrimonios.

Ella respondió:

–Sí –dijo Apia y se incorporó.

Luego se puso de pie con ayuda del uniformado.

–¿Quiere que ordene que alguien del cuartel la acompañe?

–No es necesario –dijo ella. Y empezó a caminar como si fuera un títere cuyas extremidades se le movían porque alguien desde arriba manejaba los hilos.

Mientras daba los primeros pasos vino a su mente un lejano recuerdo, lo encontró ridículo, pero aún así ella se asió fuerte de esa remembranza. Se acordó del día que se casó y cómo caminó hacia la casa de Salvio igual que una marioneta. Y así su mente se entretuvo para poder llegar hasta la litera.

Las calles hasta su casa las realizó con la mente dividida: mitad en el mundo que veía por la ventanilla y mitad en el de las costuras de la tela roja de la litera que –recién descubría– no estaban derechas. Se concentraba en los detalles y así se escapaba de la realidad.

Cuando llegó a su casa, pasó directo a su cuarto. Se sentó en el borde de la cama y, desesperada, buscó algún otro detalle en el cual centrar su vista para huir de los pensamientos dolorosos. Pero, por desgracia o por buenaventura, sus ojos cayeron sobre la cajita de madera que le había regalado Manius en la playa. Y entonces ya no hubo truco por hacer, ni detalle por observar para desviarse de la realidad. Intentó convertirse en metal, pero por primera vez en su vida no lo logró. Quería, pero no podía aplicar la enseñanza de su madre. Se sentía desnuda emocionalmente. Sin escudos de ninguna clase su mente fue atacada por pensamientos y uno apareció con la fuerza de las tempestades: Manius ha muerto...

La idea se le hizo carne. Y sin nada que detuviera sus cavilaciones, sintió cómo la penetraba en cada partícula de su cuerpo, alma y mente. El hombre que amaba había muerto. El significado de esas palabras la atravesó por completo. Apia, sin corazas, recibía la frase en carne viva. ¡Ay, cómo dolía! El sufrimiento le resultaba insoportable. Acostumbrada a que nunca nada la lastimara –porque era de metal– ahora sentía que se desgarraba entera. Percibía el dolor por primera vez en mucho tiempo. Intentó una vez más volverse de hierro, de bronce, pero fue imposible. La realidad la golpeó una y otra vez.

Manius ha muerto.

Manius, Manius, Manius.

Nunca más estaría en sus brazos fuertes, jamás volvería a ver su hermosa sonrisa. Él ya no pertenecía a este mundo. Un grito largo y lastimero salió de su garganta y le explotó en los labios:

—¡Nooooo!

Y entonces Apia empezó un llanto extenso, lleno de sollozos, de lágrimas, de dolor, pero también de vida. Ella estaba viva por primera vez en muchos años, pero le dolía tanto que casi no podía respirar. No soportaba la idea. Se tiró al piso y lloró. Y lloró. Y lloró.

Furnilla, que había entrado apenas su ama lanzó su acongojado grito, ahora la miraba atónita. Apia, encerrada en su propio mundo, ni cuenta se daba que no estaba sola. Ella sólo sentía que el dolor la quemaba. Ese flagelo ante el cual no se podía quedar indemne porque era un fuego tan abrasador que traía de la mano transformaciones de toda índole. Ningún ser humano podía salir ileso de su incandescencia; y cuánto menos Apia, que inauguraba esa experiencia. Ella le abría los brazos al dolor y lo dejaba obrar en su ser, le permitía recorrerla entera porque, aunque quisiera, ya no podría frenarlo. Apia se volvía de carne y hueso por primera vez desde que era una niña.

Capítulo 24

RECUERDOS

Año 38 a. C.

Esa mañana Apia se levantó muy temprano para enfrentar un día decisivo. Se miró en el espejo del cuarto de las mujeres y se preguntó si sería capaz de concretar lo que venía pergeñando hacía mucho: envenenar a Octavio. A veces creía que a su esposo Salvio no le importaba que ya hubiera pasado ocho noches con el gobernante. Las llevaba perfectamente contabilizadas por muchas razones. Una, quizá la más importante, le había causado cierto temor. A raíz de un atraso en la regla había creído estar embarazada, lo cual, seguramente habría cambiado su historia, aunque no atinaba a sopesar si para bien o mal. Pero como el sangrado al final se presentaba, llegó a la triste conclusión de que la estéril era ella. Ni Octavio ni su marido habían logrado engendrarle un hijo.

Las veladas con el divino *filius* no resultaban precisamente agradables, por lo que agradecía que Furnilla la esperara con cataplasmas, compresas y la piscina repleta de agua tibia con hierbas relajantes. Además, le preparaba una gran vasija con té humeante que, si bien sabía amargo, lograba sedarla y le permitía dormir bien. Porque no sólo su cuerpo venía maltrecho por los magullones, algunas laceraciones y ciertos excesos, sino también su alma.

Para su tortura, el veneno que Furnilla había encargado se había demorado varios días más de lo previsto, pero al fin, temprano, había aparecido. Ese noveno día de Venus sería el último encuentro con Octavio.

Esa mañana, Furnilla llegó de la calle con dos pequeñísimos frascos de piedra y se los entregó de inmediato a su ama. Uno contenía el veneno; el otro, el antídoto. Cuando estuvo sola, Apia los escondió en el ruedo de las cortinas azules del cuarto de las mujeres.

Y allí permanecieron seguros hasta el momento en que debió partir hacia el edificio de las puertas pequeñas. A la hora señalada, los buscó y de nuevo los escondió, pero esta vez en las costuras de su capa marrón. Furnilla le exigió que llevara ambos porque –la previno– nunca se sabía en qué podía terminar este tipo de situación. A veces, ante alguna sospecha, los poderosos cambiaban de jarro. Según lo concertado con Furnilla, lo mejor sería echarlo en la copa de *mulsum* que Octavio solía beber para reponerse de los excesos sexuales o cuando se despertaba en medio de la noche agobiado por un mal sueño. Por momentos, la trascendencia de lo que estaba a punto de hacer la aliviaba; por otros, la torturaba. Se sentía culpable, iba a matar a una persona, algo que desde niña le habían inculcado como indigno.

Se maquilló muy poco –tal como Octavio se lo pedía– y se desató las trenzas hasta que todo el cabello le quedó suelto. El aroma a nardos se esparció por todo el cuarto porque Furnilla se lo había recogido usando un aceite preparado con esas flores. Pronto dejaría de oler a ese perfume que tanto le había gustado pero que ahora no soportaba. Siempre quedaría asociado con lo vivido en las noches pasadas en el cuarto de la chimenea ardiente. Ese aroma penetrante y la cadencia de su pelo largo y suelto lograban despertar los más bajos instintos de Octavio.

Apia peinó su cabello mientras se daba una última mirada en el espejo y entonces se le ocurrió una idea: tal vez, si ella no tuviera el cabello largo y hermoso, Octavio ya no la querría en su cama. Y si eso sucedía, se libraría del peso de matarlo.

Lo pensó varias veces y al fin se decidió: se cortaría por completo el pelo, y lo haría en ese mismo momento. Luego, ella procedería según la reacción de Octavio. Esa sería la señal para actuar o no. Si la rechazaba, no lo envenenaría. Tal vez, su cabeza calva la salvaría de convertirse en una asesina.

Necesitaba apurarse, cortarse el cabello al ras como quería no sería tarea fácil. Precisaba ayuda y no de una sola persona.

—¡Furnilla! ¡Ven ya, Kira!

Las esclavas aparecieron de inmediato. Furnilla tenía la sabiduría de estar cuando se requería su presencia y de desaparecer cuando resultaba prescindente. La sirvienta también era un manojo de nervios; sabía que ese día su ama usaría el veneno.

Apia les explicó su idea. Mientras se explayaba, el rostro de Furnilla se fue contrayendo hasta que finalmente se tapó la boca con las manos para ahogar un grito.

—Está bien… —aceptó cuando su ama concluyó. Furnilla jamás se hubiera atrevido a contradecirla, pero le pareció una decisión terrible porque gran parte del encanto de su ama se concentraba en su larga cabellera.

—Deja de mirarme, Furnilla, toma la cizalla ¡y hazlo ya!

La chica obedeció. Tomó el instrumento de una sola pieza de bronce en forma de «U» con ambos extremos afilados, lo acercó a la cabeza de Apia y, cuando estuvo a punto de ejercer la presión necesaria para cortar, exclamó:

—¡No puedo, ama…!

Furnilla siempre había admirado ese pelo voluminoso, sano y oscuro, y la idea de cortarlo para que cayera muerto al piso le provocaba dolor.

—Kira, hazlo, te lo ordeno. Corta hasta aquí —dijo Apia señalando su cuello entre el hombro y la oreja.

La esclava apoyó la cizalla contra el pelo y la apretó con fuerza usando su mano. Enseguida la mitad del largo cabello cayó al piso.

—Tendrás que apurarte, tenemos poco tiempo. A las nueve debo estar en el salón oficial.

Furnilla ayudó y entre las dos hicieron un par de movimientos certeros y el trabajo quedó terminado.

Apia se colocó la capa y la capucha, y de inmediato fue hacia la puerta de calle. Por el camino se cruzó con Salvio, y lo saludó con una inclinación que él devolvió con un «Adiós». Su esposo la miró con cierta incomodidad hasta que salió a la calle. Él ya no la llevaba a la cita, aunque iba a buscarla a las siete de la mañana. Los encuentros entre Octavio y su esposa habían originado cambios en la relación marital y ninguno de los dos sabía bien cómo debían tratarse. Había algo que a Salvio comenzaba a molestarle: desconocía qué ocurría en esas veladas y su mujer cada vez dormía menos con él. Se producía una situación extraña: la dependencia de Apia con respecto a Octavio la volvía independiente de él, que era su marido. Apia se alejaba inexorablemente de su papel de esposa. La vio partir y se sirvió una copa de vino. Esa noche quería emborracharse para no imaginar las escenas de las que sería parte su mujer. ¿Qué sucedería si a Apia le agradaba el sexo con Octavio? Esa pregunta lo atormentaba.

En instantes, Apia se hallaba arriba de la litera rumbo al edificio de las puertas pequeñas. Sus manos nerviosas controlaron que el frasquillo del veneno siguiera escondido en el ruedo de su ropa; lo encontró y exhaló un fuerte suspiro.

Llegó y se encontró con Octavio. Mientras iban por los pasadizos subterráneos, él le comentó:

—Por primera vez te has demorado.

—Tuve quehaceres, mi señor, le pido perdón.

El gobernante no respondió.

Cuando ingresaron al cuarto, Octavio se acercó a Apia para quitarle la ropa; disfrutaba el lento proceso de desnudarla. Apreciar su rostro cuando quedaba sin ninguna prenda, y completamente a su merced sin saber qué le exigiría esa noche, le producía un placer indescriptible.

Octavio comenzó su tarea: le desató el lazo de la capa y le quitó la capucha, pero esta vez el largo cabello de Apia no cayó sobre sus hombros, y él, por un pequeñísimo momento, pareció confundido. Enseguida se recompuso y le procuró una desafiante mirada de desaprobación. Apia se la sostuvo sin ceder. Ambos se medían con los ojos, tanteaban su fortaleza, defendían lo que cada uno pretendía del otro. Pero los dos comprendieron que con el corte de pelo Apia había lanzado una declaración de guerra; sólo faltaba comprobar si Octavio contraatacaría. Claro que él no sabía que estaba en desventaja, porque Apia llevaba en sus ruedos un arma peligrosa capaz de quitarle la vida en pocos minutos.

—Vaya, vaya... —dijo él observándola mientras daba una vuelta alrededor de ella, que seguía con la túnica puesta. Al fin agregó—: ¿Qué crees, Apia? ¿Que me vas a gustar menos porque te has cortado el pelo? Entonces no entiendes nada. No sólo es tu aspecto lo que de ti me agrada.

—Señor, ¿qué quiere de mí? Devuélvame mi libertad.

—No puedo, no debo, tienes algo difícil de conseguir. Te elegí porque me gustas pero he descubierto en ti algo que otras mujeres no tienen. Ninguna se habría animado a dominarme. Además, debo reconocer que has soportado mucho.

—Lo que nos une no está bien.

—¿Quién dice qué está bien y qué está mal? ¿Los hombres? Yo mando sobre todos ellos. ¿Los dioses? Nunca he oído la voz de alguno.

Apia, aún vestida, se sentó en el borde de la cama y se quitó los zapatos; luego, por primera vez por decisión propia y no porque Octavio se lo ordenara, se tendió en el lecho. Ya no sabía cómo pedirle que la liberara, sentía que iba a quebrarse. Se pensaba de metal y no lograba sentirse fuerte. Se acordó del veneno y la fortaleza le volvió.

—Necesito que me libere.

—¿Qué sucede? ¿Estás cansada y hoy no quieres juegos? Pues no los tendremos. Ven, sentémonos en el sillón y hablaremos.

—¿De qué quiere que hablemos? —preguntó Apia. Al escucharlo tan humano, dudaba de sus intenciones. Ni siquiera sabía bien cómo tratarlo.

—Puedo entretenerte contándote algunos enredos que serían la comidilla de toda Roma, si salieran a la luz. Como por ejemplo, que Marco Antonio quiere quedarse para siempre en Egipto con Cleopatra junto a los mellizos que ha tenido con la reina... ¿quieres que te cuente?

Apia asintió. No podía responderle otra cosa.

Ambos se sentaron en los sillones de la punta del cuarto y él comenzó a relatarle la larga historia que incluía el desamor de Marco Antonio por su esposa Octavia, hermana de Octavio.

Su relato, sensible y humano, mostraba preocupación por la suerte de su hermana y por el futuro de Roma, ahora que Marco Antonio había caído bajo la hipnótica influencia de Cleopatra. También lo inquietaban los continuos ataques que realizaban en las fronteras los pueblos vecinos con el propósito de quitarle territorio a Roma.

—¿No me preguntas nada al respecto?

Apia respondió lo que —suponía— él esperaba:

—¿Qué hará, señor?

—No lo sé. Mi vida es demasiado complicada, sólo me permito el solaz de los juegos contigo.

Las horas avanzaban y él seguía hablando de lo que le preocupaba y más le costaba entender: ¿cómo había sido posible que Marco Antonio abandonara las costumbres romanas, y hasta se pintara los ojos de negro y venerara a los dioses egipcios? El hombre había cometido el acto más imperdonable: le había regalado su semen romano a esa reina infame procreando así hijos con ella. Describía la situación con dolor, pues no podía creer que alguien quisiera abandonar la sublime calidad de ciudadano romano para pertenecer a otro reino inferior, algo que consideraba denigrante. Marco Antonio tenía que haberse vuelto loco, o de lo contrario los dioses lo castigarían severamente. Al dejar a Roma despechada, sobre su vida caerían grandes maldiciones. Ningún ciudadano digno podía permitirse semejante afrenta, ni siquiera Marco Antonio, que con gran valentía había peleado y ganado numerosas batallas para el estandarte romano.

En el momento cúlmine de la conversación, Octavio le pidió opinión a Apia:

—¿Qué debo hacer para recuperar a Marco Antonio?

Segura de la respuesta, Apia no pensó mucho el consejo; su mente funcionaba igual a la de Octavio cuando estaba en juego el orgullo romano.

—Mande a su hermana Octavia a buscarlo —propuso sin dudar—, es su esposa romana. Él no la rechazará.

Apia estaba impresionada no sólo por la historia que acababa de contarle sino también porque, por primera vez, podía ver a Octavio como un ser humano y no sólo como un caprichoso divino *filius* frío y astuto, capaz de lograr lo que se propusiese sin importarle los medios. Apia se admiraba de esta faceta desconocida por ella hasta ese momento, pero ni por un minuto se olvidaba del veneno escondido en el ruedo. Tenía que recuperar su libertad y él no había dado muestras de que iba a concedérsela.

—Apia, vamos al lecho. Ambos estamos cansados. Ya te dije que hoy no te pediré nada, así que duerme tranquila, que a las siete vendrán por ti.

Se lo oía apesadumbrado, el haber puesto en palabras ciertos hechos habían vuelto reales a sus fantasmas.

Ambos se levantaron del sillón y caminaron hacia la enorme y multicolor cama. Apia, que aún tenía puesta la túnica, se acostó tal como estaba, y se tapó con las cobijas; él hizo lo mismo. Llevaban unos minutos en silencio mirando el techo cuando Octavio le pidió:

—Acaríciame el pelo.

Apia obedeció convencida de que Octavio no cumpliría su promesa y empezaría con los juegos sexuales. Pero no fue así, y en pocos minutos dormía plácidamente.

Por un momento, al mirarlo, sintió pena por este hombre tendido a su lado. ¿Acaso no tenía a nadie que lo acariciara? ¿Tampoco disponía de personas de confianza con quienes hablar? A partir de ese momento y durante la siguiente media hora, Apia caminó por la cornisa temiendo caer para el lado de la pena que Octavio le provocaba, o para el contrario: el del odio, ese que la empujaba y le exigía usar el veneno.

Finalmente, cuando lo escuchó respirar pesado y entrar en un sueño profundo, tomó la decisión de envenenarlo. Ya no deambulaba por la cornisa, sino que había caído para el costado del odio, porque él nunca le daría la libertad. Entonces, supo que debía actuar de inmediato.

Mientras seguía acostada, alcanzó el frasquillo de piedra escondido en su ruedo; luego, se puso de pie, avanzó de puntillas hasta la mesa de luz de Octavio y volcó el contenido dentro de la copa de oro allí apoyada. El corazón le latía con violencia al ritmo de una pregunta: ¿y si se despertaba y la descubría? No tenía dudas: la mataría. Octavio se movió en la cama y ella se quedó petrificada por el terror. Cuando notó que aún dormía, reanudó su tarea y la terminó. Volvió a acostarse de su lado e intentó calmarse, pero no lo logró.

Después de varios minutos –que a Apia le parecieron horas–, Octavio entró en la fase inquieta de su sueño. Previó que en cualquier momento se sentaría en la cama y tomaría la bebida de su copa, pero sólo lo escuchó decir:

–¿Sigues despierta…?

Se sobresaltó. ¿Acaso sabía lo que ella acababa de hacer? Temerosa, le respondió con la voz en un hilo.

–Sí…

–Pobre pequeña, eres peor que yo –dijo Octavio y, acercándose más a Apia, por unos minutos le retribuyó las mismas caricias en el pelo. El toque de la mano masculina la fue relajando.

–Qué extraña estás con ese pelo tan corto… –alcanzó a comentar antes de que el sueño lo venciera nuevamente.

Apia meditó en el largo tiempo que había transcurrido desde la última vez que alguien le había hecho caricias. ¿Quizá su madre, antes del casamiento con Salvio? Entonces, conmovida por el gesto, de repente pasó de un lado de la cornisa al otro, porque la pena por Octavio –y también por ella misma– la empujaron al cambio. Se puso de pie, recogió la copa, caminó hasta el sillón donde había quedado su abrigo y volcó el contenido sobre uno de los bordes. Por último, con la tela de la capucha frotó el recipiente por dentro hasta que quedó completamente limpio. De inmediato, repuso la copa en la mesilla de luz redonda y primorosamente tallada.

Por la mañana, ajeno a la lucha desatada en el interior de Apia, Octavio se despidió con una invitación.

—Ven mañana a mi casa, daré un banquete. Será para festejar la rebeldía que has tenido de rasurarte el cabello. Y por el corte de mi barba. Porque me la quitaré en homenaje a tu atrevimiento.

—¿Por mi pelo… usted se cortará la barba?

—Sí, ya nunca más la llevaré larga. El cambio será en honor a ti.

Le decía la verdad: en los siglos venideros sus retratos lo recordarían con la cara despejada. Pasaría de muchacho barbado a hombre de rostro limpio y así lo inmortalizaría la historia.

—Es demasiado, señor…

—Apia, no demos más vueltas: sabes que necesito una esposa. Debo solucionar pronto este problema. Piénsatelo. Ven al banquete y hablaremos.

—Es una decisión muy importante —objetó mediante una respuesta cortés para no revelarle su verdadero motivo: despreciaba su compañía. Aunque tampoco deseaba permanecer junto a Salvio.

—Dos cartas con mi sello llegarían a tu casa en el mismo día y tu vida cambiaría para siempre —dijo Octavio repitiendo su ya famosa frase y dando por finalizada la conversación.

Abandonaron los pasillos subterráneos con una sensación extraña después de haber vivido una noche irregular colmada de sucesos insólitos. Cada uno pensaba en los suyos: Octavio había hablado desde el corazón, algo que no hacía desde la muerte de su madre; Apia meditaba en el veneno que había manipulado y se arrepintió.

La rutina de los días de Venus se había quebrado a tal punto, que Octavio había sufrido un olvido. Se lo hizo saber:

—No te he dado el papiro para nuestro próximo encuentro. Pero te lo haré enviar o te lo entregaré en la fiesta de mi casa.

Ella asintió.

Fueron las últimas palabras que hubo entre ellos esa mañana.

En pocos minutos, Apia salió a la calle y, al subir a la litera, se sorprendió: por primera vez su marido no estaba. «Ni siquiera se preocupa por esperarme», se lamentó.

Sola, mientras el vehículo avanzaba, pensó cuán diferente era su vida a la que había soñado de adolescente. Por esos días, había creído que viviría feliz en una gran casa rodeada de niños, esos que ahora no llegaban; se había imaginado como una matrona romana respetable, y no una mujer que se acostaba con dos hombres porque así ellos lo habían decidido; y lo peor: no quería ni deseaba a ninguno. Si analizaba la propuesta de Octavio bajo esa perspectiva, tal vez fuera mejor aceptarla y vivir con él, antes que estar con Salvio; no porque el divino *filius* la atrajera, sino porque estaba segura de que la protegería mejor, no como Salvio, que la había cedido servilmente. No quería seguir de brazos en brazos como si fuera un objeto, entregada por su propio esposo.

Con el tiempo, tal vez, podría sentir alguna atracción por Octavio. Y en el preciso instante en que esa idea asaltó su cabeza, muy lejos de allí, más precisamente en el sucucho tétrico de Suburra, el frasco de piedra rebosante de agua con la figura de Apia en su interior se movió con violencia, casi al punto de caerse al piso. En el mundo espiritual, por poco, se cumplía la condición blanca. Pero a los ojos de los mortales, la ciudad de Roma acababa de sufrir un temblor. Confundidos, los esclavos que cargaban la litera de Apia detuvieron la marcha. Algunos de los madrugadores que deambulaban por las calles de la metrópoli suspendieron sus propósitos. Salvio, que salía por la puerta de su casa rumbo a una importante reunión comercial, permaneció estático bajo el dintel de la puerta. Retomó el paso cuando comprobó que el movimiento sísmico se había detenido.

El temblor duró sólo unos instantes y una vez acabado todos volvieron a sus quehaceres con normalidad; incluidos los esclavos que trasladaban a Apia, que continuaron cargando a pulso la litera. En Suburra, la *saga* acomodó el frasco en el estante y se apantalló aliviada con un trapo; si se hubiera estrellado contra el piso, el hechizo se habría cortado. ¿Acaso la condición blanca intentaba aparecer?

Cerca de su casa, Apia comprendió que sería incapaz de dejarse atraer por Octavio. Nunca sucedería una locura semejante con el asesino de su padre. Jamás podría olvidar el dolor infligido a su familia.

Aun así, seguía debatiéndose entre inexplicables sentimientos que no lograba identificar. Por un lado, aborrecía a Octavio por la dominación que ejercía sobre ella; por otro, vislumbraba que un lazo fino los unía y no deseaba herirlo. No comprendía sus emociones, que la llevaban de un extremo al otro, como un movimiento pendular que le permitía ser benevolente y, al mismo tiempo, cruel con su hostigador. Ella no sabía que en su interior se había instalado lo que en el futuro el mundo llamaría «síndrome de Estocolmo», ese trastorno psicológico que aparece en la persona que es secuestrada y que la vuelve comprensiva e indulgente con su secuestrador, llevándola a identificarse progresivamente con este durante el secuestro o tras ser liberada.

Entró al *tablinum* desasosegada, enojada con ella misma, no lograba entenderse. Furnilla la recibió y le pidió que la siguiera. Su esclava le tenía lista la pileta para su baño. De una manera u otra, la chica siempre la salvaba.

Mientras reposaba en el agua, Furnilla se le acercó con una pila de lienzos en las manos y le preguntó con absoluta discreción:

−*Domina*, ¿usó la pócima?

−No.

Furnilla hubiera querido indagar la razón, pero se contuvo. Jamás se le ocurriría cuestionar a su ama. Apia, que sabía cuánto había luchado su esclava para conseguir el brebaje, se sintió compelida a comentarle:

–No pude… No soportaría cargar una muerte sobre mi espalda. Sentí que perdería el favor de mis *lares* –abrevió y así evitó confesarle que Octavio le había despertado pena, que la había acariciado como nadie en mucho tiempo…

Furnilla comprendió que no se podía luchar contra la bondad, tampoco contra el odio. A veces, en el interior de las personas ganaba uno y el otro se replegaba. Cuando así sucedía de ese modo era porque los dioses lo habían querido de esa forma.

Esa mañana, tras el baño, Apia optó por cambiar su rutina. En lugar de acostarse, se metió en el cuarto de los papiros para trabajar con sus números y rollos. Se sentía liviana, ninguna muerte pesaba sobre su espalda.

Como debía terminar sus cuentas, no quiso beber la tisana relajante que le preparó Furnilla. El capital propio que administraba había aumentado sus tareas y responsabilidades. Aunque no lo sabía –y nunca llegaría a enterarse–, el dinero con el que comerciaba creyendo que pertenecía a Salvio, en realidad, era su propia dote.

Cuando el reloj de sol del atrio marcó la hora duodécima de la tarde, Apia todavía seguía encerrada trabajando. Vencida por el cansancio, decidió retirarse y dormir en el cuarto de las mujeres. Concilió un sueño pesado inducido por la infusión de su esclava y recién despertó a la mañana siguiente. No había oído nada, ni siquiera la chillona voz de Petronia, quien había visitado la casa acompañada de sus niños. Furnilla no había despertado a Apia, no tenía órdenes al respecto.

Apenas amanecía cuando Apia, aún vestida con la ropa de cama, sentada frente al espejo del cuarto de las mujeres, se observó el rostro preguntándose cómo lograría peinarse con elegancia después de cortarse su cabello largo. Las mujeres que solían acicalarla cuchicheaban a su alrededor, pero Furnilla las retó y las sirvientas se quedaron calladas. Restablecido el orden, se marchó a buscar el nuevo vestido para que su *domina* se quitara el camisón de los tres lazos.

—Ama, le hice traer estas pelucas —anunció la *tonstrix* mientras le mostraba varias de distintos tonos de cabello; había rubias, morenas y una de color azul junto a otra naranja.

—No las quiero.

—Todas las mujeres de Roma las usan. Al menos, póngase una para la fiesta de esta noche —le rogó la mujer. Su prestigio estaba en juego porque su señora tenía un banquete en la casa de quien gobernaba Roma.

Apia aceptó. La *tonstrix* tenía razón: la fiesta de Octavio era importante y la peluquera no disponía de tiempo para inventar peinados.

Furnilla regresó con la ropa y una advertencia:

—El amo ha llegado y se lo ve molesto. Dijo que desea hablar con usted.

Apia recordó que no lo veía desde que partió a su encuentro con Octavio, y de eso hacía dos días. Su marido no se había enterado de su corte de pelo, tampoco le había avisado de la fiesta. Debía hablar con él.

—Furnilla, dile que lo mando a llamar —ordenó Apia.

La esclava salió mientras las mujeres le probaban una peluca de su mismo color repleta de trenzas en la coronilla y con rulos largos cayéndole en la espalda. A ella le agradó, parecía su cabello natural.

Salvio no se demoró. Entró al lugar atestado de mujeres y se sorprendió ante la decena de pelucas, cada una exhibida sobre un pie alto. Puso mala cara ante la azul. Luego exclamó:

—¡Déjennos solos!

Las sirvientas se apuraron en marcharse, incluida Furnilla.

—No te he visto desde antes de ayer —la increpó sin saludarla.

—Ya sabes dónde estuve… —le respondió ella sin dejar de mirar su pelo postizo en el espejo.

—No atendiste ayer a Petronia.

—Me quedé dormida y no me enteré de su visita.

—Pero cuando despertaste podrías haber venido a mi presencia.

—Tú tampoco fuiste a buscarme con la litera —le echó en cara.

—Tengo mis responsabilidades que atender.

—Y yo, las mías, lo sabes bien —le respondió con doble intención refiriéndose a sus encuentros con Octavio.

—Cállate, mujer. Y sujétate a mí, que soy tu esposo.

Apia lo miró con rabia. La palabra «esposo» tenía otro significado, incluía la honorabilidad que a él le faltaba. Lo pensó, pero no se lo dijo. Prefirió hablar de la vida diaria.

—Cuando hoy caiga el sol tenemos un banquete. Ve a prepararte —pidió Apia sin mucho preámbulo.

—Yo no iré a ninguna fiesta.

—No podemos faltar, la organiza Octavio en su casa.

—Siempre Octavio… estoy cansado de él y de que tú me rehúyas. Duermes más en este cuarto que en el nuestro. ¡Quiero a mi mujer en mi cama! ¡Compórtate como una verdadera esposa! —exigió.

—El que metió a Octavio en nuestra vida eres tú.

—Pero tú has ido más allá, no soy yo el que elige esas pelucas de color que quieres empezar usar —dijo buscando herirla. Era sabido que para ser reconocidas en la calle, las prostitutas se teñían el pelo de colores vivos, como azul, lila o naranja.

Apia se puso de pie y, sosteniéndole la mirada, le dijo:

—Soy lo que tú has hecho de mí. Nunca he podido elegir quién quiero ser.

—No me interesan tus juegos de palabras, y tampoco esa fiesta. No iremos, no tenemos obligación. Ya bastante que cumples con verlo cada día de Venus.

—Creo que yo sí iré —dijo más por enojo que por ganas. Pensaba que Salvio dirigía su vida, y ni siquiera lo hacía bien.

—Nadie de esta casa se presentará en esa celebración —exclamó él y, avanzando unos pasos, la sujetó de los brazos.

—¿Qué haces? ¡Suéltame! —dijo ella dando un fuerte tirón gracias al que logró liberarse.

Por primera vez Apia se oponía al dominio físico de su marido.

—¡Te quedarás aquí! ¡A ver si al fin te dignas a acostarte conmigo! ¡Desvístete! —dijo mientras le señalaba la cama de ese cuarto.

Apia lo miró fijo durante unos instantes. Sopesó si valía la pena contradecirlo: «¿Voy a la fiesta? ¿Me niego a mantener sexo con él o no?». Decidió darle con el gusto en ambas peticiones, pero el precio que Salvio tendría que pagar sería escucharla.

—Claro que tendré intimidad contigo. Estoy acostumbrada al sexo. ¿Quieres hacerlo? ¡Lo haremos ya mismo! —exclamó mientras se desprendía los tres lazos delanteros de la túnica de dormir y dejaba al descubierto su piel desnuda.

Salvio, al ver la seguridad con la que actuaba, perdió la suya.

Apia se quitó la túnica por completo y fue desnuda hasta la cama, pero no se acostó, sino que dijo:

—Ven, esposo, que te daré lo que quieres...

Salvio caminó dubitativo, algo estaba mal pero no sabía qué. Cuando estuvo junto a Apia, ella lo empujó suavemente al lecho y le dijo con una sonrisa:

—Acuéstate, que te haré disfrutar como nunca lo has hecho. Ya verás todo lo que he aprendido.

Mientras le hablaba, le quitó la túnica a su marido.

Luego, de manera sensual, se contorsionó un poco, y agregó:

—¿Quieres que practiquemos un juego? —sugirió tomando el cordel de la ropa de su esposo.

La mente de Salvio le jugó una mala pasada; sus pensamientos viajaron hacia un sitio inconcebible y pudo imaginarse lo que nunca había querido.

—Ya, Apia, detente...

—No, no... —dijo ella y buscó con su mano la piel de hombre de su marido.

Salvio cerró los ojos, la dejó hacer y logró excitarse.

—Bueno, querido esposo, ahora verás lo bien que lo pasarás... —anunció y dirigió el acto como había aprendido con Octavio.

—¡Apia, yo...! —exclamó Salvio. No le gustaba, se le estaban yendo las ganas.

Ella no le prestó atención, sino que se trepó sobre su marido. Entonces, abriendo los ojos, él vio cómo la preciosa mata de pelo con trenzas y demás orlas se caía entera hacia la izquierda. El peinado de Apia se desplomaba.

—¡Por Júpiter! ¿Qué tienes en la cabeza? —protestó horrorizado.

—Ah, esto... —dijo acomodándose las trenzas falsas y agregó con naturalidad—: Una peluca.

—¡Pero tu cabello...! —protestó confundido.

—Este es mi pelo real —dijo Apia y, quitándose por completo la peluca, le mostró su corta cabellera.

—¡*Merda!* —Salvio lanzó un chillido de desaprobación.

¿Desde cuándo ella tenía esa cabellera rala? Él nunca se había percatado del cambio. ¿Acaso siempre lo había tenido corto? Claro que no, él recordaba bien cómo le desarmó las trenzas cuando volvió del viaje. Pero ¿por qué y cuándo había hecho eso en su cabeza? ¿Octavio se lo había exigido?

Él no sabía qué sucedía entre ellos durante las veladas de Venus, pero de algo estaba seguro: las ganas de acostarse con Apia se le habían ido y no le volverían por mucho tiempo. El trato de mujer experimentada que le había propiciado no le había agradado. Tampoco su pelo corto.

—Creo que lo mejor será que me vaya —dijo Salvio.

—Haz como quieras —respondió Apia.

—Quédate a dormir aquí si lo deseas —la autorizó él señalando el cuarto de las mujeres.

Apia contempló cómo se marchaba Salvio: iba derrotado, caminando a paso lento, vencido en todos los aspectos; incluso, hasta su hombría se había visto mermada por la audacia de Apia. Entonces, al verlo de esa manera, recordó aquel pensamiento que la visitó la noche de bodas: sólo era cuestión de saber esperar. El tiempo haría de ella una mujer adulta y su marido se transformaría en un viejo. Y esa realidad se había hecho patente apenas un momento atrás.

A pesar de que la tarde había terminado sin gritos ni violencias, Apia había desistido de concurrir al banquete. No deseaba presentarse en esa casa, no le interesaba esa ridícula fiesta que había inventado Octavio en honor a su corte de cabello. Bien podía darle la razón a Salvio: suficiente con ver al divino *filius* todos los días de Venus. El convite no formaba parte del acuerdo ni de sus obligaciones. Además, como venía la relación con Octavio, no creía que él tomase ninguna represalia en su contra. Aunque con él nunca se estaba seguro de nada.

Diez días después

Esa mañana, sumergida en sus planes de negocios, Apia trabajaba en uno de los cuartos del ala izquierda de la casa que daban al atrio. Consideró que sería mejor para realizar sus tareas intelectuales una de esas habitaciones pintadas de lila que seguramente habían sido construidas para que usaran los niños del hogar, una dicha que parecía alejarse, una felicidad que nunca disfrutaría.

Ya no realizaba sus tareas en el cuarto de los papiros, lo había abandonado porque no quería molestar a su esposo cuando él se instalaba allí a trabajar. Para dos personas con fricciones y frecuentes desacuerdos, el lugar resultaba demasiado pequeño.

Apia observaba los rollos con satisfacción. En ellos estaba plasmada la gran compra de perlas que había logrado realizar y que ahora planeaba vender. El lote era cuantioso, pero ella venía pergeñando la manera en que lo comerciaría de forma rápida y a unos pocos clientes. En Roma aún latía una vieja historia. Cuando Pompeyo Magno ingresó triunfante a la ciudad después de las victorias obtenidas en su lucha contra los piratas del Adriático, fue agasajado con un gran desfile de hombres y un imponente mural que replicaba su rostro realizado con perlas de distintos colores y tamaños. Si bien los romanos criticaron la ostentación, el verdadero motivo de la reprobación fue la envidia que despertaba entre sus enemigos. La prueba estaba en que, sin importar cuántos lustros hubieran transcurrido desde aquel episodio, aún se hablaba del mural. Apia estaba convencida de que cualquier romano adinerado querría tener uno igual. Claro que el retrato no sería del mismo tamaño ni de la misma fastuosidad que el de Pompeyo, pero, aunque fuera más pequeño y más modesto, el adorno prestigiaría la residencia del homenajeado. Su plan de venta tenía que dar resultado, como sucedió cuando abrieron las tiendas especializadas en perlas para los vestidos; habían vendido a rabiar. Las ganancias de este comercio sólo las embolsaría ella. Los Sextus no se ofenderían por quedar fuera de ese negocio. Cuando le adelantó su idea, el conservador de Salvio mostró desinterés y desistió de participar.

Apia anotó el último nombre en la lista de personas a las cuales les propondría realizarles un retrato. Había elegido al esclavo que se encargaría de difundir la propuesta entre los clientes seleccionados y para ello estaba dispuesta a efectuar una inversión: liberar al sirviente de su yugo convirtiéndolo en liberto. Había visto realizar esta maniobra a muchos comerciantes y realmente funcionaba. No así si se contrataba a un hombre libre, que era proclive a querer comerciar por su cuenta una vez aprendido el negocio. Por esa razón, nunca sería fiel por completo hacia quien lo había contratado. En cambio, un liberto bien elegido podía ser fiel de por vida en agradecimiento a la libertad otorgada por el amo. Incluso, aunque le fuera bien en el negocio, no se sentía seguro de emprender otros por cuenta propia. A veces, la libertad física resultaba más fácil de conseguir que la mental.

Para la labor, Apia había elegido a Liam, aquel esclavo que fue comprado junto con Furnilla y despreciado por Salvio porque no había sabido llevar las cuentas como se esperaba. Pero Apia, que venía observando la situación, concluyó que la incapacidad se debió a que el hombre manejaba un idioma diferente.

Ahora que con Salvio llevaban negocios separados, desconocía si él se lo regalaría o se lo vendería. En todo caso, debía explicarle que lo quería para ella y que estaba dispuesta a pagar el metálico que pidiera por el esclavo, pues sabía que su esposo había pagado varios miles de sestercios en la adquisición de Liam.

Apia vislumbraba que se encontraba en un momento perfecto para expandirse en los negocios de las perlas y de otros productos traídos de Oriente. El conocimiento de las rutas terrestres, marítimas y fluviales que los romanos habían heredado de los griegos –y estos, a su vez, de los etruscos–, ahora lo perfeccionaban los nuevos comerciantes. Además, las recientes leyes promulgadas por Octavio propiciaban las condiciones idóneas para los intercambios seguros con Oriente; de ese modo, también eliminaban la dependencia con los intermediarios sirios y egipcios. Se buscaba competir con el beneficio del que gozaba Egipto al poder ingresar productos de lujo comerciando directamente por el mar Rojo. El reino de Cleopatra, gracias a su situación geográfica privilegiada, era la puerta de acceso a las riquezas de otras tierras, pero Roma y los territorios que cada año anexaba se convertían en un vasto imperio que buscaba superarse desarrollando sus propias leyes y rutas para obtener más ganancias.

Apia enrolló el papiro con la lista de los clientes justo cuando escuchó que Salvio llegaba a la casa. Se puso de pie, necesitaba hablar con él sobre Liam. Antes pasó por el espejo y se dio una mirada controlando que su pelo estuviera en orden. No terminaba de acostumbrarse a su nueva y corta cabellera; pero se hallaba satisfecha: estaba convencida de que la concatenación de sucesos de ese día la habían salvado de cometer un crimen y, por eso, justamente, creía que los dioses la recompensarían liberándola por completo de Octavio. Al menos por ahora, pues no había vuelto a reclamar su presencia en el edificio gubernamental.

Luchar contra un cabello corto no era nada en comparación a la libertad que empezaba a disfrutar. En todo caso, para sacarla del aprieto que significaba el peinado, existía la *tonstrix*. Cada mañana, la mujer le realizaba un recogido con pequeñísimas hebillas de nácar que iban pegadas a la cabeza, luego le agregaba una falsa coleta larga enrulada que le caía por la espalda hasta la cintura y, entre los rulos, le incrustaba piedrecillas preciosas que, con cada movimiento, le daban brillo a su figura.

Desde la tarde en que Salvio descubrió que se había cortado el pelo, el matrimonio casi no se hablaba. Además, aunque dormían debajo del mismo techo no compartían el lecho y cada uno ocupaba cuartos diferentes. La vida se presentaba extraña porque desde que había faltado a la fiesta de Octavio, este no había vuelto a llamarla. Y ella se sentía contenta, pues disponía de sus noches para dormir y de sus mañanas para realizar lo que le agradaba: trabajar en sus negocios.

Apia tomó los papiros de las cuentas diarias y fue al encuentro de Salvio, a quien encontró sentado en los taburetes del *tablinum*. Estaba frente a él cuando lo saludó y le dijo:

—Esposo, necesito hablar contigo.

—Imagino que quieres entregarme los números.

—Sí, pero además necesito preguntarte sobre un asunto.

—Dime…

—Quisiera tomar a Liam para mí… hablo del esclavo israelita.

Salvio la miró sin comprender; luego, creyendo que había entendido, lanzó una carcajada.

—¿No duermes conmigo pero quieres satisfacer tus apetitos con un esclavo? ¿Te gusta Liam? Creo que los hay mejores y mejor dotados para ese fin.

No era un comentario descabellado. Aunque mantenían el decoro y sus apetencias en secreto, las mujeres romanas solían consolar sus deseos sexuales con esclavos. Y Liam era un hombre bien parecido.

—No necesitas ofenderme. Lo quiero liberar para que trabaje en mis negocios.

—Haz lo que desees con él, no sirve de mucho. Ya sabes lo que pasó cuando lo enfrentamos a la aritmética.

—Lo intentaré. ¿Quieres que te lo pague?

Salvio lanzó otra carcajada.

—Apia Pópulus, no necesito tu dinero, tengo bastante con el mío.

—Bien, entonces lo tomaré para que trabaje conmigo.

Tras un silencio embarazoso, Salvio preguntó:

—¿Octavio no ha vuelto a llamarte?

—La última vez que me vi con él, me dijo que me entregaría la carta de la cita durante la fiesta a la que no fuimos.

—Si él hubiera querido —razonó—, te hubiera enviado el papiro de alguna manera.

Salvio permaneció a la espera de otra explicación. Apia adivinó su intención y se la dio:

—No tengo problemas en volver a compartir el lecho contigo, sigo siendo tu esposa. Sólo te pido que cuando así lo quieras, vengas tú al cuarto de las mujeres. No volveré a dormir en el aposento matrimonial.

—Me parece bien —respondió él, que dormía mejor sin ella al lado. Luego agregó—: Ah..., y, por favor, organiza pronto un buen banquete. Mi hija Petronia insiste en venir. A pesar de que la última vez no la atendiste, ella manifestó su deseo de visitarnos.

—Ya te expliqué...

—No importa la excusa, fue un desplante.

Apia estuvo a punto de responderle y entrar en esos juegos de palabras donde últimamente ambos escondían sus grandes desacuerdos, pero se abstuvo y resolvió emplear mejor su tiempo: hablaría con Liam para contarle su plan.

Desde que había empezado a pasar las noches de Venus con Octavio, su marido y ella solían enzarzarse en largas discusiones civilizadas y apáticas. Ninguno daba el brazo a torcer y seguía defendiendo su postura a cualquier costo aunque a veces se tratara de minucias, como decidir entre dejar abierta o cerrada una ventana. Ante estas desavenencias maritales, cualquier romano habría visitado el templo de la diosa Viriplaca, la encargada de restaurar la paz en el hogar cuando los esposos se sumergían en eternas disputas. Cuando la discordia afloraba en una pareja, los dos visitaban el templo y, mientras uno exponía con calma sus razones a la deidad, el otro oía. De ese modo, lograban superar la divergencia. Pero Apia creía que el problema de ellos se asentaba en algo más profundo que incluía el desamor.

En medio de sus elucubraciones, Apia se despidió de Salvio. Luego ordenó que citaran a Liam en el peristilo y enseguida lo tuvo ante sí. Tras explicarle la idea principal y a punto de ofrecerle más detalles, el hombre comenzó a llorar y se arrodilló.

—Levántate —le pidió Apia.

Pero lejos de obedecerle y como si la acción de arrodillarse no alcanzara para probarle su entero agradecimiento, se tendió por completo en el suelo con la frente en el piso. Repetía, primero en su idioma y luego en el de Apia, que no sabía cómo retribuirle el gesto.

Ella le respondió:

—Sé un buen liberto y un gran trabajador. Esa será la mejor manera de pagarme tu libertad.

Apia se hallaba en medio de la lacrimógena escena cuando Furnilla apareció nerviosa para comunicarle que se había presentado el mensajero del divino *filius*. Tenía órdenes de entregar la correspondencia en manos de la señora de la casa.

Apia suspiró fuerte, pidió a Liam que se levantara de una vez y se dirigió a la puerta de ingreso. Ya en el vestíbulo se presentó de forma altanera frente al *tabellaris* recién llegado.

—Dígame...

—¿Señora Apia Pópulus de la *gens* Apia?

—Sí, soy yo.

—Esta correspondencia es para usted y nadie más.

El muchachillo extendió la mano y le entregó dos rollos. Ambos tenían el sello de Octavio. Ella los observó de cerca y no pudo dejar de recordar la frase premonitoria «En el mismo día recibirías dos cartas con mi sello: en una tu divorcio y en la otra la fecha de nuestra boda. Dos papiros, y tu vida cambiaría para siempre».

Ese, justamente, era el problema: su vida no cambiaría, sino que seguiría igual: viviendo una existencia elegida por un hombre, de la misma manera que ahora otro le dirigía los pasos. Continuaría en un camino donde ella no sería la protagonista. Rememoró el deseo del gobernante y las piernas le flaquearon. Tuvo que tomarse de las columnas del atrio. Pero buscó recomponerse, inspiró con fuerza y lo logró. No había razón para luchar porque sabía que, si la decisión de Octavio era tomarla por esposa, así se haría. La voluntad del divino *filius* prevalecía sobre las demás, incluida la suya. Nada lo detendría.

Con suavidad, extendió la mano y tomó los dos papiros. Luego despidió al muchachillo. Impaciente, se apoyó contra el muro color azul del atrio porque quería abrir los rollos en ese mismo momento. No podía esperar. A pocos pasos, Furnilla temblaba. Si su ama se casaba con otro hombre, tal vez el nuevo esposo no querría que se llevara nada de su vieja vida, ni siquiera los esclavos. Aunque era una decisión bastante común, para ella significaría la separación definitiva de su ama.

La mirada de Apia se posó sobre los papiros...

CAPÍTULO 25

HOY

Año 35 a. C.

Roma estaba lejos y sus murmullos también porque esa tarde en el mar sólo se escuchaban las olas enfurecidas que bramaban bajo la negrura del cielo tormentoso.

Manius Marcio se pasó la mano por el rostro buscando quitarse el agua de lluvia para ver mejor y se sacó la túnica azul que vestía. La tela le molestaba y necesitaba su ropa como trapo. El aguacero era tal que parecían baldes repletos de agua cayendo del cielo empujados por el viento huracanado que corría y lo envolvía todo. En otro momento hubiera echado una maldición, pero no contaba con tiempo para renegar contra el clima. Debía actuar con rapidez para salvar la vida. Sortear una tormenta violenta podía ser muy duro, pero si se viajaba arriba de un barco, se volvía doblemente peor. Las olas movían la embarcación como si fuera de papiro. Los tripulantes echaban fuera el agua que ingresaba incesantemente a causa de la lluvia y el mar. Usaban trapos y unos pocos cubos de metal. Los gritos de Manius Marcio, que intentaba organizar a los hombres, se mezclaban con el ruido de los truenos y algún que otro chillido de desesperación. Las olas movían la nave con tal violencia que parecía que se hundirían. Ante la situación caótica y aterradora, él se preguntó: «¿Y si esta tarde muero aquí, en altamar?». Y se respondió: «Pues que sea lo que tenga que ser». Al sopesar la posibilidad de dejar este mundo, lo que más le dolió fue que moriría sin llevar puesto su uniforme de soldado romano. Por el resto, no se desesperó. Al fin y al cabo, no era la primera vez que se batía a duelo con la muerte. Había salido airoso de muchas batallas y no le tenía miedo.

La parodia tramada por un par de hombres comandados por su amigo Décimo Ovidio lo había salvado. Pero el precio para que lo creyeran muerto había sido escapar rumbo a Egipto sin su vestimenta de soldado. Miró a su alrededor y descubrió que los dos hombres que al embarcar creyó mercaderes habían resultado los más duchos en sacar el agua. Asustados por el recio temporal, los demás tripulantes no lograban actuar con lucidez, como les pasaba al muchachillo rubio y a los tres hombres egipcios, cuyos movimientos resultaban infructuosos.

Tras una hora de locura en la que asumieron que perecerían en las aguas, el viento aflojó y el mar embravecido de repente comenzó a calmarse. Manius miró a su alrededor y vio que algunos comenzaban a llorar agradecidos. Parecía que al fin llegarían a destino, donde se reencontrarían con los seres que los esperaban en tierra. Pero Manius sabía que a él nadie lo aguardaba, ni allí ni en ninguna parte. Hubiera deseado que Apia estuviera esperándolo del otro lado para contarle, lleno de felicidad, que se había salvado de esa temible tormenta. Pero tenía muy presente cómo había actuado ella. Recordó su elección y le dio rabia pero también pena por la relación que podría haber sido y no fue. Él se había enamorado de Apia, la había amado; y ahora, aunque le doliera, debía arrancarla de todo su ser. Imaginó el rostro de Apia, su boca dulce, y los ojos se le llenaron de lágrimas. A su lado, uno de los mercaderes lloraba ruidosamente. Cada uno de esos hombres sollozaban movidos por emociones de distinta índole. La vida, a veces, era dura y cada uno la enfrentaba a su manera. Y estar en medio de una tormenta permitía llorar, reflexionar y hacer catarsis, actos que ninguno de estos hombres jamás se hubieran permitido en otras circunstancias. Manius Marcio lloraba también.

Y así como en altamar algunos derramaban sus lágrimas, en la ciudad de Roma otros se las secaban. Porque Apia, despúes de haber llorado hasta el cansancio por la muerte de Manius Marcio, ahora, al fin, había acabado su lamento. Ella era otra persona, podía sentirlo en cómo percibía la vida o en los cambios que materializaba en su rutina. Habiéndose permitido el dolor por primera vez en mucho tiempo, todo su ser se había transformado. Nuevas ideas se apoderaban de su mente. Había tomado decisiones que comprendían desafíos significativos y ella, gustosa, los aceptaba.

—¿Esto lo llevaremos, ama? —preguntó Furnilla señalando la caja de caudales del *tablinum*.

—No será necesario. En la casa de mi padre hay otras iguales.

Apia había tomado la decisión de mudarse a la residencia de soltera. La casa azul había sido puesta en venta. Su tiempo allí había acabado. A veces se cuestionaba: «¿Por qué no me fui antes? ¿Por qué no abandoné este lugar en el que nunca fui feliz?». Después de haber llorado la muerte de Manius Marcio, una nueva coherencia se había apoderado de su mente y le daba claridad. Cada cosa ocupaba el lugar que verdaderamente debía. Porque también había acabado el alejamiento que mantenía con Furnilla. Reconocía que se trataba de su esclava, sí, pero la consideraba de su familia. Entonces, ¿por qué seguir con la distancia profunda? Las decisiones adoptadas ya no se podían cambiar y aquella madrugada su elección había sido la correcta. Por lo tanto, ¿para qué seguir llorando? La tristeza le quedaría por siempre porque la ausencia de Manius se agigantaba, pues había sido el único hombre al que había amado y que la había hecho sentir realmente querida. Y eso lo volvía inolvidable e irremplazable en su vida.

Furnilla, ajena a las conclusiones de su ama y atareada con la mudanza, le daba órdenes al grupo de esclavos que comandaba. Pero, ante las dudas que surgían, consultaba:

—¿*Domina*, hago cargar la vajilla? ¿La llevaremos a la nueva residencia? —preguntó extendiendo la mano y abriendo la puerta del aparador para mostrarle a cuál se refería.

Apia observó con detenimiento el contenido del mueble. La vajilla de la casa azul tenía plasmada cada cena triste, cada tiempo infeliz, cada conversación nefasta.

—No. Mañana compraremos una nueva en el mercado —dijo tajante guiada por la nueva claridad que regía su existencia.

Terminaron de cargar las últimas menudencias en el *plaustrum*, el carro que desde el día anterior iba y venía trasladando objetos y muebles al nuevo hogar. Sólo faltaban ellas dos. Los esclavos más fuertes caminaban adelante con bagayos en sus brazos.

Apia salió a la calle y dio un par de instrucciones acerca de cómo trasladar sus vestidos finos. Ella llevaba en sus manos una caja de madera repleta de pendientes. A punto de subirse a la litera para marcharse para siempre del lugar, giró, miró detenidamente la puerta de doble hoja con el dibujo de círculos labrados y reflexionó sin ningún atisbo de nostalgia: a esa casa había entrado siendo una niña insegura, ahora salía siendo una mujer. Las enseñanzas de su madre le habían permitido sobrevivir; sin embargo, era tiempo de una nueva etapa. Ya no quería huir de los sentimientos —fueran dulces o dolorosos—, y para eso había aceptado volverse de carne; de lo contrario, pagaría el precio de la insensibilidad, un costo que no estaba dispuesta a asumir. ¡Deseaba sentir! No tenía miedo porque ya no permitiría que nadie la pisoteara. La etapa de la casa azul se acababa, y ojalá se vendiera pronto porque quería el metálico para comprar otra tienda.

Se subió a la litera y no miró por la ventanilla. Ya no quería volver a posar sus ojos sobre esa construcción que pertenecía por completo a su pasado.

A muchas millas de allí, Manius miraba asombrado su futuro porque en esas tierras lejanas y extrañas donde habían desembarcado se instalaría. Un nuevo mundo se abría ante él, su mirada ávida lo observaba. Descubría que en Egipto los hombres se pintaban los ojos, veneraban a los gatos, tenían a una mujer por reina, adoraban a Isis y Ra, deidades de la luna y del sol, respectivamente.

Pero, ¿dónde estaba su general Marco Antonio? Debía encontrarlo, se sentía demasiado ajeno a ese territorio. Ni siquiera tenía claro quién era ahora él, sin su ropa de soldado romano se hallaba perdido. ¿Cómo no? Si cuando sus padres murieron, siendo sólo muchachito, empezó a vestirlo. Ese pequeño gran cambio le dio la pertenencia y la identidad que tanto necesitaba a esa edad.

Los primeros pasos por las calles le mostraron un reino muy diferente a Roma. Se cruzó con dos hombres altos y delgados y su aspecto llamó su atención: llevaban las cabezas rapadas, los torsos desnudos y tatuados, los ojos delineados con negro y vestían polleras a rayas. Cada uno tiraba de una soga en cuya punta iba un felino de gran porte; parecían animales mansos o, al menos, domesticados. Con sorpresa y admiración, se dio vuelta para mirarlos. Y entonces tras ellos descubrió a un soldado romano. Se puso contento, al fin encontraba una imagen familiar. Además, dio por seguro que le diría dónde encontrar a Marco Antonio. Manius se le acercó y se presentó. Extendiendo el brazo conforme al típico saludo militar, exclamó:

—Centurión Manius Marcio de la décima compañía, sin portar uniforme por huracán sufrido en altamar.

Ante la solemnidad, el soldado le retribuyó el saludo con el mismo respeto. Luego comentó con cierta complicidad:

—Quédate tranquilo, no te preocupes por el uniforme, aquí las cosas no son como en Roma.

—¿Pero me darán uno?

—Sí, claro.

—Entonces, ¿a qué te refieres?

—Aquí, en Egipto, todo es diferente y debes relajarte. No puedes ir contra las costumbres de un país.

Manius, un tanto sorprendido y sin entender cabalmente la explicación, decidió informarle quién era y la razón que lo había traído hasta Marco Antonio. Cuando terminó, el muchacho le dijo:

—Te advierto: ni siquiera el general es quien era.

—¿Por qué lo dices? —preguntó Manius, quien después de haber batallado junto a él en varias oportunidades, creía conocerlo muy bien.

—Nuestro líder está hechizado por la reina.

—¿Por Cleopatra?

—Sí, pero no sólo está encantado por la reina, sino también por la vida que lleva aquí. Pero ¿cómo criticarlo, si es lo que nos pasa a todos? Pisas esta tierra y quedas subyugado por las costumbres egipcias.

—¿El general Marco Antonio cumple con su misión? —preguntó Manius preocupado. Asumió que, tal vez, había desistido de batallar.

—Cumple, pero como te dije: aquí todo es diferente.

—¿Hay compañías de soldados organizadas?

—Sí, muchas, y se preparan para atacar en breve. Pero te advierto que esto no se parece en nada a lo que tú conocías. Ya verás.

Manius hubiera querido que le explicara más detalles, pero deseaba llegar cuanto antes a la barraca donde estaban apostados los demás soldados, donde le entregarían un nuevo uniforme romano. Luego se entrevistaría con Marco Antonio y le explicaría cómo había sido acusado injustamente, y de qué manera ese tal Senecio Sextus, en complicidad con un camarada del ejército, le habían tendido una trampa. Estaba preocupado, su situación no dejaba de ser delicada, pues en Roma lo creían muerto.

En el Palatino, en la casa que fuera de Tulio Pópulus, la voz de una de las jóvenes esclavas gritó:

—¡El ama ha caído al suelo y está muerta!

Acababan de entrar a la residencia los últimos bártulos de la mudanza cuando, ante el lío que había en el *tablinum*, Apia cayó al piso desmayada y, junto a ella, se desparramaron todos los pendientes de la caja de madera que sostenía en la mano. Kira, la joven esclava, había tratado de reanimarla pero, como no conseguía que volviera en sí, había dado la voz de alarma de manera histérica. Los sirvientes ignorantes encontraban señales sobrenaturales donde no las había. Porque la muchacha, al ver que los aros que Apia llevaba puestos se desprendían de las orejas y rodaban por el suelo junto con las alhajas de la caja, se convenció de que los seres del Averno habían venido a buscar a su ama. Y los aros iban a donde tenían que ser guardados.

Ante el grito, Furnilla acudió a la sala de inmediato. Luego, acercándole a la nariz un trapo untado en vino, logró que Apia recobrara la conciencia. Finalmente, un poco enojada, lanzó su sentencia:

—Me parece que se ha excedido con el trabajo, ama. Creo que debe descansar —le exigió su esclava, que llevaba un tiempo preocupada por la salud de Apia. No se alimentaba bien desde la muerte del centurión; incluso, parecía haber perdido el gusto por la comida. Además, había enfrentado la mudanza sin haber abandonado sus obligaciones de *margaritaria*. La compraventa de perlas la mantenía entretenida, trabajando sin descanso. Cada día pasaba varias horas en la tienda y otras tantas encerrada con Liam, en el cuarto de los papiros, tomando decisiones. El hombre venía experimentando una transformación y poco a poco se iba convirtiendo en un comerciante respetado. Era un liberto, pero, como carecía de familia, había aceptado gustoso la propuesta de Apia de instalarse en la nueva casa con el fin de lograr ser más expeditivo en el trabajo. Él también abrigaba sus propios y ambiciosos planes. Tiempo atrás, le había contado a Apia que destinaría sus ahorros a la adquisición de una casa en el Palatino. Ella, muy contenta por la prosperidad del liberto, le ofreció su apoyo.

Apia se recuperaba del desmayo bajo la mirada atenta de Furnilla, que esperaba una respuesta. Su ama se la dio:

—Tienes razón, iré a dormir un rato —dijo y se puso de pie.

La esclava la acompañó hasta el dormitorio de la casa donde había decidido instalarse. Se trataba del más grande, ese que había sido de sus padres, se sentía cobijada allí. Se acostó.

En minutos se hallaba durmiendo. La arrullaba un sueño de esos eróticos en los que a veces Manius aparecía para desnudarla y amarla con paciencia y ternura. A veces, esos encuentros con el centurión parecían tan reales, que a su joven cuerpo le daban un respiro y le permitían vivir con cierta paz física.

En Egipto, tras bañarse y alimentarse, Manius Marcio se sentía más tranquilo. Marco Antonio, feliz de reencontrarse con uno de sus mejores hombres, lo había recibido con los brazos abiertos. El general, que sabía de la fidelidad del centurión Manius Marcio, le había ratificado su plena confianza. Por eso, contento por tenerlo nuevamente a su lado, lo había introducido en una pequeñísima parte del mundo de lujos en el que él vivía junto a su reina.

—Tómate el día de hoy, aséate como corresponde. Come algo, prueba las carnes de estas tierras, las del plato y las otras… saben diferente a las de Roma —le propuso entre risas, señalando a las mujeres que le sirvieron bebida fresca apenas arribó a la ciudad.

—Pero debo ir al campamento —respondió sorprendido.

—Mira, Manius Marcio, ya tendrás tiempo. Por ahora, ve al ala izquierda del palacio. Allí hay una zona donde sólo pueden entrar algunos romanos privilegiados cuando se lo merecen. Y tú estás entre esos elegidos.

—Pero si aún no he hecho nada bueno.

—Ya lo harás, tenlo por seguro —dijo Marco Antonio, que deseaba involucrar a su centurión en numerosos planes.

—Además, señor, quería explicarle ciertos detalles de la acusación que me llevó al calabozo.

—Repito: no necesitas explicarme nada. Todo lo que sucede en Roma son falacias corruptas. Ya no me fío de las noticias que llegan de la metrópoli. Ahora sólo confío en personas. Y tú eres una de esas.

Manius Marcio no recordaba que Marco Antonio se comportara de esa manera tan complaciente. En tanto, las directivas que le había dado tampoco se parecían a las costumbres militares que practicaban en Roma. Sin embargo, las palabras del soldado que encontró por el camino cobraron sentido y trató de relajarse. Evidentemente, todo era distinto, tal como le había advertido.

Bañado, y a punto de vestirse, no pudo. Esta vez las culpables fueron dos muchachas egipcias que ingresaron mientras el aún se hallaba sin ropa. En instantes, ambas comenzaron a darle masajes y él se entregó a esas manos que parecían adivinar dónde estaban sus dolores y tensiones. Transcurrido un rato, las suaves fricciones llegaron a su fin y empezaron los juegos sexuales. Él se dejó guiar, pero, cuando abrió los ojos y reparó en las muchachas, sus cabellos cortos al hombro, rectos, lacios y renegridos no le agradaron. Esos cuerpos delgados, casi sin curvas, no lograban enardecerlo por completo. Entonces, como no se sentía pleno ni disfrutaba del juego, comprendió que él extrañaba mirar el pelo largo y enrulado de Apia y tocar sus prominentes caderas. Deseaba sus formas, su aroma y hasta la manera de amar que ella tenía sin entregarse íntegramente, a diferencia de estas muchachas, que parecían no tener voluntad propia y simplemente se ofrecían a servirlo.

Pero su existencia, aquí o en Roma, necesitaba seguir el cauce de la normalidad y él debía acostumbrarse a otras mujeres. Así que Manius, indolente y convencido, cerró fuerte los ojos y se concentró en su viril tarea. Sólo así pudo terminarla. La vida continuaba.

Apia, en su casa, se desesperaba. Había despertado con el cuerpo hirviente de deseo y Manius no estaba allí, ni jamás lo estaría de nuevo, porque él había muerto.

Buscando satisfacerse, bajó sus manos dispuesta a tocar sus partes íntimas, pero no alcanzó a cumplir su cometido porque una idea movilizadora vino a su mente y la sacudió. Acababa de descubrir –por primera vez en su vida– que tenía un atraso en la regla. La menstruación no le había venido y quién sabe desde cuándo le faltaba. Porque, perdidas las esperanzas, también había perdido la costumbre de contar los días. Pero esta ausencia era diferente...

«¿Estaré embarazada? No, no puede ser, es una locura», se dijo a sí misma.

El pensamiento arrebatador la alejó del deseo sexual y, sentándose en la cama, decidió levantarse. Visitaría al notario para entregarle los papeles de la casa azul con el propósito de acelerar la venta. No quería quedarse allí sopesando esa ridícula idea. ¿Para qué ilusionarse, si ella no podía concebir hijos? Se puso de pie apurada. Debía seguir con su vida.

Cuando Furnilla la vio aparecer vestida para salir a la calle se opuso, pero no logró doblegar la voluntad de Apia.

Una hora después, mientras iba en la litera de camino al notario, el embarazo se le volvía una idea recurrente: «¿Y si estoy esperando un hijo?». Y otra vez se repetía: «No. No puede ser». Ese era un convite que siempre se le había negado. ¿Por qué sucedería justamente ahora? No valía la pena albergar ilusiones. Debía olvidarse del asunto.

Dos horas más tarde, Apia regresó de la casa del notario. Había hablado con el hombre y, aparentemente, contaba con un comprador para la casa azul. La noticia le había renovado el impulso porque la venta la acercaba a sus otros planes: volver a los negocios grandes, abrir una nueva tienda. La posibilidad de un embarazo había sido olvidada.

Ingresó exultante a su nuevo hogar dispuesta a dar instrucciones acerca de cómo quería las cosas en esa casa. La vida que estaba a punto de iniciar se presentaba auspiciosa. Los esclavos la esperaban en fila para recibir sus órdenes. De pie frente a ellos, a punto de darlas, nuevamente el mundo se le puso patas para arriba y el ambiente se le oscureció; y otra vez se desmayó.

Cuando abrió los ojos, se encontró en la cama y con el *medicus* al lado. Furnilla, ante este desmayo, había actuado de inmediato y Liam no tardó en requerir los auxilios del hombre.

Luego de revisarla exhaustivamente, le dijo muy convencido:

—Señora Apia Pópulus, está usted embarazada.

—¡Oh, no! Debe haber una confusión. No puede ser.

—Estoy seguro. Además, los desmayos se producen porque usted no está comiendo bien, le faltan nutrientes. Debe comer carne. Su bebé lo necesita.

—Mi bebé… —repitió algo confundida y emocionada.

La idea de un embarazo no le era ajena, pero escuchar esas dos palabras la llevaban a imaginar una criatura, una personita. Un hijo de Manius.

—¡Por mis *lares*! Si esto es verdad, entonces hay mucho por hacer —dijo y, al tratar de incorporarse, otra vez una negrura la envolvió.

—Debe hacer reposo por una semana, y alimentarse mejor.

Ella asintió. El hombre se despidió y se marchó acompañado por Furnilla.

Apia, sola en el cuarto, se tocó el vientre y pensó: «Un hijo. ¡Un hijo! Un hijo. Una niña, o un niño… pero de Manius». Imaginó el rostro querido del centurión y, tapándose los ojos, lloró. No podía verlo para contarle y los dos juntos emocionarse con la noticia. Pero ella ya no huía de los sentimientos; incluso, sabía reencontrarse con ellos, aunque fueran dolorosos. Porque muchas veces los tristes venían atados a los felices. Ya no pretendía convertirse en metal, sino que abría los brazos y permitía que entraran las emociones. Había entendido que negarse significaba vivir una existencia a medias, perderse de la mitad de la vida. Era sentir sólo una porción, un fragmento. Y ella ya no quería eso. Deseaba la vida completa. Estaba casi segura de que lo otro, tarde o temprano, la hubiera llevado a la destrucción total. El día que se enteró de la muerte de Manius se había abierto una compuerta en su existencia que ya no quería cerrar.

Pensaba en la llegada de una criatura y se secaba las lágrimas, pero enseguida volvía a llorar. Algunas eran de tristeza, pero muchas de alegría. Un hijo...

CLEOPATRA
LA REINA DE EGIPTO

Es la tarde y Cleopatra y Marco Antonio contínúan en el lujoso cuarto matrimonial. Llevan encerrados desde la mañana, cuando se despertaron juntos. Sin moverse del enorme lecho blanco, hablan, hacen el amor y, sobre todo, planean sus próximos pasos.

Son momentos importantes. Marco Antonio acarrea varias derrotas en su lucha contra los partos. Cleopatra quiere explicarle que confía en él. Para alentarlo, se ha tomado el día entero. Por eso, le ha pedido a Sharifa que cuide a los niños; desea estar a solas con su esposo y que no los molesten. Ella sabe que esa jornada es especial: Marco Antonio pronto partirá para seguir batallando. Por el camino, además, se encontrará con su esposa romana Octavia, quien ha cruzado el mar para traerle personalmente los hombres y los barcos que le fletó Octavio.

Los informantes que la reina envía a Roma esta vez le han comunicado que la mujer comienza a sentirse insegura de los sentimientos de Marco Antonio. Lleva mucho tiempo ausente, sin visitarla, y en Roma sólo se habla de cuán enamorado está de la reina de Egipto. Como mujer, Cleopatra comprende que es verdad: ella y Marco Antonio están muy unidos, pero aun así, no le agrada el encuentro que se avecina con su mujer romana. Al fin y al cabo, quién sabe qué sucederá cuando se vean.

Desde que la pareja está encerrada en la habitación ya han tratado dos veces ese tema, pero no llegan a ninguna conclusión.

Él no piensa negarse a ver a Octavia y a recibir la ayuda que le trae. Cleopatra sabe que eso les conviene; por lo cual, no quiere ni puede exigir que el encuentro no se realice. Es un contexto difícil donde la única salida de ella como gobernante es negarse a sus deseos de mujer.

Después de una extensa planificación que les demandó horas de conversación, Cleopatra y Marco Antonio acuerdan las fechas de los movimientos militares y deciden cómo se administrará el dinero para las armas. Luego, ella lo busca nuevamente para hacerle el amor. Quiere dejar su marca en la piel de ese hombre que —intuye— no verá por meses. Además, no olvida que en ese tiempo se encontrará con la otra.

Ella, que lo conoce en profundidad, sabe satisfacerlo, y sin esfuerzo lo logra, porque cuando acaban, Marco Antonio una vez más le dice que la ama. Él sabe que en la cabeza de la reina se ha instalado el nombre de Octavia y por eso le ha hecho una y mil declaraciones de amor que a ella, esa mañana, parecen no bastarle.

Exhaustos y tendidos boca arriba en la cama, ella lo pone a prueba de nuevo y le pregunta:

—¿Qué evidencias tienes de que me amas tanto como dices?

—No las tengo. Sólo debes creerme.

—Piensa en una y te creeré.

—Porque no podría vivir sin ti.

—¿Cómo sé que es verdad?

Él se incorpora y se trepa sobre ese cuerpo que lo narcotiza y, mirándola a los ojos, le dice:

—Porque si tú te mueres, yo me quito la vida. ¡Te lo juro por Júpiter! —exclama muy serio y, emocionado, agrega—: ¿Me crees?

—Sí, te creo —responde también muy seria. Eso esperaba escuchar.

Antonio es un niño que vive adentro del cuerpo de un hombre fuerte y apasionado. Y Cleopatra siente que debe cuidarlo como al resto de sus pequeños. Pero esa protección sólo tiene un límite: su propia seguridad como reina.

CAPÍTULO 26

RECUERDOS

Año 38 a. C.

Apia tenía la espalda apoyada en una de las columnas del atrio de la casa azul y en las manos llevaba los dos papiros lacrados con el sello de Octavio que acababa de entregarle el *tabellaris*.

Ella recordaba perfectamente que no se había presentado a la fiesta que celebró el divino *filius* con motivo de que no usaría más barba. ¡Quién sabe si no habría tomado su ausencia como un desplante!

Debía abrir los rollos, pero no se atrevía. ¿Y si el papiro ataba su destino a ese hombre extraño y poderoso con el que había pasado nueve noches de dominio mutuo? Le rogó a Saturno, el dios del tiempo, que fuera misericordioso con ella y que no permitiera la unión de su existencia con la de Octavio, le pidió que recordara que había tenido en sus manos la vida del gobernante romano y que, sin embargo, se la había perdonado, pues no había usado el veneno. Le rogó a la deidad una existencia pacífica alejada de las mentes enfermas por el poder como la del atormentado divino *filius*. Una vez que terminó sus súplicas se sintió en paz para aceptar el designio de esos papiros. Con manos temblorosas rompió el sello del primer rollo. Y leyó su contenido:

Apia Pópulus: no te presentaste a la fiesta que ofrecí en honor a tu rebeldía de haberte cortado el cabello. No te interesó verme sin barba, como lo harán todos de ahora en

480

más. Tu ofensa podría haberte costado la vida. ¿Pero sabes? No lo tomaré como un insulto porque la noche del convite fue un regalo que los dioses me concedieron, en esa velada mi existencia quedó marcada para siempre. Ya no deseo verte, te devuelvo tu libertad sin recriminaciones en obsequio a las nueve noches de Venus.

Gaius Octavius, Divi Filius

Apia terminó de leer y tuvo que sentarse en el banquillo que había junto al altar del atrio. Se hallaba emocionada. ¡Al fin! ¡Era libre! ¡Libre, libre! Ya no tendría que ofrecer su cuerpo para saciar excentricidades dolorosas, ya no estaría obligada a dormir fuera de su casa, ni tendría miedo de ser lastimada. Consciente de las situaciones a las que había estado sometida en el último tiempo, quiso llorar. Se dio el permiso para hacerlo, pero no pudo; tenía un nudo en la garganta y las lágrimas no salían. Entonces recordó que no había vuelto a romper en llanto desde su noche de bodas, cuando, por primera vez, había decidido volverse de metal, tal como le había enseñado su madre.

Lo que le había tocado vivir con Octavio por exigencia de su esposo Salvio la había vuelto más dura. Tragó saliva y buscó calmarse, aún le faltaba abrir la otra carta.

Cuando logró serenarse, rompió el segundo lacre mientras se preguntaba qué anunciaría este rollo, porque parecía que entre ella y Octavio ya todo estaba dicho. Desplegó el papiro y lo leyó. ¿Una invitación? Anunciaba un enlace matrimonial. Se fijó mejor: ¡el contrayente era Cayo Octavio! Se casaba con una tal Livia Drusila. No podía creer lo que leía. ¡Esa tenía que ser la mujer que había conocido en la fiesta!

Se impresionó al ver que la historia se repetía. Octavio hacía lo mismo que años atrás. Aquella vez, tras proponerle matrimonio en el teatro, al día siguiente mató a su padre y se casó con Claudia, la hijastra de Marco Antonio. La intimidad que ahora ellos tenían marcaba la diferencia con respecto a aquellos días. Apia no alcanzaba a entender qué saetas empujaban la vida de Octavio, ni comprendía qué móviles lo llevaban a actuar de esa forma. ¿Acaso se trataba sólo del poder? Nunca más quería estar cerca de ese hombre extraño y frío. La relación entre ambos había terminado; además, sin consecuencias, pues el período acababa de llegarle. ¿Qué habría desencadenado un embarazo? Opto por no responderse. Pero otra vez el mismo sentimiento extraño bailoteaba a su alrededor. ¿Acaso se sentía engañada? ¿Por qué? Si ella lo odiaba, aborrecía al asesino de su padre y al hombre que la sometía. Otra vez el síndrome de Estocolmo la confundía y ella lo desconocía. Pero al saberse libre, un dejo de felicidad vino a salvarla de la confusión.

Furnilla se acercó a su ama. Quería saber si se trataba de buenas o malas noticias, pero no se animaba a preguntarle. La vida de su *domina* era como si fuera la suya. Ella no tenía una propia, sino que vivía y respiraba sólo por y para Apia.

El ama, que intuyó los interrogantes de la muchacha, le contó:

—Se acabaron mis visitas secretas, ya no tendré más salidas en las noches de Venus.

La chica rubia sonrió contenta.

Apia se daba cuenta de que su esclava empezaba a comprender que en este mundo de hombres existía una necesidad de cooperación entre las mujeres que iba más allá de las divisiones que imponía la sociedad romana. Aunque muchas aún no pudieran percibirlo, algunas visionarias ya lo aprovechaban. Y Apia y Furnilla formaban parte de esa alianza femenina.

Apia observó la genuina alegría de su esclava y se preguntó: «¿Alguna vez podré yo ayudar a Furnilla?». Y la respuesta que obtuvo le dolió, porque si realmente deseaba darle algo grande e importante, debería entregarle la libertad. Lo que sería difícil porque no podía prescindir de su fiel compañía.

Desde el cuarto de los papiros se escuchó la voz de Salvio que interrogaba a los esclavos: quería saber de dónde había venido el *tabellaris* y para quién era la correspondencia. Entonces, Apia comprendió que debía contarle a su esposo las noticias que acababa de recibir.

Quince días después, idus *de enero*

Esa noche los esclavos habían armado el *triclinium* con la vajilla más fina para la cena. Salvio, exultante, celebraba que el deshonor había sido quitado de la *gens* Sextus, su esposa ya no tendría que acostarse con el gobernante de Roma, y en su casa se encontraba cenando su hija. ¿Qué más podía pedir? El buen vino corría por las copas de oro y en los cómodos camastros se hallaban tendidos él, su esposa Apia, su hija Petronia y su marido. La mesilla alta y redonda estaba atiborrada de comidas; no faltaban el pescado relleno con queso, los caracoles en salsa picante, ni los mariscos con dulce de higo que estaban de moda. La carne de cerdo y de pollo había sido servida asada y ya se disponía troceada para que pudieran tomarla fácilmente con las manos o con la *ligula* —esa cuchara grande necesaria para comer lo más líquido— o la *cochlear* —la pequeña, que hacía de tenedor, ese artilugio que aparecería en el futuro—. Los huesos y desperdicios, conforme a la costumbre, eran tirados en el piso, bajo la mesa, para que luego, una vez terminada la cena, los recogieran los sirvientes. Las mujeres, a pesar de ser una cena familiar, lucían joyas y peinados trabajosos. Aunque desde que se había cortado el pelo, Apia no abandonaba la coleta postiza.

En un ambiente relajado, hasta Apia había bebido varias copas de vino. Para ella, la noche sabía a festejo y liberación. Era el día de Venus y estaba en la casa azul. La conversación iba acompañada de risas. Claro que la voz que más se escuchaba era la de Petronia, cuya felicidad se centraba en haber dejado en su hogar a sus nueve hijos. Había comentado acerca de los resfriados que aquejaban a los más pequeños, y luego se había dedicado a hablar de las violentas peleas que protagonizaban sus vecinos y que ella escuchaba con lujo de detalles desde su cocina.

—Si apenas tienen un mes de casados, imagínate lo que vendrá con el tiempo —dijo Salvio como una alusión velada hacia su propio caso, aunque ni su hija ni su yerno comprendieron la indirecta.

Petronia, con un trozo de pollo en la boca, comentó:

—Nosotros estuvimos en su boda... Y parecía una pareja encantadora. —Luego, tirando el hueso al piso, agregó—: Y hablando de boda, ¿vosotros habéis sido invitados a la de Octavio?

Apia se movió nerviosa en el camastro.

Salvio fue quien respondió:

—Sí.

Petronia exclamó:

—¡Pues a nosotros no nos llegó ninguna invitación! ¡Chinches resucitadas de los colchones de Suburra...! ¡Eso son Octavio y esa mujercilla! Tenemos más dinero que ellos y no nos convidan porque nos falta *avus* —se lamentó Petronia haciendo referencia a la palabra «abuelo», de la que con el tiempo surgiría la palabra «abolengo». La mujer prosiguió—: Apia tiene alcurnia en su apellido, por eso a ustedes los han invitado. ¡Pues bien, se casa por tercera vez y nadie lo hubiera imaginado! ¿Saben de dónde apareció la novia?

—No —dijo el marido de Petronia, que no entendía cómo su esposa obtenía tanta información.

Apia y Salvio también negaron con la cabeza.

Petronia continuó hablando poseída; consideraba que ahora venía la parte más jugosa del chisme.

—Octavio celebró una fiesta en su casa para festejar que ya no usará más la barba y allí conoció a Livia, que llegó con su esposo... ¡y embarazada!

—¡Embarazada! —exclamó el marido de Petronia mientras lanzaba un silbido.

—Otra boda por interés político —aportó Salvio, que en el último tiempo había vivido torturado pensando que Octavio se había enamorado de su mujer. Nadie le sacaría esa idea de la cabeza, porque estaba convencido de que el divino *filius* no se casaba por amor.

—No creas, dicen que están enamorados. Ella acaba de tener el bebé y se casarán en pocos días —aseveró Petronia, y luego se dedicó a agregar algunos datos interesantes que Apia y Salvio escucharon con atención. En cierta manera, el gobernante y su nueva mujer eran personajes de la novela de su propia vida.

Petronia relató que Livia y su marido, después de la fiesta de Octavio, se habían divorciado. La chica, que pertenecía a una familia de la crema política de Roma, harta de Tiberio Claudio Nerón, su fracasado esposo, había aceptado gustosa una relación con Octavio la misma noche que lo conoció. Su marido había demostrado tener menos sensibilidad que una tortuga para las volátiles relaciones de la cambiante Roma. Parecía que el hombre siempre se las arreglaba para quedar en el bando contrario al victorioso, desatino que había cansado a su mujer, quien se había visto obligada varias veces a huir para poder salvar la vida de ambos. Porque si Tiberio se aliaba a los asesinos de Julio César, el grupo empezaba a ser perseguido; y si respaldaba a Marco Antonio, el general terminaba enemistándose con Octavio. La bonita y joven Livia, cansada de las fugas, había elegido cobijarse bajo el manto del poderoso Octavio, que no la sometería a escapar en medio de la noche por un bosque de Nápoles para tomar un barco con su primer hijo en brazos, como había sucedido poco tiempo atrás. A esto se sumaba que ella había sido criada como el divino *filius*, en el amor y el orgullo por su ciudad, y en la necesidad de brindarse por entero a ese Estado romano que lo reclamaba todo. Se trataba de una mujer muy preparada, paciente y de charla amena.

El grupo escuchaba en silencio a Petronia hasta que, risueña, exclamó:

—Claro que la mujercilla algún defecto debía tener…

Apia no se pudo contener y de inmediato preguntó:

—¿Cuál?

Su marido la oyó y le lanzó una mirada fulminante. ¿Por qué Apia estaba tan interesada en saber los defectos de la futura esposa de Octavio? Ese interés lo molestaba, le despertaba celos.

Petronia puso voz de circunstancias, y dijo:

—Dicen que maneja muy bien las pócimas, y que ha envenenado a algunos de los enemigos del que fue su marido.

Apia no se impresionó. Ella había visto cómo su esclava podía hacer lo mismo. Livia no le causaba miedo; mucho menos, admiración.

—La mitad de los habitantes de Roma envenenan a sus enemigos —dijo el marido de Petronia.

—Supongo que hay personas que siguen creyendo que la vida es sagrada y que usar veneno es igual que asesinar con una espada —comentó Apia con autoridad moral. Conservaba muy fresca la horrible sensación de estar por matar a alguien y arrepentirse.

—Seguramente son pocas las personas que piensan así —comentó Salvio sin imaginar que vivía con una de esas.

Dos frases más al respecto y luego la charla se desvió hacia los negocios. Salvio comentó la nueva ley para comerciar que había promulgado Octavio y de cómo el mercado de las perlas se encontraba en plena expansión. A pesar de su genuino interés por estos temas, Apia hablaba poco, no deseaba opacar a su marido. Sabía muy bien que acarreaba menos problemas ser inteligente y no parecerlo, que serlo y exhibirlo; sobre todo, si se trataba de una mujer. Pero Petronia intentó sacarla de su silencio.

—Apia, dicen que tu compra de perlas ha sido tan grande que tendrás que hacer malabares para venderlas. ¿Es verdad que has comprado tantas?

Apia se quedó helada, no podía creer que Petronia manejara esa información. Ni siquiera Salvio lo sabía. Su marido la miró y aguardó expectante la respuesta. Apia salió del paso como pudo.

—Es grande —reconoció—, porque destinaré una buena cantidad para fabricar un mural de perlas con el rostro de mi esposo.

—¡Como el de Pompeyo! ¿No tienes miedo de que te critiquen? —indagó Petronia, que no se guardaba nada.

—Claro que no, será del tamaño de un cuadro. Y lo colgaremos en la sala.

Salvio sonrió. La idea le agradó tanto, que se olvidó de la compra de su mujer y se concentró en pensar dónde lo colgarían.

—Pues si queda bien, ya te vamos encargando otro —dijo el marido de Petronia.

Apia lo oyó y deseó que su idea de venderle uno a cada romano prominente tuviera éxito; más le valía, necesitaba comerciar la enorme carga de perlas que había adquirido. Estaba segura de que no había hombre en Roma suficientemente modesto como para rechazarlo; si podía pagarlo, lo querría. Para el romano, la fama, la popularidad y el lugar que ocupaba en la sociedad constituían una constante preocupación. Les encantaba escalar posiciones y exhibir sus posesiones: desde joyas, vestimentas y peinados, hasta literas y casas. La ley Oppia, que en algún momento le había puesto límites a la ostentación de las mujeres, exigiéndoles que sólo usaran lujos para eventos religiosos, había sido derogada. Las damas habían pedido que la dejaran sin efecto a través de manifestaciones en las puertas de los edificios gubernamentales del foro. Los romanos que progresaban querían presumir de su éxito. Para ellos, tener dinero, fama y poder resultaba vital.

En la casa azul del Palatino la cena avanzó y la charla de negocios continuó hasta que llegaron los postres: *globus*, frutas y *libum*. Los cuatro se inclinaron por el último, una torta de queso hecha con lácteos, harina, huevos y miel. La conversación poco a poco fue decayendo, los comensales habían comido mucho y bebido demasiado, como correspondía a un típico banquete romano. Las sobras bajo la mesa lo demostraban.

Unos minutos más y las visitas, con andar cansino, se dirigieron hacia la puerta, donde sus esclavos los esperaban junto a la litera, lugar del que no se habían movido, pues habían permanecido apostados a la intemperie durante todas las horas que duró la cena.

Salvio y su yerno caminaban adelante mientras conversaban. Las dos mujeres rezagadas hacían lo mismo.

Cuando Salvio abrió la puerta de la casa, su yerno se interesó por su cuñado.

—Qué pena que no estuvo Senecio. ¿Él no viene nunca?

Petronia lo escuchó y le dio un codazo.

—Pero es que hubiera sido agradable que él... —intentó explicar el hombre.

Petronia decidió intervenir.

—Cállate, marido, ¿acaso no sabes lo terco que es mi hermano?

—Él nunca... —alcanzó a decir Salvio de forma melancólica. Desde que se había casado con Apia, Senecio jamás lo había visitado con su familia.

—Ya vendrá alguna vez —deslizó Petronia.

Apia sólo levantó las cejas, con un gesto bastaba. No pensaba gastar ni una palabra para hablar de Senecio; y menos, a esas horas de la noche. Pero Petronia volvió a abrir la boca e hizo un comentario que para Apia significaría un gran descubrimiento.

—Todos sabemos que mi hermano tiene un terrible mal humor. ¡Pero cómo no tenerlo con la cantidad de niños que duermen en su casa! Sé de qué hablo porque tengo nueve, pero al menos son míos.

La cabeza de Apia explotó en interrogantes. En Roma, la descendencia era muy importante, significaba la continuidad del apellido de la *gens*, la perpetuidad en todos los sentidos.

—¿No son suyos?

—Claro que no, son del primer matrimonio de su mujer. Él, al igual que tú, no ha logrado *engarzar la coneja* y eso que lleva casado varios años —dijo Petronia haciendo una seña grosera. Estaba bastante bebida y ya no controlaba sus palabras ni sus gestos. Luego agregó—: Para peor, cierto comerciante resentido escribió en las paredes de su residencia: «No tienes hijos porque no te los mereces». Fue un escándalo porque muchos ni sabían que no era el padre de esos niños.

Apia recordaba la frase en boca de Senecio, pues se la había lanzado como una ofensa poco tiempo atrás. Trataba de hacer un comentario, pero Petronia no la dejaba. Sólo alcanzó a decir:

—No sabía que...

Petronia, a quien el vino le había dado el peor ataque de verborragia de la noche, prosiguió:

—Así que, Apia, no te sientas mal, no eres la única en la familia que no logra engendrar. Mi pobre hermano tampoco tiene descendientes y es hombre, lo cual lo vuelve más sombrío.

Dos saludos más y los invitados se marcharon arriba de su litera. Desde la puerta de la casa azul se podían oír las carcajadas de Petronia.

Apia y Salvio ingresaron a la residencia y les dieron instrucciones a los esclavos para luego marcharse a dormir en cuartos separados.

Ya en el suyo, Apia se acostó y repasó lo que había dicho Petronia. Ahora, muchas situaciones cobraban sentido. Salvio la había elegido como esposa para concebir el niño que portaría su apellido, el único que permitiría la subsistencia de la *gens* Sextus. Por la misma razón, Senecio tenía terror de que su padre engendrara con ella una criatura ya que ese pequeño prolongaría la *gens* y disfrutaría de los derechos que él perdería. ¡Tanto que la había acosado ese siniestro hombre por no quedar encinta y él padecía el mismo problema! Tal vez la odiaba porque se veía reflejado en ella.

Además, había una realidad patente: a Salvio no le servía un hijo sin descendencia. Tendida en la cama, decidió que lo mejor sería no revelarle a nadie su reciente descubrimiento porque, en algún momento decisivo, esa información podría resultarle de mucha utilidad. El sueño comenzaba a vencerla cuando escuchó unos pasos y en la penumbra detectó una sombra. Salvio estaba allí...

—Me dijiste que cuando quisiera podía venir a visitarte. Pues bien, vengo a hacer uso de mis derechos maritales.

A Apia le cayó mal la exigencia que conllevaba esa expresión. Pero respondió:

—Pasa... —concedió. Como estaba agotada, se lo aclaró—: No esperes mucho de mí, estoy cansada.

—No te preocupes, haré todo yo, como siempre.

Salvio se metió en la cama y se trepó sobre Apia. Hizo dos o tres movimientos que no solían fallarle; hubo un intento de caricia, también un beso sin sentimientos. Pero parecía que nada de esto bastaba porque él otra vez no podía cumplir con lo que se había propuesto esa noche.

—Maldita mujer, no pones empeño.

—Estamos exhaustos —dijo tratando de apaciguar los ánimos—. Hemos comido y bebido a lo grande...

—Será... —gruñó mientras se tendía al lado de Apia. Luego agregó—: Mañana será otro día.

Y entonces, los ojos de ambos se cerraron.

Esa noche los dos durmieron juntos en el cuarto de las mujeres como hermanos. Sería la primera de muchas otras veladas que terminarían tendidos en el mismo lecho sin besarse, ni rozarse. Una nueva etapa se cernía sobre el matrimonio, la vejez comenzaba a acechar a Salvio.

Día de Mercurio, enero

Esa noche la *tonstrix* sonrió complacida y apoyó con delicadeza la última perla sobre la cabeza de Apia; luego, con sumo cuidado la cosió a sus cabellos. El trabajo había resultado largo y complicado, pero iba llegando a su fin. Durante tres horas, con hilo y aguja, la mujer y tres ayudantes habían cosido en el pelo de su señora gran cantidad de perlas rojizas provenientes del Bósforo que, previamente, habían sido perforadas con la delicadeza de un joyero. Apia estaba segura de que ninguna mujer en Roma contaba con el privilegio de disponer de tantas perlas exóticas. En el casamiento de Octavio no habría nadie con ese peinado.

—Ha quedado muy bien —reconoció satisfecha Apia mientras se observaba en el espejo.

—Sí, bellísimo —respondió la mujer admirando el resultado de la tarea iniciada varias horas atrás.

Apia llevaba las perlas rojizas desparramadas sobre su pelo natural y sobre todo el cabello postizo que con tanto trabajo habían logrado que pareciera el propio. Le caía castaño, pesado y ondulado hasta la cintura con las esferitas cosidas que le daban brillo y movimiento.

Furnilla le colocó las alhajas: un collar y pendientes de oro labrado con enormes rubíes rojos. Por orden de Apia, las joyas sólo las manipulaba su esclava personal.

El pesado maquillaje que habían realizado dos de las mujeres ya había sido terminado; sus gruesos labios iban pintados de rojo furioso, y los ojos, con una larga y gruesa línea negra. Apia había exigido que replicaran el que —decían— usaba la reina de Egipto. Había visto un retrato de esa mujer y, aunque no era romana, la encontraba muy bella.

Apia se puso de pie y se quitó toda la ropa. Luego, desnuda, extendió los brazos y Furnilla y dos sirvientes le colocaron el vestido color sangre que estrenaba ese día. Ella había elegido adrede ese peinado, esas perlas y ese color para su vestuario. (Claro que jamás le reconocería a nadie el motivo, ni siquiera a ella misma.) Los colores y el peinado eran la debilidad de Octavio, y lo sabía. El síndrome de Estocolmo hacía su última y final aparición; otra vez, ella no lo identificaba. Ese rechazo-deseo, deseo-rechazo le resultaba inexplicable.

Se calzó las sandalias con hilos de oro, se dio una mirada más en el espejo y, sintiéndose lista, se presentó en el *tablinum*.

Cuando la vio llegar, Salvio no dijo nada, pero internamente reconoció que Apia se encontraba realmente hermosa. Con el paso de los años, ella había dejado de ser una niña y se había convertido en una escultural mujer romana.

Una vez arriba de la litera, rumbo a la boda, él continuaba observándola de reojo. «Apia está en su mejor momento y yo, convirtiéndome en anciano... ¡Qué injusta es la vida!», se lamentó.

Tras dos horas de banquete, Salvio y Apia juzgaron que la boda les resultaba un tanto extraña. La novia recibía felicitaciones por el matrimonio, pero también por el nacimiento del niño que, en realidad, no era hijo del novio. El bebé había sido enviado a la casa de su padre de sangre, donde se criaría junto a su hermano mayor mientras Livia vivía en otra residencia con su nuevo marido. Octavia, la hermana de Octavio, un alma en pena en la fiesta, estaba sola, sin su marido Marco Antonio y preocupada por su ausencia. Aunque no se lo ventilara abiertamente, todos conocían el secreto a voces: Marco Antonio prefería estar con Cleopatra, en Egipto, donde ambos criaban una familia de varios chiquillos: los mellizos que habían concebido juntos y Cesarión, fruto de la relación de la reina con Julio César.

Esa noche, por el patio deambulaba la crema de Roma. Incluso, muchos enemigos perdonados a último momento como resultado de un rapto de benevolencia de Octavio. ¡Si hasta el exmarido de Livia había sido invitado a la fiesta! Tiberio se paseaba sonriente entre las mesas –¿cómo no?–, si acababa de recibir la amnistía política de Octavio y ya no se lo perseguiría nunca más. Había perdido una esposa, pero había ganado una vida; su existencia estaba fuera de peligro de muerte. Y sus hijos se criarían con él.

El banquete de la boda era exquisito y exótico. La comida la servían jóvenes esclavos desnudos –muchachos y muchachas a los que llamaban *deliciae*–, quienes, además, eran los encargados de hacer bromas obscenas relativas a la ocasión. No había duda de que los novios, de manera inteligente y para eliminar los chistes o comentarios malintencionados de los presentes acerca del vapuleado matrimonio, habían decidido que esos sirvientes fueran los únicos autorizados para chacotas. Si un invitado profería una bufonada se ponía a la altura de esos esclavos que ni ropa llevaban puesta; y ningún romano cuerdo pasaría por ese trance.

Durante la ceremonia los invitados se habían acercado para saludar de forma rápida a los novios, pero ahora, ya en la fiesta, llegaba el momento de dar las bienaventuranzas de manera formal a la pareja. Apia y Salvio caminaron juntos hacia el *triclinium*, donde estaban tendidos los novios. «Livia es bonita y agradable», reconoció Apia. Había escuchado su voz suave y melodiosa cuando se la presentaron.

Por un momento, temió que la asaltara una especie de celos, pero no, en absoluto. Octavio le era indiferente, prácticamente un extraño; hasta el odio furibundo que le había despertado comenzaba a mermar. Lo había visto exultante, casi feliz. Parecía enamorado, aunque tratándose de Octavio nadie podía tener certezas.

Cuando estuvieron frente a la pareja, Apia y Salvio se inclinaron y les regalaron algunas bendiciones típicas. Los anfitriones se incorporaron y se pusieron de pie; luego se apartaron un poco del grupo, les prestaron más atención y propiciaron una conversación entre los cuatro.

Livia fue la primera en comentar:

—Es usted muy bonita, Apia Pópulus, tal como me la describió mi marido.

—Gracias —respondió Apia con una reverencia.

—Y eso que hoy llevas puesto demasiado maquillaje —dijo Octavio, como si fuera natural comentar el aspecto físico de su invitada delante de otras personas.

—Pero se ha vestido de rojo y lleva el pelo suelto... —señaló Livia y con sus dedos palpó la cabellera de Apia, que dio un paso atrás con disimulo.

A pesar del poco tiempo que llevaba junto a Octavio, era evidente que Livia conocía muchos detalles sobre la relación que había mantenido con Apia; disponía más datos que cualquiera, incluido el propio Salvio, quien a estas alturas daba muestras de incomodidad por el cariz de la conversación. Recordaba que cuando Octavio le *pidió* a su esposa exigió que se presentara vestida de rojo y con pelo suelto. Y esa noche Apia lucía como los días de Venus. ¿Por qué había elegido mostrarse así? No le gustó. Algo estaba mal.

Ante el comentario de su esposa, Octavio sonrió sarcástico. Apia no respondió.

Salvio tomó del brazo a su mujer para marcharse, pero Octavio le demandó:

—Por favor, esposa, haz que nos sirvan vino para que los cuatro hagamos un brindis.

—De inmediato, mi señor… —acató Livia sonriendo mansamente mientras se dirigía rumbo a la mesa de las bebidas donde los esclavos servían el vino y el *mulsum*.

—Acompáñala, Salvio, por favor, así traen las cuatro copas llenas —pidió Octavio.

Salvio Sextus lo miró molesto. La pareja nupcial disponía de sus propios sirvientes para responder a sus requerimientos en cualquier momento; además, estaban muy cerca, prestos para obedecer. Por eso Salvio no encontró razón para ir por el vino. Pero, aun así, obediente al gobernante, siguió a Livia.

Apia comprendió la intención de Octavio, que pronto habló cuando estuvieron solos.

—Apia Pópulus, esta podría haber sido nuestra boda.

—Los dioses no lo han querido así.

—Eso mismo digo yo, porque creo que estoy enamorado de Livia.

—Es una mujer hermosa y se nota que es muy agradable —dijo Apia nombrando las dos virtudes de una esposa —belleza y buen carácter— que enorgullecían a un romano. Aunque Octavio no era un hombre común; y ella lo sabía muy bien.

—Sí, es muy agraciada, extremadamente inteligente y de un fuerte carácter. Todas cualidades que admiro y que también tenías en igual grado. Por lo que creo que ella podrá satisfacerme en todos los aspectos tanto como... tú –Octavio terminó la frase con ese «tú» suave y sensual al tiempo que apoyaba su dedo índice en el escote de Apia.

Ella lanzó una mirada penetrante a ese dedo y, levantando la vista, le expresó con autoridad:

–No debería, mi señor.

–¿Porque es el día de mi boda...?

Apia seguía atenta a cada una de las palabras de Octavio, sabía que no debía dar un paso en falso. El mundo romano pertenecía a los hombres y ella había aprendido a avanzar por sus intrincados recovecos sin salir lastimada. Recordó su lema para subsistir –«Ser inteligente y no parecerlo»– y entonces respondió:

–Sí, porque es el día de su casamiento y deseo que sea muy feliz, mi señor. Lo veo dichoso junto a su esposa.

–Y yo a ti te encuentro *splendidus* –dijo posando sus ojos lujuriosos en ese cuerpo largamente explorado. Luego, llevó su mano hacia los labios de Apia y con el dedo índice le corrió unas pulgadas la pintura roja, justo en la comisura derecha de la boca. Y agregó–: Esto es lo único que no me agrada.

–Creo que a su esposa tampoco le agradará que me toque.

–Por Livia no te preocupes. Ella me entiende, es igual que yo.

Apia tomó un lienzo de la mesa del *triclinium* y se limpió con violencia la pintura roja que Octavio le había corrido. Mientras lo hacía le dijo:

–Yo sólo me preocupo por agradar a mi esposo. Salvio Sextus es mi único deber –pronunció la última palabra justo cuando Livia y Salvio llegaban con las copas llenas.

–Nada mejor que el vino romano para festejar –dijo Livia repartiendo las copas.

Octavio tomó a su cargo el brindis. Exclamó:

–¡Por Livia, mi bella esposa!

La halagada sonrió; todos alzaron las copas para el brindis y repitieron al unísono:

—¡Por Livia!

Tras el primer sorbo, la novia volvió a levantar el cáliz y expresó un segundo brindis:

—¡Por Roma!

—¡Por Roma! —exclamaron todos olvidándose de los pormenores personales que los separaban.

Los cuatro brindaron poniendo el corazón en esos vocablos porque realmente se sentían unidos por su ciudad. Para ellos, representaba mucho más que una simple metrópoli. Sentían por Roma y por la identidad que ella les brindaba un amor entrañable. La urbe era única y los romanos estaban orgullosos de vivir bajo su cobijo. Les permitía disfrutar de un estilo de vida que nadie en el mundo antiguo podía equiparar.

Dos palabras más y Apia tomó del brazo a su marido. Saludaron y se marcharon. Era el momento justo, si se hubieran quedado otro minuto, podría haber surgido una complicación insalvable.

Los recién casados se tendieron nuevamente en los camastros del *triclinium* y Livia no tardó en expresar una sentencia contundente:

—Apia Pópulus no me agrada. Parece suave e ingenua pero no lo es.

—¡Ay, Livia Drusila, por eso te elegí! ¡Entiendes todo antes de que te lo expliquen!

La novia no dijo nada, sólo sonrió, aunque bajo la mueca disimuló su disgusto. Había visto algo entre Apia y su marido que no le había gustado. Pero no sería un problema, ya tenía un plan para darle fin a ese pequeño obstáculo.

Ella se había divorciado de Tiberio y había entregado a sus hijos, inclusive el recién nacido, para que su relación con Octavio no derivara en un matrimonio fallido. No permitiría que nadie se interpusiera. Ella y su marido estaban enamorados, lo podía sentir... Y como que se llamaba Livia Drusila lograría hacerlo un hombre feliz para que juntos gobernaran Roma bajo los preceptos que su padre le había inculcado desde pequeña, los que compartía con Octavio, aquellos que los convertirían en una dupla invencible. Su matrimonio debía funcionar cueste lo que cueste, caiga quien caiga, muera quien muera. A disposición de esos propósitos estaban las pócimas y los venenos que ella manejaba tan bien.

Vertió un último y desesperado comentario:

—Esposo, te pido que no vuelvas a recibir a Apia Pópulus.

—Claro que no, mujer. Ella no vendrá nunca a buscarme.

—Aunque te busque y pida verte.

—Tranquila, tú eres mi esposa y estoy feliz por nuestra unión.

Livia se quedó mirándolo a los ojos. Octavio parecía decir la verdad.

Apia y Salvio, por su parte, esa noche caminaban hacia la litera, se marchaban antes del final de la fiesta. Malhumorado por la notoria aproximación entre Apia y Octavio, ordenó:

—No quiero que te acerques más al divino *filius*.

—No lo haré, Octavio no me interesa.

—Me alegra, pues no soy dado a los juegos de tres —señaló Salvio de forma sarcástica.

—Yo, tampoco —aclaró ella.

—Pues no lo parece.

Apia se contuvo. No pensaba seguir hablando. Se hallaba indignada, después de todo lo que había atravesado, era el colmo que tuviera que aclarar algo. Siguió muda el resto del camino hasta su casa. Cuando llegaron, cada uno fue a su cuarto y así durmieron, separados.

En tanto, la fiesta continuaba, pero algunos no se relajaban ni se divertían, porque la joven y rubia Octavia había pasado tensionada gran parte de la velada. Esperaba el momento propicio para hablar con su hermano Octavio acerca de los soldados y armamentos que necesitaba su marido Marco Antonio para emprender la guerra contra los partos. Octavia, unida por fuertes lazos a los dos hombres, estaba dispuesta a mediar entre ellos. Marco Antonio había sido claro en la carta que le envió: «Consígueme soldados, armas y una reunión en Tarento con tu hermano».

Cuando Livia abandonó el camastro que compartía con su esposo para conversar con un grupo de invitados, Octavia apuró sus pasos y aprovechó la oportunidad que había esperado toda la noche. Mientras caminaba se encomendó a los dioses. En esa petición le iba la vida entera porque su esposo seguía en Egipto de amores con Cleopatra, a quien trataba como esposa y ya no sólo como amante. ¡Hasta hijos había engendrado con esa mujerzuela! Si Octavia conseguía el favor de su hermano, entonces su marido contaría con los recursos militares suficientes para entregarse a la causa romana y olvidarse de la reina que lo mantenía subyugado en Egipto. Quería que Marco Antonio se sintiera apoyado por Roma, así ya no tendría dudas sobre su verdadera pertenencia y abandonaría los amoríos.

—Hermana, ven a beber conmigo... —propuso Octavio al verla llegar.

—Antes necesito pedirte algo.

—Pídeme lo que quieras. En este día de dicha no podría negarte nada. Tengo el presentimiento de que esta será mi última esposa.

Octavia sonrió y suspiró aliviada por la primera aseveración de su hermano; la segunda la tenía sin cuidado. Ella enseguida desplegó la petición acompañada de sus ideas, las que iban más allá de la guerra e incluían aspectos de su vida personal y la de su marido.

Claro que sólo eran sus planes, porque en ese momento, muy lejos de Roma, mientras paseaba por el Nilo junto a la reina de Egipto en un lujoso barco, Marco Antonio urdía los propios. Los esclavos abanicaban los cuerpos desnudos de la pareja mientras él se hacía a la idea de que quizá su lugar estuviera allí, en medio de esa gente con la que se le había hecho fácil convivir. Amaba a Cleopatra y a la familia que juntos habían formado. Su mujer romana ya no le importaba; sólo le rompía el corazón el serle infiel a Roma, un acto que sabía imperdonable.

Pero como fuere, había una realidad ineludible: en los próximos tiempos se vería obligado a elegir entre los dos amores.

Por lo pronto, en la ciudad de Tarento, Octavio, Lépido y él renovarían el pacto que los sostenía en el poder como triunviros.

Marco Antonio, con sus pensamientos, y Octavio con sus decisiones, aunque separados por muchas leguas, tejían juntos la telaraña del poder, esa que los mantenía atrapados pero unidos; tanto, que para separarse no había otra posibilidad que romperla.

Pero si su tejido de alianza y poderío se partía al medio, ¿cuál de los dos recibiría la estocada mortal? Nadie sabía, pero el rompimiento no sólo se llevaría la vida de uno de ellos, sino también la de sus descendientes y la de todos los de su bando. Llegado el momento crucial, aunque Octavio y Marco Antonio firmaran el pacto de Tarento, aquel adagio de Alejandro Magno, en referencia a su relación con el rey de los persas, bien sería aplicable a este cambiante vínculo de alianzas y peleas: «No puede haber dos soles en el firmamento».

Capítulo 27

HOY

Año 34 a. C.

La ciudad de Roma hablaba y en sus murmullos se podía oír la crítica que recibía Marco Antonio por la vida que se prodigaba en Egipto. Todos platicaban del tema, si hasta el pregonero ubicado en la esquina del foro llevaba una semana dando noticias del tórrido romance que Marco Antonio mantenía con la reina Cleopatra. Apia, que había pasado por allí en un par de oportunidades, no le había prestado demasiada atención. «¿Qué puede interesarme lo que sucede en esa tierra tan lejana donde no conozco a nadie?», pensaba sin imaginar que Manius Marcio se encontraba, justamente, en el Oriente. Lo único que le importaba era la criatura que cargaba en su vientre desde hacía seis meses. Nacería sin padre porque Manius había muerto, pero ella, la joven viuda de Salvio, lo criaría con todo el amor del mundo y sin ninguna penuria.

Esa mañana, Apia Pópulus caminó con las manos en la cintura hasta llegar a la puerta de calle de su casa paterna donde se había mudado. Sus meses de embarazo comenzaban a quitarle algo de movilidad y prefería trasladarse a pie y no en la litera. Placidia, la prestamista, vivía cerca y necesitaba visitarla antes de que naciera la criatura. A su paso, algunos vecinos cuchicheaban, pero eran los menos, porque la mayoría la conocía desde pequeña y no tenían deseos de criticarla. Además, la ropa de invierno camuflaba muy bien su estado, pues sus abrigos tapaban su cuerpo cada vez que salía y nadie terminaba de estar seguro si bajo las largas sobrevestes con capuchas había un embarazo o unas libras de más. Sin certezas, esos comentarios aún no eran *vox populi* en la ciudad. «Mejor así», se consolaba, pues le permitiría vivir tranquila, por lo menos, hasta que el niño naciera. Porque cuando llegara ese momento —estaba segura—, la sociedad romana se inquietaría con la novedad. Y se convertiría en la comidilla de las casas del Palatino y más allá también porque el pregonero era dado a comentar este tipo de noticias en las esquinas de Roma.

Por ahora, su cabeza se ocupaba de otros asuntos. Apia quería alistar sus negocios para que funcionaran correctamente ante cualquier contingencia; sobre todo, por si se adelantaba el parto. La casa azul, la preciosa propiedad, se había vendido a muy buen precio. Desde que la había puesto en venta, quizá por ser la mejor del Palatino, había tenido varios compradores interesados.

Con el dinero obtenido había comprado otra tienda en la misma zona de los *margaritarius*. Luego de entrevistarse con la prestamista, visitaría el local donde la esperaba Liam, para ultimar detalles antes de abrirlo al público esa semana. También había ordenado a los esclavos que se presentaran en el lugar con las literas para trasladar pequeños implementos de la ornamentación que habían sobrado y que quería usar en su nuevo hogar.

Del producido por la venta de la casa azul, Apia había apartado un monto que, sumado a sus ahorros, destinaría para realizar una compra grande. Sin embargo, aún no sabía cómo la llevaría a cabo, pues los miembros de la cofradía seguían negándole la participación.

Apia se alistó para partir a la casa de Placidia, se colocó el abrigo y preparó dos bolsas. En una, llevaba el dinero que debía devolver; y en otra, el destinado para replicar los préstamos entre las romanas que carecían de acceso a la banca. Un empuje interior la movilizaba a ayudar para que otras mujeres no tuvieran que vivir lo que ella había pasado. Su propia historia era la de una mujer diferente a las típicas matronas. Algunos sucesos —casada a los catorce años con un hombre muy mayor, su prolongada esterilidad, que había durado hasta los veinticinco para, finalmente, quedar embarazada de un hombre muerto— la convertían en una romana distinta. Además, por el capital acumulado, se había transformado en una mujer suficiente que podía mantenerse sin necesidad de casarse de nuevo. Ella era una romana con una mente y un corazón que amaba los negocios, y en breve, por si fuera poco, sería madre soltera. Sus características la volvían una presa ideal para la crítica. Pero ¿qué hacer, si su vida había sido esta? ¿Qué podían interesarle los señalamientos si con este niño en el vientre la felicidad le rondaba a diario?

Salió de la casa acompañada. Debido a su estado, Furnilla, su fiel compañera a lo largo de los años, la escoltaba en sus quehaceres junto a Kira. Desde que se había enterado del embarazo, su esclava personal se hallaba exultante y planeaba la vida de la criatura como si ella misma fuera a ser madre. Apia se lo permitía mientras la miraba sonriendo cuando explicaba dónde dormiría el bebé, qué canción le cantarían para calmarlo y qué colores de ropa no le pondrían nunca para evitar el mal de ojo.

Apia lamentaba que Furnilla no tuviera vida propia. La contracara —una idea sublime aunque en extremo dolorosa— era libertar a Furnilla. Pero no se creía preparada para tomar semejante decisión.

Cuando llegaron a la casa de la prestamista, las dos esclavas permanecieron en la puerta. Apia se hizo anunciar y enseguida la hicieron pasar. Placidia la recibió y se saludaron con cariño. Luego comentaron dos o tres palabras sobre el estado político de Roma, también sobre la economía, temas que, como mujeres que manejaban dinero, les interesaba. La charla avanzó hasta que Apia, agradecida, le entregó una bolsa de tela con el metálico prestado.

La mujer se la recibió y le preguntó:

—¿Le sirvió, fue de utilidad?

—Sí, mucho. Pero hoy estoy aquí no sólo para devolver el dinero confiado, sino para cumplir con mi deseo de ayudar a otras mujeres —dijo mientras depositaba sobre la mesa la bolsa que tenía oculta entre las ropas.

—Me alegra que le haya sido útil y que realice su aporte para continuar con los préstamos que, le aseguro, liberarán a muchas mujeres.

—¿Cómo sería el *modus operandi*? —preguntó Apia, siempre atenta a los detalles cuando había dinero en juego.

—Si usted confía en mí, puede dejarlo para que lo administre según las necesidades que se presenten, que no son pocas, le aseguro. Y al cabo de un tiempo estipulado, le pagaría los intereses correspondientes. ¿Le parece bien?

—Estoy de acuerdo. Sólo que me gustaría que trabajemos juntas para que esta pequeña organización alguna vez sea una verdadera banca —propuso Apia.

—Pues, como lo hago yo aquí, en Pompeya existe un pequeño grupo de mujeres que opera con el mismo criterio y con absoluta discreción para que los hombres no se percaten y nos nieguen la posibilidad de continuar con este sistema de colaboración femenina —explicó Placidia.

—Entonces… ¡que no se enteren! Sigamos trabajando de forma discreta —propuso Apia con sigilo.

—Hay dos mujeres romanas con grandes capitales dispuestas a apoyar —le contó Placidia.

—¡Mejor aún!

Como la ley no contemplaba la actividad, en los hechos se tornaba ilegal. Pero nada las detendría, había una necesidad y de alguna manera había que remediarla.

Placidia y Apia no lo sabían, pero ellas estaban sentando las bases del primer banco por y para mujeres, uno que con los años sería descubierto para la historia a través de papiros desenterrados, porque para poder subsistir como institución de préstamos femeninos debieron continuar manteniéndolo en secreto.

Media hora después, a modo de despedida, ambas se saludaron con una reverencia. Mientras Apia se colocaba la sobreveste, Placidia observó su figura y no pudo contener la pregunta:

—¿Está usted embarazada, verdad?

—Así es.

—Y por lo que intuyo, no tiene marido —arriesgó Placidia sin pelos en la lengua.

A Apia le llamó la atención el atrevimiento. Placidia, que descubrió la molestia en el rostro de su interlocutora, sonrió y le explicó:

—Me animo a hablarle del tema porque yo misma alguna vez viví lo que usted está pasando ahora.

—¿Tuvo un hijo siendo soltera? —Apia también habló sin rodeos.

—Sí.

—¡Qué sorpresa conocer esa faceta suya!

—Era joven y, por miedo, cometí una equivocación: crie ese hijo como si no fuera mío, sino de una de las esclavas. Él nunca se enteró de que era mi hijo. Con los años lo emancipé, y hoy es un hombre liberto al que casi no veo.

—Qué pena.

—Sí, con el tiempo descubrí que me perdí de las muchas alegrías que este retoño me hubiera regalado.

—¿Le puedo preguntar por qué lo hizo? —interrogó Apia con interés.

—Para poder seguir adelante. O hacía eso o no tendría una vida. Sucedió hace muchos años, justamente, cuando una mujer me prestó por primera vez dinero y pude salir adelante. Se lo cuento para que no cometa usted esa equivocación o alguna parecida.

—Mi hijo llevará mi apellido, pertenecerá a la *gens* Pópulus. Su padre era soldado y está muerto. Ni siquiera llegó a enterarse de mi embarazo. Cosas que pasamos las romanas…

—Esperemos que cada vez tengamos más libertad para no sufrir situaciones similares —deseó Placidia con cierta melancolía y luego agregó—: Ah, y la felicito, veo que su preñez está avanzada.

Apia se puso contenta, era la primera vez que la felicitaban por el embarazo. Sonrió.

Una red invisible de empatía, comprensión y ayuda femenina mutua comenzaba a gestarse en Roma, una que recién florecería muchos siglos después.

Apia salió a la calle, se encontró con Furnilla y Kira, y las tres marcharon rumbo al foro.

Un rato después, en la tienda nueva, las dos esclavas movían enseres de las estanterías bajo la supervisión de su ama con el propósito de cargarlos en las literas que esperaban en la puerta. Trozos de tela, terciopelo, sedas y algunas pequeñas cajas de madera que sobraban y ya no se ocuparían en el lugar se alistaban para su traslado hacia la casa de Apia.

El local pronto estaría listo para recibir a los clientes y a Apia le hacía ilusión controlar el ornamento que ella misma había elegido: alfombras y cortinados en colores cobre, marrón y dorado; *cathedrae* de finísima madera con cojines para que las mujeres se probaran las joyas cómodamente; vajilla china para servirles infusiones y jugos de fruta. Servicios impensados en otros locales. Las tiendas de Apia Pópulus tenían por distintivo la exquisitez y el confort, a diferencia de las demás de la ciudad, cuyos dueños –todos hombres– priorizaban la practicidad. Para ellos, lucir una gran caja de caudales –único adorno– representaba poderío económico. Y las mercaderías se despachaban de pie… si no había ni un mísero taburete para sentarse, mucho menos se les servía un tentempié o un brebaje.

Apia repetiría lo que le había dado resultado en la otra tienda y, con esa marca diferencial, ahora se preparaba para concretar un nuevo éxito.

Furnilla y Kira salieron a la calle con las manos llenas de cosas y las depositaron en la litera. Complacida, Apia se quedó mirando el interior del local. Mientras reparaba en los detalles, escuchó que la puerta se abría y que se acercaban pisadas de hombre. Tomó su pequeño y primoroso reloj de sol –que desde que lo había comprado lo llevaba pendiendo de su cuello con un cordel de seda–, pero, como no pudo ver la hora porque no entraba suficiente luz, imaginó que acababa de ingresar Liam.

Sin abandonar la observación de las cortinas de terciopelo color dorado expresó:

–Liam, creo que han quedado un poco largas... deberíamos arreglarlas.

–¿Tú crees que venderás más por un palmo menos?

Esa voz erizó la piel de Apia. Sobresaltada, giró de golpe. Y la figura mental imaginada coincidió con la real. Senecio estaba allí.

–¿Qué haces aquí?

–Pasé a darte una noticia por la casa azul y me enteré de que ya no te pertenece.

–Así es –dijo sin mirarlo. Sus ojos seguían en la cortina.

–Deduje que estarías viviendo en lo de tu padre, pero no me atreví a presentarme porque asumí que no me abrirías la puerta. Sobre todo, después de que el soldado murió en la fuga.

Apia lo oyó y sintió un golpe en su interior. A pesar de que habían pasado varios meses, el dolor no se iba. Pero no demostró nada, no le daría el gusto a Senecio de verla sufrir. Sólo respondió:

–Acertaste.

–Pero estaba en mi tienda, vi tus literas y aquí te encontré, como esperaba. Vine a avisarte que he iniciado las acciones en tribunales para acusarte de adulterio.

–¿Y para eso viniste? Mejor te hubieras ahorrado la visita. No me interesa tu acusación. ¿Adulterio? ¡Una burda patraña! Jamás hubiera estado con un hombre mientras me hallaba casada con tu padre... ¡Y eso no sucedió!

–Pues las pruebas que tengo dicen lo contrario.

–Las falsedades y falacias que inventas me dan tanto asco como tú. ¡Sal de mi tienda!

–Espera, no vayas tan rápido, no todas son malas noticias. Si quieres, puedo ahorrarte el escarnio público y suspender el juicio. Tengo una propuesta para hacerte.

—No me interesa nada que venga de ti.

—Pues... cuando las acciones legales te alcancen, te aseguro, serán de tu interés. Puedes liberarte de todos los cargos, si aceptas casarte conmigo. Ese es mi ofrecimiento.

—¿Qué dices? —Apia preguntó incrédula.

—Lo que oíste: te propongo que nos casemos.

—¿Y así doblegarme para que no negocie?

—Exactamente: doblegarte, pero también salvarte de los tribunales. Y claro, enaltecerte como mujer convirtiéndote en mi esposa.

Apia lanzó una carcajada sarcástica. Y él agregó:

—Tú sabes que nuestra relación siempre estuvo teñida de una mezcla de odio y de amor.

—Pues habla por ti, pero no por mí. Y ya, vete, porque jamás aceptaré tu propuesta —dijo Apia pensando cómo actuaría Senecio si supiera de su embarazo. Decidió abstenerse de comentárselo por temor a un nuevo embate.

—Piénsalo. No será nada fácil batallar en los tribunales y perder, con todas las consecuencias espantosas que eso implica.

—Casarme contigo nunca será una opción.

—Yo no estaría tan seguro.

—Desaparece de mi vista.

La puerta volvió a abrirse. Esta vez sí era Liam el que llegaba.

—Señora, ¿necesita mi ayuda? ¿Está todo en orden? —preguntó el hombre, que conocía muy bien la animosidad de Senecio.

—No, Liam, Senecio ya se marcha.

—Sí, ya me voy. Pero estoy casi seguro de que tú me buscarás antes de lo que crees.

Senecio se marchó y Apia se desplomó en una de las sillas.

—¿Está usted bien, señora? —preguntó Liam.

—Sí, trabajemos, por favor.

Ella no se dejaría abatir por la turbadora visita.

Esa noche, en su casa, Apia terminó de cenar y se encerró en el cuarto de los papiros. Sin importar lo que pasara durante el día en ese hogar, ella encontraba la paz. Pero lo sucedido en la mañana con Senecio estuvo a punto de quitársela. Un juicio por adulterio no sólo sería catastrófico para sus negocios sino también muy malo para ella. Parte importante de las penas legales eran económicas. Además, como represalia, también podrían quitarle la criatura que crecía en su vientre.

El asunto se había vuelto grave y necesitaba darle una solución definitiva al problema llamado Senecio Sextus. Caminó nerviosa por el cuarto. Sabía qué hacer pero el precio podía ser muy caro. Apia recordaba bien el temor marcado en el rostro de Senecio cuando había nombrado a Octavio. Quizás era tiempo de acudir al divino *filius*. Presentarse ante él involucraría diferentes peligros, pero esta vez valía el riesgo. Precisaba terminar para siempre con la persecución tortuosa de Senecio, y el único que tenía esa potestad era Octavio, que ahora se hacía llamar Augusto.

Pero ¿qué le pediría a cambio el supremo gobernante de Roma? ¿Estaba dispuesta a ceder a sus caprichos? Como fuera, no disponía de otras alternativas. Se sentó en la *cathedra* frente a la mesa de estudio, tomó un papiro limpio y comenzó a escribir una misiva que rezaba:

Magnánimo divino fílius, recurro a ti porque necesito tu ayuda. Te ruego me concedas una audiencia de forma urgente. Saludos,

Apia Pópulus

No tenía dudas de que él la escucharía. Rogó a Venus, la diosa de la fertilidad, que la ayudara, porque si después de tantos años al fin le había concedido el hijo que ahora crecía en su vientre, sólo podía significar que la deidad estaba atenta a ella y a sus necesidades. Mandó a llamar al *tabellaris* y le dio instrucciones de llevar el papiro de la misiva a primera hora del día siguiente a la residencia personal de Octavio y no al edificio de gobierno. Sabía que allí la leería su esposa Livia y eso, justamente, formaba parte de su plan.

Despidió al esclavo y se dirigió al atrio, donde encendió una vela a sus *lares*. Toda petición era poca si se trataba de enfrentarse a Octavio.

Capítulo 28

RECUERDOS

Años 37 y 36 a. C.

Esa mañana Salvio se dirigió hacia la puerta de su casa. Lo esperaban temprano en el foro, tenía reuniones de trabajo. Le dolía la cabeza y sentía algunos malestares estomacales, pero trabajar era sagrado y nada lo detendría. Pasó por el vestíbulo y no pudo resistirse: se detuvo unos instantes a observar el retrato de su rostro confeccionado con perlas. No había un día en que no entrara o saliera de su residencia sin detenerse a admirarlo. Estaba bien acabado, con detalles; incluso podía reconocer claramente sus facciones. Debía admitir que existía un placer morboso en mirar su rostro hecho en joyas. Suponía que allí radicaba la razón del éxito de esos cuadros que ofrecía Apia entre los romanos acomodados. En las tiendas, a veces costaba vender un collar de ochenta margaritas; con los retratos, sin embargo, su esposa lograba encajarles a sus clientes de manera fácil y rápida un mural con más de tres mil perlas. Todo había comenzado cuando concretó el primero —el suyo— y de inmediato Petronia quiso uno para su marido. Desde entonces, la propaganda de su hija había bastado para que las vecinas del Palatino desfilaran por la casa azul para encargarle a Apia uno con la imagen de sus propios esposos. Salvio creyó que, por pudor, los hombres serían renuentes y rechazarían la propuesta; sobre todo, por la crítica general que había recaído —y seguía latente— sobre aquel inmenso mural de perlas con la figura de Pompeyo Magno realizado con motivo de su regreso victorioso.

Pero no fue así. Porque no lo encargaban los hombres sino las mujeres, y todo romano estaba encantado con tener un mural de sí mismo en la casa. Era evidente que su esposa tenía buen ojo con los negocios. Claro que no se lo iba a decir, no deseaba que se enalteciera demasiado. Se imaginó contándole la noticia del éxito a su hijo y se amargó. A Senecio le sentaría decididamente mal la gran venta de Apia.

A punto de tomar su abrigo para salir a la calle, vio que Furnilla pasaba con dos vestidos en la mano y le dijo:

—Déjale mis respetos a mi esposa. Hoy no la he visto.

—La señora está desde temprano en el cuarto de las mujeres. Pero ya debe estar terminando porque pidió sus vestidos.

—¿Y a qué se debe tanto arreglo? —se interesó. Que él supiera, no había fiesta, ni reunión.

—Hoy vendrá como invitada la señora Livia Drusila, esposa del divino *filius* Octavio.

—¿Viene a esta casa?

—Sí, ha pedido hablar con la ama… por los retratos.

—¡Por Júpiter! ¡Esto se ha vuelto una locura! Después de que criticaron tan duramente a Pompeyo, ahora hasta el propio Octavio tendrá uno. No me explico…

—Señor, si me permite… Creo que hay una diferencia: no los encargan los hombres, sino sus esposas. Como ellas se los regalan, está claro que ninguno busca la vanagloria propia. Por lo tanto, nadie es criticado —explicó Furnilla. Pero finalizó la frase y se arrepintió porque terminó hablando de más ante el amo, y lo mejor sería que creyera que ella no pensaba. Tan orgullosa estaba del éxito de su *domina* que se le escapó el comentario.

Salvio la miró por unos instantes. A veces creía que las mujeres —esos seres juguetones— poseían una mente más sagaz de lo que realmente mostraban.

Salvio salió a la calle y Kira apareció en el *tablinum* para reclamarle celeridad a Furnilla.

—Dice el ama que está esperando los vestidos.

—Allí voy, allí voy. Es que me demoró el amo.

Furnilla se apuró y en el cuarto de las mujeres ayudó a vestir a su *domina*.

En poco rato Apia estuvo lista y a la espera de su invitada.

Livia Drusila tenía fama de mostrar una estudiada modestia. Equilibrada en todas sus maneras y para evitar las críticas, cuidaba lo que hablaba, sus movimientos e, incluso, su vestuario. Apia, por el contrario, a la hora de vestir no se caracterizaba por la simpleza y para la ocasión se había arreglado a su entero gusto. Llevaba un peinado semirrecogido que hacía lucir su pelo, que ya había crecido casi hasta la cintura. Vestía una túnica de seda blanca bordada con hilos de plata y una cargada ornamentación compuesta por pendientes, collares y brazaletes del mismo metal.

El reloj de sol aún no marcaba el mediodía cuando Livia Drusila hizo su aparición en la casa azul. Apia le abrió la puerta y la vio aparecer como la personificación del equilibrio y la armonía, tal como había imaginado que se mostraría. Llevaba el maquillaje en el punto justo; el cabello, que le caía suavemente enrulado, enmarcaba la belleza clásica de su rostro; mientras que el trenzado en la parte alta era pequeño. Vestía una túnica de delicado color celeste, de una tela no muy costosa. Detrás, una esclava cargaba una bolsa con tres pinturas diferentes del rostro de Octavio. Una vez elegida cuál se utilizaría como modelo, Apia la copiaría con las perlas y ejecutaría el mural.

Las dos mujeres se saludaron amigablemente. La esclava se marchó y quedaron solas conversando en el *tablinum*. Apia, según la costumbre, le ofreció agua fresca y la mujer la aceptó.

Se habían visto por primera y última vez en el casamiento, y aquel encuentro no había sido muy feliz. Pero dado el motivo de la visita —Apia pensó que no sería necesario ponerse a la defensiva—, buscó ser amigable. Pero la charla entre ellas no resultaba fácil, los choques de sus caracteres se daban en cada frase e idea.

—Está usted muy elegante —dijo Apia en un intento de amabilidad, aunque, en realidad, no le hallaba gracia el estilo insípido y controlado de la mujer.

—Gracias, usted también está muy bella. Veo que le agrada la grandilocuencia —replicó Livia repasando los detalles de la vestimenta de la dueña de casa.

A Apia no le gustó el comentario y consideró oportuno aclarar:

—Me visto para mí y no para los demás. Mi marido es un simple comerciante y no un político, así que puedo ponerme lo que quiero sin que me critiquen.

—Trabajar para el pueblo romano requiere que uno haga algunos sacrificios —dijo Livia tomando agua de la copa de oro que Apia acababa de servirle.

—Me imagino, pero los beneficios también deben ser grandes. O nadie querría dedicarse a la política. Por lo menos, eso decía mi padre, que fue senador.

Apia sabía bien que entre los políticos se cocinaban muchos buenos negocios, se había criado en la casa de uno. No aceptaría que Livia la quisiera engañar diciéndole que sólo lo hacía por amor al pueblo.

La mujer miró a Apia con mala cara, pero inspirando hondo decidió cambiar de tema y dijo:

—Muéstreme el famoso mural de Salvio Sextus, por favor...

Apia accedió de inmediato y, ante la obra espléndidamente ejecutada, Livia se entusiasmó.

—Me agrada. Estoy decidida, quiero uno así para mi esposo. Tal vez, un poco más grande.

—Me parece buena idea.

—He traído estos tres retratos del divino *filius* —dijo mientras los sacaba de la bolsa para entregárselos.

Apia los sopesó con detenimiento y finalmente dictaminó:

—Me parece que podríamos trabajar sobre el retrato de perfil. Es una imagen que siempre he creído que le favorece a su esposo.

—¿Lo cree?

—La nariz de Octavio sumado a su cabello claro y enrulado en esa posición le dan un aire distinguido.

La apreciación de Apia renovó el resquemor de Livia, que se preguntaba: «¿Cómo recuerda tan bien los rasgos de Octavio? ¿Cuántas noches Apia Pópulus ha pasado junto a mi marido?». Jamás se lo había confesado, pero estaba segura de que la intimidad entre ellos dos había sido mucha. Sabía muy bien que Apia Pópulus siempre sería una debilidad para su esposo. Esa mujer tenía algo que él desearía a perpetuidad. Por eso, justamente, había venido ese día a la casa azul haciéndose la interesada en un retrato. Quería aprovechar que Octavio se hallaba lejos y a punto de guerrear contra Sexto Pompeyo para acabar de una vez y para siempre con el problema de Apia. El retrato era sólo un pretexto. Decidió centrarse en el verdadero fin que perseguía y dejar la tonta pelea de palabras que las mantenía ocupadas desde que había llegado. Se puso su máscara de modestia.

—Me parece bien que opte por el retrato de perfil, como usted sugiere. Pero, por favor, ¿me traería algo dulce de tomar? Creo que las múltiples actividades del día han hecho mella en mí...

Terminó la frase y abandonó las tres pinturas sobre la mesilla chica. Caminó con esfuerzo y, suspirando, se sentó en una de las *cathedrae* frente a la mesa grande.

—¿Se siente usted bien? —preguntó Apia.

—Sí, sí. Sólo que estoy realizando tareas desde la madrugada y no he parado —comentó en referencia al apoyo que le brindaba a su marido en ciertas cuestiones de Estado. Y más aún por estos días en que él estaba ausente.

Apia se marchó a buscar una esclava para que les sirviera jugo de frutas.

Cuando Livia se supo sola, tomó del escondrijo de su escote el frasquillo pequeño que contenía un líquido letal: arsénico. Para eso había venido a esta casa, para usarlo contra Apia Pópulus. Lo destapó y lo ocultó entre los pliegues de su túnica mientras que con su mano lo sostenía con disimulo para que no se volcara.

Apia regresó con una jarra y sirvió dos copas con jugo de naranja, una para la mujer y otra para ella. De inmediato, Livia bebió un trago; Apia, no.

La visitante siguió interesada en el mural sin soltar el frasquillo que tenía entre sus dedos bajo la tela de su ropa.

—¿Entonces hacemos el de perfil? —preguntó Livia.

—Sí —aseveró Apia y se puso de pie para buscar las tres pinturas que habían quedado sobre la mesa pequeña.

Livia, que actuó con rapidez, sacó de entre los pliegues de su ropa el frasquillo y volcó el contenido en la copa de Apia.

Cuando la dueña de casa volvió a su lugar y nuevamente estuvieron frente a frente, la conversación continuó:

—Decididamente este es el mejor —dijo Apia señalando la pintura de perfil.

—Tú eres la que entiende. ¡Plásmalo así con tu arte! ¡Brindemos por el retrato! —propuso Livia tomando su copa de jugo.

Apia alzó la suya, las chocaron y bebieron sendos tragos cada una.

Livia comentó:

—Me alegra mucho saber que una mujer es próspera en los negocios —señaló y, levantando la copa de oro, agregó—: ¡Brindo por ello!

Apia la acompañó y, luego de chocarla con la de Livia, comentó:

—También brindo por ti, Livia, que haces feliz al gobernante de Roma.

A Apia le había agradado el comentario sobre las mujeres que comerciaban. Celebraron nuevamente y esta vez ambas terminaron de beber el contenido de sus copas.

Livia se puso de pie.

—Es hora de irme —anunció mientras colocaba los tres retratos en la bolsa.

—No olvide dejarme el que elegimos.

—Tiene razón —respondió Livia. Ya no veía motivo para dejárselos, pero sabía que debía disimular.

Ella no había venido para encargar un mural, sino por otra cosa y esa ya había sido hecha.

Tras despedirse con un beso, dieron por concluida la visita. Al cabo de un rato, sola, sentada en el *tablinum*, Apia empezó a sentirse mal. Cinco minutos y ya tenía náuseas. Diez y empezaron los vómitos. A su lado, Furnilla renegaba:

—Maldita mujer, estoy segura de que le ha dado veneno. ¿Cómo nos descuidamos, si todos comentan que es una experta envenenadora?

Apia, en su propio mundo de malestares, sólo atinaba a tomarse el estómago con las manos, el dolor comenzaba a volvérsele insoportable. Las esclavas que escucharon el jaleo se acercaron para ver qué ocurría con la señora de la casa. Pero Furnilla no les prestaba atención, sino que caminaba frenéticamente por el *tablinum* mientras repetía para sí misma una y otra vez:

—¿Cuál veneno? ¿Cuál veneno le dio...? ¿Cuál...?

Sabía que algunos tenían antídoto y otros, no. Asimismo, aunque este lo tuviera, debía decidir cuál suministrarle.

—Ama, ¿qué más siente?

Apia no le respondió, sino que vomitó nuevamente y se tendió en el piso atacada por calambres en las piernas.

Furnilla, al ver este síntoma, ya no tuvo dudas. Vómitos, dolor abdominal, entumecimientos, calambres: ¡arsénico! Aunque no estaba completamente segura, debía probar con el antídoto. De lo contrario, su ama moriría. No recordaba si disponía en la casa del antitóxico para el arsénico. Antes ella tenía toda esa clase de pócimas, pero aquellos tiempos habían quedado en el olvido.

Con pasos largos y rápidos, Furnilla fue a su cuarto y revolvió entre los frascos guardados en cajas, pero no halló el que buscaba. Podía oír cómo se quejaba su ama. Debía apurarse. Si se trataba de un envenenamiento con arsénico, su *domina* podía morir en media hora o menos. Corrió hasta la cocina y hurgó en el aparador. Pero parecía que nada estaba en su lugar. Se desesperó. Apia seguía chillando de dolor. «¿Dónde más puedo buscar el antídoto?», se preguntaba con desesperación. No contaba con tiempo para visitar la tienda de ese tipo de pócimas. Pero allí estaba la única esperanza. Iría a la botica rogando que su ama aguantara hasta su regreso, aunque si el arsénico se había expandido por el cuerpo la muerte se le adelantaría. Caminaba rumbo a la puerta dispuesta a correr cuando recordó aquel día de Venus en que le había entregado el veneno para matar a Octavio, y también el antídoto. Apia lo había escondido en el ruedo de la capa marrón, ella había visto cómo lo ocultaba en la ropa. Tenía que fijarse. Tal vez el frasquillo aún estaba allí. Con apuro, se metió en el cuarto de las mujeres y encontró el abrigo. Desesperada, tanteó el ruedo, pero no daba con el bulto, hasta que luego de unos instantes sus manos tocaron algo duro. Tomó la cizalla de la mesa de tocador y, sin paciencia, rompió la tela. ¡Allí estaba! Ante sus ojos fulguraba el frasquillo con el antídoto que no había utilizado. Corrió hacia donde estaba tendida su ama, que seguía en el suelo, inconsciente, emitiendo quejidos; su espléndida ropa con la que había recibido a Livia ahora se había malogrado tanto por las manchas de vómito como de materia fecal. Se arrodilló junto a ella, y destapó el frasco. Le abrió la boca con los dedos y le volcó el contenido bien adentro. El líquido le llegó a la garganta y Apia tosió. A su alrededor, las demás esclavas miraban aterrorizadas la escena mientras no paraban de cuchichear.

—¡Dejen de mirar y traigan agua! —ordenó Furnilla.

Necesitaba que Apia tomara mucho líquido.

Rápidamente, Kira le alcanzó una copa de latón llena. Furnilla, con sumo cuidado y usando una *cochlear*, esa cuchara pequeña con la que servían algunas comidas, le fue dando el líquido cristalino. Una vez acabado el contenido, la mujer volvió a traerle otra copa llena.

Furnilla suspiró aliviada después de permanecer dos horas tendida junto a su ama. Apia no moriría —estaba segura—, pero se había salvado por poco. Si no se hubiera percatado de que la habían envenenado con arsénico, o si no hubiesen contado con el antídoto específico, la historia hubiera sido otra.

—Liam, ayúdeme a llevarla a los aposentos —pidió Furnilla.

El hombre, que tenía los ojos llenos de lágrimas, la alzó en brazos y la depositó en la habitación. Esa mujer le despertaba toda clase de sentimientos, aun algunos secretos y profundos. Las esclavas la asearon un poco, y sólo a partir de ese momento la casa entró en paz.

Cuando Salvio regresó, no lograba comprender cómo había sido posible que su esposa se hubiera descompuesto de esa forma y en tan corto tiempo. Como nadie le había mencionado el envenenamiento, llegó a suponer que su mujer había sido atacada por algo contagioso, pues él llevaba días cursando cierta indisposición. De hecho, esa misma mañana también había tenido malestares en su vientre, por lo que se prometió a sí mismo visitar al *medicus*.

Furnilla, por su parte, pensaba sugerirle a su ama que acusara formalmente a Livia Drusila ante su marido Octavio. Un intento de homicidio como el perpetrado por esa mujer no podía quedar sin consecuencias.

Pero Octavio no sólo estaba muy lejos de allí, sino que acababa de ser derrotado en batalla. Su situación era deplorable y riesgosa. ¿Qué podían importarle entonces las maniobras de su esposa? Buenas o malas, no le interesarían. Como tampoco le importaría que ella recibiera la más grande acusación. En ese momento crucial, Octavio sólo pensaba en su vida. Porque además de haber sido vencido en la batalla de Taormina, una tormenta había destruido parte de su flota y, tras el naufragio, casi muere ahogado. Muy cerca de Sicilia, sus hombres lo encontraron al borde de la muerte y lograron salvarlo.

Por su parte, en Egipto, Marco Antonio había logrado reunir algunas legiones con la ayuda de Cleopatra, quien apostaba cada vez más fuerte por su suerte al cederle hombres y dinero, como ocurría en la frustrada campaña contra los partos, que Marco

Antonio venía perdiendo. Pero a ella parecía no importarle. Abrigaban un futuro juntos. Compartían demasiados planes y de la más variada índole: comerciales, políticos y hasta familiares, porque criaban hijos en común.

Marco Antonio se apoyaba en la reina de Egipto porque la ayuda que le había pedido a Octavia, su esposa romana, aún no llegaba, pero llegaría porque los hombres que ella había logrado conseguir ya estaban en camino y muy cerca. La mujer los acompañaba en ese peligroso viaje, quería ver a su esposo.

Habían transcurrido quince días desde la visita de Livia a la casa azul y Apia no sólo se sentía perfectamente bien de salud, sino que también tenía muy claro los pasos que debería seguir tras el envenenamiento. Livia era una mujer muy poderosa y no podría declararle abiertamente la guerra; por lo tanto, consideró que lo mejor sería guardar bajo la manga la información de lo ocurrido. Tal vez, en alguna oportunidad, podría utilizarla en su provecho.

Antes de ventilar el agravio de Livia y así desatar un enfrentamiento entre las dos —la mayoría de los romanos tomaría partido por la esposa del poderoso Octavio—, Apia optó por callarse la boca y que el silencio pendiera sobre la mujer, como un secreto latente que podría ser revelado en el momento más inesperado. Apia no la acusaría públicamente pero sí le haría saber que había descubierto su malvado proceder con un par de movimientos inteligentes que ya tenía planeados.

El mural de perlas con el rostro de Octavio estaba terminado y a la altura del homenajeado. Había quedado magnífico. Se lo enviaría sin demora junto con una carta.

Esa mañana, Apia se sentó a escribirla. Con letra prolija, volcó en un papiro:

Estimada Livia, aquí va el mural comprometido. Ha quedado muy bello. Recíbalo como un presente de mi parte hacia usted. También va de regalo una de las copas de oro en la que compartimos el jugo de naranja. ¿Recuerda ese momento, verdad? La otra me la quedo, aunque, tal vez, cuando me olvide de todo lo sucedido, resuelva enviársela. Por ahora la conservaré en mi poder. A pesar de su actuar jamás abriré mi boca, salvo que usted me obligue. Por favor, no haga que sea necesario.

Confío que el tiempo me permitirá dejar de lado el mal momento y entonces usted recibirá la otra copa como símbolo de mi olvido.

Saludos.

Apia Pópulus

La terminó de escribir y volvió a leerla. Se sintió conforme con lo que puso. Era una manera de decirle: «No te acusaré, pero me debes una. Cuando me pagues con algún favor o una buena obra, recién allí te perdonaré. Sabrás que la deuda estará saldada porque te enviaré la otra copa que, por ahora, me la guardo».

Como la siguiente tarea tenía cierta complejidad y no confiaba en otro esclavo, llamó a Furnilla. Cuando la tuvo enfrente, le pidió que fuera a la casa de Livia y Octavio, que quedaba también en el Palatino, y le entregara a la mujer el mural, la carta y la copa.

Furnilla hizo mala cara pero no dijo nada. Ella hubiera preferido una acusación pública, pero Apia ya había tomado otra decisión.

Una hora después, cuando Livia Drusila leyó la carta sentada bajo los pinos del verde peristilo de su casa, se encogió de hombros. No le importaba lo que Apia Pópulus le dijera mientras su marido no se enterara. Debía mantenerlo al margen porque nunca sabía cómo podía reaccionar; y menos si estaba de por medio esa mujer que siempre sería una debilidad para él. Hacia la tarde, sin embargo, Livia cambió de parecer; no le gustaba la amenaza implícita de Apia ni la idea de permanecer a la espera de la otra copa. Tal vez hubiera sido mejor que la acusara para que ella tuviera la oportunidad de negarlo todo. Porque desde ahora tendría que vivir con la espada de Damocles sobre su cabeza sin saber cuándo se abriría esa caja de Pandora. La incertidumbre le provocaba incomodidad, pero no podía hacer nada salvo esperar que el asunto nunca desencadenara un problema serio con Octavio, la única persona que le interesaba. Se lamentó que el veneno no hubiera surtido efecto o, quién sabe, tal vez le hubieran dado el antídoto. Como sea, por desgracia ella había gastado una excelente oportunidad y no contaría con otra de esa naturaleza. Guardó la copa de oro en el aparador, a la vista, y reservó espacio al lado. Confiaba en que, de alguna manera, conseguiría completar el par. Dejó la situación en manos del destino.

En la casa del *medicus*, ubicada en el foro, Salvio Sextus tenía el mismo pensamiento: dejar en manos del destino el futuro de su cuerpo. Las palabras del hombre no habían sido muy alentadoras. Una extraña e invasiva enfermedad se venía desarrollando en su abdomen. Su existencia estaba en manos de los dioses, pues aún no había un remedio para tratar su mal.

La vida de todos estaba a punto de cambiar.

Meses después, año 35 a. C.

Esa mañana, la primera del año, se presentaba extraña para los que vivían en la casa azul. Apia convertía en su dormitorio el cuarto lila donde últimamente trabajaba; como daba al atrio, desde allí le resultaría más fácil atender a Salvio, cuya salud empeoraba día a día.

¡Tanto que había querido que su esposo desapareciera de su vida, y ahora que probablemente eso sucedería, se consternaba! Meditó: «¡Qué raros somos los seres humanos!». Su marido pasaba gran parte de la jornada descansando de los malestares que lo aquejaban en el que había sido el cuarto matrimonial.

El sol entraba por la ventana de la habitación cuando Salvio vio que Apia llevaba sus pertenencias a la pieza donde se instalaría, y pensó: «¡Qué lástima no haber tenido un hijo con mi joven esposa! Mi apellido probablemente se perderá. ¡Qué tristeza que esté postrado justo este año que se presenta auspicioso para los negocios! No podré trabajar. ¡Qué pena que la vida sea tan corta!».

Él no sabía que el 35 antes de Cristo sería el año de su muerte, como tampoco Apia imaginaba cómo cambiaría su vida.

CLEOPATRA
LA REINA DE EGIPTO

Esa noche, la reina Cleopatra y Marco Antonio ocupan la punta de la mesa grande del palacio; presiden juntos el banquete. Los acompañan algunos elegidos, los fieles, los poderosos de Egipto, y unos pocos militares romanos de rango y gran confianza de Marco Antonio. Por uno de ellos, el centurión Manius Marcio, el general siente un aprecio entrañable, pues le ha salvado la vida en dos oportunidades.

Todos compartirán el gran convite que Cleopatra ha preparado para su marido. Aún continúan los festejos porque su ejército ha logrado recuperar Armenia. Luego de varios años de luchar contra los partos —y de sólo acumular derrotas—, Marco Antonio al fin ha conseguido esta victoria, la que se ha festejado exageradamente tal como si se tratara de una conquista decisiva y trascendental para Roma porque Marco Antonio, incluso, ha desfilado por Alejandría subido en un carro triunfal ataviado de Dionisio.

Pero lo que parece un gran momento, él sabe bien que no lo es tanto. Sus relaciones con la metrópoli romana están muy mal, y muchos son los motivos, aunque el principal radica en la sagacidad de Octavio que siempre parece llevarle la delantera en pergeñar situaciones que merman su popularidad y aumentan la propia.

En los últimos años, Marco Antonio ha caminado por la delgada cornisa de tener dos esposas y cumplir con ambas. Con Octavia ha concebido dos hijas: Antonia Mayor y Antonia Menor;

523

con Cleopatra, además de los mellizos, ha tenido a Tolomeo Filadelfo. Su mujer romana le había servido para ganarse el respeto en Roma, pero a medida que su vida se concentraba en Egipto junto a Cleopatra, que lo retenía en su reino con placeres, la ciudad le fue retaceando hombres y dinero.

Años atrás, cuando firmó con Octavio el acuerdo de Tarento, por el que se comprometían a brindarse ayuda mutua, Marco Antonio le entregó ciento veinte barcos; a cambio, Octavio le enviaría veinte mil legionarios para luchar contra los partos. Pero ese refuerzo nunca llegó hasta que tiempo después mandó a su hermana Octavia con sólo dos mil legionarios y algunos pocos barcos que, para peor ofensa, habían formado parte de la flota que él le había cedido en su momento. Aunque indignado por la actitud de Octavio, pues consideraba que se trataba de migajas, Marco Antonio los recibió e inmediatamente partió a la lucha contra los partos —de la que más tarde resultó victorioso— no sin antes despachar con prisas a su esposa Octavia de vuelta a Roma. Le había pedido que regresara a la metrópoli un poco por enojo y otro poco porque no podía mostrarle la vida que llevaba junto a Cleopatra.

Las noticias que circulaban por la ciudad sólo lo desacreditaban. Ningún romano recibía con beneplácito las actitudes de Marco Antonio. ¿Por qué había despedido con tanta celeridad a su legítima esposa? ¿Por qué celebraba su triunfo en tierras lejanas?

Por esos días, Octavio ha recibido la visita de Munacio Planco, que, para congraciarse con Roma, no dudó en revelarle ciertos datos que conocía como testigo del testamento de Marco Antonio. La voluntad final del general incluía que a su muerte lo enterraran en Egipto y no en Roma; además, reconocía a Cesarión como el auténtico heredero de Julio César.

Los deseos del testamento y el repudio sufrido por Octavia han alentado a Octavio a declararle la guerra a Marco Antonio.

Proyecta deshacerse de él para, finalmente, quedar como único detentor del poder.

Es el momento perfecto para dar el golpe. El divino *filius*, después de derrotas y naufragios, se halla en una situación inmejorable: ha vencido en batalla a su enemigo Sexto Pompeyo y dejado a Lépido fuera del juego. Al regresar victorioso a Roma, tras varias batallas ganadas, el Senado y el pueblo lo han recibido con todos los honores, es el gran triunfador que ha traído la ansiada paz luego de tantos años. En sus últimos discursos ha empezado a esgrimir el filoso argumento de que su disputa con Marco Antonio no es una lucha entre dos generales ambiciosos, sino una pelea entre el Occidente civilizado y el Oriente brutal de costumbres extrañas. Además, su testamento lo condena porque ¿qué romano de bien pediría ser enterrado en Alejandría? Ante los ojos del pueblo ese pedido sólo puede significar que él y su manceba egipcia están buscando que la ciudad se transforme en la capital del imperio, quitándole ese honor a la amada Roma.

Los romanos se han indignado ante esas ideas, las consideran graves ofensas. Y es claro que, a raíz de su enojo, apoyarán a Octavio contra Marco Antonio.

Esa noche, en el palacio de Alejandría, Cleopatra ordena que los esclavos comiencen la exhibición de la comida que cenarán como parte del banquete. Los hombres de piel morena, cuerpos torneados y desnudos desfilan mostrando bandejas con las delicias preparadas. Pero Marco Antonio no presta atención, se encuentra distraído, metido en sus propios pensamientos. Cuando al fin termina el desfile de platos y comienzan a servir los alimentos en la mesa, la reina aprovecha que los comensales siguen obnubilados con lo culinario y le habla a su hombre en voz baja, sumergiéndose en una intimidad muy propia de la pareja y ajena a los demás:

—¿Qué sucede, señor mío? —pregunta ella.

—Creo que se avecinan tiempos turbulentos; sobre todo, para mí.

—Pues que se vengan, yo estoy aquí, contigo, para acompañarte —le responde segura.

Ella está conforme porque sabe que en el momento en que Marco Antonio despachó a Octavia para Roma, él hizo pública su elección por la reina de Egipto.

—Habrá guerra con Octavio —anuncia él taciturno.

—Pues que haya. Tengo el dinero para enfrentarla —contesta ella arrogante.

—Roma es demasiado poderosa —expresa él con la mirada perdida.

Está preocupado pero también dolido, una cosa es luchar contra los enemigos de Roma y otra, muy diferente, pelear contra esa ciudad que ha amado. Le duele, lo hace sentir infiel a su esencia y que perderá parte de su honor.

—Siempre supimos de su gran poder. ¿Por qué te pones tan mal?

—Porque considero que me he soltado de Roma. Ya no soy parte de esa tierra.

Cleopatra lo escucha. Por primera vez percibe que después de haber luchado tanto por ser la prioridad de este hombre, y de gozar de un lugar privilegiado en su vida —anteponiéndola a Roma y a las esposas romanas—, ahora que al fin lo ha logrado, el precio que tendrá que pagar es muy caro: se ha quedado sin una persona que la proteja desde adentro del mundo romano. Porque si Marco Antonio sólo le pertenece a ella, a los ojos del pueblo romano él se ha vuelto un egipcio.

Cleopatra, sin un general poderoso que traccione a su favor desde el interior del imperio itálico, se transformará en presa fácil de Roma que, cuanto antes, querrá convertir a Egipto en una provincia tal como viene haciendo con todos los pueblos que tiene a su alrededor.

Durante el festejo de esa noche, conforme a la costumbre local, los invitados se van poniendo de pie y, uno a uno, se acercan a la pareja para rendirle pleitesía. Junto con una frase grandilocuente dicha a modo de buen deseo también hacen una inclinación.

Se escucha decir a uno de los hombres:

—¡Larga vida a la pareja más poderosa del Oriente!

—¡Que así sea! —responde Marco Antonio más como una petición a los dioses en los que cree que como respuesta al hombre de cabeza afeitada que lanzó la frase.

Cuando la cena va terminando y los comensales se levantan de sus lugares para servirse más vino o para caminar por los jardines del palacio, Marco Antonio aprovecha y se acerca a Manius Marcio. Siente la obligación de contarle, de advertirle lo que se avecina.

—¿Qué sucede, mi general? —pregunta Manius.

—Habrá guerra.

Manius sonríe y le responde:

—Siempre estamos peleando.

—Pero esta vez es diferente. Tal vez tengamos que pelear contra Roma.

—¿Por qué contra ella? —interroga sorprendido.

—Octavio quiere hundirme. Inventa, exagera. Y nos atacarán. Te lo cuento por si quieres marcharte. Este es el momento, luego no podrás hacerlo.

Manius queda aturdido durante unos instantes; no concibe la idea de volverse en armas contra los suyos ni contra la ciudad amada. Pero para los que viven del otro lado del mar, él está muerto. Y a Marco Antonio le debe la vida por haberlo aceptado en sus filas y enviado el salvoconducto. Al fin le responde con gusto amargo:

—Yo me quedaré aquí, a su lado, y pelearé contra quien deba pelear. Usted es mi líder.

Marco Antonio sonríe. En esa noche, las palabras del centurión son la única satisfacción que tiene.

Manius Marcio lo ve alejarse y piensa que, tal vez, se avecina el final para ambos. Nunca se sabe cómo terminará la batalla cuando se enfrenta a la poderosa y disciplinada Roma. Pero qué más da; él no tiene nada que perder ni nada para ganar. Nadie lo espera, no necesita mantenerse vivo para reencontrarse con un hijo o una mujer, y tampoco sueña ya con echar raíces en la parcela que posee en la península itálica. Desde que perdió el amor de Apia Pópulus, sus deseos y planes han cambiado, han perdido gusto.

En las habitaciones del palacio, Sharifa duerme al pequeño Tolomeo y, para calmarlo, le canta la vieja canción con la que ha criado a su reina.

> Duérmete, niño, duérmete ya,
> que las pirámides te guiarán.
> Duérmete, niño, duérmete ya,
> que las pirámides te guiarán.

CAPÍTULO 29

HOY

Año 34 a. C.

Apia tuvo que sentarse en uno de los taburetes del *tablinum* para darle órdenes a su esclavo. Por la mañana, le fallaban las fuerzas; los meses de embarazo se hacían sentir en su cuerpo y las últimas amenazas de Senecio sobre un juicio de adulterio no la habían dejado dormir en la noche.

El sirviente encargado de la correspondencia partió temprano hacia la casa de Octavio y Livia. En la carta, Apia solicitaba una audiencia ante el gobernante. Pese a que la noche anterior le había dado las instrucciones correspondientes, quería repetírselas para asegurarse de que había entendido. De esa misiva dependía el auxilio del divino *filius* para combatir las amenazas del hijo de Salvio. Ella repasó:

—El papiro es para el emperador Octavio y el paquete, para la señora Livia.

—Entendido, ama —dijo el muchacho.

—Debes salir ya mismo. Quiero que el divino *filius* aún esté en la casa cuando tú llegues.

Era sabido que el gobernante, después de desayunar, partía a su despacho oficial para trabajar en sus actividades de Estado.

El esclavo asintió con la cabeza y partió raudamente. De eso se trataba su tarea, de llegar rápidamente con las cartas que se enviaban desde la casa Pópulus. Su único trabajo era ese y debía hacerlo bien.

Octavio y Livia desayunaban en la tranquilidad de su residencia cuando una esclava les avisó que había llegado un rollo de parte de Apia Pópulus para el amo Octavio. Livia oyó el nombre y se puso a la defensiva. Él sólo levantó las cejas. Hacía mucho que no tenía noticias de Apia.

—También hay un paquete para usted —aclaró la esclava mirando a Livia.

La mujer, sin paciencia, extendió las manos y tomó el envoltorio. Lo abrió y su sorpresa fue grande. Allí, ante sus ojos, estaba la segunda copa de oro. Estupefacta, no dejó de preguntarse por qué se la había enviado. ¿Acaso eso significaba que la perdonaba? ¿Había una razón para obtenerlo? Nada había hecho para que hubiera cambiado la situación.

—¿Y eso...? —preguntó su marido intrigado.

—Es para mí.

—¿Un presente?

—Sí.

—Pero si tú y ella no se llevan bien...

—No creas, esposo. Tiempo atrás, Apia me envió una igual y ahora completa el juego. ¿Ves? —dijo señalando el mueble donde guardaba la otra copa.

Octavio tuvo que reconocer que eran idénticas. Olvidando el asunto, tomó el papiro dirigido a él y lo abrió bajo la mirada atenta de su mujer. Lo leyó en voz alta par evitar suspicacias con Livia. No deseaba problemas ahora que estaban tan bien, pues él gobernaba Roma con gran éxito y ella lo apoyaba completamente.

En la misiva Apia le solicitaba una audiencia. Si bien quería cumplir con la petición, recordaba muy bien que el día de su boda Livia lo había conminado a no recibirla nunca más.

Pero su esposa otra vez lo sorprendió:

—Es evidente que necesita algo urgente. Debes atenderla cuanto antes —dijo Livia, que acababa de entender por qué Apia Pópulus le había enviado la copa: quería que ella intercediera para que su marido la recibiera; así, el asunto del veneno quedaría olvidado.

–Sí, debe ser un asunto importante –conjeturó Octavio. Fue su única respuesta, pues no lograba entender a las mujeres. Estaba seguro de que durante su ausencia había pasado algo entre ellas porque esas copas y el cambio de actitud carecían de sentido.

Livia comprendió que la segunda copa entrañaba un mensaje de paz. Sin embargo, si se negaba a que su esposo la recibiera, la armonía podría perderse nuevamente. Con seguridad, Apia Pópulus divulgaría el episodio y la acusaría de haberla envenenado. Por lo tanto, concluyó que a todos les convendría que esa audiencia se concretara.

El plan de Apia venía saliendo tal como lo planeó porque en ese mismo momento Octavio le envió una respuesta escrita con el día y la hora en que la recibiría en el edificio gubernamental.

Habían pasado veinticuatro horas de la misiva y Apia ya se hallaba entrando a la casa de gobierno. No iba a la deriva, ni desprevenida; sabía qué le esperaba con Octavio, pero también qué buscaba de él esa mañana.

Cuando el divino *filius* la vio llegar, la saludó efusivamente; debía reconocer que esa mujer siempre le provocaría una especial debilidad.

–Bienvenida, Apia Pópulus –dijo alegre.

Le gustaba verla y quién sabe en qué terminaría este nuevo acercamiento. Desde que se había casado, Octavio no tenía amantes. Y si iba a tomar alguna, nadie mejor que Apia. Ella le habló y lo sacó de sus pensamientos:

–Gracias, mi señor, por haberme atendido tan pronto –dijo Apia y, quitándose la sobreveste que llevaba de abrigo, dejó al descubierto su enorme panza de embarazada que ya entraba en el séptimo mes.

–¡Por Júpiter! ¡Estás preñada!

–Así es, mi señor. La diosa Venus me lo ha concedido.

−¿Y quién es el padre? Si se puede saber...

−Un soldado romano... pero ha muerto.

−Lo siento −dijo impactado. Eran demasiadas noticias juntas. Pensó que tal vez ella le mentía, pero luego desechó la idea, no se trataba de algo típico en el actuar de Apia.

−Recurro a usted porque necesito su socorro.

−Ve directo al grano y deja los rodeos.

Apia fue completamente sincera y le explicó la relación tortuosa que mantenía con Senecio, que no permitía que viviera en paz y la amenazaba constantemente. No se guardó detalles, pues entre ellos siempre habría una rara familiaridad. Sólo que tenía que ir con cuidado porque Octavio podía exigirle otra cosa como moneda de cambio. Sabía que el embarazo no sería un obstáculo si se quería acostar con ella. Al fin y al cabo, su romance con Livia comenzó cuando ella cursaba el embarazo de Tiberio, su marido. Apia barajaba posibilidades porque Octavio podía exigirle mantener sexo en ese estado o concertar un encuentro después del nacimiento del niño. Nada era extraño si se trataba de Octavio.

−¿Quieres que haga matar a Senecio?

−No es necesario. Quiero que suspenda el juicio por adulterio y que me restituya la dote. Hace mucho que la reclamo en la justicia, pero él se opone y dilata mi voluntad.

−Está hecho. Es más, tendrás las disculpas de Senecio.

Apia no creía que llegara a ver alguna vez esa actitud por parte del hijo de Salvio, pero se conformaba con que suspendiera el juicio y le restituyera la dote.

−Y algo más..., señor mío −dijo Apia, que se daba cuenta de que era el momento propicio para pedir. Bajando la mirada, agregó−: Hace mucho tiempo que comercio con perlas y los *margaritarius* de la cofradía no me participan de sus reuniones por mi condición de mujer.

Octavio hizo mala cara y señaló:

−Pues por el bien de Roma esos viejos mercaderes tendrán que modernizarse.

Como gobernante, Octavio había cambiado varias leyes para darles un mejor lugar a las mujeres.

—¿Eso significa que concurriré a las reuniones? —deslizó Apia convencida de que la voluntad de Octavio sería suficiente para torcer el rechazo.

—Sí, entrarás a la cofradía.

—Gracias, mi señor.

—Mira, Apia, como te aprecio mucho, voy a hacerte una propuesta que te beneficiaría con creces.

—Dígame, señor —concedió haciendo una leve inclinación ante él.

—¿Quieres que retomemos nuestras noches de Venus? Podría ser después de que nazca el niño —propuso.

Apia sopesó su respuesta durante unos instantes, luego dijo:

—¿Puedo elegir?

—Sí.

—No es lo que deseo, señor. Además, usted es feliz con Livia. ¿Para qué arruinar lo que funciona bien?

Octavio sonrió. Apia Pópulus tenía razón. Pero él no actuaba razonablemente cuando ella estaba cerca. Y se tentó ante su presencia.

—Lo sé, pero no podía dejar de preguntártelo —suspiró. Y acercándose a ella, le acarició con el dedo índice la mejilla. Luego, sin su permiso, la besó en la boca.

Fue un beso corto que Apia soportó estoicamente, ya había aprendido a conocerlo.

Luego, separándose de ella, Octavio exclamó:

—Ahora vete, Apia Pópulus, aún despiertas mis más bajos instintos y no me importará que estés embarazada. Tus aromas y tu pelo todavía me atraen.

Apia comenzó a caminar rumbo a la puerta del despacho, pero antes de llegar se dio vuelta y le preguntó:

—Señor, ¿usted no volverá a esclavizarme, verdad?

Tenía que asegurarse de alguna manera que eso no ocurriría otra vez.

—No.

—¿Me lo promete?

Octavio la miró con un dejo de duda. Pero al caer en la cuenta de que la pregunta había sido hecha por una romana viuda, una embarazada que subsistía como podía en ese mundo duro que era Roma para una mujer sola, le respondió:

—Te lo prometo. Y ya sabes que es la palabra del emperador. Así que la mantendré.

—Gracias —dijo y retribuyó la promesa haciendo una pomposa inclinación.

—Vete y disfruta de lo que la vida hoy te da, porque hasta Livia, que antes no te quería, me insistió para que te atienda.

Apia sonrió y se retiró sin decir más nada.

En la calle, tal vez por primera vez en su vida, Apia se sintió realmente libre. Todas las áreas de su existencia estaban en orden. Se tocó el vientre y acarició al niño que llevaba dentro. Pensar en él le daba una gran felicidad que sólo la empañaba la ausencia de Manius Marcio. ¿Cómo era posible que en tan poco tiempo se llegara a querer tanto a una persona del modo que le había pasado a ella con el soldado y ahora con la criatura? ¿Cómo era posible que, después de tantos años de casada y de no haber quedado embarazada, ahora sí lo estaba? Y nada menos que de Manius, el soldado a quien había amado, pero que ahora estaba muerto. La vida era extraña y había que aprender a aceptar lo que traía. Ella había aprendido a ser libre de sus propias cárceles, y esa sensación era tan fuerte y sublime que su interior le exigía transmitírselo a los demás. Volvió a reparar en su vientre y pensó que, mientras criara a su niño, le daría total autonomía. Nadie podía vivir sin la plenitud que otorgaba la libertad en todas sus facetas. Libre, para sentir lo bueno y lo malo; libre, para moverse, para elegir con quién tener intimidad; libre, para... había mucho por disfrutar.

Entrevistarse con Octavio había sido una buena decisión. Se imaginó la alegría de Furnilla cuando le contara lo bien que le había ido en la audiencia y entonces su corazón se constriñó; su esclava no gozaba de la libertad ni siquiera de la manera más elemental. Debía hacer algo al respecto. A ella le costaba pensar en liberarla, pero estaba segura de que a Furnilla le costaría aún más aceptarlo. Apia no lo sabía, pero a su esclava la aterrorizaba la idea de libertad.

Apia llevaba un rato comentando con Furnilla lo sucedido con Octavio cuando decidió tratar el tema de concederle la manumisión, una potestad que ejercían los amos por voluntad propia —en vida, ante testigos; o vía testamento, tras su muerte— como recompensa por los servicios prestados o por una hazaña notable realizada por el esclavo. Apia se percibía liviana, con una existencia nueva y se sentía constreñida a lograr que su esclava también disfrutase de las mismas libertades.

—Es maravilloso saber que el amo Senecio ya no podrá molestarla —señaló Furnilla contenta.

—Sí, entraremos en una nueva etapa. Y de eso justamente quería hablarte. Creo que es tiempo de que tú también comiences una vida diferente.

—¿A qué se refiere? —preguntó sorprendida.

—A que quiero hacerte libre.

El rostro de su esclava se ensombreció.

—¿No me quiere más con usted? ¿Ya no me necesita, o está desconforme?

—No se trata de eso, Furnilla, sino de que podrías ser una liberta y tener otra clase de vida.

—No, ama, no quiero ser una liberta. No me haga esto, por favor, no me abandone.

—No te abandonaré. Podrías seguir trabajando para mí, sólo que serías libre.

—¿Y entonces, cuál sería la diferencia?

—Que podrías marcharte si alguna vez así lo decidieras.

—¡No quiero irme a ninguna parte! Me asusta esa idea, me hace mal.

Para Furnilla resultaba inconcebible la posibilidad de no estar bajo el dominio de Apia y le daba miedo la contingencia de vivir en otro lugar. Tantos años de esclavitud le habían marcado el alma.

—Ya te dije: no es necesario que te marches, que abandones la casa. No, Furnilla. Para ti sería un gran cambio interior, fruto de uno exterior, de una mera formalidad, que es el trámite legal para concederte la libertad. Saber que puedes hacer lo que quieras no significa que lo hagas. La libertad está allí, dándote la opción de actuar —dijo Apia, que ya no encontraba palabras para explicar lo que Furnilla se había olvidado que existía.

—No deseo ser liberta —dijo en forma terminante.

—Furnilla, tu vida es una, y la mía, otra. Son dos vidas diferentes. Podrías construir en la tuya momentos felices con otras personas, realizar las actividades que siempre quisiste hacer, desplazarte a voluntad...

—Nunca quise ninguna actividad, *domina*.

—Muchos esclavos añoran la libertad.

—Pero no es mi anhelo, así estoy bien. No me obligue, ama, se lo suplico —dijo con los ojos llenos de lágrimas.

El mundo de los esclavos se dividía entre los que no querían, ni necesitaban y mucho menos soñaban con otra vida, y los que deseaban la libertad con tanta vehemencia que llegaban a matar a sus amos para escapar.

Furnilla había comenzado a llorar ruidosamente. Apia, al ver su desazón, comprendió que la libertad no se trataba de un estado que su esclava podría disfrutar de un día para el otro, sino que deberían hablar mucho sobre el tema. Merecería tiempo, explicaciones y pensamientos. Ella requeriría contención y ayuda. Apia estaba agradecida de haber alcanzado sus propias liberaciones y deseaba que esa mujer, que tanto había hecho por ella, también pudiera ser libre. Mientras la observaba, le dijo:

—Está bien, Furnilla, quédate tranquila. Por ahora dejaremos el tema. En un tiempo volveremos a hablar. Mientras tanto, quiero que pienses qué actividades te gustaría hacer y que ahora no puedes realizar porque eres esclava.

—Lo haré, ama —respondió rápidamente tomándolo como una orden más.

—Piensa qué te gustaría hacer con tu vida, qué sueños tienes.

—Sí, ama, como usted diga —dijo secándose las lágrimas.

—Te tengo cariño, Furnilla, y por eso quiero que aprendas a ser libre, que disfrutes de ser una persona con total autonomía.

Apia comprendió que, así como a ella le había llevado tiempo aprender a ser libre de las corazas y de las cárceles a las que se había autosometido durante años, mucho más necesitaría Furnilla para aprender a tomar el timón de su existencia.

Capítulo 30

HOY

Año 34 a. C.

Roma hablaba y en el barrio del Palatino los murmullos y los chismes no cesaban. Las voces comentaban que Apia Pópulus estaba embarazada. Quienes la apreciaban, a propósito, sacaban mal las cuentas de los días y contrarrestaban las maledicencias asegurando que esperaba un hijo de Salvio, pero en el fondo sabían que no era verdad y, si ella estaba encinta, ese niño no podía ser de su difunto esposo. Había pasado demasiado tiempo desde la muerte de Sextus.

Esa tarde, Apia se había sentado en el banco de piedra ubicado en el peristilo, frente a la fuente. Disfrutaba pasar tiempo en ese sitio de su casa paterna. Le agradaba ese hogar y, ahora que estaba embarazada, se sentía en paz y a cobijo del lugar. En un mes su hijo vería la luz, algo que le resultaba imposible, pues, pese a la evidencia, aún seguía sorprendida por su gestación. No tenía presentimientos acerca del sexo de la criatura y aceptaría feliz lo que la vida le diera.

Ahora que sólo trabajaba un par de horas en la mañana porque las fuerzas no le alcanzaban para más, le gustaba pasar tiempo bordando en el patio bajo el solcito de la tarde de ese duro invierno. Allí, mientras sus manos manipulaban hilos y agujas, su mente se dedicaba a recordar los momentos felices, como los vividos con Manius Marcio durante aquel viaje a la playa de Ostia. Siempre trataba de descubrir el momento exacto en que ella quedó encinta. Pero por más que lo pensaba, nunca tenía certezas. Se sentía orgullosa de que el padre de su hijo hubiese sido un hombre bueno, íntegro y de inquebrantables ideales. Aún lo extrañaba y, muchas veces, todavía lloraba su ausencia como también la forma en que la vida se lo había quitado. Esperar un hijo del único hombre que había amado y no poder compartir esa felicidad con él, en ciertas oportunidades se le volvía demasiado doloroso. Una punzada similar le causaba saber que ella había estado implicada con su desaparición.

Apia dio las últimas puntadas en el lienzo que bordaba para envolver a su bebé el día que naciera y se puso de pie. Antes de acabar el día, debía realizar una breve visita por su tienda. Un momento atrás, Liam se lo había solicitado a través de una misiva en la que le explicaba que requería su presencia para tomar una decisión importante sobre la venta de perlas. Furnilla no la acompañaría porque había salido temprano a comprar algunos artículos que necesitaban para cuando naciera la criatura y aun no había regresado. Desde la conversación que ambas habían mantenido acerca de su liberación, Apia había abordado el tema un par de veces, pero no resultaba nada fácil. La idea de ser una liberta no parecía entrar como concepto en la vida de Furnilla.

Al incorporarse, Apia sintió un dolor punzante, el mismo que la aquejaba desde hacía varios días. La partera le había explicado que, a pocas semanas del nacimiento, la molestia sería normal y recurrente.

Fue al cuarto de las mujeres, se colocó la capa gris larga hasta el piso y se dispuso para salir a la calle. Como solía ocurrir a esa hora, pronto se levantaría un viento helado y lo mejor sería ir abrigada y cuanto antes a hablar con Liam.

De camino al *tablinum* se encontró con Kira, que le recomendó:

—Ama, abríguese bien, que afuera está muy frío.

—Me he puesto la capa e iré en carruca. Regresaré en pocos minutos.

Ya casi no usaba la litera y caminaba muy poco pues se lo impedía su abdomen abultado. De todas maneras, se las arregló para llegar antes del cierre de la tienda, justo cuando se retiraba el último cliente.

La recibió Liam con una disculpa.

—Perdón, señora, que le solicité que viniera al local. Pero necesitaba mostrarle la mercadería —dijo y sacó varias cajas repletas de perlas.

—Cuéntame, Liam.

—Estas margaritas son parte del lote que les compramos a los hombres de la cofradía —informó mientras metía la mano entre los miles de perlas y añadió—: Creo que son de una calidad muy inferior respecto de las que se comprometieron a entregarnos por el precio convenido.

—Pues entonces nos quejaremos y nos tendrán que compensar económicamente.

—Mírelas, por favor.

Apia tomó varias entre sus manos, las analizó, las cotejó y, al llegar a la misma conclusión, expresó:

—Tendremos que venderlas a un precio menor. Una pena, porque son muchas.

—Eso pensaba —adhirió Liam—. Además, señora, creo que debería insistir para que nos permitan integrar las comitivas de perleros. Si alguien pudiera viajar, tendríamos más control sobre la calidad.

—No te preocupes, Liam, en breve tendremos noticias favorables para que empecemos a formar parte de la cofradía de perleros y a tomar decisiones sobre los viajes.

La visita a Octavio —presagiaba— traería los resultados esperados.

—Si no hay más nada que decidir, me marcharé —dijo Apia.

—Es tarde, señora, la acompañaré.

—No es necesario —repuso ella mientras elegía dos portacollares que llevaría a su casa para guardar sus alhajas en el cuarto de las mujeres.

Cuando al fin se inclinó por dos pequeños y livianos, escuchó la voz de Liam a sus espaldas.

—Señora Apia, quiero que sepa que cuenta conmigo para lo que sea. Igual que cuando nazca el niño. Lo que él necesite, yo se lo daré.

La última frase le sonó extraña. Su hijo tendría madre y ella no precisaba de ningún hombre para criarlo. Distinto hubiera sido si el padre continuara vivo; pero, por desgracia, Manius Marcio había perecido. Apia se sentía preparada para darle a la criatura todo lo que necesitara.

Liam notó que había hablado de más, aunque ya no podía ocultar los sentimientos que esa mujer le despertaba. Siempre la había apreciado; ahora estaba seguro de que la amaba. El embarazo que afrontaba en soledad le partía el corazón.

Apia se dio vuelta y lo observó. Era un hombre culto y bien parecido.

—Sé que puede resultarle atrevido, pero yo estaré cerca para lo que necesite —insistió.

—Gracias, Liam.

—Además, quiero contarle que finalmente he comprado la casona de la esquina de los olivos, aquí cerca, en el Palatino.

—Qué maravillosa noticia, te felicito.

—Quiero estar a la altura… por si alguna vez usted acepta…

Apia tuvo la certeza de lo que venía sospechando. El hombre estaba interesado en ella. Con lo que ganaba, Liam venía acumulando una pequeña fortuna. Antes de su pasado de esclavo había sido un rico y próspero comerciante judío cuya deuda contraída por un mal negocio lo había condenado a la esclavitud. Asimismo, había una realidad infranqueable: Apia siempre había sido ciudadana romana por lo que él no tendría que haber abierto la boca. Al margen de que con su viudez ella acababa de escapar de un matrimonio, y aún lloraba a Manius. Debía ser cortés con Liam, quien le resultaba muy necesario para la actividad comercial, pues había depositado su confianza en este hombre y no podía darse el lujo de perderlo. Decidió restarle importancia al comentario.

—Gracias, Liam —dijo ignorando las últimas propuestas.

El hombre pareció entender y se llamó a silencio. Recién volvió a hablar en la puerta, cuando la saludó para despedirla.

En la carruca, de regreso a su casa, Apia pensó que nunca volvería a enamorarse. Sentía que el amor era como una lámpara de aceite: se mantenía encendida mientras hubiera al menos una gota, pero cuando se agotaba, la lumbre se extinguía. Para ella, Manius Marcio había sido el aceite; pero él ya no estaba y la lámpara vacía no se encendería nuevamente.

Apia se bajó de la carruca en la puerta de su casa y sintió otro dolor punzante en el bajo vientre. Tuvo que detener su marcha y dejar pasar unos instantes hasta que logró recuperarse e ingresar a la vivienda. Caminaba rumbo al cuarto de las mujeres para dejar los portacollares cuando oyó la puerta principal. Enseguida, Kira vino a ella y le comunicó:

—El amo Senecio acaba de llegar, está en la puerta.

Apia se sorprendió. Sabía que la restitución de su dote estaba en marcha porque el notario mismo se lo había informado, pero no había tenido noticias del juicio por adulterio. Por lo que suponía que, al menos en parte, la actuación de Octavio había dado resultado. Si Senecio se presentaba en su casa —conjeturó—, sería para ofrecerle disculpas. Su aversión hacia el hijo de Sextus era tal, que no le interesaban los descargos que quisiera darle por orden de Octavio. No quería volver a verlo. Pero como entre ellos había trámites legales pendientes, decidió destinarle cinco minutos. Dispuso:

—No lo hagan pasar, lo atenderé en el vestíbulo. No quiero a ese hombre en mi casa.

Unos instantes después, lo tenía de pie, frente a ella, junto a la puerta principal.

—No dispongo de mucho tiempo, estaba a punto de irme —le aclaró Apia. No quería conversar con él, nunca le hacía bien.

—Sólo vine a hacerte saber que tu dote ya ha sido restituida. Puedes tomar posesión de ella cuando quieras, aquí está el papiro.

—Me alegra saber que al fin se hizo justicia —dijo Apia tomándolo entre sus manos.

—Este rollo es de una propiedad de las que pertenecían a tu padre. Se trata de una villa al otro lado del río Tíber, en la zona de Trastévere.

—La recuerdo, pensé que mi padre la había vendido...

—Nadie la vendió y aquí te la entrego. También quiero que sepas que he desistido de iniciarte el juicio de adulterio. Supongo que estarás al tanto de que los hombres de Octavio me lo pidieron de una manera en la que no pude negarme.

—Al menos, sirvió para que hicieras lo correcto —respondió Apia fríamente.

—Podrás quedarte con la dote y con los negocios, ya que tu ingreso a la cofradía fue concedido. Los *margaritarius* también han recibido órdenes de arriba y deberán aceptarte.

—¿Tienes algo más para decirme? Porque llevo apuro.

Él la miró con rabia por el trato que le proporcionaba y, en vez de ofrecerle las disculpas que había pensado, no se pudo contener y estalló:

—Podrás quedarte con todo lo que nombré, pero hay algo que nunca lograrás: ¡ser una matrona! Porque aunque por ahí digan que estás embarazada, sé bien que es mentira y que nunca lo estarás.

Apia sopesó qué hacer. Al fin se decidió:

—¿Sabes, Senecio? No sé si alguna vez llegaré a ser una matrona respetada como siempre soñé desde que era una niña, pero de una cosa sí estoy segura y es de que voy a ser madre —le espetó y, con un movimiento rápido, corrió su capa gris hacia atrás para dejar a la vista su voluminoso vientre. Luego, tomándolo con ambas manos, le dirigió una mirada desafiante mientras se acariciaba maternalmente la barriga.

Senecio frunció el rostro confundido y dio muestras de estar estupefacto.

—Sí, estoy esperando un hijo.

El hombre al fin articuló:

—¡Estás embarazada!

—Sí.

—¿Es de Octavio?

Él había oído un comentario acerca de que Apia esperaba un hijo del divino *filius*, pero jamás asumió como verdadera esa habladuría. Él sabía que había pasado noches con el gobernante, pero también que no había logrado embarazarse. Tampoco en los muchos años de casada con su padre —y eso que le constaba por conversaciones que había mantenido con él— que lo habían intentado una y mil veces.

—A ti no te importa de quién es. ¡Es mío y punto! —cerró Apia sin paciencia.

—No puede ser.

—Claro que sí. Lo estás viendo con tus propios ojos.

Senecio quería decir algo pero las palabras no salían de su boca. Jamás había esperado ver a Apia embarazada.

Apia le lanzó:

—¿Qué sucede? ¿Te pone mal comprobar que ya no podrás odiarme?

—¿Qué dices? —preguntó. La frase lo confundió más de lo que ya estaba.

Apia continuó:

—Sé que los hijos de la mujer de la que acabas de divorciarte no son tuyos. Tanto has buscado herirme con esta situación y resulta que tú también la padecías.

—¡Qué sabes tú, Apia Pópulus!

—¿Acaso no quieres enfrentar que me odiabas porque yo era el reflejo de ti mismo?

Era la única razón por la que Senecio podía albergar tanto rencor. Ella ya no significaba un peligro para que perdiera la herencia, no había otra explicación por la cual siguiera aborreciéndola. A Apia esa idea le permitía intentar mirarlo con ojos benevolentes. Probó. La vida había sido buena con ella; después de muchos años, había conocido el amor y esperaba un hijo de esa persona.

—Deja de inventar sandeces —dijo él.

Apia no le prestó atención y siguió hablando:

—Siempre me llamó la atención tu recelo hacia mí, tu lacerante desprecio, el odio que me manifestabas... Todo eso y mucho más, pese a que yo no te había hecho nada. El día que supe que los hijos de tu esposa no eran tuyos, entonces entendí...

—Ahora eres adivina, tenemos una *saga* en la familia.

—Mira, Senecio, los años pasan y lo mejor que podemos hacer es olvidar los viejos rencores. Yo estoy dispuesta a dejarlos de lado a pesar de que he sido muy dañada por ti —dijo mientras pensaba que, si las cosas hubiesen sido diferentes, si la relación no se hubiera dado de esa manera, tal vez, ella aún tendría a Manius a su lado.

—¡Pero bien que mandaste a Octavio sobre mí! ¡Y la colosal cantidad de amenazas que recibí de su parte!

—Tú no dejas de molestarme. No permites que viva en paz. Siempre me estás poniendo palos en la rueda.

—Tú te buscas las cosas.

—No es así. Actúo como una persona digna y eso tú bien lo sabes. Cambia de una vez, Senecio, porque si no, te morirás lleno de veneno.

—Hablas demasiado, Apia —protestó con las manos temblorosas.

Ella parecía haber dado en la tecla.

—Digo lo que tengo que decir. Ahora espero un hijo y debo pensar en él. ¿O acaso eres tan vil que intentarás dañar también a este inocente?

Senecio no la contradijo y se mantuvo en silencio.

—¡Respóndeme! ¿Lo dañarás? —insistió ella. Y, apoyándose de nuevo las dos manos en la panza, añadió con tono amenazante—: ¡Porque te juro por mis *lares* que si lo intentas, esta vez te mataré! Y lo digo de verdad.

Senecio parecía desestabilizado por la noticia del embarazo y el oportuno señalamiento sobre el origen de su odio. Apia había intentado hacerlo entrar en razón, calmar su hostilidad pero, en cambio, potenció su enojo. Porque él dijo negando con la cabeza:

–Tú y yo nunca llegaremos a entendernos.

Terminó la frase y, sin despedirse, abrió él mismo la puerta de calle y se marchó rumbo a su nueva casa del Palatino, donde se había mudado tras divorciarse.

Senecio caminaba perturbado, incómodo, no podía aceptar que fuera verdad que odiara a Apia porque ambos hubieran adolecido de lo mismo. Revisaba su interior y recordaba que al principio sintió celos y miedos, pero luego, cuando supo que ella no podía tener hijos, se intensificó su molestia. ¿Y si la afirmación de Apia tenía asidero? Si algo los unía –más allá de Salvio–, era la esterilidad, la imposibilidad de engendrar hijos. Pero el vientre de Apia le demostraba que ese lazo –si alguna vez existió– se había roto. Esa también era una idea difícil de asimilar. Después de tantos años acumulando resentimiento, sólo podía estar seguro de una cosa: dejar de odiar a Apia le provocaría un vacío existencial. Destruir a la mujer de su padre se había convertido en su motivación, una guía en su vida. Despreció la idea, pero reconoció que sus acciones estuvieron dirigidas a ese fin. Mucha de su energía iba allí. Por eso se preguntó qué pasaría si, por alguna razón, hacía las paces con ella. El pensamiento le pareció insoportable. Se sentía extraño, el odio ocupaba lugar, mucho lugar. Ya no quería pensar más en eso.

Apia, por su parte, sola en el *tablinum*, sentía cómo le latía fuerte el corazón. La presencia o un intercambio de palabras con Senecio bastaban para que su cuerpo se alterara. En esta ocasión, temió que esa desagradable sensación afectara a su hijo y trató de serenarse.

A punto de lograrlo, un nuevo dolor agudo en el bajo vientre la golpeó. Tuvo que agacharse y, con el brazo, se envolvió el abdomen. Necesitaba recostarse ya mismo y fue rumbo a su cuarto. De camino, sintió algo tibio y mojado entre sus piernas. Se asustó. ¿Y si era sangre? La única sensación parecida que conocía era cuando le bajaba la menstruación. Trató de levantarse la túnica para cerciorarse, pero, entre los dolores y la tela de la capa gris, no pudo. Al fin, cuando dio unos pasos, miró el piso y descubrió el agua. Había roto bolsa, tal como la partera le había explicado. ¿Acaso el bebé estaba por nacer un mes antes? Miró mejor el líquido; no era transparente. Algo andaba mal. Llegó a su cuarto muerta de miedo, se acostó con la capa puesta y se quedó muy quieta. Y otra vez la punzada regresó, pero fue más larga y aguda; tanto, que creyó que el corazón se le detendría. Se le clavaba en el vientre y la cintura como un puñal filoso.

Llevaba cuatro minutos entre dolor y dolor cuando apareció Furnilla en la puerta.

—Ama, he comprado lo que necesitamos, pero también mucho más porque había prendas para bebés tan bonitas… —relató con entusiasmo mientras la observaba. Pero, al notar que llevaba la capa puesta, de inmediato comprendió que sucedía algo fuera de lo normal—. ¿Qué ocurre, ama?

Apia no le respondió porque otra vez un ramalazo la aguijoneó.

—Creo que está por nacer —dijo al fin con el rostro contraído por el dolor.

—¡Por Sirona! —exclamó Furnilla y a los gritos pidió ayuda.

Enseguida aparecieron Kira y otra esclava, y ambas le contaron que Senecio acababa de marcharse.

—¡Ya sabía yo que ese hombre regresaría! ¡Y justo cuando me fui! ¡Por qué habré ido a hacer las compras! —renegaba Furnilla consigo misma.

Pero no pudo hacerlo por mucho más tiempo porque, ante una nueva contracción, Apia pegó un chillido tan fuerte que todas se asustaron. Era evidente que el bebé nacería muy pronto.

—¡Vayan a buscar ya mismo a la partera! Y traigan al cuarto los implementos que hemos acopiado para este momento —pidió Furnilla mientras Apia, ajena al alboroto que se había desatado a su alrededor, se retorcía en la cama.

Su esclava corrió las sábanas y descubrió manchas de un verde oscuro. Se alarmó. Ese color —estaba segura— era sinónimo de algo malo.

Y a partir de ese instante el dormitorio se transformó en un desfile de personas que iban y venían, y en un caos de órdenes y contraórdenes. Porque Apia se quejaba como si fuera a morirse y todos se preocupaban sin saber qué hacer. Cuando la partera llegó, tomó control de la situación, pero les explicó que el nacimiento se había complicado: el niño venía de nalgas. Y agregó que la señora enfrentaría un parto peligroso. Esa era la razón por la que su líquido amniótico no había sido límpido.

Había transcurrido un largo tiempo de dolor, gritos y pujos pero el nacimiento no parecía avanzar. La comadrona le hablaba, le repetía y le exigía que pujara:

—¡Con fuerza, señora, con fuerza...!

Se lo demandaba continuamente sin importarle el dolor de Apia, pues parecía que para ella no se trataba de algo sustancial.

Sumergida en una nebulosa agonía, como podía, Apia le respondía con movimientos porque casi no la escuchaba. Furnilla miraba cómo sufría su ama y lloraba. Tras un largo rato sin avances, cuando las fuerzas de Apia parecían haberse agotado, la mujer le gritó:

—¡O hace fuerza o el niño se muere! ¡Tiene que salir ahora mismo! ¡Sáquelo!

Entonces, oyendo como entre sueños, pero entendiendo el significado de las palabras, Apia aferró sus manos a las rodillas y obligó a su cuerpo a entregar toda la fuerza contenida en sus entrañas. No se guardó ni una gota. Dio lo último que le quedaba de energía mientras lanzaba un alarido que se escuchó en toda la casa y que a cada uno de los sirvientes le erizó la piel. Aún no se sabía si era un auspicio de vida o muerte.

Las manos de la partera se metieron en el interior de Apia buscando ayudar y, desgarrando la carne de la madre, logró sacar al niño. Dos golpeteos sobre el cuerpecillo fueron la diferencia entre la dicha y la desdicha. Porque recién en ese instante se escuchó el llanto de un bebé que para todos los oídos que sufrían con los dolores sonó a música.

En Roma, en esa tarde gris y helada de invierno, la pequeña y movediza Taciana hacía su aparición en este mundo. Ese sería el nombre que su madre le daría porque el significado era «activa e inteligente», tal como se comportaba su niñita desde el primer día.

Apia tomó el cuerpito entre sus brazos y lloró. En esas lágrimas iban los años que deseó un hijo y no vino; estaba la ausencia del soldado que ella tanto había amado y al que extrañaría eternamente; la emoción de ver ese nuevo ser que acababa de salir de su interior y que antes de conocerlo ella ya estaba dispuesta a dar la vida para que su corazoncito latiera. En ese lloro estaba impresa su nueva sensibilidad porque antes jamás hubiera llorado como lo estaba haciendo; la muerte de Manius le había permitido sentir lo doloroso, porque esa era la única forma de llegar a sentir también lo dichoso. Estaba agradecida por su hija, pero también por haber abandonado a esa Apia de metal. Veía la vida completamente distinta desde esa nueva perspectiva viva y sensible. Así como había sentido el dolor de la muerte de Manius, hoy sentía la felicidad de ver a su hija por primera vez. Muchos pensamientos venían a su mente y llegaba a una conclusión: cuando los momentos malos hacían su aparición, había que entregarse y esperar a que pasaran porque luego vendrían los felices. La vida era puros cambios y había que confiar en que la próxima curva trajera la dicha.

Apia abrazó a su pequeña contra su pecho desnudo. La ayudante de la partera acababa de dejar sus senos al descubierto para que la niña se consolara con la leche materna.

Apia Pópulus se quedó muy quieta sintiendo la felicidad en cada partícula de su cuerpo y corazón.

La partera, mientras tanto, trabajó en el cuerpo de la madre. El nacimiento había sido demasiado traumático y temían por la integridad de Apia; pero ella no sentía dolores sino sólo dicha. Comprendía que la dulce realidad no era el ser matrona —ese título social que la llenaría de plenitud, como siempre había creído—, sino la dulce simpleza de ser madre.

Un descubrimiento importante que le serviría en el futuro porque ella nunca alcanzaría el rótulo de matrona respetable a los ojos de los demás. Siempre pesaría sobre su cabeza la sospecha de que tal vez el padre de la criatura estaba vivo y no quiso reconocerla. Ante este tipo de suspicacia, Roma podía ser implacable.

A tal punto era así que al día siguiente el pregonero de la esquina del foro anunciaría entre sus múltiples noticias que la señora Apia Pópulus, viuda de Salvio Sextus, vecina del Palatino, acababa de dar a luz una hija cuyo padre era desconocido, lo que convertía a la criatura en parte de la *gens* Pópulus. Era una manera elegante de contar el chisme de que la niña no tenía padre conocido y llevaría el apellido de la madre. El hombre también informaba a viva voz la nueva victoria de Octavio; el gobernante venía peleando una batalla tras otra y logrando el triunfo en todas. Aunque los muertos y heridos eran muchos, el pueblo festejaba igual. Roma extendía sus dominios, como lo hacía la vida, porque Taciana y su madre se hallaban perfectamente de salud y fuera de peligro.

Capítulo 31

HOY

Año 33 a. C.

Roma hablaba y, como siempre, sus murmullos se escuchaban, pero Apia, esta vez, ajena al ritmo normal de la vida, no los oía. La ciudad tenía problemas, chismes sociales y críticas políticas, pero a ella no le interesaban, su vida se hallaba en el dulce submundo que envuelve la existencia de las personas cuando les nace un bebé en la familia.

Miraba a Taciana, que dormitaba a su lado, en la cunita ubicada al aire libre, y no podía creer que pronto cumpliría cuatro meses.

Por primera vez, ella se había instalado en la casona de Trastévere. Había decidido quedarse por algunos días a dormir en la villa para disfrutar de la tranquilidad del lugar, del parque y sus árboles bajo un clima más benigno, pues el frío intenso se había marchado.

Esa tarde se hallaba sentada en la galería mientras Taciana dormía a su lado y ambas disfrutaban de los tibios rayos de sol.

Le dio a su hija una mirada rápida, siempre controlaba que respirara, una obsesión tonta de madre primeriza, pero inspeccionarla cada tanto cuando dormía le permitía sentirse más tranquila. Ella era su tesoro, jamás había creído que la amaría de esa manera tan intensa, ni tampoco había pensado que requeriría tantos cuidados. A este respecto, su esclava Kira le había resultado muy útil con la criatura porque años atrás, cuando aún estaba con su familia, la chica había cuidado a

551

sus hermanos recién nacidos; tenía experiencia al igual que otra de las esclavas –madre de seis niños–, y ambas guiaban a Apia en las múltiples tareas que la señora desconocía. Furnilla, por más emocionada que estuviera con la llegada de Taciana, resultaba de escasa ayuda porque la encontraba tan pequeñita e indefensa que a veces, por temor, ni siquiera se atrevía a tomarla en brazos.

Meditaba en el milagro de la vida cuando Kira se acercó y le preguntó:

–Ama, Furnilla quiere saber si le prepara la leche de cabra para la niña.

–Dile que no. Cuando se despierte le daré el pecho.

–Como mande, señora.

La muchacha se fue y Apia se quedó disfrutando el apacible momento. La envolvía la felicidad de la paz, la plenitud de la calma, la dicha de la serenidad de saber que todo estaba en orden. Deseó con todas sus fuerzas que ya no hubiera cambios bruscos y dolorosos, que todo se quedara así, como ese día.

Llevaba media hora sumergida en pensamientos profundos acerca del destino cuando decidió pasar a ideas más prácticas y urgentes: pronto se reintegraría plenamente a las actividades de su trabajo, de las cuales realizaba una porción mínima e indispensable, y debía organizarse, planificar. Comenzaba a proyectar, además, un nuevo negocio que podía emprender cuando justo apareció Furnilla. Cargaba una vasija humeante en sus manos.

–Le traje una tisana de menta, de esas que le gustan a usted.

–Gracias, Furnilla, ahora sí que la tarde será perfecta.

Mientras Apia tomaba su infusión, la esclava se acercó a la cunita y espió a la beba durante unos instantes hasta que enternecida exclamó:

–¡Qué bella es…!

–Sí –dijo Apia orgullosa.

–Ayer estaba viendo sus ojos. Me parece que serán verdes claros –comentó la esclava.

—Son del mismo color que los de su padre.

Ambas se quedaron en silencio. Había tanta historia atrás de este momento...

Furnilla volvió a mirar a Taciana.

—¿Te gusta? —preguntó Apia. En esa observación encontró la puerta para hablar de un tema recurrente e importante.

—Oh, sí... No puedo parar de mirarla.

—De esto te hablo cuando te digo que quiero darte la libertad.

—No entiendo qué tiene que ver una cosa con la otra.

—Que podrías encontrar un hombre, enamorarte, formar una familia... Para ello, la libertad, Furnilla, la libertad es lo mejor. Si quieres, podrías seguir trabajando para mí, pero también gozar de estas cosas en tu propia casa.

—Ama, no creo que yo haya nacido para esto —dijo sin quitarle los ojos de encima a la niña.

—¿Por qué?

—Temo que le pase algo a la criatura. Además, aún recuerdo la sangre que usted perdió y los gritos que daba el día del nacimiento —explicó Furnilla, que se guardó de contarle que ese sufrimiento físico le había recordado los tormentos vividos en la casa de Dunio. Ni siquiera por un hijo estaba dispuesta a volver a pasar por el dolor físico. No creía que su ama la entendiera.

—Los malestares pasan, y a cuidar un bebé se aprende —señaló Apia, que dio a entender que ella se encontraba en ese trance.

—¡Oh, no! Cuidar este pedacito de carne me aterra, nunca sé si lo hago bien, nunca estoy segura.

Era evidente que Furnilla se negaba completamente a la idea de ser una liberta.

—Bueno, dejemos la idea de un hijo de lado —propuso Apia—. Pero dime, Furnilla, ¿no te gustaría ser libre para tener un tórrido romance con un hombre que te haga perder la cordura y te lleve a ausentarte de casa dos noches seguidas? Sería muy emocionante. ¿No lo crees?

—¡Qué dice...! —respondió casi avergonzada.

–Un hombre guapo que te haga perder la cabeza. Como me pasó a mí.

–No hay ninguno.

–¿Cómo que no? Mira a Liam. Si tú fueras libre, él se fijaría en ti y podrías...

–No lo creo, ama...

–¿Por qué no?

Furnilla, mirándola fijo, decidió hablarle con la verdad. Al fin y al cabo, se trataba de Apia Pópulus, su ama, la persona más cercana a lo que podía considerar su familia. Si debía identificarla con alguien, lo hacía con su madre, a pesar de que su señora y ella tenían la misma edad.

–Ama, porque me gustan las mujeres.

Apia abrió grande los ojos. No se había esperado esa respuesta. Pestañeó un par de veces hasta pensar qué decir. Si bien en Roma la supremacía la tenía el matrimonio, que detentaba la prolongación de la vida humana, todo lo demás estaba permitido. Y para eso también necesitaría de la libertad de la que tanto le venía hablando. Al fin le dijo:

–¡Pues entonces precisas la libertad para vivir un tórrido romance con una mujer!

Furnilla sonrió.

–Ya lo estoy viviendo...

–¿Qué...?

–Sí, con Kira.

Apia otra vez se quedó estupefacta. Explotó:

–¡Mira, Furnilla, ya no me importa si te gustan los hombres o las mujeres, pero tienes que ser libre! Tu ser lo necesita, aunque ahora no te des cuenta.

Furnilla, que había abierto la boca, se sintió en la obligación de ofrecer un poco más de explicación y con dos o tres frases le comentó cuándo se había dado cuenta de sus inclinaciones y qué tipo de relación mantenía con Kira. Sentía el deber de contarle a su ama para que se quedara tranquila.

Cuando Furnilla terminó de hablar, Apia aprovechó la situación y le dijo:

—¿Ves...? Si fueras libre, no hubieras necesitado explicarme nada. Mucho menos, contarme de tu romance.

Furnilla no dio ninguna respuesta, aunque esa última frase la hizo pensar. La conversación hubiera continuado pero la pequeña había despertado y lloraba exigiendo su comida.

Apia había tratado de entusiasmar a Furnilla con diferentes ideas para que aceptara ser libre. Tenía que aprender a disfrutar de una existencia propia. Su esclava la había ayudado demasiado en su propia vida como para que no hiciera lo mismo. La quería recompensar, enseñarle a ser libre, así como ella misma lo había logrado liberándose de tantas cárceles, algunas autoimpuestas, otras por obra de terceros por el mero hecho de ser mujer. La libertad era maravillosa y ella no quería que Furnilla se perdiera de disfrutarla. La vida pasaba rápido.

Furnilla se marchó con la vasija de la infusión ya vacía. Y Apia, mientras prendía al pecho a su hija, se quedó pensando en todo lo que habían hablado. ¿Acaso alguna vez su esclava habría estado enamorada de ella? Su cabeza daba vueltas buscando detalles que le dieran un indicio sobre su duda. En eso estaba cuando Furnilla, que parecía haberle adivinado los pensamientos, regresó. Y parada frente a Apia, le dijo:

—Ama, quiero que sepa que yo nunca estuve interesada en usted de la manera que me atrae Kira. Para mí usted siempre fue mi *domina*, y como tal la he querido, admirado y venerado. Los sentimientos que tengo por Kira son de otra clase. Usted es... mi familia.

—Te entiendo, Furnilla, con los años me ha sucedido algo parecido contigo.

La esclava la oyó y los ojos se le llenaron de lágrimas.

—*Domina*, usted sabe que puede contar conmigo para lo que sea. No porque sienta obligación, sino porque mi corazón así me lo dicta.

–Lo sé. Gracias. Tú también conmigo.

Ellas no se abrazaron. Tal vez lo hubieran hecho, pero en ese momento Apia le daba la leche a su niña. No obstante, las dos mujeres se propiciaron una mirada que valió por mil abrazos.

CAPÍTULO 32

HOY

Año 31 a. C.

La ciudad de Roma hablaba y en sus murmullos no se escuchaba otra cosa que no fueran los comentarios acerca de que los barcos de Octavio y los de Marco Antonio se encontraban frente a frente en Grecia, listos para atacarse en el golfo de Ambracia, junto a la colina llamada Accio. Los dos líderes llevaban adelante un tirante compás de espera agazapados para la batalla, pero ninguno abría fuego. Sería una lucha de romanos contra romanos, así lo anunciaba el pregonero en una de las esquinas de la ciudad.

Apia lo oyó, pero ajena a la guerra y a sus violencias, continuó caminando con Taciana de la mano las pocas calles que tenía hasta el foro. No imaginaba que Manius Marcio integraba la formación de hombres que se alistaba para pelear. Habían hecho casi todo el trecho en carruca y recién ahora avanzaban a pie. La mañana era perfecta para caminar. La pequeña acababa de cumplir los tres años y le pedía pasear por la ciudad, y ella le daba con el gusto. Aprovecharían para retirar los retratos de su hija que le había encargado a un pintor: uno grande y varios pequeñísimos, copias del principal. Había costado que la pequeña se quedara quieta, pero al fin lo habían logrado. Taciana era una niña graciosa, conversadora y movediza y, hasta por momentos, malcriada. ¿Cómo no serlo, aunque sea un poco, si Apia la consentía con uno y mil mimos? Pero, así como la madre era blanda, también se volvía estricta en los casos en que su hija armaba berrinches. Porque Apia se ponía seria y firme, y allí mismo los llantos y pataletas se acababan. No le gustaba verla llorar, pero el deseo de que fuera una niña bien educada era más fuerte.

Retiraron las obras y las metieron dentro de la carruca que las venía siguiendo. Luego se dirigieron a las tiendas de Apia quien, después del nacimiento de su hija, había adquirido dos más y sumaba cuatro. Todas funcionaban muy bien, al igual que las compras que realizaba como integrante de la cofradía, mercadería que sólo vendía en sus negocios, pues había desistido de comerciarla en otras ciudades porque esa actividad le llevaría demasiado tiempo y energía, y ahora era madre. Prefería tener concentrados sus movimientos comerciales en Roma. Dos locales funcionaban como joyerías y otros dos se especializaban en productos costosos provenientes de otros reinos. Desde que Octavio intervino a su favor se habían acabado los prejuicios contra ella. Sin embargo, para no toparse con las caras de los viejos carcamanes de la cofradía optó por delegar la tarea en Liam, a quien admitieron desde que él se había comprado la casa en el Palatino, pues no dejaba de ser una muestra de poderío económico por parte del antiguo esclavo. En otras ocasiones, él retiraba un informe detallado donde quedaban asentadas las decisiones más importantes del grupo. El conflicto desatado con Apia había servido para instaurar esa nueva modalidad, que terminó beneficiando a los cofrades, que de esa forma se profesionalizaron. Apia había encontrado la tranquilidad en todos los sentidos porque a Senecio no lo había vuelto a ver y, económicamente, podía descansar sabiendo que sus negocios funcionaban muy bien. Además, se había vuelto una de las más importantes comerciantes de la ciudad.

Liam seguía trabajando para ella. En algunas pocas oportunidades, el hombre le hablaba en ese tono que ella ya conocía; intentaba hacerle sentir que estaba cerca, disponible, por si ella, alguna vez, aceptaba su indeclinable ofrecimiento. Apia simulaba no darse cuenta y todo seguía adelante con normalidad. En su vida no existían los hombres, ninguno le había vuelto a interesar; la idea que concibió tiempo atrás acerca de que ella era una lámpara que nunca más se encendió cuando el aceite se consumió siempre le daba vuelta en la cabeza. Manius había sido su aceite y, cuando él se fue, ella no había vuelto a prenderse nunca más. Su niña y los negocios eran su prioridad y ocupaban su tiempo. Claro que la crianza de su hija la había llevado a buscar una existencia más tranquila. La vida diaria había tomado otro ritmo, uno mucho más sereno. Solían pasar temporadas en la villa de Trastévere, al otro lado del Tíber, en la residencia que Senecio le había devuelto. A Taciana le agradaba corretear por los grandes espacios verdes y eso la convenció a Apia de pasar varios días seguidos en un entorno más agradable. Su hija jugaba en el parque bajo el ojo atento de Furnilla, que la adoraba, mientras Apia se dedicaba a hacer las contabilidades o planes de compras sentada frente a la mesa de la galería de la casona. A veces, si disponía de tiempo, retomaba algún bordado, actividad que le gustaba, le hacía bien y la relajaba. Pero cuando volvían a la casa de Roma, trabajaba incansablemente. En muchas ocasiones, para no perderse la compañía de Taciana, la incluía en sus actividades laborales. Como esa mañana, que deseaba realizar una visita rápida por las tiendas de venta de joyas. Quería recorrerlas temprano porque al mediodía la ciudad se volvía un verdadero caos de gente, voces, carros y comerciantes.

Madre e hija caminaban por Roma. Taciana se movía con gracia y recibía los saludos de muchas personas desconocidas, que ella devolvía moviendo la mano. Se trataba de una niñita encantadora, con carácter extrovertido, hablaba mucho en su media lengua y gesticulaba con las manitos; había heredado el cabello castaño de su madre y los ojos verdes de su padre. Pero en los rasgos era una mezcla de ambos.

Cuando llegaron al primer local, Apia se metió en la trastienda. Para que se entretenga, le dio a su hija el busto de un viejo maniquí de papiro donde exhibían las joyas mientras ella, junto con uno de los dos dependientes, se puso a controlar los rollos donde se asentaban las ventas de la semana. Desde la parte de adelante de la tienda le llegaba el rumor del constante movimiento de la clientela.

Apia llevaba unos minutos controlando los números anotados en los rollos cuando del otro lado una conversación entre su vendedor y un comprador llamó su atención. La charla era interesante. El hombre joven y su prometida estaban comprando un anillo de boda, pero también les había gustado un collar. Evidentemente, por lo que decían, no eran adinerados.

—Lleva también el collar —insistía él.

—Es demasiado costoso. Vinimos por el anillo, llevar otra joya sería una excentricidad.

—Tómalo también como regalo de boda. Sabes lo que significa para mí.

—No quiero que gastes todos tus ahorros en joyas, tenemos que guardar para el casamiento —repuso la joven.

Por un momento, la voz del hombre le sonó conocida. Pero, concentrada en el tenor de la conversación, se detuvo a pensar que era una situación romántica, algo que ella nunca había vivido y —creía— nunca viviría. Los oía hablar y sentía pena: tenían el amor y no el dinero para el collar, mientras que ella tenía los collares y no el amor. Decidió hacer algo al respecto y ayudar para que alguien —al menos esa pareja— disfrutara de todo. Controló que Taciana siguiera entretenida con el maniquí para ir del otro lado y ofrecerles un jugoso descuento. El dependiente no contaba con autorización para rebajar tanto el precio.

Corrió las cortinas y vio a la pareja. Centró la vista en la chica y la sencillez de su vestimenta le recordó su paso como trabajadora en las cenas de la cofradía. Luego posó los ojos en el hombre y de inmediato descubrió que le faltaba una pierna, se sobrecogió. Pero cuando reparó en el rostro quedó impactada: era… ¡¡Décimo Ovidio!!

Apia y el hombre se miraron durante unos instantes.

—¿Décimo Ovidio…? —tanteó Apia, que seguía impresionada. Había pensado que jamás volvería a verlo, menos en esa situación. Tantas veces quiso encontrarlo en el cuartel y... tantas veces desistió.

—Apia Pópulus, ¿eres tú? —preguntó él también sorprendido.

—Sí...

Se saludaron educadamente. Décimo Ovidio no parecía tener muchas ganas de hablar con ella, por lo que Apia se apuró a decirle que le dejaba el collar al costo. Él se negó a aceptar y Apia insistió.

—Los escuché hablar —explicó— y pensé que sería lindo ser parte de la historia de amor que ustedes tienen. Permítanme ofrecerles este pequeño detalle.

Décimo, al ver el rostro anhelante de la muchacha que lo acompañaba, exclamó:

—¡Está bien, acepto!

Más relajado, Décimo le presentó a su prometida. Apia no sabía si hablar o no acerca de la pierna que le faltaba. Él le quitó el peso de encima.

—Ya ves: he perdido una pierna —dijo y, levantado la muleta que lo sostenía, añadió—: Pero logré salvar mi vida y hoy tengo un gran amor. Pronto nos casaremos. Si continuara siendo soldado, no podría. Por suerte, estoy retirado.

Apia sonrió, recordaba bien esa regla: los soldados romanos no contaban con permiso para casarse.

—¿La perdiste luchando? —Apia se animó a preguntar.

—Sí —respondió él y, a punto de contarle en cuál batalla, apareció Taciana. Entre sus manos traía el busto de papiro, pero como la muleta captó su interés dejó en el suelo el maniquí y le preguntó algo en su media lengua.

Apia necesitó traducirla:

—Te pregunta si es una espada.

—Algo así —respondió Décimo Ovidio mirando a la niña con interés. No terminaba de entender de dónde había salido y quién era.

—Es mi hija —le aclaró Apia.

—Has tenido una hija... ¿te casaste?

–No. La niña es de Manius. ¿Has visto sus ojos?

Décimo Ovidio la miró con sorpresa y luego su rostro se tiñó con ternura.

–Son claros, como los de él –comentó el hombre. Eran idénticos, de ese verde extraño–. ¿Él lo sabe?

A Apia le llamó la atención la forma en que Décimo formuló la pregunta.

–Nunca se llegó a enterar, él murió antes.

A pesar del tiempo que había pasado, los ojos se le llenaron de lágrimas. La presencia de Décimo la había colmado de recuerdos. Ya no le pasaba tan seguido.

Décimo Ovidio, con una mezcla de compasión y desorientación, le sostuvo la mirada por unos segundos hasta que al fin se atrevió a decir:

–Él está vivo. ¿No lo sabías?

–Murió cuando escapaba –contestó Apia insistiendo en la versión que manejaba.

–No. Él está en Oriente con Marco Antonio.

–¡¿Qué dices...?!

–Está vivo y en Egipto.

Apia lo oyó y se le confundieron las ideas. Un calor fuerte le subió a la cara y las piernas le temblaron. Entonces la tienda se volvió oscura para ella y, como le había sucedido el día que se enteró de su muerte, cayó redonda al piso.

Cuando volvió en sí, vio a su hija con los ojos llorosos. Aunque la novia de Décimo había logrado calmarla, la pequeña se había asustado al ver a su madre tendida en el piso. El vendedor había conseguido sales para poner en la nariz de Apia y así habían logrado despertarla. De inmediato, abrazó a su hija y la tranquilizó. Mientras seguía sentada en el piso acariciando la cabeza de Taciana, exclamó:

–¡Por Júpiter, Décimo Ovidio! ¿Cómo es que está vivo y yo no lo sabía?

Él le relató la concatenación de los hechos acaecidos y la mente de Apia fue entendiendo poco a poco. Había pasado años creyendo que estaba muerto y ahora, en minutos, debía comprender que no era así.

Hablaron un rato más sobre el hombre que los unía. Ella le contó del nacimiento de la criatura que habían concebido juntos. Y Décimo le relató cómo habían planeado la fuga de Manius, de su paso por Egipto y de su actual emplazamiento, a las puertas de una cruel batalla. También le explicó la situación militar entre Octavio y Marco Antonio: las sucesivas reconciliaciones habían ahorrado las guerras que estuvieron a punto de desatar, pero en esta ocasión el enfrentamiento entre los dos líderes parecía inevitable. Como soldado retirado, Décimo estaba muy al tanto de ciertos detalles a los que ella nunca prestaba atención. Roma siempre estaba en guerra y a Apia no le interesaban esas noticias. Salvo ahora.

Conversaron un rato más hasta que Apia se despidió de la pareja, que no dejaba de agradecerle porque finalmente les había regalado el collar. El reencuentro merecía ese gesto.

Madre e hija se subieron a la carruca. Apia desistió de continuar con su recorrido. No podía, no le interesaba visitar las tiendas. En sus brazos, la pequeña se durmió de inmediato y ella, sola, al fin dio rienda suelta a sus sentimientos y comenzó a llorar. No era fácil aceptar que había sufrido tanto por la muerte de Manius y que él estuviera vivo. Le había costado mucho ordenar su existencia y encontrar paz a pesar de todo lo que había sucedido. Y ahora este dato ponía su mundo patas arriba, la trastornaba por completo. Taciana tenía a su padre, el único hombre que ella había amado estaba con vida. Pero Manius se encontraba a punto de pelear en una terrible guerra. Imaginarlo allí, en el frente de batalla, era como volver a sufrir su muerte. Esperar su regreso sano y salvo sería una lenta agonía. Además, ¿esperarlo para qué? ¿Para estar juntos? ¡Ridículo! ¿Quién podía saber qué sería de ellos? ¿Para contarle que habían tenido una hija? Él seguramente seguía enojado por lo que pasó. ¿Qué hacer, entonces? ¿Quedarse tranquila viviendo como si nunca hubiera conocido que estaba vivo, para luego terminar recibiendo la noticia de que realmente había muerto en batalla? Según Décimo, si la lucha se desataba, sería sangrienta. Octavio y Marco Antonio irían hasta las últimas consecuencias porque el ganador se quedaría con Roma.

Cuando llegó a su casa, le entregó la niña a Furnilla, le contó lo sucedido en dos o tres palabras y se encerró en su cuarto.

Furnilla, mientras le daba a Taciana algo de comida porque ya estaban en horario de almorzar, pensaba en el reciente relato de su ama. No podía creer que el soldado no hubiera muerto.

Un rato después, Apia salió de su encierro y se marchó para cumplir con sus obligaciones laborales; necesitaba visitar las tiendas. Pero antes de salir, le encargó a Furnilla que preparara todo lo que necesitaban para pasar unos días en la villa de Trastévere. Allí, meditaría tranquila sobre la impactante novedad, algo que no lograría en el medio del bullicio y de su trabajo en Roma.

Desde que Apia recibió la noticia sobre Manius Marcio habían transcurrido dos días. Ahora, instalada en la galería de la casona de Trastévere, miraba cómo su hija y Kira juntaban florcitas a los costados del largo sendero que llevaba al portón de ingreso de la propiedad, ese que, por lejos, no se alcanzaba a ver y que era manejado por el esclavo vigía. Cavilaba sobre su situación, trataba de saber si debía tomar o no una decisión con respecto a la novedad. ¿Y si la tomaba, cuál debía ser? Tal vez, simplemente, era tiempo de quedarse quieta, aunque no se sentía tranquila actuando indiferente. Estaba enojada con los cambios. Dos días atrás vivía en paz, pero el cimbronazo había alterado su estado.

Reflexionaba sobre lo sucedido y una cosa la llevaba a meditar otra; se vislumbraba allí, disfrutando de esa casa que había creído perdida y que ahora gozaba enormemente con Taciana, igual que le sucedía con esa hija que jamás había esperado concebir −un regalo de los dioses−, porque se había terminado enamorando de un soldado después de tantos años de casada sin amor. Sin embargo, si no hubiera sido por Salvio, jamás podría haberse dedicado a los negocios, actividad que disfrutaba mucho y le permitía vivir sin tener que sujetarse a otro matrimonio indeseado. La vida era una caja de sorpresas. Una mutación tras otra donde cada acto estaba atado al otro de manera irreversible, y la única seguridad era el cambio constante. Había que aprender a vivir con esa situación. Reconocía la necesidad de asimilar esa lección. Así como alguna vez había aprendido que debía abandonar su coraza de metal y volverse de carne y hueso, ahora estaba obligada a aprender que debía aceptar los cambios porque estaban allí, esperando a que ella tomara las decisiones para ser parte e integrarse. Si no lo hacía —razonó—, quedaría fuera de la rueda de la vida. Esa que a la postre siempre traía cosas buenas. Porque por más que hubiera una mala, a la siguiente o a la otra, o después de varias, traía una buena.

Meditó y meditó durante todo el día sobre esos pensamientos y entonces, cuando todos se fueron a dormir, al fin llegó a una conclusión y tomó una decisión. Una importante, profunda y arriesgada. Al día siguiente, a primera hora, se la compartiría a Furnilla, elemento necesario para concretarla. Se acostó en paz.

Esa mañana, Apia se levantó y pisó la alfombra junto a su cama. Miró la ventana, recién aparecía la primera luz del día. En cuanto Furnilla llegó para asistirla, le pidió salir al patio para hablar en tranquilidad sobre su idea. Pero debían hacerlo pronto, antes de que se despertara Taciana, porque cuando ella abría los ojos la calma de la casa se terminaba.

Ambas salieron al exterior y caminaron rumbo a la pérgola por la que subía la rosa trepadora que se hallaba cubierta de flores de color rojo furioso.

—¿Sucede algo? —preguntó la esclava.

Que su ama la adentrara en el patio para conversar a solas no era común, solían charlar en la galería mientras bordaban.

—Necesito hablar contigo porque he tomado una decisión.

—Dígame...

—He decidido que iré a ver a Manius, viajaré a donde él se encuentra.

Furnilla se sorprendió.

—¿Está muy lejos? ¿Dónde?

—Sí, está lejos —respondió sin dar mucho detalle del lugar. Cuando Furnilla entendiera a cuánta distancia se encontraba, pondría el grito en el cielo.

—¿Es peligroso? —preguntó la esclava.

—Tal vez. Pero contrataré una expedición para que me lleve de manera segura y en poco tiempo.

—Aunque llegue sana y salva, su destino es una zona de conflicto. Usted me contó que Manius está esperando para pelear.

—Octavio y Marco Antonio han estado a punto de enfrentarse muchas veces y nunca lo han hecho. Y no sé si lo harán finalmente. Tengo mis dudas al respecto.

—¿No puede esperar a que vuelva Manius Marcio?

—No, necesito verlo, hablar con él. Si le pasara algo, si ocurriera lo inevitable y nunca regresara a Roma, no podría vivir con la carga de no haberle contado que tiene una hija. Tengo que hacerlo, se lo debo. Tú sabes mejor que nadie que nunca me arriesgué por él. Es hora de que lo haga.

—Sé que eligió salvarme a mí —dijo Furnilla.

Era la primera vez que hablaban abiertamente de lo que había sucedido ese fatídico día.

—Y fue lo correcto. Como ahora lo es que vaya y le cuente que tiene una hija —dijo Apia.

—¿Esta decisión perjudicará a Taciana?

—Espero que no, porque también lo hago por la niña. Cuando sea mayor, preguntará y debo tener una respuesta honorable para darle. Ya sabes cuán entreverada terminó mi historia con Manius.

«Claro que lo sé», reconoció interiormente Furnilla. Muchas veces se había torturado pensando que, por salvarla, Manius había perdido la vida y, en consecuencia y por su culpa, la pobre Taciana se había quedado sin padre. Pero frente a la nueva situación, la esclava también se preocupaba. Por su ama, porque tal vez se hacía ilusiones con algo que no sucedería; y por la niña, porque su madre emprendería un periplo que la obligaría a recorrer una considerable cantidad de millas, lo cual entrañaba mucho riesgo. Para peor, con una batalla pendiente en el medio. Se lo dijo:

–*Domina*, es peligroso.

–Aunque lo sea, mi actuar debe ser honorable y valiente. Manius y mi hija se lo merecen.

–Lo entiendo, ama, sé que debe ir. Pero la niña es muy pequeña para que viaje con usted.

–No la llevaré, se quedará y la cuidarás tú.

–Pero si algo le pasa a usted, ama, ¿qué haré yo, que soy una simple esclava?

–Por eso pedí hablar contigo. Necesito libertarte.

El tema aparecía de nuevo pero esta vez con carácter de urgente.

–¡Ah, no, ama, no me pida eso!

–Comprende que, si algo malo me sucediera, Minerva no lo quiera, mi hija quedará en manos de su pariente más cercano, que no es otro que Senecio.

–¡Sirona nos ampare! No podemos permitir eso.

–Comprende también, Furnilla, que tú, como esclava, no tienes permitido hacerte cargo de Taciana. Sólo alguien libre puede ser su tutor. Y tú eres la única persona en quien confío.

Apia había puesto a Furnilla en una encrucijada. La mirada de la esclava se perdió en el largo sendero empedrado que llevaba al portón de ingreso. El silencio duró dos minutos, porque ese fue el tiempo que ella se tomó para responder.

Negada desde un principio a ser una liberta, esta vez la decisión le resultó fácil y le vino clara a su mente. En el medio del verde de la pérgola se escuchó a Furnilla:

—Sí, ama, hágame libre —lo dijo con la voz temblando porque estaba entregándole su máxima prueba de cariño: soltarse del yugo de su *domina*.

—Gracias… —dijo Apia emocionada y añadió—: Espero que entiendas que te estoy dando lo más preciado que tengo en esta vida: mi hija.

Entonces Furnilla lo descubrió: supo que no se trataba sólo de lo que ella daba, sino de que ambas estaban dando todo. No había límites egoístas entre las dos, confiaba una en la otra.

Según las reglas de su época y de su ciudad, entre la fina señora y la simple esclava había un abismo, una distancia insalvable. Pero ellas, por el cariño forjado a lo largo de los años, habían saltado los códigos, las etiquetas, los rótulos; y ahora estaban allí, como desde el primer día: apoyándose.

Caminaron despacio y en silencio rumbo a la casa. Aún conmovidas por la trascendencia de la conversación, postergaron abordar trámites legales y tareas triviales necesarias para un largo viaje. Si alguien las observaba, sólo vería a una *domina* y a su esclava, pero eran dos almas que buscaban hacer de este mundo un lugar mejor. Para ello, Furnilla se soltaba de todas las seguridades que conocía y aceptaba el estado de libertad motivada por la noble intención de ayudar. Apia, por su parte, tomaba múltiples riesgos para llegar hasta el lugar donde se encontraba la persona a la que deseaba darle la importancia que alguna vez no había podido demostrarle.

Por la tarde, ambas habían dejado de lado los pensamientos y sentimientos sublimes y se dedicaban con ahínco a organizar el viaje de Apia y la visita que harían al día siguiente a la casa del notario, donde su esclava alcanzaría la libertad.

Furnilla le había hecho una petición: el tiempo que tuviera que cuidar a la pequeña Taciana quería pasarlo instalada en la casona. Prefería permanecer en la villa de Trastévere porque allí la vida transcurría de manera más apacible que en la casa del Palatino, tan cerca del movimiento incesante de Roma. Apia aceptó, le pareció una buena idea. Además, le comentó a su esclava que, por precaución, dejaría su testamento, comentario que a Furnilla la inquietó, aunque trató de disimular su preocupación.

Por momentos, las mujeres debían abandonar la seriedad de la charla, relegar la planificación de los detalles que requería la organización para atender a Taciana, que quería jugar y reclamaba la atención de su madre. Apia complacía a la niña y se tendía junto a ella en el piso; se solazaba haciéndole cosquillas hasta que la pequeña se desternillaba de la risa y, mirándola reír, se contagiaba de su alegría.

Mientras jugueteaba con su hija, la observaba, la besaba, le olía la piel; entonces, al pensar que pronto se separaría de esa tierna gurrumina, su decisión parecía tambalear. Pero sólo parecía porque no desistía, nunca la cambiaba sino que seguía allí, firme. La calidad de sagrado que le había grabado al viaje no se lo permitía.

Reunirse con Manius, contarle que juntos habían tenido una hija, decirle que por él había tomado el riesgo de viajar y revelarle cuánto significaba en su vida… era demasiado trascendente.

Él había sido muy importante y ya no había otra forma de demostrárselo que no fuera yendo a su encuentro. Empezaba una cuenta regresiva para que ella hiciera lo que debía. Entre las pocas prendas que llevaría, cargaba el pequeño retrato de su hija, una copia del grande que colgaba en la pared del *tablinum* de la casa. Tal vez a Manius Marcio le interesara verlo, tal vez. No sabía cómo tomaría semejante noticia.

CLEOPATRA
LA REINA DE EGIPTO

Cleopatra y Marco Antonio se encuentran a bordo de uno de los barcos ubicados en el golfo de Ambracia, en el noroeste de Grecia. Junto a ellos, está su flota; y muy cerca, Octavio con la suya. Llevan un mes de tensa y silenciosa pelea. Se trata de ver quién resiste más sin atacar, porque el que comience probablemente pierda, ya que el otro armará su estrategia de defensa de acuerdo con la ofensiva que sufra. Los dos líderes se observan, se miden, se espían día y noche. Es una guerra sin guerrear, una batalla sin batallar.

Octavio desplegó más barcos y quiere combatir por mar, pero prevé una desventaja: si las aguas se embravecen a causa de una tormenta, sus barcos pueden destrozarse contra las rocas de la costa. Su ventaja radica en la rápida y segura provisión de víveres que llega por mar abierto.

Antonio y su reina prefieren pelear por tierra porque tienen menos barcos. Además, como sus naves ocupan la parte interna de la bahía, están rodeados por el enemigo y la recepción de comida se encuentra limitada; apenas si les llega algo a través de las montañas desde un pequeño campamento emplazado en el monte. Pero lo peor son las enfermedades que día a día diezman su ejército. Los asolan las pestes por la falta de buena agua para beber y por las escasas mareas que arrastren las heces de los miles de bestias de carga y de soldados que aguardan que se les dé la orden de luchar.

Cleopatra y Marco Antonio permanecen inquietos. No es fácil estar encerrados tantas semanas en un barco. Si bien salen de vez en cuando para mantener reuniones estratégicas con los principales de su ejército, la vida se ha reducido al interior de la nave, y así será hasta que se decida el resultado de esta especie de guerra fría que sostienen con el líder de Roma.

Las discusiones en la pareja acerca de cómo conviene actuar se repiten, ambos opinan distinto. Ellos, siempre tan apasionados, hasta se han olvidado del sexo, las preocupaciones son apremiantes. Cleopatra ha dejado de lado su eterna elegancia; usa ropa cómoda, casi no se maquilla y dedica su tiempo a estudiar los planos de la bahía o a escuchar los detallados informes que brindan sus hombres.

Sus niños están en Egipto, ocultos en algún lugar del desierto, custodiados por sus soldados y cuidados por la fiel Sharifa. Esa noche la reina los extraña, pero espanta las remembranzas.

En el barco, por lo menos a esa hora, descansan. No creen que Octavio desate el ataque en las sombras. Cleopatra ha despedido a todos con la excusa de que ella y Marco Antonio desean dormir; sin embargo, le urge hablar a solas con su marido acerca de la estrategia. Le dirá algo delicado y muy privado.

Marco Antonio, por décima vez en esa jornada, posa su vista en los planos desplegados sobre la mesa de estudio que han armado en el barco. Y sin levantarla, predice:

—No podemos pelear contra Octavio, esta vez perderemos. Su ejército es más poderoso que el nuestro.

—Entonces, ¿qué se te ocurre? ¿Cómo lo enfrentaremos? —interroga Cleopatra, que le sigue la corriente. Ella ya tiene un plan, pero antes lo dejará hablar a Marco Antonio. Sabe que si trata de convencerlo —y él descubre sus intenciones—, se pondrá necio.

—Tenemos dos posibilidades —responde el general—: o nos retiramos por tierra y abandonamos nuestros barcos en la bahía, o intentamos romper el bloqueo impuesto por Octavio para huir por mar.

—Prefiero la segunda alternativa —afirma Cleopatra.

—Esa opción entraña un problema, pues debería abandonar a mis hombres que están en tierra.

—Pues entonces tengo una idea mejor: salvemos lo mejor de la flota y lo mejor del ejército.

—Eso sigue incluyendo abandonar a mis hombres. No me agrada la propuesta.

—Algo tendrás que sacrificar. Pero lo que yo te propongo incluye salvar el tesoro real, pilar fundamental para la reconstrucción de nuestro poderío —dice en clara referencia a los muchos arcones atiborrados del oro y de piedras preciosas que tiene en uno de los barcos y que conforman las reservas de Egipto.

Luego, y durante un largo rato, Cleopatra se dedica a explicarle de manera sutil y señalando con su fino dedo en el mapa los movimientos que deberían realizar. Por momentos, hasta le hace sentir a Marco Antonio que son suyas las ideas que ella le susurra.

Tres horas después, la pareja ya se encuentra en el lujoso aposento que tienen en el barco. Cleopatra duerme; Marco Antonio, no. Lo tortura la idea de dejar a sus hombres abandonados mientras él escapa con Cleopatra y el tesoro. Piensa en algunos soldados a los que conoce e imagina sus rostros. Entre ellos, el de Manius Marcio. Le preocupa la suerte que correrá si sigue el consejo de su esposa. Sabe que está en tierra y querría salvarlo, así como alguna vez ese hombre le salvó la vida.

Capítulo 33

HOY

Año 31 a. C.

Arriba del barco en el que viajaba desde el puerto de Brindisi, Apia suspiró largo y profundo a modo de festejo. Una voz de hombre le acababa de avisar que estaba próxima a atracar en su destino. El viaje llegaba a su fin. Estaba agotada pero satisfecha. Había recorrido más de cien leguas por tierra, sumadas a las otras tantas que atravesó por mar, y no había sufrido percances. Salvo por una tormenta que se había desatado el día anterior en medio del océano, en una zona donde —según le explicaron— solían formarse temporales. Por suerte, no había sido grave, aunque un cielo negro, algunas gotas de lluvia y un poco de viento que provocó que la nave se bamboleara habían bastado para asustarla.

Su travesía comenzó cuando salió de Roma en el carro contratado. Apia abandonó la ciudad por la vía principal y, después de un largo trayecto, llegó a Brindisi junto con dos hombres fuertes que la acompañaron durante todo el periplo. La custodia formaba parte del costoso servicio que ofrecían los transportistas, quienes bregaban por la seguridad del viajero; sobre todo, si se trataba de una mujer. El recorrido lo realizaron avanzando por la red de carreteras conformadas por las famosas calzadas romanas construidas en piedra, calles por donde podían pasar al mismo tiempo dos carros en sentido contrario y unían Roma con las principales urbes a lo largo de toda la península itálica.

A medida que avanzaban por la calzada, Apia había visto los famosos hitos, inscripciones en piedra diseminadas a los costados del camino para señalar la distancia recorrida desde o hacia Roma. Al reparar en esta información, no dejaba de asombrarse por la cantidad de millas que realizaban cada día. El gobierno romano, a través de los años, había construido estos caminos para mover su ejército, trasladar mercaderías y que las personas pudieran desplazarse como ella lo hacía ahora.

Apia, sin dudar, contrató los mejores transportistas de personas, especialistas en cubrir largas distancias de manera rápida y segura. Cuando le preguntaron si elegía priorizar la velocidad o la comodidad, ella se inclinó por la primera opción. Necesitaba llegar cuanto antes a donde estaba Manius; tenía muy claro que los soldados de Octavio y Marco Antonio aguardaban la orden para dar inicio a una contienda. En virtud de los antecedentes, ella confiaba que la batalla no se desataría, que ambos líderes se las ingeniarían para celebrar un nuevo pacto. Buscando la rapidez, la habían trasladado en distintos tipos de vehículos; algunos trechos, en carros para dos personas; otros, en carrucas. Paraban sólo para cambiar de carro, de animales o de conductor y así aceleraban los tiempos porque viajaban durante toda la jornada sin detenerse. Y por las noches, por cuestiones de seguridad, avanzaban en caravana. Apia había pagado una importante suma por el servicio, que daba sobradas muestras de buena organización; por eso, y por la seguridad brindada a lo largo del trayecto —con uno o dos hombres, según la peligrosidad—, consideraba que venía valiendo la pena.

Por momentos, a Apia se le había hecho largo el viaje; por otros, no. Cada hora se la había pasado reviviendo la despedida que tuvo con su hija, el llanto largo que ella y la pequeña desataron y cómo Furnilla debió quitársela de los brazos porque si no hubiera sido imposible separarlas. Había rememorado una y mil veces la emoción de la jornada cuando hicieron el trámite para que su esclava se transformara en una mujer liberta. El momento de la firma, la risa nerviosa de Furnilla y el agradecimiento pintado en el rostro de ambas cuando se despidieron no lo olvidaría nunca. Le gustaba sumergirse en la remembranza del último deambular que hizo por la casa paterna donde vivía y la manera en que esos ambientes la llenaron de recuerdos de todo tipo.

Apia, ese día, desde la cubierta de la nave, vio tierra y se acomodó el vestido. Al viaje había llevado sólo lo puesto y un par de túnicas más en una bolsa de mano que ella misma trasportaba fácilmente. En breve descenderían en un pequeño puerto. El capitán decidió no avanzar más porque podía ser peligroso debido a que las naves preparadas para la guerra estaban cerca. Llevaban allí semanas apostadas, observándose de un bando al otro.

Desde el lugar donde atracarían, Apia sería llevada por los dos hombres que la habían acompañado en el último tramo. La custodia, que a estas alturas del largo recorrido ya había sido reemplazada en tres ocasiones, la acompañaría hasta un campamento de soldados romanos que estaba cerca y que cumplía la misión de aprovisionar a las flotas y a los militares de Marco Antonio que estaban en el compás de espera. Los transportistas se habían encargado de avisar y, claro está, de pagar para que no fueran repelidos al llegar. Cuando en Roma la gente que contrató le pidió ese dinero extra, a ella le pareció excesivo, pero, dadas las circunstancias, agradecía haberles entregado la bolsa llena de metálico sólo para garantizar ese trámite. Empezaba a darse cuenta de cuán peligroso estaba tornándose el viaje. Ahora, gracias a ese pago, disponían de una contraseña; por eso, si la situación se complicaba, debían decir: «Flores en el agua». Los soldados habían aceptado el dinero de buena gana porque, aun cuando estuvieran por entrar a una guerra y pudieran morir en ella, abrigaban la esperanza de salir vivos para disfrutarlo o para enviarlo a sus seres queridos.

Apia descendió del barco y fue subida a un carro rústico. El trecho hasta el campamento no tenía un camino claro ni delimitado y la zona era pedregosa y arbolada, por lo que les llevaría más de medio día.

Mientras avanzaba lentamente entre el verde salvaje arriba del vehículo, Apia meditaba en lo que le esperaba. Había dejado atrás los pensamientos relacionados con Roma y, sin darse cuenta, su mente se había centrado en lo que venía. ¿Cómo estaría Manius? ¿Qué diría cuando la viera? ¿Y si no lo encontraba? ¿Sus superiores le permitirían verlo? ¿Y si había hecho este arduo viaje para nada?

Llevaban varias horas de curvas y contracurvas en el medio del monte cuando un grupo de soldados los rodeó de manera amenazante. De inmediato, uno de los hombres que guiaba a Apia vociferó:

—¡Flores en el agua!

El grito delató desesperación. Y Apia comprendió que, por más organizado que estuviera el viaje, siempre habría peligros.

Al oírlo, los soldados se relajaron y se acercaron al carro. Los acompañantes de Apia dieron las explicaciones del caso y los militares, alertados de su llegada, ahora la escoltarían hasta el campamento. Según sabían, esta loca mujer se había adentrado en una zona peligrosa porque necesitaba dar un mensaje a un centurión. ¿Qué noticia sería tan apremiante que no podía esperar al fin de la guerra? Claro, siempre existía la posibilidad de que el soldado ya no volviera de la batalla. Allí, tal vez, radicaba la urgencia de la visita.

Los transportistas, acabada su tarea, se despidieron. De allí en más, y según lo pactado, ella quedaba en sus propias manos.

Apia los vio marcharse en el carro mientras caminaba detrás de los soldados y sintió miedo. ¿Quién la defendería si sucedía algo? Apartó esas ideas atemorizantes centrándose en la razón que la había llevado hasta ese lugar. Manius estaba cerca; la piel se le erizó.

En poco rato, ella estuvo en el campamento y un superior le explicó las tareas que desempeñaban sus hombres; sobre todo, aprovisionar a los militares del ejército apostados en el campo de batalla a la espera del ataque. Mientras lo oía, Apia descubrió que en el lugar había mujeres. Más tarde se enteraría que se trataba de aquellas que, sin importarles los peligros, habían seguido a sus hombres, a quienes tenían cerca, pero no con ellas. Porque los barcos de Marco Antonio se hallaban listos para pelear desde hacía semanas en el golfo de Ambracia, sitio que en el sur estaba cerrado por la colina de Accio.

Marco Antonio, que disponía de menos naves que Octavio, deseaba batirse en tierra firme. Por tal razón, no se apuraba. Sin embargo, a medida que transcurría el verano, cada vez tenía más problemas, pues no podía recibir víveres por mar, debido a que los barcos de su enemigo bloqueaban la entrada al golfo, ni por el sur de Grecia, en poder de Octavio. Únicamente recibían suministros —insuficientes— a través de las montañas del noroeste. La poca comida, el calor, la falta de agua limpia y potable venían diezmando a sus hombres con malaria y disentería.

Después de algunas preguntas, Apia había conseguido, al fin, la información que buscaba: los soldados con los que había hablado le confirmaron que entre los apostados en tierra se encontraba Manius Marcio. Pero le explicaron que el centurión no vendría al campamento. Ni él, ni ninguno de los hombres dejaría su puesto en medio de la tensión que se estaba viviendo. Por lo tanto, le propusieron acercarla al lugar y sólo por el tiempo que ellos tardarían en dejar las provisiones, una o dos horas como máximo. Y le advirtieron que, si llegado el momento de retirarse, ella no estaba lista, no podrían asegurarle el regreso al campamento.

Apia aceptó. ¿Qué otra cosa podía hacer? Lo único que pretendía era ver a Manius vivo. Tanto había llorado su muerte y tan largo y penoso había sido el viaje, que sólo esa idea la mantenía en pie. Empezaba a soñar con ver su rostro calmo y sus ojos verdes. Ya ni siquiera se torturaba pensando en cuál sería la actitud que tendría hacia ella, cómo la recibiría o con qué ánimo. Por momentos, durante el viaje se lo había cuestionado, pero ya no. Se conformaba con verlo, con poder decir lo que debía, aquello para lo cual había emprendido semejante travesía.

El soldado más joven y de cabello claro que parecía ser el que comandaba el grupo, le avisó:

—Señora, tiene dos horas para descansar, luego salimos.

Había notado los signos de agotamiento en esta muchacha bonita que evidentemente había venido por amor. Quién sabe qué historia había detrás de este viaje. Los tiempos de guerra eran extraños; se veían situaciones que en tiempos normales resultaban impensadas.

Apia se tendió bajo la sombra de unos árboles sobre un trapo que los soldados le entregaron y allí se quedó profundamente dormida las horas que se hicieron tres, porque algo demoró la partida.

Un rato después, ella iba rumbo al lugar donde estaba apostado Manius. El grupo comandado por el joven soldado era grande y todos sus hombres iban cargados con mucho peso. Estaban acostumbrados pues recorrían el camino sinuoso, único acceso, cada dos o tres días. Se trataba de un trabajo de hormiga que les permitía tener medianamente aprovisionados, aunque sea con lo justo, a los hombres que pelearían.

Los soldados avanzaban con esfuerzo, pero a Apia, a pesar de llevar sólo su bolsa pequeña de tela, se le complicaba. Ella trepaba por las piedras de la colina con sumo esfuerzo, pero trataba de seguirles el ritmo, pues si se retrasaba los hombres no la esperarían.

Si alguien la hubiera visto ascender por la montaña, jamás hubiera sospechado que se trataba de la distinguida vecina del Palatino Apia Pópulus. Llevaba las puntas de su vestido embarradas por completo, las manos sangrantes por las espinas de los yuyos que debían apartar. Muchas veces avanzaba en cuatro patas a causa de lo escarpado del terreno. Su rostro iba transpirado y terroso; el pelo, recogido en una sencilla coleta.

Dos horas después, el sol ya caía cuando ella se sentía exhausta pero satisfecha, sentada en la puerta de una tienda de campaña donde —según le explicaron— dormían varios centuriones; entre ellos, Manius Marcio, quien, como cada tarde, se encontraba reunido con los demás superiores en la tienda grande. Cuando terminara su encuentro volvería aquí —completaron la explicación—, pues se encargarían de avisarle que una mujer lo esperaba en la puerta de su tienda. Por la hora, el centurión Manius Marcio, responsable máximo del campamento, llegaría de un momento a otro.

Apia llevaba allí un buen rato y no había hombre que pasase por el lugar y no se preguntara sorprendido: «¿Qué hace una mujer en un sitio como este?». Si bien Apia se había topado con algunas damas en el primer campamento, aquí, donde se libraría la batalla, su presencia ya no estaba permitida. Un mes atrás todavía venían a visitar a sus hombres, pero como se avecinaba el inicio del fuego, ya no eran bienvenidas.

Apia, que había recibido un poco de agua para beber y no quería desperdiciarla, apenas se lavó las manos y la cara. Sabía que su estado era deplorable, pero por primera vez en su vida no le importó.

El tiempo se le pasaba lento y le parecía que Manius no vendría nunca. O, peor aún, que se habían equivocado y él no estaba en ese lugar, cuando de lejos divisó una figura conocida. Caminaba igual que él, pero su cuerpo lucía más delgado. Centró su vista y no pudo creerlo: Manius Marcio marchaba hacia ella. La visión la emocionó y comenzó a llorar casi con la misma intensidad que el día en que le comunicaron su muerte.

Él avanzaba y bajo su uniforme también le flaqueaban las piernas. Cuando le avisaron que había una mujer esperándolo, no supo qué pensar, pero, al descubrir que se trataba de Apia Pópulus, no lo podía creer. Al principio, a poco de llegar a Egipto, muchas veces había imaginado que ella venía a buscarlo, aunque hacía mucho que ese sueño se había esfumado.

Pero ¿qué hacía Apia en ese lugar después de tanto tiempo? ¿Y en este momento en que la guerra estaba a punto de iniciarse? Habían transcurrido más de tres años desde la última vez que se vieron.

Cuando la tuvo muy cerca, el corazón le dio un brinco.

Apia. Apia. Apia.

¡Cómo la había extrañado y deseado cuando llegó a ese reino desconocido! ¡Y de qué manera se había enojado con ella por esos tiempos! La observó y vio que sollozaba.

—Apia… —Fue lo único que pudo pronunciar. La sorpresa de hallarla allí y llorando lo llenaba de sentimientos encontrados. Ella tampoco podía articular palabra.

Al fin, después de unos minutos, Apia empezó a calmarse y él, sentándose a su lado, pudo preguntarle:

—¿Qué haces aquí? ¿Por qué lloras?

—Pasé más de tres años creyendo que estabas muerto y verte con vida me conmueve… —dijo a punto de comenzar de nuevo con el llanto.

—Todos creyeron que había muerto y algunos aún lo creen.

—Pero yo te lloré como nadie.

—Tampoco exageremos. Los dos sabemos lo que pasó antes de que yo tuviera que fugarme de Roma.

—Hice lo que debía.

—¿Para qué has venido?

A Manius le daba vueltas en la cabeza el interrogante acerca de cuál sería la verdadera razón. ¿Acaso necesitaba algo de él o de alguien del campamento? Pero Apia dijo con simpleza:

—Vine para enmendar mi actuar contigo. No pretendo que me perdones, pero sí que me entiendas.

Manius, hasta el momento, no la comprendía, encontraba demasiado complicados esos pensamientos. ¿Acaso le estaba diciendo que sólo había viajado para verlo? Él, que trató de zafarse de los temas dolorosos y pasados, sólo dijo:

—Apia, es demasiado peligroso que estés aquí, está a punto de estallar una guerra.

—Lo sé, pero debía venir a verte. Además, Octavio y Marco Antonio siempre están a punto de pelear y siempre se reconcilian.

Él, nuevamente se escapó de lo sentimental y centró su conversación en la contienda:

—Pero en esta ocasión, ocurrirá. Estoy casi seguro.

—No me importa la guerra. Necesitaba verte, hablar contigo, enmendar lo que nos pasó...

Él escuchó «enmendar» y pensó: «Otra vez esa ridícula palabra».

—Verdaderamente no te entiendo. ¿Has viajado hasta aquí para decirme que quieres «enmendarlo»? ¡Para eso podrías haber esperado mi regreso!

—¿Y si no regresabas?

—Tu vida no hubiera cambiado demasiado —dijo cortante.

—Claro que sí, Manius Marcio. Tú no lo sabes, pero hemos concebido juntos una hija. Cumplió tres años, se llama Taciana y tiene tus ojos.

Manius Marcio otra vez se hallaba sin palabras.

—¿Qué dices...?

—Que tenemos una hija, y que he llorado por ti todos estos años. Jamás he vuelto a estar con otro hombre. Tú eres el único que he amado en mi vida.

Para Manius era demasiada información junta. Él, durante estos años, se había ocupado de echar sobre el amor que le había profesado a Apia Pópulus una capa de plomo tras otra para poder sepultarlo y dejar de sufrir; y ahora venía ella y le decía todas estas cosas. No, no tenía derecho.

Se quedó en silencio y no habló más. Apia, tampoco.

Llevaban un largo rato sumidos en un denso mutismo. La noche caía en la montaña cuando ella dijo:

—Tomé el riesgo de emprender este largo y peligroso viaje sólo para demostrarte que, si bien una vez no pude arriesgarme por ti, ahora sí lo hice. He pasado muchas dificultades y ha sido muy agotador, pero estoy satisfecha: te he visto y te he dicho lo que quería que supieras.

Manius empezaba a tomar conciencia de las dificultades que ella había sorteado para llegar hasta él y encontrarlo. Le preguntó:

—¿Cuánto llevas viajando? ¿Saliste desde Roma?

—Sí, partí de allí y llevo tres semanas sin parar. Lo hice por ti porque aún eres importante para mí. Pero también por nuestra hija. Alguna vez ella preguntará y quiero que sepa lo que has significado para mí.

—Una hija... no puedo creerlo.

—Yo tampoco podía cuando me enteré del embarazo. ¿Te acuerdas que te conté que no podía tener hijos? Imagina la sorpresa y la alegría que sentí al recibir la noticia, pero no tenía cómo compartir la felicidad porque habías muerto a causa de tu huida del calabozo donde fuiste a parar por mi culpa.

Manius empezaba a entender la concatenación de los hechos y el porqué de la profundidad de la visita de Apia.

La noche había caído y ellos estaban allí sin saber qué hacer. Otra vez el silencio. La miró. Apia parecía a punto de desfallecer.

—¿Deseas más agua?

—Sí.

Él se puso de pie, entró a la tienda y volvió con el recipiente en el que cada soldado llevaba su agua. Se lo dio y ella bebió.

—¿Quieres algo de comer?

Apia no le respondió, le daba igual. Había alcanzado a hablar con él haciendo uso de las últimas fuerzas que le quedaban.

—Necesitas alimentarte, espera un momento —dijo Manius y se marchó.

Enseguida volvió con un plato de lentejas y dos trozos de pan que ambos compartieron. A pesar de los llantos y de los sentimientos a flor de piel, Apia tenía hambre. ¡Quién sabe desde cuándo no comía!

A lo lejos se oía el jolgorio propio de la camaradería de los hombres que cenaban juntos en la mesa larga que se armaba cada noche junto a la cocina que funcionaba a la intemperie. Ella pareció preocuparse, aguzó el oído.

—Son mis hombres —le aclaró Manius para que no se asustara.

Apia, ya más tranquila y con más ánimo, alcanzó a decir:

—Cuando me enteré de que estaba embarazada...

Él la miraba con interés, deseaba recibir esa explicación.

A punto de retomar el tema de los sentimientos propios y de la hija que tenían en común, el joven soldado rubio que dirigía el grupo que había traído las provisiones vino por Apia:

—Es hora de irnos.

Manius y ella se miraron.

—Ya te vas... —dijo él.

—Sí, salvo que me pidas lo contrario.

—Es peligroso que te quedes, no es una buena idea —advirtió él.

Apia se puso de pie al percibir que Manius no deseaba que se quedara. Le daba pena haber hecho semejante viaje y hablado tan poco con él. Pero no podía obligarlo a nada. Ella había cumplido con su propósito. El joven soldado, junto a ellos, la esperaba impaciente.

Se saludaron con un adiós y un frío y corto abrazo.

—Siento mucho que las cosas salieran así. Pero al menos ya sabes que tienes una hija —dijo ella y emprendió la retirada detrás del muchacho rubio que ya marchaba en busca de sus compañeros.

—Cuando vaya a Roma las visitaré. Lo prometo —dijo él.

Apia deseó en su fuero interior: «Ojalá vuelvas vivo», pero no se atrevió a ponerlo en palabras.

Caminó unos pasos y la figura femenina comenzó a alejarse. Entonces Manius, al ver cómo las primeras sombras de la noche lo dejaban sin ella, le gritó desesperado:

—¡Apia Pópulus...! ¡Quédate!

Ella se dio vuelta y, aunque no lo distinguió por completo, sonrió. Se despidió del soldado rubio con dos palabras de agradecimiento. El muchacho intentaba explicarle que recién podrían buscarla cuando volvieran en dos días para traer nuevamente comida, pero Apia no oía. Manius Marcio era un imán que la atraía, la empujaba al precipicio, la llevaba a tomar riesgos como desde el día que lo conoció. Ella aún era un *methýso* de ese hombre; se consolaba pensando que tal vez él también lo fuera de ella. Por algo Manius Marcio la había llamado para que se quedara.

Una vez juntos se volvieron a sentar en la entrada de la tienda. Él le contó de las necesidades que estaban pasando en el campamento: comida escasa y falta de agua con la consecuente aparición de enfermedades. Aun así, mantenían la esperanza de que no hubiera guerra. O, en todo caso que, si la había, la ganaran. No sabían si se desataría en un día, en treinta o nunca.

Él le propuso:

—Apia, te he dado la mitad de mi porción para que comas, pero para que te asees lo único que puedo ofrecerte es llevarte a algún rinconcito del mar, porque agua dulce no hay. Se cuidó de contarle que la acercaría a uno de los pocos trozos de playa limpia que quedaba; había demasiados soldados para usar la pequeña costa de la bahía.

Ella aceptó la propuesta. Su cuerpo no resistía una partícula más de polvo ni de barro, no le importaba quitarse la mugre con agua salada; necesitaba limpiarse y refrescarse, estaba sucia y había pasado mucho calor. Mientras caminaban hacia el mar, Manius le dijo:

—Luego te buscaré un lugar para que puedas dormir tranquila.

—Gracias.

—Cuéntame cómo es la niña. ¿Cómo dijiste que se llamaba?

—Taciana. Elegí ese nombre por su significado, porque la niña siempre fue inquieta y despierta. Te traje un retrato de ella.

Continuaron conversando sobre la criatura; ella era un lazo extraordinario que los unía. Apia expresaba sus sentimientos, pero Manius, no. Cuando le llegaba el turno de hablar se quedaba callado. Sobre todo, cuando abordaron el tema de la elección que Apia había hecho por Furnilla y los ánimos se destemplaron porque no se ponían de acuerdo.

Cuando arribaron a la playa, Manius le señaló un sitio pedregoso junto al mar donde el agua estaba limpia y estaría a salvo de miradas indiscretas. Pero Apia se metió con vestido, necesitaba lavar su ropa.

Él la miraba hacer y pensaba que, como siempre, sus movimientos le resultaban terriblemente sensuales. Ella nunca había dejado de gustarle, pero no sabía si quería volver a amarla. Ese sentimiento llamado «amor» seguía bajo las capas de plomo que él tan cuidadosamente había colocado para no seguir sufriendo cuando llegó a Egipto.

Después de que ella se aseara, regresaron caminando despacio. Apia llevaba la ropa mojada. Conversaban y se hacían preguntas cuyas respuestas habían quedado inconclusas desde hacía tres años.

Él: «¿Qué pasó con Senecio?», «¿Octavio ha vuelto a acosarte?», «¿Sigues trabajando como *margaritaria*?», «¿Cómo está la bella Roma, ha cambiado?», «¿Vives en la misma casa?».

Ella: «¿Te agrada Egipto?», «¿Es verdad que Marco Antonio ha renunciado a ser romano porque Cleopatra lo tiene encantado?», «Yo nunca me enamoré de otro hombre, ¿y tú, sí de otra mujer?».

Ambos respondían con la verdad. Él, porque era su modo de actuar; ella, porque había aprendido que no había nada mejor que la sinceridad y la veracidad.

La charla los envolvió y así regresaron al campamento. En la entrada, los esperaban tres de los jóvenes hombres de Manius. Uno fue quien habló:

—Señor, sabemos que su invitada pasará aquí la noche. Los cinco que dormimos en una de las tiendas de la formación derecha, junto a los árboles, hemos decidido dejársela a la señora.

Otro agregó:

—Los de la sexta división también ofrecieron la suya, pero nosotros pensamos que es mejor la nuestra porque está alejada del grueso de los soldados. Allí dormirá mejor.

Manius miró a Apia y sonrió. Así eran sus hombres: caballerosos y bien dispuestos, por eso los apreciaba. Y por ellos daba la vida como también los soldados la entregarían por él.

–Oh, no es necesario –dijo Apia.

Los hombres respondieron casi al unísono:

–Nosotros dormiremos bajo los árboles, es una linda noche.

–Aceptado, gracias –dijo Manius sin darle más vueltas al asunto.

A Apia el cansancio no le permitía desistir ni contradecir nada. Se dejó llevar y enseguida estuvieron frente a la tienda que le habían cedido. Ingresaron, se trataba de una típica carpa de campaña con una vela prendida dentro. Apia pensó en cómo una simple tela que los separaba del exterior les permitía sentirse a salvo de casi todo. Ella le dio el retrato de Taciana y vio cómo él se emocionaba mientras lo contemplaba.

–Tiene mis ojos.

–Sí. El cuadro es para ti.

–Gracias –dijo con una sonrisa.

A Manius ver el retrato lo había destemplado. Le señaló la cama de paja y una manta tendida en el suelo.

–Acuéstate y descansa. Quién sabe qué nos depara el mañana.

La frase caló en ella y se animó a ofrecerle:

–¿Quieres quedarte y dormir conmigo?

–Oh, no, Apia, no podría.

Ella lo miró con pena y entonces los ojos verdes se quedaron anclados en los marrones de largas pestañas, pero con algo de ojeras por el cansancio. Bajo la penumbra de la vela las miradas de ambos se quedaron prendadas la una de la otra. Unos instantes de observación mutua y ella adelantó tres pasos y acercó su boca a la de Manius. Ninguno pudo ni quiso resistirse y se besaron durante unos instantes. Pero él fue firme y, separándose de ella, dijo decidido:

–Me voy, duerme tranquila.

La noticia de una hija había sido demasiado fuerte, reencontrarse con Apia después de tanto tiempo lo había impactado, las fuerzas para mantener las capas de plomo de su corazón podían llegar a flaquear. Pero no estaba seguro de nada, por lo que lo mejor sería irse, huir cuanto antes de esa tienda.

Él se marchó y Apia, una vez que se acostó en el suelo, pareció desmayarse; en segundos, el cansancio la venció. Ella no escucharía absolutamente nada en las próximas ocho horas.

Apia, a la mañana siguiente, con la primera claridad del día, abrió los ojos. Al oír los gritos de los hombres del ejército haciendo sus prácticas matutinas, y al verse rodeada por las telas de la tienda de campaña, cayó en la cuenta de que estaba en el campamento. Salió a la puerta. Allí encontró una vasija con leche y un bollo de pan. Se enterneció, estaba segura de que Manius se lo había dejado muy temprano.

Era pasado el mediodía y Apia aún no había visto a su centurión. Por momentos, temía que su presencia molestara a los demás hombres. Pero, como era invitada de Manius Marcio, y él era quien comandaba a los que estaban en tierra, poco a poco se tranquilizó. Además, cuando algún soldado pasaba frente a la tienda, la saludaba con un respetuoso «buenos días, señora». De todas maneras, su tiempo en el lugar se acortaba porque durante la siguiente jornada vendría el grupo que traía las provisiones y ella se marcharía; no había mucho más por qué quedarse. Más vuelta le daba al encuentro con Manius y más se convencía de cuánto lo amaba aún. Pero él, a pesar del beso, había estado frío y distante. Momentos atrás, uno de los hombres le había traído un nuevo plato de lentejas y ella se lo había comido con gusto. Igual que se había bebido el agua que, a estas alturas, descubría que estaba racionada. No sólo se trataba de alimentar y saciar la sed de los soldados del campamento, sino también de los que estaban en los barcos apostados muy cerca de allí.

El sol de la siesta alumbraba en toda su magnitud y sofocaba el ambiente cuando ella vio que en el campamento se producía un gran revuelo. Los soldados iban y venían. Se preocupó.

¿Acaso se había desatado el ataque que tanto habían esperado? Se levantó y se aproximó a los árboles grandes, donde el cocinero tenía su reducto, por allí pasaba la mayor parte de la actividad del cuartel.

Enseguida descubrió que se trataba de la visita del mismísimo Marco Antonio. ¡Él estaba en el campamento! ¡Algo iba a ocurrir!

CLEOPATRA
LA REINA DE EGIPTO

Marco Antonio esa mañana se ha despertado con dolor de cabeza; la noche ha sido mala. Cómo no, si las decisiones tomadas con su reina durante la velada aún le duelen, lo atormentan. Se ha levantado tarde y ha comido algo, luego ha pedido que le preparen la barca de menor porte porque quiere ir a tierra para hablar con sus hombres.

Definir ciertos trámites sobre cómo trasladarán el tesoro real les lleva gran parte de la mañana. Es la siesta cuando parte para concretar lo que su corazón romano le exige. A Cleopatra no le ofrece detalles sobre sus próximos movimientos, ni le explica el motivo de la visita a sus hombres de la montaña. Ella, por su parte, ya está tranquila; sabe que él ha aceptado la propuesta que le hizo acerca de abandonar a los soldados apostados en el continente, dejar peleando a algunos barcos de la flota mientras ellos huyen. Los que se queden en tierra firme y en la bahía se perderán porque Octavio se encargará de aniquilarlos. Marco Antonio y Cleopatra han resuelto salvar a los selectos y, claro, sus propias vidas y el tesoro. Él piensa hablar con todos y contarles un plan falso; no puede revelarles su verdadero objetivo, pues ningún soldado quiere ser abandonado por su líder.

Una hora después, Marco Antonio se encuentra con los centuriones en el predio del campamento, uno de los grupos más perjudicados, pues casi todas sus vidas se perderán. Muy pocos de estos hombres subirán a los barcos, pero no puede decirles la verdad, necesita entusiasmarlos. Por eso les cuenta:

—Prenderemos fuego las naves que están en peor estado y nos quedaremos con unas doscientas treinta. Y con esas combatiremos.

—Pero Octavio tiene cuatrocientos barcos. ¿Cómo haremos para pelear contra tantas? —pregunta Manius. Como tiene confianza con el general, se atreve a poner en palabras lo que los demás centuriones también piensan. No le encuentran sentido al plan.

—Es imposible derrotarlos con tanta diferencia de naves —evalúa otro de los centuriones.

—Tenemos los mejores hombres, los más fuertes y bravíos —repone Marco Antonio y, entonces, se detiene para explicarles un plan de una batalla que —él sabe de antemano— no habrá, porque la decisión tomada durante la noche es otra.

La realidad es que los hombres de sus barcos apenas si lucharán lo mínimo e indispensable como para romper el bloque de los buques de Octavio que hace un mes los tienen atrapados en la bahía. Luego, mientras sus naves se encuentren peleando contra el divino filius, Cleopatra, él y algunos más intentarán largarse de allí, huir a todo vapor y con el oro.

Durante la reunión, uno de los hombres formula una pregunta importante:

—¿Y cuándo sucederá esto?

—Mañana, pasado. Será a comienzo de *september*, no más lejos de esa fecha.

La tertulia les lleva una hora. Todos tienen muchas dudas y preguntas, pero confían ciegamente en su general. Les ha asegurado que habrá una gran batalla por tierra y por mar, y que la ganarán. Una vez concluida y mientras los hombres se retiran de la tienda, Marco Antonio le pide a Manius Marcio:

—Quédate, por favor, quiero hablar otro tema contigo.

El centurión asiente con su cabeza y, cuando todos se han ido, el general se le acerca y le habla en voz baja para decirle lo que nunca hubiera querido escuchar:

—Mira, Manius Marcio, todos los hombres de tierra morirán. Porque intentaré retirarme de la bahía con algunos barcos para salvar el tesoro y, así, poder empezar de nuevo.

—Pero no podrá marcharse, señor, está el bloqueo, esa barrera infranqueable que forman los barcos de Octavio.

—Pelearemos contra ellos sólo usando algunas naves y huiré mientras dure la lucha.

La decepción pinta el rostro de Manius, que al fin le pregunta:

—¿Y qué quiere de mí?

—¡Que te salves! Debes abandonar tierra y subirte a uno de nuestros barcos. Si quieres pelear, pues pelea, pero al final debes unirte a la estela de naves que huirán. Son las únicas que se salvarán, si todo sale bien.

—Perdone, mi general, pero yo no huiré.

—Mira, Manius, haz como quieras, pero no te quedes en tierra, súbete a un buque y pelea, si así lo prefieres, ¡pero súbete! Es la única manera que tendrás de sobrevivir.

—Pelearé, esa es mi vida, para eso nací.

—Pues cuando divises la estela de barcos que huyen y decidas seguirnos, Manius, serás bienvenido. Ya sabes que tienes un lugar importante asegurado en el nuevo ejército que formaré en Egipto.

—¿A cuántos de mis hombres de tierra puedo subir a los barcos para que den batalla?

—Pocos.

—¿Cuántos?

591

Marco Antonio le dice un número que —por pequeño— escandaliza a Manius. Luego agrega:

—Deben ser los mejores, los más aguerridos.

—A ninguno de mis hombres les faltan esas características.

Marco Antonio no le responde porque no lo escucha; debe volver al barco con Cleopatra y ultimar los detalles de la falsa contienda. Empieza a caminar rumbo a la salida.

Por su parte, Manius Marcio está conmocionado. Por primera vez no está seguro de querer continuar al lado de su querido general Marco Antonio. Lo ha seguido hasta este país lejano, lo ha apoyado en cada plan, le ha salvado la vida dos veces en batalla arriesgando su propia existencia, pero ahora lo que pide es demasiado, va en contra de los principios que viene aprendiendo desde los diecisiete años, cuando ingresó al ejército romano.

¡Lo narrado por Marco Antonio es terrible! Pero, al meditar sobre esas palabras, Manius reconoce que el general lo ha tratado de manera preferencial al revelarle su verdadera intención. Más lo piensa y más se llena de pena por su líder. ¿Cuándo cambió? ¿Fue Cleopatra quien tuvo la culpa? ¿O ha sido el siniestro juego de poder que ha llevado a lo largo de los años con Octavio lo que lo ha colocado en esta encrucijada? No tiene las respuestas, pero de algo está seguro: ahora él —y sólo él— debe tomar sus propias decisiones.

Marco Antonio se ha retirado entre eufórico y dolorido. Considera que le ha ido bien con los hombres, pero hay algo en su honor que le quita el aire, le saca las ganas de vivir.

CAPÍTULO 34

HOY

Año 31 a. C.

En el campamento, momentos antes, Apia había visto pasar a Manius junto a Marco Antonio y los demás centuriones. Marcharon frente a la cocina y llegaron a la tienda grande donde se encerraron. Ella, como otros, se acomodó bajo un árbol y observó el pabellón. Era evidente que tomarían alguna decisión importante que afectaría a todos. Apia decidió quedarse allí hasta que saliera Manius. Quería preguntarle qué estaba pasando.

Pero luego, cuando después de casi una hora los hombres salieron, Manius Marcio y Marco Antonio permanecieron en el interior de la tienda. A solas, ambos llevaban adelante una nueva reunión. Ella, mientras tanto, oía a su alrededor cómo los soldados rumoreaban que pronto se iniciaría la guerra.

Cuando los dos hombres finalmente salieron de la tienda, Apia notó que iban compungidos y muy serios. Manius acompañaría al general hasta la playa donde había dejado la pequeña embarcación. De paso por la zona de la cocina del campamento, Marco Antonio y Manius descubrieron la figura de Apia.

—¿Quién es? —preguntó Marco Antonio.

—Ha venido a traerme un mensaje.

—¿Es tu mujer?

—Sí —dijo Manius, que no tenía otra explicación para darle. Su relación con Apia era demasiado complicada.

—Súbela al barco contigo, no lo olvides.

Apia los vio despedirse y entonces se marchó a la tienda donde había dormido, lo aguardaría allí. Estaba segura de que cuando él pudiera, la buscaría en ese lugar, mejor no irse lejos. Ingresó a la carpa dispuesta a esperar, pero, para su sorpresa, en instantes alguien entró detrás de ella. Era Manius.

—Me asusté —dijo sobresaltada—, no pensé que vendrías tan pronto.

Manius no respondió, sino que se sentó en la cama del piso y apoyó su frente sobre las rodillas mientras se tomaba la nuca con las manos. Se quedó en esa posición un largo rato, hasta que ella le preguntó.

—¿Qué sucede?

Apia tampoco obtuvo respuesta. Manius parecía estar sumergido en un universo propio.

—¿Estás bien? —preguntó. Comenzaba a preocuparse.

Él, aún con la cabeza gacha, expresó con voz casi inaudible:

—La vida, la guerra, el egoísmo. Mis hombres… es terrible.

—Si piensas que te puedo ayudar, cuéntame, por favor… —propuso ella mientras se sentaba a su lado.

Manius hizo una inspiración ruidosa como si recién su ser regresara a este mundo. Luego, levantando la cabeza, vio el rostro dulce de Apia y su figura casi inesperada dentro de esa tienda. Entonces en su mente se unieron las conversaciones que acababa de llevar adelante con Marco Antonio y la presencia de esta mujer que, si estaba en ese lugar, era gracias a su tenaz valentía. Porque, al emprender el largo viaje, Apia se había arriesgado mucho por él y ahora, tal vez, hasta podía quedar atrapada en esta ridícula y egoísta guerra. Pensó en la hija que, quizá, nunca conocería porque, al fin y al cabo, él pelearía y Marco Antonio había dicho con claridad que, de los que se quedasen dando batalla, sólo unos pocos se salvarían. Sentimientos encontrados se apoderaron del centurión.

—Apia, Apia…

—Manius Marcio, dime de una vez qué sucede.

594

Entonces, a él las prioridades se le acomodaron, las certezas se le aparecieron y cada cosa ocupó su debido lugar. La vida era corta para andar escondiendo los sentimientos. Se peleaba una batalla y al otro día la mitad de los que empuñaron la espada ya no estaban. Las capas de plomo se derrumbaron de golpe y de improviso. El corazón le explotó y puso la verdad en su boca:

—Apia, yo aún te amo.

Ella lo observó en profundidad durante unos instantes y luego, extendiendo su mano, le acarició el rostro sin dejar de mirarlo. Sus ojos verdes estaban tristes y emocionados. Evidentemente, algo trascendental había ocurrido en las charlas que acababa de mantener con la milicia, pero a ella no le importaba si había servido para que Manius descubriera sus emociones. A veces, los golpes fuertes ayudaban a encontrar las verdades que estaban necesitando salir a la luz.

Se besaron. Y en ese beso fue el deseo de que la vida fuera eterna; en él apareció la fuerza para espantar el dolor proveniente de las equivocaciones ajenas.

Se besaron con una pasión nueva, madura, esperanzada.

Cuando se separaron, él parecía haber recobrado algo de la fortaleza y la lucidez que lo caracterizaba. Le dijo:

—Habrá guerra y pronto. Mañana, cuando vengan los soldados a traer víveres, te irás con ellos. Tienes que pensar en nuestra hija.

A ella, la frase la asustó y, al mismo tiempo, le agradó. Él le hablaba de «nuestra hija» aunque le anunciaba que habría guerra.

—Está bien, regresaré —aceptó—. ¿Cómo sabes que pelearán?

—Marco Antonio ha manifestado que iniciará la lucha. Para eso ha venido al campamento.

Apia contrajo el rostro. Apenas había recibido un «te amo» de Manius y ya tenía que ponerse a lidiar de nuevo con la idea de su muerte.

—Iré a organizar a mis hombres, Apia. Y al final del día, cuando acabe con mis responsabilidades, vendré a verte. Hoy dormiremos juntos porque mañana te irás, ¿eh?

—Sí, sí —asintió ella, que deseaba sellar el pacto de ese amor con un encuentro físico al tiempo que comenzaba a aceptar la idea de marcharse. Si había guerra, lo mejor, por su hija, sería regresar a Roma.

Capítulo 35

HOY

Año 31 a. C.

Por la tarde, temprano, cuando todavía no caía el sol, Manius llegó a la tienda de Apia. Llevaba dos nuevos platos de lentejas.

—He terminado mi jornada.

Comieron en silencio, Apia lo veía con el rostro tenso. Cuando acabaron la comida, ella se interesó por sus labores.

—¿Ha sido difícil el día?

—Sí, pero ya está decidido cuáles de mis hombres subirán a los barcos. Me costó mucho la elección, pero la hice.

—¿Por qué te costó elegirlos? —indagó sin saber que con esa pregunta ponía el dedo en la lastimadura que sangraba.

Manius la miró para sopesar si estaba preparada para contarle lo que estaba sucediendo. Pero si no hablaba con alguien, definitivamente, se volvería loco. Lo que sabía era un peso demasiado grande para soportarlo solo.

—Vamos adentro, te contaré.

Ingresaron, se sentaron sobre la rústica cama y enseguida un torrente de frases salió de la garganta de Manius. Le explicó la situación sin disimulos tal como hacía siempre. De su boca brotaba una catarata de dolor, de frustración y de interrogantes sin respuestas. ¿Por qué habían terminado así las cosas? ¿Por qué pelearían romanos contra romanos? Ante esas preguntas, Apia sentía el mismo dolor que atravesaba a Manius porque podía ver en su rostro la desazón que le provocaba ser quien, con su dedo, señalaba quién viviría y quién no.

597

El sol caía y las primeras oscuridades comenzaban a aparecer cuando Apia consideró que él ya se había descargado y decidió que había sido suficiente. Más de lo mismo le haría daño. Porque a veces, en ese mundo masculino, la destrucción que ellos mismos propiciaban era tal que sus emociones quedaban mutiladas, se dañaban tanto que luego carecían de herramientas propias para restaurarse. Apia hizo lo único que, como mujer, estaba a su alcance y sabía hacer para ayudarlo: se sacó la túnica, la *fascia* y alguna otra prenda y, completamente desnuda, le tomó las manos a Manius y las guio hasta sus senos. El toque de esa piel suave y las formas redondeadas lograron devolverlo a este mundo, igual que los besos consiguieron redimirle el placer de estar vivo. Tras un rato de enardecimiento, las tristezas se habían olvidado. Los cuerpos alborozados y ajenos a la guerra se hallaban de fiesta.

La carga emocional del día había sido intensa, el futuro no se presentaba muy auspicioso, se avecinaban horas negras de muerte y dolor, y la inminente separación de ambos aparecía como nube tormentosa que busca arruinar un día de sol. Sin embargo, allí estaban ellos, celebrando el amor a su manera. Manius Marcio y Apia Pópulus bailaban una danza carnal y sublime. Lujuriosa y excelsa. Porque Manius por momentos era tierno como un niño, pero por otros rudo como legionario en combate; hasta sus sonidos eran parecidos a los que emitía cuando batallaba. Apia agradecía estar en esa tienda bastante apartada, ya que hubiera sido imposible ahogar los sonidos que ambos dejaban escapar. Porque ellos tejían y destejían el amor en todas sus formas. Tanto tiempo sin verse, y ahora sólo disponían de esa tarde y esa noche que empezaba, esas horas que ellos se bebían juntos y con desesperación como se bebe el *mulsum* dulce cuando se tiene sed, porque, aunque posee poco alcohol, embriaga hasta los huesos de tantas ansias que se sienten cuando se lo toma.

Llevaban dos horas de amor cuando al fin, extenuados, ambos se tendieron en la cama boca arriba y, mirando la unión de las telas que la carpa formaba en el techo, él dijo:

—Volveré vivo por ti y por nuestra hija.

—Prométemelo.

—Te lo prometo.

Apia se animó a preguntar:

—¿Cómo sabrás que la pelea empezará?

—Marco Antonio enviará un mensajero y en ese momento comenzaremos a subir los hombres a los barcos chicos y de allí, a los grandes. Será a principio de septiembre.

El mes estaba a punto de comenzar. Los tiempos se acortaban.

Esa mañana, cuando Manius despertó, lo primero que hizo fue recorrer todo el cuerpo de Apia con besos ruidosos y hacerle cosquillas. Ella soportó estoicamente conteniendo las risas. Se trataba de una forma de ahuyentar la dura realidad que los envolvía y la cruel que se avecinaba; un ritual para no perder la esperanza ni la alegría, y olvidar el entorno. Sabían que una vez que salieran de la carpa todo cambiaría. Apia lo miró a los ojos y le dijo:

—Te amo, Manius Marcio.

—Y yo a ti, Apia Pópulus. Recuerda que te buscaré en Roma y también a mi hija —le respondió y de inmediato empezó a colocarse su uniforme.

—Te esperaré el tiempo que haga falta, pero regresa.

Él ya estaba casi listo cuando le aclaró:

—Desayunaré con mis hombres. Te haré mandar una vasija con leche.

—Ve tranquilo, yo organizaré mi partida —respondió Apia, que preveía que debía estar lista para el mediodía, cuando llegara el joven con los víveres.

—Vendré a despedirte.

Ella escuchó la frase y tuvo deseos de llorar.

Sentada cerca del techo de tela debajo del cual funcionaba la cocina al aire libre que manejaba un fornido hombre que medía, por lo menos, trece pies de alto –unos dos metros–, Apia había escuchado comentar a los soldados que antes del racionamiento de alimentos era tan gordo, que comía por seis legionarios; pero el cocinero se defendía diciendo que esas acusaciones eran simples blasfemias.

Ella se había instalado allí porque había descubierto que todo lo importante pasaba por ese sector del campamento –lo bueno y lo malo–, igual que en un hogar. Allí, bajo ese techo, se disfrutaban los desayunos y las cenas, se impartían algunas directivas importantes que involucraban a todos e, incluso, se dirimían a los puños los asuntos de los soldados. El mismo Marco Antonio había pasado unos momentos cerca de los fogones cuando visitó el campamento antes de entrevistarse con los centuriones en la tienda grande.

Así que Apia dio por descontado que el grupo que esperaba se presentaría allí mismo para entregar los víveres. La espera se le hacía dolorosa; imaginar que no había fecha de reencuentro con Manius le parecía una situación difícil de aceptar. Pero la incertidumbre de no saber si él saldría vivo de la batalla le producía una agonía indescriptible. Quería pasar con él los últimos minutos antes de marcharse, pero sabía que él no podía abandonar su responsabilidad como soldado.

Después de haberse secado varias veces las lágrimas, Apia trataba de disimular su llanto. No deseaba que Manius la viera así, bastantes problemas lo acosaban. No quería irse, no deseaba abandonar a su soldado en este momento difícil. Se hubiera quedado –miedo no tenía–, pero lo único que la convencía de emprender el regreso era Taciana. Si algo le pasaba, la pequeña quedaría sin madre, aunque estaba tranquila pues su hija se hallaba en buenas manos. Si Furnilla la había cuidado a ella con su vida, cuánto más lo haría con la niña.

El momento en que aparecerían los soldados de los víveres se aproximaba, por lo que Apia intentó despedirse de Manius.

No creía que viniera *motu proprio*, el campamento bullía y todos parecían necesitar órdenes e instrucciones de los superiores. Sumergida en sus pensamientos de despedida, la sobresaltó el arribo frenético de un mensajero que llegó corriendo y pedía por el centurión a cargo. Lo había enviado Marco Antonio y era evidente que traía una importante noticia. En un instante, la cocina se revolucionó. Ella, desde su rincón, se quedó observando con atención.

Manius Marcio apareció enseguida y allí, junto a la mesa donde cenaban cada noche y frente a algunos soldados, el muchacho le explicó que Marco Antonio acababa de dar la orden de quemar sus propios barcos para quedarse sólo con los mejores; no quería abandonarlos y que luego los usara el enemigo. Era el momento en que debían empezar a embarcar a los pocos hombres del campamento ubicado en tierra.

Porque a partir del instante en que Octavio divisara los movimientos y el fuego, los atacaría. Y la guerra se desataría.

Manius estaba sorprendido. Aunque Marco Antonio se lo había anticipado, él nunca creyó que sucedería tan pronto. Los tiempos se habían acortado, debía estar lúcido y actuar guiado por su mente fría de militar. Tras una breve reflexión, Manius comenzó a impartir órdenes a los encargados de distintas áreas: necesitaban la lista de los que partirían, había que recoger los elementos que se llevarían, debían comprobar una vez más que las armas estuvieran en perfecto estado, como les había solicitado cada día.

Por último, habló con los centuriones que se quedaban a cargo del campamento. Les recordó cómo debían actuar de acuerdo a lo que siempre se había planeado si ocurría un ataque. Habían pasado mucho tiempo encerrados en la tienda grande organizando las acciones defensivas. Pero Manius se dolía porque sabía que les tocaría lo peor.

Se hallaba sumergido en una enardecida actividad de órdenes, gritos y movimientos de tropas cuando vio que la figura de Apia se acercaba a él. Entonces, recordó que ella estaba en el campamento y que debía irse cuanto antes. Con un grito, detuvo la partida del mensajero, que se había alejado varios pasos.

—¿Qué sabes de los soldados que hoy vendrían con los víveres?

—Si se necesitan alimentos, centurión, serán llevados directamente a los barcos. Cuando las condiciones lo permitan volverán para abastecer el campamento... Seguramente, después de la batalla... —Y luego añadió un poco más despacio—: Si ganamos la pelea.

Apia también oyó la explicación.

Durante el tiempo que durara la lucha, el aprovisionamiento quedaba suspendido. La prioridad la tenía la batalla. Todo vestigio de normalidad se alteraba. En otras palabras, los soldados de los víveres no vendrían.

«Claro, cómo no —pensó Manius—. Marco Antonio nunca dará la orden de enviar alimentos a los soldados de tierra porque prevé que todos morirán.» Esta idea le dio la certeza de que Apia no podía quedarse en el campamento. La tenía muy cerca y no sabía qué decirle. Ella tampoco preguntaba. Simplemente, lo observaba con ojos interrogantes.

«¡Mierda! ¿En qué lugar seguro podría ponerla a resguardo?», se preguntaba y no hallaba ninguno. La evacuación de los hombres había comenzado. De tierra pasarían a las embarcaciones pequeñas; luego, a las de mayor envergadura. La operación les demandaría un par de horas.

—Apia, ve a la tienda donde dormimos anoche y espérame allí. Pasaré en un rato y te diré qué haremos.

—¿Se desató la guerra?

—Sí.

Ella obedeció, dio media vuelta y rápidamente se encaminó hacia la tienda. Si bien estaba impactada con la noticia, había una realidad: cuando ella decidió emprender el viaje sabía que existía esta posibilidad. Sentada en la galería de la casona de la villa de Trastévere lo había meditado mucho y, sabiendo de la sombra de una posible batalla, aun así lo había decidido. No le costaba lidiar con lo que estaba pasando, no tenía miedo. Muy pocas veces en su vida lo había sentido. Esa, justamente, no era una característica de su personalidad.

Apia se encerró en la tienda y se tendió en el lecho que sólo unas horas atrás había cobijado los cuerpos desnudos de ella y de Manius haciendo el amor de manera enardecida.

Allí, acostada, pensó durante un largo rato hasta que tomó una decisión: no se separaría de Manius. Donde esa tarde él fuera a pelear, ella también estaría acompañándolo porque a su lado se sentía segura. No creía que hubiera otra posibilidad. Cuando los hombres de Octavio atacaran, penetrarían como hordas en cada rincón del campamento y sus alrededores, y ella no quería estar sola en ese momento. Todos sabían qué le sucedía a una mujer si era encontrada por el bando contrario; por eso, prefería morir a sufrir vejámenes. Ya bastantes había padecido en su vida y elegía la muerte antes que revivirlos. Había llegado a la decisión de manera fría como hacía con sus negocios. Le daba tranquilidad el saber que viniendo a este lugar ella había hecho un acto de bien, había plantado una buena semilla y ahora los dioses la tenían que ayudar, devolverle algo bueno, lo que sea, pero bueno. Sólo cuando pensó en Taciana y en que tal vez nunca más la vería, el corazón se le estrujó. Sus ojos se le llenaron de lágrimas y lloró por un largo rato. Sin embargo, luego de unos minutos resolvió pensar que la última palabra no estaba dicha. Quizás, ella y el padre de su hija sobrevivirían, y los tres juntos podrían disfrutar de un reencuentro. Por lo pronto, ahora ella debía ser fuerte para enfrentar lo que venía; no se haría de metal, no, eso había quedado en el pasado, había logrado el delicado equilibrio de sentir todo lo bueno y lo malo y no desesperarse. Claro que había que ver qué le diría Manius cuando viniera a la tienda. Probablemente, no sería fácil convencerlo de la resolución que había tomado.

En la zona del campamento junto al mar, el centurión Manius Marcio se movía con rapidez en medio de sus hombres, hablaba con apuro y decidía en forma expeditiva, trataba de mantener la calma, el equilibrio y la cordura para hacer bien su trabajo y luego ocuparse de Apia. No se olvidaba ni por un instante que ella lo esperaba. Había tomado una decisión; sólo había que ver si ella aceptaría su propuesta.

Casi dos horas después desde que Apia se refugiara en la tienda, Manius se desocupó y de inmediato fue a su encuentro. Cuando Apia escuchó los pasos, salió y se abrazaron con fuerza.

—Tengo pensado lo que haremos —dijo él.

—Yo, también.

Manius se inquietó, no quería otro plan, salvo el que había elegido; el suyo le parecía el más seguro.

—Pienso que lo mejor es que… —pronunciaron los dos al mismo tiempo. Acababan de decir la misma frase.

Se miraron en profundidad. En otro momento menos dramático la coincidencia los hubiera hecho reír. Pero la situación urgía y ambos trataron de acabar la frase, pero, sin proponérselo, nuevamente hablaron al unísono. La voz de ambos se escuchó sobrepuesta.

—Lo mejor es que estemos juntos.

Otra vez se observaron y él expresó:

—Apia, yo me refiero a que subamos a un mismo barco. Que tú vengas conmigo, sea lo que sea que nos toque enfrentar. Yo te defenderé con mi vida.

—¡A eso mismo me refería yo, Manius! Porque a tu lado me sentiré más segura. Si estoy contigo, no tengo miedo.

—Yo te defenderé con mi vida —insistió él.

—Lo sé.

Se volvieron a abrazar y se dieron un corto beso en la boca. No había tiempo para el amor, debían salvar sus vidas.

—Te vestirás con ropa de hombre. No quiero que llames la atención cuando peleemos de barco a barco.

La lucha siempre comenzaba cuando una nave espoleaba a la otra y entonces los hombres se trababan en combate cuerpo a cuerpo intentando subir a la embarcación del bando contrario para tomar el control.

—¿No será mejor un uniforme romano? —sugirió Apia.

—Es demasiado complicado moverte si no estás acostumbrada.

—Como tú digas.

—Te traeré ropa —dijo él.

—Consígueme una tijera.

Él asintió con la cabeza. Ya imaginaba para qué la quería. Se marchó de inmediato; daría las últimas órdenes a los soldados que permanecerían en tierra.

Dos horas después, vestida de muchacho, Apia Pópulus formaba parte de la tripulación del barco que ocupaba Manius. Algunos hombres, que sabían quién era ella, protestaron cuando la subió a la nave, pero el apuro de la situación los obligó a deponer su actitud y los reclamos quedaron en la nada. Manius Marcio había desistido de ser quien liderara la embarcación y había logrado un reemplazante porque prefería camuflarse en el fondo, como uno más, para proteger a Apia en caso de que fuera necesario. Ella, a cierta distancia, trataba de no llamar la atención, ni siquiera se acercaba a él. Ubicada en uno de los bordes de la nave, sentía el viento fresco sobre el rostro; su cabello estaba demasiado corto como para que lo moviera la brisa. Así como alguna vez se lo había cortado para salvarse de Octavio, en esta oportunidad había usado las tijeras para protegerse de los hombres del divino *filius*. Entre sus ropas llevaba el filoso cuchillo negro de Manius, el arma que él le había dado, la única que ella sería capaz de usar. Darle una espada resultaba impensado; sus delicadas manos ni siquiera podrían soportar el peso.

Marco Antonio, luego de quemar las naves, había embarcado a sus mejores veinte mil legionarios y dos mil arqueros, a quienes les había anticipado que librarían una batalla naval. Hasta ese momento, su intención de romper el bloqueo para luego dejar a los demás peleando mientras él huía seguía siendo secreto.

Cleopatra y el tesoro real estaban a resguardo en su lujosa nave emplazada al fondo de la bahía. Delante del barco de la reina se habían situado los barcos de Marco Antonio. Y frente a estos, pero ya en mar abierto, los buques de Octavio.

Marco Antonio estuvo a punto de dar la orden de tomar el rumbo anverso para emprender la huida, cuando de repente el cielo se oscureció y empezaron a caer gruesas gotas. Apia se encomendó a los dioses y pudo sentir cómo el agua le mojaba el rostro y la ropa. Manius, por el contrario, ni se percató. Su cuerpo se encontraba tan tenso que, si le hubieran hecho un corte profundo, él no lo hubiera sentido.

La lluvia embraveció el mar y durante el tiempo que duró la tormenta el plan de Marco Antonio se suspendió y los miles de soldados de ambos bandos que ese día habían sido movilizados para dar pelea por sus generales permanecieron expectantes por horas.

Apia, en este tiempo, repasaba su vida entera, pero Manius sólo pensaba en posibles estrategias, mientras que algunos tripulantes hasta bromeaban.

Finalmente, cuando el cielo se despejó y las aguas se calmaron, la flota personal de Marco Antonio se ubicó más cerca del centro de la bahía. Había pasado un largo rato cuando un viento del noroeste lo ayudó y empujó a todas sus naves haciéndolas salir de la bahía: las de su flota personal se movieron hacia el centro y los grandes barcos, hacia los costados.

Octavio, al detectar este desplazamiento claramente hostil, acercó sus barcos a cada lado buscando frenar lo que —creía— sería la salida de las grandes naves de su adversario. Así, entonces, comenzó una feroz lucha concentrada en los flancos izquierdo y derecho de la bahía.

Apia, con terror en los ojos, vio cómo un barco enemigo se aproximaba hacia el de ellos y luego los embestía con los espolones de hierro buscando echarlos a pique. En ese instante, la mitad de los hombres que la rodeaban saltaron a la nave contraria con violencia y dando bufidos para terminar trenzados en una feroz lucha.

En ambos flancos de la bahía se libraban batallas enardecidas, pero el centro, donde se situaba la nave de Cleopatra, estaba en paz y despejado casi por completo. Todo seguía el curso de lo planeado; por eso, la reina Cleopatra aprovechó ese túnel de agua que se abría en el medio y lo usó como la vía de escape que estaba esperando. Marco Antonio, al observar la maniobra de su mujer, se cambió rápidamente de nave. Abandonó la grande, se subió a una más pequeña y huyó siguiendo el barco de la reina.

Muy cerca de allí, el navío de Apia acababa de lograr la victoria sobre el que había intentado dominarlos. Los hombres gritaban airosos y furibundos, y otra vez se preparaban para resistir los posibles embates de nuevos barcos.

Manius Marcio se acomodó el uniforme, miró el horizonte y entonces lo descubrió: Cleopatra huía y también Marco Antonio por detrás, junto con otras naves que los seguían. El centurión se encontró ante el momento exacto donde debía tomar la decisión: o emprendía la retirada como ellos, o se quedaba a pelear junto a sus hombres. Se dio vuelta para mirar a Apia y los ojos de ambos se encontraron. Entonces, con su dedo índice, él le señaló los barcos que se alejaban; ella, que recordó su explicación, comprendió lo que estaba pasando. Él volvió a mirarla con sus ojos verdes indignados y por momentos desolados. La miró largo. Apia comprendió que Manius le estaba pidiendo permiso para quedarse a pelear. Ella pensó en cuál sería la mejor respuesta, sopesó las razones, las importancias y los valores. Lo hizo durante instantes —que para ella fueron horas— porque valoró en segundos toda una vida. Luego caminó como pudo entre los bamboleos de la nave y se acercó a él por detrás. Pegando su pecho a la espalda uniformada, sin verle el rostro, le habló al oído y le dijo:

—Haz lo que tienes que hacer. Yo estoy aquí para acompañarte.

Manius Marcio, sin dejar de ver el horizonte, en señal de que la había entendido, le apretó fuerte la mano. Ellos, que seguían en la misma posición, ni siquiera necesitaron mirarse para saber que estaban de acuerdo. Apia se encontraba segura de la decisión que acababa de tomar. Sentía que se hallaba en el lugar exacto donde tenía que estar y haciendo lo que debía. Para eso le había sucedido en su vida todo lo que le pasó, para poder enfrentar este duro momento con dignidad. Ella, cuando dejó de ser de metal, aprendió a aceptar lo bueno y lo malo que la vida traía, y lo que ahora vivía formaba parte de eso, porque no cambiaría por nada del mundo el reencuentro que había tenido con Manius, las palabras que se habían dicho, la noche de amor y pasión. Si el precio de haber vivido esos bellos e intensos tiempos era esta dramática realidad, ella lo pagaba contenta. No quería ni deseaba volver a ser de metal, sólo aceptaba vivir intensamente cada momento; aun este, que no era el mejor. La dureza sólo entrañaba la destrucción.

Para poder estar de pie en esta ocasión había tenido que aprender a aceptar que los cambios eran la constante, porque en pocas horas había pasado de la felicidad completa a esta dura realidad. Arriba de este barco, lo vivido en el pasado parecía tener sentido. Apia, después de reflexionar sobre el descubrimiento que acababa de hacer, se tranquilizó, porque también había aprendido que después de una mala época siempre venía una buena. Y ahora, confiada, ella esperaba la buena. En medio del horror que vivía se sintió plena. Si moría, lo haría en plenitud por todo lo que la vida le había dado. Haber aprendido las lecciones le otorgaba la actitud correcta para enfrentar este momento.

La batalla continuaba y un nuevo barco de Octavio se acercaba a ellos. Manius giró y le ordenó:

—Vete atrás, donde estabas, y no te preocupes, que de esta salimos juntos.

Apia, temblando, le hizo caso.

Un viento fuerte del norte corría nuevamente y le daba en el rostro a todos los tripulantes del buque. Muchos llevaban los ojos y el gesto teñidos de temor. El de Apia y el de Manius, no. Ambos habían plantado la buena semilla, y ahora esperaban que saliera el buen árbol.

Tenían la paz de los que hacen bien las cosas y aunque estén viviendo un mal momento esperan que la vida les devuelva la bondad que han plantado, de los que han aprendido a modelar el carácter porque la forma anterior les traía destrucción, porque Apia sentía en cada poro el miedo, pero al mismo tiempo la seguridad de que allí debía estar.

Capítulo 36

HOY

Año 30 a. C.

En el palacio de Alejandría el griterío de la pareja real es infernal. Mientras discuten, Marco Antonio y Cleopatra se persiguen de una habitación a la otra tirándose objetos que caen al suelo y se rompen. Se recriminan en forma recíproca las equivocaciones que los han llevado a la peligrosa situación que viven y que –todos prevén– empeorará. Porque nada ha salido como esperaban. Si bien han llegado sanos y salvos tras la huida de Grecia y lograron preservar el tesoro real, Octavio ha vencido por completo a los hombres que dejaron en el golfo de Ambracia y ahora se dirige a Egipto por sus cabezas. Y está a sólo pasos.

Al comienzo, cuando supieron que estaban asediados por los hombres de Octavio, protegieron las afueras de Alejandría. Pero al cabo de poco tiempo, sus naves levantaron los remos en señal de que se rendían, y su caballería también cedió ante el enemigo. Para desconsuelo de la pareja, sus hombres se pronunciaron en su contra y acabaron ayudando a su adversario a cercar Alejandría.

Esta vez, Octavio irá hasta las últimas consecuencias. Le interesa deshacerse definitivamente de Marco Antonio y Cleopatra por muchas razones: quiere tomar posesión del gran tesoro real y, además, asestarle el golpe final a esa eterna relación comercial con Egipto tan desfavorable para Roma porque el país oriental, siempre en su poderosa posición de vendedor de trigo, los obliga a pagar precios muy altos. Un triunfo definitivo sobre la reina le permitiría erigirse ante los romanos como el gran señor por siempre jamás. Además, debe aniquilar a Marco Antonio para que no vuelva a convertirse en una amenaza.

—Te dije que si huíamos nos arriesgábamos a esto —le reclama Marco Antonio—. En pocas horas los hombres de Octavio estarán golpeando la puerta de este palacio.

—No había alternativa.

—Sí, pelear. Al menos, hubiéramos muerto con honor.

—Una reina no debe morir, debe reinar.

—Tú me quisiste hacer creer que yo era un rey, pero soy un simple soldado y ahora ni siquiera eso. Hasta mi honor he perdido. ¿Por qué crees que acaban de abandonarnos nuestros hombres? ¡Porque yo los abandoné antes y ya no confían en mí!

—¡Basta de llantos! ¡Piensa en una estrategia! —le exige Cleopatra, que es buena para la diplomacia.

Para Marco Antonio, sin embargo, las cosas son simples y considera que esta situación es el fin.

Cleopatra, harta de escucharlo sin decir nada coherente, se va. Da un portazo, dos, tres, se aleja y pone varios cuartos de por medio entre ella y su marido. Necesita tomar distancia de este hombre que suena como un perdedor y no como un rey. Escucharlo le impide analizar cuál es el mejor plan, tiene que hallar una solución. Sabe que está en juego su reino. Esta vez debe ser fuerte como las pirámides, recordar que ella es la reencarnación de Isis.

Una vez que está suficientemente lejos de Marco Antonio y ya no lo escucha, busca a Sharifa. Cuando la encuentra, le pide que se encargue de los niños. La mujer, que está al tanto de todo, intenta ayudarla con consejos. Pero Cleopatra se aleja de todos y se encierra en una habitación que ni su marido sabe que existe; la usa pocas veces, sólo cuando la precisa. En el sitio cuenta con todo lo necesario para oportunidades como la que está viviendo.

Se tiende en el lecho y hace dos o tres rituales de concentración. Respira y medita. Luego, ya más tranquila, camina hasta el pequeño altar de la punta, y allí ofrece un sacrificio a sus dioses. Les brinda incienso y un anillo que lleva puesto hace muchos años. Luego se dedica a caminar como león enjaulado por la habitación, y otra vez se acuesta, y piensa. Deja pasar un rato y vuelve a caminar.

Finalmente, aún de pie, apoya las manos en el altar, agacha la cabeza y huele el incienso. Se llena los pulmones de ese humo, necesita tomar la energía de sus antepasados. De repente, como si realmente sus deidades la hubieran ayudado, se le ocurre una pavorosa idea, pero que podría darle la solución.

Se arrodilla e invoca a sus ancestros que viven en las pirámides. Necesita que ellos le den fortaleza para concretar su plan. Debe ser fuerte y lo será. Hará lo que tiene que hacer. Ella no debe dejarse dominar nunca ni por el lujo, ni por el poder, ni por el amor a sus hijos; mucho menos por el de un hombre. Además, el que la acompaña en este momento, a pesar del amor que se tienen, es un peso, un lastre que necesita sacarse de encima.

Se decide, sale del cuarto y va al encuentro de Sharifa. Le pide hablar a solas y le dice:

—Quiero que lo hagas tú, sólo en ti confío. Le dirás que me he quitado la vida.

—Pero eso no solucionará nada.

—Él también se quitará la suya y entonces volveré a ser la solitaria reina de Egipto que puede negociar con Octavio.

—¿Cómo sabe que se la quitará?

—Él me lo ha prometido —dice recordando aquella oportunidad cuando se lo aseguró mirándola a los ojos.

Una hora después, Sharifa ingresa al cuarto matrimonial, donde encuentra a Marco Antonio, que está desasosegado. No para de caminar y de hablar solo.

La vieja nana abre su boca y cumple con las órdenes de su reina. Luego se marcha. Se queda expectante detrás de la puerta tratando de escuchar algún indicio para contarle a Cleopatra. Pero el silencio es absoluto.

Por la noche, en el palacio reinan los gritos y los llantos. Insólitamente, sin embargo, la que llora de manera más lastimosa es Cleopatra. Ella sabe que no ha podido escapar del destino de su familia que, a causa del poder, esposos, padres, hijos y hermanos terminan dañando a los que aman sin importar los lazos que los unen. En este caso, ella es la culpable; y la víctima, el padre de sus propios hijos. Marco Antonio, al creer que ella se había suicidado, hizo lo mismo con su espada; para peor, malherido, antes de exhalar su último suspiro, ha pasado horas en agonía.

Pero la reina es fuerte como una pirámide y seguirá adelante cueste lo que cueste, pierda lo que pierda, muera quien muera. Por esa fortaleza pagará el precio que sea, hasta la vida del único hombre que amó. Ella jamás será de carne y hueso, porque así se lo han enseñado y así seguirá.

Las esclavas de Cleopatra han echado mano a todos los artilugios de belleza que conocen, pero no ha sido fácil eliminar las marcas que afectan los ojos cansados de tanto llorar de su reina. Ella, de pie, se mira en el espejo; aún sigue siendo una mujer hermosa, pero hay algo de su encanto que ha muerto para siempre con Marco Antonio porque sabe que nunca volverá a ser la misma. Lleva puesto su mejor vestido, su mejor corona, su mejor perfume y aun así no está segura de si esta vez le alcanzará para cautivar a un hombre.

En minutos tendrá lugar en su palacio una negociación con Octavio. Abriga la esperanza de que, tal vez ahora que la sabe sin un hombre al lado, él decida ser el romano que la proteja de Roma. Lo que ella no alcanza a comprender es que, así como ella es una sola con Egipto, Octavio es uno con Roma; jamás traicionará su terruño, sería traicionarse a sí mismo. Por esta razón, lograr un acuerdo entre ellos resulta imposible, pues aman demasiado cada uno a su reino; se han hecho uno con sus dominios.

Una hora después, Octavio ingresa al salón principal del palacio. Va con su uniforme de soldado y sin custodia. ¿Para qué usarla? Ya no hay razón ni motivos, Egipto está completamente en sus manos. Aun así, sentada en su trono, Cleopatra lo observa altiva.

Se saludan como viejos conocidos que vuelven a encontrarse. ¿Para qué perder las formas si no es necesario?

Hablan dos o tres palabras sobre la muerte de Marco Antonio. Octavio le dice «Fue innecesaria. Pero se trataba de un romano y tenemos dignidad». Sabe que con esa frase le asesta un golpe mortal.

Cleopatra huye del tema y se centra rápidamente en lo que le interesa. Pretende negociar mano a mano con él, aunque la destrucción la persiga.

—¿Y entonces cuál es la propuesta? —pregunta la reina.

—Que nuestros reinos sigan unidos —explica Octavio.

—¿Qué significa esto?

—Nuevos tratos comerciales, respeto...

—Hablemos un poco más de los detalles... Pongámoslo en papiros.

—Lo haremos más adelante, lo importante ahora es que celebremos juntos.

—¿Celebrar?

Le suena ridículo. No tiene motivos.

—Sí, celebremos una fiesta en Roma por nuestra reconciliación.

Cleopatra escucha el nombre de la ciudad y la piel se le eriza. Cree saber lo que planea Octavio. Sin embargo, le da una última oportunidad.

—Hablemos sobre los términos de nuestra amistad...

—Prefiero que primero festejemos y que después fijemos términos. Mañana mismo podemos partir para Roma.

Cleopatra ya no tiene dudas: él quiere hacer con ella lo que ha hecho con cada enemigo que ha vencido. Porque a los líderes de los pueblos que domina, apenas sucede el triunfo, los pasea encadenados por las calles de Roma como su trofeo. Pero ella no le dará con el gusto de verla llorar y suplicar. No, señor. Cleopatra se pone de pie y muy tranquila le responde con un engaño:

—Pues mañana partiremos a Roma para los festejos y luego hablaremos del resto.

Octavio sonríe satisfecho y asiente con la cabeza. Enseguida se saludan. Él le ofrece una reverencia que ella acepta.

El divino *filius* se retira. Cleopatra también se marcha, pero va despacio, vencida. Camina como una sombra de lo que alguna vez fue por esos pisos que fulguran de limpios tal como cuando ella era una niña.

Finalmente, al llegar a su cuarto, se topa con Sharifa, que la espera ansiosa para que le cuente cómo salió el encuentro.

—Me quiere como trofeo, desea exhibirme en Roma. No habrá pacto entre nosotros.

—¿Y entonces?

—Todo se acabó.

Sharifa, que comprende el significado profundo de esa frase, llora sin lágrimas y sin sonidos, solloza con el corazón, que —dicen— es el peor dolor. La vieja nana no quiere agregarle otra angustia a su niña.

Porque Cleopatra es fuerte y no se quebrará, irá hasta las últimas consecuencias, aunque para ello deba romper todo a su paso. Incluida su propia vida y la de las personas que ama.

Cleopatra viste sus ropas de oro y sus joyas de piedras preciosas. Lleva puesta su corona. Todo su cuarto huele a sándalo. Frente a ella, sobre el mueble del espejo, se halla el canasto que contiene la serpiente que le quitará la vida en menos de lo que dura un suspiro.

Acaba de besar a sus niños y de darle instrucciones a Sharifa sobre qué hacer con los cuatro cuando ella ya no esté. Le ha hablado con paciencia y detalle, aunque sabe que sus recomendaciones carecen de sentido porque la mujer es una pobre sirviente que no tendrá el poder suficiente para defenderlos si realmente el mundo romano quiere atacarlos. Imagina el rostro sonriente de cada uno y entonces, cuando está a punto de quebrarse al figurarse el dolor de no verlos más, vuelve a pensar en la dureza de las pirámides y lo logra, recobra su fortaleza.

Ella es fuerte y no se quebrará, pero para eso no debe sentir. Y ella no siente, pero aun así se hace varias preguntas.

«¿Y si me hubiera ablandado, acaso Marco Antonio todavía estaría con vida? Tal vez sí, porque si no le hubiera mentido mi suicidio, él no se habría matado.»

«¿Y si me hubiera ablandado el día de la batalla naval y hubiéramos peleado como quería Marco Antonio, mi reino aún existiría? Tal vez sí, porque el resultado final podría haber sido otro.»

«¿Y si hubiera querido a mi marido con todas las fuerzas como me exigía mi alma, entonces mi vida sería otra? Tal vez sí, porque aún seríamos felices.»

Todos los «tal vez» son hipótesis que incluyen una premisa: que ella sienta. Pero ella no siente ni sentirá. La reina ha elegido la dureza, la misma que hoy le impide reconocer que se equivocó, porque es ese corazón de piedra que la ha llevado a perder a su hombre, su reino y, ahora, también se llevará su vida y hasta la de sus hijos. Lo piensa y se siente morir. Entonces de nuevo se endurece.

Sabe que, después de rogarle mucho, podría haber alcanzado un acuerdo con Octavio, pero eso no es para ella. Ni la blandura, ni los cambios son para ella. Ella es dura y punto. Ella es reina y punto. No aceptará otra cosa. Se acuesta sobre el lecho y mete la mano en el canasto, y de repente siente un dolor punzante. El animal le ha metido en las venas su ponzoña. Su vida está a punto de expirar. Elige cuidadosamente lo que –sabe– serán sus últimos pensamientos e imágenes: los ojos de sus niños, las manos de Marco Antonio, los paisajes de Egipto, la efigie de su cuerpo armónico el día de la última coronación. Se trata de figuras que han desaparecido o están a punto de desaparecer. La dureza se ha llevado todo.

Epílogo

En la residencia que Apia Pópulus tiene en Trastévere, Furnilla se halla sentada en la galería. Esa tarde, una de las últimas de verano, mientras borda mira a Taciana. Bajo la pérgola, la niña juega con Peti, su pequeño perro faldero de pelo blanco y largo. Se trata de un popular *can melita* que vive en la casa desde hace varios meses, más precisamente desde que Apia se marchó rumbo a su largo viaje. En esos tiempos, Taciana pasó día y noche llorando, pidiendo por su madre, y Furnilla, ya sin saber qué hacer para consolarla, aceptó la idea que le dio Kira y llevó el animal para entretener a la pequeña.

Así como determinó lo del perro, Furnilla también tuvo que resolver muchas otras situaciones. Para ello, debió aprender a tomar decisiones, pues su nueva vida se lo exigía: hizo plantar vides para reemplazar las añosas; compró una carruca para la casona donde se instalaron y, así, moverse con facilidad; además, adquirió una decena de esclavos para trabajar en el gran parque de la villa. Desde la partida de Apia ya no es más una esclava, sino una liberta y eso involucra resolver problemas y gestionar. Ella no sólo decide, sino que también administra una mensualidad de varios miles de sestercios que su señora dejó para que vivan.

Por estos días el notario le ha pedido reunirse, los meses pasan y, si eso ocurría, según las instrucciones de la señora Pópulus, estaba obligada a realizar más trámites legales, como leer el testamento y otras gestiones de esa índole. Pero Furnilla mantiene la llama de la esperanza y se convence de que la persona que le ha dado la libertad, tarde o temprano, regresará. Demora la cita con el hombre, aunque está al tanto de la cruel batalla de Accio y del desenlace de la disputa entre Marco Antonio y Octavio. Sabe de los muertos, de la destrucción, pero aun así ella persiste en esperarla. No se da por vencida. Muchas tardes, cuando se sienta a bordar, se queda observando desde la galería el largo sendero empedrado que tiene la propiedad y que conduce hasta la entrada principal que, por la distancia, no alcanza a divisar. Sus ojos buscan en el horizonte una litera o un carro que traiga a la mujer con la que, mutuamente, se han brindado tanto; espera verla aparecer.

En Trastévere la jornada laboral ya casi termina, el sol cae. Recién despiden a Liam, que ha venido a hacer su visita diaria; aunque no lo demuestra, el hombre también extraña a Apia.

Furnilla, sentada en una *cathedra*, con las agujas e hilos en la falda, escucha cómo Taciana ríe a carcajadas mientras juega a dar vueltas en círculos con el perro, que quiere quitarle el racimo de uvas que lleva en la mano. Entonces, al saberla feliz, piensa que la adquisición del animal fue un acierto. Porque a pesar de que ella la mima a más no poder, y de que Kira juega incansablemente con la niña, y no obstante que Liam la visita cada tarde con un presente y de que es la regalona de todos los esclavos de la casa, la pequeña extraña algo que ya se ha olvidado qué es exactamente. Porque cuando Taciana mira el retrato de su madre le dice «¡Mamá!»; sin embargo, a veces, al observar las pinturas colgadas en el *tablinum* con rostros de otras mujeres, también las nombra de esa manera. Para alguien que tenía tres años cuando su madre se marchó, esa ausencia representa un vacío muy fuerte. Pronto cumplirá cuatro, y Furnilla nota cómo cada día los recuerdos de la niña pierden nitidez y se desdibujan.

—Taciana, no le des uvas al can, se las está tragando enteras y le harán mal —le pide Furnilla al ver qué hace la niña.

Kira aparece con una fuente con galletas recién horneadas y una jarra de limonada. Furnilla la mira y ella le explica:

—Me las acaba de entregar la cocinera.

—Pues tomaremos ahora mismo la merienda. Por favor, busca a Taciana.

Kira da dos pasos rumbo a la pérgola, pero no alcanza a llegar. Se detiene y, dándose vuelta, comenta:

—Mira, Furnilla…, ¿lo has visto?

—¿Qué cosa?

—El esclavo vigía ha hecho la seña para que abran de nuevo el portón.

Si bien no logran divisar el ingreso porque está lejos, adivinan los movimientos por la actividad de los esclavos.

—Seguramente es Liam, que regresa porque se ha olvidado algo.

Kira se encoge de hombros y continúa su marcha en busca de Taciana.

Furnilla se pone de pie y llena las copas de latón con limonada.

Instantes después las tres disfrutan de la bebida fresca. Mientras bebe, Furnilla fija la vista en el sendero de ingreso. Busca la carruca de Liam, pero el vehículo no aparece. Sin embargo, en pocos minutos vislumbra dos figuras que se acercan a pie, caminando despacio. ¿Quiénes podrán ser? Deduce que son esclavos de un predio vecino porque avanzaban sin litera ni carruca.

Pero entonces sus ojos descubren que el andar de una de las figuras le resulta familiar.

Furnilla abandona la copa sobre la mesa y sale de la galería, camina uno, dos, tres pasos… busca acercarse al sendero que lleva al portón de ingreso; se apura, quiere ver mejor. Lo logra y, cuando comprueba sus sospechas, exclama en un grito:

—¡Por Sirona! ¡Es ella, que regresa!

Se da vuelta y, emocionada, con la voz temblorosa, exclama:

—¡¡Taciana, ven!! ¡¡Es tu madre!! Es ella…

Furnilla llora. La niña abre grande los ojos, mira la escena sin entender, tanto ha anhelado que regrese esa mujer de nombre «Mamá», que ahora que le dicen que vuelve no sabe bien qué debe hacer. Siente vergüenza, enojo, miedo, pero al mismo tiempo emoción, porque presiente que se trata de algo muy bueno.

—¡Sí, son ellos! —exclama Kira también emocionada. Ella ha sufrido viendo la angustia de Taciana.

Algunos esclavos que desde el interior han escuchado el griterío salen al patio. Todos llevan la vista fija en las dos figuras que avanzan por el camino y cada vez se aproximan más rumbo a la casa.

Sí, son Apia Pópulus y Manius Marcio. Pero en realidad no lo son. Regresan siendo unos muy diferentes de los que alguna vez fueron cuando se marcharon de Roma.

Caminan igual que antes, sonríen idéntico, porque eso es lo que hacen en este preciso momento al distinguir quiénes los esperan, pero han cambiado. El dolor de lo que han visto, el saber que han salvado sus vidas, ha mudado su interior. La posibilidad de regresar a su pacífico mundo los ha llenado de agradecimiento a tal punto que los ha transformado.

Para Apia se trata de una transformación más de las muchas que lleva viviendo y que le han dado la oportunidad de regocijarse con situaciones impensadas, como disfrutar de una hija, o del hombre que quiere, y hasta de una hermana, como considera a Furnilla desde que abandonó viejas ideas y aceptó la nueva: una esclava puede ser una mujer libre e igual que ella. Apia ya no es de metal sino de carne y hueso, acepta las emociones sedosas y multicolores como así también las espinosas y grises. Les dice «Sí» a los cambios inesperados porque ha aprendido a tener la paciencia que se necesita para que la rueda de la vida concluya la vuelta completa y vuelva a traer felicidad de nuevo. Ya no reniega ni se resiste a lo que cambia sin su permiso o en contra de sus deseos, sino que deja que las situaciones fluyan porque, si no puede cambiarlas, concluye que por algo será; confía en que sean lo que tienen que ser y que, a la postre, se acomoden para mejor.

Manius también carga sus propias transformaciones porque su perspectiva de la vida ha cambiado, sus deseos se han ampliado y ahora incluye uno nuevo: disfrutar de una familia porque ha descubierto que la vida con la espada en la mano no siempre es pura valentía y honor. Eso, lo ha aprendido con lágrimas al ver los cuerpos de los hombres que ha perdido en batalla por culpa de las decisiones equivocadas de otros.

La pareja se acerca y el grupo que aguarda en la galería se alborota cada vez más.

Cinco días después

En el foro de la ciudad de Roma, a pesar del sol y del calor, la actividad es incesante y, como siempre, las personas van y vienen. Aunque en ese horario no se permiten carros sino sólo peatones y literas, en algunas zonas es tal el gentío, que resulta difícil caminar. Los romanos hacen compras, pasean, toman bebidas frescas en las cantinas y charlan con los conocidos que se encuentran a su paso. Saborean su metrópoli.

El grupo que ha salido de la casona de Trastévere vistiendo túnicas claras y livianas por el calor ahora deambula alegre entre los negocios, disfruta en gran manera del paseo mañanero. Porque a Apia y Manius caminar por esas calles queridas después de lo que han atravesado les parece un milagro. A Taciana, que va de la mano de su madre, también. Igual para Furnilla y Kira, que marchan juntas como personas libres; el día anterior han realizado el trámite ante el notario y la muchacha morena ahora es una liberta como su pareja. Incluso, hasta las cuatro esclavas que los ayudan y cargan las compras ríen felices. ¿Cómo no? Si para ellas se trata de un paseo por Roma que les permite ver cosas que, de otra forma, no tendrían la oportunidad de apreciar.

—Señora, ¿llevamos lo que compraron a la carruca? —pregunta una de las sirvientas mostrando las bolsas de tela que guardan las túnicas y el calzado que adquirió Manius.

—Sí, llévenlas. Y cuando regresen, búsquennos en los locales de la vía Grande.

Manius, que no tenía una sola túnica para ponerse, ha debido comprar algo de ropa. Hoy lleva puesto su uniforme —y lo llevará gran parte de las jornadas que se avecinan— porque es uno de los soldados que quedaron vivos después de las batallas y recibieron el indulto de Octavio para engrosar las filas del ejército romano.

Con la desaparición de Marco Antonio, los romanos han entrado en una etapa pacífica. Y ahora, libre de guerras civiles, Octavio ha emprendido la gran modernización de la ciudad que siempre ha querido llevar adelante. Sin gastar energía en guerras, al fin el gobernador puede dedicarse a realizar los grandes planes que le permitirán cumplir su sueño de que su nombre quede plasmado en la historia como el emperador que más hizo por Roma.

El grupo de Trastévere pasa por la esquina donde un vendedor suele acomodarse cada jornada para ofrecer, sentado en el suelo, una gran variedad de cachorros. Cuando Taciana descubre los caninos exhibidos dentro de unos canastos, de un tirón se suelta de Apia y se acerca corriendo a los animalillos. Manius aprovecha la ocasión y va tras ella buscando acompañarla; ambos se inclinan y juntos contemplan y acarician los ejemplares. Es la oportunidad que él tiene de afianzar el vínculo con su hija, que aún lo mira con recelo. Sospecha que este hombre de ojos claros como los suyos que dice ser su papá es el culpable de que su madre haya faltado de la casa por el largo tiempo que desapareció.

Apia los mira complacida, le gusta verlos juntos y les comenta:

—Si lo desean, pueden quedarse aquí mientras nosotras tres vamos al local de los perfumes.

Manius responde:

—Vayan tranquilas, las alcanzaremos en la perfumería o nos vemos directamente en el Campo de Marte.

Han planeado almorzar en un local de esa zona donde sirven los mejores bocadillos de pan recién horneado con tencas fritos.

—Como quieran —dice Apia.

—¡Mamá, quiero comprar otro perro! —exige Taciana enternecida por los canes.

—No creo que sea buena idea, pero habla con tu padre, que sea él quien lo decida.

Taciana sonríe, sabe que la guerra ya está ganada, Manius Marcio jamás le dice que no a nada de lo que ella pide.

Las mujeres se despiden mientras padre e hija se quedan mirando los cachorros. Los levantan en brazos, se ríen, y la pequeña los besa.

—Elige uno —propone él, y una nueva complicidad se apodera de ellos dos.

Las damas siguen avanzando e ingresan en el local de los perfumes. Ya dentro, entre la emoción de la novedad de ser libre y de poder adquirir posesiones, Kira se entusiasma de tal manera que compra tantos frascos que no tiene dónde guardarlos.

—Decididamente, has exagerado… —protesta Furnilla tragando saliva al ver el monto de la compra, ella es la que pagará. Será la única crítica que se atreverá a pronunciar porque la entiende. Durante los primeros días de libertad se experimenta una extraña sensación de querer tomarse la vida de un trago y no querer dejar de hacer nada de lo que ahora puede realizar. Y la verdad sea dicha: porque, en el fondo, esa chica es su debilidad.

Apia sonríe. Recuerda las épocas en que realizaba adquisiciones de esta magnitud. Aún le gustan los perfumes, pero ya no le parecen tan importantes. En su existencia, cada cosa ha tomado el lugar que corresponde y su orden de prioridades se ha acomodado. Agradece estar viva y poder compartir su vida con el hombre que ama, con su hija y con Furnilla, su amiga del alma, su hermana del corazón, a quien ve muy contenta con su pareja.

En la perfumería, rodeada de frascos, un tanto avergonzada, Kira le responde a Furnilla:

—Tienes razón, parece que me he excedido —reconoce riendo al ver que no puede con tantos productos y le costará seguir paseando.

—Ya vendrán las sirvientas y te los llevarán al vehículo —le comenta Apia.

—¡Oh, no es necesario! Puedo llevarlos yo... —dice con pudor. Recuerda que hasta hace muy poco ella era una esclava y hacía esas tareas para los demás. Le da vergüenza que las cuatro muchachas la asistan.

—Pues si te vas, recuerda buscarnos en el Campo de Marte, en el local donde comeremos —le pide Furnilla mientras le acaricia el rostro y le acomoda el cabello renegrido detrás de la oreja.

—Sí, sí —dice exultante Kira mirándola a los ojos con amor.

La muchacha se va, Furnilla y Apia se quedan observando su andar apurado. Cuando se pierde en la multitud, Apia pregunta:

—¿Eres feliz, Furnilla?

La pregunta la pilla por sorpresa, se toma unos instantes y al fin responde:

—Creo que sí, *dom*... —Ha estado a punto de pronunciar la palabra «*domina*» y su interlocutora la corrige con los ojos grandes y una media sonrisa. Se acomoda—: Sí, Apia, creo que lo soy... —dice nombrándola de la manera en que le ha pedido que la llame esa mujer para quien trabaja, su amiga, su familia. Luego agrega—: Y usted ha tenido mucho que ver. Tenía razón: la libertad es maravillosa.

Apia sonríe.

—Me alegra. Porque ya sabes que tú también me has ayudado a encontrar mi propia dicha.

—¿En verdad es feliz? ¿Ha podido olvidar los viejos dolores? —pregunta Furnilla porque, a veces, a ella todavía la persiguen algunos recuerdos funestos. Y con Apia se anima a hablar abiertamente.

Esa mañana, ambas son dos amigas que conocen todo la una de la otra, son dos mujeres hablando de sus intimidades y se ponen al día tras los meses que han pasado separadas.

—Supongo que sí —responde Apia—. Aunque están allí, ya no me torturan. Me siento plena y dichosa.

—¿Por Manius y la niña? —pregunta Furnilla con interés. La ve tan bien que quiere saber si esas son las situaciones que hacen feliz a una persona. Porque, en su caso, no son esos los objetivos que persigue.

—Ellos dos son parte, pero también por mucho más. Creo que al fin he aprendido a vivir. Después de la libertad, viene la etapa de moldear el carácter para aprender a disfrutar la vida con lo que sea que esta traiga. Allí reside la razón de la verdadera plenitud.

La existencia de Apia es como la de todo ser humano: imperfecta. Aún debe solucionar situaciones como, por ejemplo, aceptar el trabajo de Manius que —sabe— lo alejará de la casa por largo tiempo; además, debe poner nuevamente en funcionamiento sus tiendas, pues la mitad se cerraron durante el año que estuvo ausente, motivo por el cual los ingresos han mermado notablemente. Por otro lado, la relación de Taciana con su padre muestra altibajos porque a veces la niña se pone celosa. Y tantos otros acontecimientos desafortunados que se le presentan día a día con los que debe vivir y ser feliz.

—Cuénteme más… —pide Furnilla, que quiere saber a qué se refiere con eso de moldear el carácter. Ella también tiene ideas para compartirle.

Apia se pone contenta ante la posibilidad de contarle a su amiga algunas de las tantas experiencias acumuladas. Es cuantioso lo que ha aprendido en el último tiempo. Le dice:

—Lo más importante para sentirse plena es la actitud con que se vive, recibir con alegría las pequeñas cosas, ser agradecida de todo, aceptar lo que nos toque. Y ante lo que no queremos y no podemos cambiar… dejarlo fluir…

—Saborear cada pedacito de vida me ayuda mucho. No pensar tanto en el mañana y vivir más el hoy —aporta Furnilla.

Las dos se toman del brazo y, mientras continúan hablando, empiezan a caminar juntas. Muchas personas pasan a su lado, pero ellas no las ven. No parece existir nada que no sea ese momento y esa charla profunda durante la cual ambas se pasan una a la otra el secreto para llevar una vida mejor. Se las puede observar caminando con los bordes de sus túnicas rozando el empedrado del suelo mientras avanzan por las calles de Roma.

Luego de un rato de seriedad, pasan a relatarse situaciones triviales. Entonces, por momentos, ríen tan fuerte, que Furnilla se tapa la boca buscando ahogar sus carcajadas.

Ellas han aprendido que la empatía entre las mujeres es muy importante para su salud física y mental, que esas charlas son liberadoras y que sin el apoyo que se han brindado mutuamente a lo largo de los años no hubieran subsistido. Su influencia mutua ha ayudado a que sus días sean más benignos y bellos.

La diferencia la aporta una charla, una palabra, un consejo, un punto de vista, un acto de arrojo, otro de generosidad que involucra un billete dado o dos horas regaladas. Ambas, a pesar de ser tan distintas, lo han descubierto. Porque no importa la época: son mujeres y su corazón es el mismo.

Glosario de términos latinos

Si bien muchos de los vocablos latinos aquí incluidos están explicados en su primera mención en la novela, se optó por confeccionar un glosario con el propósito de remitir al lector a una fuente de consulta inmediata. Las entradas prescinden de una grafía latina exacta y de precisiones etimológicas, pero que el interesado podrá encontrar fácilmente en diccionarios específicos, como el «de Miguel», nombre que recibe el *Nuevo diccionario latino-español etimológico*, de Raimundo de Miguel y de Morante, publicado en 1868, o en el *Breve diccionario etimológico de la lengua castellana*, de Joan Corominas.

ARCARIUS [de *arca*, arca], arquero, tesorero, mayordomo. Letras o billetes que han de ser pagados en metálico.

ARCHIMAGIRUS, jefe de cocina; cocinero principal.

ATRIUM, atrio, patio ubicado junto a la entrada y el vestíbulo que hacía las veces de espacio de distribución entre las estancias.

BULLA, anillo en forma de corazón que los nobles romanos ponían en el cuello a sus hijos hasta la edad de los catorce años.

CALDA, agua caliente, baños de agua caliente.

CALDARIUM [de *calidus*, caliente], caldera, estufa.

CALIGA, armadura de la pierna que usaban los romanos desde el pie hasta la pantorrilla. En el ejército, sandalias militares con tachas en la suela.

CATHEDRA, silla, asiento. Por extensión, sillón en el que se sienta el obispo durante las liturgias o desde donde enseña el maestro.

CAVEA [de *cavus*, hueco], parte del teatro en la que estaban la orquesta, los senadores y los caballeros.
MEDIA CAVEA, otra parte del teatro destinada a la esfera media.
SUMMA CAVEA, la parte del teatro que ocupaba el bajo pueblo.

CAUPO, tabernero, mesonero.

CAUPONA, hostería; taberna donde se vende vino y de comer.

CILICIUM, cilicio; faja de cerdas ceñida a la carne para mortificación.

CLOACA, cloaca, conducto por donde van las aguas sucias.
CLOACA MAXIMA, una de las redes de drenaje más antiguas del mundo construida en Roma y que vertía en el río Tíber.

COCHLEAR, cuchara, por su forma similar a una concha.

CUM MANU, convenio matrimonial en el que la esposa abandonaba la familia paterna y se incorporaba a la del marido; todos los bienes de la mujer pasaban a formar parte del patrimonio del esposo.

DECEMBER [de *decem*, diez], el mes de diciembre; el décimo mes en el calendario romano, que comenzaba en marzo.

DEFIXIO, nigromancia. Las tablillas de maldición eran utilizadas en el mundo grecorromano para reclamar justicia, dañar la reputación de alguien o vengar a un enemigo a través de textos dirigidos a los dioses infernales o liminares. Una vez escritas sobre finas hojas de plomo, las tablillas se enrollaban, doblaban o clavaban; también se las enterraban en pozos o tumbas.

DIGNITAS [de *dignus*, digno], dignidad, mérito. Grandeza, autoridad, estimación. Clase, honestidad, decoro.

DELICIAE, delicias, placeres, deleite; ligereza, inconstancia; lujo, delicadeza, molicie.

DISPENSATOR, administrador, tesorero.

DOMINA, dama. Más tarde, ama, dueña de servicio, propietaria.

DOMUS, casa (en toda la extensión de esta voz) y, por consiguiente, habitación, domicilio, retiro, refugio, asilo, apartamento, morada.

FASCIA PECTORALIS, venda, faja, banda. La corbata con que las mujeres cubrían el pecho; banda real, diadema.

IMPERATOR, emperador, príncipe, cabeza del imperio.

IMPERIUM, imperio, dominación, gobierno. Estado, dominio, jurisdicción, república, reino.

IOCUS, diversión, pasatiempo, chiste, juego, broma.

LAR y LARES, dios del hogar doméstico.

LARARIUM, larario; capilla privada, lugar que los gentiles destinaban en cada casa para adorar a los dioses domésticos.

LEGATUS, legado; lugarteniente, teniente y general. Embajador, diputado, comisionado.

LIGULA [tb. *lingula*], cuchara.

LORICA, loriga, coraza, cota de malla, armadura que protegía el pecho de los soldados.

MARGARITARIA [de *margarita* y *margaritum*, perla], joyera, que vende perlas.

MARGARITARIUS, perteneciente a las perlas; mercader de perlas, joyero.

MILLE PASSUS, milla romana, unidad de medida utilizada para calcular distancias largas en las carreteras y caminos en la

631

Roma antigua. Mil pasos romanos equivalían a unos 1.479 metros. El paso romano, de aproximadamente 75 centímetros, se utilizaba para medir distancias cortas. En general, las distancias se medían utilizando hitos o mojones ubicados en los caminos para indicar la distancia en millas romanas entre las diferentes ciudades y puntos de interés.

MULSUM, vino mezclado con miel; jarabe de vinagre.

MUTATIO [de *muto*, cambio], mutación, mudanza, alteración; casa de postas.

NEGOTIATOR, negociante, comerciante; agente, procurador.

NEGOTIATRIX, la mujer que comercia; la que negocia, prepara, arregla.

NOVEMBER [tb. *novembris;* de *novem*, nueve], el mes de noviembre; noveno mes en el calendario romano, que comenzaba en marzo.

PALLA, vestido talar de mujer; capa corta de los antiguos galos. Conjunto de tapices con que se cubren y adornan las paredes interiores de las casas.

PALUDAMENTUM, clámide, especie de capa encarnada que vestía un jefe de ejército sobre la armadura.

PATER FAMILIAS [tb. *paterfamilias*, *páter familias*], en la antigua Roma y, por extensión, en la actualidad, jefe o cabeza de familia.

PERISTYLUM, peristilo; en la casa romana o en los edificios públicos romanos, gran patio interior rodeado por un pórtico adornado con parterres y fuentes, destinado para la recreación y la recepción social.

PLAUSTRUM, carro, galera.

POLLINCTOR, embalsamador, enterrador de cadáveres.

PRAECEPTOR, preceptor, maestro; el que manda.

PRAEFICA, plañidera, mujer alquilada para llorar en los funerales.

PRAETEXTA [de *praetexo*, toga], vestidura talar guarnecida por abajo con una tira púrpura que llevaban en Roma los jóvenes nobles de ambos sexos hasta la edad de diecisiete años, así como los sacerdotes, magistrados y senadores en las funciones públicas.

PRAETORE, pretor; general, jefe de un ejército. Magistrado romano, juez, alcalde, gobernador.

PROLETARII, las gentes pobres de Roma que no contribuían a la República más que con sus hijos para la guerra.

PRONUBA, mujer que acompaña y asiste a la novia, madrina. Perteneciente al himeneo, nupcial.

PULS, género de comida hecha de harina o de legumbres cocidas.

QUINCTILIS [tb. *quintilis*; de *quintus*, quinto], el mes de julio; el quinto mes en el calendario romano, que comenzaba en marzo.

RICA, especie de capa de mujer de color púrpura y con franjas.

ROSTRA, tribuna pública adornada con los espolones de los navíos tomados a los anciates —pueblo antiguo de la zona de Lazio— desde donde se arengaba al pueblo de Roma.

SACROSANCTITAS, sacrosantidad, privilegio de inmunidad que se concedía a los tribunos de la plebe, mediante el cual eran intocables.

SAGA, encantadora, hechicera, supersticiosa. Por extensión, mujer sagaz, sabia, erudita.

SEPTEMBER [tb. *septembris*; de *septem*, siete], el mes de septiembre; séptimo mes en el calendario romano, que comenzaba en marzo.

SINE MANU, convenio matrimonial en el que la esposa permanecía bajo la patria potestad de su padre; la mujer conservaba sus bienes.

SOUVETAURILIA [tb. *suovetaurilia*], sacrificio de tres animales (cerdo, cordero y toro o ternero), especialmente en la época de las lustraciones, con el objetivo de asegurar la bendición y la protección de los dioses.

SPIRA, torta o rosca de masa endulzada con miel. Línea curva a modo de caracol.

STOLA, ropa de las damas romanas, talar, hueca y con muchos pliegues atada a la cintura.

STULTUS, tonto, estúpido, necio, loco; fatuo; ignorante.

TABELLARIS, mensajero, correo.

TABLINUM, sala principal de la vivienda donde se recibían las visitas.

TABULA, contrato, instrumento legal, escrito.
  TABULAE PUBLICAE, archivos del Estado, documentos oficiales.

TALASSIO [tb. *Thalassio, Talassus, Thalassus*], voz nupcial con que se aclamaba a la esposa en la casa del marido. Dios de la virginidad.

TONSOR, peluquero, barbero.

TONSTRIX, peluquera, barbera, la mujer que afeita.

TRICLINIUM, triclinio, lecho o escaño capaz de recostarse en el que pueden comer hasta tres personas.

TRINOCTIUM, espacio de tres noches. Según la ceremonia romana, antes de cumplir un año de convivencia con el esposo, la mujer abandonaba el hogar y dormía tres noches en la casa paterna con el propósito de no formar parte de la estirpe del marido.

UXOREM DUCERE [conducir a la novia; de *uxor*, la mujer casada, esposa consorte], tras el banquete de boda, un cortejo acompaña a la novia hasta la casa de su marido.

VENALICIARIUS [tb. *venalituarius;* de *venal*, comercial], comerciante de esclavos; lo que pertenece a la venta de esclavos.

VOX POPULI, voz, palabra, sentencia del pueblo.

ÍNDICE